Das Buch

Der Vampirjäger Julius Lawhead verbüßt eine schwere Strafe, die ihm sein Meister auferlegt hat. Weil er ungehorsam war, ist er seit Monaten in einem Sarg gefangen und inzwischen völlig abgemagert. Doch als er erfährt, dass Brandon, ein Mitglied seines Clans, vom grausamen Vampirmeister Nathaniel Coe entführt wurde, kann er seinen Meister überzeugen, ihn zu begnadigen. Sofort macht er sich auf die Suche nach Brandon. Als er ihn endlich gefunden hat, wird Julius vor eine schwierige Frage gestellt. Nathaniel bietet ihm an, Brandon freizulassen; im Gegenzug muss Julius ihm aber einen anderen Vampir zum Tausch anbieten. Julius kämpft mit seinem Gewissen. Wie kann er ein Mitglied seines Clans einem solch grausamen Schicksal überlassen? Julius willigt schließlich in das Geschäft ein, wohl wissend, dass er damit die Beziehung zu seiner großen Liebe Amber aufs Spiel setzt …

Die Autorin

Rebekka Pax wurde 1978 in Mülheim geboren. Nach Abschluss eines Studiums der Skandinavistik und Archäologie war sie mehrere Jahre sowohl in Amerika als auch in Deutschland beim Film tätig. In ihren Romanen schreibt Rebekka Pax über ihre zweite Heimat Los Angeles. Heute lebt sie mit zwei Katzen in ihrer Geburtsstadt und arbeitet, wenn sie nicht gerade schreibt, als archäologische Zeichnerin.

Rebekka Pax

Flammenmond

Roman

Ullstein

Besuchen Sie uns im Internet:
www.ullstein-taschenbuch.de

MIX
Papier aus verantwortungsvollen Quellen
FSC® C006701

Originalausgabe im Ullstein Taschenbuch
1. Auflage März 2012

Umschlaggestaltung: ZERO Werbeagentur, München
Titelabbildung: © GettyImages/Ed Freeman (Stadt),
GettyImages/Comstock (Mond) und FinePic® (Mann)
Satz: LVD GmbH, Berlin
Gesetzt aus der Caslon
Papier: Holmen Book Cream von Holmen Paper Central Europe,
Hamburg GmbH
Druck und Bindearbeiten: CPI – Ebner & Spiegel, Ulm
Printed in Germany
ISBN 978-3-548-28249-7

Für Brandon Lopez, danke für
die wunderbare Freundschaft

KAPITEL 1

In der kleinen Werkstatt war es still geworden.

Ambers Augen taten weh, von den Fingern ganz zu schweigen. Aber sie wollte den Bilderrahmen heute um jeden Preis fertigstellen. Er war mit Abstand die beste Arbeit, die sie in ihrer Zeit als Vergolderin je abgeliefert hatte. Die Figuren, die den Rahmen zierten, hatte sie in tagelanger Feinarbeit neu modelliert und in die alten Ornamente eingefügt. Jetzt galt es nur noch, die letzten matten Stellen mit Achat zu polieren, bis das neu aufgetragene Blattgold glänzte, als sei es massives Edelmetall.

Wieder einmal hielt Amber inne, legte den Polierstein aus der Hand und bewegte die verkrampften Finger. Da klopfte es leise an der Tür.

»Ja bitte?«

»Ich bin es, wollte mal sehen. ob du nicht schon vor Erschöpfung zusammengeklappt bist.« John Lapiccola schob seinen Kopf durch den Türspalt. Er sah aus, als sei er mit einem Sack Mehl zusammengestoßen. Seine grauen Haare und auch der Bart waren durch den Kalkstaub noch eine Nuance heller geworden. Würziger, weicher Kaffeeduft wehte in den Raum, und Amber war sofort bei der Tür, um sie für ihren Chef zu öffnen. Er reichte ihr einen der dampfenden Becher und rieb die schwielige Hand an seiner Arbeitsschürze ab, wo sich der Kaffeefleck in Dutzenden anderen verlor.

»Oh, danke. Genau den habe ich jetzt gebraucht.« Der Kaffeeduft weckte Ambers Lebensgeister. Doch sobald John näher an die Werkbank trat, wurde sie nervös.

»Ich bin noch nicht ganz fertig, John.«

»Natürlich bist du fertig, fertiger geht es nicht!« Er strich sich über den dichten grauen Bart, rückte dann seine Brille zurecht und beugte sich über den Rahmen. »Das hier ist hervorragende Arbeit, Amber Connan, aber das muss ich dir nicht sagen, nicht wahr? Unser Auftraggeber wird mehr als zufrieden sein.«

»Danke«, antwortete sie erleichtert und spürte, wie sie rot wurde.

»Wüsste ich nicht, welche Teile ergänzt wurden, ich könnte es beim besten Willen nicht unterscheiden. Womit wir bei einer anderen Sache wären. Hast du schon was für das Wochenende geplant, Amber?«

Amber sah ihn irritiert an. Seit wann interessierte sich John dafür, wie sie ihre freien Tage verbrachte?

Unweigerlich drifteten ihre Gedanken zu Julius. Mit ihrem Vampirfreund konnte sie mit Sicherheit nichts unternehmen, die Gesetze seines Clans wurden auch für gelangweilte Partnerinnen nicht gelockert. Julius hatte gegen einen Befehl seines Meisters verstoßen und war deshalb auf unbestimmte Zeit in einen Sarg eingesperrt worden. Freunde hatte sie so gut wie keine. »Nein, ich hab nichts vor.«

»Erinnerst du dich, worüber wir vor einer Weile gesprochen haben? Dass du gerne auch Skulpturen restaurieren würdest?«

Amber stockte der Atem. Das war ihr großer Traum, seit jeher. »Ja sicher.«

»Wenn du mir über das Wochenende ein paar aussagekräftige Tonmodelle anfertigst, können wir darüber reden. Ich habe am Montag einen Besichtigungstermin. Meine alten Hände machen da leider nicht mehr mit, aber wenn du mir etwas lieferst, das mich überzeugt …«

Amber fiel ihrem Chef um den Hals. »Oh, das wäre Wahnsinn!«

»Dann nimm dir eine Packung von dem feinen weißen Ton mit und was du an Werkzeug brauchst, und dann ab mit dir nach Hause.«

Amber war schon beim Werkzeugschrank, bevor John zu Ende gesprochen hatte. »Was soll ich machen?«, fragte sie ohne aufzusehen und suchte ein Sortiment Spatel zusammen.

»Stell dich auf barocke Sakralkunst ein und überrasche mich.«

»Eine Hand?«

»Zum Beispiel«, lachte John und prostete ihr mit dem Kaffeebecher zu. »Dann wünsche ich dir ein schönes Wochenende. Ich mache mich auf den Heimweg. Wir sehen uns Montag.«

»Ja, ja, danke, gleichfalls.«

Amber hörte, wie er die Werkstatt verließ, und atmete tief durch. Sobald sie alleine war, stieß sie einen Jubelschrei aus und hüpfte ausgelassen durch den Raum. Endlich! Endlich bekam sie die Chance, auf die sie so lange gewartet hatte!

»Glückwunsch!«, tönte plötzlich eine vertraute Stimme durch ihre Gedanken und erzeugte dabei einen Widerhall wie in einer Kathedrale.

Amber erschrak. »Verdammt! Wie lange hast du schon gelauscht?«

»Lange genug, um zu wissen, dass du einen Klumpen Ton meiner Gesellschaft vorziehst.«

»Du bist unfair, Julius.«

Ihr Vampirfreund schickte Amber eine Erinnerung an sein Lachen. *»Ich freue mich für dich, ich freue mich wirklich.*

Aber versprich mir, dass du dich nicht bei deiner Mom in Silverlake versteckst, komm zu mir, wir können uns unterhalten, während du bastelst.«

»In dein finsteres Loch?«

»Ich lasse Lampen holen, so viele du brauchst, Liebes.«

Sie dachte an ihre Mutter. Amber hatte schon das letzte Wochenende in der Zuflucht der Vampire verbracht. Für diesen Samstag hatte sie Charly versprochen vorbeizukommen und mit ihr zu Frederiks Grab zu fahren.

»Du kannst sie am Nachmittag besuchen, Amber.«

»Julius, pfusch nicht in meinen Gedanken rum!«

»Entschuldige«, hauchte er gekränkt.

Amber fühlte, wie er sich zurückzog und die magische Verbindung der Siegel schloss, als zöge er vorsichtig Türen zu, peinlich darauf bedacht, kein Geräusch zu verursachen.

Prompt hatte sie ein schlechtes Gewissen. Aber wie sollte sie auch gelassen bleiben, wenn er sich seit Wochen ständig in ihren Kopf einschlich! Sie hatte das Gefühl, keinen einzigen Moment des Tages mehr alleine zu sein. Amber hatte zwar gelernt, sich vor derlei Überfällen zu schützen, doch noch musste sie diesen gedanklichen Schutzwall bewusst aufrichten, und an Tagen wie diesem vergaß sie es leider viel zu oft.

Rasch zog Amber einen weißen Tonblock aus dem Regal, schnitt sich ein Stück ab und wickelte es in Frischhaltefolie. Als sie kurz darauf die Werkstatt verließ und die Tür abschloss, war die Freude über die unverhoffte Chance zurück. Sie strahlte über das ganze Gesicht und ließ sich auch vom irritierten Blick der Dame aus dem Nachbarhaus nicht davon abbringen.

In meinen Körper zurückzukehren war jedes Mal aufs Neue ein Schock.

Zehn Wochen und zwei Tage waren vergangen, seitdem mein Meister mich in einen Sarg verbannte. Sechs schwere Eisenriegel und eine Kette mit Silberlegierung hielten mich davon ab, mein Gefängnis zu sprengen.

Das war die Strafe für meinen Ungehorsam, für den Hochmut, meinem Meister einen Vampir aus seinem Clan zu rauben. Ich hatte es verdient, da war ich mir sicher. Aber ich hatte mit Tagen und Wochen gerechnet, niemals mit über zwei Monaten.

Mein Körper gewöhnte sich an die Gefangenschaft und hielt eine Art Winterschlaf. Der Hunger war da, doch er brannte schon lange nicht mehr. Am Anfang hatte er mich fast wahnsinnig gemacht, wütete und zerrte an mir, jetzt war er zu einem dumpfen Schmerz zusammengeschrumpft, der als kleine, steinerne Kugel in meinen Eingeweiden lag und den Tag meiner Freilassung ersehnte.

Wenn ich über meine Arme und Brust tastete, fühlte ich die ausgetrockneten Muskeln wie zähe Drähte unter der Haut.

Eine Tür knarrte. Flüsterleise Schritte, deren Klang mich schon mein gesamtes Dasein begleitete, huschten über den Parkettboden. Die nahende Magie war gleichsam vertraut, Treueeide, die ich geleistet hatte, entflammten zum Leben. Der Besucher war Curtis Leonhardt, mein Meister. Sein erster Gang nach dem Aufwachen führte ihn immer zu meinem Gefängnis.Er strich über den Sarg, und es fühlte sich an, als berührte er meinen Kopf.

»Guten Abend, Julius«, sagte er freundlich.

»Meister«, entgegnete ich in Gedanken. Meinen verdorrten Stimmbändern verständliche Laute zu entlocken war unmöglich.

»Dein Herz schlägt nicht.«

Das hatte ich noch gar nicht bemerkt. So weit war es also schon gekommen.

Curtis kniete sich hin, und dann regnete auch schon warme Lebenskraft zu mir hinab. Die Kälte in meinen Gliedern wich nur langsam. Ich öffnete die Augen.

Der Anblick war der gleiche wie in den letzten Wochen und Monaten: totale Finsternis. Panik kochte in mir hoch und stemmte sich gegen Curtis' Energie.

»Bitte, lass mich frei. Ich verspreche, mich nie wieder gegen dich zu stellen.«

Die tröstende Kraft verschwand mit einem Schlag. Ich hörte, wie er aufstand.

»Noch nicht, Julius!«

»Warum? Ich habe doch alles bereut. Es tut mir leid. Geh nicht weg!«

Meine Finger kratzten über das zerrissene Innenfutter, während meiner Kehle heisere Zischlaute entwichen. Curtis verschwand. Er verschwand immer, sobald unser Gespräch diesen Punkt erreichte. Die Tür schlug zu, und er war fort.

Ich beruhigte mich schnell wieder. Wenn ich eines in den letzten Wochen gelernt hatte, dann wie ich meinen Körper zur Ruhe zwingen konnte. Es war unmöglich, dem Sarg zu entkommen.

Die Polsterung und die Seide hingen bereits in Fetzen. An vielen Stellen hatte ich das blanke Holz freigelegt, Späne herausgekratzt, bis meine Hände nur noch blutige Klumpen waren. Sie waren nur langsam geheilt, ohne frisches Blut, und auch das war mir eine Lehre gewesen.

Ich schob meinen Kopf auf den Kissen zurecht, faltete die Finger über der Brust und verfiel wieder in meinen Dämmerzustand. Das Einzige, womit ich mich ablenken konnte, waren meine Erinnerungen, die Bilder aus meiner Vergangenheit und die Gedanken meiner Lieben.

Ich entsann mich noch gut an meine erste Verurteilung, die ich im Sarg verbüßte, vor all diesen vielen, vielen Jahren in Paris. Damals hatte ich noch so wenig gewusst, jede Nacht in Panik verbracht, jede Nacht geschrien, getobt und mich selbst verletzt.

Curtis hatte recht behalten. Dieses Mal war es anders, einfacher. Ich hatte mich meistens unter Kontrolle, und der Hunger war erträglich. Ich brauchte nicht mehr so dringend Blut, sondern konnte von der Energie meiner Vampire zehren. So blieb ich bei klarem Verstand.

Genau in diesem Moment, da ich an ihn dachte, erwachte Brandon, der Unsterbliche, den ich von Curtis gestohlen hatte und der nun mir die Treue hielt. Bluttausch und Eide verbanden unsere Körper, und so spürte ich, wie der Funke, der Seele und Leben war, in seinen schlummernden Leib einkehrte.

An seiner Stelle hätte ich als Erstes den Sargdeckel aufgestoßen, um frei atmen zu können; Brandon tat das nicht.

Er öffnete die Augen, bewegte seine Hände und schmiegte seine Wange in die Kissen. Wie ein Mensch, der sich nach dem Weckerklingeln noch einmal umdrehte.

Er wartete auf Christina. Seine Freundin hatte als jüngere Unsterbliche noch mindestens eine Viertelstunde, bevor sie aufwachte.

Christina war eine schöne Latina mit kastanienbraunen, langen Haaren und Augen so dunkel, dass sie mitunter schwarz aussahen, wenn sie wütend oder hungrig war. Ihre kleine Gestalt mit den fraulichen Rundungen hatte schon manchen Mann verführt und zu Leichtsinn getrieben, den er dann bitter bereute. In Christina steckte viel mehr, als es auf den ersten Blick schien. Sie war schlagfertig, mit Fäusten und Worten gleichermaßen.

Ich hatte sie, wenige Wochen bevor ich meine Strafe antrat, verwandelt. Damals lag sie nach einem Kampf im Sterben, und Brandon hatte mich auf Knien angefleht, seine menschliche Dienerin zu retten und zu einer von uns zu machen.

Ich tat es und brach damit mein eigenes Versprechen, niemals Vampire zu schaffen. Seitdem war Christina mein, wie auch er.

Die Verwandlung hatte sie verändert. Sie war schüchtern, ängstlich und unterwürfig geworden, wie alle neugeborenen Vampire. Doch die alte Christina war nicht vollständig verschwunden. Ich bin in meinem Leben Zeuge vieler Verwandlungen gewesen, und jedes Mal war es eine Freude zu erleben, wie die Neuen nach dem Schock des Todes und den gefährlichen ersten Jahren zu ihrem alten Ich zurückfanden.

Christina hatte noch viel vor sich. Sie musste lernen zu jagen, lernen, ihren Hunger zu kontrollieren. Junge Vampire starben wie die Fliegen, sei es, weil der Hunger ihren Verstand zerstörte oder andere sie töteten. Eigentlich sollte ich sie schützen, aber ich lag eingesperrt in dieser Kiste, und so hatte Brandon diese Aufgabe übernommen.

»Julius, bist du da?«, flüsterte er in die Tintenschwärze.

»Ja.«

»Wie geht es dir?«

»Wie schon? Hier ist nicht viel Ablenkung.«

»War Curtis bei dir?«

»Natürlich, wie immer.« Ich konnte die Bitterkeit in meinen Worten nicht ganz verbergen, und Brandon war meine Stimmung nicht entgangen. Sein Herz schlug aus Mitgefühl schneller. *»Wenn ich nicht so weit weg wäre, würde ich zu dir kommen.«*

»Ich weiß, danke.«

Brandon und Christina waren in Arizona.

Als er mir vor einer Weile von seiner entbehrungsreichen Kindheit im Reservat erzählte und von seinem Wunsch, noch einmal an den Ort seiner Geburt zurückzukehren und den Geistern seiner Vergangenheit einen Besuch abzustatten, hatte ich ihn dazu ermuntert.

»Wo seid ihr jetzt?«

»Na'ní' á Hasání.«

»Also in Cameron?«

»Ja, auf einem Campingplatz nicht weit von meinem Geburtsort. Vor Sonnenaufgang war nicht mehr genug Zeit. Wir bleiben eine Nacht, um alles anzusehen, dann kommen wir heim.«

»Nimm dir Zeit, Brandon.«

»Ja, werde ich, danke, Meister.«

Er stand auf, legte seine Hände flach auf den Boden des Wohnwagens und machte einen Katzenbuckel. Sein langes, rabenschwarzes Haar fiel wie Wasser vornüber.

Ich biss mir auf die Zunge vor Neid. Wie gerne hätte ich auch nur die Beine angewinkelt, aber dafür war der Sarg nicht hoch genug. Wütend schlug ich mit der Faust gegen die Seitenwand, dass die Riegel schepperten.

»Julius?« Brandon richtete sich auf. *»Was ist denn?«*

»Nichts. Gar nichts.«

In den vergangenen Wochen war Brandon nach der Jagd immer zu mir gekommen und hatte die Kraft geteilt, die er aus dem Blut seiner Opfer zog. Wir verbrachten Stunden in der Meditation und wuchsen als Meister und Schwurgebundener zusammen. Es war eine gute Gelegenheit gewesen, einander besser kennenzulernen.

Unsere Verbindung war einer Art Unfall geschuldet. Ich hatte lange wie ein Außenseiter im Clan gelebt. Die kleinen

Rangeleien der anderen waren mir egal, aber offensichtlich war ich ihnen nicht egal. Die Clanmitglieder neideten mir meine Position direkt nach Curtis und legten mir meine Passivität als Schwäche aus. Brandon war einer von ihnen. Er provozierte mich immer wieder, und ich ließ es lange ungestraft.

Als mir schließlich der Kragen platzte, führte ich den Streit mit einer Heftigkeit, dass ich Brandon dazu zwang, mich als seinen neuen Herrn und Meister anzuerkennen. Als ich schließlich verstand, was ich getan hatte, war es für eine Rückkehr zu spät.

Durch meine Unbesonnenheit hatte ich nicht nur Curtis' Autorität in Frage gestellt, sondern meinen Meister vor den Oberhäuptern der anderen Clans blamiert. Bestrafung war die logische Folge.

Vor dem Tag, der alles veränderte, hatte etwas wie Feindschaft zwischen Brandon und mir bestanden. Jetzt war alles anders. Als sein Meister muss ich Brandon lieben wie ein Vater sein Kind. Sich gegen diese Gefühle aufzulehnen war hoffnungslos. Sie wurden von den Schwüren, die ich zu seinem Schutz geleistet hatte, ebenso bestimmt wie von der Magie, die in allem lag, was wir taten. Hin und wieder tobte ich innerlich, weil ich glaubte in dem engmaschigen Netz aus Gehorsam und Treue zugrunde zu gehen, aber ich hatte keine Wahl, nicht bevor ich weitere zweihundert Jahre existiert hätte und endlich stark genug wäre, um mich vom Clan loszusagen.

KAPITEL 2

Amber war guter Dinge. Der Besuch bei dem kleinen Auktionshaus hatte sich gelohnt. Zwei der angebotenen Skulpturen im Fenster stammten aus dem 17. Jahrhundert. Das Geschäft war zwar schon geschlossen gewesen, doch sie hatte Detailfotos gemacht, die ihr später gute Dienste leisten würden. Nun führten sie ihre Schritte durch die Fußgängerzone von Santa Monica.

Amber lief an den Schaufenstern vorbei und beobachtete die Menschen, die sich in den großen Glasflächen wie Geister spiegelten. Es war zum Verrücktwerden. Paare, überall Paare. Lachende, scherzende Frauen und Männer, die sich berührten, küssten.

Amber konnte ihren Freund weder berühren noch küssen. Allenfalls miteinander reden war ihr und Julius vergönnt. Er hatte mehr Zeit im Sarg verbracht als mit ihr.

Hin und wieder hatte Amber Angst, Julius' Gesicht zu vergessen, doch dann sah sie ihn plötzlich wieder vor sich. Ihren Traummann mit den dunklen Locken und den strahlend hellbraunen Augen. Sie vermisste seine Berührungen, den besonderen Geruch seiner Haut, erdig, kalt und frisch, sein Lachen, die gemeinsamen Abendspaziergänge.

Amber hatte viele der vergangenen Nächte auf einem kleinen Bett neben Julius' Sarg geschlafen. Einerseits, um in seiner Nähe zu sein, und andererseits, um nicht zu Hause sein zu müssen.

Bei ihrer Mutter in Silverlake war Frederiks Tod allgegenwärtig. Charly Connan hatte die Wände mit Bildern des Bruders gepflastert, und mehr als nur einmal am Tag brach sie in Tränen aus.

Amber erschauerte. Sie konnte es kaum ertragen ihre Mutter weinen zu sehen, denn das erinnerte sie unweigerlich an Frederiks Ende. Er war zu einem zombieartigen Wesen geworden, bösartig und mordlüstern. Amber selbst hatte ihm mit einem Schwert den Kopf abgeschlagen und bereute die Tat nicht. Frederik wäre ihr mit Sicherheit dankbar gewesen.

Dennoch floh sie vor den Erinnerungen und der Trauer, die einen Aufenthalt bei ihrer Mutter so unerträglich machten. Amber schämte sich, nicht oft genug für sie da zu sein, aber sie kam nicht dagegen an.

Die Straßen leerten sich. Die Menschen gingen nach Hause oder kehrten in Bars ein. Amber hatte wieder zu trödeln begonnen. Dabei wurde sie von Julius schon sehnsüchtig erwartet. Wenngleich die Siegel, die sie verbanden, fast vollständig geschlossen waren, hallten seine Gefühle in ihr wider. Jetzt waren seine Gedanken bei ihr. Sie spürte es deutlich.

Der Bluttausch, der mit der Gabe der Siegel einhergegangen war, hatte Amber verändert.

Sie war stärker, schneller und gesünder geworden. Ihre Sinne schienen besser entwickelt, und sie hatte sich selbst häufiger dabei erwischt, dass sie Gespräche belauschte, die eigentlich in sicherer Entfernung geführt wurden.

Aber die Siegel hatten auch ihre negativen Seiten. Amber konnte Julius zwar mit einiger Mühe aus ihren Gedanken fernhalten, aber bis zu diesem Tag hinderte ihn nichts daran, sich jederzeit ihrer Kraft zu bedienen. Er wäre sogar in der Lage, ihr durch die Siegel so viel Energie zu rauben, dass sie einfach zusammenbrach. Ein Fall, der zum Glück noch nicht eingetroffen war und den sie auch in Zukunft um jeden Preis verhindern wollte.

Die Siegel waren Fluch und Segen, und Amber hatte Julius nie gänzlich verziehen, dass er ihr das erste aufgezwungen hatte.

Das zweite und dritte Siegel hatte er sich wie ein Jahrmarktspieler durch simple Tricks ergaunert, doch jetzt war Schluss. Ambers Worte waren deutlich ausgefallen. Noch eine Trickserei, noch ein Versuch, sie mit Vampirmagie gefügig zu machen, um ihr das vierte Siegel abzuluchsen, und ihre Beziehung wäre beendet.

Julius hatte Ruhe gegeben. Er liebte sie und wollte nichts riskieren. Für die fehlenden zwei brauchte er ihre Mitarbeit und die bekam er nicht. Nicht in hundert Jahren!

Er hatte aufgehört zu fragen, doch Amber wusste auch so, was er ersehnte. Das war ein Effekt ihrer magischen Verbindung, sie kannte die innigsten Wünsche ihres Vampirs. Aber wollte sie sich wirklich für den Rest ihres Lebens an einen Mann binden, den sie kaum kannte und der zudem ein Vampir war? Eine blutdurstige Seele in einem toten Körper?

Brandon hatte die schlafende Christina aus ihrem Sarg gehoben und zur Tür getragen. Nun saß er auf den Stufen des Wohnwagens und sah hinaus. Der Schatten des Airstream schützte ihn vor dem schwächer werdenden Licht der Abenddämmerung.

Während Christinas Körper in seinen Armen weicher wurde, genoss er die Stille und den Anblick endloser Weite.

Die Wüste erstreckte sich bis zum Horizont. Gras neigte sich im Wind. Knorrige Büsche, gebeugt wie alte Krieger, trieben winzige blaue Blüten. Im kleinen Ort Cameron war alles noch so wie in den Tagen seiner Kindheit, als er Schafe gehütet und Tiere mit der Schleuder erlegt hatte, um ihre Felle zu verkaufen. Viel zu schnell würde er nach Los Angeles zurückfahren müssen und dem Land seiner Vorväter für die Länge eines weiteren Menschenlebens den Rücken kehren.

Der Gedanke an die Großstadt brachte unweigerlich auch

den an seinen neuen Meister mit sich. Kurz darauf fühlte er dessen Präsenz.

»Nimm von meiner Kraft, so viel du brauchst«, bot er sogleich an.

»Wenn ich hier wieder rauskomme, hast du verdammt viel gut bei mir«, antwortete Julius.

»Du bist mein Meister … und mein Freund.«

Es fiel Brandon schwer, diese beiden Worte in einem Atemzug zu nennen. Sein Schöpfer, der alte Meistervampir Nathaniel Coe, war ein sadistisches Monster gewesen, und nach dessen Tod und Jahren des Herumirrens hatte Curtis ihn kühl und scheinbar ohne großes Interesse in seinen Clan aufgenommen. Mit Julius als Herrn schien ein neues Zeitalter angebrochen zu sein.

»Mir hat es damals gutgetan, meine alte Heimat wiederzusehen, auch wenn mein Elternhaus längst nicht mehr steht«, sagte Julius, während er einen steten Energiestrom aus Brandons Körper sog.

»Ich weiß nicht, ob es sinnvoll war herzukommen. Es fällt mir schwer zu trennen. Die Erinnerungen vermischen sich. Coe ist überall. Ich dachte, ich könnte die verdammte Vergangenheit einfach in mir vergraben und vergessen. Doch es geht nicht, es geht einfach nicht!«, antwortete Brandon. *»Christina ist bei dir. Rede mit ihr.«*

»Sie hat doch keine Ahnung, du hast damals bei unserem Kampf mehr erfahren als jeder andere.«

»Ich hätte niemals deine Erinnerungen hervorzerren dürfen.«

»Bereust du den Kampf?«

»Frag nicht.«

Brandon wartete dennoch auf eine Antwort.

»Ich bereue zutiefst, mich Curtis widersetzt zu haben. Wenn du hören willst, ob ich dein Meister sein will, dann ja, das tue ich. Doch wenn Curtis mir die Wahl unter seinen Vampiren gelassen hätte, so wäre sie nicht auf dich gefallen, und das weißt du, Brandon.«

»Ja, ist mir klar.« Brandon rieb sich die Schläfen und sah in das Gesicht seiner Freundin, die noch immer ganz in den Klauen des Todes gefangen war.

»Manches passiert nicht, weil wir es wollen, Brandon, sondern weil es so für uns bestimmt wurde«, sagte Julius und löste sich aus der Bindung.

Zurück blieb ein kurzes Schwächegefühl und angenehme Wärme.

Christina zuckte unter dem ersten Herzschlag.

Als sie Minuten später die Augen öffnete, hatte Brandon Zeit gehabt, sich zu sammeln und die schlechten Erinnerungen zu verbannen.

»Hungrig?«, fragte er weich und strich ihr die Haare aus der Stirn.

Christina lächelte. »Immer.«

»Dann komm. In der Lodge sind viele Menschen.«

Sie waren schnell fündig geworden und hatten den Durst gestillt. Jetzt waren sie unterwegs, um zu besichtigen, was nach über neunzig Jahren von Brandons Geburtshaus geblieben war. Der Pfad, der zu der verlassenen Hütte hinaufführte, war schon seit Jahren unbenutzt, doch im Licht zahlloser Sterne fiel es leicht, ihn zu finden. Die karge Flora aus niedrigen Kakteen und mageren Sträuchern brauchte lange, um Spuren auszumerzen. Würziger Duft von Salbei und gelbblühenden Kreosotbüschen füllte die Luft.

Brandon und Christina gingen zügig. Wüstensand knirschte leise unter ihren Schuhen. Mit jeder Bewegung klapperte der Brustschmuck aus Knochenröhrchen und Perlen, den Brandon angelegt hatte. Er hatte Garderobe und Schmuck sorgfältig gewählt, um das Wohlwollen seiner Ahnen zu erhalten, wenn er ihr Heim betrat.

Christina ging schweigend an Brandons Seite. Hin und wieder fühlte er ihren Blick auf sich ruhen.

Aus dem Schatten des Felsmassivs schälten sich bald die Ruinen eines Blockhauses. Die Hölzer waren von Sonne und Wind gebleicht, waren rissig und weiß wie alte Knochen geworden.

Brandon räusperte sich. »Dort drüben war der Schafspferch«, erklärte er, weil er meinte, etwas sagen zu müssen, und wies auf eine lückenhafte Reihe kurzer Pfähle, die wie Ertrinkende gerade noch aus einer Sandwehe hervorragten. Christina betrat neugierig die Hütte. Im Gegensatz zu ihr hatte Brandon das Gefühl, sich keinen Schritt mehr bewegen zu können. Als türme sich eine unsichtbare Wand aus Erinnerungen vor ihm auf. Es waren allesamt schlechte.

Dort auf der Veranda hatte sein Vater immer gesessen und getrunken. Die Flinte auf dem Schoß und den schmerzenden, verkrüppelten Fuß weit von sich gestreckt. Seitdem ihm eine Eisenbahnschiene darauf gefallen war, hatte sich der ehemalige Gleisarbeiter aufgegeben. Das Leben im Reservat war für ihn die Hölle auf Erden gewesen.

»War das hier dein Bett?«, hallte es aus dem Blockhaus.

Brandon atmete einmal tief durch und trat ein. Es nutzte nichts. Jetzt war er hier, wenn er sich den Erinnerungen nicht stellte, würde er es später bereuen.

Christina stand neben einer roh gezimmerten Pritsche.

»Das ist Vaters Bett gewesen, ich hatte nur ein paar Decken, hier.«

Er wies auf einen Winkel neben dem Kamin. »Aber meistens, vor allem in den letzten Jahren vor meinem Weggang, habe ich draußen beim Vieh kampiert. Ich vermied es, heimzukommen.«

Christina wusste fast alles von seinem früheren Leben als Mensch. Auch dass er als Kind von seinem Vater verprügelt worden war. Die Wut des Alten auf die Welt, die ihm so übel mitspielte, die Wut auf die Europäer, die sein Volk von ihrem Land vertrieben und ins Elend gestürzt hatten, sie hatte in dem Jungen ein Ventil gefunden.

Brandons Mutter war eine irischstämmige Bardame gewesen. Er hatte Sandy nie kennengelernt, wusste nur, was die Nachbarn über sie redeten. Sandy Dawney war vor dem Elend des Reservatslebens und der Schande, ein Mischlingskind geboren zu haben, geflohen, bevor er ein Jahr alt war.

»Lass uns bitte von hier verschwinden, Chris. Julius hatte unrecht, es war nicht gut, nach all der Zeit herzukommen. Das hier zu sehen macht nichts besser.«

Aber Christina wollte sich noch nicht trennen. Sie fuhr staunend mit der Hand über die Wände, wischte mit dem Fuß durch den Ruß der Feuerstelle.

Brandon trat allein ins Freie und legte den Kopf in den Nacken. Der Anblick des schimmernden Sternenteppichs ließ ihn ruhiger werden. Die Hütte hier war Vergangenheit, seit über neunzig Jahren vorbei. Seine Zukunft war das, was zählte, das Hier und Jetzt.

Christina sprang die kleine Verandastufe herunter und landete in seinen Armen. Sie lächelte aufmunternd und ihre Reißzähne blitzten keck zwischen den vollen Lippen hervor.

Brandon küsste sie innig und zog sie von den Ruinen seiner Vergangenheit fort.

»Müssen wir sofort zurück? Können wir nicht noch ein wenig bleiben?«

»Doch, sicher«, antwortete er schnell. »Es ist nicht weit bis zur Hängebrücke über den Colorado. Ich habe miterlebt, wie sie gebaut wurde.«

»Wirklich?«

»Wirklich!«

Vor Amber erhob sich der wuchtige Bau des Lafayette-Kinos.

Im Baldachin über dem Eingang, der noch aus den glorreicheren Tagen des Hauses stammte, war eine weitere Birne kaputtgegangen, wie sie geistesabwesend bemerkte.

Eigentlich war das Gebäude ein beeindruckendes Beispiel von L.A.s Art-déco-Stil, doch die Vampire legten offensichtlich keinen Wert darauf, ihr Heim instand zu halten. Während innen alles in altem Glanz und Gloria erstrahlte, bröckelte draußen der Putz von der Fassade, und die Steinchen der Mosaike wurden auch täglich weniger.

Aber wahrscheinlich war auch der Verfall beabsichtigt. Amber konnte sich nicht vorstellen, dass der Clanherr Curtis Leonhardt auch nur irgendetwas dem Zufall überließ.

Amber, die ihren Beruf als Vergolderin und Restauratorin mit Leidenschaft ausübte, wurde jeden Abend aufs Neue wütend, wenn sie das Kino betrat. Was für eine Schande. Vielleicht sollte sie Curtis ihre Meinung sagen. Auch wenn die Gegenwart des uralten Meisters ihr jedes Mal einen eisigen Schauder über den Rücken jagte. Er war unheimlich, und das Wort »berechnend« schien eigens für ihn erfunden worden zu sein. Oder nein, korrigierte sich Amber im Stillen, es passte im Grunde auf alle älteren Unsterblichen.

»Guten Abend, Miss Connan«, wurde sie freundlich begrüßt. Ein Mann, der zur Wachmannschaft der Zuflucht gehörte, hielt ihr die Tür auf.

Das alte Kino wirkte heute Abend wie ausgestorben. Die hohe zweiflügelige Tür zum Versammlungsraum war geschlossen. Also hatte Curtis wieder einmal seinen Clan zusammengerufen. Aber sicher nicht, um die Renovierung der Fassade zu besprechen, dachte sie mürrisch.

Amber schlich an der Tür vorbei zu den Treppen, die in die Untergeschosse führten, und erreichte bald darauf Julius' Kammer.

Die Tür stand auf, und Amber stieg der Duft von Rosen in die Nase.

»Guten Abend, meine Liebe«, begrüßte sie der eingesperrte Vampir gleich darauf. *»Verzeih mir, dass ich in deinen Gedanken war, ich hätte mich ankündigen sollen.«*

»Schon vergessen.«

Amber stellte ihre Tasche ab, warf ihren Mantel auf das Bett und hockte sich neben den Sarg. Kurz schnürte Zorn ihre Kehle zu. Sie hasste Curtis für das, was er Julius antat. Doch dann breitete sich das wohlige Gefühl von Geborgenheit in ihr aus. Noch nie hatte sie für einen Mann derart stark empfunden. Sie liebte Julius mit jeder Faser ihres Körpers. Sehnsüchtig legte sie eine Hand auf das glattpolierte Holz und verbot sich jeden Gedanken an Mitleid, denn Julius verabscheute nichts mehr als das.

»Wie geht es dir?«, fragte sie leise.

»Alles okay hier drin.«

Ambers Blick glitt zu dem riesigen Blumenstrauß, der auf einem ihr bislang unbekannten Schreibtisch stand. Es waren Dutzende Rosen, alte englische Sorten in Champagner und Rosé, die wunderbar dufteten.

»Gefallen sie dir? Ich dachte, du könntest ein wenig Frühling gebrauchen, wenn du es schon so tapfer hier unten bei mir aushältst.«

Amber stand noch einmal auf, sog den Duft der Rosen tief ein und berührte die samtigen Blütenblätter. »Danke, ich glaube, so einen schönen Strauß habe ich noch nie bekommen. Und was ist mit dem Tisch?«

»Ist ausgeliehen. Damit du arbeiten kannst. Robert besorgt noch Lampen, sie müssen gleich da sein. Sag ihm einfach, was du sonst noch benötigst, und er holt es dir.«

»Du bist verrückt, eindeutig verrückt. Danke.«

Julius schickte ihr erneut die stille Variante seines Lachens. Gleich darauf fühlte sie seinen Hunger. Er versuchte, es vor ihr zu verbergen, doch sie wusste genau, wie sehr er auf ihre Lebenskraft angewiesen war.

»Gleich, Julius, lass mich erst einmal ankommen«, seufzte sie.

»Du musst nicht …«

»Ist schon gut.« Sie nahm eine Decke vom Fußende ihres Bettes und breitete sie neben dem Sarg aus.

KAPITEL 3

Brandon und Christina wanderten auf einem alten Schafspfad an der Schlucht entlang. Er erzählte, wie ihm einmal ein Tier auf der steilen Klippe abgestürzt war und er sich deshalb tagelang nicht nach Hause getraut hatte.

»Du kannst dir nicht vorstellen, was ich alles ausprobieren wollte. Ich war kurz davor, mir eines von unseren Nachbarn auszuleihen, aber der war schon zu einem anderen Weideplatz gezogen. Rate, was passiert ist, als ich heimkam?«

Christina sah ihn mitfühlend an.

»Es gab ein Festessen!«

Als Brandon das verdutzte Gesicht seiner Freundin bemerkte, fuhr er fort: »Two Feathers, Vaters Jungendfreund, war nach langen Jahren ins Reservat zurückgekommen. Stell dir vor, Chris, ich habe ganz umsonst Schiss gehabt. Vater wusste überhaupt nicht, wie viel Schafe wir besaßen. Sobald ich die Herde in den Pferch gebracht hatte, wählte er den fettesten Hammel aus und hat ihn Two Feathers zu Ehren geschlachtet. Sie haben die ganze Nacht erzählt, und Vater trank keinen einzigen Tropfen Alkohol. Ich hatte seit langem das erste Mal wieder Achtung vor ihm.«

»Dieser Two Feathers muss ein eindrucksvoller Mann gewesen sein.«

»Oh ja, das war er. Er hat nie für die Weißen gearbeitet wie Vater, sondern ist als junger Mann aus dem Reservat abgehauen. Weißt du, nach dem Massaker von Wounded Knee hatten die meisten die Hoffnung verloren. Nicht so Two Feathers. Er wollte um jeden Preis kämpfen. Wenn er nicht in den Süden zu den Apachen gegangen wär, hätte er wohl einen Ein-Mann-Feldzug gestartet.« Brandon lachte.

»Und die Apachen haben noch gekämpft?«, fragte Christina erstaunt.

Brandon zuckte mit den Schultern. »Bis in die dreißiger Jahre gab es noch ein paar Kriegerverbände, die in Mexiko unterwegs waren. Two Feathers hat mir gezeigt, das auch ein Junge aus einem Reservat seine Träume leben konnte, wenn er es nur genug wollte. Von jener denkwürdigen Nacht an kannte ich nur noch ein Ziel, abhauen und ein Krieger werden. Und ich hätte es auch geschafft, wenn Coe nicht …«

Brandons Blick ging in die Ferne, dann fuhr er sich über die Stirn.

Christina schloss ihre Hand um seine und drückte sie zärtlich, ihre Finger strichen in einem langsamen, beruhigenden Rhythmus über seinen Puls.

»Lass uns an was anderes denken, komm. Das ist zig Jahre her.«

Brandon versuchte, all die Bilder, die wie unruhige Geister in seinem Kopf herumspukten, zu verbannen, und mit einem Mal wurde ihm tatsächlich leichter ums Herz.

Er packte Christina, drückte sie ganz fest an sich und sog den Duft ihrer Haut ein. Sie war die beste Medizin, die allerbeste! Während Christina noch erleichtert seufzte, stieß er sie wieder von sich und bleckte spielerisch die Zähne.

»Lauf weg!«

Sie machte einige unsichere Schritte. »Wirklich?«

»Lauf weg. Lass mich sehen, wie schnell dich Julius' Blut gemacht hat. Keine Angst, hier beobachtet uns niemand.«

Sie war mit dem nächsten Wimpernschlag auf und davon. Brandon ließ einen Moment verstreichen, dann folgte er ihr.

Es tat so gut zu laufen, die alten Pfade entlang, durch ein trockenes Bachbett und immer den Geruch würzigen Salbeis in der Nase, dem heiligen Kraut, das hier überall wuchs.

Als angewehter Sand die Schritte schwerer werden ließ, überbrückte Brandon die wenigen Meter, die sie trennten, und riss Christina zu Boden. Lachend rutschten sie ein Stück durch den feinen Sand.

»Schau«, sagte Brandon atemlos und wies nach oben. »Das habe ich wirklich vermisst!«

Die Milchstraße zog sich wie ein diamantbestickter Schleier durch den Nachthimmel.

»Meine Großmutter Dolores kannte ein Fadenspiel, in dem die Sternbilder abgebildet waren. So war es für uns Kinder leicht, sie zu lernen.«

Christina kuschelte sich in seine Armbeuge und blickte dorthin, wo Brandons Finger wies. »Dort ist der große Wagen, wir nennen ihn *Náhookos Bika'ii,* der Mann des Nordens. Er ist der Vater oder der Beschützer des Heims.«

»Hat er auch eine Frau?«, fragte Christina. Sie ließ ihre Hand verführerisch über seine Brust gleiten, tiefer wandern, bis er scharf die Luft einsog und lachte. »Natürlich hat er eine.«

»Und wie heißt die?«

»Das errätst du nie. *Náhookos Bi'áadii,* Frau des Nordens, natürlich!«

Christina stützte sich auf. »Besserwisser«, hauchte sie und gab ihm einen schnellen Kuss auf den Mund. »Und der Morgenstern?«

»*Ma'ii Bizo'.*«

»Und das heißt?«

»Und das heißt, und das heißt«, äffte Brandon sie grinsend nach und zog Christina in die Arme. »Das ist Coyotes Stern, und wenn du nicht aufpasst, klaut Coyote dich, wie er den ersten Menschen die Sterne geklaut hat, und rennt mit dir davon!«

Im nächsten Augenblick rollte er sich auf sie und drückte sie in den Sand. Christina keuchte überrascht, grub dann ihre Hände in sein langes Haar und zog seinen Kopf näher, um ihn leidenschaftlich zu küssen.

Als sie schließlich den Rückweg angetreten hatten und schon eine Weile gegangen waren, zerfraß anschwellender Motorenlärm die Stille. Ein Pick-up fuhr die Piste herauf und kam ihnen genau entgegen.

Scheinwerferlicht zuckte über die Büsche.

»Was will der denn hier?«, fragte Christina verwundert und schmiegte sich enger an Brandon.

»Da ist nur jemand spät auf dem Heimweg. In den Hügeln gibt es überall kleine Hütten und Trailer.«

Ein zweiter Wagen näherte sich von der Gegenseite. Die starken Scheinwerfer blendeten.

Brandon blieb stehen, zog Christina von der Piste hinunter und beschattete seine empfindlichen Augen. Dann spürte er auf einmal die Nähe anderer Unsterblicher. Das kalte magische Gefühl kam von beiden Fahrzeugen.

Die Geländewagen steuerten nun direkt auf sie zu.

»Oh mein Gott!« Christina hatte die anderen Vampire auch bemerkt. Brandon legte schützend seinen Arm um ihre Schulter und lächelte aufmunternd. »Hey, sie wollen uns sicher nur kontrollieren. Wir haben ein Recht, hier zu sein, sie dürfen uns nichts tun. Und die Zeiten, in denen jeder Babyvampir abgemurkst wurde, sind vorbei. Entspann dich.«

»Hast du die Papiere auch wirklich dabei? Bran, was machen sie, wenn …«

Er brachte sie mit einem Kuss zum Schweigen und zog triumphierend das Dokument aus seiner Hosentasche. »In ein paar Minuten sind die sicher wieder weg. Dann darfst du dir aussuchen, was wir den Rest der Nacht machen.«

Erleichtert fühlte er Christinas Furcht schwinden. Sie erwiderte sein Lächeln zaghaft. »Ich wüsste da was.«

»Was denn?«

»Wir haben unser schönes Hotelzimmer noch gar nicht eingeweiht.«

Brandon drückte sie zur Antwort fest an sich und musste sich zusammenreißen, um den Fremden mit gebührender Höflichkeit entgegenzutreten.

Die Wagen bremsten abrupt und hüllten sie in Staub. Die Luft schmeckte plötzlich mineralisch.

»Cowboys«, kommentierte Brandon das Manöver abfällig und rührte sich nicht vom Fleck. Hinter ihm und Christina gähnte die Schlucht des Colorado River, und tief unten in der Nachtschwärze rauschte der Fluss. Die Fahrzeuge blockierten den Fluchtweg.

In den Autos saßen zwei Unsterbliche. Brandon konnte sie gegen das grelle Scheinwerferlicht nicht erkennen, doch er fühlte Alter und Anzahl. Einer war sehr stark, ein Meister.

Mit ruhiger Bewegung hob Brandon die Reisegenehmigung mit dem Ratssiegel hoch und hielt die Seite mit dem Zeichen ins Licht. »Christina Reyes und Brandon Flying Crow, Haus Lawhead, Clan Leonhardt aus Los Angeles. Wir haben Reise- und Jagderlaubnis in Arizona.«

Sie warteten vergeblich auf Antwort. Brandon hielt weiterhin mit der Rechten das Dokument von sich gestreckt, den linken Arm um Christinas Schulter.

»Bitte überprüfen Sie unsere Dokumente, Meister. Wir

haben Recht und Gesetz geachtet.« Brandon wurde langsam unsicher. Wie lange sollte er noch in die grellen Lichter starren und die Dokumente vorhalten, wenn sie offensichtlich niemand prüfen wollte?

»Was wollen sie von uns?«, rief er gegen die lärmenden Motoren an.

Ein Mann stieg aus. Sein Gesicht sah merkwürdig aus. Wie das einer Wachsfigur, die Hitze ausgesetzt worden war. Zerflossen, irgendwie schemenhaft und doch körperlich. Es war ein Vampir mit alten Brandwunden.

Der Fremde begann höhnisch zu lachen.

Es klang erschreckend vertraut und ballte Brandons Eingeweide zu einem schmerzenden Klumpen zusammen. Das war nicht … das konnte nicht sein!

»Kommt mein entlaufener Köter also doch endlich nach Hause geschlichen!«

»Nein! Du bist tot!«, schrie Brandon.

»Das hast du dir wohl gewünscht!«

»Das kann nicht sein, das kann nicht sein«, wiederholte Brandon leise und seine Stimme verkümmerte zu einem Flüstern.

Er nahm Christina kaum noch wahr, die sich mit aller Kraft an ihn klammerte. Sie verstand nicht, was in ihn gefahren war. »Bran, wer ist das? Wir haben doch kein Unrecht getan, oder?«

Brandon konnte ihr nicht antworten. Er war wie gelähmt. Es gab nur ein Wesen, dessen bloßer Anblick diesen Terror hervorrief: sein alter Meister und Schöpfer – Nathaniel Coe. Der totgeglaubte Inbegriff seiner Alpträume. »Du ahnst gar nicht, wie sehr ich mich gefreut habe, als mich der Rat von deinem Kommen informiert hat«, sagte Coe und trat nun vollends ins Licht.

Brandon schrie bei seinem Anblick, als habe er in glühende Kohlen gefasst. Er kam zu sich. »Chris, lauf weg!« Er stieß sie fort und rief seine Magie herauf, obwohl ihm klar war, dass er gegen Coe chancenlos war.

Vielleicht konnte er ihn zumindest so lange aufhalten, bis Christina außer Gefahr war. Doch die dachte gar nicht daran, ihn im Stich zu lassen. »Du wagst es!«, brüllte Coe, als Brandon sich ihm mit dem Mut der Verzweiflung entgegen warf.

Brandon schaffte zwei Schritte, dann fuhr ein Blitz in sein Herz und schien es schier zu zerreißen. Sein Körper ergab sich dem Schmerz und brach zusammen. Samtiger Blutgeschmack füllte seinen Mund und lief seine Lippen herab. Es rann auch aus seinen Augen und die Nacht färbte sich rot.

Coe durfte Christina nicht das Gleiche antun!

Brandons Lungen füllten sich unwillig, als er mit letzter Kraft Luft hineinzwang, dann keuchte er noch einmal: »Lauf weg von hier, Chris, verschwinde.«

Brandon starrte auf Coes Stiefelspitzen. Der Meister stand direkt neben ihm. Christina behandelte er zum Glück wie Luft. Brandon hätte so gerne gegen ihn gekämpft, wäre für einen letzten Triumph bereitwillig gestorben, doch seine Muskeln verweigerten den Dienst. Sein Blut erkannte den Schöpfer, sosehr er ihn auch verabscheute.

Coe spuckte Brandon ins Gesicht, und er war unfähig, den widerlichen Speichel fortzuwischen. Dann explodierte ein Schmerz in seinem Magen. Die Heftigkeit, mit der Coe zutrat, ließ Brandon nah an den Abgrund rutschen.

Er zog reflexartig Arme und Beine an den krampfenden Körper, dann wurde ihm klar, wo er lag.

»Gnade, bitte, bitte, Gnade!«, flehte Christina wie aus weiter Ferne.

»Er gehört mir«, knurrte Coe und schüttelte sie ab, »und ich mache mit ihm, was mir gefällt.«

Brandon kroch weiter zum Rand. Schon wurde das verheißungsvolle Rauschen des Colorado lauter. Lieber in die Tiefe stürzen, als zum alten Meister zurückkehren! Alles war leichter zu ertragen als Coe. Brandons Hände fanden kaum Halt im Sand, er kroch, zog sich an scharfen Gräsern vorwärts, zerschnitt sich die Hände.

Dann kam Coe und die Chance war vertan. Er packte zu und riss Brandon mit einer Gewalt an den Haaren vom Steilhang fort, die beinahe die Haut vom Schädel trennte. Brandon schrie verzweifelt. Der Tod, der schon die Arme freundlich nach ihm ausgestreckt hatte, rückte in weite Ferne. Ein Tritt in den Rücken stieß den Gepeinigten weiter Richtung Jeep.

»Wag es nie wieder!«, brüllte Coe. »Ich hab dich geschaffen! Dein Leben gehört mir, mir ganz allein! Ich entscheide, wann und wie es endet!«

KAPITEL 4

Ich schrie aus Leibeskräften. Meine Panik flutete durch die offenen Siegel in Ambers Körper, und sie schrie mit mir. In ihrer Verzweiflung riss sie an dem Schloss, das die Kette meines Sargs hielt, und schlug mit bloßen Händen darauf ein.

Fußgetrappel ertönte auf der Treppe. Vampire und Menschen stürmten in unsere Kammer. Ich schlug und trat gegen die Sargwände. Immer wieder brannte Brandons Hilferuf durch meinen Körper, zerrte an dem Gelübde.

»Er hat ihn, er hat ihn!«, brüllte ich. *»Er darf ihn nicht bekommen!«*

Curtis kam, endlich. »Julius, beruhige dich, verdammt!«

Ich war keines klaren Gedankens mehr fähig und tobte weiter.

Die Vampirin Ann riss Amber von meinem Sarg fort und hielt sie fest. Das durfte sie nicht! Ich stach mit Magie nach ihr. Ann schrie gepeinigt, riss Ambers Tisch mit der halbfertigen Plastik um und brach zusammen.

Wütend schlug Curtis mit beiden Händen auf den Sarg. Mit dem Knall stieß er seine Magie in meinen Körper. »Still, habe ich gesagt!«

Ein Schmerz, schneidend wie Messer, dann erstarrten meine Glieder. Mein Geist war plötzlich taub, jeder Gedanke schwamm langsam wie durch zähen Sirup. Bewegungen schmerzten ungeheuerlich.

»Kannst du mich hören, Julius?«

»Ja, Meister«, krächzte ich. Echte Worte von meinen Lippen. Amber weinte.

»Dann gehorche mir auch.«

»Ja, Meister, das will ich.«

Meine Welt geriet ins Wanken. Der Sarg bewegte sich! Steven und Ann trugen ihn. Curtis ging voran. Ich erriet, wohin man mich brachte. In die Räume des Meisters unter der alten Kinobühne. Dorthin, wo der Sarg normalerweise stand.

Unterdessen geschah etwas mit meiner Bindung zu Brandon. Sie schwand. Dichter Nebel kroch hinein und verstopfte sie. Ich hörte ihn nicht mehr, wurde taub für seine Angst und dann vergaß ich gänzlich, was mich so in Aufregung versetzt hatte.

Vom nächsten Moment an zählte nur noch eines: Ich kam frei! Ich kam endlich frei!

An der Tür des Büros blieb Curtis stehen. »Amber, du musst hier warten, bis du eingelassen wirst. Es ist zu gefährlich für eine Sterbliche.«

»Nein, ich will dabei sein. Ich will bei ihm sein!«

»Amber, bitte, mach, was der Meister sagt. Ich will dir nicht weh tun.«

»Du würdest mir nie weh tun, Julius!«

»Doch, doch, du weißt nicht, was aus mir geworden ist!«

Amber lehnte sich verzweifelt gegen die Wand und rutschte zu Boden.

Sie trugen mich hinein und setzten den Sarg auf einem kleinen Podest ab. Mehr und mehr Vampire kamen. Erstaunt fühlte ich Lilianas Anwesenheit. Die Meisterin des Mereley-Clans hatte mich während meiner Gefangenschaft mehrfach besucht.

Die Vorbereitungen für meine Freilassung kamen voran. Ich hörte leise Schritte, unterdrücktes Gemurmel, Curtis' Befehl, die Fesseln zu bringen.

Ich würde endlich trinken können.

Frisches Blut! Der Gedanke an neue Lebenskraft ließ alles andere in den Schatten treten. Mein Unterleib krampfte und die Welt war plötzlich blutroter Schmerz.

Lilianas kalte Energie rauschte in mein Gefängnis, doch ich wehrte mich. Sie durfte mich nicht betäuben! Ich wollte Freiheit, endlich Freiheit! Ich riss meine Schilde hoch und verbarg mich dahinter wie in einer Festung aus Glas. Es war dumm. Liliana wollte mir helfen, doch ich war jenseits von Vernunft.

»Julius!« Das war Curtis. Es klang wie eine Drohung.

Ich riss mich augenblicklich zusammen. Er würde es fertigbringen und meine Freilassung im letzten Moment aufheben.

Also ließ ich meine Schutzschilde fallen und erlaubte, dass Liliana nach meiner Seele griff. Es tat überraschend gut. Sie strich den Schmerz aus meinem Leib und machte die Messer des Dämons Hunger stumpf.

»Bleib ruhig«, flüsterte sie. »Ich bin bei dir, ich passe auf dich auf. Schließ die Augen.«

Ein Schlüssel klirrte. Kurz darauf wurden an den beiden Längsseiten des Sargs Fächer geöffnet. Ich krampfte die Augen zusammen. Das hereinfallende Kerzenlicht brannte wie tausend Sonnen.

Hände langten durch die Öffnungen und tasteten über meinen Körper. Die Berührungen waren nach all der Zeit ungewohnt. Ich konnte das Blut in ihren Adern dröhnen hören, aber Lilianas Magie zog mich von der Klippe fort und hielt mich davon ab, wie ein tollwütiger Hund zuzuschnappen.

Die Helfer zogen einen breiten Lederriemen über meine Brust und zerrten ihn fest, bis ich glaubte, meine Rippen würden unter dem Druck brechen. Dann legten sie mir Fesseln an die Handgelenke.

Ich zwang mich, gleichmäßig zu atmen, versuchte, auf Lilianas Herzschlag zu hören und meinen dem ihren anzupassen.

Herzklopfen. Überall klopften Herzen, pumpten Blut durch Adergeflechte. Aber es waren nur Vampire mit mir im Raum, nur tote Körper.

Ich erahnte Amber und die anderen Diener im Haus, und ich begehrte sie, begehrte ihr Leben, ihre Wärme. Sie schienen der einzige Weg aus meiner Finsternis, die einzigen Lichter! Blut! Ich brauchte ihr Blut. Ich wollte Leben trinken. Wollte. Musste!

»Er verliert sich«, hörte ich Liliana sagen, und ja, ich verlor gegen den Hunger. Er tobte in dem kleinen Winkel, in den ich ihn verbannt hatte, und ich konnte ihn nicht mehr lange halten.

»Julius Lawhead, hast du deine Taten überdacht?«

Ich versuchte mich zu konzentrieren. Mein Schöpfer

hatte mir die entscheidende Frage gestellt. Ich musste antworten.

»Ja, Meister, ich bereue. Gib mir die Chance, dir meine Treue zu beweisen.«

»Gut. Holen wir ihn da raus.«

Sobald Curtis die Worte gesprochen hatte, war es aus mit mir. Ich konnte meinen Dämon nicht mehr halten und schrie. Die Ketten rasselten durch die Riegel. Schneller, warum ging das nicht schneller? Ich fauchte, bleckte die Zähne, biss in meiner Raserei in meine Lippen und schrie mir die Seele aus dem Leib.

Viele Hände halfen mit. Die sechs Riegel wurden zurückgeschoben. Ich wollte aufspringen und hätte es trotz all der Zeit der Bewegungslosigkeit vermocht, wenn der Lederriemen mich nicht ins Kissen gepresst hätte.

Ich fauchte wieder, schrie, kämpfte dagegen an, doch ich war zu schwach.

Dann wurde der Deckel endlich geöffnet.

Helligkeit! Es war unerträglich hell!

Nach und nach lösten sich Gesichter aus dem grellen Weiß. Liliana, Steven, Curtis, Kathryn und noch mehr. Doch anstelle der vertrauten Wesen sah ich Gefäße mit Blut, ihre Leiber enthielten, was mir gehörte, mir! Ich wollte sie zerreißen, zerstören! In ihrem purpurnen Leben baden.

»Julius, mein Sohn«, sagte Curtis ruhig, »trink und kehre zurück zu mir.«

Ich fand kein Wort des Dankes. Sobald sein Handgelenk in Reichweite war, schlug ich meine Fänge hinein und trank.

Curtis' Energie schwappte in meinen Körper und dämpfte die Schmerzen, bis sie erträglich wurden.

»Genug«, warnte er, doch ich konnte nicht aufhören. Steven umfasste meinen Kopf und bog meine Kiefer auseinander. Ich keuchte.

Es war noch nicht genug! Noch nicht!

»Mehr!«, bettelte ich heiser, doch Curtis' Gabe war vollendet.

»Warte einen Augenblick, und du sollst so viel bekommen, wie du trinken kannst.«

Ich beruhigte mich und leckte das köstliche Nass von meinen Lippen.

Langsam klärte sich mein Blick. Das Licht, das mich so sehr geblendet hatte, stammte von einer einzelnen Kerze, die weit weg auf Curtis' Schreibtisch stand. Ich blinzelte und sah von einem zum anderen.

Curtis hielt sein Handgelenk umklammert. Er nickte Kathryn zu. Sie kniete sich neben den Sarg und löste den Riemen, der sich über meine Brust spannte.

Liliana half mir dabei mich aufzusetzen. Ihre Nähe war berauschend. Sie hielt mir das Handgelenk hin, doch was ich wirklich begehrte, war ihre Kehle. Die Meisterin verstand und kniete sich neben den Sarg.

»Liliana, nicht!«

»Lass das meine Sorge sein, Curtis«, antwortete sie kühl.

Mein Hunger peitschte wieder an die Oberfläche, und wäre ich nicht gefesselt gewesen, hätte ich Liliana einfach an mich gerissen. Sie neigte ihren Kopf und beugte sich in meine Reichweite.

Der plötzliche Schmerz ließ sie nach Atem ringen. Dieser Trank war fast noch köstlicher als der erste. Liliana hielt mich in den Armen, während ich ihr kostbares Geschenk empfing. Endlich, endlich.

Hitze rauschte durch meine Glieder. Ich sog ihre Kraft auf wie ein Schwamm.

»Julius, das reicht!«, sagte Curtis scharf.

»Er weiß selbst, wann es genug ist«, entgegnete Liliana mit schmerzgefärbter Stimme.

Sie hatten beide recht. Ich hatte sie mehr als genug beansprucht. Lilianas Hand liebkoste mein verklebtes Haar, mit der anderen strich sie mir kreisend über den Rücken. Ich tat ihr weh, und sie ließ es mich nicht spüren. Als sich die Wunde geschlossen hatte, legte ich einen Kuss auf ihre Kehle. »Danke.«

Amber hielt den Atem an und starrte wie gebannt durch das Schlüsselloch.

In Curtis' Räumen spielten sich gespenstische Szenen ab.

Eine klapperdürre Gestalt stieg aus dem Sarg. Es war ohne Zweifel Julius. Der Anblick war schrecklich, und dennoch wünschte sie sich nichts sehnlicher, als in diesem Moment bei ihm zu sein, an seiner Seite.

Amber verstand noch immer nicht, warum man sie ausgesperrt hatte, ausgerechnet sie. Sogar die Siegel waren geschlossen. Das war Curtis zu verdanken, da war sie sich sicher. Er wollte nicht, dass sie an Julius' Freilassung teilhatte. Und jetzt stützte sich Julius auf Liliana!

Im Raum wurden mehr Kerzen angezündet, und Amber konnte weitere Einzelheiten erkennen. Unter dem abwartenden Blick von sechs Vampiren der Leonhardt führte Liliana Julius im Kreis. Seine Schritte waren unsicher. Die Kleidung schlackerte an seinem mageren Leib.

Einmal, als sie der Tür recht nahe kamen, blieb Julius plötzlich stehen. Sein Kopf ruckte herum, und er bleckte die Zähne. Die Augen leuchteten gespenstisch in den Höhlen.

Er wusste, dass sie da war! Wusste es genau!

Liliana zerrte ihn weiter, führte den Widerstrebenden zum nächsten Vampir, der ihm daraufhin das Handgelenk entgegenhielt.

Es dauerte über eine Stunde und drei weitere Blutgaben,

bis Amber glaubte, wieder den Mann vor sich zu sehen, der vor beinahe drei Monaten die Strafe angetreten hatte.

Julius' Schritte wurden immer geschmeidiger, schneller.

Er kniete vor seinem Meister nieder, und Amber hörte ihn sprechen. Mit rauer Stimme, die so lange geschwiegen hatte, bekräftigte er seine Treue und wurde von seinem Schöpfer in die Arme geschlossen.

War es jetzt so weit? Durfte sie jetzt endlich zu ihm? »Julius'?«

Sein Kopf ruckte herum. Dann raste er mit übernatürlicher Geschwindigkeit zur Tür und prallte dagegen.

Amber schrak zurück. Das Holz zitterte noch, als sie sich wieder vorwagte und vorsichtig eine Hand an die Tür legte.

»Hey«, flüsterte sie, »geht es dir gut?«

Julius' Finger kratzten über das Holz. Er rüttelte an der Klinke, drückte sie immer wieder, als verstehe er nicht, dass die Tür abgeschlossen war.

»Ich bin hier!«, wisperte er, dann sah sie ihn durch das Schlüsselloch. Er begegnete ihrem Blick, die geröteten Augen voller Sehnsucht.

»Oh Gott, Julius. Warum darf ich nicht zu dir? Warum lassen sie mich nicht hinein?«

»Ich … ich will dir nicht weh tun«, erwiderte er, und da fühlte Amber, dass sich ihre Verbindung wieder öffnete, die Blockade der Siegel schwand.

Sie teilte nun seinen Hunger. Wie sich schon bei dem Gedanken an sie alles in ihm zusammenkrampfte. Er verlangte nach menschlichem Blut! Kurz glaubte Amber sich auf der anderen Seite zu befinden. Sie erlebte, wie er sich verzweifelt gegen die Tür drückte und vermeinte ihre Wärme im Holz spüren zu können. Dass er die Tür streichelte wie ein verliebter Narr und seine Wange über die glatte Oberfläche rieb.

»Julius, hör auf, du darfst noch nicht zu ihr. Du weißt, was letztes Mal passiert ist.« Liliana fasste ihn an den Schultern und zog ihn fort.

Sofort wurde Ambers Verbindung zu ihm schwächer. Mit einem Fluch auf den Lippen nahm sie wieder ihre Position vor dem Schlüsselloch ein und bemerkte gerade noch, wie Julius von Liliana in den Arm genommen wurde und sein Gesicht in ihre lackschwarzen Haare grub.

»Trink noch einmal und dann kannst du zu ihr gehen. Ich bleibe bei dir und passe auf«, hörte Amber sie sagen.

Er fing sich schnell wieder und schaute sich suchend um, dann streckte er seinen Arm nach Ann aus. Nachdem er von ihr getrunken hatte, schien Julius endgültig gesättigt zu sein.

»Darf ich jetzt gehen, Meister?«, fragte er.

Als Curtis daraufhin nickte und einen Schlüssel aus seiner Tasche zog, klopfte Ambers Herz zum Zerspringen.

Die Hand der Meisterin glitt in meine und hielt mich fest, während Curtis die Tür aufschloss. Und dann sah ich sie, meine Amber.

Sie machte unsicher einen Schritt zurück. Ihr sorgender Blick glitt über meinen ausgelaugten Körper. Sie schien etwas sagen zu wollen, schwieg aber.

Der Wunsch, sie in den Armen zu halten, den Duft ihrer Haare zu riechen und mit meinen Lippen ihre weiche Haut zu berühren, war beinahe überwältigend. Verzweifelt krampfte ich meine Hand in Lilianas.

»Komm ihm nicht zu nahe, Amber«, warnte Curtis und schob seinen Arm zwischen sie und mich, gerade als meine Geliebte die trennende Distanz überbrücken wollte.

Ich wollte sie, nur sie! Meine Sicht trübte sich, und ich

nahm nur noch die kostbare Flüssigkeit wahr, die durch Ambers Adern pumpte. Das Herz war gleich dort. Ich musste nur danach greifen und schon wäre es mein.

Dann wurde mir mit einem Schlag bewusst, dass ich darüber phantasierte, meiner Geliebten das Herz aus der Brust zu reißen.

»Liliana, hilf mir!«, schrie ich panisch.

Die Meisterin zog mich an sich, und ich krümmte mich in ihren Armen. Der köstliche Duft von Angst lag in der Luft. Genau so roch Beute, und ich bleckte gegen meinen Willen die Zähne.

Amber blickte unschlüssig von der Meisterin zu mir.

»Was hältst du davon, deinem Herrn ein Bad einzulassen, Amber?«, fragte Liliana. Ihre Worte klangen mehr nach einem Befehl als einer Bitte.

»Ja, natürlich.«

»Kein elektrisches Licht, seine Augen vertragen das noch nicht.«

Liliana wartete, bis Amber außer Sicht war, dann lockerte sie ihren Griff, und wir erklommen die Treppe gemeinsam. Ich war dankbar für ihre Hilfe.

Ambers Duft hing in der Luft.

»Ich habe schrecklichen Hunger nach ihr«, flüsterte ich.

Liliana nickte. »Ich lasse euch nicht allein.«

Amber wartete im Flur und hielt die Tür zum Bad auf. Mehrere dicke, weiße Kerzen standen auf den marmornen Waschbecken und am Rand der feudalen Badewanne. Das Wasser lief aus zwei Hähnen und füllte sie rasch. Es roch nach Jasmin und Lavendel, und plötzlich ersehnte ich nichts mehr, als meinen kalten, ausgelaugten Körper in das warme Wasser gleiten zu lassen.

»Was soll ich tun?«, fragte Amber unsicher.

»Bring mir ein paar frische Sachen, bitte«, sagte ich und

las ihre Enttäuschung darüber, dass ich sie wieder fortschickte, in ihrem Gesicht.

Doch dann kehrte der Hunger zurück, und ich brauchte alle Kraft, um sie nicht anzufallen. »Erklär es ihr, Liliana«, stöhnte ich krampfend und drehte mich von ihr weg.

Die Frauen ließen mich allein, und es wurde sofort besser.

Zögernd näherte ich mich einem der barocken Spiegel. Er war beschlagen, ich wischte eine Ecke frei und starrte ein Monster an. Die Augen waren raubtiergelb und blickten aus tiefen Höhlen. Meine Wangen waren eingefallen. Das Bild verschwand erneut im Wasserdampf.

Motorenlärm drang als stetig lauter werdendes Brummen in sein Bewusstsein. Als Brandon wieder zu sich kam, tat ihm alles weh. Er wurde durchgeschüttelt, etwas schlug immer wieder gegen seine Stirn. Er lag auf der rostigen Ladefläche eines Pick-ups, der über Wüstenpfade rumpelte.

Sie hatten ihm die Arme in einem schmerzhaften Winkel auf den Rücken gefesselt. Die Kette war mit seinem Hals verbunden, und er würgte sich selbst beim Versuch, die tauben Hände zu bewegen.

Doch Coe hatte noch etwas mit ihm getan. Er konnte Julius nicht mehr rufen! Die Bindung war fort. Brandon konnte seinen Meister weder fühlen noch Kontakt zu ihm aufnehmen. Turmalin. Nur der Halbedelstein besaß diese Wirkung. Er fraß die Kraft eines Vampirs und verstopfte die Schwurbindung mit zähem Schleim.

Brandon schluckte an der würgenden Enge in seiner Kehle vorbei. Womöglich hatte Julius ihn bereits vergessen. Aber es war auch besser so. Es gab kein Entkommen aus Coes Klauen. Eine Rückkehr nach L.A. war unvorstellbar.

KAPITEL 5

Es hatte eine weitere Blutgabe gebraucht, bis Liliana es für sicher befand, mich in Ambers Nähe zu lassen. An der Kehle meiner Dienerin und Geliebten tat ich die letzten heilenden Züge.

Kurz darauf führten mich meine Schritte in Curtis' Büro. Amber war nicht mehr von meiner Seite gewichen.

Der Meister war noch nicht da.

Der Sarg, in dem ich über Monate ausgeharrt hatte, stand wieder an seinem Platz in der Ecke und war halb von Säulen und Schatten verborgen. Mein ehemaliges Gefängnis sonderte einen dumpfen, muffigen Geruch ab.

Unbewusst griff ich nach Ambers Hand.

Sie trat vor mich, und sobald ich in das Ozeangrün ihrer Augen sah, wurde ich ruhiger. Manchmal war die Sehnsucht nach ihr stärker gewesen als Hunger und Enge zusammen.

Lag es an den Siegeln oder konnte ich einen Menschen, den ich erst wenige Monate kannte, wirklich so sehr lieben? An meiner Liebe bestand kein Zweifel, nicht für mich.

»Es ist vorbei«, sagte sie sanft, »du musst nicht wieder dort hinein.«

In einer heftigen Regung zog ich sie an mich und presste meinen Mund auf ihren. Sie seufzte leise.

Curtis' Schritte näherten sich. Ich legte einen letzten Kuss auf Ambers Puls und drehte mich um.

Der Meister öffnete die Tür, trat ein und schloss sie hinter sich. Anscheinend hatte er Liliana Mereley persönlich verabschiedet. Jetzt streifte er im Vorbeigehen meine Schulter und musterte mich von oben bis unten. »Du hast dich schnell erholt. Setzt euch.«

Curtis glitt um seinen großen Schreibtisch herum und ließ sich in seinen Sessel fallen.

Amber und ich nahmen auf den wesentlich unbequemeren barocken Stühlen Platz, die diesseits des Tisches standen. Abgeschabter Brokatstoff, Löwenköpfe, Gold. Ich kannte diese Möbel seit meiner Geburt in die Dunkelheit, und meine Hände begrüßten die geschnitzten Lehnen wie zwei alte Freunde.

»Eigentlich solltest du volle drei Monate darin bleiben«, sagte Curtis unvermittelt und wies mit einer eleganten Kopfbewegung in Richtung Sarg. Diese kleine Geste reichte aus und mein Hals wurde eng.

»Soll ich die Strafe jetzt doch vollenden?«

»Nein, nein«, Curtis hob abwehrend die Hände. »Ich hoffe, ich werde dich da nie wieder reinstecken müssen.«

Die Spannung fiel von mir ab.

»Was hat dich deinen Plan ändern lassen?«, fragte ich mit echter Neugier.

»Erinnerst du dich nicht mehr?«

Ich schüttelte den Kopf.

»Du hast geschrien, getobt. Ich dachte, du bringst dich da drin endgültig um.« Curtis musterte mich forschend.

Ich wich seinem stechenden Blick aus und versuchte, die Zeit, bevor sie den Sarg hierhergebracht hatten, Revue passieren zu lassen, doch da war nichts, Leere. Vollkommene Leere.

Ich zuckte mit den Schultern.

»Du hast immer das Gleiche geschrien«, erklärte Amber. »›Er darf ihn nicht bekommen.‹ Aber was oder wen meinst du?«

»Hast du etwas von Brandon gehört?«, ergänzte Curtis.

Seit seinem Aufbruch nach Arizona hatte mein Schützling mir jeden Tag Bericht erstattet, auch am letzten Abend.

»Sie sind in Cameron … nein …« Auf einmal begann ich etwas zu ahnen. »Nathaniel Coe.« Der Name war wie aus dem Nichts in meinem Kopf aufgetaucht.

Curtis hob überrascht die Brauen. »Brandons alter Meister? Aber er ist tot, oder nicht?«

Und dann wusste ich es wieder. »Coe ist nicht tot!« Ich sprang auf und riss dabei fast den Stuhl um. »Coe lebt. Und er hat Brandon!« Ich musste ihn retten. Für eine kurze Zeit hatte der Hunger alle anderen Sorgen überlagert, doch jetzt war alles zurück.

Als hätte sich eine Tür in meinem Verstand geöffnet, tauchten Brandons schreckliche Erinnerungen an Erniedrigung, Missbrauch und Folter vor meinem geistigen Auge auf. Er durfte Coe keinen Augenblick länger ausgeliefert sein. Am liebsten wäre ich sofort losgestürmt.

Ich wusste nicht, wann Curtis aufgestanden war, aber plötzlich stand er vor mir und fasste mich energisch an den Schultern.

»Sieh mich an, Julius!«

Ich starrte in die stahlgrauen Augen meines Meisters. »Brandon ist von meinem Blut. Dieses Monster hat kein Recht, er darf nicht …«, stotterte ich und hielt mich an Curtis' Blick fest, als sei er die einzige Rettung.

»Wenn es wirklich Nathaniel Coe ist, dann hat er leider jedes Recht, Brandon für sich zu beanspruchen. Er ist sein Schöpfer«, antwortete Curtis ruhig und bestätigte damit, was ich insgeheim gefürchtet hatte.

»Nein, er wird ihm das nicht noch einmal antun. Ich, ich …« Ich wollte es nicht wahrhaben.

Curtis' Griff wurde fester, meine Muskeln protestierten unter der groben Behandlung. »Ich habe wie du in Brandons Erinnerungen geschaut«, sagte er. »Ich werde dir helfen, hörst du? Wenn es einen Weg gibt, ihn zurückzuholen, dann unterstütze ich dich mit allem, was die Leonhardt geben können, ohne selbst dem Tode zu verfallen.«

»Nathaniel Coe ist schlimmer als der Tod«, erwiderte ich rau.

»Kannst du Brandon spüren?«, fragte Curtis.

Ich ging in mich. In den stillen, lichten Raum in meinem Herzen, wo die Siegel mit Amber lagen und auch die Fesseln aus Blut und Wort, die mich mit meinen Vampiren verbanden.

Brandon.

Ich rief, doch ich fand ihn nicht. Jemand hatte das Band durchtrennt, nein, nicht durchtrennt! Anders. Es war, als liefe es unter einer geschlossenen Tür hindurch, die ich nicht durchqueren konnte. Meine Magie prallte nutzlos daran ab. Ich öffnete die Siegel, griff nach Ambers Lebenskraft, bündelte sie mit meiner und versuchte es noch einmal.

Wieder nichts.

»Was ist das?« Amber war ebenfalls aufgestanden und starrte mich verwundert an. Sie hatte genau gespürt, was ich versucht hatte. »Es war wie eine Mauer.«

»Eine Mauer, sagt ihr?« Curtis lief auf und ab, während er überlegte. »Ich spüre nichts. Brandon ist dein. Die alten Schwüre sind vergangen, es gibt keine Spur, der ich folgen könnte. Er hat sich mit ganzem Herzen dir ergeben. Ich …«

»Sieh nach«, forderte ich und knetete meine Hände. »Bitte, Curtis, du musst!« Im nächsten Atemzug ließ ich meine Schilde fallen und mein Meister war in meinem Herzen. Seine Energie wusch durch meinen Körper und fand die Schwüre, dann war Curtis' Macht wieder fort.

Ich stolperte rückwärts, fühlte mich ohne seinen Einfluss einen Moment verloren. Amber stützte mich.

Curtis hatte uns den Rücken zugedreht und lachte. Er lachte?

»Dieser Nathaniel Coe ist dumm«, sagte er im Brustton der Überzeugung. »Er hat eure Bindung gar nicht zerstört! Dabei ist es so einfach. Wäre ich an seiner Stelle, hätte ich jede Erinnerung mit Blut und Schmerz aus Brandons Geist gewaschen, bis er rein wäre wie ein leeres Gefäß, das ich neu füllen könnte.«

Ich kannte Curtis' Stärke, und solche Aussprüche waren es, die mich wieder daran erinnerten, wie gefährlich er wirklich war.

»Was bedeutet das?«, stellte Amber meine Frage. »Was hat er getan?«

»Schwarzer Turmalin.«

»Der Edelstein?«

»Ja, genau. Schwarzer Turmalin verhindert den Gedankenaustausch, zerstört den Energiefluss zwischen zwei Wesen, blockiert die Aura.«

»Das heißt, er benutzt einen Stein, um Brandon daran zu hindern, mit mir zu kommunizieren? Aber wie?«, fragte ich verwundert.

»Es muss nicht unbedingt ein Stein sein. Es kann alles sein. Ein Sarg mit Turmalin, ein Schmuckstück, Fesseln.« Curtis schien sehr zufrieden mit seiner Antwort. »Was ist mit Christina? Wenn er sie ebenfalls in seiner Gewalt hat, ist das ein Verstoß gegen den Codex und wir können gegen ihn vorgehen. Such die Bindung zu ihr. Ich hoffe für uns, du findest sie nicht.«

Ich konzentrierte mich wieder auf den Raum in meinem Herzen und entdeckte Christina sofort. Ihren Schmerz, ihre Angst. Sie weinte so sehr, dass sie kaum Luft holen konnte. Ihre Hände krampften sich um ein Lenkrad. Sie fuhr über den Freeway. Durch die Windschutzscheibe konnte ich eine nächtliche Skyline ausmachen. Die Häuser kamen mir bekannt vor. »Sie ist auf dem Weg zu uns, sie ist gleich hier. Ich kann Coes Magie in ihr spüren. Er hat ihr einen Befehl eingepflanzt: Heimkehr.«

Deshalb hatte sie sich vorher nicht gemeldet. Sie stand noch immer unter seinem Einfluss, aber er hatte sie nicht geraubt und also nicht gegen den Codex verstoßen.

»Verdammt!« Curtis nahm seine Wanderungen durch das Zimmer wieder auf und schlug mit der flachen Hand gegen eine Säule.

»Ich muss dorthin, Curtis!«, sagte ich.

»Du wirst nirgendwo hingehen!«, donnerte er. »Nicht, wenn ich es nicht erlaube.«

Ich zuckte zusammen. Panik und Enge. Curtis schickte mir meine eigene Erinnerung an den Sarg. Ich taumelte mit gebleckten Zähnen rückwärts. Im nächsten Augenblick stand er wie aus dem Nichts vor mir, fasste nach meiner Kehle und drückte meinen Kopf hoch. Er zwang mich, ihm in die Augen zu sehen. Seine Iris waren zu hellem Grau geworden, einer Farbe wie von schmutzigem Schnee.

»Du wirst dich meinem Willen nicht widersetzen, Julius Lawhead.«

»Nein, nein das werde ich nicht.«

Curtis' Augen wurden schnell wieder dunkler, seine Wut verschwand.

»Wir machen es auf meine Weise«, erklärte er ruhig und lockerte den Griff um meine Kehle. Mein Puls trommelte, angefeuert von Adrenalin, gegen seine Hand. Ich kontrollierte meine Gefühle nicht so perfekt wie er. »Ich werde dir in allen Dingen folgen«, erwiderte ich und senkte den Blick.

Seine Hand glitt fort von meinem Hals, ruhte auf meiner Schulter.

»Versteh mich nicht falsch, Julius. Ich will Brandon genauso sehr frei haben wie du. Aber ich kann nicht erlauben, dass du einfach nach Arizona fährst und dem hohen Rat von Phoenix einen guten Grund lieferst, dich umzubringen.«

»Was soll ich dann tun, Curtis?«

Amber drängte sich zwischen uns. »Wir lassen ihn nicht einfach so im Stich! Er ist unser Freund.«

Curtis setzte sich wieder an seinen Tisch. Jetzt war er ganz in seinem Element. »Ich werde als Erstes beim Rat von Phoenix sichere Passage für euch erbitten, damit niemand auf die Idee kommt, ihr wolltet ein fremdes Territorium übernehmen. So jung du als Meister auch sein magst, Julius, du bist eine Bedrohung für die bestehenden Strukturen in Arizona. Du wirst nach Phoenix fahren und versuchen, beim Rat ein Urteil gegen Coe zu erwirken. Er hat viele Menschen getötet, wir beide wissen das aus Brandons Erinnerungen, aber es sind dürftige Beweise, und ich zweifle, dass sie für eine Anklage ausreichen.«

»Und wenn die Ratsmitglieder eine Verurteilung ablehnen?«

»Dann wirst du alles daransetzen, Brandon von Nathaniel Coe freizukaufen.«

»Oder einen anderen Vampir gegen ihn austauschen, wenn du das fertigbringst«, ergänzte Curtis in Gedanken und sein Blick flackerte kurz zu Amber.

Er wusste, wie wenig Verständnis sie für unsere Gesetze hatte. Dennoch war auch ich schockiert. Wie sollte ich einen anderen Unsterblichen dem ausliefern, was Brandon geschehen war, und wen?

»Steven wird euch begleiten«, beantwortete Curtis meine Gedanken.

»Nein!« Nicht ausgerechnet Steven. Er war nach Christina der jüngste im Clan und wie ein kleiner Bruder für mich. Ich hatte ihn sein ganzes, kurzes Leben als Vampir begleitet.

»Doch, Julius, und ich dränge dich, Ann die Commendatio abzunehmen. Wenn du vor den Rat trittst, solltest du so stark erscheinen wie möglich.«

»Aber ich will sie nicht, Curtis«, protestierte ich. Die Commendatio, der Treueeid, war nicht so einfach wieder aufzuheben. Ich trug an der Verantwortung für Brandon und Christina jetzt schon schwer genug.

»Ich verspreche dir, dass ich dir Ann abnehmen werde, sobald ihr zurück seid. Ich habe sie in den vergangenen Monaten geprüft und nehme sie gerne auf. Sie ist vielleicht nicht stark, aber sie hat ein gutes Herz.«

»Und du denkst, das Ganze ist wirklich nötig?«

»Ja.«

»Okay, dann mache ich es eben«, murrte ich widerwillig.

Curtis nickte zufrieden. »Geh und kümmere dich um Christina. Ich werde alles vorbereiten.« Er sah auf die Uhr. »Wir haben noch eineinhalb Stunden bis zum Sonnenaufgang. Ich rufe Zeugen in den Versammlungsraum.«

Amber und ich hasteten die Treppe hinauf.

In Gedanken suchte ich die Vampirin Ann und tat ihr meinen Willen kund, ihr den Eid abzunehmen.

Sie beantwortete mein Angebot mit einem rauschhaften Glücksgefühl. Ich schob es beiseite, um mich auf Christinas Ankunft vorzubereiten.

Amber und ich erwarteten sie an der Hintertür des Lafayette, und schon bald ertönte das laute Brummen eines Pickups aus der Seitenstraße.

Der schwarze Dodge Ram zog einen glänzend silbernen Airstream-Wohnwagen hinter sich her, der ausreichend Platz für vier Vampire und zwei Diener bot.

Das Gespann rollte in die Einfahrt des Hinterhofs. Sobald Christina uns entdeckte, erstarb der Motor.

Amber machte sich von mir los und lief auf den Wagen

zu. Als sie die Fahrertür beinahe erreicht hatte, fühlte ich Christinas Hunger aufbranden. »Weg! Weg vom Wagen!«

Amber verharrte mitten im Lauf. Doch es war zu spät. Christina stürzte aus der Tür und direkt auf sie zu.

Amber hatte geahnt, was geschehen würde, nutzte den kraftvollen Angriff der Vampirin und wandte ihn mit einem gekonnten Griff gegen sie. Chris stürzte zu Boden.

Amber überwand die letzten Meter zum Auto, sprang auf den Fahrersitz und verriegelte die Tür. Sie war in Sicherheit.

Ehe ich mich versah, war Christina wieder auf den Füßen und starrte meine Dienerin durch die geschlossene Scheibe an. Sie schlug mit den Händen gegen das kugelsichere Glas und kratzte mit den Fingernägeln über die Dichtungen.

»Chris, Christina!« Ich ging betont langsam auf sie zu. Sie durfte auf keinen Fall weglaufen! Wenn ich sie dann wiedersehen würde, trug ich vermutlich ihren Hinrichtungsbefehl in der Tasche und es würde kein Zurück mehr geben.

Die junge Vampirin sah auf und zischte mich an.

Ich fing ihren Blick auf, sandte meine Energie aus und tastete nach ihrem Herzen. Der Muskel lag tot in ihrer Brust, wie ich es befürchtet hatte. Coes Angriff musste heftig gewesen sein und wirkte noch immer nach.

Christina wandte mir ihre Aufmerksamkeit zu, aber sie erkannte mich nicht. Die Instinkte junger Vampire sprachen eine klare Sprache: Halte dich fern von den Alten, sie sind gefährlich, sie töten dich.

Auch an meinen Händen klebte das Blut unzähliger Neugeborener.

Aus dem Wageninneren warf mir Amber verzweifelte Blicke zu.

Mittlerweile war ich bis auf wenige Schritte an Christina herangekommen. Sie fauchte wieder und duckte sich. Hin-

und hergerissen zwischen Amber, der vermeintlichen Mahlzeit, und mir, dem Tod.

»Chris, erkennst du mich nicht?« Ich konzentrierte mich auf die Eide, gab ihnen mehr Kraft und erhielt dennoch keine Antwort.

»Christina, bitte!«, flehte ich und streckte beide Arme nach ihr aus. Ich war noch kein Meister, nicht wirklich.

Plötzlich spürte ich Curtis' Nähe, und allein der Gedanke an ihn öffnete eine geistige Brücke. *»Was schmiedet dich an sie?«*

»Blut und Wort«, antwortete ich laut und schlagartig kannte ich die Lösung.

Christina hatte sich wieder der Autotür zugewandt und versuchte erfolglos, ihre Finger in die Ritze zwischen Tür und Blech zu quetschen.

Ich schlitzte mir mit einem Eckzahn das Handgelenk auf und reckte es in ihre Richtung. Die ersten Blutstropfen fielen auf den Beton, und plötzlich hatte ich die volle Aufmerksamkeit der jungen Unsterblichen.

Ihre Pupillen waren riesig. Wie tiefe Tümpel schwebten sie in ihrem blassen Gesicht. Gierig verfolgten sie jeden Tropfen, der auf den Boden fiel.

»Bei meinem Blut rufe ich dich zu mir, Christina Reyes, denn ich bin dein Meister und dein Schöpfer«, sagte ich ruhig und machte langsam einen Schritt auf sie zu.

Plötzlich flackerte Erkennen in ihren Augen. Sie zischte wieder, doch dann presste sie erschrocken eine Hand auf den Mund. »Julius, was? … Ich …?«

Sie sah kurz zu Amber, die verängstigt im Wagen kauerte, dann wieder auf meinen Arm. Die Blutung hatte fast aufgehört, und die Haut schloss sich mit kaltem, magischem Kribbeln.

»Komm zu mir, komm und trink von mir.«

Mit zwei raschen Schritten überbrückte Christina die Distanz. Ich presste ihren eiskalten Körper an mich, bot ihr mein Handgelenk, und sie schlug ihre Zähne hinein.

Sobald sie Christina trinken sah, öffnete Amber die Autotür. Meine Schutzbefohlene schluckte laut und weinte zur gleichen Zeit. Ich führte sie langsam vom Auto fort, die Treppen hinauf.

Amber öffnete die Tür für uns. »Was ist mit ihr?«

»Der Kampf mit Coe hat ihre Energie geraubt, sie hatte Hunger«, antwortete ich und strich Christina durch die langen Locken.

Mein Blick streifte den orangegrauen Nachthimmel.

Die Zeit drängte. Ich konnte den kommenden Morgen zwar erst erahnen, aber es gab noch so viel zu tun.

Christina starrte mich an. »Brandon wurde entführt, er …«

»Ich weiß«, sagte ich schnell. »Wir werden ihn befreien, wir brechen noch heute auf, Curtis hilft uns.«

»Wirklich?«

»Ich werde alles dafür tun.« Ich schob sie weiter.

Wir betraten den Versammlungsraum gemeinsam. Auf den Tischen und in den Wandhalterungen brannten Kerzen. Der ehemalige Vorführraum des Kinos wirkte festlich wie ein Thronsaal. Räucherwerk tränkte die Luft mit schweren Düften.

Sechs Vampire standen am Ende des Raumes Spalier und flankierten einen roten Läufer mit eingewebten schwarzen Schriftzeichen.

Auf einem Kissen kniete Ann. Sie trug ein bodenlanges Abendkleid.

Curtis hatte sich selbst übertroffen. In den wenigen Minuten, die ich an der Hintertür auf Christina wartete, hatte er alles vorbereitet, um Anns Treuegelöbnis einen schönen Rahmen zu verleihen.

Ich dachte kurz an die improvisierte Zeremonie in einer schmutzigen Seitenstraße in South Central, wo ich Brandon zu meinem Gefolgsmann gemacht hatte. Wie sehr wäre ihm, gerade ihm, diese feierliche Stimmung gerecht geworden.

»Geh mit Amber«, flüsterte ich Christina ins Ohr.

Curtis stand an Anns Seite und gab mir ein Zeichen. Ich atmete tief durch, dann lenkte ich meine Schritte zu den anderen.

Ann strahlte wie eine zukünftige Braut. Vor drei Monaten hatte ich sie beinahe getötet. Sie war die einzige Überlebende des einstmals größten Clans von Los Angeles, dem Daniel-Gordon-Clan, und war bei den letzten Kämpfen zu den Leonhardt übergelaufen.

»Die Leonhardt zum Zeugen!«, rief Curtis feierlich und die anwesenden Vampire richteten ihre aufmerksamen Blicke auf uns.

Ann kniete zu meinen Füßen und glättete verlegen ihr tadellos sitzendes Kleid.

Ich lächelte aufmunternd. Beruhigt faltete sie ihre schlanken Hände vor dem Körper.

»Ann Gilfillian, geboren 1932 in New Orleans, gestorben und wieder geboren 1968 im Blute Daniel Gordons. Du bist ohne einen Meister, ohne einen Clan. Julius Lawhead hat …«

Ich konnte Curtis' Worten nicht recht folgen. Meine Gedanken wanderten zu Brandon. Es ging mir alles nicht schnell genug.

»*Julius, jetzt!*«, fuhr Curtis' Stimme mahnend durch meinen Geist.

Ich rief meine Magie herauf und stieß sie mit sanfter Gewalt in Anns Herz. Ihre Erinnerungen gehörten mir. Kindheit, Liebe, Verwandlung – alles. Sie hatte keine Geheimnisse mehr.

Ann leistete ihren Schwur, dann sagte ich meinen Teil auf, wie er seit jeher im Codex geschrieben war. Ein paar Tropfen Blut, ein Kuss auf Puls und Stirn und Ann Gilfillian war mein.

Seite an Seite schritten wir die Reihen der Zeugen ab und ließen uns gratulieren, dann trieb uns der nahende Sonnenaufgang zur Eile.

Nachdem wir Christina zu ihrem Sarg begleitet hatten, betraten Amber und ich meine Kammer.

Amber hielt mich in ihren Armen. Wir küssten uns lange und innig, doch mein Blick huschte immer wieder zum Sarg.

»Wenn du möchtest, kannst du bei mir im Bett schlafen.«

Ich sah sie überrascht an. »Das würdest du wirklich tun? Neben mir schlafen, während ich für die Welt gestorben bin?«

»Wenn dadurch der Schmerz aus deinen Augen verschwindet, ja.«

»Aber dann bin ich tot«, wandte ich ein und fühlte, wie das Spannungsgefühl zwischen meinen Schultern verschwand. Amber rieb ihre Hüfte an meiner und entlockte mir einen Laut freudigen Erstaunens.

»Ich habe nicht gesagt, dass ich es genießen würde, Julius«, lachte sie.

Meine Beine wurden schwer und mir lief die Zeit davon. Ich überwand meine Furcht, taumelte zu meinem Sarg und kroch mit letzter Kraft hinein.

Zu meiner Überraschung streifte Amber ihre Schuhe ab und stieg zu mir.

KAPITEL 6

Sobald Julius eingeschlafen war – Amber konnte sich einfach nicht überwinden zu denken, dass er jeden Tag starb –, stieg sie aus seinem Sarg und blieb müde daneben sitzen.

Noch konnte sie ihren Blick nicht abwenden. Julius sah furchtbar krank aus, bleich war er sonst auch, aber nicht so schrecklich mager.

Amber strich dem Vampir die Locken aus dem Gesicht, die nach seinem Bad zu einem wilden Durcheinander getrocknet waren, und zeichnete mit dem Finger die Kontur seiner eingefallenen Wangen nach.

Sie hätte ewig bei ihm sitzen können, doch dann glitt ihr Blick durch den Raum. Der Schreibtisch, an dem sie gearbeitet hatte, bis Julius plötzlich zu toben begann, lag umgestürzt auf der Seite.

Von dem Tonmodell fehlte jede Spur. Amber schluckte ihre aufkeimende Enttäuschung hinunter. Da ging sie dahin, ihre Chance, eine richtige Restauratorin zu werden.

Sie würde weder eine Arbeitsprobe abgeben können noch am Montag überhaupt zur Arbeit erscheinen. Vielmehr würde sie sich in Zukunft die Frage stellen dürfen, was wäre passiert, wenn?

Ob sie überhaupt gut genug war, um sich je Hoffnungen machen zu können, antike Skulpturen zu restaurieren? Oder würde es bei Bilderrahmen und Spiegeln bleiben?

Amber atmete tief durch. Die Erfüllung eines beruflichen Traums erschien nach den Ereignissen der letzten Stunden unwichtig. Ein Luxus. Zumindest das Chaos in der Kammer würde sie beseitigen, damit sie nicht auch noch beim Aufstehen daran denken musste.

Sie drückte Julius einen flüchtigen Kuss auf den Mund und stand auf. Zuerst stellte sie den Tisch wieder hin und den Stuhl, der durch den halben Raum gerutscht war, dann hielt sie inne.

Die Hand mit dem Lorbeer, an der sie gearbeitet hatte, lag in einer Pfütze Blumenwasser auf dem Boden. Scherben der zu Bruch gegangenen Vase waren überall, eine steckte sogar im Ton.

Aber so zerstört war das Modell gar nicht. Vielleicht war es sogar noch zu retten! Ambers Müdigkeit war mit einem Schlag wie weggeblasen. Bis zu ihrem Aufbruch waren es noch sechs Stunden. Zeit genug, um zumindest ein Modell fertigzubekommen.

Hastig verfrachtete sie die Rosen ins Waschbecken, sammelte die Scherben auf und machte sich daran, die zerdrückte Tonfigur wieder in Form zu biegen. Irgendein Gott schien doch ein wenig Mitleid mit ihr gehabt zu haben, denn dank des vergossenen Blumenwassers war der Ton nicht allzu sehr angetrocknet.

Ambers Hände arbeiteten wir von allein. Fügten hier etwas an, glätteten dort, formten Stängel und Blätter der Ranke neu. Doch auch nach Stunden war und blieb es nur ein einziges Tonmodell.

Würde das reichen, um ihren Chef und den Auftraggeber zu überzeugen? Vor allem, wenn sie es noch nicht einmal selber abgab? Einen Versuch war es wert.

Als Amber glaubte, die Augen gar nicht mehr aufhalten zu können, klingelte ihr Handy. Auf dem Display leuchtete eine bekannte Nummer.

Kurz überlegte sie, nicht zu antworten, doch ihr schlechtes Gewissen behielt die Oberhand.

»Mama, es tut mir leid«, sagte sie schnell, bevor Charly Connan überhaupt nur den ersten Ton herausbrachte.

»Weißt du, wie spät es ist, Amber?«

»Nein, weiß ich ehrlich gesagt nicht.«

»Du wolltest vor einer Stunde hier sein, wo bist du denn?«

»Bei Julius.«

»Du fährst zu deinem Freund? Heute? Ist er dir so viel wichtiger als Frederik, als ich?«

»Mama, bitte.« Amber atmete tief durch. »Ich schaffe es heute nicht mehr.«

»Du hältst dich nie an unsere Verabredungen!«

»Das stimmt doch gar nicht. Letztes Mal …«

»Wir wollten zum Friedhof. Ich habe extra Blumen gekauft. Du hast es mir versprochen. Du musst ja nicht mit mir essen, aber steig ins Auto und komm her … bitte.«

Amber hörte, wie Charly zu schluchzten begann. »Mama, bitte, ich muss wirklich arbeiten. Frederik würde das verstehen.«

»Morgen früh?«

»Nein, ich kann nicht.« Amber schluckte. Wie sollte sie ihr erklären, was mit Brandon geschehen war?

»Was kann am Sonntag so Wichtiges sein, dass du deinen Bruder nicht besuchen kannst?«, sagte ihre Mutter auch prompt.

Amber atmete tief durch.

»Du tust fast so, als sei er noch lebendig, Mama! Aber Frederik ist tot. Er wartet nicht auf uns. Er hat jetzt alle Zeit der Welt.«

Klack. Charly Connan hatte aufgelegt.

Amber schalt sich eine Idiotin. Sie wusste doch genau, wie schlecht ihre Mutter mit der Wahrheit zurechtkam, und ihr Tonfall war zudem alles andere als freundlich gewesen. Sie atmete tief durch und wählte die Nummer von daheim, dann lauschte sie gebannt auf das Freizeichen. Ein, zwei, fünf Mal, und keiner nahm ab.

Amber klappte ihr Handy zu und barg das Gesicht in den Händen. Sie konnte sich lebhaft vorstellen, was jetzt passierte. Charly ging zur Anrichte in der Küche, wo sie in der linken Schublade ganz hinten unter den Servietten ihre Tabletten verborgen hatte. Es war eines von vielen Verstecken, die über das ganze Haus verteilt waren. Charly würde eine Pille schlucken, womöglich auch zwei, und versuchen, ihre Trauer in einem traumlosen Schlaf zu ertränken.

Und diesmal war weder ihr untreuer Vater noch Frederik daran schuld, sondern Amber. Ganz allein sie!

Es klopfte an der Tür.

Amber schrak hoch und wäre beinahe von Stuhl gekippt. Sie war am Tisch eingeschlafen. Ein Blick auf die Uhr jagte ihr den nächsten Schrecken ein.

Es war schon nach zwölf, viel zu spät.

Erneutes Klopfen.

»Wir wollen den Sarg abholen«, rief Robert. In seiner Stimme klang Eile mit, und Amber hatte sofort das mürrische, aber liebenswerte Gesicht von Curtis' Diener vor Augen.

»Ja, ja, sofort.«

Als sie die Tür aufschloss, warteten Robert und zwei andere Männer davor. Ihnen stand der Schweiß auf der Stirn. Anscheinend hatten sie die anderen Särge bereits verladen und Julius' als Letzten vorgesehen.

Missbilligend trat Robert an Amber vorbei und musterte den offen stehenden Sarg und die Metallbolzen, die es dem Vampir eigentlich ermöglichten, diesen von innen wie einen Tresor zu verschließen.

»Er hat ihn nicht verriegelt? Wozu ist alles Hightech der Welt gut, wenn man es nicht benutzt?«

Amber glaubte ihren Ohren nicht zu trauen. »Würdest du nach zweieinhalb Monaten Eingesperrtsein freiwillig da drin schlafen?«, fauchte sie und schloss, nach einem letzten Blick auf Julius' dunkel schimmernde Augenlider, den Deckel.

Robert verkniff sich jeden weiteren Kommentar.

Die beiden Männer machten sich daran, die Ecken des Sargs mit Schaumstoffwinkeln abzupolstern, die wohl eigentlich für den Transport von Kunstwerken gedacht waren. Der Sarg, ein Geschenk von Curtis, war mit seinen Intarsien und Malereien ohnehin ein solches.

Amber überließ den Männern das Feld, während sie Kleidung für Julius und sich selbst in zwei Reisetaschen packte.

Die Träger hatten ihre Vorbereitungen schnell abgeschlossen und waren im Begriff, Gurte in die Griffe einzuhaken. Robert überprüfte ihre Arbeit noch einmal und bedeckte den Sarg mit einer schweren roten Brokatdecke. »Seid vorsichtig. Wenn der Macken bekommt, könnt ihr euch von ein paar Fingern verabschieden.«

Die Männer lachten.

»Ab an die Sonne mit dem Blutsauger«, scherzte der Größere, dann hoben die Männer ihre Last an. Sie fluchten, während sie alle Kraft aufbrachten, um den Vampir in seiner Ruhestätte aus der Kammer zu bugsieren.

Als Amber einige Zeit später mit einer Tasche in jeder Hand und noch nassen Haaren ins Entree eilte, standen zwei der Särge noch immer dort.

Sonne flutete durch die weit geöffnete Flügeltür, die in den Hinterhof führte, und füllte den Raum mit tanzendem Staub.

Amber blinzelte und schob sich die Sonnenbrille über die Augen.

Die Luft war warm für einen Januartag. Es hatte vor kurzem geregnet, und so besaß sie noch die besondere Frische, die man in Los Angeles nur an wenigen Tagen im Jahr genießen konnte. Amber glaubte den fernen Duft von Oleander und Eukalyptus wahrzunehmen und natürlich vom Meer, der Strand war nah.

Sie nahm den kurzen Weg über den Hof zu dem großen Airstream-Wohnwagen, der silbern glänzend auf seine Fracht wartete. Sie stieg die Stufen hinauf, und spähte in den Kühlschrank.

Robert ging an ihr vorbei und berührte sie an der Schulter. »Alles okay, oder soll ich dir doch lieber einen Fahrer mitgeben? Du siehst müde aus.«

»Ich hab auch nicht geschlafen. Aber ich schaffe das schon, danke.«

Curtis' Diener zog eine Ledermappe aus einem kleinen Regal und öffnete sie.

»Hier ist alles drin, was du brauchst«, erklärte er und wies auf eine seltsame Mischung aus Fax und mittelalterlicher Schriftrolle. »Das ist eure Einreisegenehmigung für Arizona und für alle Fälle die Durchreiseerlaubnis für Nevada und Utah. Das Fax ist vom Rat aus Phoenix. Curtis hat es gesiegelt. Falls du an der Grenze aufgehalten wirst, zeigst du es vor. Sie verlangen eine Friedgeisel für Gastfreundschaft und Jagdrechte, weißt du, was das heißt?«

Amber schüttelte den Kopf.

»Es ist wie eine Bürgschaft. Julius übergibt Steven dem Rat von Phoenix. Falls er gegen ein Gesetz verstößt, muss Steven dafür geradestehen.«

»Das ist unfair!«.

»Na ja, aber Julius wird sich eher geneigt fühlen, den Gesetzen treu zu bleiben, wenn er nicht nur seine eigene Sicherheit, sondern auch die eines anderen aufs Spiel setzt. Deshalb hast du hier also auch Stevens Papiere und eine Urkunde, die Julius später unterzeichnen muss, aber er kennt sich damit aus. Ich habe dir den Navi im Dodge schon eingestellt, er wird dich direkt zum Ratssitz in Phoenix leiten. Bis dahin werden die drei wach sein.«

Amber nickte. »Ich kriege das schon hin.«

In diesem Moment wuchteten die Männer Julius' Sarg durch die Tür des Wohnwagens und stellten ihn keuchend auf dem Boden ab. »Herrgott, was ist denn da drin, Robert?«, fluchte der Blonde. Der Schweiß lief ihm in Strömen aus dem Haar.

»Spezialanfertigung!«, lachte der Diener.

Amber beobachtete, wie eine Klappe im Boden geöffnet wurde und Julius' Sarg darin verschwand. Von außen war nichts zu erkennen.

Robert bezahlte die beiden Helfer.

Amber reichte ihnen zum Abschied die Hand und stieg mit Robert aus dem Wohnwagen. Dieser drückte ihr ein Tütchen mit verschiedenfarbenen Pillen in die Hand.

»Du hast dein Frühstück vergessen.«

Amber verzog den Mund, suchte sich eine Kombination aus Mineraltabletten und Vitaminen zusammen und schluckte sie hinunter.

»Ich esse eigentlich auch so genug Grünzeug«, murmelte sie, doch genau diese Diskussion hatte sie mit Robert schon oft genug geführt, um zu wissen, dass es unnütz war, erneut damit anzufangen.

Er erwartete von allen, die den Vampiren regelmäßig Blut spendeten, dass sie ihre Ernährung künstlich aufbesserten. Und deshalb stopfte sich Amber brav die restlichen Pillen in die Hosentasche und sah sich unsicher um.

Bei der Vorstellung, den Pick-up mitsamt dem Wohnwagen rückwärts aus dem schmalen Hoftor rangieren zu müssen, bekam sie Magenschmerzen.

»Soll ich für dich raussetzen?«, fragte Robert, lächelte und war im nächsten Moment schon am Steuer des Dodge.

»Du bist ein Schatz«, rief Amber gegen den Motorenlärm.

Souverän manövrierte Robert das Gespann durch die enge Lücke. Dann war der Zeitpunkt des Aufbruchs endgültig gekommen.

Robert stieg aus und ließ den Motor laufen. Amber liebte diesen Ton, liebte die großen, schweren SUVs, auch wenn sie manchmal ihr Umweltbewusstsein plagte. Langsam begann sie die Aussicht auf eine Fahrt mit dem Dodge zu genießen.

»Es ist Kaffee im Wagen, außerdem Frikadellen und Sandwichs«, sagte Robert und wies auf eine kleine rote Kühlbox auf der Beifahrerseite.

Amber umarmte den Älteren kurz und ließ sich auf den Fahrersitz gleiten.

»Danke für alles. Und du denkst daran, mein Modell bei der Werkstatt abzugeben?«

»Auf jeden Fall, verlass dich auf mich. Viel Glück. Ich hoffe, ihr findet Brandon, und pass auf, dass Julius' Temperament nicht mit ihm durchgeht.«

»Ich gebe mir Mühe«, seufzte sie.

»Das meine ich ernst, Amber.«

»Ich auch.«

Robert nickte. Amber schlug die Tür zu und schob ihren Sitz nach vorn.

»Wenn etwas ist, ruf mich einfach an«, rief er ihr durch das offene Fenster zu. Amber legte den ersten Gang ein, dann rollte sie vorsichtig die schmale Zufahrt hinunter.

Eine Stunde später kämpfte sie sich noch immer durch das Verkehrschaos von L.A., doch je weiter sie Richtung Pasadena kam, desto besser wurde es. Als endlich das Schild mit den Wegweisern zum Highway 10 auftauchte, waren fast zwei Stunden im Stau verlorengegangen. Das Stop-and-go war zermürbend gewesen, und Ambers Gedanken von einer Sorge zur nächsten gesprungen.

Sie war überrascht, wie sehr sie um Brandon bangte, der sich bei ihren ersten Begegnungen noch eine Freude daraus gemacht hatte, ihr Angst einzujagen. Doch seitdem er Julius den Gefolgschaftseid geleistet hatte, war das anders geworden. Brandon war nicht mehr wiederzuerkennen.

Er war freundlich und still geworden, manchmal konnte er sogar witzig sein. Dennoch wirkte Brandon selbst in Gegenwart seiner Freundin Chris immer ein wenig zu kalt, zu kontrolliert. Es musste an seiner Vergangenheit liegen.

Über Jahrzehnte war er von seinem Schöpfer Nathaniel Coe gequält worden. Aber baute nicht die gesamte Gesellschaft der Unsterblichen auf Gewalt auf? Da verwunderte es doch nicht, dass so mancher über die Stränge schlug.

Die anderen im Clan und auch Julius schienen nicht einen Gedanken daran zu verschwenden, ob es richtig war, Schwächeren seinen Willen aufzuzwingen. Und der Gehorsam, mit dem alle Lebewesen, seien es Menschen oder Vampire, Curtis' Anweisungen Folge leisteten, ohne seine Entscheidungen auch nur zu hinterfragen, war Amber erst recht ein Gräuel. Nicht mal sie selbst konnte sich einem klaren Befehl des alten Vampirs widersetzen.

Als sie Christina einmal gebeten hatte, ihr zu zeigen, wie sie sich vor Curtis' Einmischung schützen konnte, hatte die junge Unsterbliche erst gelacht und dann einfach nur den Kopf geschüttelt.

Curtis zu entkommen war unmöglich.

KAPITEL 7

Brandons Seele träumte.

Die Geister der Vergangenheit hatten ihn fest in ihren Klauen, zerrten ihn zurück in eine Zeit, in der die Straßen, die durch das Reservat führten, noch sandige Pisten gewesen waren und Brandon die Tage mit dem Hüten der Schafe verbracht hatte.

Es war Abend. Die Tiere blökten in den Pferchen.

Nachdem Brandon auch das alte Pferd versorgt hatte und sich sein Körper nur noch nach einem Bissen Brot und Schlaf sehnte, ging er zur Hütte hinauf. Wie immer beschlich den Jungen eine gewisse Unsicherheit. Er konnte nie wissen, ob sein Vater heute einen guten oder einen schlechten Tag hatte.

Es war ein schlechter.

Sobald er die Tür öffnete, traf ihn ein Faustschlag mitten ins Gesicht und schickte ihn zu Boden.

Ein Schauer kleiner, harter Gegenstände hagelte auf ihn nieder. Münzen.

»Du verdammter Dieb!«, brüllte sein Vater und schwankte gefährlich.

Brandon wusste sofort, was geschehen war. Der Alte hatte sein Geldversteck gefunden. Die paar Cent, die er sich mit der Arbeit im Handelsposten und dem Verkauf von Fellen verdient hatte, um irgendwann genug gespart zu haben, um von daheim wegzugehen. Jetzt war es verloren!

»Ich bin kein Dieb, ich habe nichts gestohlen.«

»Lüg mich nicht an! Ich war heute bei den weißen Halsabschneidern vom Handelsposten. Stell dir vor, was sie gesagt haben. Mein Sohn würde ein guter Jäger werden, und ich könne froh sein, dass du etwas dazuverdienst.« Er holte tief Luft. »Du stiehlst! Du bestiehlst deinen eigenen Vater! Auf wessen Land hast du die Tiere gejagt?«

»Auf deinem«, antwortete Brandon kleinlaut.

»Dann sind es auch meine Felle oder nicht?«

Brandon war klar, dass er keine Chance hatte. »Ja, es sind deine.«

»Gibst du es also doch zu! Verschwinde, Brandon. Verschwinde, wie die weiße Schlampe, die dich geboren hat! Ich will dich hier nicht mehr sehen!«

»Aber Vater …«

»Verschwinde, habe ich gesagt!«

Brandon starrte den Mann, der sein Vater war, ungläubig an. Das konnte er nicht ernst meinen. Er hatte sich doch bislang um alles gekümmert, hatte die Tiere versorgt, das Haus in Schuss gehalten und sogar seinen Vater ins Bett gebracht, wenn dieser wieder einmal zu betrunken war, um den Weg dorthin allein zu schaffen.

Schlagartig wurde ihm bewusst, dass er so weitermachen oder abhauen und sein Leben selbst in die Hand nehmen konnte, wie Two Feathers es getan hatte. Er würde seinem Pfad folgen! Er würde nach Süden gehen zu den Apachen und die verfluchten Weißen bekämpfen, die seinen Vater zum Säufer und Krüppel gemacht und seinem Volk die Seele geraubt hatten.

»Weißt du was? Ich gehe, ich gehe wirklich, und ich komme nie wieder!«

Brandon bückte sich und begann das Geld vom Boden aufzulesen.

»Was machst du da?«

»Ich nehme, was mir gehört! Ich habe es selbst verdient. Das Land gehört uns allen, die Tiere waren wild. Die Weißen haben deinen Verstand vergiftet mit ihrem Besitzdenken und dem verdammten Alkohol.«

Wie zur Bestätigung nahm George Flying Crow einen letzten Schluck aus der Schnapsflasche und warf sie seinem Sohn an den Kopf. Brandon, der sich gerade aufrichten wollte, knickte ein und kam nicht mehr rechtzeitig auf die Beine. Tritte und Schläge prasselten auf ihn nieder. Er rollte sich zusammen, schützte den Kopf, so gut er konnte, und harrte aus. Keine Träne, kein Schrei. Sein Vater würde ihn niemals weinen sehen!

Als er wieder zu sich kam, lag sein Vater auf der Pritsche und schlief seinen Rausch aus.

Brandon tat jedes Körperteil weh. Sein linkes Auge war zugeschwollen und irgendetwas stimmte mit seinen Rippen nicht. Trotz der Schmerzen stand sein Beschluss fest. Er würde keinen Tag länger bleiben. So leise er konnte, sammelte er die restlichen Münzen ein, die überall verstreut lagen, raffte ein paar Kleidungsstücke zusammen und schlich hinaus. Sein Weg führte ihn nach Süden. Er lief die halbe Nacht, bis die Schmerzen in den Rippen unerträglich wurden und er ermattet am Wegesrand niedersank. Nur ein wenig ausruhen, etwas verschnaufen wollte er, als er mit einem Mal ein Pferd wiehern hörte.

Laternen schwankten in der Dunkelheit, und bald konnte Brandon zwei Kutschen und einen Reiter ausmachen, die in seine Richtung unterwegs waren. Zu schwach, um aufzustehen, hoffte er einfach, übersehen zu werden.

Der erste Wagen rollte an ihm vorbei. Er wurde von einem Schwarzen gelenkt, dessen Anblick Brandon mehr faszinierte als die schönen Pferde und die teure Kutsche.

Ein Reiter hielt neben ihm. Brandon bewunderte den vornehmen Mann. Sein Pferd war von der Farbe fetter Milch, und die Augen des Tieres waren genauso blau wie die seines Herrn.

»Anhalten!«, rief der Fremde. Alle Pferde blieben stehen.

Der Vorhang der Kutsche wurde zur Seite geschoben, und eine blasse Frau sah hinaus. »Was ist denn los, Nathaniel?«

»Da ist Ersatz für Jason.«

Die Frau musterte Brandon und verzog missbilligend das Gesicht. »Ich weiß nicht, ob der nach meinem Geschmack ist.«

»Die Gier deiner Tochter ist schuld, dass es überhaupt so weit gekommen ist. Man soll nehmen, was einem das Schicksal vor die Füße wirft. Steh auf!«, befahl der Mann.

In einem Moment glaubte Brandon noch, zu keiner Bewegung fähig zu sein, und im nächsten stand er, überrascht, was für ein Zauberer ihm begegnet war, der seinen Körper einfach so herumkommandieren konnte.

»Du kommst mit mir als mein Knecht. Hast du das verstanden?«

»Ja, Herr«, sagte Brandon schnell und konnte sein Glück kaum fassen. Wenn er für den Mann arbeitete, würde er womöglich bald genug Geld haben, um sich ein eigenes Pferd und ein Gewehr leisten zu können. Dann käme er nicht als Bittsteller, sondern als Krieger zu den Apachen!

Damals war er ahnungslos gewesen und ohne Angst.

Doch diese Begebenheit war ein Traum, und der Träumer wusste, was ein halbes Jahr später geschehen war, als der Fremde sein wahres Gesicht zeigte.

Der Terror, den die Erinnerung auslöste, trieb Brandons Seele zurück in den Körper. Er erwachte am helllichten Tag, mit dem Geruch von Erde und dem seiner eigenen Furcht in der Nase.

In dem Gebäude, in dem Coes Camarilla kampierte, war es totenstill. Brandon sehnte sich danach wieder einzuschlafen, doch den Gefallen tat ihm sein Körper nicht. Unweigerlich drängte sich die nächste Erinnerung auf. Die Nacht, in der seine Existenz endgültig zu dem Martyrium wurde, das er danach jahrzehntelang durchlitt.

Es war eine schwüle Sommernacht gewesen. Seit Sonnenuntergang hatte es kaum Rast gegeben, und die verschwitzten Pferde konnten kaum noch einen Huf vor den anderen setzen.

Der Fremde ließ ausspannen. Dann schickte er den Schwarzen und seinen eigenen Diener Conway zu den beiden Damen, die in der Kutsche reisten.

»Du kommst mit mir!«

Brandon folgte ihm ahnungslos in die Wüste. Als sie ein leeres Bachbett erreichten, an dessen Saum Büsche hoch aufragten, riss ihn der Mann plötzlich zurück. Der Schmerz, der dann folgte, vermischte sich mit anderen Erinnerungen zu wahrer Folter. Der Fremde hatte ihn ohne Betäubung in die Kehle gebissen, machte jeden Schluck zur Qual und weidete sich an dem Leid seines Opfers. Als Brandon aufhörte, sich zu wehren, und sich im Glauben, sterben zu müssen, in sein Schicksal fügte, stieß ihn der Mann von sich.

Der blutende Junge fiel vor ihm in den Sand.

Brandon war einem Vampir zum Opfer gefallen. Die Erinnerung an diese erste Vergewaltigung war durch den Blutverlust getrübt, doch es war später noch oft passiert, zahllose Male, und sein neuer Herr Nathaniel Coe ging immer gleich vor.

Erst trank er von seinem Knecht, dann verging er sich an ihm, trank mehr Blut, das jetzt für ihn noch besser schmeckte. Wenn er von beidem genug hatte, kam die Reue.

Brandons Geist floh.

Sobald er die Lust seines Herrn roch, schlug die Tür zu, die ihn mit dem Körper verband. All die Widerwärtigkeiten geschahen nicht ihm, sondern dem Leib. Als er noch ein

Junge war, träumte er sich fort. Später, als Mann, ersetzten Rachegelüste die alten Kinderträume.

Sobald sein Herr von ihm abließ, öffnete sich die Tür in seinem Inneren und sein bedauernswerter Körper gehörte wieder ihm. Oft folgten auf die Vergewaltigung Prügel, denn Coe schämte sich seiner widernatürlichen Triebe und gab Brandon die Schuld. Er beschimpfte sein Opfer, schlug und trat ihn, bis er sich abreagiert hatte. Dann vergingen einige Tage, manchmal auch Wochen bis zum nächsten Mal.

Brandon hatte versucht wegzulaufen, immer wieder, und jedes Mal hatten sie ihn gefunden und die Strafe war schlimmer ausgefallen.

Und dann verschwammen die Jahre, und er vergaß, wer er war und wo er herkam. Er unterschied nur noch zwischen sehr schlimmen Tagen und erträglichen, und die Zeit kroch dahin und wollte einfach nicht vergehen.

Als er achtundzwanzig Jahre alt war, versuchte er ein letztes Mal zu fliehen. Coe hatte ihn eingefangen und zur Strafe fast totgeschlagen. Brandon erinnerte sich noch genau daran. Er lag in einem Haus auf einem abgetretenen Holzboden, umringt von den wenigen Mitgliedern der Camarilla. Sie starrten ihn an, seinen seltsam verrenkten Leib. Coe wütete. Zerbrach Möbel, wie er zuvor Brandon gebrochen hatte. Dann hatte er seinen Entschluss gefasst.

»Tu es nicht!«, schrie seine Frau, »Lass ihn verrecken.«

Im nächsten Augenblick wurde Brandon an der Kehle gepackt und emporgerissen. Coe zerfetzte seine Schlagader und riss mit dem Blut das letzte Leben aus dem Leib.

Am nächsten Abend erwachte Brandon angekettet in einem rohen Lehmkeller. Jetzt, da er selbst zum Vampir geworden war, hatte Coe sogar noch mehr Macht über ihn. Er ließ ihn hungern, tagelang, manchmal über eine Woche. Bis Brandon auch seinen letzten Stolz aufgab und seinen Peiniger anflehte, ihm ein Opfer zu bringen. Der Preis, seinen Durst zu stillen, war sein Körper.

Als ich wach wurde, stand der Airstream. Amber telefonierte und ging langsam in dem Wohnwagen auf und ab.

»Tut mir leid wegen heute Morgen, Mama. Ich habe es wirklich nicht so gemeint … Sobald wir wieder zurück sind … ja … ich hab dich lieb.«

Sobald mein Sehvermögen zurückkehrte, stellte ich erleichtert fest, dass sie den Sargdeckel geöffnet hatte.

»Guten Abend«, sagte sie müde, legte das Handy auf den Tisch und kniete sich auf den Boden. Sie trug ein halblanges schwarzes Sommerkleid mit aufgedruckten roten Ornamenten, das mir besonders gut gefiel.

Ich rang mir ein Blinzeln ab. *»Guten Abend, mein Stern, du siehst wundervoll aus.«*

»Lügner! Wenn ich so ausschaue, wie ich mich fühle, bin ich eine Vogelscheuche.« Sie lächelte dennoch.

Ich ließ meinen Blick über ihren Körper wandern. Der Rock war ein Stück hochgerutscht und entblößte ihre blassen Knie, auf die sich ein paar Sommersprossen verirrt hatten.

»Schöne Grüße von meiner Mom.«

»Danke«, flüsterte ich mein erstes richtiges Wort in die junge Nacht und lächelte sie an. Sie beugte sich zu mir und küsste mich. »Du siehst fast wieder aus wie früher.«

Ich betastete meine Arme. Die geschwollenen Adern waren verschwunden und mein Fleisch wieder normal. Ich seufzte erleichtert.

»Laut Navi sind wir eine Dreiviertelstunde vom Ratssitz in Phoenix entfernt und haben noch fast zwei Stunden Zeit bis zur Anhörung«, sagte Amber.

»Wo hast du gehalten?« Ich setzte mich auf und strich die verstrubbelten Haare glatt.

»Eine Tankstelle. Es gibt auch ein Restaurant. Ziemlich viele Menschen, aber wir parken etwas abseits. Ich denke, es ist gut geeignet für … du weißt schon.«

Ja, ich wusste schon. Wir mussten noch jagen, bevor wir mit dem Hohen Rat von Phoenix zusammentrafen.

»Ich bin mir sicher, du hast etwas Perfektes gefunden«, antwortete ich und stand auf. Mit ein paar Handgriffen verschwand der Sarg unter dem Parkettboden des Airstream und die Luke war nicht mehr zu erkennen.

Amber zog mich zu sich. Wir hielten uns eine Weile in den Armen.

Ich vergrub mein Gesicht in ihrem duftenden Haar und legte die Lippen auf ihren Puls. Die Ader flatterte aufgeregt unter meiner Berührung, doch Amber wich nicht zurück. Sie vertraute mir. Vorsichtig tastete ich mit den Zähnen ihren Hals hinauf, entlockte ihr ein leises Seufzen und küsste mich den Weg wieder zurück.

Mein Hunger war da, wie er es immer war, doch heute hatte ich keine Mühe, ihn zu kontrollieren. Amber presste mich an sich, als wollte sie in meinen Körper hineinkriechen. Ich schloss die Augen.

Sie flüsterte meinen Namen.

»Hast du einen Wunsch?«, hauchte ich in ihren Nacken.

Sie führte mich zu der kleinen Schlafkoje und setzte sich.

»Lass dir was einfallen«, sagte sie, und in ihrem verführerischen Lächeln lag die Antwort darauf, was sie ersehnte. Ich setzte mich rittlings auf ihren Schoß. Amber legte die Hände auf meinen Hintern und lachte.

»Du solltest dich entscheiden, ob du schüchtern errötest oder …«

Sie ließ ihre Hände unter mein Shirt gleiten und ich kippte mit ihr nach hinten. Wir küssten uns wie zwei Hungernde. Ich grub meine Hand in Ambers Haar, knurrte spielerisch und zerrte mit sanfter Gewalt ihren Kopf zur Seite. Sie seufzte. Ich küsste ihre Kehle, neckte sie mit Lippen, Zunge und Zähnen. Amber hielt bebend den Atem an, seufzte, als schaffte der kitzelnde Schmerz Erleichterung. Eine einzelne rote Perle erschien auf ihrer makellosen Haut. Ich tupfte sie auf, rötete Ambers Lippen und küsste den Kupferhauch von ihrem Mund. Der winzige Blutstropfen reichte, um meine Magie zu entfachen und ihr Wonne zu bereiten. Lust floss wie ein heißer Atem durch ihren Körper, sammelte sich in ihrem Unterleib. Ein Strudel, der immer schneller rotierte.

Sie bog den Rücken durch, während meine Hände den Weg unter ihren Rock fanden. Amber schloss die Augen, reckte sich mir entgegen. Ich küsste sie unablässig und hatte meine Freude daran zu erleben, wie sie sich mir hingab.

Amber wand sich, krallte die Finger in meine Kleidung und ich hielt sie an dem Punkt fast vollkommener Ekstase.

»Bitte, Julius, bitte hör nicht auf!«, stöhnte sie. Ich lachte und erfüllte ihren Wunsch. Amber erreichte ihren Höhepunkt mit kleinen spitzen Schreien.

Ich hielt sie in den Armen und lauschte ihrem Atem, der langsam wieder ruhiger wurde, genoss den Duft von Lust, der aus ihrer weichen Haut stieg. Amber legte ihre Hände auf meine Wangen und küsste mich schmunzelnd auf die Augenlider. »Ich mag deine Wolfsaugen«, sagte sie noch immer ein wenig atemlos.

»Das sind keine Wolfsaugen«, erwiderte ich gespielt beleidigt, »das sind die Augen eines hungrigen Vampirs, der nicht einmal die Hälfte der Vorspeise bekommen hat.«

»Dein Hauptgang läuft da draußen irgendwo herum.«

»Unsinn.« Sie wusste genau, das stimmte nicht. Ich war ihr treu, und das bedeutete auch, dass ich meinen Opfern nur Blut entnahm und eben keine Lust mit ihnen teilte, wie ich es eigentlich vermocht hätte. Ich fühlte, wie meine ungestillte Erregung abklang und damit auch die Farbe meiner Augen dunkler wurde.

»Weg sind sie. Schade«, meinte Amber und strich mir mit dem Zeigefinger über die linke Braue. »Ich verstehe nicht, warum du sie nicht magst.«

»Wenn sie dir gefallen, gefallen sie mir auch.«

Plötzlich bemerkte ich, wie das Leben als kleiner Funke in Stevens Leib zurückkehrte. Christina würde nur Minuten später dran sein.

»Sie werden wach.« Ich zog Amber rasch auf die Beine.

Schuldbewusst strich sie ihr Kleid über die Knie.

Mein Blick fiel auf eine Mappe aus schwarzen Leder, auf deren Einband Curtis' Initialen und sein Wappen prangten. Löwe, Speer und Herz, vervollständigt durch drei kleine französische Lilien. Ich griff nach der Mappe und lehnte mich gegen die kleine Küchenzeile.

»Kannst du bitte die Särge öffnen?«

»Klar.«

Achtlos blätterte ich durch die Ein- und Durchreisegenehmigungen, an denen jeweils Curtis' Siegel angehängt war, und überflog die gefaxte Unterschrift eines gewissen Norton Kenley, der anscheinend die rechte Hand des Phoenixer Ratsherrn Dominik Kangra war.

Ich ging zu dem kleinen Sekretär, den Curtis in den Airstream hatte einbauen lassen, und nahm Siegelwachs und Feuerzeug aus einen Fach.

Amber spähte mir interessiert über die Schulter, während ich meinen Ring vom Finger zog, Papiere unterschrieb und mein Siegel neben das von Curtis setzte.

Mein Zeichen konnte nicht mit einem Wappen aufwarten. Es bestand aus den verschlungenen Initialen meines längst verstorbenen Vaters, die zum Glück auch meine eigenen waren, ergänzt durch eine stilisierte Lilie, keine französische, nur eine einfache Lilie.

»Mein Gott, ihr seid so altmodisch!«, stöhnte Amber.

Sie nahm meinen Ring vom Tisch, und ich nutzte die Gelegenheit, um die Urkunde zu lesen, die mir Macht über Stevens Schicksal verliehen.

Ich wollte dem Jungen das nicht antun, doch mein Herz kannte klare Prioritäten. Ich hatte bei Ehre und Blut geschworen, Brandon zu schützen. Die Schwüre raubten mir meine Entscheidungsfreiheit. Wie Brandon keine andere Wahl hatte, als meinen Befehlen zu folgen, so hatte ich keine andere, als ihn zu schützen. Mit einer Unterschrift von mir und einem Anruf von Curtis konnte ich Steven jetzt gegen Brandon austauschen, wenn Nathaniel Coe sich auf diesen Deal einließ. Ich mochte gar nicht an die Konsequenzen denken, sollte es zum Äußersten kommen. Amber durfte unter keinen Umständen davon erfahren.

»Ich glaube, da musst du auch noch unterschreiben«, sagte Amber und tippte auf ein weiteres Papier, das ich bislang nicht bemerkt hatte. Ich erkannte das Formular sofort.

»Was? Die in Phoenix wollen eine Friedgeisel?«

»Ja, und Robert meinte, du müsstest dich dann an die Spielregeln halten, deshalb wäre das sinnvoll«, ergänzte Amber und musterte mich ernst. »Und Curtis lässt dir durch ihn ausrichten, ich zitiere: ›Wenn du Steven brauchst, soll Ann seinen Platz einnehmen‹, was auch immer das bedeutet.«

»Ich weiß schon.« Missmutig siegelte ich auch die Friedgeisel-Vereinbarung und streifte den noch warmen Ring wieder über den Finger. Da erwachte Steven mit einem leisen Schrei. Christinas Herz begann nur einen Augenblick später zu schlagen.

Ich sah auf die Uhr. »Wir jagen und dann müssen wir los, sonst kommen wir doch noch zu spät.«

Amber drehte sich um, zog eine Pfanne aus dem Schrank und stellte sie auf den Herd. »Ich würde ja für euch kochen, aber ihr geht ja wie immer lieber auswärts essen«, sagte sie trocken.

Christina setzte sich in ihrem Sarg auf, und ich war im nächsten Moment bei ihr.

»Brandon?«, fragte sie mit zitternder Stimme. Ich nahm ihre Hände in meine. Ihr Blick war unstet, suchend.

»Wir sind auf dem Weg, ihn zu holen, Christina.«

Ihr Blick blieb an meinem Gesicht hängen, und die Orientierungslosigkeit verschwand.

»Julius? Du bist hier?«, fragte sie verwundert.

»Ja, Christina. Ich wache über dich, ich bin dein Meister.« Beim letzten Wort wurde ihr Atem schlagartig ruhiger.

Steven war längst auf, öffnete eine der Jalousien und blickte hinaus in die anbrechende Nacht. »Wow, *Jack in the Box*, die haben Spitzen-Pommes.«

»Wieder keine Pommes heute, Steven«, sagte ich.

»Du gönnst mir aber auch gar nichts!« Er drehte sich um, stemmte seine Hände in die Hüften und lächelte sein jungenhaftes Unschuldslächeln.

Ich half Christina aus dem Sarg und legte einen Arm um ihre Schultern.

»Beeilen wir uns.«

»Klar, Chef.« Steven öffnete die Tür.

KAPITEL 8

Bis auf einen feinen Lichtstreifen, der unter der Metalltür hindurchfiel, war es stockfinster.

Den Rücken gegen die Wand des winzigen Raums gelehnt, starrte Brandon auf die helle Linie. Er konnte noch immer nicht ganz begreifen, was geschehen war und wie es geschehen war, doch die Wirklichkeit ließ sich nicht ausblenden.

Die Prügel hatten ihre Spuren hinterlassen, und dort, wo Knochen gebrochen und Muskeln gerissen waren, hatte auch die Tagesruhe nicht alles heilen können.

Brandon nahm sich vor, nicht aufzugeben und seinen Stolz zu bewahren, solange es ging. Diesmal sollte Coe ihn nicht brechen. Er würde kämpfen. Durch Kraft allein war er dem Clanherren nicht gewachsen, das würde seinen alten Meister nur dazu anstacheln, ihn erneut zusammenzuschlagen. Es musste eine andere Lösung geben. Er musste Coe dazu bringen, ihn mit anderen Augen zu betrachten. Doch wie? Während Brandon wie ein Besessener nach einer Idee forschte, schlich sich immer wieder das Gestern in seinen Kopf. Dann schrumpften die vergangenen Jahrzehnte zusammen, als sei die Zeit ohne seinen brutalen Schöpfer nur ein Traum gewesen.

Der Eid, den er Curtis geleistet hatte, war nichtig, der Schwur Julius gegenüber eine Lüge.

All die Jahre, in denen er sich frei gefühlt hatte, war Coes Schatten ihm gefolgt. Jeden Tag hatte er ihn mit Erinnerungen geplagt, bis Brandon beschlossen hatte, jemand anderer zu werden, nicht länger das Opfer, das er unter Coes Knechtschaft gewesen war.

Entschlossen verscheuchte Brandon den Geist seines alten Ich. Das war nicht mehr er, würde er nie wieder sein. Er war gewachsen und nicht gebrochen! Entschlossen ballte er die Fäuste. Er war besser als Coes schwarzer Vampirsklave Darren! Besser als die kriecherischen Weißen, die Coe in seiner Camarilla und seinem Clan vereinte. Und er würde es ihm beweisen! Wenn das verdammte Schicksal beschlossen hatte, grausame Spiele mit ihm zu spielen, dann würde er eben mitspielen, aber mit erhobenem Kopf und mit einer Figur in der Farbe seiner Wahl. Der neue Brandon, jener Mann, der er in Los Angeles geworden war, war seine Trumpfkarte.

Er war zur Schule gegangen, hatte studiert, zwei Abschlüsse gemacht und die Sprache seiner Ahnen gelernt, die er seit seiner Kindheit nicht benutzt hatte. Curtis hatte regelmäßiges Kampftraining für wichtig erachtet und Brandon war dem Aufruf mit Freude gefolgt. Er war der Krieger geworden, der er als Kind immer hatte sein wollen, und er war gut. Coe würde das nicht ignorieren können.

Dennoch, die Angst war geblieben, und Brandon hasste sich für diese Schwäche. Sie befiel seinen Körper, entlud sich in einem kurzen, heftigen Zittern und setzte sich in seinen verkrampften Schultern fest, bis er die Zähne zusammenbiss und sie gänzlich niederrang.

Mit der verstreichenden Zeit kamen andere Gedanken.

Christina. Er wünschte, er hätte noch einmal mit ihr sprechen können. Um sich zu verabschieden und ihr zu sagen, wie sehr er sie liebte und wie viel er ihr verdankte. Sie war der Schatz, den Coe ihm niemals würde nehmen können.

Und Julius, seinem Meister, der ihn Freund nannte. Beide Bindungen lagen noch immer in Brandons Brust, doch sie waren unerreichbar, als ob sie hinter verbarrikadierten Türen lägen.

Der Turmalin fraß alles. Brandon berührte die Kette an seinem Hals. Daran hing der schwarze Stein und ein Schloss. Unverrückbar. Es gefiel Coe, ihn auch damit zu quälen, mit der Sehnsucht nach seinem Meister und den Leonhardt, die sich nur durch einen neuen Eid tilgen lassen würde. Doch in Coes Welt hatten nur Weiße ein Anrecht auf den Eid, und sicher hatte sich seine Einstellung dazu nicht geändert.

Brandon horchte auf.

Im Nebenraum erklangen Geräusche. Zwei Personen liefen die Treppe herunter und offensichtlich stritten sie.

»Nathaniel, warte bitte«, forderte eine Frauenstimme. »Ich will nicht noch jemanden in unserer Camarilla. Nur du und ich, hast du versprochen. Reicht dir der Schwarze nicht für deine …«

»Judith! Pass auf, was du sagst.«

»Ich bin deine Frau, Nathaniel, verbiete mir nicht den Mund.«

»Und ich bin dein Schöpfer«, entgegnete er kalt, »das solltest du nicht vergessen.«

Brandon hörte die Vampirin aufschluchzen, dann eine Weile nichts. Coe schien sie zu trösten, etwas, was er diesem Monster nicht zugetraut hätte. Das belauschte Gespräch hatte Hoffnung in Brandon geweckt. Vielleicht konnte ihm diese Vampirin irgendwie helfen. Sie wollte ihn nicht in der Camarilla haben. Womöglich würde es ihr gelingen, Coe zu überzeugen, ihn wieder gehen zu lassen. Oder ihn notfalls innerhalb des Clans einem anderen Meister zu überlassen.

Schritte näherten sich.

Brandon erhob sich hastig und klopfte die letzten Erdreste von seiner Kleidung. Sobald sich der Schlüssel im Schloss drehte, schwand sein Mut.

Die Tür schwang auf, und Brandon sank mit geneigtem Kopf in die Knie. Er versuchte, ruhig zu bleiben, als begrüßte er Julius oder Curtis auf traditionelle Weise, doch die hätten ihn sofort mit einer freundlichen Geste gebeten aufzustehen.

»Guten Abend, Meister.«

Nathaniel Coe starrte überrascht zu ihm hinab. Brandon erwiderte den Blick vorsichtig und musterte die zierliche, blonde Frau an Coes Seite.

»Was soll das sein? Hast du in L.A. etwa Manieren gelernt?«, spottete Coe kalt. »Glaub nicht, dass dir das hilft.«

Brandon nahm all seinen Mut zusammen. »Ich bin ein anderer geworden, Meister. Ich habe gelernt, studiert, ich …«

Coes Blick wurde eisig. Er betrachtete den vor ihm knienden Mann wie einen Hund, der überraschend einen Zirkustrick gezeigt hatte. Seine Rechte schnellte vor, fasste die grobe Kette, die um Brandons Hals hing, und drehte sie zusammen. Der Gepeinigte keuchte, doch er blieb aufrecht und erwiderte stur Coes Blick.

»Das Einzige, was dich über deinesgleichen hinaushebt, ist das, was in deinen Adern fließt. Mein Blut!« Coe brüllte die letzten Worte, während er die Kette mit dem Turmalin noch enger drehte.

Brandon zwang sich zur Ruhe. Der Schmerz war heftig, aber ein Vampir musste nicht atmen. Langsam hob er seinem Schöpfer die Arme entgegen und drehte die Handgelenke nach oben.

Coe sollte sein verdammtes weißes Blut haben, aber nicht seine Würde, nie wieder seine Würde!

Wir steuerten auf einen kleinen Park zu, den man neben dem Fastfoodrestaurant angelegt hatte. Menschen liefen daran vorbei, und es war einfach, sie von dort ins Gebüsch zu locken.

Christina krümmte sich in meinem Arm und fluchte leise.

»Scht, scht, ist ja gleich vorbei«, beruhigte ich sie und drückte die junge Unsterbliche noch enger an mich.

»Gib acht auf Chris!« Ich schob sie Steven in den Arm und machte mich auf die Suche. Minuten später kehrte ich in Begleitung eines braungebrannten Truckers zurück, der bereits unter meinem Bann stand und mir mit einem entrückten Lächeln im Gesicht folgte.

Christina wartete auf meine Erlaubnis, dann biss sie zu.

Steven beobachtete sie beim Trinken und seufzte neidisch.

»Du kannst gehen. Ich brauche dich hier nicht mehr.«

Er war im nächsten Moment verschwunden.

Christina trank eine volle Viertelstunde, dann ließ sie von ihrem Opfer ab, und ich lobte ihre Disziplin. Wir platzierten den Mann auf einer Sitzbank, dann weckte ich ihn aus dem Bann. Christina kehrte allein zum Airstream zurück, während ich mich selbst auf die Suche nach einer Mahlzeit machte.

Sobald ich fertig war, überbrückte ich das kurze Stück zum Wohnwagen im Laufschritt. Auf den letzten Metern konnte ich Christina weinen hören.

Ich betrat nach kurzem Klopfen den Airstream. Christina kauerte auf einer Bank und schluchzte heftig. Steven und Amber hatten sie in ihre Mitte genommen und versuchten sie zu beruhigen, aber sie war jenseits von Worten und zitterte am ganzen Leib.

Steven sah mich ratlos an, während er Christina in kreisenden Bewegungen über den Rücken strich. Amber reichte ihr ein neues Taschentuch und sammelte die alten ein, um sie wegzuwerfen.

»Ich glaube, ihr lasst uns besser allein«, sagte ich und erntete dankbare Blicke.

Steven war sofort auf den Beinen und auf dem Weg zur Tür. Amber drückte noch einmal Christinas Hand. Im Vorbeigehen gab sie mir einen flüchtigen Kuss auf die Wange. »Ich setze mich mit in den Dodge«, sagte sie leise.

Ich streifte ihr Haar und nickte. »Ja, mach das.«

Sobald die beiden verschwunden waren, nahm ich neben Christina auf der Bank Platz. Sie schlang ihre Arme um meine Mitte und legte ihren Kopf an meine Brust. Andächtig lauschte sie meinem Herzschlag. Der stete Rhythmus ließ sie nach und nach ruhiger werden.

»Ich kann ihn nicht hören, ich kann ihn nicht hören«, wimmerte sie leise. »Ist er tot, Julius?«

»Nein, Brandon lebt. Coe benutzt einen Turmalin, damit er keinen Kontakt aufnehmen kann.«

»Wir holen ihn?«

»Ja, das machen wir«, versicherte ich und versuchte, überzeugend zu klingen.

»Hoffentlich tut er ihm nicht weh.«

Ich musterte Christina. Brandon hatte ihr zwar nichts von dem Missbrauch erzählt, aber hatte er sonst noch etwas vor ihr verheimlicht? Wie viel wusste sie von der Hölle, die er bei seinen Schöpfer durchlebt hatte?

»Als dieser Coe auftauchte, habe ich Brandon nicht mehr wiedererkannt«, berichtete sie mit brüchiger Stimme. »Er hatte so schreckliche Angst, Julius, es war furchtbar, und er hat mich fortgeschickt. Ich sollte einfach gehen.«

»Er wollte dich schützen. Brandon hatte keine andere Wahl. Coe ist sein Schöpfer. Seine Eide zählen stärker als die meinen.«

»Wirst du Brandon bestrafen, wenn wir ihn finden?«, fragte sie unsicher.

Was für ein absurder Gedanke. Ich schüttelte den Kopf. »Nein, natürlich nicht.«

»Versprochen?«

»Ja, bei meinem Ehrenwort.«

Ich ließ einige Minuten verstreichen, bevor ich Christina mit meinem Wunsch konfrontierte. »Bevor wir den Rat erreichen, musst du deine Erinnerung mit mir teilen.«

Als ich ihren Kopf sanft herumdrehte, wehrte sie sich kurz, dann tauchte ich durch ihre verweinten Augen ins Gestern.

Christina lag wie tot in meinen Armen.

Ich schauderte. Ich hatte alles gesehen, alles. Wie Brandon versuchte, Christina zu schützen, wie Coe ihn erst mit seiner Magie angriff und dann zusammenschlug.

Brandons Versuch, sich mit einem Sprung in die Tiefe umzubringen, hatte seine Freundin scheinbar nicht einmal bemerkt. In mir weckte es eine neue Angst. Würden wir rechtzeitig da sein?

Hätte ich Brandon nur nicht gedrängt, die Reise anzutreten! Dann hätte Coe womöglich niemals herausgefunden, wo er war und dass es ihn noch gab.

Fünfzig Jahre, etwas mehr sogar waren vergangen, seitdem der alte Meister und seine damalige Camarilla durch einen Vampirjäger angegriffen wurden. Das Feuer, das an dem Schlafplatz gelegt worden war, hatte alle Vampire vernichtet, die in Särgen schliefen.

Brandon und ein schwarzer Unsterblicher überstanden den Anschlag, weil sie auf Coes Geheiß in der Erde schlafen mussten. Der Meister selbst konnte schwer verletzt entkommen – was bis vor einigen Jahren sein wohlgehütetes Geheimnis geblieben war.

Hätten sie von seinem Überleben erfahren, dann hätten Brandon und sein Leidensgenosse die Chance höchstwahrscheinlich wahrgenommen und an ihrem Peiniger tödliche Rache geübt. Immerhin verpflichtete sie kein Eid zur Treue. Coe hatte sich also verkrochen und seine Wunden geleckt. Und als er endlich wieder stark genug war und sein Territorium zurückerhielt, tauchte ein Schreiben vom Rat auf und informierte ihn davon, dass ausgerechnet sein verschollener Vampir Brandon eine Reisegenehmigung erhalten hatte. Er musste nur auf ihn warten.

Welch eine Verkettung unglücklicher Geschehnisse.

Ich atmete tief durch.

Wir steckten mitten im Feierabendverkehr von Phoenix. Lichter fielen durch die Fenster und tauchten das Innere des Airstreams in wechselnde Farben.

Bald würde ich mit dem Rat der Stadt zusammentreffen, und ich wusste immer noch nicht genau, was ich sagen sollte, sagen musste, um Brandon zu befreien und Coe zu verurteilen.

Vorsichtig schob ich Christina aus meinen Armen und stand auf.

Wir sprachen kein Wort, während ich mich umzog, um dem Rat in angemessener Weise entgegentreten zu können. Ein schwarzer moderner Gehrock über einem weißen Hemd mit Manschetten und dazu zwei lange Silberklingen. Eine an jedem Unterarm. Als Meister hatte ich das Recht, bewaffnet zu erscheinen. Wenngleich kaum jemand von dieser Befugnis Gebrauch machte, ich würde es tun.

Während der Airstream durch die Innenstadt von Phoenix schaukelte, las ich noch einmal die Unterlagen durch.

Meine Nerven lagen blank. Ich hatte Curtis bislang nur in Gerichtssachen vertreten, deren Ausgang sicher war. Jetzt würde ich als Kläger in eigener Sache vor einem Rat fremder Unsterblicher sprechen müssen. Nervös drehte ich den Siegelring an meiner rechten Hand, bis mir die Bewegung selbst auf die Nerven ging.

»Darf ich mitkommen?«, fragte Christina. Sie saß noch immer wie ein Häufchen Elend auf der Bank und blickte mich mit großen, leeren Augen an.

»Ja, natürlich, Chris. Du gehörst zu mir.«

Sie nickte langsam und stand auf. »Dann sollte ich mich wohl in einen passablen Zustand bringen.«

»Das wird schon.«

»Du bist ein schlechter Lügner, Julius. Aber danke für den Versuch.«

Amber war erleichtert, das Gespann nicht durch den dichten Verkehr steuern zu müssen.

Steven schien äußerlich sehr ruhig, wenngleich Amber an der Art, wie er das Lenkrad packte, merkte, dass er mit der Situation alles andere als zufrieden war.

»Hey, Steven, du hast noch gar nichts gesagt.«

»Muss ich denn?«, entgegnete er, ohne den Blick von der Straße zu wenden.

»Nein, natürlich nicht.«

Der junge Vampir fuhr sich durchs Haar und seufzte. »Ach weißt du, mir ist nicht nach reden. Ich fühl mich nicht wohl als Pfandobjekt.«

»Ich bin sicher, dir passiert nichts«, antwortete Amber schnell, zu schnell, dann musterte sie ihn. »Tut mir ehrlich leid, Steven. Wenn ich nur könnte, ich würde eure verdammten Gesetze verbieten. Es ist doch bescheuert, jemanden für einen anderen geradestehen zu lassen.«

Ihre heftige Reaktion entlockte ihm ein Schmunzeln. »Amber, die kleine Rebellin. Ich wünschte, du könntest es, ich wünschte es wirklich.«

Sie schwiegen eine Weile und beobachteten den immer dichter werdenden Verkehr. Die Straßen waren völlig verstopft.

»Weißt du, es ist nur …« Steven rang nach Worten. Mit seiner Ruhe war es vorbei. Er errötete. »Eigentlich wollte ich mich morgen wieder mit Arturo treffen.«

Amber glaubte ihren Ohren nicht zu trauen. »Wieder? Was heißt hier wieder? Erst schwärmst du mir wochenlang von ihm vor, dann kommt nichts mehr und jetzt trefft ihr euch wieder?«

Steven grinste verlegen. »Wir sind seit letzter Woche zusammen.«

»Das ist ja wunderbar! Und wann stellst du mir den Traumtyp endlich vor?«

»Wahrscheinlich gar nicht, weil ich ihn jetzt versetze. Was soll ich ihm denn sagen? Dass ich untot bin und als Prügelknabe nach Phoenix geschickt werde?«

»Steven! Dir wird doch wohl irgendwas einfallen. Für so unkreativ halte ich dich nicht.«

»Wenn du wüsstest.« Er sah sie an, grinste verschmitzt und wurde dann wieder ernst. »Dir ist es nicht egal, was mit mir passiert, nicht wahr?«

»Nein, natürlich nicht«, erwiderte sie. »Steven, verlass dich drauf, ich werde nicht zulassen, dass Julius irgendwas Unrechtes macht, nicht wenn ich es verhindern kann.« Sie lächelte aufmunternd. »Keine Sorge, du wirst zu deinem Date mit Arturo mit den schönen Augen heil ankommen. Nur eben etwas später.«

Steven seufzte erleichtert. »Ich bin echt froh, dass Julius dich gebunden hat.«

Jemand bewegte sich. Da war Berührung, das Geräusch von reißendem Stoff. Die Besinnungslosigkeit wich und machte Schwäche und Schmerz Platz. Brandon öffnete die Augen und hatte das Gesicht des schwarzen Vampirs vor sich, den er bereits am Tag zuvor kennengelernt hatte.

Der Mann wickelte Stoffstreifen um Brandons Arme und knotete sie fest.

Brandon bleckte abwehrend die Zähne.

»Du bist schwach. Du wirst zu viel Blut verlieren, wenn ich die Wunden nicht abbinde.«

»Danke«, krächzte Brandon. Jetzt erinnerte er sich wieder. Coe hatte ihn gebissen, und auch dessen Frau Judith hatte von ihm getrunken.

Mit seinem Blut waren seine Kraft und seine Magie davongeflossen, in einem Maße, dass er offensichtlich nicht einmal mehr in der Lage war, die kleinen Wunden zu heilen.

Er setzte sich auf.

»Du bist angekettet«, warnte der andere nüchtern.

Brandons Rechte tastete zum Hals, dann ließ er sie entmutigt sinken.

Zum ersten Mal sah er sich in seinem neuen Quartier um. Es war ein Kellerraum mit einem winzigen Fenster. Der Boden war aus Erde und völlig zerwühlt. Offenbar hatte Coe seine Methoden über die Jahre nicht geändert. Schon früher hatte es nur für die weißen Mitglieder des Clans Särge gegeben, die anderen mussten sich eingraben wie die Tiere.

In der Mitte des Raums stand ein roh gezimmerter Tisch, auf dem eine einzelne Kerze flackerte. In deren Licht saß Brandons Leidensgenosse. Ein hagerer Schwarzer in schmutziger Leinenkleidung, dessen Blick Bände sprach.

Um seinen Hals war ein schwerer Eisenring gebogen, den er erfolglos versuchte mit einen Tuch zu kaschieren. Er war nicht angebunden, doch in Coes Reich waren Ketten niemals weit.

»Ich bin Darren«, sagte der Fremde schließlich. »Die Herrschaften sind jagen. Wir sind allein.«

Das weckte Brandons Lebensgeister. Wackelig kam er auf die Beine, lief den Raum ab, prüfte die Tür. Seine Kette bestimmte den Radius und zerrte ihn immer wieder zurück.

Darren blieb sitzen und beobachtete ihn. »Du kommst hier nicht raus, vergiss es.«

Brandon sank neben der Tür in die Knie. Im Staub lag alles, was er bei sich gehabt hatte. Der Brustschmuck aus Knochenröhrchen, den er zu Ehren seiner Vorväter angelegt hatte, war zerrissen, seine Ringe und Armreife verbogen und die Türkise fort.

»Ich sollte die Sachen kaputtmachen, es tut mir leid.«

Brandon starrte ihn nur an und schwieg.

Wenig später hörten sie, wie die Tür des Hauses aufgeschlossen wurde. Schritte näherten sich zielstrebig. Coe.

Brandon erhob sich, um seinen neuen, alten Herrn erneut förmlich zu begrüßen, Darren hingegen rutschte tiefer in einen Winkel hinein und duckte sich.

Als sich die Tür öffnete, verbeugte sich Brandon elegant und neigte den Kopf.

Coe musterte ihn von oben bis unten und schnaubte abfällig.

»Das Getue wird dir schon noch vergehen. Darren, heiz die Esse an!«

Der Angesprochene sprang auf und rannte hinaus.

Die Erkenntnis, was Coes Worte bedeuteten, traf Brandon wie ein Schlag.

»Nein!«

Coe grinste hämisch. »Hast du geglaubt, du könntest ein paar Bücklinge machen und dann wie meinesgleichen leben? Am Ende noch meiner Frau befehlen, weil sie jünger ist?« Er blieb nah vor Brandon stehen und brüllte ihm ins Gesicht. »Hast du das geglaubt, du untreues Vieh?«

Coes Faustschlag traf Brandons Kehle. Er fiel der Länge nach hin und kam sofort wieder hoch. »Meister! Ich bin einhundert Jahre alt. Sprecht mit Curtis Leonhardt, er wird Euch sagen können …«

Der nächste Hieb zielte auf seine Schläfe. Coe lachte,

während sich Brandon erneut aufrappelte und sich aufrecht vor ihn kniete. Blut lief von seiner Stirn. »Der Eid, Meister, nehmt ihn mir ab!«

»Nein, sicher nicht.«

»Bitte.«

»Oh, ich glaube, mir gefällt, was sie in L.A. mit dir angestellt haben, es wird mir eine Freude sein, dir den Kopf wieder zurechtzurücken.«

Coe löste die Kette, während Brandon mit wachsender Verzweiflung versuchte, Haltung zu bewahren. Die paar Schläge waren nichts gegen das, was ihm in wenigen Minuten bevorstand, wenn es ihm nicht gelang, den Meister davon zu überzeugen, ihn als Vampir und nicht als unsterblichen Sklaven zu sehen. Coe musste ihm den Treueeid abnehmen, wie er im Codex stand, nur dessen Magie konnte Brandon schützen.

»Den Eid, Meister!«

Coe riss an der Kette. »Halt den Mund und komm!«

KAPITEL 9

Der Wohnwagen schaukelte um eine Kurve, wurde langsamer und steuerte auf eine Villa zu, die sich inmitten eines Gartens mit riesigen Kakteen und Palmen erhob.

Wie dichter Morgennebel kroch Magie über den Boden und tastete nach mir.

Die Clanherrn hatten unsere Ankunft bemerkt und streckten ihre Fühler aus. Es waren sieben Ordensmeister anwesend, und allein die Ahnung ihrer Macht ließ mich ehrfürchtig den Atem anhalten.

Der Parkplatz stand voller Fahrzeuge. Die Fenster der

Villa waren hell erleuchtet. Ich war offensichtlich nicht der Einzige, der heute Abend um ein Urteil ersuchte.

Während uns ein Wächter in eine Parklücke einwies, entdeckte ich eine Gruppe Vampire, die eine Gefangene die Stufen zum Eingang hinaufzerrten. Eine zweite Gruppe folgte und schien sich mit der ersten ein heftiges Wortgefecht zu liefern.

Sobald der Airstream stand, betraten Amber und Steven den Wohnwagen. Der junge Mann war missmutig.

»Kann Christina nicht hierbleiben?«, maulte er, während er seine Reisetasche aus dem Schrank zog.

»Steven!« Der Zorn in meiner Stimme ließ ihn zusammenzucken. Er wich mit eingezogenem Kopf zurück und schlug die Augen nieder.

»So sind die Dinge nun einmal«, beschwichtigte ich. »Weißt du, wie oft ich Friedgeisel sein musste?«

Steven schüttelte den Kopf, sah mich aber nicht an.

»Verdammt oft, und es waren nicht unbedingt schlechte Erfahrungen. Nutze die Zeit, um Kontakte zu knüpfen. Ich bin sicher nicht der einzige Meister, der gerade durch Arizona reist. Es werden viele andere junge Vampire da sein.«

Rasch schloss ich den Sekretär auf und legte die Urkunde über Stevens Friedgeisel-Status in eine gesonderte Mappe, die ich ihm in die Hand drückte.

»Okay, bereit?«

Alle nickten.

Wir verließen den Airstream.

In der Zwischenzeit waren noch mehr Vampire eingetroffen, und die Luft schwirrte vor Magie. Wir folgten dem beleuchteten Weg, der vom Parkplatz zum Haus führte, und warteten, bis ein junger Unsterblicher auf uns zukam.

»Guten Abend«, sagte er freundlich. »Darf ich den Namen erfahren?«

»Julius Lawhead.«

Er ging zu einem kleinen Pult und bedeutete uns zu folgen. »Meister Lawhead, Clan Leonhardt, aus Los Angeles?«, fragte er nach und ich nickte.

Er hakte etwas auf einer Liste ab.

»Das Anliegen?«

»Reise und Jagderlaubnis und eine Gerichtssache.«

»Gut. Folgen Sie mir bitte, Ihr Fall ist der dritte heute Abend. Ein Treuebruch wird bereits verhandelt, ein Mordfall folgt und dann sind Sie dran.«

Wir liefen einen Gang entlang. Auf beiden Seiten hingen italienische Landschaftsbilder über antiken Tischchen und Bänken. Ich reckte den Hals. Vor uns lag ein Saal, dessen Flügeltür weit geöffnet stand.

Leise traten wir hinein.

In dem Raum warteten fast vierzig Personen und die wenigsten davon waren Menschen. Auf einem Podest stand ein langer schwerer Tisch und dahinter saß der hohe Rat von Phoenix, vier Männer und drei Frauen. Urteilte man nach den Äußerlichkeiten, so waren sie zwischen dreißig und Mitte fünfzig, doch die Wahrheit rauschte als kalter Sturm über meine Haut.

Die Meisterin, die heute Abend den Vorsitz führte, war niemand anderes als Vivien Le Roux, und sie war weit älter als Curtis, etwas über sieben Jahrhunderte. Ich kannte sie aus Paris. Sie hatte damals das Urteil gefällt, in dessen Folge ich ein halbes Jahr im Sarg verbrachte und danach, rasend vor Hunger, meine Geliebte Marie ermordete. Amber fühlte meine Nervosität, drückte meinen Arm und blickte fragend zu mir auf. »Julius, was ist?«

Ich schüttelte den Kopf. Ich konnte es ihr jetzt nicht erklären.

Gerade warf sich ein junger Meister vor ihr zu Boden, der

sein Clanoberhaupt betrogen hatte. Vivien Le Roux drehte sich nach ihren Beratern um und erhob sich dann.

»Für deine Ehrlosigkeit wird dir dein Meisterstatus aberkannt, und dein Herr wird von dir trinken, bis du der Niedrigste der Seinen bist. So wirst du zwanzig Jahre lang dienen. Nach Ablauf dieser Frist musst du wieder vor diesem Rat erscheinen, und dein Fall wird erneut geprüft.«

Es gab Zurufe aus dem Publikum, doch ich sah nur den Verurteilten. Er hatte Geringeres verbrochen als ich, und ich stand bereits wieder hier, nach nur drei Monaten. Langsam wurde mir klar, wie dankbar ich Curtis für die vergleichsweise milde Strafe sein konnte.

Stille breitete sich im Saal aus. Durch eine Seitentür wurde die Gefangene hereingeführt, die mir schon im Hof aufgefallen war. Ihre Kleidung hing in Fetzen an ihrem Körper. Sie hatte lange nicht mehr getrunken, und ihre Furcht und ihr Hunger peitschten durch den hohen Raum. Neugierig reckten die Zuschauer die Gesichter in den schwachen Luftzug.

Die Gefangene trug Handschellen und eine Kette um den Hals, an der sie unbarmherzig vorwärtsgezerrt wurde. Die beiden Gerichtsdiener, die sie hereingebracht hatten, befestigten die Kette an einem Haken im Boden. Sie war etwas zu kurz und zwang die Gefangene zu einer demütigenden Haltung.

Die Vampirin verrenkte den Kopf, um die Richter anblicken zu können.

»Eliza Laszra!«, wurde ihr Name ausgerufen. Mehrere Vampire fauchten, manche spuckten die Gefangene an. Kein Zweifel, das war der Mordfall. Der Hass, der von den Vampiren ausging, hing schwer in der Luft.

Ambers Puls raste, ich konnte ihr Herz klopfen hören.

»Was auch geschieht, wir können nichts daran ändern«,

flüsterte ich ihr zu. Meine Dienerin kniff den Mund zu einem dünnen Strich und nickte gequält.

Die Verhandlung begann. Ein Mann, der für den Rat arbeitete, erklärte die Sachlage. »Die Beklagte Eliza Laszra ist geständig, den Mord an ihrem langjährigen Geliebten Thomas Marix begangen zu haben. Der Meister der Mörderin beantragt, die Todesstrafe aufzuheben und stattdessen Blutgeld zu zahlen.«

Die verfeindeten Parteien standen zu beiden Seiten der Mörderin. Es war klar, dass sich diese Clans seit langer Zeit feindselig gesinnt waren.

Der Meister der Mörderin trat vor und verneigte sich vor dem Rat. »Verehrte Ratsvorsitzende. Eliza Laszra ist ein geschätztes Mitglied meiner Camarilla. Ich möchte sie nicht verlieren. Bitte überlasst es mir, über sie zu richten. Ich bin vermögend und willens, Blutgeld in angemessener Höhe zu zahlen.« Er trat zurück und nickte der Verurteilten hoffnungsvoll zu.

»Eure Stellungnahme, Bernard Locker«, wandte sich Vivien Le Roux dem Meister des Ermordeten zu. »Seid Ihr bereit, ein Blutgeld zu akzeptieren, dessen Höhe vom Rat festgesetzt wird?«

Der Vampir trat vor und funkelte die andere Partei wütend an. »Niemals«, zischte er. »Eher friert die Hölle zu.«

Alle um uns herum jubelten. Die Verurteilte aber schwankte und ging in die Knie.

»Ruhe!«, schrie die oberste Richterin. Ihr Blick war eisig. »Eliza Laszra, ich verurteile dich zum Tod durch den Pflock. Die Hinrichtung findet ohne Verzug statt.«

Niemand wagte etwas zu sagen, nur die Verurteilte weinte leise.

Ich drückte Ambers Hand und hoffte inständig, dass sie die Nerven behielt.

Wieder öffnete sich die Seitentür, und zwei Gerichtsdiener

schoben eine Art Bahre hinein, eine Henkersbank. Das Gerät war aus Holz und besaß feste Lederriemen und Ketten.

Sie würden Eliza Lazra darauf festschnallen. Ich kannte die Prozedur nur zu genau. In Los Angeles war ich derjenige, der den Verurteilten das Herz durchbohrte.

Dann erschien eine blonde Schönheit in schlichter schwarzer Kleidung in der Seitentür. Ihre Art, sich vor den Gefühlen anderer zu schirmen, und nicht zuletzt der Koffer in ihrer Hand verrieten, wen ich vor mir hatte. Claudine Galow, die Jägerin des Rates von Phoenix. Sie grüßte die Vorsitzenden mit einem schnellen Kopfnicken und schenkte den Zuschauern keine Beachtung. Dann reichte sie den Koffer einem Gerichtsdiener und wandte sich ohne Umschweife ihrer Aufgabe zu.

Mit ruhigen Bewegungen löste sie Eliza Laszra von der Kette, hob die Verurteilte hoch wie ein kleines Kind und legte sie auf ihr letztes Bett.

So ruhig, wie die Todgeweihte blieb, vermutete ich, dass die Jägerin Magie anwendete. Und richtig, während die Gerichtsdiener Riemen um Riemen festschnürten, starrte Eliza in die Augen der Henkerin.

Ich war erleichtert; anscheinend ließ das Gericht Betäubung zu, und die Jägerin behandelte die Verurteilte sanft. Ich hatte Hinrichtungen erlebt und auch selbst durchführen müssen, die als grausames Exempel gedacht waren.

Die Erinnerungen verfolgten mich bis heute.

»Das dürfen sie nicht tun!«, sagte Amber energisch.

Ich fasste sie an den Schultern, drehte sie zu mir und barg ihr Gesicht in meinen Händen. Sie presste wütend die Zähne aufeinander.

»Wir sind hier, um Brandon zu retten, vergiss das nicht!«, ermahnte ich sie.

»Julius, ich kann das nicht einfach so mit ansehen!«

»Doch das kannst du und du wirst!« Ich nutzte Ambers Zorn und war im nächsten Augenblick in ihrem Geist. Sobald sie unter meinem Bann stand, wurde sie still, und mir fiel ein Stein vom Herzen.

Es wurde unruhig im Saal. Plötzlich schrie jemand. Es gab einen lauten Knall, und im nächsten Moment raste eine Energiewelle über uns hinweg. Junge Vampire drängten ängstlich zum Ausgang, andere kauerten sich auf den Boden, dann bemerkte ich, was geschehen war.

Die Henkersbank mit der Mörderin war umgestürzt, die Jägerin lag reglos daneben und der Meister der Todgeweihten kämpfte einen aussichtslosen Kampf gegen zwei Ratsmitglieder. Schließlich gab er auf und wurde abgeführt.

Nach und nach kehrte Ruhe ein. Man sah nach der Jägerin, trug sie davon und stellte die Bank wieder auf. Die Ratsmitglieder, die den wütenden Meister gebändigt hatten, kehrten auf ihre Plätze zurück.

»Die Hinrichtung muss verschoben werden«, verkündete Vivien Le Roux. Sie war enttäuscht und machte keinen Hehl daraus.

Ich straffte meine Schultern und wollte Amber gerade aus dem Bann befreien, als ein anderer Ratsherr das Wort ergriff. Es war Dominik Kangra, grauhaarig, mit gepflegtem Bart und maskulinen Zügen.

»Die Hinrichtung kann sehr wohl stattfinden!«, sagte er mit tiefer Stimme, und mir schwante Übles, als er seinen Blick suchend durch den Saal wandern ließ. »Der Zufall will es, dass heute Abend ein zweiter Jäger bei uns ist. Meister Julius Lawhead aus Los Angeles, Kalifornien.«

»Mist«, fluchte ich leise und hätte mich am liebsten in irgendeinem dunklen Winkel verkrochen, aber dafür war es jetzt zu spät.

»Mr Lawhead? Treten Sie bitte vor den Richtertisch.«

Ich schob Amber in Stevens Arme. »Tu, was du kannst«, beschwor ich ihn, »sie darf es auf keinen Fall mit ansehen.«

Steven nickte nervös. »Ich geb mir Mühe.«

Die anderen Vampire starrten mich an, während ich mit erhobenem Kopf an ihnen vorbeiging.

Der hohe Richtertisch reichte mir bis zur Brust. Ich musste den Kopf in den Nacken legen, um den sieben Meistern ins Gesicht zu blicken.

Der alte Vampir Dominik Kangra nickte mir freundlich zu, während mich die anderen Unsterblichen weiterhin furchtsam anstarrten wie einen Löwen inmitten einer Schafherde.

»Hoher Rat.« Ich verbeugte mich vor den Ältesten und schaute in erwartungsvolle Gesichter.

»Julius Lawhead, Sie besitzen die Privilegien unseres allseits geschätzten Fürsten Andrassy aus Los Angeles. Wie lange üben Sie Ihr Amt als Jäger aus?«, fragte Kangra. Ich wusste, dass er und Curtis einander in Freundschaft verbunden waren. Wahrscheinlich hatte mein Meister direkt mit ihm gesprochen, als er meine Reise vorbereitete.

»Im April werden es vierundfünfzig Jahre, Herr«, beantwortete ich seine Frage.

»Würden Sie die Güte haben, uns auszuhelfen?«

»Wie Sie wünschen.« Ich hatte keine andere Wahl.

»Dann bitte.« Er wies auf die Verurteilte. Sie konnte ihren Kopf kaum rühren und rollte verzweifelt mit den Augen, um einen Blick auf mich zu erhaschen.

Ich vermied es, die Verurteilte anzuschauen, das tat ich nie. Ein Gerichtsdiener half mir aus meinem Gehrock und brachte mir den Koffer der Jägerin. Dutzende Augenpaare ruhten auf mir, während ich die Manschettenknöpfe löste und die Ärmel höher schob.

Ich hoffte, Eliza Laszra würde uns beiden die Prozedur so leicht wie möglich machen. Bislang war sie ruhig geblieben, doch als ich den Koffer öffnete, begann sie leise um Gnade zu flehen. Es konnte unangenehm werden. »Ist Gnadenerweis vorgesehen? Wenn ja, wäre jetzt der richtige Zeitpunkt. Ich bin so weit.«

Viviens Gesicht blieb kalt. »Kein Gnadenerweis!«

Ich hatte es nicht anders erwartet. Nur selten wurden die Verurteilten vor der tatsächlichen Hinrichtung betäubt. Die kleine Manipulation, die Claudine Galow zuvor durchgeführt hatte, lag im Ermessen des Jägers und sorgte für einen reibungslosen Ablauf.

Ich bückte mich nach Pflock und Hammer und spähte zu Steven und Amber hinüber.

Der junge Vampir starrte meine Geliebte an wie eine Schlange, die krampfhaft versucht, eine Maus zu hypnotisieren, und verlor. Noch hielt der Bann, die Frage war, wie lange noch? Eile war geboten.

Ich trat an die Bahre.

Die Todgeweihte hatte kastanienbraunes Haar und ein exotisches Gesicht mit vor Angst geweiteten grünen Augen. »Bitte, bitte, bitte«, wiederholte sie und jedes neue Wort war lauter und verzweifelter.

»Es ist gleich vorbei, du wirst nicht leiden«, versprach ich mit ruhiger Stimme.

Ihre weiße Bluse war über dem Herzen zerrissen, und ihr Brustkorb hob und senkte sich verzweifelt gegen die Fesseln. Sobald ich meine Hände hob, fing sie an zu schreien.

Jetzt war der Pflock in ihrem Blickfeld. Sie kämpfte gegen die Fesseln, doch die Gerichtsdiener hatten saubere Arbeit geleistet. Ihr Oberkörper rührte sich keinen Zentimeter. Aus dem Augenwinkel nahm ich allerdings eine Bewegung von Amber wahr. Nicht gut!

Blitzschnell setzte ich mit der Linken den Pflock an. Eliza Laszra schrie aus Leibeskräften. Ich drückte das Holz ins Fleisch und trieb es dann mit zwei schnellen Schlägen durch das Herz der Mörderin und tiefer, bis der Pflock die darunterliegende Bahre berührte. Die Schreie brachen abrupt ab, und Eliza Laszra war nicht mehr.

Ein Diener nahm mir das blutige Werkzeug ab.

Im Tausch reichte er mir ein feuchtes Handtuch. Ich rieb die Blutspritzer von Händen und Armen und drehte mich nach Amber um. Sie war wach, doch anscheinend erfasste sie nicht ganz, was gerade geschehen war.

Im gleichen Augenblick wurde die Leiche auf der Bahre durch die Seitentür hinausgeschoben und war endlich fort.

»Schnell und präzise, vielen Dank, Mr Lawhead«, sagte Kangra.

»Es war meine Pflicht«, antwortete ich nüchtern, schob eilig meine Hemdsärmel herunter und ließ mir die Jacke reichen. »Wie geht es Ihrer Jägerin?«

Der Blick Dominik Kangras verklärte sich einen Moment, als er nach ihrem Bewusstsein tastete, dann entspannte er sich. »Sie ist geschwächt, aber spätestens in einigen Tagen wieder vollkommen wohlauf.«

»Das freut mich«, antwortete ich höflich.

Es war schon seit einer Weile unruhig im Saal.

Jetzt, da die Hauptattraktion des Abends, die Hinrichtung, vorbei war, verschwanden die meisten Vampire, und auch vier der sieben Richter verließen ihre Plätze.

Ich fühlte mich leer, wie immer, wenn ich meiner Aufgabe als Henker nachgekommen war. Meine Schuldgefühle hatte ich schon lange abgelegt.

»Julius Lawhead, das bist wirklich du, oder? Leonhardts kleiner Liebling.«

Ich hob den Kopf und blickte der Richterin direkt in ihre

gefährlich blauen Augen. Also erinnerte sich Vivien Le Roux doch!

»Wir sind uns schon einmal begegnet, das ist richtig. 1868 in Paris.«

»Tritt näher!«

Ich kam ihrem Befehl augenblicklich nach. Sie begann mich zu lesen. Doch ich wehrte sie ab. Sie hatte kein Recht dazu, und hier in der Gegenwart anderer Ratsmitglieder konnte sie mich auch nicht zwingen. Vivien Le Roux bleckte entrüstet die Zähne.

Kangra legte eine Hand auf ihre. »Du bist zu neugierig, meine Liebe.«

Sie schnaubte verächtlich und richtete ihre Aufmerksamkeit wieder auf mich. »Du hast dich gemacht seit damals.«

»Vielen Dank!«, erwiderte ich betont höflich.

Nachdem ich ihr den Blick in meine Gedanken verwehrt hatte, begnügte sie sich damit, zu lesen, was meine Magie preisgab. »Ich sehe eine Dienerin, die noch nicht die volle Zahl der Siegel trägt, und zwei, nein, drei Unsterbliche von deinem Blut. Die Zeichen sind unklar, Julius, wie viele nennst du nun dein Eigen, zwei oder drei?«, fragte sie lauernd.

Wortlos rief ich die anderen zu mir. Amber blieb an meiner Seite stehen. Christina versteckte sich beinahe hinter mir, so sehr fürchtete sie die Alten. Ich fasste sie am Arm und hieß sie vortreten.

»Christina Reyes, die Erste aus meinem Blut geboren«, stellte ich sie vor.

»Ann Gilfillian zähle ich auch zu den meinen, sie stammt aus Daniel Gordons Haus und hat mir geschworen.«

»Es geht um den dritten«, unterbrach mich die Meisterin. »Um den Indianer, der vor wenigen Tagen hier war, er hat die Neue damals nicht mit hereingebracht. Beide erhielten eine Reiseerlaubnis. Was ist geschehen?«

Ich erzählte von Brandons Verhältnis zu seinem alten Meister, wie er ihn verlor und von ihm gefunden wurde. »Ich will ihn wiederhaben«, schloss ich.

Vivien Le Roux lachte. Sie lachte, und ich hasste sie dafür.

»Was ist so komisch? Willst du uns nicht einweihen, Vivien?«, fragte Kangra. »Wie mir scheint, verbindet dich einiges mit diesem jungen Meister.«

Die Richterin wurde augenblicklich still. »Julius Lawhead und mich verbindet nichts, außer einem kleinen Déjà-vu. Damals, vor vielen Jahren in Paris, kam Meister Leonhardt mit diesem jungen Bengel zu mir. Er hatte ihn wieder eingefangen, nachdem er aus seinem Haus davongelaufen war. Mr Lawhead hier hinterging seinen Meister, weil er sich verliebt hatte. An Leonhardts Stelle hätte ich ihn töten lassen, doch er wollte seinen Liebling behalten. Da stehst du also nach all den Jahren wieder vor mir, Lawhead, um einen Treuebruch anzuklagen, ausgerechnet du. Gib zu, dass die Situation nicht einer gewissen Komik entbehrt, oder?«

»Ich will keinen Treuebruch anklagen. Brandon Flying Crow hat sich keines Vergehens schuldig gemacht. Mir geht es um Nathaniel Coe.«

»Der Meister war lange verschollen«, warf das dritte Ratsmitglied ein. Sein Name war mir entfallen. Der Mann hatte kurze dunkelblonde Haare und schwammige Züge, die ihm etwas Gutmütiges verliehen. Doch sein Raubtierblick strafte den ersten Eindruck Lügen, und ich nahm mich instinktiv vor ihm in Acht.

»Es ist sechs Jahre her, dass er den Ort Page und das Gebiet um den Lake Powell als sein angestammtes Revier zurückgefordert hat. Bis zu jenem Tag hat niemand gewusst, dass er den Anschlag des Vampirjägers überlebt hat.«

»Ich möchte einen Hinrichtungsbefehl gegen Coe erwirken«, sagte ich.

»Aus welchem Grund, Lawhead?«, fragte die Vorsitzende neugierig.

»Coe hat Menschen getötet.«

»Das hast du, das habe ich, das haben wir alle, alle, die wir vor der Reformation geschaffen wurden. Aber wann ist es geschehen und wie willst du es beweisen?«

»Ich weiß nicht genau, wie lange es her ist«, gab ich zu. »Mindestens fünfzig Jahre, vielleicht sechzig. Ich weiß es aus Brandons Erinn…«

»Lawhead, hör auf!«, fuhr mich die Richterin an. »Das sind doch keine Beweise!«

»So gerne, wie ich Ihnen den Befehl ausstellen würde«, meldete sich Dominik Kangra zu Wort, »die Beweise reichen nicht aus. Ich mache keinen Hehl daraus, dass ich Coe gerne für immer von dieser Erde getilgt sehen würde, doch dafür brauchen wir eindeutiges Belastungsmaterial.«

»Ich verstehe«, antwortete ich und blickte betreten zu Boden.

»Wir werden den Meister von Page von Ihrem Kommen unterrichten, doch er wird sich nicht mit wenig Geld zufriedengeben.«

Ich sah Kangra an, der mich gutmütig musterte. »Brandon Flying Crow war meinem Meister lange ein loyaler Gefolgsmann.«

»Dann wird es kein Problem sein, die Summe aufzubringen, die Leonhardt sind ein wohlhabender Clan. Senden Sie Curtis meine Grüße, wenn Sie zurückkehren.«

»Gerne«, erwiderte ich und wurde ruhiger. Wenn sich Kangra so sicher war, dass Coe positiv auf eine Auslösung reagieren würde, dann sollte es halt auf diese Weise geschehen. Ich war bereit, mein gesamtes Vermögen zu opfern.

Vivien Le Roux lehnte sich in ihrem Sitz vor und schaute

zu mir hinab. »Ich hoffe, es vergehen nicht erneut einhundertfünfzig Jahre, bis wir uns wiedersehen, Lawhead.«

»Nein, sicher nicht.« Ich wich ihrem gefährlichen Blick aus.

Steven trat unsicher von einem Bein auf das andere. Ich nickte ihm auffordernd zu und tat langsam einen Schritt nach vorne.

»Steven Brenton wird für meine Ehre zeugen.«

»Ich werde mich des jungen Mannes annehmen, es soll ihm an nichts fehlen«, meinte Kangra, und mir fiel ein Stein vom Herzen. »Doch sagen Sie, Mr Lawhead, was verlangen Sie für Ihre Dienste?«

Mein Blick huschte zu Amber. Sie schien völlig ahnungslos.

»Nichts, ich habe dem ehrenwerten Rat von Phoenix gerne gedient.«

»Dann ist ja alles geklärt«, verkündete die Vorsitzende kalt. »Wenden wir uns dem nächsten Fall zu. Die Nächte dauern nicht ewig, auch wenn wir uns das wünschen.«

Steven nahm Abschied von uns und trug gemeinsam mit einem Helfer seinen Sarg zu seinem Heim auf Zeit. Ich verließ den Wohnwagen und entdeckte Amber, die sich gegen dessen silbrige Außenhülle lehnte.

Den Kopf weit im Nacken, starrte sie in den Himmel, dessen eine Hälfte sternübersät war, die andere trug eine ähnlich scheußliche Farbe zur Schau wie der Smoghimmel über L.A.

Gemeinsam beobachteten wir, wie Steven in der Villa verschwand.

Amber seufzte. »Hoffentlich dauert es nicht lange. Wusstest du, dass er sich verliebt hat?«, fragte sie verträumt.

»Nein. Ein Mensch?«

»Ja. Ich denke, es hat ihn richtig schlimm erwischt.«

»Das ist schön für ihn und erklärt seine schlechte Laune. Wir müssen jetzt los, Liebes«, sagte ich und streifte ihre Hand mit den Fingerspitzen.

»Was ist da drinnen passiert, Julius? Mir fehlt ein Stück meiner Erinnerung.«

»Es ist passiert, was passieren musste.«

Amber drehte sich zu mir um. »Du hast mich gebannt, richtig? Damit ich nicht mitkriege, wie diese Henkerin die Hinrichtung durchführt.«

»Ja«, gab ich zu. »So ähnlich. Ich konnte nicht riskieren, dass du unsere Anhörung verdirbst.«

Ihre Augen tasteten über mein Gesicht, suchten nach verräterischen Emotionen. Ich wich ihrem Blick aus.

»Ich hasse es, wenn du dein Pokerface aufsetzt, Julius. Du verbirgst doch etwas vor mir.«

Sie würde es schlecht aufnehmen, wenn ich ihr erzählte, dass nicht Claudine Galow, sondern ich es getan hatte.

Als ich nicht auf ihre Worte einging, fuhr sie fort. »Glaubst du, ich wäre nach vorne gestürmt und hätte mich mit sieben Methusalem-Vampiren angelegt? Nicht für eine wildfremde Mörderin. Ein bisschen Verstand habe ich auch noch.«

Ich zuckte mit den Schultern. »Ich habe den Zorn in dir gespürt und war mir nicht sicher …«

»Ich … ich bin froh, dass ich es nicht miterleben musste.«

Amber fasste meine Hand. Wir gingen gemeinsam zur Tür und ich spähte in den Wohnwagen.

Christina hatte alles aufgeräumt und saß nun ganz allein wartend am kleinen Esstisch. Es gab mir einen Stich ins Herz. Es war, als fehlte ein wichtiger Teil von ihr. Christina ohne Brandon, das war, als betrachte man ein Gemälde, das in der Mitte durchgerissen war.

»Fährst du vorne bei uns mit, Chris?«

KAPITEL 10

Eine halbe Stunde später hatten wir die Tristesse von Phoenix hinter uns gelassen und fuhren auf der Interstate 17 Richtung Flagstaff, mitten durch die Wüste, immer weiter nach Norden.

Als die letzten Lichter hinter uns verblassten, klingelte mein Handy. Amber fand es im Handschuhfach und meldete sich. Nachdem sie einen Moment zugehört hatte, wurde sie plötzlich ganz hektisch.

»Es ist einer von den Richtern«, flüsterte sie. »Dominik Irgendwas.«

Ich riss ihr das Telefon aus der Hand. »Meister Kangra, ich höre!«

»Mr Lawhead? Ich habe gerade mit Nathaniel Coe gesprochen und ihn von Ihrem Kommen unterrichtet. Er ist bereit, Sie zu empfangen und sich anzuhören, was Sie anzubieten haben.«

Mein Herz schlug bis zum Hals. »Wo? Wann?«

»Er ist zurzeit auf Reservatsland unterwegs. Er schlägt Cameron vor, morgen Nacht um eins in der … warten Sie … ich habe es mir notiert … in einem Hotel, Trading Post.«

»Cameron, Trading Post, um eins«, wiederholte ich ungläubig.

Amber lächelte und reckte beide Daumen hoch.

»Ich wünsche Ihnen viel Erfolg«, sagte Kangra nach einer kurzen Pause.

»Danke.«

Er hatte bereits aufgelegt.

Christina war aus ihrer Apathie erwacht und beugte sich neugierig vor. »Hat er tatsächlich mit Coe gesprochen?«

Ich war mir sicher, dass sie alles mit angehört hatte, trotzdem nickte ich. »Ja, er wird uns morgen Nacht treffen.«

»Und wir sollen in ein Hotel kommen?«, hakte Amber nach. »Das ist doch gut, oder? Da sind viele Menschen, das heißt, er will wirklich verhandeln.«

Ich betete inständig, dass sie mit ihrer Vermutung richtiglag. Für mein Empfinden lief die Sache zu glatt. Trotz meines Misstrauens schlug mein Herz jedoch etwas leichter.

»Oh, bitte, bitte, lass alles gut werden«, stöhnte Christina leise und ließ sich in den Sitz zurücksinken.

Wir verfielen wieder in Schweigen, als hätten wir Angst, der zaghaften Hoffnung Ausdruck zu verleihen, weil sie sonst zerbrach. Amber schaltete ruhige Klaviermusik an und nickte immer wieder kurz ein.

Ich grübelte vor mich hin. Es war noch weit bis Flagstaff und erst recht bis Cameron, doch wir würden rechtzeitig ankommen.

Die Interstate führte endlos geradeaus. Hügel abwärts, Hügel aufwärts und immer weiter durch die Halbwüste.

Mit der Zeit wurden mir die Messer an den Unterarmen immer unangenehmer, sie mussten runter. Ich löste die Manschettenknöpfe und warf sie in den unbenutzten Aschenbecher.

Amber erwachte. »Was machst du?«

»Die Riemen drücken.«

»Ich helfe dir«, sagte sie müde.

Ich hielt ihr erst den rechten Arm hin und dann mit einigen Verrenkungen auch den Linken. Amber nahm beide Messer ab, dann stockte sie plötzlich und schaltete das Licht an.

Es war grell. Ich konnte die Straße nicht mehr erkennen, verriss das Lenkrad, kniff die Augen zusammen und schlug blindwütig nach dem Knopf. Der Wagen schlingerte gefährlich. Dann war das Licht endlich aus.

»Was soll das? Willst du uns umbringen?«

»Du hast Blutspritzer am Arm, Julius«, erwiderte sie kalt und warf die Messer achtlos in den Fußraum.

Ertappt schob ich die Hemdsärmel hinunter und zupfte die Manschetten über die Handrücken. »Ich bin ein Vampir, da geschieht so etwas schon mal.«

»Nein, so etwas passiert nicht ›schon mal‹«, giftete sie. »Was ist beim Rat passiert? Was verheimlichst du mir?«

Ich blickte kurz in den Rückspiegel. Christina tat so, als hörte sie uns nicht.

»Gab es einen Kampf?« Amber ließ nicht locker.

Ich konzentrierte mich auf die Straße, doch da war nichts zu sehen. Nicht einmal andere Fahrzeuge kamen uns um diese Uhrzeit entgegen.

»Nein, es gab keinen Kampf. Kannst du es nicht ruhen lassen, Amber?«

»Nein!« Sie drehte sich zu Christina um. »Willst du mir nicht erzählen, was ich verpasst habe, Chris? Oder hat dir dein großer Meister befohlen zu schweigen?«

Christina sprach kein Wort.

Ich seufzte schicksalsergeben. »Versprich mir, dass du akzeptierst, was geschehen ist.«

Dann begann Amber zu ahnen, was ich erwidern würde.

»Nicht das, Julius! Erzähl mir nicht, du hättest die arme Frau umgebracht!«

»Ich habe sie nicht *umgebracht*, sondern hingerichtet. Eliza Laszra ist wegen Mordes verurteilt worden!«

»Warum du? Sie hatten doch eine Henkerin!«

»Sie war verletzt. Außerdem ist es mein Job! Ich mache in L.A. nichts anderes!«

»Ja, ich weiß, verdammt! Ist es dir so egal, wie viel Blut an deinen Händen klebt?«, schrie sie, rang nach Atem, nach Worten, beides war ihr ausgegangen.

»Ich bin Jäger, Amber. Scharfrichter. Und ich bleibe es«, sagte ich mit fester Stimme.

»Julius ist immer sehr respektvoll, wenn er …«

Amber fuhr zornig herum. »Du hältst dich da raus, Chris!«

Christina zuckte zusammen und hob abwehrend die Hände.

Ich war froh, dass sich mein Schützling überhaupt so gut hielt, und jetzt besaß Amber die Dreistigkeit, sie anzuschreien, weil sie auf mich wütend war.

»Du hast ihr nichts zu befehlen!«

»Oh, perfekt! Jetzt musst du mir auch noch beweisen, wer hier die Hosen anhat! Julius, der große Meister.«

Das war genug. Wütend riss ich die Siegel auf und trieb eisige Energie hindurch. Todeskälte. Amber wich entsetzt zurück und verschränkte die Arme. Ihr ganzer Körper zitterte unkontrolliert. Christina, unsere stille Zeugin, hatte mehr angehört als gut war. Ich wechselte zur Telepathie. *»Stell niemals meine Autorität in Frage, wenn andere Vampire zugegen sind! Niemals!«*

Sie nickte wie in Zeitlupe.

Ich zwang mich, meine Aufmerksamkeit wieder der Straße zuzuwenden, und langsam schwand mein Zorn. Christina beugte sich vor und ließ eine Hand auf meinen Oberkörper gleiten. Sie tauschte Energie mit mir, als wollte sie sich versichern, dass sie von mir nichts zu befürchten hatte.

»Ist gut, Chris.« Ich schob ihre Hand fort. Amber sah das nicht gerne, und ich wollte nicht auch noch Öl ins Feuer gießen. Chris lehnte sich wieder zurück.

Amber schirmte sich völlig von mir ab. Hin und wieder erahnte ich die schweren Gedanken wie Bewegungen unter einer Membran. Ihr Inhalt blieb mir verschlossen. Nach ein paar Meilen atmete sie tief durch, und dann liefen die ersten Tränen.

Vorsichtig legte ich meine Hand auf ihre. Ich hatte ihr die bösen Worte längst verziehen. *»Ich habe dir nie verheimlicht, was ich bin und was ich mache.«*

Amber ergriff weder meine Hand, noch kam sie mir auf andere Weise entgegen. Doch ich ließ nicht locker. Seitdem ich Meister geworden war, gab es neue Regeln, auch für unsere Beziehung.

»Ich muss stark sein, Amber, vor allem vor den Mitgliedern meiner Camarilla. Ich kann und darf mir nicht von einer Sterblichen vorschreiben lassen, was ich tue. Wenn du mich schwächst, schwächst du uns alle!« Ich drückte ihre Hand.

Amber nickte unmerklich. *»Okay. Aber ich will mit dir reden.«*

»Ja«, erwiderte ich erleichtert.

Eine halbe Stunde vor Anbruch der Dämmerung entdeckten wir das erste Schild zum Campingplatz von Beaver Creek am Straßenrand.

Wir verließen die Interstate 17 und schienen mitten ins Nirgendwo zu fahren. Im Lichtkegel der Scheinwerfer flohen Kaninchen über die buckelige Piste.

Der Sand war rot und fein. Ich brauchte beide Hände, um uns sicher über Viehgitter und schmale Brücken zu steuern. In der Nähe des Flusses, den wir mehrfach kreuzten, wurde die Wüste zur Oase.

Zu den allgegenwärtigen Creosotebüschen gesellten sich erst Mimosen, dann erhoben sich hohe Ahornbäume aus einem Tal. Nach zehn Minuten erreichten wir den Campingplatz. Zu dieser Jahreszeit war er wie ausgestorben. Ich lenkte den Airstream auf einen Stellplatz nahe am Fluss und zog den Schlüssel.

Christina riss ohne ein weiteres Wort die Tür auf und floh in den Wohnwagen. Für sie war es höchste Zeit, in ihren Sarg zu verschwinden. Mir blieb noch fast eine volle Stunde. Ich stieg aus, ging um den Wagen und öffnete Amber die Tür.

Unsere Schritte knirschten leise über roten Sand und schwarze Kiesel, während wir einen kleinen Pfad zum Fluss hinunterliefen. Es hatte im Sommer gebrannt, und die Büsche trugen verkohlte Äste unter winterlich gebräuntem Laub. Der Beaver Creek atmete rauschend Nebel in die frostige Luft.

Am Ufer lagen Ahornblätter, purpur, die meisten schon braun. Amber hob eines auf und drehte es in der Hand.

»Julius, erinnerst du dich daran, wie du als Sterblicher bei Tag gesehen hast?«

»Ja, ich denke schon, warum?«

»Die Farben sind in der Sonne so viel schöner.«

»Oh, aber die Nacht ist für mich auch schön.« Ich legte den Arm um ihre Schultern. Sie verkrampfte sich kurz, dann schmiegte sie sich an mich, während wir einem kleinen Pfad am Ufer folgten.

»Inwiefern? Wie siehst du, Julius? Wir leben in der gleichen Welt und doch nehmen wir sie so verschieden wahr. Du verstehst die Dinge anders, du lebst nach anderen Regeln. Eigentlich existieren wir auf völlig unterschiedlichen Planeten, du und ich«, sagte sie. Bitterkeit lag in ihrer Stimme.

»Aber die Welten treffen sich doch in uns.«

»Kollidieren trifft es wohl eher!«

»Dann liegt es an uns zu vermeiden, dass wir allzu großen Schaden nehmen.« Ich blieb stehen. »Komm, ich zeige dir etwas.«

»Was denn?«, fragte sie unsicher.

»Die Nacht, meine Nacht, meine Welt. Aber dazu musst du mir vertrauen, komm!«

Wir erklommen einen gigantischen Felsen, der in das Flussbett ragte. Die Aussicht von oben war wunderschön, aber das war es nicht, was Amber erblicken sollte. Sie sollte mit meinen Augen sehen, mit den Augen eines Vampirs.

Während sie sich noch umschaute, ritzte ich mir das Handgelenk auf. Der kurze Schmerz tat seltsam wohl. Ich presste einen Finger auf die Wunde. Amber stand mit dem Rücken zu mir.

»Du musst die Augen schließen.«

»Was hast du vor?«, fragte sie, skeptisch wie immer.

»Vertrau mir einfach.«

»Okay, bin so weit«, sagte sie nüchtern und lehnte sich mit geschlossenen Augen zurück.

Ich drückte sie an mich. »Trink von mir und öffne die Siegel«, flüsterte ich und hob mein Handgelenk an ihren Mund. Zögernd schlossen sich ihre Lippen um die Wunde, und sie sog die wenigen Tropfen auf, die mein Körper zu geben bereit war.

Das Blut war die Brücke.

Ich zog sie mit der freien Hand noch enger an mich und tauchte in die Siegel, die uns verbanden. »Komm mit mir«, flüsterte ich in ihr Haar, »verlass deinen Körper und komm mit mir. Sieh, was ich sehe.«

Amber folgte meiner Stimme, meinem Blut. Sie folgte der Magie, bis sie in meinem Herzen war und damit auf meiner Seite der Siegel. Ich hatte die Kraft des dritten Zeichens nie zuvor ausprobiert. Wo ich Amber bisher nur willentlich Bilder schicken konnte, sah sie nun durch meine Augen und, was wichtiger war, mit meinen Sinnen.

»Oh Gott, das ist wunderschön«, dachte sie mitten in meinen Gedanken.

Die Geräusche der Nacht stürmten auf sie ein. Der Fluss rauschte in zahllosen Melodien, Vögel sangen in den Mimosenbüschen und der schwache Wind, den sie zuvor nicht einmal gehört hatte, flüsterte im Gras, rieb trockene Blätter aneinander und trieb feinen Sand vor sich her.

Und dann war da der Herzschlag, meiner und ihrer, ein Gleichklang, der eine dumpf, der andere heller, und das Blut in unseren Adern, das von Leben und Überleben sang.

»Jetzt sieh«, forderte ich und Amber sah, sah meilenweit und erblickte endlich meine Nacht. Vampiraugen nutzten auch das letzte Fünkchen Sternenlicht. Meine Welt war bunt, nicht grau wie die Dunkelheit der Sterblichen. Zahllose Facetten von Blau und Grün, ja, das war es vor allem, und Rot.

Rot war die Farbe von Leben und Tod gleichermaßen, Blut und Sonnenaufgang. Gelb war uninteressant, und ich konnte nicht einmal bestimmen, ob ich verschiedene Gelbtöne überhaupt auseinanderhalten konnte.

Ich legte für Amber den Kopf in den Nacken.

An den Zweigen über uns schaukelten die letzten Herbstblätter und sie strahlten in meinen Farben: leuchtendes Rot wie frisches, sauerstoffreiches Blut, dunkleres, sattes Herzblutrot und unendlich viele Abstufungen davon.

Über den Ahornblättern funkelten die Sterne, unzählige, Abermillionen, und neben der Milchstraße der Mond, der so hell war, dass es in den Augen schmerzte.

Im Westen verlor der Himmel seine Farbe und die Sterne ihre Kraft. Die Sonne kündigte sich an und saugte die Schönheit aus meiner Welt. Es wurde bald Zeit für mich zu verschwinden.

Ich ließ Amber noch eine Weile schauen, dann versiegte mein Blut und die Bindung verblasste. Als sie endgültig gebrochen war, wandte sich Amber in meinen Armen um und blickte mich an. Ihr Zeigefinger fuhr meine Brauen nach. Ich beugte mich vor, um sie zu küssen, doch Ambers Lippen streiften zuerst meine Augenlider und erst dann meinen Mund.

Ich schmeckte mein Blut in ihr.

Wir küssten uns, bis ich die Warnungen meines Körpers

nicht mehr länger ignorieren konnte. »Die Sonne geht auf, mein Herz«, flüsterte ich.

»Jetzt hast du es wieder geschafft.« Aus ihrem Lächeln wich ein Teil der Freude, als sei Schatten darauf gefallen.

»Was denn?«

»Du hast mich manipuliert, mir so sehr den Kopf verdreht, dass ich überhaupt nicht mehr mit dir diskutieren will.« Amber seufzte und kletterte den Felsen hinunter. Ich sprang einfach hinterher. Eilig, aber ohne Hast verließen wir das Flussufer. Dann blieb sie stehen.

»Ich bin nicht deine Marionette. Wenn sich nichts ändert, dann musst du dir eine andere suchen.«

Wie gelähmt verharrte ich im Schatten eines Baums.

»Wenn es in deiner Welt so wichtig ist, Regeln einzuhalten, Julius, dann fällt es dir sicher nicht schwer, dir noch eine weitere zu merken. Meine Gedanken und Gefühle sind für dich absolut tabu!«

»Okay, versprochen.«

»Wirklich?« Sie musterte mich mit ihren Ozeanaugen, als unterziehe sie jede Faser meines Körpers und meiner Seele einer Prüfung. Zu meiner Überraschung reckte sie sich und drückte mir einen Kuss auf den Mund, dann zog sie mich an der Hand weiter.

»Komm jetzt, ich will nicht, dass mein frisch geläuterter Freund in der Sonne verschmort.«

KAPITEL 11

Amber war seit über zwanzig Stunden auf den Beinen. Dennoch hatte sie nicht das Gefühl, schlafen zu können. Zu viele Überlegungen und schreckliche Bilder spukten in ihrem Kopf herum.

Amber seufzte und trank hastig ihren Tee aus. Vielleicht würden ihr die beruhigenden Kräuter helfen.

Als sie sich ein frisches Shirt aus ihrer Reisetasche nehmen wollte, bemerkte sie einen Zettel, der zwischen den leicht geöffneten Reißverschluss gesteckt worden war.

Amber setzte sich und faltete ihren Fund auseinander. Es war keine Nachricht von Julius, die Handschrift war die einer Frau. Christina.

Liebe Amber, wenn Du nicht ertragen kannst, wer und was Julius ist, triff eine Entscheidung, bevor es euch beiden noch mehr weh tut. Wenn Du reden willst … ich bin immer für Dich da.

Chris

Amber schluckte hart.

Christina hatte den Finger auf die Wunde gelegt. Konnte sie akzeptieren, wer Julius war? Es tat weh, über die Konsequenzen überhaupt nachzudenken.

Seitdem sie Julius kannte, war sie ständig übermüdet zur Arbeit gekommen und es fiel ihr schwer, sich zu konzentrieren, wenn er mal wieder einen seiner unangekündigten Besuche in ihrem Geist machte. Zumindest das konnte so nicht weitergehen.

Amber hoffte inständig, dass Robert das Tonmodell bei ihrem Boss vorbeibrachte und ein gutes Wort für sie einlegte, doch große Hoffnung machte sie sich nicht.

Vor dem Telefonanruf bei Lapiccola grauste ihr jetzt schon. Sie war eine schlechte Lügnerin, und sie musste lügen, irgendeine Krankheit vortäuschen, um ihre Abwesenheit zu erklären.

Amber zog ein paar Decken von der Sitzecke und breitete sie auf dem Boden aus. So war sie ihm näher. Julius.

Sobald sie auch nur seinen Namen dachte, kroch ein wohliges Gefühl durch ihren Körper. Wenn er doch nur ein normaler Mann sein und jetzt an ihrer Seite liegen könnte, was gäbe sie dafür.

Ich bekam keine Luft. Etwas drückte mir den Hals zu. Das ist ein Alptraum, zuckte es mir durch den Kopf.

Wie Blei lag eine Schwere auf meinem Körper, die mich von allen Seiten bedrängte. Das Gefühl war neu in dem Traum, ebenso wie der Geschmack von Sand in meinem Mund. Es war auch Sand in meiner Nase, wie ich nach und nach bemerkte. Mein Hals brannte wie Feuer, mein ganzer Körper schmerzte. Ich hatte schrecklichen Hunger.

Das war nicht mein Alptraum, wurde mir plötzlich klar, und das war auch nicht mein Körper!

Es war Wirklichkeit und passierte jetzt irgendwo mit jemandem, den ich schätzte, jemandem, den ich geschworen hatte zu beschützen.

Brandon! Irgendwie musste es ihm gelungen sein, den Turmalin loszuwerden, ohne dass Nathaniel Coe etwas davon mitbekommen hatte.

Unsere Verbindung stand wieder, und was ich mit ihm fühlte, war ungleich schlimmer als alles, was ich mir vorstellen konnte.

Wie ein wütender Geist tobte meine Seele umher. Ich würde ihn umbringen, diesen Coe, ich würde ihn leiden lassen, wie noch nie ein Vampir unter meinen Händen gelitten hatte!

Ich rief und zerrte an den Bindungen, bis auch Brandons Seele mich erhörte. Er blieb still. Gefasst schirmte er sein Bewusstsein mit einer Mauer aus Kälte, nicht wollend, dass ich seine wahren Gefühle teilte.

»*Ich möchte Abschied nehmen*«, sagte er ruhig.

»*Was? Unsinn!*«

»*Du kannst mich nicht retten, nicht du und auch kein anderer.*«

Er suchte nach Worten. »*Ich danke dir für die Zeit in deiner Camarilla. Ich werde deine Freundschaft im Herzen tragen. Sag Christina, wie sehr ich sie liebe und dass sie mich vergessen soll. Nein. Sag ihr besser, ich wäre tot.*«

Ich konnte nicht glauben, was ich da hörte. Er hatte sich aufgegeben, aber das konnte nicht sein, das durfte nicht sein!

»*Brandon, du bist mein! Ich werde dich holen, ich habe einen Schwur geleistet, und bei meiner Ehre, ich werde ihn erfüllen.*«

»*Ich bin verloren, Julius. Ich habe mich geirrt. Ich war niemals frei von Coe. Die Schwüre waren eine Lüge, alles Lüge. Verzeih mir und vergiss mich. Du hast keine Pflichten mir gegenüber.*«

»*Niemals!*«, wütete ich. »*Was hat er dir angetan? Was hat dieses Monster gemacht?*«

Brandon verschloss sich noch mehr und blieb mir die Antwort schuldig.

Dann musste ich es eben selber herausfinden.

Er wehrte sich nicht, als ich seine Schutzschilde durchdrang und in seine Gedanken glitt. Und dann wurde mir alles klar.

Was Brandon die Kehle zuschnürte, war ein eiserner Ring, und die Erinnerung, wie er dorthin gekommen war, war entsetzlich.

Ich fand mich plötzlich in einer altmodischen Schmiede wieder. Es roch nach Rauch und Holz, Blut und Angst.

Der schwarzhäutige Vampir, den ich schon in Christinas Gedanken gesehen hatte, trieb einen Blasebalg an. In der Esse glühten Kohlen und erhitzten ein Stück Eisen.

Brandon kniete nicht weit davon. Seine Arme wurden an Ketten auseinandergezerrt. Brandons verschwommener Blick tanzte immer wieder zu seinem Meister Nathaniel Coe, der mit einer Zange das halbrunde Metallstück im Feuer drehte. »Und glaube mir, du wirst nie, nie wieder vergessen, wem du gehörst und was du bist«, drohte er.

Brandon schwieg, seine Lippe war zerbissen und die Kiefer schmerzten ihm von der Gewalt, mit der er die Zähne aufeinanderpresste. Er hatte die ganze Zeit über geschwiegen, während Coe ihn zur Schmiede geschleift und versucht hatte, ihm Demut einzuprügeln. Die Genugtuung, ihn schreien zu hören, hatte er Coe nicht gegeben.

Bis auf das Knistern der Flammen und das lederne Knarzen des Blasebalgs war es in der Schmiede gespenstisch still.

Neben Coe stand ein anderer Vampir, eine Frau. Sie war klein und blond, ihr filigraner Körper steckte in einem altmodischen himmelblauen Kleid.

Plötzlich trat sie zu Brandon, fasste sein Haar, wand es sich um die Hand und zerrte seinen Kopf mit aller Kraft nach vorne.

Brandons Hals war bis aufs Äußerste gestreckt.

Ich schmeckte seine Panik. Er hatte das alles schon einmal erlebt. Und war wie damals seinen Peinigern völlig ausgeliefert. Er fürchtete den Schmerz, doch noch viel mehr, seine mühsam aufrechterhaltene Würde zu verlieren.

Coe zog das rotglühende Metallstück aus dem Feuer, tauchte es kurz in Öl, und bog es in einer geübten Bewegung mit zwei Zangen um Brandons Hals.

Der Gepeinigte schrie markerschütternd und konnte nicht mehr aufhören. Schwarzer Rauch stieg auf, während sich das Eisen immer weiter in sein Fleisch fraß.

Brandon sackte in den Ketten zusammen. Coe nahm einen Eimer mit Wasser und entleerte ihn über dem Kopf des Indianers. Die Vampirin löste seine Fesseln und er stürzte der Länge nach hin.

Coe hatte immer noch nicht genug. Er befestigte eine schwere Metallkette an dem Halsring und zerrte ihn daran hinter sich her. Brandon war zu schwach, um aufzustehen, und wurde einfach hinterhergeschleift.

Coe zog ihn aus der Schmiede heraus und hin zu dem Wohnhaus, in dem sie kampierten. Die Camarilla folgte ihrem Meister und seinem Opfer.

Brandon versuchte erfolglos Halt zu finden. Er kam nicht wieder hoch.

Coe zog ihn von einem Raum in den nächsten, über Treppenstufen hinab in einen Keller, in dem Särge standen. Im Vorraum der Schlafkammer machte er die Kette schließlich an einem Mühlstein fest und ließ ihn allein.

Als Brandon wieder zu sich kam, betastete er seinen Hals. Der Eisenring hatte sich im Nacken durch die dünne Haut bis zu den Knochen hinuntergebrannt. Durch die Erinnerung meines Freundes hatte auch ich den scharfen Geruch von verkohltem Fleisch in der Nase.

Die Haut war weggeschmolzen wie Wachs, doch noch etwas anderes war geschmolzen: Die Kette, die den Turmalin hielt. Mit letzter Kraftanstrengung riss Brandon das verformte Silber von sich.

Lange bevor Coe zurückkehrte, grub er sich so tief in den Sandboden ein, wie es die Kette zuließ, und harrte dann in der Erde aus.

Vorsichtig schob ich etwas von meiner Energie durch die

Bindung und versuchte Brandons Körper zu heilen, so gut es irgendwie möglich war.

»Nicht, Julius, er wird es merken«, sagte Brandon sofort.

»Dann lass mich dir wenigstens deine Schmerzen nehmen.«

Brandon ließ seine Schilde fallen und meine Energie tauchte in die Ruine, die sein Körper war. Konzentriert nahm ich dem Schmerz die Schärfe, schenkte Taubheit und legte kalte Magie auf die Verbrennungen. Die Prozedur brauchte Ruhe, daher versuchte ich, meinen Hass zu schlucken.

»Coe hat eingewilligt, mich zu treffen, Brandon«, flüsterte ich. *»Heute Nacht werde ich dich auslösen.«*

»Und wenn er mich nicht gehen lässt, was dann? Ich glaube, er schätzt Geld geringer als den Genuss, mich leiden zu sehen.«

»Wir werden einen Weg finden. Curtis hilft uns mit allem, was er geben kann.« Schnell verschloss ich meine Gedanken, doch war Brandon ein aufmerksamer Zuhörer.

»Wen will er opfern, Julius?«, fragte er zögernd.

»Steven.«

»Mein Gott, der Junge? Seinen Jungen? Das darf er nicht, auf gar keinen Fall! Du musst es verhindern!« Ich fühlte, wie er mit sich selbst im Widerstreit lag, Hoffnung und Schuldgefühle einander abwechselten.

»Ich will das nicht!«, brachte er schließlich hervor.

»Das ist sehr nobel von dir, Brandon, aber du hast in dieser Sache keine Mitsprache«, erwiderte ich nüchtern. *»Die Entscheidung liegt bei Curtis und mir.«*

Ambers Handy schrillte Alarm. Sie hatte den Wecker auf drei Uhr nachmittags eingestellt, doch als sie diesen jetzt mit fahrigen Bewegungen ausschaltete, kam es ihr vor, als sei es noch mitten in der Nacht.

Es war stockfinster und stickig. Sie lag noch immer auf dem Boden des Wohnwagens. Das Licht des Handydisplays ließ die gewölbte Decke erahnen, und Amber glaubte, die muffige Friedhofserde riechen zu können, die als dünne Schicht in der Wand und im Boden des Wohnwagens eingelassen war.

Die Blenden der kleinen Bullaugenfenster waren allesamt geschlossen. Eine Festung gegen das Sonnenlicht. Ambers T-Shirt klebte ihr wie eine zweite Haut am Rücken und das, obwohl sie alle Decken von sich gestrampelt hatte. Sogar im Winter war die Wüstensonne Arizonas stark genug, um die Luft im Airstream zum Kochen zu bringen.

Amber drehte sich auf den Rücken und schob die verschwitzten Haare aus der Stirn. Sie hatte geträumt. Von entsetzlicher Enge, gepaart mit Schmerzen und dem Gefühl zu ersticken. Es waren Julius' Ängste, das dachte sie zumindest. Er hatte ihr versprochen, sie mit seinen Alpträumen zu verschonen, doch sie wollte ihm dafür keinen Vorwurf machen. Immerhin musste er in einem engen Sarg schlafen, und nicht sie.

Gedankenverloren presste Amber ihren Kopf gegen das glatte Parkett, als könnte sie Julius' Herz schlagen hören, wenn sie nur leise genug war, doch das Herz ihres Freundes schlug nicht, nicht jetzt.

Amber entzündete eine Kerze, die sie in Reichweite auf den Boden gestellt hatte, dann rutschte sie ein Stück zur Seite und tastete nach der versteckten Mechanik. Die Bodenplatte öffnete sich geräuschlos. Der Anblick des Sarges ließ Amber kurz innehalten. Er machte ihr nur allzu bewusst, was Julius um diese Uhrzeit war: eine Leiche.

Aber sie musste ihn sehen. Amber rückte näher an den Rand, um den schweren Sargdeckel anzuheben, und betrachtete den ruhenden Vampir. Es war ein friedlicher Anblick.

»Ich wünschte, du wärst hier«, flüsterte Amber, ohne ihre Bindung zu nutzen und ihn damit tatsächlich in seinen Körper zurückzurufen.

Sie stieß den Atem aus.

Kinderlachen drang an ihr Ohr und mit einem Mal war sie wieder zurück in dieser Welt. Sie musste sich beeilen. Ein letzter Blick auf Julius' regloses Gesicht, seine dichten Wimpern und die breiten geschwungenen Brauen, dann schloss sie den Sarg und die Luke im Boden.

»Genug getrödelt«, sagte sie zu sich, raffte die Decken zusammen und öffnete die kleinen Fenster. Das blendende Licht weckte Kopfschmerzen, die sie bislang nicht bemerkt hatte. Amber kniff die Augen zusammen und hielt ihr Gesicht für einen Moment in die hereinströmende, kühle Luft, die das monotone Zirpen der Grillen und das leise Rauschen des Beaver Creek mit sich trug.

Die Kinder, die sie zuvor gehört hatte, waren fort.

Heftige Winde fegten über die breite Interstate, die sich wie ein erstarrter grauer Fluss durch die Ebene zog, zerrten an dem Wohnwagen und peitschten die Büsche. Sand bildete kleine Verwehungen auf dem Asphalt, die in ständiger Bewegung waren.

Amber hielt das Lenkrad mit beiden Händen umfasst und starrte angespannt auf die Straße. Der Anhänger schlingerte immer wieder und zwang sie langsamer zu fahren, als sie eigentlich wollte.

Am Straßenrand zogen sich Zäune entlang. Alte hölzerne Verladerampen, die wie Skelette gestrandeter Wale in die Landschaft ragten, zeugten davon, dass hinter dem dünnen Stacheldraht etwas lebte, fraß und sich vermehrte.

Bislang hatte Amber allerdings nur die Geister der Wüste bemerkt, Tumbleweed, rollende Büsche, die von den Zäunen in ihrer ewigen Reise aufgehalten wurden und sich an manchen Stellen in großen Haufen türmten.

Flagstaff lag schon eine Weile hinter ihr. Es war eine der wenigen Städte auf ihrer Route. Ein kleiner verschlafener Skiort mit Charme. Dort hatte sie in einem Diner Pause gemacht und mit Blick auf die Berge ein zähes Steak gegessen, das ihr jetzt immer wieder aufstieß.

Amber nahm noch einen Schluck Soda, um den säuerlichen Geschmack hinunterzuspülen, und konzentrierte sich wieder auf die Straße. Die Sonne stand bereits tief. Bald würde das Leben zu Julius und Christina zurückkehren. Bis dahin musste sie eine Stelle finden, an der sie das Gespann für eine Weile parken konnte. Immer wieder mündeten staubige Pisten in die Straße, doch das Land war so flach, dass sie diese oft erst bemerkte, wenn sie bereits daran vorbeigefahren war.

Sobald die Sonne den Horizont berührte, wurde es schlagartig kühler. Amber schaltete die Klimaanlage aus und öffnete die Fenster. Wüstenluft strömte hinein und zerrte an ihrem Haar. Augenblicklich bekam Amber das Gefühl, dass die trockene Luft sämtliche Feuchtigkeit aus ihrer Haut sog. Es hatte lange nicht mehr geregnet. Vor einer Stunde war sie durch grünere Landschaften gefahren. In der Nähe von Flagstaff waren es endlose Pinienwälder gewesen, hier und da hatte sogar Schnee gelegen. Jetzt fuhr sie einige tausend Fuß tiefer erneut durch trockenes Buschland. Ein einziger Guss hätte ausgereicht, um die Wüstenpflanzen aus ihrem Dornröschenschlaf zu wecken.

»Na endlich!«, sagte Amber und nahm den Fuß vom Gas.

Im Osten stieg eine Staubwolke auf. Dort war ihr Parkplatz, und sie würde ihn nicht verpassen. Als Quelle der Staubwolke entpuppte sich ein alter Pick-up, der auf die Interstate einbog, als Amber gerade den Blinker setzte.

Das Gespann kam in einer Ausbuchtung zum Stehen.

Amber stieg aus und vertrat sich die Beine. Sie lief ein Stück in die Wüste hinein. Eigentlich mochte sie diese karge Landschaft, die ihre Schönheit erst bei näherem Hinsehen entfaltete. Zwischen verdorrten Sträuchern krochen Kakteen über den Boden. Es waren kleine Gewächse, die ihre ovalen Triebe wie schrumpelige Finger über den Sand ausbreiteten. Amber zupfte eine abgestreifte Schlangenhaut aus den Dornen und schlenderte mit ihrem Fundstück zurück zum Wohnwagen.

Es wurde Zeit. Wie jeden Tag, seitdem sie Julius' Siegel empfangen hatte, wurde Amber zur Dämmerung von einer merkwürdigen Unruhe erfasst. Als würde ihr Herz plötzlich lauter schlagen, ihr Blut heißer fließen. Ihre Gedanken kreisten unweigerlich um den Vampir.

Die Sonne war mittlerweile zur Hälfte hinter einer Hügelkette versunken, deren Erhebungen sich wie weiche graue Stofffalten gegen den Horizont abzeichneten. Amber trat in den Schatten des Wohnwagens und schloss die Tür auf.

Julius' Seele kam. Amber spürte eine Berührung, sanft wie Atemluft, die ihr Inneres streifte, den Punkt, an dem die Siegel verborgen waren, und erst dann fühlte sie sich wieder vollständig.

KAPITEL 12

Ich kehrte in dem Augenblick in meinen Körper zurück, als Amber den Sarg öffnete. Es war noch viel zu früh. Ich wollte nicht zurück, wollte niemandem erklären müssen, was ich über Brandon erfahren hatte, und vor allem wollte ich Christina nicht begegnen.

Und doch konnte es mir nicht schnell genug gehen.

Ich schlug die Augen auf und entdeckte Ambers erschrockenes Gesicht. Sie hatte durch die Siegel erahnt, was ich fühlte.

»Was ist passiert?«, fragte sie auch gleich.

»Ich hatte Kontakt zu Brandon, Moment …«

Der erste Herzschlag tobte durch meinen Körper.

Nach und nach konnte ich die Finger wieder fühlen, ein Kribbeln in den Spitzen erst, dann ein Spannen der Muskeln. Magie trieb den Tod aus meinem Körper. Ich richtete mich auf und küsste Amber flüchtig.

»Was ist mit Brandon?«

»Coe hat ihn gefoltert«, antwortete ich bitter.

»Was?«

»Nicht bestraft oder eingesperrt oder weiß Gott was. Gefoltert! Wir müssen uns beeilen. Coe bringt es fertig und zerstört ihn, bevor wir ihn auslösen können.«

Ich schlüpfte in meine Schuhe. Amber folgte mir hinaus.

Ich fluchte und lief im Schatten des Wohnwagens auf und ab. Es war noch zu hell für mich. Wütend schlug ich mit der flachen Hand gegen die Metallhülle. »Verdammt!«

»Was hat er ihm angetan?«

Ich schnellte herum und fasste Amber an den Schultern. »Das willst du nicht wissen, hörst du? Das willst du nicht!«

Ich schloss die Augen und versuchte meine Wut in gemäßigte Bahnen zu lenken. Ein kühler Kopf würde in den Verhandlungen ausschlaggebend sein. Minuten verstrichen, die Sonne verschwand.

Schließlich trat ich aus dem Schutz des Wohnwagens in das letzte Abendlicht. Es wärmte meine Haut unangenehm, aber es brannte nicht mehr. »Ich erzähle dir, was ich gesehen habe. Aber auf der Fahrt. Wenn Christina aufwacht, wird sie hungrig sein, und ich möchte keine Ader öffnen müssen für sie.«

»Wie lange schläft sie noch?«

»Zwanzig Minuten, vielleicht eine halbe Stunde, wenn wir Glück haben. Es steht noch immer Licht am Himmel.«

Ich setzte mich ans Steuer.

Wenig später waren wir zurück auf der Interstate, und Ambers erwartungsvoller Blick ruhte auf mir. Als ich mich gerade durchgerungen hatte, mein Schweigen zu brechen, spürte ich Brandon erwachen.

Er ist noch immer mein, dachte ich grimmig, doch dann empfing ich seine rasende Angst und danach nichts mehr. Coe hatte Brandons Verrat bemerkt. Ich schlug mit der Faust aufs Lenkrad und trat aufs Gas, dass der Dodge einen heftigen Satz vorwärts tat.

Amber krallte entsetzt ihre Hände in den Ledersitz.

»Verdammt!« Ich brüllte meine Wut hinaus und fühlte wie meine Magie wie spitze Messer in die Nacht stieß.

Draußen schoss die Landschaft vorbei. Der Motor dröhnte. Ich riss mich zusammen und drosselte das Tempo, bis die Tachonadel auf siebzig Meilen pro Stunde zurücksank. Amber löste ihren verkrampften Griff vom Sitz.

»Brandon ist erwacht«, sagte ich leise, »und Coe weiß, dass er Kontakt zu mir hatte. Er muss meine Energie gespürt haben. Ich hatte Brandon ein wenig Kraft gegeben, er war so schrecklich schwach.«

Ich atmete tief ein. Dann erzählte ich Amber alles, was ich erfahren hatte.

Sie starrte auf die vorbeirasende Begrenzungslinie, drehte sich kein einziges Mal zu mir. Ich hatte überlegt, ob ich das Schlimmste auslassen sollte, doch sie würde spüren, dass ich ihr nicht alles gesagt hatte.

»Coe hat Brandon angekettet.«

»Angekettet?«, fragte Amber zögernd.

»Es war in einer Schmiede. Coe hat ihm glühendes Eisen um den Hals gebogen. Das Metall hat sich runtergebrannt bis auf die Knochen, Amber!«

Schließlich verbarg sie das Gesicht in ihren Händen. »Oh Gott. Das hat er nicht verdient, das hat niemand verdient.« Ihre Stimme brach und sie legte vorsichtig eine Hand auf meine. »Wir holen ihn.«

Es war mittlerweile fast vollständig dunkel, und wir befanden uns tief in Coconino Country. Reservatsland der Navajo. Hier und da standen alte Wohnwagen in der endlosen Ebene und rotteten vor sich hin. Kein einziger war bewohnt.

Diese Gegend war eine verdammte Mondlandschaft, hier lebte nichts und niemand.

Ich versuchte, nicht an Brandon zu denken, dessen Schwurbindung bereits unter der Wirkung eines neuen Turmalins erstickte, und lenkte mich mit einer anderen, drängenden Frage ab. Wir brauchten Blut, und zwar schnell.

Ich fühlte den Hunger in mir wachsen, und wir hatten nur noch wenige Minuten, bis Christina aufwachte. Ich konnte im Notfall einen Tag hungern, ohne viel Kraft zu verlieren, wenn es sein musste, sogar mehrere, aber das galt nicht für sie. Bei ihr reichten schon wenige Stunden, um sie an den Rand des Wahnsinns zu treiben.

»Kein Wort zu Chris«, sagte ich, während ich meine Magie wie Fühler ausstreckte und nach menschlichem Leben suchte.

Amber starrte in die Nacht und nickte.

»Sie wird gleich wach«, sagte sie leise. »Wie lange kann sie es ohne Blut aushalten?«

»Nicht lange«, antwortete ich und genau in diesem Moment geschah es.

Sie erwachte. Christina war orientierungslos, wie immer

in den ersten Minuten. Ich fühlte das Echo ihres Schmerzes, als ihr Herz den ersten Schlag tat, und die kurze Panik, dann erinnerte sie sich wieder, wo und was sie war, und legte beide Hände an den Sargdeckel. Bevor sie ihn öffnete, nahm ich Kontakt auf.

»Ruhig!«

Christina sackte zurück in die Kissen. Ihre Gedanken waren wie in Watte gebettet und der Hunger schlief. Ich konnte die Kontrolle eine Weile aufrechterhalten, doch irgendwann in der nächsten Stunde würde der Hunger sein Recht fordern.

»Da ist Licht!«, rief Amber plötzlich und wies mit der Hand nach rechts.

Der matte Schein drang aus einem Haus, das sich in einiger Entfernung flach an den Wüstenboden drückte.

Ich tastete mit meinen Vampirinstinkten nach Leben.

»Menschen.« Das Wort war wie ein heiseres Zischen über meine Lippen gekommen. Ich trat auf die Bremse und riss das Lenkrad herum. Fast hätten wir die Zufahrt verpasst. Der Dodge rutschte über ein Viehgatter, und der Wohnwagen folgte mit gefährlichem Schlingern.

Meine Stimme hatte Amber geängstigt, nur kurz, aber jetzt stieg der wunderbare Geruch von Furcht aus ihren Poren. Ich scheuchte den Wagen über die Buckelpiste, die zu der kleinen Hütte führte und sog Ambers Duft ein. Mein Hunger erwachte endgültig, und er war stärker als üblich. Ich hatte Brandon viel von mir gegeben, sehr viel.

Die zahlreichen Schlaglöcher ließen das Scheinwerferlicht wie Stroboskopblitze tanzen. Zwei große, struppige Hunde liefen uns entgegen und sprangen bellend vor dem Fahrzeug auf und ab. Sie fletschten die Zähne.

Ich fuhr weiter bis direkt vor die Hütte. Neben dem flachen Holzbau beugte sich ein riesiger Yoshua Tree über einen alten, rostigen Kühlschrank. In den Büschen verrotteten zwei aufgebockte Fahrzeuge. Reifen und Türen fehlten.

Ich stieß die Tür auf.

Sofort sprangen die Köter um mich herum und knurrten gefährlich. Sie spürten, dass ich ein Raubtier war wie sie. Als der größere der beiden Rüden, fast schwarz und erschreckend mager, nach meinem Bein schnappte, fasste ich blitzschnell zu. Meine Finger krallten sich um die struppige Kehle. Weiche Haut und ein zuckender Puls darunter. Ein Bild huschte durch meinen Kopf. Rotes Blut auf rotem Sand. Ich hätte dem Tier mühelos die Kehle zerfetzen können.

»Julius, was tust du?«, schrie Amber erschrocken.

Ich sah hinab und erwartete das Schlimmste, doch der Hund lebte. Er winselte in Todesangst und hatte versucht, sich auf den Rücken fallen zu lassen, aber er konnte es nicht, weil ich ihn noch immer gepackt hielt.

»Er wollte mich beißen«, zischte ich, löste aber den Griff und wischte mir die Hand an der Hose ab. Der fettige Film auf meiner Haut blieb. Der Hund verkroch sich winselnd unter einem der Schrottfahrzeuge. Sein Artgenosse trottete eingeschüchtert hinterher.

Genau in diesem Moment wurde die Tür geöffnet. Ich sah als Erstes das Gewehr. Mit einem Satz war ich bei dem alten Mann, presste ihm die Rechte um die Kehle, entriss ihm die Waffe und warf sie Amber zu. Meine Freundin fing das Gewehr auf.

Ich zerrte den Mann ein Stück von der Tür weg und sah ihm direkt in die Augen. Sie waren dunkelbraun, das linke ein wenig trüb. Ich hatte einen alten Indianer gefangen. Jahrzehnte in der Sonne hatten die Haut des Mannes zäh und faltig werden lassen. Er roch nach Licht. Aus seinem fransigen, langen Haar stieg der Duft von Pfeifentabak.

Meine Magie rauschte über seinen Körper, und ich leckte meine Lippen in der Freude auf mein Mahl, als sich der Alte plötzlich wieder regte.

Ich hielt überrascht inne.

»Wolfmann«, würgte er hervor. Nur dieses eine Wort.

Erschrocken lockerte ich meinen Griff.

Der Mann sollte gar nicht in der Lage sein zu sprechen, sondern unter meinem Bann stehen! Stattdessen blickte er mich gefasst an.

»Bist du gekommen, um mich zu holen, Wolfmann? Ich bin bereit.«

»Kein Wolf, alter Mann«, sagte ich leise und musterte ihn.

Auf den ersten Blick schien er wie viele alte Indianer. Er trug Jeans und ein ausgeblichenes Karohemd. Sein langes Haar war in Strähnen ergraut. Die Sonne und die Jahre hatten seine Augen mit einem Faltenkranz umgeben.

Ich rief meine Magie erneut und fühlte die Kraft, die in dem Mann wohnte.

»Wer sind Sie?«, fragte ich ungläubig.

»Takoda Red Deer.«

»Das meine ich nicht. Sie sind ein Weiser, ein Heiler, oder?«

Ich versuchte noch einmal, ihn zu betäuben, doch es gelang mir nicht. Meine Magie perlte von ihm ab wie Wasser von Wachs. Ich hätte schreien mögen vor Wut.

Was sollte ich jetzt tun? Der Hunger tobte durch meinen Körper, und ich konnte den Herzschlag des Mannes hören, fühlte den Puls unter der Hand, mit der ich ihn an der Kehle gepackt hielt, und das machte alles noch schlimmer.

Red Deer musterte mich seinerseits. Er spürte mein Verlangen und dass ich nicht lebte, nicht so wie er.

»Du bist nicht hier, um zu töten, Dämon.«

»Das ist richtig.« Der alte Medizinmann sollte die Wahrheit erfahren. »Ich brauche Ihre Kraft, Ihr Blut, aber Ihr Leben nehme ich Ihnen nicht.«

»Dann weiß ich, was du bist. Du bist ein Sohn von Jumlin, dem bösen Geist.«

Ich erinnerte mich an den indianischen Vampirmythos, von dem mir Brandon einst erzählt hatte, und nickte. »Ja, ja, das bin ich.«

Amber trat unsicher näher. Sie hielt das Gewehr mit beiden Händen.

»Warum betäubst du ihn nicht?«

»Es geht nicht.«

Ich wandte mich dem Alten zu. »Gibt es hier in der Nähe eine Siedlung, eine Tankstelle, andere Menschen?«

Er schüttelte den Kopf. »Zweiunddreißig Meilen bis zum nächsten Ort. Ich könnte dich belügen, doch du würdest wiederkommen. Alle anderen Höfe sind verlassen.«

Amber trat zu uns. »Dann nimm von mir, Julius. Mich kannst du betäuben.«

Ich las das Mitleid in ihren Augen, während ich mein Opfer mit einer Hand festhielt. Warum sorgte sie sich so sehr um diesen Fremden?

»Ich kann nicht von dir trinken, Amber. Nicht schon wieder. Hast du vergessen, was ich dir über Stärke erzählt habe? Bei dem Treffen mit Coe kann sich keiner von uns Schwäche leisten, auch du nicht.«

Red Deer beobachtete uns scheinbar unbeteiligt. Sein Herzschlag trommelte in die Nacht und klang in meinen Ohren fast unerträglich laut. Ich zog den Mann von der Wand fort und trat hinter ihn. In einer fließen Bewegung streckte ich seinen Hals und biss zu. Er krampfte unter dem Schmerz, seine Beine gaben kurz nach, dann stemmte er sie in den Boden und hielt still. Weder schrie der Alte, noch kämpfte er. Seine Hände umfassten meinen Arm, den ich über seine Brust gelegt hatte, und er presste seinen Schmerz hinein.

Ich wurde mit jedem Schluck stärker, während sein Herz wütend gegen mein Verlangen anschlug.

»*Keine Angst*«, flüsterte ich in seinen Kopf.

Während ich trank, trat Amber von einem Bein auf das andere und hielt noch immer das Gewehr im Arm. Fassungslos schüttelte sie den Kopf, dann kehrte sie uns den Rücken zu und ging davon.

Ich trank, bis ich fühlte, dass ich an die Grenzen meines Opfers kam, leckte das letzte Blut von meinen Lippen und stützte den Alten mit einer Hand. »Es tut mir leid, aber ich musste es tun.«

Der Indianer sah mich prüfend an, mit Augen, aus denen der Schmerz einen Teil des Lichts gestohlen hatte. »Nie zuvor bin ich einem Dämon wie dir begegnet. Keinem, der so sehr Fleisch ist wie du«, sagte er und berührte meinen Arm, um sich der Wahrheit seiner Worte zu versichern.

»Ich bin kein Dämon. Ich habe Leib und Seele eines Sterblichen«, antwortete ich. »Die Geister, von denen Sie sprechen, sind wie blaue Lichter, mehr nicht. Sie haben keinen Körper.«

Der Alte nickte. »Wer ist der Krieger, um den du dich sorgst?«, fragte er unvermittelt.

Ich erschrak. »Sie haben meine Gedanken gelesen? Wie können Sie …?«

Er antwortete nicht.

»Sein Name ist Brandon Flying Crow.«

»Und ihr seid aufgebrochen, um ihn zu retten. Ist er Navajo?«

»Sein Vater. Er stammt aus Cameron.«

»Und er ist wie du?«

Ich nickte, dann ließ uns ein merkwürdiges Geräusch

herumfahren. Es kam aus dem Airstream. Christina war aus der Starre erwacht, und jetzt traf sie der Hunger mit voller Wucht. Sie schrie.

Die Hunde begannen zu jaulen.

Panik huschte über das Gesicht des alten Mannes. Er fühlte, dass Christinas Hunger anders war als meiner, gieriger, tödlicher. Er wollte weglaufen, doch ich hielt ihn am Handgelenk fest.

»Sie leben nicht alleine hier. Wer ist in der Hütte?«

»Meine Tochter Cloud, aber sie schläft. Du bekommst sie nicht! Ihr könnt mich töten, aber sie …«

Ausgerechnet in diesem Moment schrie Christina wieder. Es war ein Ton voller Schmerz und Wut.

Amber kam zum Wagen gelaufen.

»Was jetzt?«, fragte sie und wies mit dem Gewehr auf den Wohnwagen.

»Christina wird von seiner Tochter trinken.«

»Nein!« Red Deer versuchte sich loszumachen, schlug mich mit seiner freien Hand, trat nach mir und fiel hin.

Ich kniete mich vor den alten Indianer. »Hören Sie mich an! Entweder ich schlage Ihnen Ihr Gewehr über den Kopf oder Sie lassen uns gewähren, und ich gebe Ihnen mein Ehrenwort, dass Ihrer Tochter nichts geschehen wird und sie keinen Schmerz spürt.«

»Dein Ehrenwort, Dämon?«, fauchte der Alte. »Was ist das wert? Ich kenne nicht einmal deinen Namen.«

»Mein Name ist Julius Lawhead.«

Christina schrie wieder und warf sich mit aller Kraft gegen die Tür.

Ich wies mit ausgestreckter Hand zum Wohnwagen. »Sie gehört mir. Ich gebiete über sie und ich gebe Ihnen mein Wort, dass Ihre Tochter leben wird. Bei meiner Ehre, es wird ihr nicht mehr geschehen als Ihnen!«

Eine einzelne Träne rollte über seine faltige Wange, dann nickte er schicksalsergeben.

Ich ließ ihn los. »Amber, gib Red Deer das Gewehr zurück.«

»Was? Warum?«

»Gib es ihm. Ich habe ihm mein Wort gegeben, er kann seine Waffe wiederhaben. Red Deer wird keinen Grund bekommen, sie gegen uns zu wenden.«

Amber näherte sich ihm zögernd.

Der Indianer nahm das Gewehr entgegen, lehnte es an die Hauswand und wirkte plötzlich unendlich müde.

Amber blieb neben ihm stehen. Vielleicht traute sie ihm nicht, vielleicht wollte sie auch möglichst weit weg sein, wenn ich Christina rausließ.

Ich ging zum Airstream, legte eine Hand gegen die warme Metallhülle und schob den Schlüssel ins Schloss, ohne ihn umzudrehen.

Christinas verzweifelte Befreiungsversuche hörten schlagartig auf. Sie lauerte. Ich wusste es, fühlte es.

»Christina?«

Keine Antwort.

»Christina Reyes, Blut und Wort binden dich an mich, antworte deinem Meister.« Mit meiner Stimme floss Magie, und diesmal fühlte ich, wie sie reagierte. Ihre Fingernägel kratzten über die Tür, während sie mit einem dumpfen Geräusch in die Knie sank.

»Es tut so weh, Meister. Hilf mir.«

Ich schloss die Tür auf, und da lag sie, auf der Seite, die Hände in den Unterleib gekrampft. Scheinbar wehrlos wie ein kleines, krankes Tier. Doch Christina war alles andere als ungefährlich.

Sie hatte die Menschen längst gewittert und war jederzeit bereit sich auf sie zu stürzen. Ich fasste sie an beiden Handgelenken und zog sie auf die Beine. Ihre Zähne schlugen klappernd aufeinander.

»Gleich tut es nicht mehr weh. Du wirst Blut bekommen«, flüsterte ich.

Je weiter wir uns den Menschen näherten, desto mehr lehnte sie sich gegen meinen Griff auf und drängte zu Amber und dem alten Mann.

»Nicht sie, wir gehen hinein.«

Amber lief vor und bat uns hinein.

Auf der Couch schlief Cloud und sie hatte den Namen wirklich verdient. Die Indianerin war ungefähr vierzig, doch das Alter war bei ihrer Leibesfülle schwer zu schätzen. Wie eine unförmige Wolke bedeckte ihr Körper das Sofa. Sie schlief unter einer alten Decke. Auf einem selbstgezimmerten Schränkchen zu ihren Füßen lärmte ein kleiner Schwarzweißfernseher. Christina bleckte die Zähne. Ihr Hunger duldete keinen Aufschub mehr.

Ich hörte, wie uns der alte Mann in die Hütte folgte, zog Christina mit mir und beugte mich zu der schlafenden Indianerin.

In dem runden Mondgesicht öffneten sich zwei kleine Augen. Ich schenkte ihr meinen Charme, lächelte. Sie erwiderte meine Geste, dann war sie auch schon ohnmächtig.

»Das Handgelenk und mit Ruhe, Chris.«

Vorsichtig langte die Vampirin nach Clouds Arm, drehte die Innenseite nach oben und schlug zu.

Ich wandte mich zu dem alten Indianer. Die Anspannung wich aus seinen Schultern. Seine Tochter litt nicht. Es geschah alles so, wie ich es versprochen hatte.

Christina schluckte laut. Die Zeit schien sich endlos zu dehnen. Ich ließ meinen Blick in der ärmlichen Behausung umherschweifen und entdeckte auf einem kleinen Sims eine Uhr. Wir hatten noch vier Stunden Zeit bis zum Treffen mit

Coe, das war mehr als genug. Trotzdem drängte alles in mir zur Eile.

Dann gab es ein sattes, schmatzendes Geräusch. Christina hatte von Cloud abgelassen und hielt den feisten Arm der Indianerin mit beiden Händen umklammert.

Ich presste meinen Mund auf die Wunde. Trank sie sauber, schloss sie und stand auf.

Christina hockte noch immer irritiert am Boden neben ihrem Opfer. Sie wusste nicht, wie sie hergekommen war. Ich half ihr hoch. Wir brachen sofort auf.

Red Deer folgte uns und blieb in der Tür stehen.

Ich machte auf halber Strecke zum Wagen kehrt und ging noch einmal zu ihm zurück.

Wir verweilten einen Moment schweigend voreinander, und ich sah diesem außergewöhnlichen Menschen in seine dunklen, wissenden Augen.

»Danke«, sagte ich unsicher.

Der Indianer rieb sich nachdenklich den Nacken. »Wie alt ist Flying Crow?«

Wieder diese Fragen nach Brandon. Was sollte das?

»Er begann sein sterbliches Leben vor etwas mehr als hundert Jahren, warum?«

»Ich muss mit ihm sprechen. Bring ihn her.« Red Deer löste eine Schnur von seinem Hals und reichte mir ein kleines Beutelchen, das zuvor verborgen unter seinem Hemd gehangen hatte. »Gib ihm das. Es wird ihm helfen. Und sag Flying Crow, dass ich mit ihm über unser Volk reden will.«

»Das werde ich. Ist das alles, was Sie von mir erbitten?«

Der Alte nickte, drehte mir den Rücken zu und ging ins Haus.

Die Tür schlug zu, und ich stand immer noch da mit dem Lederbeutelchen in meiner Hand. Ich fühlte matten Zauber darin, doch es war eine Magie, die mir fremd war und außerdem nicht für mich bestimmt.

Neugierig wog ich es in meiner Hand. Es roch nach Leder und Schweiß, darunter lag der schwache Duft von Kräutern und altem Tod.

»Julius?«

Ich schob den Talisman in meine Hosentasche und lief zurück zum Wagen.

KAPITEL 13

Gegen halb zehn am Abend passierten wir das erste Schild, das neben der Ortschaft Page am Lake Powell auch unser Ziel Cameron anzeigte.

Eine halbe Stunde später mehrten sich Häuser und Trailer zu beiden Seiten der Straße. Hier und da dösten Pferde und magere Rinder in kleinen Corrals.

Es gab Parkplätze, auf denen feste Zelte und Hütten aufgebaut waren. Handgemalte Schilder warben für frittiertes Brot, Trockenfleisch, Schmuck, Keramik und die allgegenwärtigen Traumfänger.

Christina, die bislang derart stumm und reglos auf dem Rücksitz gesessen hatte, dass man sie kaum wahrnahm, wurde zunehmend unruhig. Als wir das Ortsschild von Cameron passierten und zur Rechten eine Tankstelle auftauchte, begann sie zu weinen. Ich kannte das Gebäude aus Brandons Erinnerungen. Hier hatten sie haltgemacht.

Ich steuerte den Wagen an den Straßenrand. Christina starrte mit großen Rehaugen auf die Tankstelle und schien dort Dinge wahrzunehmen, die uns verborgen blieben. Drei der vier Tanksäulen waren außer Betrieb, die Beleuchtung abgeschaltet. Ein riesenhafter, chromblitzender Viehtransporter parkte etwas abseits. Rinder drückten sich darin ängstlich aneinander.

Christina bedeckte ihr Gesicht mit den Händen und holte mehrmals tief Luft.

»Alles okay, Chris?«, fragte ich vorsichtig. »Kannst du uns zur Lodge lotsen?«

»Ja, ja, natürlich«, presste sie hervor. »Du kannst sie nicht verpassen, fahr einfach geradeaus.«

Ich startete den Motor. Amber sprach leise auf Christina ein, machte ihr Hoffnung, ihren Geliebten bald wiederzusehen.

Ich konzentrierte mich auf die Straße.

Cameron war mit Abstand der traurigste Ort, den ich bislang besucht hatte, und ich konnte nur vermuten, dass sich noch weitaus tristere Orte an die Straße reihten. Überall standen Trailer und Wohnmobile, scheinbar wahllos zwischen niedrigen Büschen und Müll verstreut, als hätte sie ein Sturm hierhin geweht.

Feste Häuser gab es nur in der Ortsmitte. Und wenn ich geglaubt hatte, dass die Lodge schwer zu finden war, so irrte ich mich. Der Straßenrand war mit Hinweisen gepflastert, die das Hotel als Museum, Galerie, ältestes Gebäude und einzige Attraktion des Städtchens anpriesen.

Christina starrte wie gelähmt aus dem Fenster. »Ich kann ihn nicht fühlen«, sagte sie leise. »Als sei etwas in mir gestorben. So viele Jahre war er immer da …«

»Wir finden ihn.«

»Aber wenn wir nicht genug Geld haben? Was dann?« Ihre Stimme zitterte.

»Wir sind nicht allein, Chris. Curtis hat versprochen uns

zu helfen, mit allem, was der Clan geben kann. Wir haben genug, keine Angst. Bald ist er wieder bei uns.«

Meine Stimme klang überzeugend, aber ich war mir keineswegs sicher. Würde unsere Hilfe noch rechtzeitig kommen?

Ich verließ die Hauptstraße und folgte den Holzschildern, bis das flache Gebäude des Trading Post vor mir auftauchte.

Auf dem Parkplatz standen viele Autos und auch einige Trailer. Bislang kannte ich den Bau nur aus den Erinnerungen meiner Vampire und es waren ausschließlich schöne Erinnerungen gewesen.

Unsicher schob Christina ihre Hand in meine. Amber versuchte, es sich nicht anmerken zu lassen, aber ich spürte ein wenig Eifersucht in ihrem kurzen Blick. Als sie merkte, dass ich Christina meine Hand entziehen wollte, schüttelte sie den Kopf und rang sich ein Lächeln ab.

»Wir sind zwei Stunden zu früh, was machen wir jetzt?«

Wenig später saßen wir in einem gemütlichen Kaminzimmer.

Das Feuer prasselte. Die steinernen Wände waren mit alten Fotografien und indianischer Webkunst geschmückt. Alles wirkte warm und einladend.

Wir hatten jeder ein Glas Wein bestellt, und Amber wartete auf einen Salat und indianisches *fry bread*. Ich nippte an meinem Wein, ließ einzelne Tropfen durch meinen Mund gleiten und sog sie unter die Zunge. Es war so wenig, dass ich nicht einmal schlucken musste und mein Magen kaum rebellierte.

Christina starrte in die Flammen im Kamin und hielt ihr Weinglas mit beiden Händen.

»Ich halte die Warterei nicht mehr aus, ich …«

Mit einer Geste gebot ich Christina zu schweigen. Sie

schloss überrascht den Mund. Dann spürte sie es auch. Etwas hatte sich verändert. Es war, als läge plötzlich elektrische Spannung in der Luft.

Amber blickte mich fragend an.

Schweigend formte ich mit meinen Lippen das entscheidende Wort: Vampir.

Noch war der Unsterbliche nicht da, doch er kam näher, und ich konnte sein Alter fühlen. Verglichen mit mir war er jung, zählte nur etwas mehr als ein halbes Jahrhundert. Das war nicht Coe, allenfalls eines seiner Kinder.

Ich hatte mich so hingesetzt, dass ich Tür und Fenster im Auge behalten konnte und den Mann bemerkte, sobald er den Raum betrat.

Er war nicht allzu groß, kräftig gebaut, ein Afroamerikaner. Er entdeckte uns sofort. Wir waren zu dieser späten Stunde die einzigen Gäste. Ich stand auf und bedeutete den Frauen zu warten.

Während ich auf den Fremden zuging, merkte ich, wen ich vor mir hatte. Ich kannte ihn aus Brandons Erinnerungen. Er war derjenige, der den Blasebalg betätigt hatte.

Der Vampir war an der Tür stehen geblieben. Er trug eine schäbige braune Wildlederjacke und ein verschwitztes Halstuch, das kaum den Eisenring verbergen konnte, der sich um seinen Hals schloss. Coes Sadismus hatte also Methode.

Ich streckte ihm die Hand entgegen. Wenn ich auch vorgehabt hatte, kalt aufzutreten, so ließ mich sein Anblick meine Meinung ändern.

Überrascht und anscheinend geehrt ergriff er die dargebotene Hand.

»Julius Lawhead«, stellte ich mich vor.

»Darren.«

»Nur Darren?«

»Ich habe kein Recht auf einen Nachnamen«, sagte er

leise. Darren krümmte seinen Rücken und zog den Kopf ein. Er schien es nicht einmal bewusst zu tun. Die Haltung war ihm in Fleisch und Blut übergegangen, wie bei einem Hund, der zu oft Prügel bezogen hatte.

»Wo ist Nathaniel Coe?«, fragte ich.

Nathaniel Coe. Allein der Name des Vampirs löste Angst aus. Mein Gegenüber blickte sich um wie ein Kind, das in jedem Schatten ein Monster vermutete. Darren war ein gebrochener Mann.

»Mein Herr kommt zur verabredeten Stunde«, erwiderte er und seine Augen zuckten nervös.

Fürchtete er nicht, oder versuchte er, etwas zu verbergen?

»Warum nicht jetzt schon? Wir sind hier. Ich fühle deinen Meister nicht, aber er kann nicht weit sein.«

Darren schüttelte den Kopf. Mehr Antworten würde ich von ihm nicht bekommen. Er wollte sich abwenden, doch ich legte ihm eine Hand auf die Schulter. Unter meinem Griff schien er zu versteinern.

»Wie geht es Brandon?«, fragte ich und trat wieder vor ihn.

»Ich, ich kann nicht …«, stotterte er.

Er wich meinem Blick aus, doch es war bereits zu spät. Durch seine Augen hatte ich einen Teil seiner Gedanken erhascht, und was ich dort sah, erschreckte mich zutiefst. Darren befürchtete, Coe könnte mir Brandon tatsächlich überlassen. Seitdem der Indianer wieder zurück im Clan war, hatte Darren kaum mehr leiden müssen, und er wünschte sich nichts sehnlicher, als dass Brandon blieb, damit endlich ein anderer da war, an dem der Meister seine Launen und perversen Gelüste ausleben konnte.

Blitzschnell packte ich ihn an der Kehle und zog ihn zu mir, bis sich unsere Gesichter beinahe berührten. Jetzt ließ ich meine Magie in den Körper des Vampirs fließen und sie war ein steter Strom von Messern. Darren kniff die Augen zusammen und hielt still. Die Schmerzen mussten heftig sein, und doch brachte er keinen Ton über die Lippen.

In diesem Moment betrat ein Kellner den Raum und verschwand sofort wieder, nachdem er uns entdeckt hatte.

»Was ist mit Brandon?«, fragte ich noch einmal und meine Stimme war ganz leise und ruhig.

Darren schüttelte den Kopf. »Sie können mir keine Angst machen. Töten Sie mich und ich werde Ihnen dankbar sein. Aber Sie können mir nichts antun, was mein Meister nicht ungleich schrecklicher vergelten würde.«

Ernüchtert ließ ich von ihm ab.

»Geh, und sag deinem Herrn, dass ich auf ihn warte. Und sag ihm noch etwas. Je weniger er von Brandon übrig lässt, desto geringer wird der Preis sein, den ich zu zahlen gewillt bin.«

Darren verbeugte sich eilig und verließ den Raum.

In diesem Moment kehrte der Kellner zurück. Er folgte Amber, die ihm nachgelaufen war und gerade erklärte, die Rangelei zwischen mir und Darren wäre nur ein kleiner Streit unter alten Freunden gewesen. Ich vertrat ihm den Weg und nutzte meine Magie, um ihn Ambers Geschichte glauben zu machen. Es war ein Kinderspiel. Sobald der Mann das Essen abgestellt und das Kaminzimmer wieder verlassen hatte, besaß ich die volle Aufmerksamkeit der beiden Frauen.

»Was machen wir jetzt?«, drängte Christina.

Ich setzte mich in einen der schweren Sessel und seufzte. »Coe treibt seine Spielchen mit uns. Wir können nur warten.«

Amber begann betreten in ihrem Salat herumzustochern.

Chris nickte und starrte einen Augenblick ins Feuer, dann sprang sie plötzlich auf und lief hinaus.

»Chris, bleib hier!«

Amber schüttelte den Kopf. »Lass sie. Ich geh schon.«

Christina war nicht weit gelaufen.

Als Amber die Damentoilette betrat, stand die Unsterbliche am Waschbecken und klatschte sich mit beiden Händen kaltes Wasser ins Gesicht. Nach und nach verschwand ihre verlaufene Schminke.

Amber rieb ihrer Freundin tröstend über den Rücken und reichte ihr ein paar Papierhandtücher. »Wir waren noch nie so glücklich, noch nie!«

»Chris …«

Amber sah ihrer Freundin zu, wie sie mit heftigem Reiben die letzte Wimperntusche unter den Augen entfernte. Sie wusste nicht, was sie sagen sollte, damit es Christina ein wenig besser ging. Schließlich legte sie ihr einfach einen Arm um die Schulter und ging mit ihr zurück in den Flur.

»Es hat uns so gutgetan, aus all dem mal rauszukommen. Und Brandon war so anders, Amber. Er hat endlich angefangen von sich zu erzählen. Weißt du was?«

Amber schüttelte den Kopf.

»Den Handelsposten hier gab es schon vor hundert Jahren. Stell dir vor, Bran hat hier gearbeitet, da war er noch so klein!« Christina machte eine vage Handbewegung auf Höhe ihrer Brust. Amber ließ sich von ihrer Freundin in einen anderen Flur ziehen.

Sie war schlichtweg froh, dass Christina nicht mehr weinte, doch als sie all die alten Fotografien entdeckte, war auch ihr Interesse geweckt.

»Schau, das ist er.«

Es war ein gut erhaltenes Foto. Im Hintergrund war das

Hotel, damals noch ein flaches Blockhaus mit einem kleinen »Trading Post«-Schild. Davor ein schmächtiger Junge, der ein Packpferd am Zügel hielt. Halblanges Haar fiel ihm in die Stirn. Sein braungebranntes Gesicht sah schrecklich ernst aus.

»Das ist er, hundertprozentig«, sagte Amber.

»Er ist der Einzige, der nicht lächelt auf dem Bild.« Christina wischte sich energisch eine Träne von der Wange.

»Was tut dieser verdammte Coe nur mit ihm, während er uns hier warten lässt?«

»Wir holen ihn da raus, komme, was wolle. Ich meine, Julius hat sich mit Daniel Gordon angelegt, um mich zu retten, und der war zehnmal stärker als er. Brandon ist Julius' bester Freund, oder nicht?«

»Doch, das ist er.« Christina rang sich ein Lächeln ab und wollte sich abwenden, als Amber sie an der Hand festhielt. »Warte, dein Brief …«

»Oh Gott, ja. Es tut mir leid, Amber. Ich hätte mich nicht einmischen sollen. Es ist eure Sache …«

»Nein, du hast recht. Julius ist … es ist schwierig. Vielleicht brauche ich wirklich jemanden zum Reden. Wenn das alles hier vorbei ist …«

»Entschuldige, ich bin im Moment nicht die beste Zuhörerin.«

»Schon okay. Holen wir erst einmal Brandon da raus, dann sehen wir weiter.«

Die Zeit kroch dahin. Keiner von uns sprach. Wir waren die einzigen Gäste im Kaminzimmer der Lodge und blieben es auch zu fortschreitender Stunde.

Amber aß ihren Salat und knabberte an dem frittierten Brot, das kalt geworden war. Niemand kam, um abzuräumen.

Ich hatte seit einer Weile nicht mehr auf die Uhr gesehen, da erklangen mit einem Mal Schritte. Zu meiner Enttäuschung waren es die eines Menschen.

Ein alter Indianer in der Uniform eines Nachtportiers wankte auf müden Beinen zu uns. Er hielt einen Umschlag in der Hand.

»Mr Lawhead? Dieser Brief wurde für Sie abgegeben!«

Ich sprang auf. Ein Geruch versetzte mich in höchste Alarmbereitschaft. Es war Blut, Brandons Blut!

Ich riss ihm den Umschlag aus der Hand und starrte darauf. »Wann?«

Der Portier griff mit unerträglicher Langsamkeit in seine Hosentasche und zog eine alte Uhr hervor, an der das Armband fehlte. »Nicht ganz zwei Stunden.«

»Und warum erhalte ich die Nachricht erst jetzt? Sie wussten doch die ganze Zeit, dass wir hier sind!«

Der Alte musterte mich aus zusammengekniffenen Augen. »Ich habe Ihnen den Brief nicht eher gegeben, weil mich der Gentleman darum gebeten hat, ihn erst um diese Uhrzeit auszuhändigen, und das habe ich hiermit getan.«

Ich starrte ihn ungläubig an. Deshalb war Darren hergekommen, nur deshalb, und er hatte dermaßen nach Angst gestunken, dass ich ihm die Lüge zu keinem Augenblick angemerkt hatte. Da er den Brief nicht hatte abgeben können, ohne dass ich seine Präsenz spürte, war er kurz im Kaminzimmer erschienen.

Ich riss den Umschlag auf. Auf dem Papier waren dunkle Flecken.

»Kann ich gehen, oder wünschen Sie noch etwas?«, fragte der Portier.

Ich schüttelte den Kopf, während ich bereits las.

Um sein Trinkgeld betrogen, schlurfte der Alte davon.

»Ist das Blut? Ist das Brandons Blut?«, fragte Christina

hysterisch. Ich fasste sie an der Schulter und hielt den Brief außer Reichweite. Christina war den Tränen nahe, ihre Nasenflügel bebten.

»Ja, das ist sein Blut, aber nur wenig. Reiß dich zusammen.«

»Was steht in dem Brief?«, fragte Amber und legte ihrer Freundin einen Arm um die Schulter.

»Ich lese vor«, sagte ich leise und schaute mich noch einmal kurz um. Wir waren wirklich allein. Schon beim ersten Überfliegen des Textes hatte sich mein Herzschlag beschleunigt.

»An Julius Lawhead, den Meisterjäger von Los Angeles,

wenn Sie wirklich so gut sind, wie Ihr Ruf mich glauben machen will, wird es für Sie sicherlich ein Leichtes sein, dieser Fährte zu folgen. Ich erwarte Sie und Ihre Begleiterinnen in meinem Haus. Für Ruhestätten und Verköstigung ist gesorgt.

Nathaniel Coe.«

Amber sah mich an. »Das heißt, er wird nicht kommen, oder? Von was für einer Fährte spricht er?«

»Es gibt noch mehr Blutstropfen«, antwortete ich wütend. »Er hat Brandon ausbluten lassen und daraus eine Spur gelegt. Ich werde dem Geruch folgen müssen wie ein verdammter Köter!«

Ich knüllte das Papier zusammen und warf es ins Feuer. Dann fasste ich Christina, die stumm vor Entsetzen war, am Arm und zog sie zum Ausgang. »Los, beeilen wir uns. Es sind nur noch vier Stunden bis Sonnenaufgang, und ich will diesem verfluchten Bastard noch heute gegenübertreten!«

KAPITEL 14

Auf der Motorhaube unseres Wagens war der nächste Blutstropfen. Während ich mir eilig bequeme Schuhe anzog, bat ich Amber darum, den Wohnwagen abzukoppeln.

»Warum? Wo willst du schlafen?«, fragte sie verständnislos.

»Coe hat uns Schlafplätze angeboten. Es gibt bestimmt einen Grund dafür. Wir werden den Airstream nicht mitnehmen können. Ich denke, das Haus steht weit abseits.«

Amber war nicht überzeugt. »Und wenn es eine Falle ist? Vielleicht will er am Tag seine Diener auf uns hetzen.«

»Das Treffen wurde über den Rat arrangiert. Coe ist in einer sicheren Position. Wir sind zu geschäftlichen Verhandlungen hier. Warum sollte er etwas riskieren, wenn er ohnehin im Recht ist? Wir werden sicher sein, der Anhänger bleibt hier.«

Ich hörte, wie sie die Bremse festmachte und das Rad herunterkurbelte. Als ich den Wohnwagen abschloss, hatten die Frauen den Dodge bereits ein Stück vorgefahren. Der Motor des Wagens brummte in die Nacht.

»Was jetzt?«, rief Amber durch das geöffnete Fenster.

»Ich laufe, du fährst«, befahl ich knapp.

Christina saß auf der Rückbank. »Kann ich irgendwie helfen, Julius?«

»Vielleicht später.«

Der Wind kam aus Norden und trug den Geruch von Eiweiß und Kupfer mit sich. Ich reckte das Gesicht in den Luftzug und lief los. Mir war klar, was sich Coe dabei gedacht hatte. Er wollte mich demütigen, und das gelang ihm nur allzu gut.

Ich rannte. Die Anstrengung und vor allem mein Zorn ließen mich trotz der Kälte der Wüstennacht schwitzen.

Ich warf meine Jacke auf die Ladefläche des Dodge und joggte die Zufahrtsstraße hinunter. Amber tuckerte im zweiten Gang neben mir her. Die Schotterpiste mündete auf Asphalt.

Ich blieb kurz stehen, atmete tief durch, dann bogen wir auf die Interstate ein. Der Blutgeruch war stark, und schon nach wenigen Schritten wurde mir klar, warum. Die kostbare Flüssigkeit bildete einen handtellergroßen Flecken und glänzte feucht im Licht der Scheinwerfer. Die Spur führte vom Ortszentrum weg in nördliche Richtung. Ich lief schneller.

Autofahrer beäugten uns misstrauisch. Ich wirkte nicht gerade wie ein Jogger, und in dieser Gegend, vor allem aber um diese Uhrzeit, joggte in Coconino Country niemand.

Sobald keine anderen Fahrzeuge mehr in Sicht waren, mühte ich mich nicht länger, mit menschlicher Geschwindigkeit zu laufen. Ich lief, wie es nur Vampire können.

Amber schaltete höher und fuhr weiterhin neben mir.

Bald wichen blanke Steine einer abwechslungsreicheren Vegetation aus Kakteen, Grasbüscheln und hüfthohem Strauchwerk. Ich musste achtgeben, wenn ich die Spur nicht verlieren wollte.

Die wilden Salbeibüsche atmeten ihren strengen, fast schon unangenehmen Geruch in die Nacht und machten es schwer, den ungleich feineren Blutduft aufzuspüren. Frisch wäre es einfach gewesen, doch jetzt, da es bereits einige Stunden alt war, hatte sich die feine Spur von Totenmagie fast verflüchtigt.

Ich rannte an mehreren Weggabelungen vorbei, immer der Straße folgend, Richtung Canyon, der sich wie eine frische Wunde durch die ansonsten flache Landschaft zog.

Der Himmel war klar und übersät mit Sternen, aber ich hatte kein Auge für die Schönheit der Nacht. Im Licht der Autoscheinwerfer lief ich weiter die Interstate hinunter.

Wie ein versteinertes Spinnennetz hob sich bald eine alte Hängebrücke über den Canyon. Wir überquerten sie und konnten den Colorado River erahnen, der tief unter uns dahinrauschte.

Die Blutfährte war noch dünner geworden. Die Tropfen hingen in Sträuchern oder fanden sich auf dem Boden. Darren musste die Spur aus einem fahrenden Auto gelegt haben.

Als ich schon zu glauben begann, dass wir tatsächlich einfach stur der Straße folgen mussten, war die Fährte plötzlich verschwunden. Ich blieb stehen, schloss die Augen und fluchte.

Die Nacht war kalt, dennoch klebte mir meine Kleidung mittlerweile nass am Körper. Die Muskeln in meinen Beinen summten. Ich hatte die Spur verloren. Den Kopf weit nach vorne gebeugt, lief ich ein Stück zurück. Erfolglos. Ich lief weiter und diesmal machte ich einen Bogen, um wieder in den Wind zu kommen.

Amber schaltete in den Rückwärtsgang und schloss mit heulendem Motor zu mir auf.

»Was ist?«, rief sie und lehnte sich zum Fenster der Beifahrerseite.

»Ich finde sie nicht mehr!«

»Schau mal da rauf.« Sie wies mit der Hand auf einen sanft ansteigenden Hang zur Rechten. »Da oben ist eine Lücke in den Zäunen, vielleicht haben wir einen Weg verpasst.«

Ich sprang auf die Ladefläche. Amber wendete und jagte ein Stück die Straße hinunter. Sobald ich wieder Witterung hatte, schlug ich mit der flachen Hand auf das Autodach und war abgesprungen, bevor der Wagen seine Fahrt verlangsamt hatte.

Vor uns führte die Spur tatsächlich in die Wüste. Der Boden war steinig und wies kaum Abdrücke auf. Ich folgte der Piste einige Schritte und dann fand ich den nächsten Tropfen. Amber hatte die richtige Ahnung gehabt. Ich gab ihr ein Handzeichen und rannte los.

Hinter mir schnitt der Dodge durch das trockene Gestrüpp und ließ Äste und Zweige splittern. Die Fahrspur teilte sich mehrfach, doch diesmal war ich darauf vorbereitet. Der Weg führte stetig bergauf und wurde wieder sandiger.

Als ich den höchsten Punkt einer flachen Kuppe erreichte, konnte ich endlich ein Gebäude ausmachen. Es war ein niedriges Holzhaus, mit nur wenigen kleinen Fenstern. Der Mond beschien eine Veranda und zwei Geländewagen, die daneben parkten. Eine breite Fahrspur, die offensichtlich ungleich häufiger genutzt wurde, führte von Süden darauf zu. Gerade waren zwei Männer dabei, einen langen eckigen Gegenstand von der Ladefläche herunterzuheben und ins Haus zu tragen. Mir fiel nur ein Ding mit dieser Form und Größe ein: ein Sarg.

Wir hatten sie gefunden.

Erleichtert stieg ich zu den Frauen in den Dodge. »Da vorne ist es.«

Amber setzte den Wagen in Bewegung. Ich stützte meinen Arm auf die Lehne und sah mich nach Christina um.

»Ich will diesem verdammten Monster nicht wieder begegnen«, sagte sie energisch und versuchte, ihre Angst zu verbergen.

»Dir kann nichts geschehen. Du bist mein Blut, Chris. Coe ist ein erfahrener Clanherr, er respektiert das. Er hat dich beim letzten Mal auch nicht angerührt.«

»Aber was ist mit Brandon?«

Ich schluckte, denn ich fürchtete selbst, was mich heute erwartete. »Brandon gehört ihm. Was auch immer mit deinem Freund passiert ist, Chris, du musst ruhig bleiben. Die einzige Möglichkeit, Brandon da rauszuholen, ist ihn auszulösen. Coe scheint mich provozieren zu wollen und er kann unter Garantie davon ausgehen, dass ich wütend werde, wenn Brandon etwas zustößt.«

»Aber warum das Ganze?«, fragte Amber verständnislos.

»Viele Meister sind so. Die Zeit macht uns zu Monstern. Mit jeder verstrichenen Stunde verschwindet ein weiteres Stückchen Menschlichkeit, von mir, von Christina, von uns allen. Nach dem zu urteilen, was ich von Coe weiß, war er nie sehr menschlich. Er war immer schon ein Monster. Auch als Landbesitzer. Auf seinen Plantagen sind die Sklaven früher gestorben wie die Fliegen.«

Der Wagen rutschte die steile Piste ins Tal hinab. Scheinwerferlicht zuckte über die Büsche.

»Sie haben uns bemerkt«, sagte Amber.

Und richtig, während ein Mann ins Haus eilte, war der andere auf der Veranda geblieben und spähte in unsere Richtung.

Ich drückte Ambers Hand, die auf dem Schaltknüppel ruhte, und drehte mich noch einmal nach Christina um. »Versucht eure Gefühle so gut wie möglich zu verbergen und überlasst mir das Reden.«

»Ja, Meister«, erwiderte Christina leise.

Amber nickte mit einem bitteren Lächeln auf den Lippen. »Versprochen … Meister.«

Sie lenkte den Wagen über den kleinen Vorplatz und parkte neben den anderen Fahrzeugen. Ich klopfte mir den Wüstenstaub von den Hosenbeinen und versuchte mein verräterisches Herz zu beruhigen.

Magie sickerte in den Wagen, und ich bekam zum ersten Mal einen Geschmack davon, wie mächtig Nathaniel Coe wirklich war.

Wir stiegen aus.

Christina rutschte noch im Auto auf meine Seite, und sobald sie draußen war, suchte sie Schutz in meinem Rücken. Ich ging einige Schritte auf das Haus zu. Amber lief direkt neben mir. Ihre Finger zuckten über meinen Handrücken.

Auf der Veranda stand Darren und erwartete uns. Als wir nur noch wenige Schritte von ihm entfernt waren, verbeugte er sich tief. Ich spürte kurz Zorn in mir aufwallen, doch eigentlich war mir klar, dass nicht er mit mir gespielt hatte, sondern die makabere Fährtensuche die Idee seines Herrn gewesen war.

»Meister Julius Lawhead, wir haben Sie später erwartet«, sagte er, noch immer tief gebeugt.

»Bring mich zu deinem Herrn.«

»Sehr wohl«, antwortete er und hielt uns die Tür auf.

Schon von draußen hatte ich gefühlt, dass in dem Zimmer ein weiterer Vampir wartete.

Es war die Frau, die Coe geholfen hatte, Brandon den glühenden Halsring anzulegen. Ich hasste sie ab der ersten Minute unserer Begegnung. Verloren und irgendwie deplatziert stand sie in der Mitte eines kleinen Vorraums, von dem mehrere Türen abzweigten.

Offensichtlich gab es in dem Haus keine Elektrizität. Öllampen verbreiteten ihr weiches Licht und erweckten den Eindruck, dass wir im falschen Jahrhundert gelandet waren. Die Unsterbliche trug ein zitronengelbes Kleid, dessen Spitzensaum bis auf die Füße fiel. Eine steife Fischbein-Korsage drückte ihren Busen hoch. Ihr Gesicht war fein, wie das einer Porzellanpuppe, und wirkte ebenso zerbrechlich. Die blonden Haare trug sie sorgsam hochfrisiert.

Eine dunkelhaarige Frau, kräftiger und etwas größer, aber ebenso altmodisch gekleidet, hielt sich in einigem Abstand im Schatten auf und hatte nur Augen für die Unsterbliche. Ich erkannte es sofort. Sie war die Dienerin und trug die volle Anzahl der Siegel.

Ich begrüßte die Unsterbliche, wie es der Zeit geziemte, in der sie sich kleidete, und hauchte einen Kuss über ihre Hand. Die Berührung gab mir die Gewissheit, dass sie keine hundert Jahre zählte. Ihre Aufmachung war nichts als schöner Schein. Ich lächelte und spielte die Farce mit.

»Mit wem habe ich die Ehre, Lady?«

»Judith Coe, und die Freude ist ganz meinerseits«, entgegnete sie geziert.

»Die Ehefrau des Meisters?«

Die Vampirin nickte und lächelte stolz. Sie erinnerte mich an meine längst verstorbene Mutter, die, ganz Dame ihrer Zeit, zur perfekten Gesellschafterin erzogen worden war und meinem Vater dennoch nicht mehr bedeutet hatte als eine kostbare Uhr oder eine technische Spielerei, mit der er prahlen konnte.

Die Vampirin Judith genoss ganz offensichtlich ihre Stellung, lächelte und kokettierte und war mit ihrem Gehabe doch nicht mehr als eine Dekoration für Coes Haushalt.

Brandon hatte mir erzählt, dass der Meistervampir auch bei ihrer ersten schicksalhaften Begegnung mit einer Familie von Vampiren umhergezogen war, angenommenen Kindern, die die leiblichen ersetzten, inklusive.

Amber und Christina wurden von Judith weit weniger altmodisch begrüßt, sie erhielten beide einen schwachen Händedruck und ein falsches Lächeln.

Mit einer barschen Geste wies Judith Darren an, vorauszugehen, und gab uns allen damit einen Eindruck davon, dass die weißen Mitglieder von Coes Camarilla ihre Sklavenhaltermentalität bewahrt hatten.

Darren öffnete die Tür.

Judith schritt hindurch und leitete uns in eine Art Rauchsalon. Es gab schwere Tische, dunkelgrüne Sessel und von den Wänden stierten uns die Glasaugen toter Tiere an. Ein ausgestopfter Schwarzbär vervollständigte die makabere Szenerie.

Ich hatte Jagdzimmer schon immer gehasst. Sie waren gang und gäbe in den Londoner Stadthäusern der feineren Gesellschaft, in denen ich meine Kindheit und Jugend verbracht hatte. Worauf man stolz sein sollte, wenn man Bergziegen und Raubvögel aus sicherer Entfernung abknallte, war mir bis heute ein Rätsel geblieben. Wir konnten sie ja noch nicht einmal essen.

Judith wandte sich zu uns um. »Das ist eine beachtliche Sammlung, nicht wahr?«, meinte sie. »Und Sie sollten erst einmal die in unserer Zuflucht in Page sehen.«

Zu meinem Glück erwartete sie keine Antwort.

Darren lief durch den finsteren Raum, drehte die Lampen heller und stellte sich dann neben Judith.

»Wenn Sie oder Ihre Begleiterin hungrig sind, steht Ihnen Darren jederzeit zur Verfügung«, sagte sie.

Auf meinen überraschten Blick hin neigte der Schwarze den Kopf und trat einen Schritt auf mich zu. Für einen Augenblick fesselte mich der Anblick seiner gestreckten Halslinie und der darunter zuckenden Schlagader, dann winkte ich ab. »Zu viel der Ehre, Judith.«

Sichtlich erleichtert nahm Darren wieder seinen Platz ein. »Wahrscheinlich hat der junge Meister eher Lust auf Rothaut!«

Ich schnellte herum.

Christina schrie erschrocken auf. Ich hatte Coe nicht kommen hören und blickte jetzt in eine entsetzlich verzerrte Fratze. Er lachte leise und zischend. »Aber ich fürchte, Indianer befindet sich heute nicht auf dem Speiseplan. Er ist ein wenig … ausgelaugt.«

»Wo ist Brandon?«

»Sicher verwahrt«, erwiderte Coe, und ich wusste aus tiefstem Herzen, ich würde diesen Mann früher oder später töten.

Er kam auf mich zu und streckte mir seine Rechte entgegen. Die Haut über den Knöcheln war narbig und pergamentdünn. Als ich seine Hand ergriff, hatte ich das Gefühl, die Haut könnte jeden Moment zerreißen.

Der Meister probierte nicht einmal, mich zu lesen. Sein Blick war offen, als versuchte er, sympathisch zu sein. Ich bemühte mich ebenfalls um eine freundliche Miene.

»Vielen Dank, dass Sie mich empfangen.«

»Wir haben immer gerne Besuch, nicht wahr, Judith?« Coe lächelte seine Ehefrau an, die schweigend den Platz an seiner Seite eingenommen hatte. Der Meister war nicht viel größer als ich. Sein dunkelblondes Haar hatte er sorgfältig über einige kahle Brandnarben auf seinem Schädel gekämmt. Auf der linken Seite fehlten ihm Braue und Wimpern, aber das rechte Auge saß funkelnd in einem Flecken gesunder Haut.

Man konnte sich des Eindrucks nicht erwehren, dass er sich zum Schutz vor dem Feuer eine Hand vorgehalten hatte. Quer über sein hageres Gesicht zog sich ein Streifen unverbrannter Haut, was dem Vampir ermöglichte, sich einen langen Schnauzer und einen Kinnbart stehen zu lassen.

Trotz des exotischen Bartes wirkte das Gesicht seltsam leer, und seine hellblauen Augen blickten wie aus einer Maske in die Welt.

»Haben Sie genug gesehen?«, fragte er barsch.

»Entschuldigen Sie, Mr Coe.«

»Ich bin es gewohnt, angestarrt zu werden. Möchten Sie mir Ihre Begleiterinnen vorstellen?«

»Natürlich. Amber Connan, meine Dienerin, und Christina Reyes, der Sie ja bereits einmal begegnet sind.«

Amber gab Coe die Hand, doch Christina weigerte sich.

Ich beschloss, die Punkte Small Talk und Austausch von Höflichkeiten zu überspringen.

»Bevor wir unsere Verhandlung beginnen, möchte ich zu Brandon. Ich will wissen, ob er noch das Geld wert ist, das ich biete«, eröffnete ich das Gespräch und versuchte, so geschäftsmäßig wie möglich zu klingen. Mein Gegenüber lächelte.

»Heute ist nur wenig Zeit. Die Sonne geht bald auf. Wir werden morgen verhandeln, warum also den Indianer sofort ansehen?«, fragte er.

»Ich bestehe darauf.«

»Ich habe nicht gesagt, dass ich ihn überhaupt abgeben möchte. Immerhin habe ich seine Gesellschaft lange entbehren müssen.«

Ich antwortete nicht, sondern musterte Coe. Er strich sich über seinen Schnurrbart, drehte nachdenklich ein Ende zusammen und nickte. »Also gut, gehen wir.«

»Was ist mit uns?«, fragte Amber und blickte besorgt zu Christina, die mir offensichtlich folgen wollte.

»Bitte, ich muss zu ihm!«, flehte die Unsterbliche.

»Nein, du bleibst bei Amber, und ihr wartet hier.«

KAPITEL 15

Coe führte mich in den Flur und schloss eine Tür auf, dann nahm er eine Gaslampe von der Wand, in deren Licht wir eine enge Treppe hinabstiegen.

Es roch nach Erde und Blut.

Mein Herz schlug zum Zerreißen. Eine weitere Tür

folgte, eine Stahltür, die verriet, dass wir die Schlafkammern erreicht hatten.

Sobald Coe den Schlüssel im Schloss drehte, vernahm ich ein Wimmern. Ohne dass ich ihn sah oder fühlte, wusste ich, es war Brandon.

Coe zog eine Schachtel Streichhölzer aus der Tasche und reichte sie mir, dann schlug er hinter mir die Tür zu. Es war stockfinster.

»Zehn Minuten!«, hörte ich ihn sagen, während er mit schweren Schritten die Treppe hinaufstieg. Wir waren allein. Ich riss ein Streichholz an. Auf einer alten Kommode standen zwei silberne Leuchter. Ich entzündete alle zwölf Kerzen und versuchte dabei, Ruhe und Freundlichkeit auszustrahlen.

Der Raum war nicht allzu groß. Es handelte sich um das Vorzimmer zur eigentlichen Schlafkammer, wie ich im zunehmenden Licht erkannte. Quer über den aufgewühlten Boden verlief eine Kette. Sie verschwand unter einer groben Decke, unter der jemand kauerte. Er wimmerte wie ein verletztes Tier, sobald ich auch nur einen Schritt näher trat.

»Brandon, ich bin es. Hab keine Angst«, sagte ich leise, während ich mich ihm mit einem Leuchter in der Hand näherte. Ich stellte ihn ab und sank in die Knie.

Ich konnte seinen Hunger riechen und sein Blut, doch der Geruch seiner Angst war stärker als alles andere.

»Ich ziehe jetzt die Decke weg«, meinte ich und schlug vorsichtig den groben Wollstoff zurück. Was ich dann entdeckte, entbehrte jeder Beschreibung.

Der Mann, den ich einst kannte, war nicht mehr. Brandon war gebrochen, körperlich und geistig. Er kauerte sich so stark zusammen, dass zwischen Rumpf, Armen und Beinen keinen Fingerbreit Platz war. Seine Haut war verkrustet von Dreck und Blut. Zwischen seinen strähnigen Haaren erahnte ich den Metallring, der den Hals umschloss, und darunter die tiefe, nässende Brandwunde.

Ich legte Brandon eine Hand auf den Arm. Er zuckte weg. »Ich bin hier, mein Freund. Schau mich an, bitte.«

Brandon hob ganz langsam den Kopf.

Ich musste schlucken. Sein Gesicht war zerschlagen, aus einem Schnitt an seiner Kehle lief noch immer ein wenig Blut. Erst jetzt, da mich seine dunklen Augen fanden, schien er zu begreifen.

»Du bist wirklich hier?« Seine Stimme war rau und kaum mehr als ein Flüstern.

»Ja. Wir sind alle gekommen, auch Chris und Amber. Wir werden dich hier rausholen. Das habe ich dir doch versprochen.«

»Aber mein Versprechen war nichts wert, geh und lass mich allein, Julius. Mich kann niemand befreien, nur der Tod.«

Er versuchte vor mir zurückzuweichen. Die Bewegung ließ die Kette, die an dem Halsring festgemacht war, klirren und brach die verkrusteten Wunden auf.

»Du hast deinen Eid geleistet, er gilt noch immer, und ich werde meinen Teil tun, Brandon, du wirst freikommen.«

Brandon vergrub den Kopf wieder zwischen den Knien. »Lass mich allein! Verschwinde einfach und nimm deine Hoffnung mit, sie tut mir zu weh.«

Plötzlich griff er nach meiner Hand und hielt sie fest. Erst presste er seine Finger auf meinem Puls, dann rieb er Wange und Mund über mein Handgelenk.

»Trink von mir«, forderte ich, doch der erwartete Biss kam nicht. Brandons Lippen spürten dem Klopfen nach.

»Ich darf nicht«, flüsterte er gegen meine Haut. »Mein Meister hat es mir verboten.«

In diesem Moment erklangen Schritte auf der Treppe.

Brandon stieß meinen Arm von sich. Kein Zweifel, Coe kam.

Er rutschte tiefer in die Ecke und griff nach seiner Decke.

»Morgen wirst du mit uns nach Hause fahren«, flüsterte ich, hob den Leuchter vom Boden und entfernte mich schnell.

Als sich der Schlüssel im Schloss drehte, wartete ich bereits vor der Tür und versuchte, mir Zorn und Entsetzen nicht anmerken zu lassen.

Ich versagte. Sobald Coes entstelltes Gesicht erschien, schoss mein Hass wie spitze Messer aus meiner Haut.

Coe bleckte die Zähne und trat einen Schritt zurück. »Wenn Sie den Frieden brechen, töte ich Sie und alle, die mit Ihnen gekommen sind«, zischte er.

Ich senkte den Blick und schluckte meine Gefühle, so gut es ging. Er war der Stärkere, und ich musste mich fügen, zumindest für den Augenblick. »Ich will keinen Kampf, ich bin hergekommen, um zu verhandeln«, sagte ich.

»Dann wollen wir hochgehen und genau das tun«, erwiderte der Meistervampir. Sein kalter Blick fiel auf Brandon, der sich wieder die Decke über den Kopf gezogen hatte, als könnte sie ihn unsichtbar machen.

Coe trat mit einem Fuß auf die Kette und mit dem anderen gegen den losen Teil. Brandon wurde an dem Eisenring nach vorne gerissen und fiel der Länge nach hin.

»Fang schon einmal an zu graben, ich will dich hier gleich nicht mehr sehen!«, befahl der Meister gefährlich ruhig.

Brandon zögerte nicht und begann sofort, sich mit den bloßen Händen ein Grab zu schaufeln. Erst jetzt entdeckte ich das blutige Mal auf seiner Schulter, das zuvor durch die Wolldecke verborgen gewesen war.

»Was ist das?«, fragte ich Coe und wies darauf.

Der Meister fasste die Kette und zerrte Brandon näher,

bis der Vampir seinen Kopf zu unseren Füßen in den Staub presste, dann stieß Coe mit dem Zeigefinger in die nässende Wunde.

»Das? Meine Initialen. Ich dachte früher, es sei bei dem Indianer nicht nötig, aber offensichtlich habe ich mich geirrt. Er wurde mir gestohlen.«

Ich war zu entsetzt, um zu glauben, was ich hörte.

»Sie haben Brandon ein Brandzeichen gegeben wie einem Pferd oder einem verdammten Rindvieh?«

»Genau so, und wenn Sie glauben, das sei so ungewöhnlich, dann sind Sie jünger, als ich dachte.«

Natürlich hatte ich davon gehört. Die Rose der Knechtschaft, eine blumige, mittelalterliche Umschreibung für die widerwärtige Sitte, seine Schwurgebundenen mit einem Brandmal zu kennzeichnen. Ich kannte niemanden, der so etwas tat.

Etwas Feuchtes lief zwischen meinen Fingern hindurch. Blut. Ich hatte die Fäuste so fest geballt, dass sich meine Nägel tief in die Handflächen gebohrt hatten. Ohne ein weiteres Wort zu verlieren, folgte ich Coe aus dem Raum und weiter die Treppe hinauf.

Während wir liefen, leckte ich mir die Hand sauber.

»Die Sonne geht bald auf, ich denke, für Ihre junge Begleiterin wird es Zeit. Es steht ein Sarg bereit, Judith wird sie hinführen.«

Trotz all der Grausamkeiten, die mir begegnet waren, traute ich Coe, ich musste es. Wortlos rief ich Christina. *»Folge Judith«*, sagte ich, *»sie wird dir zeigen, wo du den Tag verbringst.«*

Coe geleitete mich in sein Arbeitszimmer. Es war ein düsterer Raum mit gemusterter Tapete, in dem weitere Jagdtrophäen von den Wänden starrten.

Auf dem wuchtigen Schreibtisch stand eine kitschige Bronzestatue. Ein Cowboy auf einem bockenden Mustang.

Coe ging an dem Tisch vorbei, und wir nahmen in zwei ledernen Ohrensesseln Platz.

»Noch ein Drink, bevor wir beginnen?«, fragte der Meistervampir und klatschte zwei Mal in die Hände. Coes menschlicher Diener, der mir als Conway vorgestellt wurde, schob einen dunkelhäutigen Mann in den Raum.

Dieser kam auf mich zu, kniete nieder und bot mir sein Handgelenk.

»Bitte!«, sagte Coe in herausforderndem Ton.

Mit Widerwillen fasste ich den Arm des Unglücklichen mit beiden Händen und biss zu. Die Haut war zäh von zahllosen Narben. Der Mann erduldete alles schweigend.

Als ich den Kopf hob und mir die Lippen leckte, nickte mir Coe zufrieden zu.

Der Schwarze wechselte die Seiten. Er zitterte, während Coe von ihm trank, und ich war mir sicher, dass er allen Grund dazu hatte.

Nachdem Coes Diener den Mann fortgebracht hatte, schien dieser endlich bereit zu verhandeln. Er stützte die Ellenbogen auf die Lehnen des Sessels und faltete abwartend seine Finger. Die rechte Hand war verbrannter als die linke, und am Mittelfinger fehlte der Nagel. Ich bemühte mich, daran vorbeizuschauen, und überlegte dennoch, wie lange ein Vampirkörper wohl brauchte, um solche Entstellungen zu heilen. Vermutlich würde Coe noch weitere fünfzig Jahre warten müssen, bis er wieder aussah wie vor dem Brandanschlag.

»Bevor wir über einen Preis nachdenken, möchte ich wissen, was den Indianer für Sie so wichtig macht«, begann er, und ich fühlte augenblicklich, wie er seine Magie ausstreckte, um Wahrheit und Lüge aus meinen Antworten zu filtern.

»Er ist mein Freund«, brachte ich heraus, bevor ich wirklich nachgedacht hatte.

Sein Mund verzog sich zu einem breiten Grinsen. »Einen Wilden zum Freund, nein, ist das nicht amüsant.« Dann wurde seine Miene schlagartig eisig. »An Ihrer Stelle wäre ich vorsichtig mit Ihren Sympathien.«

»Was soll das heißen?«

»Damals, als mein Körper noch nicht kalt war, habe ich erfahren, was das Vertrauen von Niggern und diesen Wilden wert ist.«

Ich hob fragend die Brauen.

»Ich habe sie wirklich gut behandelt. Auf meiner Plantage hat niemand gehungert! Ich habe ihnen sogar einen verdammten Priester spendiert, damit ihre verruchten Seelen Eingang ins Himmelreich finden. Sie haben meine Frau ermordet, meine Frau und meine Kinder! Und dann haben sie alles angezündet.«

»Das tut mit leid«, sagte ich bemüht höflich. Da lag also der Ursprung von Coes Hass und diesem Familienidyll, das er immer wieder aufs Neue schuf. Ich heuchelte Interesse. »Was ist dann passiert?«

»Dann? Dann habe ich herausgefunden, dass die Sklaven sich eine merkwürdige Seuche eingefangen hatten, den Vampirismus. Ich habe so lange nach einem Vampir gesucht, bis ich einen fand, der mich verwandelte, dann habe ich Rache geübt …«

Mein Gegenüber schwieg gedankenverloren und sah auf seine Hände, als klebe noch das Blut seines Rachefeldzugs an ihnen und er weide sich an dem Anblick.

»Aber Brandon hat mit den Morden an Ihrer Familie nichts zu tun«, lenkte ich das Gespräch wieder zurück. »Ich habe geschworen, ihn zu beschützen, Mr Coe.«

»Diese Wilden sind doch alle gleich. Der Indianer hat gelogen, als er den Eid vor Ihnen abgelegt hat. Er hatte bereits einen Herrn, mich. Sein Wort ist nichts wert, der Eid ist wirkungslos.«

Ich dachte an Curtis' Worte: Coe hatte den Eid mit Brandon nicht erneuert, sondern nur unsere Verbindung unterbrochen.

»Ich habe mein Ehrenwort gegeben, Mr Coe, und ich stehe dazu!«, erwiderte ich, schärfer als beabsichtigt.

Die Augen des Meistervampirs verengten sich zu Schlitzen. »Was soll das heißen?« Seine Stimme war leise und drohend.

Beschwichtigend hob ich die Hände. »Ich verstehe nur nicht, wie Sie erst den Eid leisten können und Ihre Schutzbefohlenen dann derart behandeln, es gibt Regeln, Pflichten.«

Coe lachte wieder, und ich begann sein Gelächter wirklich zu hassen. »Und das soll ein Meister sein? Ein Greenhorn, ein echtes Greenhorn! Ja, glauben Sie denn, dass ich meiner Judith den gleichen Eid abgenommen habe wie dem Neger oder dem Indianer?«

»Nicht?« Ich konnte mein Erstaunen kaum verbergen.

»Natürlich nicht!«

Ich schwieg einen Moment. Jetzt verstand ich! Und erschauerte, als mir die Tragweite des Unheils klarwurde.

Es gab keine Blutschwüre, die Darren oder Brandon schützten, es gab keine Magie, die darüber wachte, dass die Regeln eingehalten wurden.

Mein Schwur zwang mich dazu, meine Vampire mit allen Mitteln zu schützen, solange es nicht um mein eigenes Leben ging.

Nathaniel Coe konnte tun und lassen, was er wollte. Wo kein Eid, da war auch kein Schutz, und der Codex griff auch nur, wenn ein Schwur geleistet worden war.

Aber dann, so folgerte ich, musste Brandon für ihn beim richtigen Preis austauschbar sein.

»Sie haben Ihre Rache gehabt, Sie haben Brandon zum zweiten Mal zerstört. Was kann er Ihnen also noch bedeuten, wenn er ohnehin, wie Sie sagen, nicht unter Ihrem Schutz steht?«

»Kluge Antwort, Lawhead. Es ist wahr, der Indianer beginnt mich zu langweilen. Ich überlege, ob ich ihn töten soll, aber das kann ich nicht, denn er sehnt sich nach dem Tod, und ich bin nicht der Weihnachtsmann, ich erfülle keine Wünsche. Was also soll ich tun?«

»Verkaufen Sie ihn mir!«, schlug ich vor.

»Aber vielleicht gefällt mir der Gedanke nicht, ihn lebend und glücklich zu wissen, und vielleicht habe ich auch schon genug Geld. Was also dann, Mr Lawhead, was können Sie bieten, das mich zufriedenstellen könnte?«

Er stellte diese Frage, als hätte er die ganze Zeit über gewusst, dass ich mehr anbieten würde als Geld.

Mein Herz begann zu rasen. Konnte ich Steven wirklich ausliefern, um Brandon zu retten? Brandon, dessen Seele gebrochen war und der sich selbst bereits aufgegeben hatte? Wer machte mich zum Richter, der entschied, wessen Leben mehr wert war?

Tief in meinem Inneren zerrten die Schwüre an mir. Ich würde Brandons Leben beschützen, um fast jeden Preis. Dass er seinen Teil des Schwurs nicht halten konnte, fiel nicht ins Gewicht. Ich hatte geschworen, und die Magie, die ich zum Zeugen angerufen hatte, kannte die Entscheidung. Ich hatte keine Wahl, ich habe sie nie gehabt.

»Ich biete einen Unsterblichen zum Tausch«, sagte ich und starrte krampfhaft auf meine Hände. Im Geiste hatte ich Steven vor mir, seinen blonden Lockenschopf, seine lachenden Augen.

»Erzählen Sie mir von ihm«, erwiderte Coe ruhig, »es ist also nicht die junge Vampirin, die Sie bei sich haben? Ich muss gestehen, dass mir ein mexikanischer Mischling durchaus gefallen würde.«

Ich sah erschrocken auf. »Nein, es ist nicht Christina, niemand aus meiner Camarilla.«

»Also einer von Leonhardts Vampiren, das macht die Sache interessanter.«

»Sein Name ist Steven Brenton, er ist dreißig Jahre alt und seit elf Jahren nicht mehr sterblich.«

Coe schlug sich mit der flachen Hand aufs Bein und lachte lauthals. »Ich soll den Indianer hergeben für einen Jungen, dessen Leib noch nicht einmal ganz kalt ist? Warum, um alles in der Welt, sollte ich so dumm sein?«

Ich wartete, bis mir der Meister wieder seine ungeteilte Aufmerksamkeit schenkte. »Wenn Brandon im jetzigen Zustand bleibt, ist er schwächer als Steven, die Jahre fallen also nicht ins Gewicht. Steven ist weiß, und das macht für Sie doch einen gehörigen Unterschied, oder? Mein Angebot ist also fair.«

Ehe Coe etwas erwiderte, zog ich zwei Fotos aus der Innentasche meiner Jacke, legte sie auf den Tisch und schob sie zu ihm hinüber. »Er ist ein hübscher Junge«, setzte ich noch hinzu und beobachtete angewidert, wie der Meister die Fotos aufhob und sie gierig befingerte.

Ich kannte Steven schon vor seiner Geburt in die Nacht. Ich kannte ihn, seit Curtis ihn auserwählte und begann, ihn zu beobachten. Ich war bei Stevens Erweckung zugegen und hatte einige seiner ersten Opfer betäubt, weil sein Mentor keine Zeit fand. Ich habe mit ihm gelacht, sehr viel sogar. Er war wie ein kleiner Bruder für mich.

»Wäre es nicht schön, wenn Judith und Sie einen Sohn haben könnten? Eine perfekte kleine Familie. Steven ist gebildet, fröhlich …«, die nächsten Worte blieben mir im Hals stecken.

»Ich will darüber nachdenken«, sagte Nathaniel Coe ruhig und blickte noch immer auf die Fotos, von denen er eines in jeder Hand hielt. »Heute Abend werde ich Ihnen meine Entscheidung nennen, nachdem ich, wie heißt es doch so schön, darüber geschlafen habe.«

Er schob die Bilder in die Brusttasche seines Oberhemdes und stand auf.

Ich folgte ihm zurück in den Rauchsalon, wo Amber bereits auf mich wartete. Sobald wir eintraten, sprang sie auf.

Es war mir gleich, was Coe von mir denken würde. Ich streckte eine Hand nach ihr aus. Ich brauchte sie jetzt, ohne sie hatte ich das Gefühl, an meiner schrecklichen Entscheidung zu zerbrechen.

»Alles okay?«, fragte sie leise.

Ich drückte ihre Hand.

Coe beobachtete uns belustigt und verließ den Raum.

»Ich habe mir Sorgen gemacht, als du so lange nicht gekommen bist. Alle anderen haben sich bereits zurückgezogen«, sagte Amber und musterte mich mitfühlend. »Komm, ich zeig dir, wo wir den Tag verbringen.«

Ihre Worte klangen merkwürdig leer, als versuchte sie etwas zu verbergen.

Ich folgte Amber aus dem Zimmer hinaus durch einen schmalen Treppenschacht unter die Erde. Bald fanden wir uns in einem kargen Raum mit einem Bett und zwei Särgen wieder, und dann wusste ich, warum Amber so merkwürdig geklungen hatte. Die Särge stanken nach Tod. Es hatten bis vor kurzem Leichen darin gelegen! Coes Leute hatten sie von irgendeinem Friedhof gestohlen. Es klebte sogar noch Erde an Griffen und Füßen.

Angeekelt verzog ich das Gesicht.

Aber was hätte ich anderes von Coe erwarten sollen.

Es gab Regeln für das Zusammentreffen zweier Meister, die Frieden vereinbart hatten, Höflichkeit gehörte nicht dazu, und genau genommen nicht einmal Unversehrtheit. Psychoterror war erlaubt.

»Ist er auf dein Angebot eingegangen, Julius?«

»Was?«

»Können wir Brandon mitnehmen, sobald er wach ist?«

Ich schüttelte den Kopf und wich Ambers Blick aus. »Er hat sich Bedenkzeit ausgebeten.«

Amber trat um mich herum und blieb vor mir stehen.

»Du hast Brandon doch besucht, wie geht es ihm? Christina hat so viel Angst, sie fürchtet, er sei nicht mehr am Leben. Ich hätte ihr beinahe geglaubt.«

»Vielleicht stimmt das auch«, sagte ich. »Er ist mehr tot als lebendig. Coe hat ihn so gründlich zerstört, wie ich es noch nie zuvor erlebt habe.«

Amber nahm mich erschrocken in den Arm.

»Er hat Zeit, Julius. Wenn wir ihn erst einmal da raus haben, hat er Zeit. Und er hat Christina.«

»Ich wünsche mir sehr, dass du recht hast, aber … du hast ihn nicht gesehen, Amber.«

Minuten später stand ich immer noch vor dem stinkenden Sarg. Noch nicht einmal das Innenfutter war ausgetauscht worden und zeigte einen nassen, dunklen Fleck in Form eines Menschen.

Amber hatte das Laken von der Matratze ihres Bettes gezogen und mir gegeben, damit ich nicht direkt auf den dreckigen Polstern liegen musste. Ich konnte mich dennoch nicht überwinden und ließ den Sargdeckel zufallen.

»Heute würde ich dein Angebot annehmen, wenn es noch

steht. Ich kann mich auch auf den Boden legen, aber in den Sarg steige ich nicht.«

»Aber ist es da drinnen nicht sicherer für dich?«

»Wenn jemand hier eindringt und an dir vorbeikommt, rettet mich keine stinkende Holzkiste mehr. Das ist ein normaler Sarg, er ist nicht abschließbar wie meiner zu Hause. Außerdem hat Coe Sicherheit garantiert. Niemand wird an mir rühren, wenn ich schlafe. Ich werde morgen nicht im Vollbesitz meiner Kräfte sein, aber das will ich riskieren. Wir sind zum Verhandeln hergekommen, nicht um zu kämpfen.«

»Dann leg dich zu mir.«

Im Bett rutschte ich so nah wie möglich an die Wand.

»Ich muss noch mit Curtis sprechen.«

»Mach das.« Amber kuschelte sich an mich, während ich still nach meinem Meister rief.

Sie fühlte genau, dass ich die Siegel zu ihr vollständig geschlossen hatte, aber sie fragte nicht, warum, und ich würde ihr nicht verraten, was der Preis für Brandons Freiheit war.

Curtis' Präsenz nahte wie ein Sturm. Plötzlich witterte ich den typischen Geruch des Lafayette und die Würze eines erkalteten Kamins. Es war der Duft von Heimat und der Geborgenheit des Clans. Curtis' Energie berührte mich freundlich, noch ehe ich seine Stimme hören konnte.

Ich schickte ihm Bilder und Erinnerungen. Wir hatten nur noch wenig Zeit bis Sonnenaufgang, und er musste so viel wie möglich erfahren.

Als er Brandon durch meine Augen sah, konnte er seine Gefühle für einen Moment nicht im Zaum halten, und ich ächzte unter seinem aufwallenden Zorn, der mich als heißes Nadelmeer erreichte.

»Glaubst du, es hat noch einen Sinn?«

»Das kannst nur du entscheiden, mein Sohn«, antwortete er.

»Nachdem du weißt, was er Brandon angetan hat, willst du mir Steven trotzdem geben, um ihn an seine Stelle zu setzen?«

Sekunden verstrichen, in denen er nichts sagte, und sie erschienen mir wie eine kleine Ewigkeit.

»Unter einer Bedingung: Er nimmt Steven vor deinen Augen den Treueeid ab, wie er im Codex steht, und du wirst es bezeugen. Wenn er dich zum Zeugen anruft, kann er den Eid nur ändern, wenn du entweder dabei bist oder für immer tot. Sollte Coe sich nicht darauf einlassen, wirst du ohne Wenn und Aber nach L.A. zurückkehren. Das ist ein Befehl, Julius. Hast du verstanden?«

»Ja, Meister«, entgegnete ich und war fast erleichtert.

»Ich werde für Brandon beten.« Mit diesen Worten war er fort, und im gleichen Moment kroch der Tod in meine Beine.

Die Sonne war über den Horizont getreten.

Ich öffnete mit letzter Kraft die Augen, drehte meinen Kopf zur Seite und sah in Ambers liebliches Gesicht. Zu gerne hätte ich den kleinen Wirbel in ihrer linken Braue berührt, doch ich konnte meine Arme schon nicht mehr bewegen. Heute kämpfte ich mit dem Tod des Tages um jede einzelne Sekunde.

»Gib auf dich acht«, sagte ich tonlos. Mein Herz blieb stehen. Ich hörte noch, wie sie die Decke höher zog, dann nichts mehr.

KAPITEL 16

Amber hatte den Kopf auf Julius' Schulter gebettet. Noch war sein Körper weich und warm und seine Glieder geschmeidig, doch sie wusste nur zu gut, dass sich dieser

Zustand binnen kurzer Zeit ändern würde. Sie zog die Bettdecke bis unter das Kinn und deckte auch Julius gut zu, damit seine Körperwärme noch lange erhalten blieb und sie in der Illusion einschlafen konnte, dass er lebte.

Die beiden Särge verpesteten den kleinen unterirdischen Raum mit ihrem Gestank. Natürlich gab es in der Schlafkammer keine Fenster, und die Tür hatte sie selbst sorgfältig abgeschlossen. Eine Gaslampe stand neben dem Bett auf dem Boden, zischte leise und brannte auf kleinster Flamme. Amber hatte das Gefühl, ersticken zu müssen. Entschlossen, dem Gefühl nicht nachzugeben, grub sie ihr Gesicht in Julius' Locken. Nach einer Weile gewann die Müdigkeit, und sie fiel in einen tiefen, traumlosen Schlaf.

Irgendwo sangen Geigen.

Es war eine traurige Melodie und sie wiederholte sich, ein Mal und dann direkt noch einmal. Amber schreckte hoch. Schuberts *Der Tod und das Mädchen*, das war der Klingelton von Julius' Handy!

Amber tastete nach dem Telefon, das direkt neben der schwach leuchtenden Gaslampe auf dem Boden lag. Als die Melodie zum vierten Mal begann, klappte sie es endlich auf und ließ sich zurück in die Kissen sinken.

»Hallo?«, sagte sie müde und lauschte in die rauschende Stille.

Der Anrufer schwieg.

»Hallo, hier ist Amber Connan, mit wem spreche ich?«, fragte sie noch einmal. »Das ist das Telefon von Julius Lawhead, hallo?«

»Sind Sie seine Dienerin?«, fragte eine tiefe Männerstimme.

»Nennen Sie es, wie Sie wollen. Was ist?«

Wenn er sie aus dem Tiefschlaf riss, konnte der Fremde

von Amber keine Höflichkeit erwarten. Dass es helllichter Tag war, tat der Sache keinen Abbruch.

»Ich rufe Sie im Auftrag von Dominik Kangra an«, sagte der Fremde ruhig. Amber war schlagartig hellwach. Sie setzte sich auf.

»Ist etwas mit Steven passiert?«

»Nein, es geht ihm gut. Der junge Mann wurde heute Morgen sicher verladen. Ich soll Ihnen ausrichten, dass er pünktlich zu Sonnenuntergang am Treffpunkt in Cameron sein wird.«

»Aber warum? Ich dachte, er soll für uns bürgen?«

»Fragen Sie mich nicht. Ich führe nur Befehle aus, genau wie Sie. Soweit ich weiß, soll eine gewisse Ann Gilfillian die Stelle des jungen Unsterblichen übernehmen. So hat es Mr Leonhardt verabredet.«

»Ann kommt nach Phoenix und Steven wird hergebracht?«

»So ist es. Ich wünsche Ihnen noch einen schönen Tag.«

»Vielen Dank, gleichfalls«, erwiderte Amber überrascht und ehe sie ganz verstand, hatte ihr Gesprächspartner bereits wieder aufgelegt.

Sie schob das Telefon unter das Kopfkissen.

Hatte Julius mit Curtis am Ende gar nicht über Brandon gesprochen?, überlegte sie. Hatte er sie deshalb aus seinen Gedanken ausgeschlossen?

Sie würde ihn fragen, sobald er wach war.

Amber rutschte von dem steifen Körper des Vampirs ab und schob ein Stück der Bettdecke zwischen sich und ihn, damit sie Julius nicht versehentlich berührte. Schon im nächsten Augenblick war sie wieder eingeschlafen.

Als Amber zum zweiten Mal wach wurde, wusste sie nicht genau, was sie geweckt hatte. Das Telefon schwieg. Dem flauen Gefühl in ihrem Magen nach war es schon spät.

Die Gaslampe brannte noch immer.

Amber erinnerte sich an das Handy, kramte es unter dem Kissen hervor und blickte auf die Zeitanzeige. Es war kurz vor fünf am Nachmittag. In eineinhalb Stunden konnte sie mit Julius' Erwachen rechnen, eine halbe Stunde später mit Christinas.

Aus dem Haus erklangen Stimmen. Laute, die sie zuvor nicht wahrgenommen hatte. Es mussten Menschen sein, kein Vampir war um diese Uhrzeit wach, nicht einmal ein ganz alter. Amber rutschte aus dem Bett, schlüpfte in ihre Jeans und schlich zur Tür.

Sie lauschte. Es klang, als würde ein schwerer Gegenstand über den Boden geschleift. Die Stimmen gehörten zwei Männern.

»Komm, holen wir den anderen«, sagte einer, und der zweite gab etwas von sich, das wie ein zustimmendes Grunzen klang, und spuckte dann aus.

Der Erdboden des Kellers dämpfte die leiser werdenden Schritte. Ambers Herz raste, als sie vorsichtig den Riegel des kleinen Fensters, das in die Tür eingelassen war, öffnete. Was sie sah, verschlug ihr den Atem.

Im Flur, der zu den Schlafkammern von Coes Vampiren führte, lag ein schwarzer Leichensack. Der Form nach war in dem Sack eindeutig ein Mensch.

Amber erinnerte sich an Julius' Worte. Coe stand im Verdacht, Menschen umzubringen, und hatte es laut Brandon auch oft genug getan. Wenn es gelang, dem Rat von Phoenix zu beweisen, dass Coe immer noch mordete, dann war er des Todes, und Brandon frei.

Anscheinend wollten die menschlichen Diener die helle Tageszeit nutzen, um die Leiche verschwinden zu lassen. Amber überlegte fieberhaft.

Das war ihre Chance. Sie würde Coe das Handwerk legen. Doch wie sollte sie beweisen, was sie sah? Sie brauchte Fotos, oder noch besser – einen Film!

Eilig kehrte sie zurück zum Bett, nahm Julius' Handy an sich und lief auf leisen Sohlen zurück zur Tür. Der Flur war noch immer verlassen. Amber lauschte angestrengt, dann drehte sie vorsichtig den Schlüssel im Schloss.

Die Tür öffnete sich geräuschlos, und Amber schlich auf bloßen Füßen in den Gang hinaus.

Jetzt konnte sie die Männer wieder hören. Sie unterhielten sich leise.

Als Amber näher schlich, mischte sich das dumpfe Geräusch von fallender Erde unter das Gespräch. Es klang, als schachteten sie ein Grab aus.

Wollten sie die Leiche etwa gleich hier in der Zuflucht begraben? War das nicht zu gefährlich? Andererseits schliefen Vampire am besten, wenn sie zwischen Gräbern lagen. Vielleicht war das der Grund, weshalb sie kein sichereres Versteck suchten.

Amber tappte weiter. Als ihre Füße beinahe die schwarze Plastikfolie des Leichensacks berührten, blieb sie stehen und spähte um die Ecke. Der Flur machte hier einen Knick, damit war sie vor zufälligen Blicken der Männer geschützt und würde im Notfall noch genug Zeit haben, in ihre Kammer zurückzulaufen.

Unter der Folie zeichnete sich jetzt deutlich ein menschlicher Umriss ab, und der Größe nach zu urteilen, war es ein männliches Opfer.

Ich muss es tun, dachte sie, jetzt oder nie.

Amber ging vorsichtig in die Hocke, warf noch einmal einen Blick um die Ecke und legte das Handy auf den Boden. Dann begann sie mit beiden Händen nach dem Reißverschluss des Leichensacks zu suchen. Ihre Finger glitten über das Gesicht unter der Folie: Sie tastete über Nase und

Stirn und fand das Ende des Reißverschlusses auf Höhe des Scheitels. Sie konnte sich nicht überwinden, ihn zu öffnen, bekam keine Luft mehr und merkte erst dann, dass sie schon seit einer ganzen Weile den Atem anhielt.

Verdammt, Amber, schalt sie sich, du hast in den letzten Monaten doch schon mehr als eine Leiche gesehen. Vorsichtig betätigte sie den Reißverschluss. Jedes Zähnchen öffnete sich mit einem leisen Knacken, und die schwarze Plastikfolie gab ganz langsam ihr Geheimnis preis. Amber zog den Reißverschluss bis über die Brust des Toten hinunter, dann griff sie nach dem Handy und schaltete die Videofunktion ein. Das Display blieb fast völlig schwarz.

In dem Flur war es zu dunkel, um brauchbare Aufnahmen zu machen. Amber fasste sich ein Herz, lief ein Stück in Richtung Treppe und holte die Gaslampe, die dort stand. Jetzt war auf dem kleinen Bildschirm mehr zu erkennen. Sie holte noch einmal tief Luft, dann schob sie mit spitzen Fingern die Folie auseinander.

Der erwartete Gestank blieb aus. Der Tote war vergleichsweise frisch. Sein Oberkörper war unbekleidet und voller Erde. Graben sie ihn etwa erst aus, um ihn danach wieder zu verscharren? Warum? Schaudernd beugte sie sich ein Stück vor, um den Hals nach Bisswunden abzusuchen. Der Rat brauchte eindeutige Beweise, und was konnte eindeutiger sein als die charakteristischen vier Einstiche von Vampirzähnen?

Anstelle der erwarteten Bisswunde fand sie jedoch einen klaffenden Schnitt über der Halsschlagader und einen grob gehämmerten Eisenring, der sich um den Hals des Mannes krümmte.

Vor Entsetzen hätte Amber beinahe die Gaslampe umgestoßen.

Brandon! Es war Brandon.

Jetzt bemerkte sie auch die kleinen spitzen Zähne, die zwischen den verzerrten Lippen hervorlugten.

Das war keine Leiche, sondern ein Vampir, der in Tagesstarre verfallen war.

Vorsichtig schob Amber den Leichensack weiter auseinander, um das vertraute Gesicht anzuschauen. Die vormals feinen Züge des Indianers waren, wie der Rest des Körpers, dreck- und blutverschmiert. Erde haftete an der nässenden Brandwunde unter dem Eisenring und im Gesicht. Die Wimpern waren dicht verklebt, ein Auge zugeschwollen.

Amber streckte die Hand aus und berührte sanft die verhärmte Wange des Vampirs.

»Gut, dass Chris dich nicht so sieht«, flüsterte sie.

Gelächter aus dem Nebenraum ließ sie aufhorchen.

Offensichtlich wollten die Männer entgegen ihrer ersten Vermutung keine Leiche verstecken. Sie hatten Brandon aus der Erde ausgegraben und in den Sack gesteckt, aber warum?

Darauf konnte es nur eine Antwort geben: Sie wollten ihn am helllichten Tag unbemerkt fortschaffen.

Anscheinend waren die Verhandlungen zwischen Julius und Nathaniel Coe gescheitert. Nur dass Julius davon noch nichts wusste, und wenn es nach Coe ging, auch nicht rechtzeitig erfahren würde!

Amber überlegte fieberhaft, was zu tun war. Irgendwie musste es ihr gelingen, die Männer am Verschwinden zu hindern.

»Da ist er ja«, ertönte es aus dem Nebenraum, und Amber zuckte zusammen. Sie vernahm, wie die Schaufeln an die Mauer gelehnt wurden, dann erklang das Knistern eines Leichensacks.

»Nimm die Füße und zieh!«

Sie verluden noch einen zweiten Vampir. Wen, wenn nicht

Darren. Offensichtlich transportierten die beiden Diener den gesamten Clan!

Amber sah Brandon ein letztes Mal an und schloss den Reißverschluss, dann steckte sie das Handy ein und wollte gerade die Gaslampe an ihren Platz zurückstellen, da setzten sich die Männer auch schon mit dem zweiten Leichensack in Bewegung. Es war zu spät. Sie würde es nicht mehr zurück in die Kammer schaffen, ohne bemerkt zu werden.

»Verdammt«, fluchte sie tonlos und sah sich hektisch um. Es blieb nur ein Fluchtweg, die Treppe hinauf ins Erdgeschoss. Amber lief los, stellte die Lampe an ihren alten Platz und stürmte die Stufen hinauf. Ihre nackten Füße waren auf den abgenutzten Holztritten nicht zu hören.

Die Schritte der Männer dröhnten bald hinter ihr her. Sie nahmen den gleichen Weg wie sie! Amber hastete an der Tür des Rauchsalons vorbei und verbarg sich schließlich in der Küche, die direkt neben dem kleinen Eingangsbereich lag.

Aus ihrem neuen Versteck beobachtete sie, wie die Männer den Leichensack aus der Haustür trugen und in eines der Autos verluden. Sie wiederholten ihren Gang, und Amber blieb nichts anderes übrig, als zuzuschauen, wie auch Brandon verladen wurde.

Als die Männer erneut an ihr vorbeiliefen und die Treppe in den Keller hinunterstiegen, fasste sie einen Entschluss.

Sie würde Brandon nicht diesen Monstern überlassen!

Wenn es Julius nicht geglückt war, ihn auszulösen, dann hörte Coe vielleicht auf sie. Er war altmodisch und eventuell ließ er sich von der artig vorgetragenen Bitte einer Frau eher erweichen. Es war einen Versuch wert. Irgendetwas musste sie tun! Hoffentlich fiel ihr noch etwas Besseres ein.

Natürlich hätte sie geistigen Kontakt zu Julius aufnehmen können. Aber seine Antwort kannte sie bereits. Er würde wollen, dass Amber in ihrem Versteck blieb und abwartete, bis er selbst wieder wach war. Doch dann wäre es für Brandon womöglich zu spät.

»Vergiss es, Julius«, sagte sie leise, dann lief sie geduckt durch den Flur, zur Tür hinaus über den Hof zu den Wagen. Es waren zwei umgebaute Pick-ups, wie sie offensichtlich von den meisten Vampiren benutzt wurden. Die Ladeflächen waren lang und überdacht und damit ideal, um unbemerkt Särge oder in Leichensäcke verpackte Vampire zu transportieren. Die Sonne brannte von einem strahlend blauen Winterhimmel und brachte den Sand zum Kochen.

Amber drückte sich gegen das aufgeheizte Blech und spähte in einen der Wagen. Der Ford Ranger war bis auf einige lose herumliegende Sicherungsgurte leer.

Also musste Brandon in dem anderen sein. Nach einem kurzen Blick zum Haus, wo sich nichts regte, schlich Amber um den Wagen herum und kletterte auf die Ladefläche des zweiten.

Unter dem alten Plastikaufbau war es brütend heiß. Auf dem Boden lag ein Durcheinander von Werkzeug und Schrott und mittendrin die beiden Vampire in ihren schwarzen Säcken. Amber kroch an den steifen Körpern vorbei so weit wie möglich nach vorne. Dort versteckte sie sich hinter zwei Koffern. Trotz der Hitze zog sie sich zusätzlich eine alte Plane über den Kopf. Dann begann das Warten. Schon nach einigen Minuten klebte ihr das T-Shirt an der Haut fest, und der Schweiß rann ihr über das Gesicht.

Wie erwartet, trugen die Diener auch die Särge von Coe und Judith heraus und verluden sie in den anderen Wagen. Sie sahen exakt gleich aus. Beide waren elfenbeinfarben lackiert und besaßen große vergoldete Griffe. Amber beobachtete alles durch einen Riss im Plastikaufbau und hätte beim Anblick der kitschigen Särge am liebsten laut losgelacht. Was sie davon abhielt, war die Hitze und die Angst, die immer weiter zunahm, je klarer ihr wurde, was sie gerade im Begriff war zu tun. Aber jetzt war es zu spät, um umzukehren.

Der schwarze Diener, der zu dem Vampir namens Darren gehörte, ging noch einmal ins Gebäude und kehrte schon nach wenigen Augenblicken mit zwei Flaschen Bier zurück. Unterwürfig reichte er dem schnauzbärtigen Weißen eine davon. Die Männer standen mit großem Abstand voneinander im Schatten, wischten sich den Schweiß aus den Gesichtern und tranken in langen Zügen.

In diesem Moment trat Judiths Dienerin Melanie mit zwei kleinen Koffern auf die Terrasse. Der Schwarze stellte sofort sein Bier ab und nahm ihr das Gepäck aus den Händen.

Amber beobachtete, wie die weißen Diener schwatzten und dem dritten beim Verladen der Koffer zusahen. Mit jeder verstreichenden Minute wurde ihre Anspannung größer und trotz der Hitze begann sie zu frösteln.

Der schwarze Diener kehrte zurück, leerte seine Flasche mit einem Zug und warf sie fort, dann ging er auf das Fahrzeug zu, in dem sich Amber versteckte. Ihr Herz schlug bis zum Hals. Wollte er etwa noch einmal die Ladung kontrollieren?

Amber hielt den Atem an und duckte sich so tief wie möglich unter die Plane. Im Vorbeigehen konnte sie die Handgelenke des Mannes erkennen, beide waren bandagiert. Wahrscheinlich Vampirbisse.

»Na dann, ab nach Hause!«, rief der Bärtige und stieg gemeinsam mit der Frau in den anderen Wagen.

Die Sonne näherte sich dem Horizont und damit rückte die Zeit von Julius' Erwachen in greifbare Nähe. Amber fühlte bereits die Unruhe nahen, die sich ihrer um diese Uhrzeit immer bemächtigte, doch vorerst hatte sie andere Sorgen.

Der Motor des Fahrzeugs erwachte keuchend zum Leben und der Wagen rollte zurück. Der Fahrer gab Gas. Erst drehten die Räder durch, dann griffen sie und der Pick-up schaukelte über den feinen Sand vorwärts. Sobald sie die Piste erreicht hatten, ging es schneller, und die Fahrzeuge kämpften sich aus dem Tal hinaus.

KAPITEL 17

Etwas war anders, das fühlte ich sofort. Nicht nur, dass ich in einem Bett aufwachte, ich war zudem allein.

Meine Augen gewöhnten sich nur langsam an das Dämmerlicht. Ich hörte das Zischen einer Gaslampe, aber ich konnte meinen Kopf noch nicht drehen, um festzustellen, wo die Lichtquelle war. Als Nächstes erwachten auch meine anderen Sinne, und der Gestank der Särge traf mich mit voller Wucht.

Ein schwacher Luftzug verwirbelte den abgestandenen Mief. Das war nicht richtig. Ich hob den Kopf und bemerkte, was ich bislang nur vermutet hatte. Die Tür stand einen Spalt offen.

Mit einem Schlag war ich hellwach. Das Gefühl der Einsamkeit nahm mit jeder Minute zu. Es war eindeutig: Amber entfernte sich. Ich hatte einen schrecklichen Verdacht. Oh Gott, lass das nicht wahr sein! Ich streckte meine Energie aus. Es gab kein Leben hier, keine Diener. Absolute Stille. Mein Verdacht wurde zur Gewissheit. Bis auf Christina und mich waren alle fort.

Ich sprang auf und wäre fast gefallen, meine Beine trugen mich noch nicht. Mit den Augen verfolgte ich die Abdrücke von Ambers nackten Füßen, die überall auf dem sandigen Boden zu sehen waren. Erschreckend viele davon führten zur Tür und daran vorbei in den Flur. Ihre Schuhe standen neben meinen am Fuß des Bettes.

Sobald mir mein Körper wieder gehorchte, nahm ich die Gaslampe, drehte die Flamme höher und lief den Spuren nach. Im Flur brachen sie abrupt ab. Schleifspuren und die Umrisse von Stiefeln traten an ihre Stelle. Ich eilte die Stufen hinauf in das Obergeschoss. Die Haustür war abgeschlossen. Ich trat sie auf und schrie im nächsten Augenblick.

Das grelle Licht der Dämmerung brannte wie Feuer auf meiner Haut. Geblendet taumelte ich in den Flur zurück. Es war noch viel zu hell. Ich fluchte und rieb mir die Augen, bis die tanzenden weißen Punkte zu dunkelroten Schlieren verblassten.

Ich hielt mich im Schatten, aber ich hatte noch immer das Gefühl, zu verbrennen. Mit einiger Überwindung blickte ich auf meine Arme. Die Haut besaß die übliche Blässe, es zeigten sich keine Verletzungen. Ich wagte mich so weit vor, wie es der kriechende Schatten zuließ, und spähte hinaus in die Helligkeit.

Meine Befürchtungen bestätigten sich. Unser Dodge war das einzig verbliebene Fahrzeug. Coes Clan war abgehauen und mit ihnen war nicht nur Brandon verschwunden, sondern auch Amber.

Was war nur geschehen?

Ich lehnte mich gegen die Wand, schloss die Augen und atmete tief durch. Sobald ich ruhig genug war, öffnete ich die Siegel.

Der erste Eindruck, den ich bekam, war durchgeschüttelt zu werden. Es war stickig und unbequem, aber ich spürte bald, dass Amber unverletzt und frei vom Einfluss anderer

Unsterblicher war. Diese Tatsache stellte mich vor noch mehr Rätsel, dann bemerkte sie mich.

»Julius, ich musste es tun!«, waren die ersten Worte, die ich empfing, und dann sah ich durch ihre Augen.

Wir saßen in einem dunklen Verschlag, der sich offensichtlich bewegte.

Zwei schwarze Leichensäcke lagen neben Amber. Sie hatte einen geöffnet. Brandons abgemagertes Gesicht ragte aus dem Plastik hervor. Amber strich Dreck von seiner Haut.

»Sie wollten abhauen, ich konnte ihn doch nicht einfach im Stich lassen, nicht nachdem ich gesehen habe, was Coe ihm angetan hat. Ich konnte … «

»Amber, das ist Wahnsinn. Wo bist du?«

»Ich glaube, sie wollen nach Page, aber wir sind nicht auf der 89. Wir fahren noch immer über irgendwelche Buckelpisten im Reservat.«

»Wer ist in dem anderen Sack, Darren? Spätestens sobald er wach ist, wird Coe erfahren, dass du da bist, wenn nicht schon eher. Brandon wird gleich wach. Kannst du irgendwie von dort verschwinden?«

Ich schaute mit Amber hinaus, doch die Fahrt war zu schnell.

»Scheiße!«, fluchte ich laut und schlug mit der Faust auf den Boden.

»Aber Coe darf mir nichts tun, oder? Das ist doch richtig? Vielleicht hört er ja auf mich, vielleicht …«

»Das ist ganz großer Bullshit, Amber! Körperliche Unversehrtheit, das heißt faktisch, er kann dir alles antun, solange du äußerlich heil bist!«

Ich spürte, wie die Angst in ihr anschwoll. Amber, und damit auch ich, starrten auf Brandon. *»Ich weiß, wozu er fähig ist, Julius.«*

»Coe soll mich kontaktieren, wenn er wach ist. Sag ihm das. Er muss mich anrufen.«

»Ich hab dein Handy.«

»Warum? Ach egal, dann gib ihm Chris' Nummer. Ich komme, so schnell es geht.«

Ich brach das Gespräch mit Amber ab, ließ die Siegel jedoch ein Stück weit offen, um sofort zu erfahren, wenn sich ihre Lage änderte. Wie hatte sie nur so dumm sein können! Es war sinnlos darüber nachzudenken. Ich wusste nicht einmal, ob ich an ihrer Stelle nicht genauso reagiert hätte. Ich lief den Flur zurück und die Treppe hinunter zu der Kammer. Dort raffte ich unsere wenigen Sachen zusammen.

Christina schlief noch und würde frühestens in einer halben Stunde aufwachen. Darauf konnte ich nicht warten. Wir mussten los und Coe so schnell wie möglich folgen. Als ich ihren Sarg öffnete, schlug mir bestialischer Gestank entgegen. Christina lag zur Seite gekrümmt und hatte sich noch im Einschlafen die Nase zugehalten. Ich hob sie hinaus und wickelte sie sorgfältig in die Decke ein.

Das Handy aus ihrer Jacke nahm ich an mich.

Ich trug Christina nach oben und hinaus zum Wagen. Das Licht war mittlerweile so schwach, dass es mir nicht mehr allzu weh tat. Christina war empfindlicher. Ich legte sie als sorgfältig eingerolltes Bündel auf die Rückbank des Dodge.

Zum Glück war es nicht schwer, Coes Camarilla zu folgen. Die beiden Fahrzeuge hatten im Boden tiefe Furchen hinterlassen. Ich fuhr, so schnell es das Gelände zuließ.

Amber hatte recht gehabt. Die Spuren führten nicht zurück zur Interstate, sondern blieben parallel dazu auf kleinen Pisten und Wegen, die allenfalls zwei, drei Mal im Jahr von Viehtransportern genutzt wurden.

Eine kleine, langbeinige Eule überquerte vor mir die Piste, und dann fühlte ich, dass Brandons Erwachen kurz bevorstand.

Im Transportraum des Pick-ups war es dunkel geworden.

Julius' Reaktion hatte Amber zuerst in Panik versetzt, doch als dann länger nichts geschah, war die Wirkung des Adrenalins langsam abgeebbt. Mittlerweile hatte sie sich aus ihrem Versteck hervorgewagt und neben Brandon gesetzt. Der Leichensack war offen. Halb von dem eisernen Ring verdeckt, verlief eine Kette um den Hals des Indianers, und an dieser Kette hing der Turmalin. Amber hatte vergeblich nach einer Schließe gesucht, aber die Glieder waren mit einer Zange zusammengedrückt worden und machten es unmöglich, die Kette zu öffnen.

»Komm schon, wach auf«, meinte sie leise und strich Brandon über den Kopf. Wahrscheinlich konnte sie der Vampir schon hören. »Ich bin es, Amber. Erschrick dich nicht.«

Plastik knisterte, als Brandons Beine zu zittern begannen.

»Hallo«, sagte Amber, als der Vampir seine großen, dunklen Augen öffnete und sie erstaunt ansah. Er zog die Lippen zurück und bleckte die Zähne, dann stöhnte er unter dem Schmerz des ersten Herzschlags und fauchte sie an.

Amber zog erschrocken ihre Hand weg. »Wir sind unterwegs nach Page, glaube ich.«

Für einen Moment lag Brandon wieder völlig still, doch im nächsten Augenblick war er aus dem Leichensack heraus und flüchtete in die hinterste Ecke des Transportraums. Dort kauerte er sich zusammen.

Amber erholte sich von ihrem Schrecken und drehte sich zu ihm um. Der Vampir umklammerte seine abgemagerten Knie und starrte sie ungläubig an.

»Was tust du hier?« Seine Stimme war nicht mehr als ein Flüstern. »Ist Julius tot?«

»Nein, ihm geht es gut. Ich habe mich hier eingeschlichen.« Amber rutschte näher.

Auf dem Boden zwischen ihnen lag lose die Kette, deren

eines Ende an dem eisernen Halsring festgemacht war. Sie klirrte leise, als Brandon erneut versuchte, Abstand zu gewinnen.

»Ich habe Hunger, Amber, so schrecklichen Hunger!«

Brandon ergriff ihre Hand und roch daran wie an einer exotischen Speise. Sie widerstand dem Drang, sie wegzuziehen. Jede Ablehnung würde den Vampir nur noch mehr erregen.

Es raschelte im anderen Leichensack, Darren erwachte!

Erschrocken rutschte sie weiter von ihm weg und damit näher an Brandon, der sie plötzlich packte, nach hinten zog und sie mit Armen und Beinen umklammerte. Sein Griff presste ihr die Luft aus den Lungen. Die ausgedörrten Lippen des Vampirs glitten über ihren Hals, bis sie genau über der Schlagader verharrten.

»Betäub mich, betäub mich, bitte!«, flehte Amber.

Doch Brandon biss nicht zu, stattdessen hielten die Fahrzeuge ruckartig an, Türen wurden geöffnet, dann näherten sich Schritte.

»Ich beiße dich nicht«, flüsterte der Vampir gegen ihren Puls. »Ich soll dich festhalten. Der Meister weiß, dass du hier bist. Es tut mir leid, Amber.«

Ich trat mit aller Kraft auf die Bremse. Der Wagen rutschte ein Stück durch den Sand, dann standen wir.

Amber hatte die Siegel aufgerissen. Ich spürte ihre Angst, als sei es meine eigene, und war im nächsten Augenblick in ihrem Körper: fühlte, dass sie festgehalten wurde, hörte, wie Autotüren geöffnet und wieder zugeschlagen wurden, und empfing die tödliche Energie, die unaufhaltsam näher raste.

Coe kam.

Brandon hielt Amber fest, doch auch er zitterte am ganzen Körper. Amber wehrte sich nicht.

Darren war unterdessen vollends erwacht, öffnete den Leichensack von innen und setzte sich auf. Im gleichen Moment wurde die Klappe des Pick-ups aufgerissen.

»Her mit ihr!«, brüllte Coe. Seine Reißzähne glänzten im Licht einer Taschenlampe, die sein Diener Conway hielt.

Brandon schob Amber nach vorne, wo sie von Darren weitergezerrt wurde und schließlich in Conways Hände geriet. Entschlossen schob ich Ambers Bewusstsein beiseite und blickte Coe direkt in die Augen.

»Sie ist ohne mein Wissen hier, lasst sie einfach zurück und setzt euren Weg fort.«

Der Vampir starrte Amber an, aus deren Mund gerade meine Worte geflossen waren, und begann aus vollem Hals zu lachen.

»Das könnte Ihnen so passen, Lawhead. Ich werde sie garantiert nicht einfach so zurücklassen.«

Er beugte sich zu Amber und sog den Duft ihrer Haut ein. Auch durch den fremden Körper konnte ich seinen Hunger spüren. Ehe ich mich versah, raste mein Zorn durch die Siegel.

Coe fauchte und stieß Amber zurück. »Es ist mir völlig egal, was sie hier gemacht hat, Lawhead, aber das geht zu weit. Wir haben keinen Frieden mehr.«

»Nehmen Sie das Geld, das ich Ihnen für Brandon geboten habe, und lassen Sie meine Dienerin gehen, ich bitte Sie!«

»Nein, ausgeschlossen.«

»Dann werde ich den Rat anrufen!«

»Ich habe nicht gesagt, dass ich sie umbringen werde«, zischte der Meistervampir.

Ratlos starrte ich Coe durch Ambers Augen an und

konnte nichts, aber auch gar nichts tun, was ihn nicht noch wütender gemacht hätte.

»Wissen Sie, was jetzt passieren wird, Lawhead? Ich vertreibe Sie aus dem Kopf Ihrer Dienerin, wie ich Sie aus dem des Indianers getrieben habe, und dann tue ich mit der Kleinen genau das, was ich möchte.«

»Das dürfen Sie nicht, das ist gegen den Codex!«, schrie ich mit Ambers Stimme, und sie schrie mit mir, aber tonlos, denn ihr Körper gehörte immer noch mir.

»Ich verstoße nicht gegen den Codex, der Schaden ist nicht permanent«, lachte Coe. Er ging zu Judith, und sie legte etwas, das sie zuvor aus einem kleinen Beutelchen genommen hatte, in seine geöffnete Hand.

Coes Diener Conway trat Amber in die Kniekehlen.

Sie knickte ein und wäre gefallen, wenn sie der Mann nicht an den Haaren festgehalten hätte. Er riss Ambers Kopf in den Nacken und drückte ihr die Kiefer auseinander. Aus Ambers Kehle drang ein Röcheln. Durch ihre aufgerissenen Augen starrte ich in das zufriedene Gesicht von Conway, dem die Situation sichtlich Spaß bereitete.

»Sei ein braves Mädchen und mach schön den Mund auf, der Meister hat etwas Feines für dich«, höhnte der Diener. Coe steckte Amber etwas in den Mund, und im nächsten Moment wurde ich aus ihrem Körper katapultiert.

Amber würgte. Der Vampir hatte ihr einen Stein tief in die Speiseröhre gedrückt, und da steckte er nun und ging weder vor noch zurück.

Conway hielt ihr mit einer Hand den Mund zu und strich mit der anderen hart über Ambers Kehle, wie bei einer Stopfgans, die nicht schlucken wollte.

»Wasser, hol Wasser!«

Coes Stimme war weit weg. Ambers Sinne schwanden. Der Stein drückte auf ihre Luftröhre. Sie konnte nicht atmen. Plötzlich wurde ihr wieder der Mund aufgerissen, und bevor sie sich wehren konnte, ergoss sich ein Schwall Flüssigkeit in ihren Mund. Es war viel, entsetzlich viel.

Amber schluckte und keuchte, dann war der Druck endlich fort. Der Stein hatte den Weg in ihren Magen gefunden.

Conway ließ sie los. Amber fiel in den weichen Wüstensand und hustete. Das lauwarme Bier, das man ihr eingeflößt hatte, war zum Teil in ihre Lunge gelangt und brannte wie Feuer. Luft schien nur noch hineinzuwollen, aber nicht mehr hinaus. Ihre Augen tränten, alles verschwamm.

Als Amber glaubte, sie könnte nie wieder aufhören zu husten, wurde es besser.

Ihre tränenden Augen zeigten ihr nach und nach Büsche, Reifen und Gestalten, die abwartend herumstanden. Coes spitze Cowboystiefel erkannte sie trotz der getrübten Sicht sofort. Er lief an ihr vorbei zu dem alten Pick-up, in dem sie sich während der Fahrt versteckt hatte, und blieb vor der Heckklappe stehen.

Dann hörte sie Brandon. Er schrie auf, nur leise, doch der Ton ließ ihr das Mark in den Knochen gefrieren.

Amber setzte sich auf und bemerkte, wie Coe ihn an der Kette von der Ladefläche zerrte. Er fiel mit einem dumpfen Geräusch in den Sand und kauerte sich zu Füßen seines Peinigers zusammen.

Conway zog Amber unsanft auf die Beine. Sie konnte noch immer nicht glauben, dass man sie tatsächlich gezwungen hatte, einen Stein zu schlucken, doch sie spürte den Turmalin jetzt ganz deutlich in ihrem Magen. Er strahlte kalt. Seine Magie verstopfte die Siegel wie zäher Schleim.

Der Kontakt mit Julius war unterbrochen.

»Ich glaube, der Indianer ist hungrig«, sagte Judith geziert.

Ihre Worte brachten Amber endgültig zurück. Es hatte wie eine Feststellung geklungen, doch es war mehr, eine Drohung.

»Meine Liebe, deine Ideen sind immer die besten«, antwortete Coe.

Wenngleich ihr Verstand es nicht gleich erfasste, so hatten ihre Instinkte sehr wohl verstanden. Amber war umringt von Raubtieren, und eines davon hatte es heute Nacht auf sie abgesehen. Amber zitterte und schämte sich dafür, doch die Angst ließ sich nicht aufhalten. Sie kam tief aus ihrem Inneren und kroch Zentimeter um Zentimeter ihren Rücken hinauf.

Coes Gesicht verzog sich zu einem bösartigen Grinsen, während er die Ecken seines Schnurrbartes mit den Fingern seiner Linken zu akkuraten Spitzen drehte. In der Rechten hielt er noch immer die Kette, an der er Brandon aus dem Wagen gezerrt hatte. Der Vampir hockte zu seinen Füßen, hielt den Mund leicht geöffnet und leckte sich die aufgesprungenen Lippen. Amber musterte seine rasiermesserscharfen Fänge und fragte sich, ob sie immer schon so groß gewesen waren oder ob ihre Angst sie größer erscheinen ließ.

Coe folgte ihrem Blick. Er ruckte an der Kette, um Brandons Aufmerksamkeit zu erhalten.

Der Gepeinigte keuchte, als das Eisen gegen seine Kehle schlug, und rollte die Augen unterwürfig zu seinem Schöpfer.

»Meine liebe Frau denkt, du wärst hungrig. Hast du Hunger, Indianer?«

»Ja, Meister«, würgte Brandon hervor und sein gieriger Blick wanderte zu Amber, die sich im Griff des Dieners wand.

»Möchtest du ihr Blut trinken bis zur Neige, bis zum Rausch?«

»Bitte.« Brandon duckte sich tief, bis seine Stirn den Boden neben Coes Füßen berührte. »Lasst mich trinken, Meister, bitte, ich bin so hungrig.«

Coe zog an der Kette, bis Brandon wieder aufrecht saß, dann tätschelte er ihm den Kopf, als liebkose er einen Hund. »Ich glaube fast, der Wilde ist endgültig gezähmt.«

Judith lachte und die anderen fielen mit ein.

Aus Brandons Augen blickte das Raubtier hervor. Coe hatte das, was in Brandon noch menschlich gewesen war, mit Folter vertrieben, bis nur noch ein willenloses Gefäß für den Hunger blieb. Jetzt witterte er nach Ambers Angst und zerrte an der Kette. Sein tierhaftes Verhalten vergrößerte Coes Triumph noch weiter.

»Lass sie los!«, befahl er seinem Diener.

Plötzlich war Amber frei.

Sie wandte sich unsicher um. Niemand hielt sie auf, aber es war auch niemand da, der ihr helfen konnte. Rings um sie war nur die schwarze Unendlichkeit der Wüste und über ihr ein teilnahmsloses Sternenmeer.

»Ich finde, damit alles fair bleibt, geben wir Miss Connan einen kleinen Vorsprung, dann lassen wir den Hund von der Leine.«

Amber schaute in Brandons hungrige Augen und schüttelte den Kopf.

»Das können Sie nicht tun, das dürfen Sie nicht. Der Rat wird Sie verurteilen, er wird …«

»Was wird der Hohe Rat tun, Miss Connan? Wissen Sie das wirklich?«

»Er wird …«

»Ich werde Ihnen erklären, was passiert. Wenn Lawhead mich tatsächlich verklagen sollte, dann wird mir der Rat befehlen, den Vampir auszuliefern, der den Mord begangen hat. Entweder das oder ich darf ihn selbst hinrichten.« Coe riss an der Kette. »Und damit tue ich ihm sogar noch einen Gefallen, oder? Sag Miss Connan, was dein sehnlichster Wunsch ist.«

Amber starrte Brandon irritiert an, dessen verlorener Blick sich langsam klärte.

»Ich will sterben«, raunte er.

»Er wird Ihnen mit Freude die Kehle zerfetzen. Wenn er Pech hat, wird Ihr Meister noch nicht einmal Anklage erheben, sondern den Indianer aus Rührseligkeit trotzdem auslösen, und dann kann er die nächsten hundert Jahre mit seiner Schuld leben.«

»Sie sind ein Monster!«, schrie Amber, dann gab ihr Coes Diener einen Stoß. Sie strauchelte und zerstach sich die Hände an einem Dornenbusch.

»Los, vielleicht haben Sie sogar eine Chance. Wenn Sie nicht laufen, haben Sie schon verloren. Der Indianer wird heute Nacht Ihr Blut trinken, sei es hier oder irgendwo in der Wüste.«

Judith lachte schrill. »Ich würde sie ja auch nehmen, aber ich hänge an meinem Dasein.«

Bevor Coe sie noch einmal stoßen konnte, rannte Amber los. Direkt vor ihr tat sich ein Pfad auf. Sie drehte sich nicht mehr um. Die Sterne und der fast volle Mond gaben genug Licht, und je weiter sie der Helligkeit der Autoscheinwerfer entfloh, desto besser konnte sie den Boden erkennen. Steine und abgebrochene Äste stachen in ihre nackten Füße.

Sie hatte am Vortag miterlebt, wie Julius der Blutspur gefolgt war. Er hatte sie nur einmal verloren. Brandons Spur war alt gewesen, ihre fast noch warm, und sie lief barfuß. Bald verschwand auch das letzte Licht der Autos hinter einem kleinen Hügel, und vor Amber entfaltete sich die mondblaue Wüste.

Ich werde hier sterben, und ich werde alleine sein, fuhr es ihr durch den Kopf.

Der Turmalin in ihrem Magen war groß und kalt. Ihn herauszuwürgen stand außer Frage. Er passte nicht noch einmal durch ihren Hals, auf keinen Fall. Sie hatte ohnehin keine Zeit mehr dafür. Aus dem Sandboden erhoben sich sanfte Hügel. Es waren Lavafelsen und das Gestein war faltig wie alte Haut.

Auf dem harten Grund fanden ihre nackten Füße besseren Halt. Sie rannte schneller, aber schon schmerzte ihre Lunge, die sich noch nicht ganz erholt hatte. Amber stolperte hustend vorwärts.

Plötzlich hallte ein Schrei durch die Nacht, der sie kurz innehalten ließ. Coe hatte Brandon losgelassen.

Die Jagd war eröffnet.

KAPITEL 18

Ich fuhr wie der Teufel und ahnte doch, dass ich zu spät kommen würde. Was auch immer Coe für Amber plante, es geschah genau jetzt.

Ich erhielt von ihr das gleiche Gefühl, wie ich es von Brandon empfing. Sie war dort irgendwo, aber ich konnte keinen Kontakt aufnehmen, wusste nur, dass sie noch lebte, aber nicht, wie es ihr ging.

Der Wagen kämpfte sich einen sandigen Hang hinauf, dann lag wieder eine große Ebene vor mir und ich trat aufs Gas.

Christina erwachte. Am Horizont zeigte sich nur noch ein winziger Streifen Restlicht. Es war ihre Zeit. Im Rückspiegel sah ich, wie die Decke von ihren zitternden Beinen rutschte, dann erklang ein schwacher Schrei und ihr Herz schlug wieder. Christina setzte sich auf und kuschelte sich direkt wieder in die Bettdecke. Beim Blick auf den Horizont mit seinem haarfeinen Lichtstreifen kniff sie die Augen zusammen und fauchte.

»Das Licht ist schwach, Chris, dir passiert nichts.«

»Igitt, ich stinke nach Leiche«, sagte sie leise und schnupperte an ihrer Kleidung.

Ich konzentrierte mich wieder auf die Straße, während sich Christina aus der Decke freistrampelte und zu mir nach vorne kletterte. »Wo sind wir, Meister? Wohin fahren wir?«

Ich erklärte ihr knapp, was in den letzten Stunden geschehen war, und forderte sie dann auf, mit mir auf Reifenspuren zu achten, die sich auf der schnurgeraden Sandpiste abzeichneten. Christina ließ das Fenster hinunter und lehnte den Kopf hinaus. Fahrtwind verwirbelte ihr schwarzbraunes Haar.

Wie viel Vorsprung Coe wohl hatte? Eine Stunde womöglich, viel mehr konnte es nicht sein. Ich hätte Amber fragen sollen. Jetzt war es zu spät, jetzt war es vielleicht für alles zu spät!

Ich hörte Christinas leise Bitte erst, als sie mich an der Schulter berührte.

»Was ist denn?«, fragte ich unwirsch, sah sie an und wusste sofort, was los war. Ihre Augen waren riesig und die Iris pechschwarz.

Die Straße führte noch immer schnurgerade nach Norden. Wenn es geschehen musste, dann am besten hier. Ich krempelte meinen rechten Ärmel hoch und bot Christina mein Handgelenk.

Amber stürzte. Ihr linker Fuß war voller Dornen. Im Mondlicht konnte sie deutlich das getrocknete Stück Kaktus sehen, das noch immer in ihrer Fußsohle steckte. Sie packte es mit spitzen Fingern und riss daran. Ein Teil der Dornen löste sich, die andere Hälfte blieb stecken. Sie konnte den Fuß nicht mehr belasten. Ihre Flucht würde hier zu Ende sein. Sie drehte sich nach ihrem Verfolger um.

Brandon durchquerte die Ebene. Von ihrer erhöhten Warte aus konnte Amber jetzt auch wieder die beiden Pickups erkennen und daneben die wartenden Vampire. Brandon kam unablässig näher. Amber wollte, musste kämpfen, auch wenn ihre Chancen gleich null waren.

Sie kroch auf allen vieren, bis sie einen Lavafelsen erreichte, der ihr ein wenig Deckung geben würde. In seinem Schatten lagen Dutzende kleinere Steine. Amber griff einen faustgroßen Brocken und das Gefühl der primitiven Waffe in ihrer Hand ließ sie seltsam ruhig werden.

Auf dem harten Fels waren die Schritte ihres Verfolgers kaum zu hören.

»Bleib, wo du bist, Brandon«, rief sie.

Im nächsten Augenblick war er bei ihr auf der Lavakuppe und verharrte mit gebleckten Zähnen. Er stand tief gebeugt, und aus seinen Augen schrie der Hunger. Amber ließ sein Zögern nicht ungenutzt und warf.

Der Stein traf ihn mitten im Gesicht. Er schrie und fasste sich an die blutende Braue. Amber griff sofort nach dem nächsten Wurfgeschoss und hob die Hand.

»Wenn du auch nur einen Schritt machst …«, warnte sie, doch Brandon wollte unbedingt ihr Blut, und er wollte es sofort.

Das Mondlicht meißelte seine markanten Züge zu einem furchteinflößenden Totenschädel und spiegelte sich in dem Turmalin, der ihm um den Hals hing.

Amber kam eine Idee. Vielleicht würde es Julius gelingen, Brandon aufzuhalten. Sie zielte und warf. Der Stein traf den Vampir an der Kehle und hatte deutlich hörbar den Kristall gestreift. Brandon fauchte und war mit zwei Sätzen bei ihr. Amber gelang es im letzten Moment, ein neues Lavastück zu greifen, da traf sie sein Körper mit voller Wucht. Brandon presste sie zu Boden und benutzte eine Hand, um ihren Kopf zur Seite zu zwingen. Amber widerstand dem Drang, sich zu wehren oder mit dem Stein auf seinen Kopf einzuschlagen. Stattdessen hielt sie still, wog ihn in Sicherheit.

»Es tut mir leid, Amber«, zischte Brandon, »aber ich kann es nicht länger ertragen.«

Amber presste die Zähne zusammen. Sie wollte nicht schreien. Ihr Atem ging flatternd, der Puls raste. Brandon beugte sich vor und leckte über ihre Kehle.

»Du kannst von mir trinken, Brandon, aber du musst mich nicht töten.«

»Doch, ich muss«, knurrte er gegen ihre Haut.

»Warum?«

»Weil Meister Coe es befohlen hat.«

Amber sah aus dem Augenwinkel, wie der Vampir den Mund öffnete und sich die Kiefermuskeln spannten. Er würde es tun, er würde zubeißen. Sie gab ihre starre Haltung auf und tastete nach der Kette an seinem Hals. Im gleichen Moment, als sich ihre Hand um den Turmalin schloss, biss er zu.

Amber schrie. Ihr Schmerzenslaut hallte durch die Wüste. Reißende Pein breitete sich von ihrem Hals durch ihren gesamten Körper aus, doch sie hatte den Kristall nicht losgelassen.

Während Brandon an ihrer Kehle hing und genussvoll trank, versuchte Amber klare Gedanken zu behalten. Sie zerrte die Kette mit dem Turmalin nach hinten, bis er in Brandons Nacken lag, dann schlug sie zu.

Einmal, zweimal.

Der Stein krachte auf den Turmalin. Die Schläge trafen nicht nur die Kette, sondern auch Nacken und Schultern, doch Brandon trank immer weiter.

Ambers Arme wurden schwächer. Brandons Biss brannte wie Feuer, und der Brand breitete sich aus, weiter und weiter und verzehrte alles Leben, was in ihr war.

Er raubt meine Energie, dachte sie panisch, es ist, wie Julius gesagt hat. Wenn Vampire töten, stirbt das Opfer nicht an Blutverlust, sondern weil das Leben selbst ausgetrunken wurde. Als Amber ein letztes Mal zuschlagen wollte, fiel ihr der Stein aus der Hand.

Hunger!

Ich wusste zuerst nicht, woher dieser Impuls rührte. Ob Christina mir das Gefühl übertrug oder ob ich wirklich wieder Kontakt zu Brandon hatte. Ich steuerte den Wagen mit der Linken, während die junge Unsterbliche meine rechte Hand umklammerte. Und dann war ich mir sicher!

Das, was ich spürte, war ein Trank, der den Tod des Opfers zum Ziel hatte, und ich kannte diese Lebensenergie. Amber.

Meine Amber!

Ich brüllte ihren Namen und trat auf die Bremse.

Christina schrie und griff mir ins Lenkrad, dann riss mich meine Angst um Amber fort. Ich zerrte an den Schwüren, die mich noch immer an Brandon banden, und rannte seine Schutzschilde ein. Warum ich ihn wieder fühlen konnte, war unwichtig. Aber ich konnte es, und ich würde ihn aufhalten.

Der Vampir spürte mich. Er brachte die neue Energie gegen mich auf, doch er konnte mich nicht vertreiben. Ich hatte ihn schon einmal besiegt, und ich würde es wieder tun.

»Brandon! Hör sofort auf!«, befahl ich und mit jedem Wort stach meine Kraft auf ihn ein. Er schrie seinen Schmerz in die Nacht. Doch sobald ich aufhörte, senkte er seinen Mund erneut auf Ambers Wunde und trank weiter.

»Wenn du mich aufhalten willst, dann musst du mich töten, Julius!«

»Du hast einen Schwur geleistet, und bei Blut und Wort, den fordere ich von dir!«

»Mein Schwur war eine Lüge! Alles Lüge!«

»Nein, das war er nicht. Er gilt noch immer. Du hast geschworen, sie zu schützen, Brandon. Mich und die Meinen und …«

»… und alle, die dir in Wort und Blut verbunden sind«, vollendete er die Formel und hielt entsetzt inne. Dann fühlte auch er die Eide aufflammen. Die Magie des Schwurs wuchs in uns. Sie wuchs und glühte in dem Band, mit dem uns der Bluteid zusammenzwang, ihn und mich und damit auch Amber, meine Dienerin. Das war der letzte Beweis, den er noch gebraucht hatte. Er riss seinen Kopf zurück und starrte auf Amber hinab, die totenblass und mit aufgerissener Kehle vor ihm lag.

»Gib ihr zurück, was du genommen hast. Rette ihr Leben!«

Ich fühlte, wie er einen Teil der Lebensenergie in Amber zurückfließen ließ und die Wunde schloss, die er ihr zugefügt hatte. Viel konnte er nicht tun, denn sein ausgehungerter, verletzter Körper hatte das meiste bereits aufgebraucht, um sich selbst zu heilen.

Ein schriller Pfiff hallte durch die Nacht. Brandon zuckte zusammen. Seine Angst kehrte zurück.

»Das ist Coe«, flüsterte er, »ich muss fort.«

»Brandon, warte, zeig mir, wo ihr seid, damit ich sie finden kann!«

Er richtete sich auf und drehte sich einmal im Kreis. Ich sah durch seine Augen und prägte mir jeden Hügel und jeden Felsen ein, dann löste ich mich aus seinem Verstand.

Brandon hob den ausgebrochenen Turmalin auf, und unsere Bindung schwand, während er die Fassung um den Stein wieder zurechtbog. Dann lief er los.

Der Wagen stand schief im Straßengraben, und Christina beobachtete mich vom Beifahrersitz aus wie ein ängstliches Kaninchen die Schlange.

»Ist alles okay?«, fragte sie vorsichtig.

Ich zog sie in meine Arme und drückte ihr einen raschen Kuss auf die Stirn.

»Ja, ja, alles okay. Du kannst stolz auf Brandon sein! Sehr stolz.«

Christina war starr vor Schreck. Schlagartig wurde mir klar, dass ich ohne darüber nachzudenken in die Bindung zu Brandon getaucht war. Der Wagen hätte sich überschlagen können!

»Chris, habe ich uns beide gerade fast umgebracht?«

Die Vampirin schüttelte den Kopf. »So schlimm war es nicht, du warst nur auf einmal fort.«

»Trotzdem, danke.« Ich drehte den Zündschlüssel.

»Und jetzt?«

»Jetzt holen wir Amber.«

»Hat Coe sie gehen lassen?«

»Nein, er glaubt, Brandon hätte sie umgebracht.«

Christina schnappte entsetzt nach Atem. »Und er hat …?«

»Er hat es fast getan, aber nur fast.«

Der Wagen stand gefährlich schief. Das linke Hinterrad hing in der Luft. Den Hang hinauf kamen wir so nicht mehr. Also quälte ich den Dodge einige hundert Meter durch dichtes Strauchwerk. Zersplitterte Äste bedeckten bald Front und Motorhaube. Wir hinterließen eine Schneise der Verwüstung. Sobald wir zurück auf der Piste waren, trat ich aufs Gas.

»Es gibt erloschene Vulkane in der Gegend, wo sie Amber zurückgelassen haben. Hilf mir suchen!«

»Berge?«, fragte Christina erstaunt.

»Nein. Kleine Hügel. Schau, ob du sie ausmachen kannst.«

»Woher soll ich denn wissen, wie erloschene Vulkane bei Nacht in der Wüste aussehen, Julius? Ich bin in meinem Leben kaum aus L.A. rausgekommen!«

Wir brauchten noch fast zwanzig Minuten, bis mir die Landschaft auf einmal bekannt vorkam. Der Sand war rostrot und dazwischen lagen verstreut dunkle Lavabrocken. Es fand sich kaum noch Vegetation, nur totes gelbes Gras und vereinzelte Büsche und Kakteen.

Wir sprachen die restliche Fahrzeit nicht mehr. Als wir uns der gesuchten Stelle näherten, fuhr ich langsamer und wurde zunehmend nervös. Draußen war es so dunkel, dass es selbst für unsereins schwierig wurde, etwas zu erkennen. Wolken waren aufgezogen, und nur dem Mond gelang es, hin und wieder aus der dichten Schicht hervorzuscheinen. Ich hielt den Wagen an und öffnete die Fenster. Christina reckte ihre Nase in den auffrischenden Wind.

»Nichts«, sagte sie.

In diesem Moment heulte ein Coyote in die Nacht. Zwei andere antworteten.

Gedämpft von der Wirkung des Turmalins, konnte ich meine Dienerin spüren. Noch lebte sie und lag irgendwo da draußen, aber jetzt wurde es auch noch kalt. Ihr lief die Zeit davon.

Ich fuhr langsam weiter, dann trug der Wind plötzlich den Duft von frischem Blut mit sich.

»Brandon!« Christina riss die Tür auf und sprang aus dem fahrenden Wagen. Sie stolperte, fiel, raffte sich wieder auf und rannte weiter.

»Chris, warte!« Ich trat auf die Bremse, nahm eine Taschenlampe aus dem Handschuhfach und folgte ihr in die tintenschwarze Dunkelheit. Sie war nicht weit gelaufen, nur ein Stück die Piste hinunter. Als ich sie erreichte, kniete sie auf dem Boden und zerrieb Sand zwischen den Fingern. Blut. Es war noch nass und hatte den Sand zu kleinen Plättchen verklebt. Im Licht der Taschenlampe zeichnete sich ein größerer Fleck ab und eine Tropfspur, die dort abbrach, wo die Reifenspuren begannen.

»Coe hat sich die Energie zurückgeholt, die Brandon aus Ambers Blut gezogen hat, Chris.«

Ich berührte Christina an der Schulter, die geistesabwesend ihre Finger sauber leckte.

»Komm, hilf mir Amber suchen.«

Sie stand langsam auf und starrte mich an. Der Schmerz in ihren Augen tat mir weh.

»Er war gerade noch hier«, sagte sie leise. Ich erwiderte nichts und lief los.

Die Taschenlampe erleuchtete den schmalen Pfad. Hier und da entdeckte ich Ambers kleine Fußabdrücke. So schnell ich konnte, rannte ich den Pfad entlang, der hinauf zu den dunklen Vulkankegeln führte. Der Wind trug Ambers Geruch mit sich und auch den von Coyoten. Die kleinen Räuber flüchteten, sobald sie uns kommen hörten, und bellten uns ihre Enttäuschung zu.

»Amber!«

Sie reagierte nicht. Dann entdeckte ich sie. Meine Geliebte lag gekrümmt unter einem Felsen. Ich fiel neben ihr auf die Knie und zog sie in meine Arme. Ambers Hals und ihre Kleidung waren blutverschmiert. Die Haut war kalt vom eisigen Nachtwind. Christina hob die Taschenlampe auf, die ich fallen gelassen hatte, und leuchtete ihr ins Gesicht.

»War das Brandon?«

»Ja«, sagte ich knapp und tastete über Ambers Kehle. Er hatte die Wunde geschlossen, aber es war kaum noch Leben in diesem Körper.

»Wie geht es ihr?«

»Nicht gut, Chris. Sie hat viel Blut verloren, und Brandon hat fast all ihre Lebensenergie getrunken. Sie wird sterben, wenn wir nichts unternehmen.«

»Kannst du ihr helfen?«

»Ja, aber sie wird all meine Kraft brauchen und ich kann die Siegel nicht benutzen. Bringen wir sie zum Wagen.«

Christina leuchtete den Weg. Ich trug Amber, lauschte auf ihr Herz, das schwach schlug und hin und wieder aussetzte.

Nach wenigen Minuten erreichten wir den Dodge, und ich stieg mit Amber im Arm auf den Rücksitz. Ich reichte Christina die Autoschlüssel und bat sie, die Innenbeleuchtung anzuschalten.

»Du musst uns gleich zurückfahren. Ich werde zu schwach sein.«

»Zurück?«, fragte sie entsetzt, »Aber Coe ist weiter nach Norden gefahren und Brandon ist …«

»Chris, Chris, hör zu. Wir müssen zurück, wir müssen jagen. Coe wird heute Nacht nicht mehr weit kommen. Ich weiß, wo sie hinwollen. Außerdem brauchen wir den Wohnwagen.«

»Wir können uns tagsüber im Sand eingraben. Julius, bitte.«

»Nein, und das ist mein letztes Wort.« Ich griff nach ihrer Hand und sah sie an. »Hast du verstanden?«

Sie senkte den Kopf. »Ja, Meister.«

»Dann reich mir das Taschenmesser aus dem Handschuhfach. Es wird einfacher, ihr das Blut einzuflößen, wenn der Schnitt sauber ist.«

Christina gab mir das Messer und half Amber in eine halb aufrechte Position zu bringen. Ihr das Blut einzuflößen war eine mühsame Prozedur, denn der Turmalin in ihrem Magen absorbierte einen Teil der Energie.

Es blieb uns nur zu warten. Ich wickelte Amber in die Decke und hielt sie im Arm, während Christina uns über verlassene Pisten zurück zur Interstate fuhr.

Nach dem erneuten Aderlass fühlte ich mich schwach, mir war schwindelig. Dass ich den Tag weder in einem Sarg noch in geweihter Erde verbracht hatte, rächte sich nun. Sobald wir eine Menschenseele trafen, würde ich jagen. Meine Magie begann in Amber zu wirken. Ihr Herz schlug ruhiger, der Atem wurde gleichmäßig. Ich musste sie immerfort ansehen, als hätte ich sie jahrelang entbehrt.

»Da vorne ist die Interstate«, sagte Christina matt.

Der Wagen rasselte über ein Viehgatter, und im gleichen Moment schlug Amber die Augen auf.

»Da bist du ja«, flüsterte ich.

»Julius? Wie … wie hast du mich gefunden?«

»Brandon hat mir gezeigt, wo du warst.«

»Dann … dann habe ich den Stein also doch zerschlagen.«

Sie schloss die Augen. Ich glaubte erst, sie sei erneut ohnmächtig geworden, doch dann schaute sie mich wieder an und lächelte schwach. Sie war noch immer nicht über den Berg. »Du besitzt fast keine Lebensenergie. Ich gebe dir von mir.«

Amber schüttelte wie in Zeitlupe den Kopf. Sie ekelte sich vor Blut, aber ich wollte sichergehen, dass sie wirklich außer Gefahr war.

Zum dritten Mal in dieser Nacht öffnete ich eine Ader.

Der Geruch weckte Christinas Hunger. Ihre Haltung wurde starrer und sie presste die Kiefer aufeinander. »Elf Meilen bis Cameron«, verkündete sie, dann fuhr sie mit einem Mal langsamer.

»Was ist?«, fragte ich überrascht.

»Da vorne ist Licht.«

Jetzt bemerkte ich es auch. Auf einem Parkplatz, von dem aus man bei Tag einen guten Blick auf die letzten Ausläufer des Grand Canyon hatte, stand ein Wohnwagen.

Ohne weitere Absprache steuerte Christina den Dodge auf den Parkplatz. Wir hielten vor einer Reihe von Bretterverschlägen, auf denen tagsüber indianisches Kunsthandwerk an Touristen verkauft wurde. Jetzt wehten nur ein paar ausgeblichene Traumfänger im Wind. Zwischen zwei Ständen ruhte ein steinerner Büffel auf einer Holzsäule. Ein handgeschriebenes Schild baumelte von seinen Hörnern und bewarb *fry bread*, eine indianische Spezialität.

Christina fuhr die letzten Meter ohne Licht, dann zog sie den Schlüssel und drehte sich abwartend zu mir um.

»Wir sind gleich wieder da. Es dauert nicht lange.«

Amber nickte nur. Ich gab ihr einen Kuss und öffnete die Tür.

KAPITEL 19

Brandon konnte es einfach nicht glauben. Nach der unseligen Jagd auf Amber hatte Coe ihn zwar gebissen und all die Energie geraubt, die Brandon Amber genommen hatte, doch mehr war nicht geschehen.

Der Aufbruch lag fast eine Stunde zurück. Jetzt waren sie auf der Suche nach einem Ort für die Jagd.

Brandon saß mit Darren und dessen Diener Benjamin vorne im Wagen, sie folgten Coes Pick-up.

Immer wenn er sich unbeobachtet glaubte, drückte er die verbogene Fassung der Halskette noch ein wenig fester um den Turmalin. Coe sollte nicht merken, dass sie beschädigt war.

»Ah, da sind wir!«, rief Darren plötzlich aus.

Die Wagen hielten in einer kleinen Einfahrt, dann ging alles ganz schnell. Die drei Diener bewaffneten sich mit Schrotflinten und Gewehren und stürmten das Haus. Brandon folgte Darren zu Coe und Judith, die abwartend im Hof standen.

Im Haus erklangen die ersten Schreie, Dinge zerbrachen, dann stolperten fünf völlig verängstigte Menschen aus der Vordertür. Eine Frau presste ihre halbwüchsigen Kinder schützend an sich. Ein Mann stützte einen älteren. »Was wollen Sie von uns? Wir haben nichts, wir haben nichts!«

»Oh, ihr seid reich, ihr wisst es nur nicht«, lachte Coe. Mit einem Fingerzeig dirigierte er Darren zu dem alten Mann und Brandon zu einem der Kinder.

Er wusste genau, dass das die schlimmste Wahl war, die er für Brandon treffen konnte. Dieser zögerte nicht lange. Der Angstgeruch in der Luft berauschte auch ihn. Blitzschnell war Brandon bei der Mutter und wand ihr das ältere Mädchen aus dem Arm. Die Frau kämpfte, schlug nach ihm, schrie aus Leibeskräften, aber es war zu spät.

Brandon trug das paralysierte Mädchen ein Stück davon.

»Keine Betäubung!«, schrie Coe, doch es war schon geschehen.

Das Mädchen wurde ohnmächtig. Brandon bleckte die Zähne in Richtung der Mutter, denn das war es, was sein

Meister wollte. Die Angst und Verzweiflung der Eltern ins Unerträgliche steigern, bevor er von ihnen trinken würde. Brandon biss zu. Das junge Blut war köstlich, und er für einen Augenblick glücklich. Wie aus einer anderen Welt drangen die verzweifelten Schreie der Menschen bis zu ihm und weckten Erinnerungen an seine erste Zeit bei Coe.

Sie hatten damals ein festes Revier gehabt, aber es gab so wenige Siedlungen, dass sie ständig umherreisen mussten. Jede Nacht überfielen sie eine andere Farm, meist Familien wie diese, und das Vorgehen war immer gleich. Sie ließen die Eltern zusehen, wie die Kinder angegriffen wurden, dann labte sich Coe an ihrer Angst und manchmal tötete er dann ein Kind oder die ganze Familie.

Brandon trank, so viel der junge Körper entbehren konnte, ohne Schaden zu nehmen. Unterdessen nährten sich auch Coe und Judith. Nur der Familienvater war bislang noch nicht gebissen worden. Conway hatte ihn niedergeschlagen, doch er war noch bei Bewusstsein. Mit der Schrotflinte gegen den Kopf gepresst, wurde er Zeuge, wie seine gesamte Familie scheinbar ermordet wurde.

Brandon wartete geduldig ab, bis auch das letzte Opfer sein Blut gegeben hatte, dann erteilte Coe die benötigte Order. »Sie haben merkwürdige Geräusche gehört, es waren streunende Hunde am Stall.«

Jeder Vampir flößte nun seinem Opfer die gleiche falsche Erinnerung ein, während Darrens Diener eine Latte aus dem Hühnerstall brach, einen Vogel hinauszog und Blut und Federn des Tieres auf dem Hof verteilte.

Minuten später hatten sie alle Menschen zurück ins Haus gebracht und setzten ihre Fahrt fort.

Am Horizont zuckten erste Blitze, und Brandons Gedanken wanderten wieder zu Julius und seinem alten Leben. Ob Amber noch immer allein in der Wüste lag? Im Gewitter?

Seine Linke hatte bereits zu dem Stein an seinem Hals gefunden, als ihm bewusst wurde, was er beinahe getan hätte. Er durfte keinen Kontakt aufnehmen. Seufzend zwang er sich zur Ruhe und lehnte sich mit geschlossenen Augen zurück.

Sein Körper war erfüllt von warmem Leben. Jede Verletzung hatte sich in einen kleinen Hitzeofen verwandelt. Er heilte, endlich.

»Mir graust beim Gedanken an morgen«, sagte Darren nachdenklich.

»Morgen?«

»Hochzeitstag.«

Amber lehnte den Kopf gegen das Fenster und sah hinaus.

Es hatte zu regnen begonnen, winzige Tropfen nur, aber es war Regen, Regen in der Wüste. Ein Wunder. Aber es war ohnehin eine Nacht der Wunder. Amber war sich so sicher gewesen, dass sie sterben würde, und jetzt saß sie hier im Wagen und es ging ihr bis auf die Bauchschmerzen gut.

Der Turmalin saß wie eine fette, kalte Spinne in ihrem Magen und haschte mit seinen langen Beinen nach der Energie, die ihr Julius' Blut gegeben hatte, aber er konnte nur einen Teil fassen. Der Vampir hatte ihn überlistet.

Amber hatte so etwas noch nie gefühlt. Ihre Haut war eisig und taub, fast als sei sie schon zur Hälfte gestorben. Die Adern hingegen brannten.

Der Regen wurde heftiger und klopfte auf das Blechdach. Amber drückte ihre Stirn fest an die kühle Scheibe und überließ sich dem Rauschen. Die Straße war zum See geworden, die hölzernen Unterstände verloren ihre Konturen wie Linien nasser Aquarellfarbe. Es donnerte, und durch das Dunkel zuckten erste Blitze.

Amber hatte ihr Zeitgefühl verloren. Sie wusste nicht einmal, ob sie, seitdem die Vampire sie verlassen hatten, kurz ohnmächtig geworden war.

Der Wohnwagen ruhte als heller Klecks in all der zerfließenden Schwärze, und Amber starrte wie gebannt hinüber. Irgendwann mussten sie doch kommen.

Sie begann sich Sorgen zu machen.

Es war merkwürdig, wie schnell sie sich daran gewöhnt hatte, mit Julius in geistiger Verbindung zu stehen. Normalerweise musste sich Amber einfach auf die Siegel konzentrieren und seinen Namen denken und schon antwortete er ihr, aber das funktionierte jetzt nicht. Dafür hatte Coe gesorgt.

Der Turmalin war furchtbar.

Amber presste ihre Hände auf den Unterleib und fluchte. Dann hörte sie endlich Schritte, blickte auf und entdeckte zwei dunkle Umrisse, die sich aus dem Regen lösten und schnell näher kamen. Die Vampire rannten.

Im nächsten Moment riss Julius die Tür auf, und Amber wäre beinahe hinausgefallen.

Julius fing sie an der Schulter ab und setzte sich neben sie. Er war klatschnass. Die Locken klebten ihm im Gesicht, der Stoff seines Shirts umschloss den Oberkörper wie eine zweite Haut. Christina war hastig eingestiegen und streifte sich Tropfen aus dem Haar. Amber meinte zu erkennen, dass sie geweint hatte, doch das konnte auch der Regen sein.

»Geht es dir besser?«, fragte Christina.

»Ja, aber in mir ist ein wildes Durcheinander.« Amber lächelte.

»Jetzt fahren wir erst mal zurück zum Trading Post, und du kannst dich in der Lodge ausruhen«, meinte Julius, während Christina den Wagen startete und ihn wieder zurück auf die Straße lenkte.

Zwischen den beiden musste etwas vorgefallen sein. Amber spürte das. Sie kannte Christina mittlerweile gut. Es war ihre Art zu reagieren, wenn Julius etwas befohlen hatte, womit sie nicht einverstanden war.

Aber Amber war zu erleichtert und zu schwach, um sich über einen Streit zwischen den beiden Gedanken zu machen. Sie war froh, dass sie überhaupt noch lebte, und im Moment war ihr in erster Linie wichtig, sich in Julius' Arme zu kuscheln. Die Haut des Vampirs war nach dem Stopp bei dem Wohnwagen angenehm warm geworden.

Amber legte ihren Kopf an seine nasse Brust. Julius' Hemdtasche beulte sich. Ungefragt griff sie hinein und zog ein breites Armband mit gefassten Türkisen heraus. Jeden Stein durchzog ein feines schwarzes Liniengeflecht.

»Für Brandon«, erklärte Julius und schloss seine Hand um das Schmuckstück. »Die Menschen im Wohnwagen waren Silberschmiede.«

»Und dann hast du ...«

»... es eingesteckt und Geld dagelassen.«

»Was ist mit Brandon passiert?«, fragte Amber ernst.

Julius seufzte. »Coe hat ihn zurückgerufen.«

»An der Stelle, wo sie geparkt hatten, war überall Blut«, ergänzte Christina bitter.

»Morgen Abend fahren wir auf direktem Weg nach Page. Es ist nicht mehr weit. Coes Clan hat dort seine eigentliche Zuflucht. Es ist ihr Hauptsitz, sie werden ihn sicher aufsuchen.«

Amber schloss die Augen, dämmerte vor sich hin und lauschte den wunderbaren Geräuschen von Regen auf der Straße, dem gleichmäßigen Quietschen der Scheibenwischer und dem Herzschlag ihres Freundes.

Julius' Brustkorb hob sich einige Male, als er das Fenster öffnete und den Geruch des Gewitterregens tief einatmete. Er liebte diesen besonderen Duft genauso sehr wie sie.

»Der Regen wäscht die Spuren fort«, sagte Christina.

Amber fühlte wie Julius Luft holte, um zu antworten, dann aber schwieg. Sie öffnete die Augen. Ein Durcheinander aus Drähten und Pfeilern huschte draußen vorbei. Im gleißenden Licht eines Blitzes erkannte sie die alte Hängebrücke, die direkt vor Cameron über die Schlucht des Little Colorado River führte. Kurz darauf bog Christina ab und fuhr die Zufahrt zum Trading Post hinauf. Sie waren da.

Der Airstream stand unverändert auf dem Parkplatz und glänzte im Licht einer Laterne. Direkt daneben parkte ein Pick-up mit verlängerter Ladefläche, und da fiel ihr ein, was sie Julius eigentlich seit vielen Stunden ausrichten sollte.

»Steven ist hier«, sagte sie und setzte sich auf.

»Woher weißt du das?«

»Während du noch geschlafen hast, hat mich ein Mann angerufen. Ich glaube, es war Kangras Diener. Er meinte, ich soll dir bestellen, dass Steven pünktlich bei Sonnenuntergang hier sei. Ich habe es total vergessen.«

Julius blickte auf seine Armbanduhr. »Es ist fast vier.«

Christina parkte und stellte den Motor ab. Sie drehte sich zu Julius um. »Warum ist Steven nicht in Phoenix geblieben? Brauchen wir keine Friedgeisel mehr?«

Die gleiche Frage hatte Amber stellen wollen. Julius rückte von ihr ab, öffnete die Tür und stieg aus. »Er ist sicher drinnen.«

Amber und Christina tauschten einen Blick und sahen dem Vampir hinterher, der durch den Regen zum Eingang der Lodge eilte.

»Anscheinend müssen wir auf die Antwort länger warten«, sagte Amber.

Sobald sie das Foyer betraten, quälte sich der schläfrige Portier hinter seinem Tisch hervor und hielt Amber einen Schlüssel hin.

»Guten Abend, Miss. Der Schlüssel zu Ihrem Zimmer, haben Sie Gepäck?«

Amber schüttelte den Kopf. »Nein, nur wenig. Ich hole es gleich selber, danke.«

»Es ist in der ersten Etage, das vorletzte Zimmer auf der rechten Seite. Die Nummer steht auf dem Schlüssel.« Während er die letzten Worte murmelte, schlurfte er bereits wieder hinter den Tresen, zurück zum laufenden Fernseher.

»Die beiden sind bestimmt im Kaminzimmer«, sagte Christina.

Tatsächlich standen Julius und Steven vor der gewaltigen Feuerstelle und waren ins Gespräch vertieft.

Zusammengesunken in einem Sessel schlief der Mann, der Steven hergefahren hatte. Der junge Vampir hörte die Frauen kommen und eilte zu ihnen. Über sein Gesicht zog sich das übliche breite Grinsen.

Steven war mit Abstand der fröhlichste Vampir, den Amber je kennengelernt hatte. Sie ließ sich von ihm drücken und auf die Wange küssen. »Amber, was machst du nur für Sachen!«

Er begrüßte auch Christina, doch bei ihr fiel die Umarmung weit weniger stürmisch aus.

»Tut mir leid, Chris«, murmelte er.

»Tut dir leid? Brandon ist nicht tot, Steven!«

»So habe ich es nicht gemeint, und das weißt du ganz genau!«

Julius trat zu ihnen und legte Steven eine Hand auf die Schulter. »Wir sollten deinen Sarg umladen … und Amber, vielleicht legst du dich ein bisschen hin, du brauchst dringend Ruhe. Wir kommen dann später hoch.«

Amber nickte müde und hielt sich an Christina fest. Der Gedanke an ein Bett ließ ihren Körper vor Sehnsucht schmerzen.

Ich schwieg, während ich den Empfangsbereich der Lodge durchquerte und ich schwieg noch immer, als ich aus dem Gebäude hinaustrat und auf dem asphaltierten Weg davor stehen blieb.

Steven war mir gefolgt. Seine Finger spielten mit den Autoschlüsseln und entlockten ihnen leises Klimpern.

Ich fühlte seinen Blick auf mir ruhen. Er wartete auf eine Antwort. Wie sollte ich Steven erklären, was mit ihm geschehen würde?

Wie ihm sagen, dass ihn Curtis zum Tauschobjekt bestimmt hatte? Steven glaubte, sein Meister liebte ihn und ich wäre sein Freund.

Ich rang mit mir, aber ich konnte ihn jetzt noch nicht einweihen. Für diesen Verrat gab es einfach nicht die richtigen Worte. Noch immer hoffte ich, es würde irgendwie auch ohne den Austausch funktionieren, und bislang hatte Coe weder zu- noch abgesagt.

»Komm, beeilen wir uns, dann kann der Fahrer endlich zurück nach Phoenix.«

Steven musterte mich irritiert, schwieg aber.

Ich ging an ihm vorbei und schloss die Tür des Airstream auf. Steven zögerte erst, dann stieg er in den Pick-up, startete den Motor und setzte vorsichtig rückwärts, bis gerade genug Platz blieb, um die Heckklappe zu öffnen.

Mit wenigen Handgriffen hatten wir seinen Sarg in der letzten freien Kammer im Wohnwagen verstaut.

Steven warf die Kissen zurück an ihren Platz und richtete sich auf. »Warum bin ich hier, Julius? Ich dachte, ich sollte so lange in Phoenix bleiben, bis ihr mich auf dem Rückweg wieder einsammelt. Stattdessen wache ich in einem fahrenden Wagen auf und muss feststellen, dass ich auf dem Weg nach Cameron bin. Du hättest mich doch anrufen oder meinetwegen auch ein bisschen Telepathie bemühen können.« Er klang gereizt.

»Es tut mir leid, Steven, hier ging alles drunter und drüber.«

»Das erklärt noch immer nicht, warum ich hier bin.«

»Du wolltest doch von Anfang an nicht in Phoenix bleiben.«

»So schlimm war es gar nicht. Du hattest recht, es waren viele junge Unsterbliche da.«

»Ann hat deinen Platz eingenommen. Du kannst jetzt mit uns reisen.«

Ich lächelte verkrampft. Anscheinend war meine kleine Vorstellung überzeugend, denn Steven entspannte sich und lächelte nun ebenfalls.

»Ich hoffe nur, ich kann Brandon irgendwie von Nutzen sein. Das hat keiner verdient, und er am allerwenigsten. Er ist so anders geworden, seitdem er dir geschworen hat. Richtig nett. Ich hoffe, er muss nicht bei diesem Coe bleiben. Nach allem, was ich über den Meister gehört habe …«

Ich hatte keine Ahnung, was Steven in Phoenix zu Ohren gekommen war, aber es war sicherlich eine Harmlosigkeit, verglichen mit der brutalen Realität, deren Zeuge ich geworden war. Ich wandte mich schnell ab. Wenn er nur ahnte, was ihm bevorstand.

Nachdem Amber plötzlich Schüttelfrost bekommen hatte, drängte Christina sie zu einem heißen Bad. Es half. Die

Wärme schien den Turmalin zu besänftigen und dämpfte die Schmerzen in ihrem Unterleib.

Ihre Freundin blieb immer in ihrer Nähe und beobachtete sie. Es schien, als fühlte sie sich persönlich dafür verantwortlich, was Brandon ihr angetan hatte.

»Hattest du denn gar keine Angst davor, was Coe mit dir machen würde, wenn er dich entdeckt?«

Amber zuckte mit den Schultern »Ich habe nicht wirklich nachgedacht in dem Moment.«

Christina kauerte auf dem Boden und schlang die Arme um die Knie. »Ich kann nichts dagegen machen. Ich habe schreckliche Angst. Sobald ein starker Vampir in der Nähe ist, ist sie da. Von einer Sekunde zur anderen. Ich hasse das. Das bin nicht ich!«

Amber war sich nicht sicher, was sie sagen sollte. »Ist es nicht normal bei jungen Vampiren?«

»Doch, doch. Ich wusste es auch vorher. Trotzdem, es ist, als wäre ich ferngesteuert, als würden meine Instinkte schlagartig über dem gesunden Menschenverstand stehen.« Christina seufzte und ließ einen Moment verstreichen. »Danke, dass du versucht hast, Bran zu helfen.«

»Was hätte ich denn sonst tun sollen?«

»Sicher nicht dein Leben riskieren«, lachte Christina traurig. »Wenn es nach Julius gegangen wär …«

»Ja, ja, ich weiß, dann würde ich zu Hause sitzen und stricken!«

Christina musterte Amber ernst. »Er hat dir die Siegel gegeben. Er liebt dich, natürlich will er dich beschützen.«

»Ich weiß.«

Ambers Gedanken wanderten unweigerlich zu den vergangenen Tagen und den vielen Momenten zurück, in denen sie sich gewünscht hatte, Julius wäre ein normaler Mann und kein Vampir. Sie liebte ihn, sie liebte ihn mit jeder Faser ihres

Herzens und auch jetzt wünschte sie sich nichts sehnlicher, als dass er bei ihr wäre.

»Mein ganzes Leben steht Kopf, Chris, und …« Sie rieb sich über das Gesicht, wusste selber nicht, was sie eigentlich sagen wollte.

»Wenn du meinen Rat hören willst, lasst euch Zeit und redet miteinander.«

»Zeit lassen ist gut! Wie soll das funktionieren, mit den Siegeln?«

»Gefühle zu teilen ersetzt keine Gespräche.«

»Seitdem er aus dem Sarg raus ist, hatten wir keine ruhige Minute, Chris, und wenn es nicht dieser verdammte Coe ist, dann muss ich immerzu an meine Arbeit denken. Mein Traumberuf geht gerade den Bach runter!«

»Tut mir leid«, antwortete Christina leise und drehte sich schnell weg. Amber hatte dennoch die Tränen schimmern sehen, die ihre Freundin mit hastigen, fast wütenden Handbewegungen fortstrich.

»Sie kommen«, meinte Christina dann und stand auf.

Amber hörte nichts, sosehr sie sich auch anstrengte. Sie griff nach Christinas Hand und drückte sie kurz, dann klopfte es an der Tür. Kurz darauf erklangen Schritte, jemand ließ sich aufs Bett fallen, und der Fernseher sprang an.

»Hey, kann ich reinkommen?«

Der Klang von Julius' Stimme fand ein wohliges Echo in Ambers Körper, und sie blickte erwartungsvoll zur Tür.

»Gute Besserung, Amber«, sagte Christina hastig. Sie neigte den Kopf vor ihrem Meister und huschte an Julius vorbei aus dem Bad. Der schloss die Tür hinter sich. Sein Gesicht war wie versteinert. Etwas schien ihm Sorgen zu bereiten, doch es hatte nichts mit ihr zu tun, wie Amber an dem Lächeln erkannte, das gleich darauf seine Züge erhellte. »Wie geht es dir?«, fragte er und hockte sich neben sie.

»Mir ist schrecklich kalt gewesen, jetzt ist es besser. Das Bad hat geholfen. Aber langsam reicht es. Ich bin schon ganz aufgeweicht.«

Julius war fast genauso nass wie sie. Das Unwetter hatte also noch immer nicht nachgelassen. Amber wandte sich zu ihm und fuhr mit der Hand über seinen Oberkörper. Das weißes Hemd war völlig durchweicht und durchsichtig geworden. Sie wusste selbst nicht, was in sie gefahren war. Schlagartig rann heißes Begehren durch ihren Körper und schob die Schwäche energisch zur Seite.

Julius schloss die Augen, während Amber auch die zweite Hand zur Hilfe nahm, um die Knöpfe zu öffnen und seine Haut freizulegen, die fast genauso weiß war wie der Stoff. Sein Atem beschleunigte, als ihre Fingerspitzen die Brustwarzen berührten und den wenigen, dunklen Haaren tiefer hinabfolgten.

»Küss mich, bitte«, hauchte Amber.

Julius öffnete die Augen und schob zärtlich ihre Hände fort. »Sie werden uns hören«, sagte er leise und beugte sich zu ihr, um seinen Mund auf ihren zu legen. Ambers Zunge huschte geschickt an den scharfen Fängen vorbei, während Julius sie aus dem Wasser hob und an sich drückte.

Sie küsste ihn hungrig.

Als er sie auf ihre eigenen Füße stellte und nach einem Handtuch griff, schwankte sie kurz und hielt sich erschrocken an ihm fest.

»Vorsicht.« Julius legte ihr ein großes Handtuch um die Schulter und rieb ihr über den Rücken.

Amber kuschelte sich an ihn. Es war eine gute Methode, um nicht umzufallen und zugleich so viel wie möglich von ihm zu spüren. »Muss ich nicht fahren? Soll ich uns nicht schon mal nach Page bringen?«, fragte sie und drückte zugleich Küsse auf sein Schlüsselbein.

Er schüttelte den Kopf. »Nein, du ruhst dich aus. Wir werden am Abend im Trailerpark jagen und dann brechen wir gemeinsam auf. Ich fahre nachher den Airstream runter, den Schlüssel lege ich auf den Hinterreifen«, seine Hände gaben sich nun nicht mehr damit zufrieden sie abzutrocknen.

»Okay, dann bin ich da, sobald es dunkel wird«, hauchte Amber schnell und schob das nun endlich zur Gänze aufgeknöpfte Oberhemd über Julius Schultern.

»Sie hören uns«, warnte er noch einmal.

»Dann schick sie weg, Julius.«

Er beugte sich vor, küsste sie wieder, erst kontrolliert, dann schien auch ihm unwichtig, dass sie nur eine dünne Tür vom Nachbarraum trennte. Fordernd und leidenschaftlich vertrieb er auch die letzten Sorgen aus ihrem Verstand. Dann fasste er in ihr Haar und zog mit sanfter Gewalt ihren Kopf zur Seite. Im nächsten Augenblick spürte sie seinen Mund an ihrer Kehle und ihr Körper schlug Alarm. Jeden Moment konnte es so weit sein, jeden Moment würde der Schmerz kommen, noch waren es nur Küsse, aber …

Julius fuhr erschrocken zurück. »Oh Gott, entschuldige!«

Amber zitterte am ganzen Körper. Der Blick des Vampirs war voller Entsetzen.

»Schon gut, Julius.«

Er küsste erleichtert ihre Finger und zog sie dann wieder enger an sich. »Ich liebe dich.«

Amber horchte auf und auch Julius sah ertappt zur Tür.

Christina und Steven verließen das Zimmer. Der Fernseher wurde ausgeschaltet und Steven sagte leise etwas. Die Bodendielen knarrten auch unter den beinahe lautlosen Schritten der Vampire. Als die Tür zugezogen wurde, blickte Amber in Julius' Augen, und dann gab es kein Zurück mehr.

KAPITEL 20

Ich hob sie hoch und trug sie mit schnellen Schritten zum Bett. Wir krochen unter die türkisfarbenen Decken.

Ambers Bewegungen waren nicht weniger hungrig als meine. Ich zog mich aus, und sobald wir nackt nebeneinanderlagen, ließen wir uns Zeit.

Meine Finger glitten über ihren Bauch, ihre Schultern, die Rundungen ihres Pos. Unsere Münder lösten sich kaum voneinander. Ich ließ meine Hände durch ihr nasses Haar gleiten und verfolgte mit den feuchten Fingern die Linien ihres Körpers.

Sie seufzte, als ich ihre Brust sanft drückte und tiefer rutschte, um sie mit Lippen und Zähnen zu liebkosen. Vorsichtig, ganz vorsichtig. Meine Rechte wanderte weiter an heimlichere Orte. Ambers Hände strichen unablässig über meinen Rücken. Immer wieder hielt sie kurz inne, wenn die Wonne zu groß wurde. Schließlich erzitterte sie unter meinen Berührungen. Die Lippen zu einem stummen Schrei geöffnet, bog sie ihren Körper zurück und sank dann gegen mich.

Ich lächelte. Sie fuhr mit der Linken über mein Kinn, bis ich sie ansah, die Augen hell vor Erregung. Ihre Rechte rutschte tiefer. Ich starrte sie an, immer nur sie, während sie mir Lust bereitete und ich hilflos nach Atem rang.

Schließlich ließ sie im letzten Moment von mir ab und ließ mich wie einen Gestrandeten zurück. Amber küsste meine Augenlider, meinen Mund, rieb ihre Wange an meiner Brust.

Sie kann mich haben, dachte ich, für alle Ewigkeit.

Oh, wenn sie mir doch nur erlaubte, ihr die fehlenden Siegel zu schenken, wenn sie doch nur!

»Was ist?«, fragte Amber weich.

»Nichts«, brummte ich und sah in ihre schönen, grünen Augen.

»Doch, es ist etwas. Ich merke, wie du dich vor mir verschließt.«

»Nichts als Träumereien eines törichten Vampirs.«

»Julius«, mahnte sie und strich mir mit den Fingern über die Brauen.

Ich hob den Kopf.

»Darum geht es«, sagte ich, öffnete die Siegel und schickte warme Energie und Wohlgefühl hindurch. Der Turmalin fraß sie sofort auf, aber Amber seufzte dennoch und presste eine Hand über ihr Herz. Ihre Brust hob und senkte sich mit tiefen Atemzügen.

»Es fehlen zwei.«

Amber wurde schlagartig ernst. Genau diese Reaktion hatte ich erwartet.

»Du wolltest es wissen. Ich möchte dich niemals verlieren, ich will mit dir verbunden sein, Amber. Alles, was mir gehört, gehört dir. Meine Kraft, mein Leben. Verurteile mich nicht für meine Träume. Ich dränge dich nicht.«

»Doch, Julius, genau das tust du«, antwortete sie und rückte von mir ab. »Wir kennen uns nicht einmal ein halbes Jahr!«

»Aber ich weiß, dass es richtig ist. Ich weiß es!«

»Julius, hier geht es um mein ganzes restliches Leben.«

»Um meines doch auch.«

»Aber du hast dein Leben schon gelebt, ich noch nicht!«

Ich schwieg und starrte sie an. Sie hatte mir nicht weh tun wollen, aber sie tat es, und es war mir egal, was sie sich bei ihren Worten gedacht hatte. Ich setzte mich auf und schlug die Beine über die Bettkante. Amber versuchte mich festzuhalten, doch ich riss mich los.

»Lass mir Zeit, Julius.«

Ich langte nach meiner Hose und behielt sie in der Hand.

»Komm zurück ins Bett. Bitte!« Amber streckte ihre Hand nach mir aus, aber ich schüttelte den Kopf. Sie ließ sie sinken. »Wo willst du hin? Was machst du jetzt?«

»Ich lasse dir Zeit!«

Ich schlüpfte in meine Kleidung und stand auf. Amber starrte mich die ganze Zeit über an. Die Luft vibrierte förmlich vor negativer Energie.

Ich griff nach meinen Schlüsseln, die auf einem kleinen Tisch gelegen hatten, und trat zu Tür. »Schlaf gut!«

Sobald ich auf dem Flur war, hörte ich sie schreien. Nur ein Mal, dann ging irgendetwas zu Bruch. Ich beschleunigte meinen Schritt, lief an dem Fahrstuhl vorbei und die Treppe hinunter. Am liebsten hätte ich auch geschrien und etwas zerstört, ein Ding, ein Leben, egal was!

Ich hetzte an dem Nachtportier vorbei und stellte mir vor, wie ich mit seinem Blut das Schlüsselbrett bekleistern würde. Er sah auf, als er meine Schritte hörte, und in diesem winzigen Augenblick erkannte er das Monster in mir. Ich bleckte die Zähne, dann war ich auch schon draußen und atmete die kalte Nachtluft ein.

Vor der Tür lief ich auf und ab, bis der Brand in meiner Brust erkaltete und die Phantasien von Gewalt und Terror verschwanden.

Ich war wieder in der Lage, meine Umgebung ruhig wahrzunehmen. Der Morgen war noch eine Stunde entfernt und um diese Uhrzeit war unser Gespann das einzige Fahrzeug, das direkt vor dem Eingang der Lodge parkte. In der Luft hing der schwere Duft von nasser Erde und Regen.

Im Wohnwagen brannte Licht. Steven und Christina hatten mich längst bemerkt. Ein wütender Vampir hatte keine Chance, sich vor seinesgleichen zu verstecken. Mein Zorn musste für sie fast schmerzhaft fühlbar gewesen sein. Ich hatte mich wieder nicht unter Kontrolle gehabt. Lief hier auf und ab und trug meine Gefühlswelt wie riesige Reklametafeln durch die Landschaft, wie es einem Meister nicht passieren sollte.

Curtis hätte mir ein paar passende Worte gesagt.

Ich konzentrierte mich auf meine Schilde und verschloss mich, bis nichts mehr durchsickerte. Sobald meine Aura glatt war wie eine Wand aus Glas, ging ich zum Wohnwagen und trat ein.

Die jungen Vampire taten, als seien sie überrascht, mich zu sehen. Sie lagen gemeinsam auf dem Sofa unter einer Wolldecke. Chris hielt eine Packung Taschentücher in der Hand, und auf dem Boden verstreut lagen jene, die ihre Aufgabe erfüllt hatten. Die beiden wirkten verloren, wie zwei Welpen im Regen, die das letzte bisschen Wärme, das sie besaßen, miteinander teilten.

In diesem Moment war ich froh, nicht mit Amber geschlafen zu haben. Steven und Christina hätten es gewusst. Gewusst, dass ich mich mit meiner Geliebten vergnügte, anstatt mich um Chris zu kümmern.

Jetzt witterten sie einzig unseren Streit, und ich war erstaunlicherweise erleichtert darüber.

»Kennst du die Zuflucht von früher?«

Brandon schüttelte den Kopf. Er kauerte auf der Rückbank und starrte durch das schmutzige Fenster der dahinziehenden Landschaft nach. »Wir sind damals immer umhergezogen«, antwortete er Darren, der sich im Beifahrersitz umgedreht hatte und ihn beobachtete.

»Von einem Farmhaus zum nächsten. Manchmal haben

wir eine Woche gebraucht, bis alles Blut aufgebraucht war und die Menschen verreckt sind.«

»Hast du auch getötet?«

Brandon sah den anderen Vampir zum ersten Mal an. »Das geht dich nichts an … aber nein, habe ich nicht. Der letzte Herzschlag gehörte Coe.«

»Dieser Meister Lawhead schien ganz okay zu sein.«

Brandon wollte nicht an sein altes Leben denken, nicht an Julius oder Christina. An nichts, was ihm noch deutlicher vor Augen führte, was er verloren hatte und nie wieder zurückbekam. Noch einmal dreißig Jahre bei Coe würde er nicht durchstehen, und es gab nur eine Möglichkeit, wie er diesem Schicksal entfliehen konnte …

Wenig später erreichten sie Page, durchquerten den kleinen Ort und fuhren dann über eine holperige Piste zur Zuflucht der Coe.

Dort angekommen, erhielt Brandon die Aufgabe, das Gepäck hereinzutragen. Schweigend folgte er Judith und ihrer Dienerin Melanie über das vornehme Anwesen. Seine Kette schleifte hinterher, erst durch den Kies der Auffahrt, dann laut über die Treppe ins Obergeschoss.

Judith drehte sich genervt zu ihm um. »Heb das verdammte Ding hoch, du machst die Stufen kaputt.«

»Ja, Ma'am.« Brandon wickelte sich die Kette um den Arm, nahm die Koffer wieder auf und brachte sie bis in die Zimmer, dann folgte er Melanie zurück in den Flur. Conway brachte ihn hinab in den Keller.

»Willkommen in deinem neuen Heim«, höhnte der Diener, während er Brandon in einem finsteren, beinahe leeren Raum ankettete.

»Will Meister Coe denn nicht mehr verhandeln?« Er musste einfach fragen.

Conway lachte. »Immer noch Hoffnung? Vergiss es. Du bleibst hier. Wir haben dich sehr vermisst.«

Sobald er allein war, hockte Brandon sich in eine Ecke. Darren erschien kurz darauf, und als Brandon auf seine erneuten Fragen nicht antwortete, begann auch er vor sich hin zu dämmern.

Brandon beschwor noch einmal die schönen Erinnerungen, die er in den vergangenen Jahren durchlebt hatte. Die meisten an Christinas Seite. Doch eigentlich wartete er. Wartete darauf, dass Darren endlich aufstand und den Weg frei machte. Nach Conways Worten stand Brandons Entscheidung endgültig fest. Er würde die Sache beenden. Jetzt. Sofort. Jede Bewegung war bis ins Detail geplant. Als der andere sich schließlich erhob, um an das winzige, schachtartige Fenster zu treten, war es so weit.

Brandon rief seine Magie, dann sprang er auf und war binnen eines Wimperschlags bei dem Regal, neben dem Darren gesessen hatte.

Die schmalen Latten hatten ihm nichts entgegenzusetzen. Trümmer flogen in alle Richtungen und dann glänzte auch schon ein frisches scharfes Bruchstück in seiner Hand. Das Holz würde ihn befreien.

»Nein! Das darfst du nicht tun!«, schrie Darren.

Brandon hörte nicht auf ihn. Blitzschnell verkeilte er das Holzstück im Boden und setzte die Bruchkante an seine Brust, dann ließ er sich einfach fallen.

Sein Körper krachte zu Boden, doch der erwartete Schmerz kam nicht.

Darren hatte das Holz im letzten Augenblick fortgetreten!

Brandon kam sofort wieder auf die Beine. »Gib es mir!«

»Niemals!« Darren stolperte rückwärts und hielt das Holzstück mit beiden Händen umklammert. In dem Kellerraum war kaum genug Platz zum Kämpfen, geschweige denn, dem anderen davonzulaufen.

Brandon griff mit der Wut der Verzweiflung an. Darren duckte sich unter seinen Schlägen und Bissen und wehrte sich kaum.

»Was schert dich mein Tod, verdammt!«, brüllte Brandon, während seine Fäuste auf das Gesicht des anderen niederkrachten. »Es ist mein Leben, meins!«

Darren brach zusammen, doch er ließ den Pflock nicht los.

Atemlos hielt Brandon für einen Augenblick inne, dann wurde ihm bewusst, dass da mehr Holz war als das eine Stück, das Darren mit aller Kraft festhielt.

Die Tür flog auf, kaum dass Brandon einen neuen Pflock gefunden hatte. Er fasste ihn mit beiden Händen und setzte an. Der Schmerz, der darauf folgte, war gewaltig. Als würde seine Brust explodieren. Die Wucht hatte ihn bis ans andere Ende des Raums geschleudert, wo er nun lag. Dann wurde Brandon klar, was geschehen war. Er war nicht tot. Nein, er hatte nicht einmal zugestoßen. Coe war im letzten Augenblick dazwischengegangen.

»Raus, Darren!«, brüllte der Clanherr.

Der Vampir rappelte sich auf und rannte fort.

Coe stand breitbeinig im Raum. Die Energie, die ihn umgab, war teuflisch.

Conway, sein Diener und ewiger Schatten, trat Augenblicke später hinzu.

»Was ist passiert?«

»Die dreckige Rothaut hat versucht sich umzubringen.«

»Oh, das ist etwas Neues«, sagte Conway scheinbar unbeteiligt. »Früher ist er immer nur weggelaufen.«

Brandon krümmte sich auf dem Boden. Er war so sicher gewesen, dass sein Plan aufgehen und er Coe nie wieder von

Angesicht zu Angesicht gegenübertreten müsste. Jetzt war alles dahin.

Angst schlich wie ein lauerndes Raubtier um ihn herum, bereit die Kontrolle zu übernehmen. Vielleicht würden seine Peiniger einfach verschwinden, wenn er nur stillhielt, vielleicht glaubten sie, er wäre ohnmächtig, wenn er sein Herz anhielte. Mit einem Stich erstarrte der Muskel in seiner schmerzenden Brust, letzte Atemluft entwich der Lunge.

Conway schloss die Tür. Er tat es leise und von innen, als wollte er vermeiden, dass die anderen im Haus mitbekamen, was im Keller geschah.

Die Magie nahm knisternd zu, als Diener und Meister telepathisch kommunizierten. Die Stille war beängstigend. Sie planten doch irgendetwas!

Brandon regte sich nicht. Er konnte seine Peiniger durch halb geschlossene Augenlider beobachten. Coes Blick war unablässig auf ihn gerichtet, wanderte seinen Körper auf und ab, während er nachdenklich seinen Schnurrbart zusammendrehte, dann schien er eine Entscheidung getroffen zu haben.

Conway ging zu dem Haken, an dem Brandon angekettet war. Er tat es betont langsam und beobachtete dabei die Reaktion des Gefangenen.

Von einem Augenblick auf den anderen stieg Brandons Panik ins Grenzenlose und das lag nicht an dem hämisch grinsenden Diener. Die Luft hatte sich verändert, es roch plötzlich nach … nach Lust! Wie früher, als Coe …

»Nein, Meister!«

»Du willst sterben? Wirklich? Aber doch nicht, bevor wir an die gute alte Zeit angeknüpft haben«, sagte Coe lauernd und schob die Daumen in die Hosentaschen, während er sich langsam und mit schwingenden Hüften seinem Opfer näherte. Seine Gürtelschnalle blitzte im Licht der schwachen Kellerbeleuchtung.

Brandon sprang auf und bleckte die Zähne. Sie durften es nicht tun, nein, nie wieder! »Bitte, M…«

Der Eisenring schlug gegen seinen Kehlkopf und erstickte die Worte.

»Hast du was gehört?«, feixte Conway. Er hielt die Kette mit beiden Händen gepackt, jederzeit bereit, erneut daran zu reißen.

»Nein, nichts, seit wann können Tiere sprechen?«

Brandon blickte panisch von einem zum anderen. Er hatte keine Chance, nichts, wohin er fliehen konnte. »Bi…«

Der Ruck an der Kette riss ihn zu Boden.

Brandon schrie seinen Zorn heraus, dann stieß er sich ab und sprang.

Conway hob im letzten Augenblick die Arme, um seine Kehle zu schützen. Brandons Fänge bohrten sich in die Muskeln des verzweifelt schreienden Dieners. Er riss und zerstörte, schlug Conway mit den Fäusten ins Gesicht, dann war Coe da, packte ihn an der Kehle und zerrte ihn fort.

Brandon gab noch immer nicht auf. Ein Faustschlag traf Coe auf den Mund, bevor der Meister selbst den ersten Hieb austeilte und Brandon damit für einen Augenblick außer Gefecht setzte.

»Du wagst es, meinen Diener anzugreifen?«, keifte Coe.

Brandon spuckte ihm als Antwort Conways Blut ins Gesicht und empfing die nächsten Schläge. Als er fiel, folgte Coe ihm, trat zu, sobald er sich aufrichten wollte. Brandon kroch fort, weil die Schmerzen zu stark waren, um zu laufen. Immer wieder versuchte er Abstand zu gewinnen und auf die Beine zu kommen, doch seine Flucht war sinnlos.

»Jetzt ist Schluss«, schnarrte Coe. Brandon erreichte das Ende der Kette. Der Eisenring schlug gegen seine Kehle, und er keuchte.

Vorbei!

Der Schock durchfuhr ihn eiskalt und ließ sogar die Schmerzen für einen Augenblick bedeutungslos werden. Coe trat ihn gegen den Hintern und im gleichen Moment packte Conway seine Handgelenke und zerrte sie nach vorne, wie früher. Brandon starrte ihn ungläubig an. Es war alles so schnell gegangen. Er öffnete den Mund, um zu schreien, doch es kam kein einziger Ton heraus.

Coe bohrte ihm seinen Stiefelabsatz in den Rücken. »Hast du deinen alten Platz wiedergefunden?«

Brandon kämpfte gegen Conways Hände, doch der Diener grinste nur und zerrte seine Arme weiter nach vorn. »Zeit zu winseln ... na, fang schon an.«

Amber lauschte dem brummenden Motor. Die Wüstennacht war so leise, dass sie den Wagen sogar von ihrem Zimmer auf der Rückseite des Gebäudes aus hören konnte.

Die Vampire fuhren davon – endlich.

Von dem Moment, als Julius aus dem Zimmer stürmte, bis zur Abfahrt des Gespanns war fast eine volle Stunde vergangen. Amber verbrachte die Zeit damit, auf die Uhr zu starren und den Minutenzeiger bei seiner Reise zu beobachten.

Auf ihrem Kopfkissen hatte sich unterdessen ein Fleck gebildet. Tränen färbten den blauen Stoff dunkel. Sie hatte sie einfach laufen lassen.

Warum musste alles, was mit Julius zu tun hatte, nur so verdammt kompliziert sein?, fragte sie sich zum wiederholten Male.

Wie konnte Julius nur!

Wie konnte er ausgerechnet dann wieder die verdammten Siegel zur Sprache bringen, nachdem sie beinahe umgebracht worden war? Noch tiefer in seine Welt zu tauchen war das Letzte, was sie wollte. Verstand er das denn nicht?

Seitdem ihr Curtis von Julius' alter Liebe Marie erzählt hatte und wie sehr sie einander ähnelten, beschlich Amber immer öfter das Gefühl, dass er vielleicht gar nicht sie liebte. Womöglich wollte er nur eine neue Marie, wie Curtis bei Steven nur ein neues Abbild seines verstorbenen Sohnes suchte.

Einmal, kurz vor einem Kampf, hatte sie in Julius' Gedanken eine andere Frau entdeckt. Damals hatte sie sie für ein Traumbild gehalten. Die Fremde war ihr zum Verwechseln ähnlich. Nur die Kleidung war anders gewesen, aus dem vorigen Jahrhundert. Damals glaubte sie, Julius würde sich vorstellen, wie Amber in der Kleidung seiner Zeit ausgesehen hätte. Aber das war Unsinn, das wusste sie jetzt. Es war Marie gewesen.

Und vor dem Rat in Phoenix dann wieder … Womöglich hatte er auch deshalb ihr Bewusstsein getrübt, nicht nur wegen der Hinrichtung, sondern auch, damit sie seine Erinnerungen nicht miterlebte.

Julius war einfach so in ihr Leben gestürmt und hatte sich seitdem genommen, was er wollte. Zwar tat er es auf eine charmante Art und Weise, aber das änderte nichts an der Tatsache, dass er nahm, ohne zu fragen. Für ihn war alles selbstverständlich.

Er forderte Ambers Liebe mit der gleichen Vehemenz, mit der er ahnungslosen Opfern Blut raubte oder Gehorsam von Brandon und Christina verlangte. In seiner Welt gab es nur klare Regeln, und Amber sollte gefälligst so funktionieren, wie es von einer Freundin und vor allem von einer menschlichen Dienerin erwartet wurde. Brav und untertänig.

Von außen betrachtet, war die Lösung einfach. Sie sollte diese Beziehung beenden, bevor es noch schwieriger wurde und sie gar keinen Weg mehr zurück in ein normales Leben fand. Doch das war leichter gesagt als getan.

Sie liebte ihn. Liebte ihn mit jeder Faser ihres Körpers, jedem Atemzug, jedem einzelnen Schlag ihres Herzens. Und die Stärke ihrer Gefühle machte ihr selber Angst. Waren sie echt oder ein Produkt der Siegel? Dies war eine Frage, die auch Julius nicht beantworten konnte, aber anscheinend war das für ihn kein Problem. Akzeptiere, was du nicht ändern kannst, im Guten wie im Schlechten, war sein Lebensmotto. Er hatte zu lange in der festgefügten Hierarchie des Clans gelebt, um sich gegen unumstößliche Dinge aufzulehnen, hatte er einmal erklärt, und Amber glaubte ihm.

Für Julius hätte es ewig so weitergehen können, wenn er nicht einen unfreiwilligen Sprung auf der Karriereleiter gemacht hätte und plötzlich zum Meistervampir aufgestiegen wäre.

Jetzt musste er mit den Folgen leben, und Amber wusste, wie schwer er daran trug. Wenn sie bislang eines über ihren Freund in Erfahrung gebracht hatte, dann dass er Verantwortung hasste. Andererseits war er bereit, sein Leben aufs Spiel zu setzen, um Amber zu retten.

Sie wischte sich die brennenden Augen und stand auf.

Die Morgendämmerung kündigte sich mit einem blassen goldenen Lichtstreifen am Horizont an. Mit müden Bewegungen zog sie die Vorhänge zu und kehrte zum Bett zurück. Am Abend musste sie mit Julius reden, sie musste einfach.

KAPITEL 21

Meine Seele nahm Abschied von der Zeit der Leichtigkeit und kehrte unter Schmerzen in den Körper zurück. Die Sinne erwachten einer nach dem anderen. Wie Glühwürmchen schwebten die Lebensenergien der Menschen im Trailerpark umher, aber das Licht, das für mich am hellsten schien, fehlte. Amber war nicht gekommen.

Ungeduldig wie jeden Abend und im ewigen Kampf mit meiner Klaustrophobie verharrte ich, bis ich stark genug war, mich aus meinem Sarg zu befreien.

Draußen lachten Kinder. Der Duft von Grillfeuer und gebratenem Fleisch stieg mir in die Nase. Eine fröhliche, perfekte Ferienwelt und mittendrin wir, drei Vampire, und alle waren wir hungrig.

Ich hob den Deckel und setzte mich auf. Am Morgen hatte ich alle Fenster geschlossen, bis auf eines, dessen Lichtstrahl mich, wie ich wusste, nicht erreichen würde. Ich öffnete die Siegel nicht. Ich konnte es auch so fühlen; Amber war nichts zugestoßen und sie hielt sich nicht allzu weit von mir auf. Offensichtlich war sie mir noch immer böse.

Brandon hatte keinen Kontakt mehr mit mir aufgenommen, obwohl Coe scheinbar noch nicht bemerkt hatte, dass der Turmalin ausgebrochen war. Mit Sicherheit fürchtete er, die Aufmerksamkeit des Meisters zu erregen, aber zumindest lebte er.

Unweigerlich richtete sich mein Blick auf die Stelle der U-förmigen Sitzecke, unter der Steven ruhte. Ich stand auf und öffnete den Sarg des jungen Unsterblichen. Er sah aus wie ein toter Engel in einem Bett aus grüner Seide.

Sein Gesicht war blass und ebenmäßig, eingerahmt von goldenen Locken.

Während ich auf Stevens regloses Gesicht blickte, versuchte ich mir einzureden, dass ein Leben bei Coe nicht allzu schlimm war. Vorausgesetzt, der Vampir war weißer Abstammung und leistete den vollen Gefolgschaftseid. Auf Zweiteres würde ich genau achten, bei der ersten Voraussetzung bestand bei unserem blondgelockten Jüngling kein Zweifel.

Es Amber zu erklären machte mir fast mehr Sorgen als das Gespräch mit Steven. Sie würde es nicht akzeptieren.

Ich riss mich von meinen finsteren Gedanken los, wusch mich, kleidete mich an und verließ den Wohnwagen zehn Minuten später. Statt zu warten, wollte ich mich mit der Jagd ablenken. Ich überließ mich meinem Trieb und folgte ihm wie ein Tier.

Auf dem Weg zurück zum Airstream fühlte ich Amber, noch bevor ich die Silberhülle des Wohnwagens erblicken konnte. Und wie ich sie fühlte. Sie war wieder ein Teil von mir! Der Turmalin war fort.

Als ich die kleine ovale Tür öffnete, verstaute Amber soeben ihre Tasche in einem der eingebauten Fächer und drehte mir den Rücken zu. Sie hatte den beiden Vampiren bereits die Särge geöffnet.

»Der Turmalin ist verschwunden!«, sagte ich erfreut und legte eine Hand über mein Herz, wo ich ihres wieder schlagen fühlte.

Amber schloss die Schranktür und stand auf. »Abführmittel«, sagte sie knapp. »Und erinnere mich mit keinem Wort daran.«

Ich nickte. Details durfte sie mir gerne ersparen. Damit war aber das Rätsel gelöst, weshalb sie erst so spät zum Wohnwagen gekommen war. Und ich hatte geglaubt, sie sei noch wütend.

Ich ging zu Stevens Sarg und sah hinein. Der Vampir hatte bereits die Augen geöffnet, aber sein Herz schlug noch nicht. Eilig kniete ich mich neben ihn, legte ihm eine Hand auf die Brust und nahm ihm den Schmerz des ersten Herzschlags. Er riss die Augen noch ein Stück weiter auf und lächelte dann.

»Wie hast du das gemacht?«

Ich hatte mir diesen Trick von Curtis abgeschaut. Er hatte auch mich damit beeindruckt. Ich lächelte geheimnisvoll. So schnell würde ich mein kleines Geheimnis nicht preisgeben.

Steven bewegte die Finger, streckte seine Arme und gähnte. »Morgen, Amber«, sagte er und winkte meiner Freundin, die gerade Wasser für Kaffee aufgesetzt hatte.

»Guten Abend, Steven. Das heißt, guten Abend«, erwiderte sie fröhlich. Ich traute dem Frieden nicht ganz. Amber war geschickt darin, ihre wirkliche Laune zu verbergen, fast besser als ich, und auf jeden Fall besser als die meisten Vampire unter einhundert Jahren.

Steven schlüpfte in seine Lederschuhe und fuhr sich kurz durchs Haar.

»Soll ich auf euch warten?«

»Nein, und beeile dich«, meinte ich, während er bereits nach der Türklinke griff.

Gleich musste ich es ihm erzählen! Die Fahrt nach Page dauert nur wenige Stunden und hier war die einzige Möglichkeit, mit dem jungen Mann unter vier Augen zu sprechen.

Sobald Steven die Tür hinter sich geschlossen hatte, trat Amber zu mir.

»Es war dumm von mir, gestern einfach abzuhauen«, sagte ich.

»Komm her.« Sie nahm meine Hände und zog mich näher. Amber streckte sich nach einem Kuss. Unsere Lippen berührten sich flüchtig.

»Ich werde nie wieder von den Siegeln anfangen, versprochen.«

»Das hättest du nicht, wenn ich dich nicht gefragt hätte, das ist mir klar.«

»Verschieben wir das Gespräch um ein paar Jahre«, sagte ich erleichtert, dann konnte ich Christina fühlen. Ich öffnete die Siegel und ließ Amber meine Empfindungen teilen. Es war ein Wunder und es fühlte sich genauso an.

»Sie erwacht«, flüsterte Amber erstaunt. »Daher weißt du es also immer so genau, Wahnsinn. Es ist wie ein kleines Licht, das stärker und stärker wird.«

Sie machte sich aus meinen Armen los und zog mich zu Christinas Sarg. Die Vampirin hielt die Augen noch geschlossen.

»Ich habe früher nie verstanden, warum mir Curtis so oft beim Aufwachen zugesehen hat, jetzt weiß ich, warum.«

»Sie öffnet die Augen, dass heißt, sie kann uns auch hören, oder?«

»Schon seit einer ganzen Weile. Guten Abend, Chris.«

»Hallo, Julius, Amber.«

Brandons Geist war ganz weit weg. Er wollte nichts mehr mit diesem dreckigen, zerschlagenen Körper zu tun haben. Der Körper war wach geworden, wie er es immer tat, wenn die Sonne unterging, und er hatte sich aus der Erde nach oben gewühlt, wie es Tiere taten.

Dann hatte der Körper gewartet. Darauf, dass etwas Schlimmes geschah oder nichts. Jemand namens Darren hatte versucht, mit ihm zu sprechen, doch der Wind hatte die Worte davongetrieben, sie waren nicht wichtig gewesen.

Irgendetwas von einem Jahrestag hatte er gesagt, und dass es anders werden würde.

Dann war Conway gekommen. Er hatte die Kette genommen und der Körper war der Kette gefolgt bis zu einem Badezimmer, dort lag eine Plastiktüte mit Kleidung. »Wasch dich«, hatte der Diener des Meisters befohlen, »wir haben einen Ehrentag.«

Unter der Dusche hatte ihn das heiße Wasser reingewaschen, und der Geist hatte den Körper nicht mehr ganz so sehr verabscheut. Die saubere Kleidung hatte ihm dann eine neue Hülle gegeben, und es war besser geworden.

Nun stand Brandon neben Darren im Wohnzimmer der Zuflucht und wartete auf den Meister und seine Frau.

Auf einem kleinen Tisch stand ein Blumenstrauß, daran lehnte ein Umschlag. Ein Kästchen, umwickelt mit Zellophanpapier, vervollständigte das Bild. So ein ähnliches Geschenk hatte Brandon auch einmal einer Frau gemacht. Christina, als sie das fünfte Siegel erbeten hatte, doch die Zeit mit ihr schien Lichtjahre zurückzuliegen.

Coes Schritte ertönten. Schon bald war Brandon klar, dass dies nicht der Coe war, der ihn in seinen Alpträumen heimsuchte, sondern ein anderer. Der Clanherr und Ehemann. Er war in Begleitung seiner Frau.

»Herzlichen Glückwunsch zum Hochzeitstag«, hörte Brandon ihn sagen.

»Oh, sind die für mich?«, jauchzte Judith, machte sich von seinem Arm los und lief zum Tisch.

Sie berührte ein paar Blüten, sog den Duft ein und griff dann nach dem Umschlag. Während sie ihn aufriss, blickte sie sich immer wieder nach Coe um, der sie mit stolz geschwollener Brust beobachtete.

»Nathaniel, was ist das? Eine Landkarte?«

»Sieh genau hin.«

Selbst aus einigen Metern Entfernung konnte Brandon die Markierung erkennen, die mit Rotstift eingezeichnet war.

»Wir fahren dahin? Aber das ist doch direkt um die Ecke, oder nicht?« Judiths Freude schwand, während ihre Fingernägel über das Papier kratzten.

»Es wird eine Jagd, wie du sie nicht vergessen wirst.«

Coes Worte brachten Judiths Puppengesicht zum Leuchten. Sie umarmte ihren Meister und Schöpfer. »Bis zum letzten Herzschlag? Nur wir beide?«

»Nein, wir fahren alle.«

Judiths Miene verfinsterte sich. Sie deutete mit ihrem spitzen Finger auf Brandon. »Der kommt nicht mit! Es ist mein Ehrentag, da hat der nichts zu suchen!«

Brandon erwachte aus seiner Lethargie. Judith stierte ihn noch immer wütend an, und mit einem Mal wurde ihm klar, warum sie ihn seit dem ersten Tag ihrer Begegnung hasste. Sie war eifersüchtig! Eifersüchtig, weil er Coes Aufmerksamkeit auf sich lenkte. Für sie schien es nicht einmal eine Rolle zu spielen, dass er gegen seinen Willen da war. Am liebsten hätte er sie angeschrien vor Scham und Zorn. Doch er schrie nicht, sondern blieb ganz still. Zur bloßen Hülle erstarrt, die Seele weit fort.

»Der Indianer kommt mit, Judith«, antwortete Coe, und Brandon nahm die Stimme wie aus weiter Ferne wahr. »Jemand muss Wache halten.«

Eine Viertelstunde später begleitete ich Christina auf die Jagd.

Sobald sie gesättigt war und wir zum Wohnwagen zurückkehrten, ahnte ich, dass Ärger in der Luft lag.

Curtis rief mich. Seine Präsenz war nicht zu ignorieren. Ich lehnte mich gegen die glatte Metallhülle des Wohnwagens und schloss die Augen. Dann schmeckte ich Curtis' Blut auf meiner Zunge und roch den heimeligen Erdgeruch des Lafayette. Doch er verzichtete auf Telepathie. Mein Handy klingelte. Ich kramte es hektisch aus der Hosentasche.

»Julius, mein Junge, hörst du mich?«, klang seine Stimme über den Lautsprecher.

»Ja, Meister.« Ich bedeutete Christina, schon einmal hineinzugehen.

»Du hast mir gestern nicht mehr berichtet, was geschehen ist.«

»Ich …«

»Keine Sorge, Steven hat mit alles erzählt. Er weiß jetzt Bescheid. Ich habe ihn über seine Bestimmung informiert.«

Mir blieb die Luft weg. Jetzt wusste er es also. »Mein Gott! Ich, ich wollte es ihm gerade erklären«, stotterte ich.

»Er gehört mir, Julius. Ich musste es ihm sagen, nicht du.«

Mir wurde heiß und kalt zugleich. Jetzt gab es kein Zurück mehr.

»Wie hat er reagiert?«

»Nicht gut, so etwas ist immer schwer.«

»Ich ahne, wie du dich fühlst, Curtis.«

»Ich bin froh, dass ich nicht dabei sein muss. Ich hoffe nur, es ist das alles wert. Tröste ihn ein wenig, wenn du kannst. Coe hat mich angerufen und sich erkundigt, ob du für den Handel bevollmächtigt bist. Ich habe ihm bestätigt, dass du in meinem Willen agierst. Er ist jetzt in Page. Coe hat sich entschieden. Steven soll so etwas wie ein Geschenk an seine Frau sein zum Hochzeitstag, ein Sohnersatz. Vielleicht bringt das den Jungen sogar in eine gute Position. Der Clanherr erwartet dich noch heute in seiner Zuflucht am Lake Powell. Ich schicke dir die Adresse.«

Curtis legte einfach auf. Ich klappte das Handy zu und schob es zurück in die Hosentasche. Von drinnen klangen aufgeregte Stimmen. Steven war außer sich.

Wenn ich jetzt dort hineinging und ihm unter die Augen trat, würde wieder ein Stück von meiner Menschlichkeit verschwinden und nie wieder zurückkommen.

Entschlossen öffnete ich die Tür.

Steven kauerte in einer Ecke auf dem Boden. Christina versuchte ihn irgendwie zu trösten. Als Amber mich bemerkte, sprang sie auf und lief auf mich zu.

Im nächsten Augenblick brannte meine Wange, und ich zuckte zurück. Als Amber zum zweiten Mal zuschlagen wollte, hielt ich ihre Hand fest. Sie hob die Linke. Ich fing auch den Schlag ab und ließ sie nicht mehr los.

»Sag, dass das nicht wahr ist, Julius! Sag mir, dass ihr nicht solche Ungeheuer seid!«

»Doch, es ist wahr«, erwiderte ich gefasst, während Amber wütend gegen meinen Griff ankämpfte.

»Dann kenne ich dich nicht mehr, Julius Lawhead, ich kenne dich nicht!«, schrie sie, und ich starrte auf die Tränen, die sich den Weg über ihre Wangen bahnten. In diesem Moment hasste sie mich. In diesem Moment hasste mich jeder in diesem kleinen Raum.

»Lass mich los, verdammt! Du tust mir weh!«

Amber hörte auf zu kämpfen, und ich löste meine Hände von ihren Gelenken. Meine Finger hinterließen rote Abdrücke.

Es gab keine Worte, die wiedergutmachen konnten, was gesagt worden war und getan werden musste. Ich ließ Amber stehen und ging an ihr vorbei zu Steven.

Er hatte die ganze Zeit über nicht aufgesehen oder sich auch nur bewegt. Christina strich ihm durch die blonden Locken.

»Brandon würde das bestimmt nicht wollen, Meister.«

»Du irrst dich, Chris. Dein Freund kennt unseren Plan, er akzeptiert Curtis' Entscheidung, und das solltet ihr auch tun.«

Die junge Unsterbliche starrte mich fassungslos an. »Brandon weiß davon?«

»Seit Tagen. Manche Erfahrungen ändern einen Mann.«

»Das kann nicht sein!«

»Fang nicht an, mit mir zu diskutieren«, befahl ich scharf.

Christina zog den Kopf ein und rückte von Steven ab. Sein Atem ging rasselnd und so schnell, dass ich nicht verstand, was er sagte. Vorsichtig schickte ich ihm von meiner Energie, bis er ruhiger wurde.

»Vater«, wimmerte er und meinte damit unser Clanoberhaupt Curtis. »Vater, Vater, Vater.« Immer wieder dieses eine Wort und darin lag Schmerz, Fassungslosigkeit und Enttäuschung gleichermaßen.

»Steven, beruhige dich. Dir wird nichts geschehen.«

Er hob den Kopf. »Was habe ich getan, dass er mich jetzt davonjagt, Julius? Ich habe doch nichts falsch gemacht, oder?«

»Nein, natürlich hast du nichts falsch gemacht. Es trifft immer die Jungen«, versuchte ich zu trösten. Ich wusste, was Steven falsch gemacht hatte. Aber er trug keine Schuld.

Der Meister hatte ihn verwandeln lassen, ohne ihn zu kennen, nur weil er seinem längst verstorbenen Sohn zum Verwechseln ähnlich sah. Nach anfänglicher Gunst hatte sich Curtis eingestehen müssen, dass Steven nicht wie Paul war. Er war kein Ritter, kein Edelmann und er wäre es auch vor sechshundert oder mehr Jahren nicht geworden. Steven war fröhlich, ein sanftmütiger, aufrichtiger Freund, aber kein Held. Ich strich Steven über den Rücken und versuchte seinen Schmerz nicht an mich heranzulassen.

»Warum hasst er mich nur so?«, klagte er. »Warum?«

»Er hasst dich nicht, aber du musst seine Entscheidung hinnehmen, er ist dein Herr.«

»Du willst auch, dass ich gehe, Julius?«

Ich schüttelte den Kopf. »Es spielt keine Rolle, was ich will. Ich habe geschworen, Brandon zu schützen.«

»Und was ist mit mir? Curtis hat mir das Gleiche geschworen!«

»Du bist nicht in Gefahr. Ich werde dabei sein, wenn du den Eid leistest. Alles wird nach den Regeln des Codex geschehen, der Eid wird dich schützen.«

»Und warum bleibt Brandon dann nicht einfach? Lass ihn dort bei Coe, er hat ihn gemacht!«

Ich drehte mich nach den anderen um. Amber war aus dem Wohnwagen gestürmt, aber ich fühlte ihre Wut, sie war ganz in der Nähe. Christina kauerte auf der Couch.

»Brandon ist Indianer, Steven. Für Coe ist er ein Mensch zweiter Klasse.«

»Na, dann wird er sich freuen, wenn er eine Rothaut gegen eine Schwuchtel eintauschen kann! Ihr schickt mich ausgerechnet zu einem rassistischen Bastard, Julius? Seid ihr wahnsinnig?«

Ich war erleichtert. Mit seiner Wut konnte ich besser umgehen als mit seiner Trauer. »Der Eid schützt dich. Brandon hat keinen Eid geleistet.«

»Das ist mir egal. Ich will bei Curtis bleiben, bei euch in L.A.!«

»Solche Dinge geschehen, Steven. So ist unsere Welt nun mal, und jetzt ist das Los auf dich gefallen. Curtis wird dich bestimmt zurückholen. Vielleicht ist es ja nur für einige Jahre, wer weiß.«

»Meinst du, er macht es wirklich?«

»Wer kennt die Zukunft, Steven?«

Steven wirkte etwas gefasster. Ich stand auf und wandte mich nach Christina um. »Coe erwartet uns.«

Mein Handy piepte. Es war die Nachricht von Curtis mit der Adresse der Zuflucht in Page. Ich streckte Steven meine Hand hin. »Komm, wir müssen los.«

Er sah zu mir auf, machte aber keine Anstalten, sich zu rühren.

»Ich fahre, auch wenn du hier sitzen bleibst.«

Steven atmete tief durch und erhob sich.

Christina öffnete die Wohnwagentür und ging voraus, wir folgten. Amber erwartete uns und starrte Steven ungläubig an. Der junge Vampir hatte sich gefangen und schien noch nicht einmal allzu wütend auf mich zu sein. »Steigt schon mal ein«, bat ich die beiden. Amber schirmte sich verbissen von mir ab und hielt die Siegel von ihrer Seite aus geschlossen.

»Dann ist es also aus?« Die Worte drohten mir die Kehle zuzuschnüren.

Amber nickte mit zusammengepressten Lippen.

»Ich wusste, dass du so reagieren würdest.«

»Du musst es nicht tun, Julius.«

»Ich werde den Austausch durchführen. Steven wird unglücklich sein, aber Coe muss ihn fair behandeln. Er kann ihn nicht quälen. Brandon stirbt, wenn er bei ihm bleiben muss, Steven wird leben.«

»Ich dachte, Steven sei dein Freund!«

»Steven ist mein Freund, und er wird es auf immer bleiben.«

Amber hielt die Arme verschränkt, ihr Körper bebte vor Wut. »Ich glaube das nicht! Wie kannst du nur so grausam sein? Du musst wirklich tot sein, Julius!«, spuckte sie mir entgegen. »Du hast kein Herz.«

»Ich kann nicht anders handeln. Ich habe ein Ehrenwort gegeben.«

Ich wusste nicht, was ich noch sagen sollte, nur dass ich Coes Zuflucht so schnell wie möglich erreichen und den Austausch hinter mich bringen wollte.

»Wir fahren nach Page und dann so schnell wie möglich zurück nach L.A. Ich denke, du musst uns trotz allem begleiten, Amber.«

KAPITEL 22

Sie erreichten den Ort, den Coe auf der Karte markiert hatte, nach einer knappen halben Stunde. Es war eine kleine Tankstelle, etwas abseits von der Bundesstraße. Brandon starrte teilnahmslos aus dem Fenster und kratzte hin und wieder über die Brandnarbe an seinem Hals, die nun endlich verheilte. Jede Erschütterung auf der Fahrt hatte ihn daran erinnert, was Coe und sein widerlicher Diener ihm angetan hatten. Er fuhr mit Darren und dessen Diener Benjamin im Wagen, die ihn nicht aus den Augen ließen. Coe hatte ihnen unsagbares Leid angedroht, sollten sie ihre Aufsichtspflicht verletzen und Brandon die Chance geben, wegzulaufen oder sich umzubringen.

Als sie auf der Rückseite der Tankstelle parkten, wurde Brandon klar, warum sie ausgerechnet hier jagen sollten. Auf einem kleinen Schild stand: JUDITH'S DINER. »Also, es läuft wie immer …« Darrens Worte drifteten an Brandon vorbei, bis er plötzlich einen schmerzhaften Schlag an der Kehle verspürte.

Augenblicklich war er hellwach, fletschte die Zähne und packte Darrens Diener am Hals. Dieser würgte überrascht und ließ sofort die Kette los. »Nie wieder«, drohte Brandon gefährlich ruhig, »oder ich reiß dir die Kehle raus, verstanden?«

»Ja«, keuchte Benjamin.

Dem Mann schien erst jetzt klarzuwerden, dass Brandon nicht einfach nur ein weiterer Leidensgenosse war, sondern ein Vampir, zweimal so alt und stark wie Darren.

»Was wolltest du sagen, Darren?«, fragte Brandon ruhiger.

»Wir teilen uns die Ausgänge, wenn jemand auftaucht oder abhauen will, schlägst du ihn nieder. Erinnerungen löschen wir, wenn Coe und seine Braut drinnen fertig sind. Wenn es denn welche zu löschen gibt.«

Wie früher, dachte Brandon bitter und entsann sich der zahllosen Nächte, in denen sie Angst, Schrecken und Tod verbreitet hatten.

Sie warteten einige Minuten. Menschen kamen und gingen, und Brandon beglückwünschte im Geiste jeden, der noch unbehelligt zu seinem Auto laufen und davonfahren konnte.

Dann erloschen die Lichter. Erst die an den Zapfsäulen und in der Nähe der Straße, Sekunden darauf die Parkplatzbeleuchtung.

Coe und Judith sprangen gleichzeitig aus dem Wagen und eilten auf das Gebäude zu, in dem als Einziges noch Licht brannte.

»Jetzt!«, kommandierte Darren. Brandon widersprach nicht. Es war Coes Wille. So schnell er konnte, war er am Haupteingang. Adrenalin flutete seinen Körper und drängte das Schamgefühl zur Seite. Selbst die schwere Kette, die hinter ihm herschleifte, war für einen Moment vergessen.

Brandon blieb in der halb geöffneten Tür stehen und klemmte sie mit dem Fuß fest, damit er die Außenanlage und die Räume gleichzeitig beobachten konnte.

Coe und Judith hatten noch nicht angefangen. Noch spielten sie mit ihren Opfern.

»Ich muss jetzt wirklich raus und mich um den Strom kümmern, Miss«, sagte der Kassierer gerade unsicher, während Judith ihm weiterhin Fragen über irgendwelche Sehenswürdigkeiten stellte, die auch nachts zu besichtigen waren.

Conway, der offensichtlich derjenige gewesen war, der das Stromproblem verursacht hatte, trat an Brandon vorbei in den Verkaufsraum. Im nächsten Augenblick brach die Hölle los.

Coe griff dem Kassierer ins Haar, riss ihn über die Theke, so dass seine Kehle bloß lag, und bot ihn Judith an. Diese schlug sofort zu, trank allenfalls ein, zwei Züge von dem schreienden Mann und reckte sich dann nach Coe, um ihn leidenschaftlich zu küssen.

In dem kleinen Raum brach Panik aus.

Ein junger Mann ließ seine Einkäufe fallen und floh zur Tür. Brandon sah ihn kommen, doch das panische Gesicht des Flüchtenden rührte ihn nicht. Er hatte seine Gefühle weit fortgeschickt. Die Zeit schien langsamer zu fließen, wie in Zeitlupe.

Während er mit einer Hand die Tür festhielt, fauchte er den Mann mit gebleckten Zähnen an. Als dieser geschockt in seinem Lauf innehielt, stieß er ihn einfach wieder zurück in den Laden. Ein Schaf wie die anderen, und das Schlachten hatte gerade erst begonnen.

Auf der Fahrt schwiegen wir die meiste Zeit über. Steven hielt sich tapfer und starrte aus dem Fenster.

Nach der halben Fahrtzeit bat mich Christina anzuhalten. Sie musste zur Toilette. Ich steuerte das Gespann an den Straßenrand und hielt in einer sandigen Ausbuchtung. Getränkedosen und zerbrochene Flaschen glänzten im Licht der Scheinwerfer. Nachdem Christina den Wagen verlassen hatte, warteten wir still auf ihre Rückkehr.

Dann fühlte ich plötzlich, wie etwas an meinem Innersten zerrte. Brandon!

Zum Glück standen wir, sonst hätte ich den Wagen womöglich wieder in einen Graben gesteuert. Ich öffnete mich, und dann erschienen die Bilder, schreckliche Bilder.

Blut. Blutende Menschen, Männer und Frauen mit zerrissenen Kehlen.

Brandons Hunger infizierte mich wie ein heftiges Fieber. Ich roch, was er roch, empfand, was er empfand. Blutrausch, Gier. Ich hörte Schüsse, Schreie und Coes Befehl, niemanden am Leben zu lassen.

»Wo seid ihr, Brandon?«

»Kurz vor Page, ein kleiner Laden, Tankstelle.«

Jemand stieß Brandon vorwärts, und dann stürzte er sich auf ein schreiendes Mädchen. Bevor er zubiss, riss er seine Schilde hoch und katapultierte mich aus seinem Verstand.

Keuchend kam ich wieder zu mir und presste meinen Rücken in den Autositz. Im gleichen Moment kehrte Christina zurück. Mein Herz hämmerte so wild, dass ich glaubte, meine Brust würde zerspringen. Ich rang nach Atem, konnte nicht genug Luft bekommen.

»Was ist los? Du hast nach Brandon gerufen«, fragte Amber.

Ich schüttelte den Kopf und versuchte mich zu beruhigen. Die anderen Vampire rochen den Hunger und die Jagdlust, die die Bilder in mir ausgelöst hatten. Steven und Christina tauschten einen Blick und schwiegen.

»Es ist nichts«, antwortete ich. »Nur eine Erinnerung an gestern, als er dich angegriffen hat.«

Diesmal ließ Amber meine Worte im Raum stehen.

Als der Adrenalinschub abklang, startete ich den Wagen

und lenkte uns zurück auf die Straße. Unablässig hielt ich Ausschau nach einem Gebäude, das aussah wie das in Brandons Gedanken. Wir waren noch meilenweit entfernt, aber ich war zu aufgewühlt, um es nicht zu tun.

Brandon hatte mir die Bilder aus einem bestimmten Grund geschickt. Ich konnte das Verbrechen, das dort geschah, nicht mehr aufhalten, aber es war etwas, womit ich Coe vor dem Rat anklagen konnte. Auf eine Jagd, wie sie in diesen Augenblicken nicht weit von uns geschah, stand der Tod.

Ich blickte mich nach Steven um. Vielleicht musste er doch nicht an Brandons Stelle treten. Aber wenn Coe tatsächlich verurteilt wurde, würde es noch Tage dauern, bis wir Brandon befreien konnten. Das war Zeit, die Brandon nicht hatte.

Ich beschloss, den Tausch durchzuführen. Wir mussten Coe in dem Glauben lassen, dass alles in Ordnung war. Steven würde die paar Tage in seiner Obhut irgendwie durchstehen. Trotzdem durfte er nicht erfahren, was ich vorhatte. Weder er noch Christina waren in der Lage, ihre Gedanken vor einem Meistervampir zu verbergen.

Ich hätte Steven gerne Hoffnung gemacht, aber es ging nicht.

Sechs Meilen vor dem Ortseingang schälte sich ein kleines Gebäude aus der Dunkelheit. Es war eine Tankstelle wie die in Brandons Gedanken. Drei Zapfsäulen standen davor und sahen aus, als seien sie einem alten Film entsprungen. Die Leuchtreklame über dem Lädchen war kaputt.

Ich fuhr langsamer und ließ das Fenster hinunter. Die Nachtluft bestätigte meine Vermutung. Es roch nach Blut und Angst. Coes Camarilla war noch vor kurzem hier gewesen.

»Ihr wartet im Auto«, befahl ich knapp, lenkte das Gespann auf den Parkplatz und schaltete den Motor aus. Keine

Menschenseele weit und breit. Zwei Fahrzeuge parkten vor dem Eingang; ihre Besitzer würden sie wohl nicht wieder abholen. Bestimmt waren die Leute in dem Laden.

Ich stieg aus, rannte ein Stück und erreichte die Tür. Vorsichtig schob ich sie auf und lugte hinein. Im Mondlicht glänzte eine schwarze Blutlache, dick wie vergossenes Öl. Ich machte einen großen Schritt darüber weg und schloss die Tür hinter mir. Der Geruch kitzelte meinen Hunger wach. Ich konnte nichts dagegen tun. Ich stützte mich an der Wand ab und fasste in etwas Glitschiges. Angeekelt riss ich meine Hand weg.

Der Angstgeruch vieler Menschen schärfte meine Sinne.

Ich sah alles überdeutlich. Die Fächer mit den Auslagen waren allesamt umgestürzt und lagen wild durcheinander. Verrenkte Gliedmaßen ragten aus Zeitschriften und Schokoriegeln. Ein Kopf war zwischen Konservendosen gerollt. Zerfetzte Muskeln ragten aus offener Haut, Halswirbel glänzten weiß und sauber. Auf den ersten Blick konnte ich nicht erkennen, wie viele Leichen es waren. Vier, vielleicht auch acht, dazu hätte man die zerrissenen Körper zusammenlegen müssen.

Mein Herz hämmerte bis zum Hals. Das hier war der Beweis gegen Coe, den ich brauchte. Aber ich wünschte, es wäre ein einzelner, sauberer Mord gewesen, kein Schlachtfest.

Ich konnte nur hoffen, dass die Menschen bereits tot gewesen waren, bevor Coe und seine Leute ihre Körper zur Unkenntlichkeit zerrissen hatten. Wenn die Polizei dieses Massaker entdeckte, würde nicht einer an Vampire denken. Keines der Opfer besaß noch eine Kehle. Es sah aus, als hätte ein Verrückter mit einer Schrotflinte um sich geschossen, und ich war mir ziemlich sicher, dass Coe auf diese Weise die Spuren verwischt hatte. Es reichte, um Menschen an der Nase herumzuführen, aber Vampire ließen sich nicht so einfach täuschen. Ich konnte sie riechen, Coe und all die anderen!

Jetzt hatte ich eine Handhabe gegen Coe, mir fehlte nur noch die Erlaubnis aus Phoenix. Ich nahm mein Handy und wählte die eingespeicherte Nummer, die man mir für Nachfragen gegeben hatte. Während ich mit irgendeiner freundlichen Frau sprach und bat, zu Kangra durchgestellt zu werden, lief ich durch den kleinen Laden. Um zu den Fenstern zu gelangen, musste ich über verstreute Lebensmittel und Leichenteile hinwegsteigen. Dieser Tatort durfte auf keinen Fall zu früh gefunden werden. Zum Glück befanden sich Jalousien an den Fenstern. Ich ließ alle hinunter und drehte auch das Schild an der Eingangstür auf CLOSED.

Eine nervige Melodie dudelte, während ich auf den Ratsherren von Phoenix wartete. Ich hatte Dominik Kangras Worte im Gerichtssaal nicht vergessen. Auch er wollte Coe am liebsten tot sehen, hatte er gesagt. Ich hatte Vertrauen zu Kangra.

»Ja?«, meldete er sich endlich.

»Hier spricht Julius Lawhead.«

»Mr Lawhead, wie schön von Ihnen zu hören. Womit kann ich helfen?«

»Ich stehe gerade in einem kleinen Laden, einer Tankstelle kurz vor Page. Hier liegen mindestens vier oder fünf tote Menschen. Es ist ein Massaker. Coe hat hier gejagt.«

Ich hörte den Vampir am anderen Ende der Leitung tief Luft holen.

Neben der Tür gab es einen Lichtschalter. Helligkeit flutete den Raum. Ich kniff die Augen zusammen und wünschte mir, ich hätte den Schalter Schalter sein lassen.

Das kalte Licht ließ das Blut grell und falsch wirken. Stellen, an denen ich zuvor nur dunkle Schatten ausgemacht hatte, entpuppten sich als weitere Lachen.

Erst jetzt fiel mir auf, dass ich mich bislang nur im

Hauptraum umgeschaut hatte. Mit weichen Knien durchquerte ich ihn noch einmal. Der Kassierer lag weit über den Tresen gebeugt. Die linke Gesichtshälfte fehlte. Blut und helle weiche Stücke verteilten sich auf einer altmodischen Kasse und tropften zäh auf den Boden.

»Kangra, sind Sie noch da?«, fragte ich.

»Ja, ich überlege. Ich weiß, was Sie sich von mir wünschen, Mr Lawhead, einen Freibrief für Coes Hinrichtung, aber das kann ich nicht tun. Er ist ein sehr alter Meister, nicht irgendein kleiner Blutsauger, der über die Stränge geschlagen hat.«

Ich betrat den kleinen Hinterraum und mir stockte der Atem. Was ich entdeckte, übertraf meine schlimmsten Befürchtungen. Kinder! Der seltsam verdrehte Körper eines kleinen Jungen lag unter einem niedrigen Esstisch. Der Größe nach zu urteilen, war er nicht älter als fünf Jahre alt gewesen.

Hier roch ich nur Coe.

Das war zu viel. Ich presste eine Hand auf den Mund und lief zu einem kleinen Waschbecken. Bittere Galle und Blut fanden ihren Weg in das weiße Porzellan. Ich hustete und würgte und konnte nicht mehr aufhören. Klebriger Schweiß trat auf meine Stirn.

»Mr Lawhead? Hallo?«

Ich hielt das Telefon in der ausgestreckten Hand von mir. »Einen Moment«, brachte ich hervor und drehte den Wasserhahn an. Ich wusch das Erbrochene fort, während mein Körper noch immer von Krämpfen geschüttelt wurde. Nachdem ich mir auch den Mund ausgespült hatte, wurde es langsam wieder besser.

»So schlimm?«, fragte der Meister.

»Ja. Er hat kleine Kinder getötet.« Den blonden Schopf eines Mädchens, den ich hinter einer Vorratskiste hervorragen sah, wollte ich nicht mehr genauer unter die Lupe nehmen.

»Was soll jetzt geschehen? Ich treffe mich gleich mit Coe, um Steven Brenton an Flying Crows Stelle zu setzen.«

»Sie werden so tun, als hätten Sie keine Ahnung von dem Massaker. Ich schicke meine Jägerin und Vertreter von zwei weiteren Clans zur Tankstelle. Sie müssen Ihre Aussage bestätigen. Sobald der Rat ein Urteil gefällt hat, lasse ich es Sie wissen.«

»Das kann nicht wahr sein!«, sagte ich verzweifelt, »Ich habe doch alles direkt hier vor mir.«

»Es ist das vorgeschriebene Verfahren.«

»Aber ich sehe ihn heute Abend!«

»Dann verschieben Sie Ihren Termin, bis das Urteil gefällt ist. Nathaniel Coe ist ein Meister mit einem großen Territorium, ich kann ihn nicht ohne Beweise zum Tode verurteilen. Schicken Sie mir Bilder und den Standort, ich werde versuchen, den Prozess so weit es geht zu beschleunigen.«

»Danke«, antwortete ich und versuchte mich wieder zu sammeln.

»Tun Sie alles dafür, dass die Polizei den Tatort nicht bemerkt. Es tut mir leid für Ihren jungen Vampir, Mr Lawhead. Ich habe Steven als sehr angenehm empfunden.«

Der Meister legte auf, und ich tat, wie mir geheißen.

Vorsichtig lief ich Richtung Eingang und knipste die Leichen mit meinem Handy, als sei ich ein Schaulustiger. Am Tresen durchsuchte ich Schubladen und Fächer. Ich fand einen Revolver und Geld und ließ beides unangetastet. Was ich brauchte, war der Schlüssel zur Fronttür. Die Hosentasche des toten Verkäufers beulte sich. Ich griff hinein und da war er.

Die Leiche war noch warm. Vielleicht ein, zwei Grad kälter als üblich. Wir waren nicht mal eine Stunde, nachdem Coe diesem Schlachthaus den Rücken gekehrt hatte, angekommen.

Sie mussten sich hier eine ganze Zeit aufgehalten haben. Zum ersten Mal fragte ich mich, wie es Brandon dabei ergangen war. Hatte er Coe auch früher bei solchen Jagden begleiten müssen? Dann fielen mir die Farmersfamilien ein, die er erwähnte, als er mir vor einiger Zeit von seinen ersten Jahren bei seinem Schöpfer erzählt hatte. Das hier war genau Coes Jagdmuster, aber offensichtlich tat er es nur noch selten. Solche Massaker konnten heute nur schwer vertuscht werden und landeten fast immer in den Medien. Ich fragte mich, wie viele der so genannten Familientragödien in dieser Region auf das Konto des Meistervampirs gingen. Aber jetzt war damit ein für alle Mal Schluss!

Ich schaltete das Licht aus und verließ den Ort des Schreckens. Auf dem Boden hinterließ ich blutige Fußspuren. Sorgfältig putzte ich mir die Schuhe an einer Matte ab und trat hinaus. Sofort fühlte ich die Blicke der Meinen auf mir ruhen. Ich schloss die Tür ab und warf den Schlüssel unauffällig fort.

Auf dem Weg zurück zum Auto schickte ich die Fotos an eine Adresse, die mir Kangra genannt hatte. Steven kletterte aus dem Dodge, sobald er mich erblickt hatte.

»Was ist da los? Warum warst du so lange da drin?«

»Steig ein, Steven.«

»Ich rieche es doch!«, flüsterte er.

»Steig ein und kein Wort darüber!«

Er gehorchte. Ich ließ mich auf den Fahrersitz fallen und startete den Wagen. Alle starrten mich an.

»Ein Raubüberfall«, sagte ich knapp. »Es sind Leute erschossen worden.«

Amber setzte sich aufrecht hin. »Du hast die Leichen angefasst?«, fragte sie ungläubig.

»Ich musste doch nachprüfen, ob noch jemand am Leben war.«

Chris und Steven wussten, dass es eine Lüge war, aber mir war egal, was sie dachten.

»Wir müssen die Polizei rufen!« Amber begann in ihrer Tasche zu kramen. Sie nahm ihr Handy heraus, doch ich legte meine Hand auf ihre.

»Ich habe den Überfall bereits gemeldet, mit wem sollte ich denn sonst gerade telefoniert haben.«

»Und? Wann sind sie hier?« Sie zog ihre Hand weg.

»Bald, aber wir warten nicht.« Ich trat aufs Gas. Die Räder drehten kurz durch, dann griff der Allradantrieb und wir schossen auf die Straße.

Die Bilder von dem Blutbad gingen mir nicht so schnell aus dem Kopf, aber Coe durfte nichts erfahren. Ich musste meine Gedanken abschirmen, so gut ich konnte. Der einzige Trost war mir, dass Stevens Aufenthalt bei ihm nur kurz sein würde. Einen Tag, vielleicht zwei. Die konnte er ohne Schaden überstehen, ganz sicher.

KAPITEL 23

Sie hatten es wieder getan, direkt nach der Rückkehr zur Zuflucht, während Judith badete und all das unschuldige Blut vom Körper wusch.

Als Coe und sein Diener Brandons Körper schändeten, driftete sein Verstand weit, weit fort. Abgeschottet von Schande und Schmerz feierte er bitteren Triumph. Rache! Er schwelgte in ihr. Brandon hatte einen Stein losgetreten, der eine unaufhaltsame Lawine ins Rollen bringen würde, die jeden unter sich begrub.

Es war nur noch eine Frage der Zeit, bis ein Jäger kam

und sie alle töten würde für die Morde in der Tankstelle. Coe, Judith, Darren, ihn selbst und die Diener mit ihnen. Und Julius würde alles in die Wege leiten.

Coe hatte Brandon befohlen, das Videoband zu vernichten, das zu der veralteten Sicherheitskamera der Tankstelle gehört hatte, und Brandon hatte es vor seinen Augen getan, doch es war das falsche Video gewesen. Niemand hatte ihn zuvor dabei beobachtet, wie er das kleine Büro durchsucht und ein anderes Band aus dem Regal genommen hatte. Den Rekorder hatte er nicht angerührt.

Jetzt war Coe überführt.

Und er, Brandon, würde nicht mehr lange mit der Schande existieren müssen. Wenn der Jäger kam, würde er nicht kämpfen, er würde erlöst werden und all die Qual und Erniedrigung wären nicht mehr.

Das nächste Leben wartete bereits auf ihn.

Wie durch einen dichten Schleier nahm Brandon wahr, dass sie ihn wieder ins Bad schickten, ihm erneut Kleidung brachten, die nicht nach dem Blut der Menschen und seiner eigenen Schande roch. Dann erschienen Darren und sein Diener Benjamin. Er folgte ihnen in einen Raum, vollgestopft mit glasäugigen Gespenstern. Dort kettete ihn Benjamin an und er tat es auch mit Darren, seinem eigenen Vampir, dann ließ er sie allein.

Brandon rollte sich zusammen und schloss die Augen. Er wollte nur noch warten, warten und schlafen, bis der Tod ihn erlöste.

Da ertönten Stimmen aus dem Nebenraum.

Judith, die zornig ihren Meister beschimpfte, wegen dem, was er mit Brandon getan hatte, und dem, was er mit ihr nicht tat.

Sie stampfte mit ihren kleinen Füßen auf, und dann sagte Coe leise, freundliche Dinge zu ihr, bis sie schwieg.

»Ich habe eine Überraschung für dich«, verkündete er.

»Eine Überraschung? Wo? Was?« Judith schien sich schnell besänftigen zu lassen.

»Er kommt heute Abend her.«

»Wer?« Ihrer Stimme nach schien sie die Aussicht auf einen weiteren Vampir alles andere als zu begrüßen. »Kein Indianer, oder?«

»Nein. Ein netter junger Mann. Er könnte unser Sohn sein.«

Judith jauchzte und flüsterte etwas.

»Natürlich«, erwiderte Coe, »Ich will es mir doch nicht auf Dauer mit meiner geliebten Ehefrau verderben.«

»Vielleicht geben wir ihm einen neuen Namen«, sagte sie lachend. »Steven, das klingt doch nicht schön.«

Wir fuhren über eine Kuppe, und dann öffnete sich die Landschaft mit einem Mal. Eine schier endlose Ebene breitete sich vor uns aus. Das Land war flach wie ein Tisch, hier und da ragten kleine Tafelberge auf, als hätte sie jemand dort abgelegt und vergessen. Irgendwo dort lag der Ort Page und direkt dahinter der riesige künstliche Stausee Lake Powell. Drei Schornsteine des Navajo Power Plant, eines gewaltigen Kohlekraftwerks, blinkten warnend in die Dunkelheit.

Im Auto war es still geworden. Nur die unpersönliche Computerstimme des Navi meldete sich hin und wieder zu Wort.

Wir passierten das Ortseingangsschild, folgten der Straße vorbei an großen Einkaufzentren, bis sie einen Knick nach links machte und wir die gewaltige Staumauer des Glen Canyon Dam überquerten. Schilder dirigierten zu dem Naherholungsgebiet am See und verwiesen auf Campingplätze und Trailerparks.

Die blecherne Computerstimme lenkte uns weiter einen Berg hinauf und dann rechts ab auf einen kleinen Pfad zurück zum See. Ich sah in den Rückspiegel.

Steven starrte aus dem Fenster, wie eigentlich schon die ganze Fahrt über. Jetzt klammerte sich sein Blick an die Schönheit der großen Wasserfläche, in der sich der Sternenhimmel spiegelte. Ich konnte nur ahnen, was in ihm vorging.

Dass er so klaglos sein Schicksal akzeptierte, ließ in mir große Achtung wachsen. Der kindliche Steven war stärker, als ich dachte, womöglich stärker, als ich es an seiner Stelle gewesen wäre.

Der Schotterweg machte eine scharfe Kurve. Ich drosselte das Tempo und steuerte vorsichtiger. Zerklüftete Felsen ragten neben uns auf, zur Rechten fiel der Hang steil ab. Die Straße war gerade breit genug für ein Fahrzeug. Als ich zu zweifeln begann, ob wir überhaupt richtig waren, schälte sich plötzlich eine weiße Mauer aus der Dunkelheit. In der Mitte wölbte sie sich zu einem Bogen, in dem ein schmiedeeisernes Tor eingelassen war.

Steven schluckte laut.

Amber sah mich an. »Nicht, Julius, bitte.«

Ich verlangsamte die Fahrt, schüttelte aber den Kopf. Kein Zurück. Vor allem nicht, da ich um Coes baldige Vernichtung wusste.

»Wir finden einen anderen Weg. Wenn wir jetzt umdrehen, ist alles vergeben und vergessen, Julius, bitte«, flehte Amber noch einmal.

»Du könntest nie vergessen, Amber.«

An der Einfahrt wurden wir von einem Wachmann empfangen. Er öffnete das Tor und winkte uns durch.

Hinter den Mauern erwartete uns ein grünes Paradies.

Der Stausee bot genug Wasser, um große Rasenflächen, Palmen und riesige Blumenbeete zu bewässern. Aus all dem Grün erhob sich ein herrschaftliches Anwesen, weiß getüncht und zweigeschossig. Über der Eingangstür prangte ein gemaltes Wappen. Zwei verschlungene Buchstaben, Coes Zeichen, das er auch Brandon eingebrannt hatte. Willkommen im Alptraum.

Ein weiter kreisrunder Hof mit einem Brunnen in der Mitte nahm den Platz vor der Villa ein. Ich parkte direkt vor den breiten Stufen, die zum Portal hinaufführten.

Ein Paar wartete bereits auf uns. Coe und Judith.

Erst jetzt fiel mir ein, dass Coe wahrscheinlich nichts von Ambers Rettung wusste, aber er würde keine Zeit mehr haben, seinen Zorn darüber an Brandon auszulassen, dafür würde ich sorgen.

Ich stellte den Motor ab.

»Amber, willst du hier warten?«

»Auf keinen Fall.«

Das war klar und deutlich. Ich stieg aus und lief zum Wohnwagen. In größter Eile wusch ich mir noch einmal die Hände mit stark riechender Seife und nahm die Urkunden aus dem Sekretär. Zurück im Hof ging ich zu Steven. Er richtete seinen verlorenen Blick auf mich und die Papiere in meiner Hand.

»Du verkaufst mich, als sei ich eine Sache«, sagte er leise.

»Gib die Hoffnung nicht so schnell auf, Steven. Curtis wird versuchen, dich zurückzuholen, und wenn er es nicht tut, mache ich es.«

»Das würdest du tun?«

»Ja, Steven.«

Ich legte ihm eine Hand auf die Schulter und schob ihn sanft vorwärts. Zögernd setzte er einen Fuß auf die Treppe und blickte zu seinem zukünftigen Meister hinauf. Coe und

Judith hatten sich herausgeputzt. Die beiden wirkten wie einem Kostümfilm entsprungen. Die Monster, die sie waren, erkannte man nicht.

Judith hatte ein dunkelblaues Kleid gewählt, dessen Rock sie wie eine Glocke umschwebte. Ihr flachsblondes Haar ringelte sich auf ihre Schultern. Coe trug einen dunkelbraunen Anzug mit passender Weste und einem Einstecktuch in der Farbe von Judiths Kleid. Perfekten Abschluss bot ein heller Cowboyhut.

»Oh Gott«, stöhnte Steven leise.

Coe machte keinen Hehl daraus, dass Steven ihm ausnehmend gut gefiel, zu gut für meinen Geschmack, aber auch Judith lächelte und knickste höflich.

»Willkommen in meinem Heim«, dröhnte Coe, dann fiel sein Blick auf Amber und sein Lächeln erstarb. Er fing sich schnell und streckte mir die Hand entgegen. »Mr Lawhead.«

Ich schüttelte seine Hand. »Mr Coe, das ist Steven Brenton.«

Der Meister gab auch meinem Freund die Hand und berührte mit der Linken seine Schulter, ohne Zweifel eine freundliche Geste. »Mr Brenton, Steven, willkommen in meinem Heim. Wenn alles läuft wie gewünscht, bald auch ein Willkommen in unserer kleinen Familie. Das ist Judith, meine Frau.«

Steven hauchte der Vampirin brav einen Kuss über die Hand, und ich fühlte, wie seine Anspannung schwand.

»Kommen Sie doch rein, bitte«, säuselte Judith.

Der schwarze Diener Benjamin, von dem ich beim letzten Zusammentreffen unfreiwillig gekostet hatte, hielt uns die Tür auf.

Wir durchquerten einen langen Flur. Die Wände waren mit kostbaren, dunklen Hölzern verkleidet, hier und da prangte ein Ölgemälde im Westernsujet. Der Hauptsitz der

Coes wies insgesamt wesentlich mehr Klasse auf als das alte Blockhaus in Cameron. Es war vielleicht nicht geschmackvoll, aber auf jeden Fall repräsentativ.

Hier rief er seine Vampire zusammen, die in kleinen Gruppen in der Stadt Page und den weitverzweigten Ortschaften um den Lake Powell lebten.

Amber ging schweigend neben mir und starrte auf Stevens Rücken.

Judith hatte sich bei dem jungen Vampir untergehakt und flüsterte ihm etwas ins Ohr. Wir gelangten in ein Wohnzimmer. Coe wies auf eine Sitzgruppe aus schweren, dunklen Ledersofas und hieß uns Platz nehmen.

»Meister Leonhardt sagte mir, dass Sie über sämtliche Papiere verfügen, die für unsere kleine Transaktion vonnöten sind; kann ich sie sehen, bitte?«

Ich reichte ihm die Ledermappe mit den Urkunden.

Steven blickte mich flehentlich an. Seine blauen Augen schienen zerbrechlich wie Glas.

Ich wandte den Kopf ab und hatte plötzlich das Gefühl, nicht schlucken zu können. Mein Mund war trocken. Christina musterte ungeduldig jedes Detail im Zimmer, und wir alle lauschten darauf, wie Nathaniel Coe durch die Seiten des Vertrages blätterte.

Der Meister drehte dabei unentwegt die Enden seines Schnurrbartes zusammen. Ich musste mich anstrengen, nicht auf seine verbrannten Finger zu starren. An seiner Rechten prangte sein Siegelring mit dem wohlbekannten Wappen. Ich schluckte meine Emotionen, wurde kalt und leer.

»Da blcibt für mich wenig zu tun«, erklärte Coe nach einer kleinen Ewigkeit. »Siegeln und unterschreiben.«

Er schaute auf. Im gleichen Moment fühlte ich seine Energie hervorschnellen. Sie war zielgerichtet wie ein Pfeil und traf Benjamin, der abwartend neben der Tür gestanden hatte. Der Mann zuckte zusammen und eilte ohne einen Laut davon.

»Bevor Sie den Vertrag gegenzeichnen, will ich Brandon sehen. Der Austausch findet gleichzeitig statt, und ich werde als Zeuge zugegen sein, wenn Sie Steven den Eid abnehmen.«

»Oh, da kommt das Kleingedruckte«, lachte Coe und schlug Steven kumpelhaft auf die Schulter. »Ich hoffe, der Junge ist den Aufwand wert. Bist du es wert, Steven Brenton?«

Steven drehte sich erschrocken zu mir, aber ich konnte ihm nicht sagen, was er antworten sollte. »Ich hoffe es«, meinte er schließlich, »ich hoffe, dass ich Ihren Vorstellungen entsprechen kann. Ich werde mir große Mühe geben, Mr Coe.«

»Für dich Nathaniel, du gehörst ja jetzt zur Familie und keine Angst, wir beißen nicht.«

Das war ein schlechter Scherz für einen Vampir, aber Judith kicherte und auch Coe lachte über seinen großartigen Einfall.

In diesem Moment betrat Conway den Raum. Er war gekleidet wie ein Vorzeige-Cowboy, mit verziertem roten Hemd, Binder und silberbeschlagenen Stiefeln. Coe winkte ihn heran und stellte ihm Steven vor. Die beiden schüttelten sich die Hand. Auch der Diener des Meisters war von Ambers Anwesenheit überrascht. »Ich bin erstaunt, Sie bei so guter Gesundheit zu sehen, Miss Connan«, brummte er.

»So leicht sterbe ich nicht«, fauchte sie.

»Schön für Sie«, gab Conway zurück und grinste.

Amber verzichtete auf eine Antwort.

Ich war erleichtert und hätte beinahe Benjamin übersehen, der Coe Füller, Urkunde und Siegelwachs brachte.

»Holst du ihn bitte her, Conway«, sagte Coe und stand auf. »Der Indianer ist gleich nebenan.«

Ich erhob mich und folgte einige Schritte. Nicht dass Brandon auf den letzten Metern noch etwas geschah. Zuzutrauen war es Coe.

Conway öffnete eine zweiflügelige Tür und stieß sie so weit auf, dass ich gut in den Nachbarraum blicken konnte. An der Kopfseite stand ein mächtiger Sessel, fast schon ein Thron. An den Wänden dahinter hingen die Köpfe von Jagdtrophäen und zu beiden Seiten kauerte eine Gestalt. Darren und Brandon!

Conway lief auf den Indianer zu. Brandons Kopf ruckte hoch, blankes Entsetzen in seinem Blick. Er stolperte zurück, bis sich die Kette an seinem Hals spannte. Darren, der auf der anderen Seite des Throns hockte, betrachtete seinen Leidensgenossen neidisch. Conway ließ sich von Brandons sinnlosen Fluchtversuchen nicht aus der Ruhe bringen. Er zog einen Schlüssel aus der Hosentasche und öffnete damit eine Halterung neben dem Sessel. Die Kette war straff gespannt.

Coes Diener konnte das Schloss nicht öffnen, er fluchte und gab dem Gefangenen einen leisen Befehl, aber erst als er an der Kette riss, kam Brandon näher.

Am liebsten wäre ich dazwischengegangen und hätte Conway davongejagt, aber diese Blöße durfte ich mir vor Coe nicht geben. So wartete ich ungeduldig und bat Amber still, sich um Christina zu kümmern. Sie konnte ihren Geliebten von ihrem Sitzplatz zum Glück nicht sehen.

Schließlich brachte Conway Brandon zu uns. Sobald er Coe gegenüberstand, schrie der Indianer auf und versuchte noch einmal davonzulaufen. Aber der Diener hatte die Reaktion geahnt. Er hielt die Kette mit beiden Händen und gab ihr einen kurzen Ruck, direkt bevor Brandon das Ende erreicht hatte. Der verharrte röchelnd und presste beide Hände auf die Kehle.

»Das reicht!«, sagte ich scharf.

Conway zuckte mit den Schultern und grinste breit. Er zog wieder an der Kette, und diesmal taumelte Brandon mit aufgerissenen Augen zu ihm.

Was war da nur los? Eigentlich sah Brandon viel besser aus als bei unserer letzten Begegnung. Dem äußeren Anschein nach war Coe pfleglich mit ihm umgegangen. Brandon trug eine neue Jeans und ein weißes Hemd, und ich konnte keine frischen Wunden entdecken. Sogar seine Haare waren gekämmt.

Trotzdem, etwas stimmte da ganz und gar nicht. Es waren seine Augen. Erst dachte ich, das Massaker in der Tankstelle hätte ihn derart mitgenommen, doch das war es nicht. Es war Coe, Coe und auch sein Diener. Womöglich hatte sich der Meister darauf verlegt, ihn durch Magie zu foltern.

Conway war neben diesem stehen geblieben.

Brandon hielt Abstand, so weit die Kette es zuließ. Er schien weder mich noch einen der anderen zu erkennen. Kamen wir zu spät?

»Was ist mit ihm?«, flüsterte Christina.

Amber hielt ihre Freundin im Arm und sprach leise auf sie ein.

»In welcher Reihenfolge hätten Sie es gern?«, fragte Coe.

Ich starrte ihn einen Moment an, dann fing ich mich wieder. »Sie unterzeichnen den Vertrag für Brandon, Steven leistet seinen Eid, ich zeichne beides gegen und wir tauschen.«

»Das klingt fair.« Er ging zum Tisch und setzte Unterschrift und Siegel auf Brandons Vertrag. Ich las ihn kurz durch. Als ich nichts Falsches daran fand, reichte ich ihn an Amber weiter.

Dann war Steven an der Reihe. Seine Angst grenzte an Panik. Er starrte Brandon an. Der Mann, den er bis vor wenigen Tagen als stolz und unnahbar gekannt hatte, stand jetzt gebrochen vor ihm und erkannte nicht einmal mehr seine eigenen Freunde.

Ich trat zu Steven und versuchte ihn zu beruhigen.

»Lasst mich nicht hier, lasst mich nicht hier, bitte, bitte«, wiederholte er leise.

Ich versuchte ihn zum Vorwärtsgehen zu bewegen, aber er sträubte sich. Um alles in der Welt wollte ich vermeiden Gewalt einzusetzen.

»Was hat der Junge denn? Steven, willst du nicht mit uns leben? Mit mir und Judith?«, fragte Coe verständnislos.

»Er fürchtet, dass Sie ihn wie Brandon behandeln«, antwortete ich offen.

Coe breitete die Arme aus und schritt auf uns zu. »Aber das ist doch Unsinn«, lachte er. Mit einem Mal war die Luft voller Magie, schmeichelnd und zärtlich.

Und Coe war gut.

Steven löste sich von mir und strebte auf ihn zu. Ich trat zur Seite, wich der Kraft aus und sah zu Amber. Sie verstand nicht, was da geschah. Im Gegensatz zu mir konnte sie die Magie kaum fühlen. Sie hätte mehr bemerkt, wenn ich die Siegel nicht so krampfhaft geschlossen gehalten hätte.

Ich stellte mich neben Steven, der vor Coe stehen geblieben war und den Meister nun erwartungsvoll anblickte.

»Knie nieder, Steven«, flüsterte ich ihm zu, und er ließ sich in einer fließenden Bewegung auf die Knie gleiten.

Judith reichte mir die Urkunde, mit der Curtis seinen Schützling aus der Obhut entließ. Ich hielt sie Steven hin. »Leg eine Hand darauf und schau mich an.«

Er folgte meiner Bitte ohne Zögern. Die Magie des alten Eides mit Curtis und den Leonhardt entflammte zum Leben. Sie erkannte das Siegel der Urkunde und durchwirkte den Bund, den Steven einst mit unserem Meister geschlossen hatte.

»Ich, Julius Lawhead, stehe vor dir an deines Meisters Stelle. Im Namen Curtis Leonhardts löse ich die alten Bande und gebe dich in die Hände deines neuen Meisters Nathaniel Coe. Nun schwöre ihm.«

Mit dem Papier in der Hand trat ich zur Seite. Wie ein schwaches, elektrisches Prickeln huschten Reste des Zaubers über die Urkunde, dann waren sie fort für immer.

»Die Coe zum Zeugen«, rief der Clanherr feierlich. Conway ließ Brandons Kette fallen und ging zu seinem Herrn, Judith nahm ebenfalls Aufstellung.

»Die Leonhardt zum Zeugen«, sagte ich und postierte mich Judith gegenüber. Christina folgte meinem wortlosen Ruf und trat neben mich. Ich wusste, dass Amber sich weigern würde, und so bat ich sie nicht hinzu.

Die Magie wuchs durch unseren Willen. Wir riefen sie herbei und sie kam, um zwischen Steven und Coe einen unverbrüchlichen Pakt zu schmieden. Der Meister gelobte Schutz und Schirm und der junge Vampir seine Treue. Der Eid wich kein einziges Wort vom Codex ab. Steven war sicher.

Während die heiligen Sätze gesprochen wurden, blickte ich immer wieder zu Brandon. Er rührte sich nicht. Wirkte wie versteinert und schien nichts von dem mitzubekommen, was um ihn herum geschah. Die schwere Kette hing über seine Brust und ringelte sich zu seinen Füßen.

Die Magie steigerte sich, als Steven seine Zähne in Coes Handgelenk bohrte, und riss mich mit einem Schlag aus meinen Gedanken. Das Blut schlug die letzte Brücke. Coe blickte zufrieden auf seinen neuen Schützling hinab und tätschelte ihm den blonden Lockenkopf, dann half er ihm aufzustehen.

Mit dem formalen Kuss besiegelten beide den Schwur. Jetzt gehörte Steven zu Coes Clan und nicht mehr zu uns.

Er war noch ganz benommen von der Magie des Eides und dem großzügigen Blutgeschenk, das er erhalten hatte. Judith schloss ihn in die Arme und herzte ihn.

Coe war nüchterner. Er zupfte sein Einstecktuch aus der Weste und wischte sich damit das Handgelenk sauber. Die Wunde war bereits verheilt. Dann unterzeichnete er die Urkunden, und auch ich setzte meinen Namen und Siegel darunter. Als das geschehen war, gab er Brandon einen Wink.

»Heb deine Kette auf und geh zu deinem neuen Herrn.«

»Gibt es keinen Lösungsspruch?«, fragte ich.

»Nein, das ist nicht nötig.«

Brandon rührte sich nicht von der Stelle. Conway, der bislang wie ein drohender Schatten neben ihm gestanden hatte, griff nach der Kette und zerrte ihn vorwärts. Jetzt erwachte Brandon zum Leben und umklammerte seine Fessel mit beiden Händen. »Nein, nein, nein«, wimmerte er. Es war unerträglich. Seine Augen waren gerötet und rollten wild in den Höhlen.

»Lassen Sie sofort die Kette los!«

Conway verharrte in seiner Bewegung und sah seinen Meister an. Coe lächelte sein undurchdringliches Lächeln. »Er gehört Ihnen, Lawhead, machen Sie mit ihm, was Sie wollen.«

Conway ließ die Kette fallen. Brandon umklammerte sie weiterhin.

»Ich fürchte, er ist ein wenig scheu«, lachte der Meister.

»Komm, Brandon, wir bringen dich nach Hause«, sagte ich ruhig, aber sobald ich einen Schritt auf ihn zumachen wollte, wurde seine Panik größer. Er hatte Angst vor mir. Erkannte er mich denn nicht?

Coes Magie knallte wie ein Peitschenschlag durch den Raum. Wir alle zuckten zusammen, Brandon schrie gepeinigt auf und stolperte auf mich zu.

Ich wollte gerade protestieren, als Brandon mir mit zitternden Händen die Kette entgegenhielt. Er umklammerte sie so sehr, dass seine Knöchel weiß hervortraten.

Vorsichtig griff ich danach. Die Eisenringe waren dick und schwer, viel schwerer, als ich sie mir vorgestellt hatte. Ich schätzte die Kette in der gesamten Länge auf fast vierzig Pfund.

»Jetzt haben Sie, was Sie wollten, Mr Lawhead. Ich denke, es wird Zeit, dass Sie gehen.« Coe reichte mir meine Urkunden. Jemand hatte sie in die lederne Mappe zurückgelegt, auf der Curtis' Wappen prangte.

Steven stand noch immer neben Judith. Die Wirkung des Bluttausches ließ langsam nach, und er schien zu begreifen, was geschehen war. Tapfer reichte er Amber und Christina zum Abschied die Hand.

Als er sich zu mir wandte, rang er um Fassung. »Ich weiß, warum du das tust, und ich bin dir nicht böse«, flüsterte er, dann gaben auch wir uns die Hand.

Steven machte einen Schritt auf Brandon zu. Der wich so rasch zurück, dass mir die Kette beinahe aus den Händen geglitten wäre.

Coe lachte sein ekelhaftes Lachen. »Ich habe ja gesagt, er ist schneller weg, als man glaubt. Halten Sie ihn gut fest, Mr Lawhead. Kommen Sie, wir bringen Sie noch zur Tür.«

Amber und Christina folgten dem Meistervampir und seiner Frau, während ich versuchte, Brandon zum Gehen zu überreden.

»Komm«, sagte ich leise. »Komm, bitte.«

Brandon stand, als sei er am Boden festgewachsen. Seine Augen waren groß und schwarz und starrten einfach durch mich hindurch. Es war zum Verzweifeln, und ich hätte am liebsten geschrien. Also überwand ich mich und zog an der Kette. Anscheinend war sie die einzige Verbindung, die er noch zur Außenwelt hatte, denn er folgte mir endlich.

Brandon ging langsam und blieb immer wieder stehen, als könne er nicht begreifen, dass ich ihn tatsächlich nach draußen führte. Jedes Mal verharrte ich mit ihm und ließ ihn schauen.

Als wir endlich im Hof anlangten, waren Steven und Conway bereits damit beschäftigt, den Sarg auszuladen.

Ich gab Coe und Judith zum Abschied die Hand; fast hätte ich sie ermahnt, gut auf Steven zu achten, aber die Worte blieben mir im Hals stecken.

Stattdessen malte ich mir aus, wie ich den Meister gemeinsam mit der Jägerin aus Phoenix stellen und hinrichten würde.

KAPITEL 24

Als Coes Clan im Haus verschwunden war, blieben wir einen Augenblick im Hof stehen. Es war geschafft. Christina näherte sich ihrem Geliebten mit zögernden Schritten. Ich hoffte auf eine Reaktion. Vergebens. Aber immerhin versuchte er nicht, vor ihr davonzulaufen.

»Ich bin es, Brandon, erkennst du mich denn nicht?«

Erst als sie ihn berührte, bekam sie eine Reaktion. Er wich zurück, bis die Kette spannte, dann verfiel er wieder in seine Starre. Christina blickte ihn entsetzt an.

»Vielleicht wird es besser, wenn wir ihn erst einmal von hier weggebracht haben«, meinte Amber.

»Sicher, bestimmt hast du recht.« Ich kramte meine Wagenschlüssel hervor und gab sie ihr. Amber öffnete die Hintertür des Dodge.

»Brandon, steig bitte ein«, sagte ich ruhig, doch es geschah wieder nichts. Also kletterte ich zuerst hinein und zog ihn, sosehr ich es verabscheute, hinter mir her.

Der Vampir folgte der Kette, setzte sich und erstarrte wieder. Coe musste irgendetwas mit ihm angestellt haben. Manchmal konnte ein massiver Energieangriff zu derartigem Verhalten führen, das dann Stunden oder Tage anhielt. Das musste es sein, überlegte ich. Coe hatte keine weiteren Verletzungen riskieren wollen, um den Wert des Vampirs nicht noch weiter zu schmälern, und hatte sich deshalb auf diese Form der Tortur verlegt.

Christina schlug die Tür zu, und Brandon zuckte nicht zusammen.

»Wohin soll ich fahren?«, fragte Amber.

»Erst mal von hier weg. Ein Stück die Straße hinunter war eine große Haltebucht. Bring uns dorthin.«

Jetzt, in der Enge des Wagens, wurde mir klar, dass Brandon wirklich Angst vor mir hatte. Er drängte sich in eine Ecke, so weit weg von mir wie möglich. Dass Christina direkt vor ihm saß und ihn fast berührte, schien ihn weniger zu kümmern.

Langsam reifte in mir eine schlimme Erkenntnis.

Er fürchtete mich mehr als Christina, mehr als Amber, und das lag nicht daran, dass ich ein Meistervampir war, sondern daran, dass ich ein Mann war.

Seine Reaktion machte meinen Verdacht fast zur Gewissheit. Aber ich würde es erst genau wissen, wenn er den Turmalin nicht mehr trug, den Coe offenbar erneuert hatte. Die Fassung des Steins, der um seinen Hals hing, war intakt.

Das Leid und der Horror, den er erlebt hatte, mussten so schlimm sein, dass sich sein Geist abgekapselt und nur den Körper und die Angst zurückgelassen hatte.

Er starrte vor sich hin. Sobald ich die Kette berührte, duckte sich Brandon unter meiner Berührung weg und wandte mir den Kopf zu. Seine Augen waren groß und glänzend und leer.

»Es tut mir so leid«, flüsterte ich.

»Hast du was gesagt?«, fragte Amber. Sie lenkte den Wagen von der Straße und ließ ihn auf einen Kiesplatz ausrollen, der fast unmerklich in ein fast ebenes Wüstengelände überging, das in der Ferne steil abfiel.

Christina stand auf und öffnete die Tür. Brandon starrte sie an und irgendwo in seinem Inneren schien etwas klick zu machen.

»Komm, steig aus, Bran«, sagte Christina weich. »Du bist jetzt in Sicherheit. Ich lasse dich nie wieder fort.« Sie hielt ihre Tränen zurück. Als er nicht reagierte, drehte sie sich weg und schluchzte auf.

Ich rutschte näher zu ihm und da erwachte Brandon zum Leben. Er stürzte aus dem Wagen und fiel, als sich die Kette spannte. Diesmal hatte ich sie festgehalten.

Ich fluchte verzweifelt. Was sollte ich nur tun?

Brandon hatte sich auf dem Boden zusammengerollt und wimmerte.

Ich sank in die Knie. »Hey, wollen wir nicht lieber reingehen und dich von dem Turmalin befreien?«, sprach ich leise und legte vorsichtig eine Hand auf seinen Kopf.

Sobald ich Brandon berührte, schrie er auf, doch ich ließ meine Hand dort und strich ihm langsam über das Haar, bis seine Schreie leiser wurden.

»Oh Gott, Julius, was machst du mit ihm? Hör sofort auf!«

Ich sah zu Amber auf und schüttelte den Kopf. Brandons Wimmern verebbte. Er rollte seine Augen nach oben, um mich anzusehen.

»Du brauchst keine Angst mehr zu haben«, sagte ich wieder. »Du bist jetzt in Sicherheit, bei mir und Amber und Christina.«

Langsam, ganz langsam hörte er auf zu zittern.

»Können wir ihn nicht reinbringen?«, fragte Amber vorsichtig.

»Ja, versuchen wir es.«

Brandon sollte nicht länger hier im Staub liegen, und ich musste den Turmalin entfernen. Erst wenn der Stein weg war, hatte ich die Chance, ihm zu helfen.

»Kannst du aufstehen?«

Brandon starrte mich wieder an. »Du bist also wirklich gekommen?«, flüsterte er.

»Ja.« Ich stand auf und hielt ihm meine Hand hin. Er ignorierte sie, kam auf die Beine und wich sofort zurück.

Amber lief vor und schloss die Tür des Wohnwagens auf.

Ich stieg die Stufen hinauf in den Airstream. Brandon folgte mir zögernd und schaute sich um.

»Will er etwa wieder zu Coe, Julius?«, fragte Christina, die hinter ihm ging.

»Ich glaube nicht, dass er versteht, was gerade passiert. Ich werde erst einmal den Turmalin entfernen, dann sehen wir weiter.«

»Der Werkzeugkoffer war doch irgendwo hier, vielleicht gibt es eine Zange«, sagte Amber schnell und begann, in den Schränken zu kramen.

Christina hatte die Tür hinter uns abgeschlossen und stand jetzt neben ihrem Geliebten. Sie war verzweifelt und wütend zugleich.

Ich zog einen Stuhl vom kleinen Esstisch, stellte ihn vor den verwirrten Mann und wies darauf. »Setz dich bitte, Brandon«, sagte ich möglichst ruhig.

Sein Kopf ruckte herum, als hätte ich ihn aus einem Traum geweckt, dann nahm er langsam Platz.

»Wie spät ist es, Chris?«

»Noch eineinhalb Stunden bis Sonnenaufgang.«

Ich nickte. Das war nicht viel Zeit.

Amber kramte in der Werkzeugkiste, dann stand sie auf und hielt eine Zange hoch. »Ist die gut?«

»Ja, ich versuch es damit.« Hastig machte ich eine Bewegung, um Amber das Werkzeug abzunehmen, und Brandon zuckte heftig vor mir zurück. Beinahe wäre er vom Stuhl gefallen.

»Warum hat er solche Angst vor dir? Wir haben ihn doch gerettet«, fragte Amber.

Ich schüttelte den Kopf. Ich wollte meine Vermutung nicht laut äußern. *»Ich habe dir doch erzählt, was Coe für Vorlieben hat.«*

Amber riss erschrocken die Augen auf, wollte etwas erwidern und drehte sich dann weg. Sie nahm Christina in den Arm und die beiden Frauen hielten einander fest.

Ich stellte mich vor Brandon auf. Dann zeigte ich ihm die Zange und wies auf die Kette an seinem Hals. »Ich werde den Stein entfernen, der dich taub für mich macht, aber dafür muss ich näher kommen, Brandon, verstehst du das? Ich will dir helfen!«

Er presste sich in den Stuhl und krallte die Hände um den Sitz, und das, obwohl ich mich nicht von der Stelle gerührt hatte.

»Sollen wir ihn festhalten?«, fragte Christina unschlüssig. Ich reichte ihr die Kette. »Ich glaube nicht, dass es dann besser wird. Ich versuche es erst mal so.«

Ich näherte mich langsam. Mein Körper strömte beruhigende Energie aus, doch der Turmalin ließ sie von dem verstörten Vampir abprallen wie Regen von einem Fenster.

Es war nutzlos. Je mehr Zeit ich aufwandte, desto weiter steigerte er sich in seine Angst. Als Brandons Meister konnte ich ihm nur helfen, wenn ich ihn auch erreichte. Nur dann konnte ich die besondere Kraft nutzen, die dieser Bindung innewohnte. Brandon schrie, sobald meine Finger seine Haut streiften. Ich zog den Turmalin von seiner Brust und setzte die Zange an. Seine Schreie steigerten sich weiter, und er versuchte aufzuspringen, doch dann waren die Frauen da und halfen, ihn festzuhalten. Ich presste die Zangenenden zusammen. Die Kette ließ sich leicht durchtrennen. Sobald sie zu Boden fiel, trat ich zurück und hob die Hände zu einer beruhigenden Geste.

»Lasst ihn los!«

Brandon hatte aufgehört sich zu wehren, sobald ich nicht mehr in seiner Nähe war. Jetzt atmete er heftig und blickte mich aus aufgerissenen Augen an. Ich fühlte sein Herz, fühlte es endlich wieder schlagen, als sei es ein Teil von mir. Brandons Lippen formten wieder meinen Namen. Ich spürte seine Erleichterung, aber keine Freude über unser Wiedersehen.

»Ist alles okay?«, fragte Christina.

»Nichts ist okay, aber ich spüre ihn wieder«, antwortete ich. Im gleichen Moment blitzten Brandons Erinnerungen in mir auf. An die letzte Nacht und an das, was geschehen war, wenige Minuten, bevor wir die Villa erreichten. All meine Befürchtungen wurden mit einem Schlag bestätigt. Für einen Augenblick empfand ich seine Angst, ahnte seinen Schmerz und seine Scham. Ich trieb die fremden Empfindungen zurück und riss meine Schutzwälle hoch.

Brandon starrte mich an. Er erkannte, dass ich gesehen hatte, was sie ihm angetan hatten. Es machte sein Leid in seinen Augen nur noch schlimmer. Er krümmte sich auf dem Stuhl zusammen, bedeckte das Gesicht mit den Händen und regte sich nicht mehr.

Christina wollte zu ihm gehen, doch ich hob meine Hand.

»Könnt ihr uns einen Moment alleine lassen?«

»Klar«, erwiderte Amber, packte Christina am Arm und schob sie an Brandon vorbei zur Tür.

»Außer Hörweite, bitte!«

Ich wartete, bis die Frauen die Tür geschlossen hatten und ich ihre Schritte nicht mehr hören konnte, dann ging ich zu Brandon und setzte mich neben ihm auf den Boden.

Vorsichtig schenkte ich ihm von meiner Energie und strich die Schmerzen aus seinem Körper. Ich konnte ihn nicht vergessen machen, was er erlebt hatte, aber ich hegte die Hoffnung, dass es andere konnten.

»Wir finden einen Meister, der dir die Erinnerungen nimmt, Brandon.« Er schüttelte den Kopf und antwortete nicht.

Dann legte ich meine Hand auf seine Schulter. Er zuckte nur kurz. Seine Haut war kalt, und ich konnte die frische Brandnarbe unter dem dünnen Stoff fühlen. Das Gewebe war wulstig und hart. Coe hatte Silberoxid hineingerieben, damit seine Initialen für immer in Brandons Schulter gebrannt waren.

»Ich werde ihn umbringen, Brandon. Ich wollte dich nur zuerst da raushaben. Der Rat von Phoenix will ihn tot sehen.«

»In mir wird Coe immer lebendig sein«, flüsterte Brandon mit erstickter Stimme. »In mir wird er niemals sterben.«

»Du hast ihn schon einmal getötet. Du wirst es wieder tun.«

»Nein. Er wird erst sterben, wenn ich sterbe, bis dahin lebt er in meinen Alpträumen.«

Eigentlich hatte er recht. Wie sollte man so etwas vergessen können? Jedes Leid, jeder Verlust, den ich erlitten hatte, war geblieben. Die Zeit hatte dem Schmerz die Schärfe genommen, doch er war immer noch da. Manchmal glaubte ich, es wäre das, was uns wirklich von den Menschen unterschied. Es war nicht der Hunger, nicht die Angst vor der Sonne oder der Umstand, dass unsere Körper tagsüber starben, es waren die Erinnerungen, diese endlose Kette von

Erinnerungen. Eine Last, die mit den Jahren schwerer und schwerer wurde und uns mit der Zeit tötete, wenn wir nicht lernten, damit zu leben.

»Hätte ich dich doch nur nie ermutigt, nach Cameron zu fahren«, sagte ich bitter.

Brandon drehte langsam den Kopf und sah mich aus geröteten Augen an. Nach einer endlosen Weile fragte er: »Du gibst dir die Schuld?«

Der Knoten, der seit Brandons Entführung in meinem Unterleib ruhte, begann sich wie eine Schlange zu winden. »Ja.«

»Warum?«

»Ich hätte dich beschützen müssen, aber ich habe versagt. Ich bin zu spät gekommen.«

Ich zog die Beine an und schloss die Arme um die Knie, vielleicht konnte ich auf diese Weise die Schlange zur Ruhe bringen, die sich unerbittlich um mein Herz legte.

»Du bist es nicht gewesen«, sagte Brandon vorsichtig.

Wir wussten beide, was »es« war, aber noch brachte keiner von uns das schreckliche Wort »Vergewaltigung« über die Lippen.

Wir schwiegen eine Zeitlang.

Dann erhob ich mich. »Ich fürchte, ich habe nicht das richtige Werkzeug dabei, dir den Eisenring abzunehmen, aber die Kette verschwindet auf jeden Fall noch heute.«

Zu meiner Überraschung stand Brandon auf und streckte die Hand nach der Zange aus. Ich gab sie ihm.

Er drehte den Ring so, dass die Öse nach vorne zeigte, setzte die Zange an und presste. Seine Muskeln spannten sich, Schweiß trat ihm auf die Stirn, doch in dem Metall zeigte sich nicht mehr als zwei kleine Kerben. Coe hatte ihm viel von seiner Kraft geraubt.

Brandon ließ die Arme enttäuscht sinken. »Noch nicht

einmal das kann ich allein. Vielleicht ist es besser, wenn ich angekettet bleibe wie ein Hund.«

Ich nahm ihm die Zange ab und setzte sie erneut an. »Hilf mir.«

Wir drückten gemeinsam. Die Kette gab nach und fiel klirrend zu Boden. Brandon rieb sich den Hals und drehte den Eisenring zurück, so dass die beiden dicken, kugelförmigen Enden nach vorne zeigten.

»Ich habe dieses Ding schon einmal getragen, zehn Jahre lang. Als Coe es mir abnahm, dachte ich, ich hätte den besten Meister der Welt. Ich wusste ja nicht …«

Beschämt drehte er mir den Rücken zu und ging zu einem der kleinen Fenster. Seine Schultern zuckten. Er verschränkte die Arme.

»Da ist noch etwas, Brandon. Ein weiser Mann hat es mir gegeben.«

Ich zog den kleinen Lederbeutel aus der Tasche, den ich von Takoda Red Deer erhalten hatte, und reichte ihm diesen. Sobald Brandon den Talisman berührte, flammte Magie auf wie eine kleine elektrische Entladung.

Hoffentlich hatte ich nichts Falsches getan! Brandon drückte den Talisman an seine Brust, und zum ersten Mal zeichnete sich Erleichterung in seinem Gesicht ab.

In diesem Moment klopfte es an der Tür. Ich war zu überrascht von der Wirkung des Beutelchens, um dem Klopfen Beachtung zu schenken.

»Du hast einen Schamanen getroffen, Julius?«, fragte Brandon.

»Nicht nur getroffen, ich habe von ihm getrunken«, gestand ich beschämt.

»Und er hat dir das für mich gegeben? Woher wusste er von mir?«

»Er hat dich in meinen Gedanken gesehen.«

In Brandons Augen erwachte ein seltsamer Glanz. »Du musst mich zu ihm bringen.«

»Das hat er auch gemeint. Wir halten auf dem Rückweg dort an, wenn du willst.«

»Danke.« Er hängte sich den Talisman um und schob ihn unter sein Hemd.

»Ich möchte mich gerne waschen, darf ich?«

»Natürlich, warum fragst du?«, antwortete ich überrascht.

Brandon legte mir kurz die Hand auf den Arm, dann ging er an mir vorbei zum Bad.

KAPITEL 25

Im nächsten Moment wurde die Tür geöffnet.

»Julius, wir kommen jetzt rein, Christina kann nicht länger draußen bleiben«, rief Amber. Die junge Frau stürzte an ihr vorbei. Amber zog die Tür zu, während Christina wie ein Derwisch durch den Airstream tobte und alle Fenster schloss.

»Chris, Chris, das kann ich später machen, lass nur«, bat ich, doch sie beruhigte sich erst, als kein Licht mehr hereindringen konnte und nur noch zwei Gaslampen brannten. Ich hatte vergessen, wie lichtempfindlich neugeborene Vampire waren. Christina war mit klopfendem Herzen stehen geblieben, aber ihr Blick irrte noch immer durch den kleinen Raum.

»Wo ist Brandon?«, fragte sie und kontrollierte noch einmal das letzte Fenster.

»Im Bad«, beantwortete ich ihre Frage und wies mit dem Kopf zur Tür. Die Dusche lief bereits.

Christina nickte ernst und sah dabei sehr unglücklich aus.

»Ich glaube nicht, dass er heute einen Sarg mit dir teilen wird«, erriet ich ihre Gedanken. »Aber du kannst ihm noch etwas zum Anziehen bringen, bevor du dich zur Ruhe legst.«

»Das mache ich«, sagte sie leise und tappte mit gesenktem Kopf zu einem der Schränke.

Ich ging an Amber vorbei, streifte ihre Hand und sie folgte mir schweigend aus dem Wohnwagen und ein Stück über den Parkplatz.

»Es wird schwierig für die beiden«, meinte Amber leise. »Wenn das stimmt, was du vermutest.«

»Es ist wahr. Ich habe es in seinen Gedanken gesehen, Amber. Ich hoffe, dass Brandon stark genug ist, es ein zweites Mal zu überwinden.«

»Schirmst du dich deshalb so sehr von mir ab?«

Ich nickte.

»Öffne die Siegel.«

»Ich fürchte, ich kann die Bilder aus Brandons Erinnerungen nicht völlig verdrängen.«

Amber schaute zu mir auf. »Dann teile ich sie. Eine Last trägt sich einfacher, wenn man einander dabei hilft.«

Vielleicht hatte Amber recht und es war, wie sie sagte.

Ich öffnete die Siegel und versuchte nicht mal, die schlimmsten Bilder vor ihr zurückzuhalten.

Amber riss die Hände vor die Brust und stolperte. Ich fing sie auf und sie lag in meinen Armen, während sie den Horror mit mir teilte.

Dann stieß sich Amber von mir ab, lief einige Schritte und übergab sich in den Wüstensand.

»Komm nicht näher«, schrie sie und ich blieb, wo ich war. Schließlich kam sie auf unsicheren Beinen zurück, bleich, die Sommersprossen wirkten wie aufgemalt auf ihrer Porzellanhaut.

Sie starrte mich aus ihren grünen Augen an. »Coe muss dafür bezahlen«, sagte sie langsam und unnatürlich ruhig.

»Das sagt sich so leicht.« Ich kniff die Augen zusammen und starrte in die Morgendämmerung. Dann fasste ich sie an den Schultern. »Amber, ich muss dir etwas gestehen«, begann ich.

»Heute an der Tankstelle, das war kein Raubüberfall, es war ein Überfall von Coe. Er hat eine ganze Familie getötet und noch mehr …«

»Und dann schickst du Steven …«

»Unterbrich mich bitte nicht und hör zu. Ich habe nicht die Polizei gerufen, wie ich behauptet habe, sondern es dem Rat in Phoenix gemeldet. Wahrscheinlich ist jetzt gerade jemand von ihnen vor Ort. Sobald Coes Schuld bewiesen ist, wird er verurteilt und dann ist es aus mit ihm.«

»Und warum sagst du mir das erst jetzt?«, schrie sie wütend.

»Ich konnte nicht anders. Ihr seid alle drei nicht in der Lage, eure Gedanken vor einem Meistervampir abzuschirmen. Wenn Coe herausgefunden hätte, dass wir es wissen, wäre der Deal geplatzt.«

Amber starrte mich an. »Wie lange?«

»Ein, zwei Tage vielleicht. Dann haben wir Steven wieder. Die Beweislast ist erdrückend.«

»Aber das wusstest du nicht von Anfang an, oder? Du hättest Steven auch verschachert, wenn es keinen Überfall gegeben hätte.«

Da war es wieder. Ich hätte gerne gelogen, aber Amber würde es ganz sicher merken.

»Ich habe gehofft, irgendwas zu finden, das ich Coe nachweisen kann, aber ja, der Austausch hätte auf jeden Fall stattgefunden.«

Amber atmete tief durch.

»Und der Rat wird ihn wirklich zum Tode verurteilen?«

»Mit Sicherheit. Aber ich warte, bis sie einen Jäger herschicken. Alleine kann ich es nicht mit ihm aufnehmen. Er hat ohnehin keinen fairen Kampf verdient. Ein Pflock durchs Herz, einfach und schnell.«

Ambers Blick war hart. »Er sollte leiden für das, was er Brandon und den anderen angetan hat, er sollte erfahren, was Schmerz bedeutet.«

»Genug davon für diese Nacht … und überhaupt, was redest du denn da?« Ich wurde das Gefühl nicht los, dass sich etwas in ihr veränderte, konnte aber nicht genau sagen, was geschah …

»Ich hasse ihn!«, antwortete sie.

»Komm, gehen wir wieder rein.«

Christinas Sarg stand noch offen. Von Brandon fehlte jede Spur. Vielleicht war er noch immer im Bad, aber ich hörte kein Wasser laufen.

Die Morgendämmerung drückte mit wachsender Kraft gegen den Airstream. Ich konnte das Licht fühlen, als hätte es ein eigenes Gewicht. Es zwang uns zu Boden, zwang uns zu schlafen und unsere Seele aufzugeben. Es war höchste Zeit für Brandon.

Ich ging zum Bad und klopfte. »Bran, die Sonne geht auf«, mahnte ich leise. Es kam keine Antwort. Die Kleidung, die Christina für ihn rausgelegt hatte, lag in einem ordentlichen Stapel vor der Tür. Ein dunkelblaues T-Shirt, Shorts und eine schwarze, geschnürte Wildlederhose. Ich hob die Kleidung hoch. Als ich die Tür öffnen wollte, hörte ich plötzlich merkwürdige Geräusche aus dem Bad.

»Brandon, ich komme jetzt rein, ich bringe dir deine Sachen«, sagte ich etwas lauter und stieß die Tür auf.

Was ich sah, verschlug mir die Sprache. Brandon stand

nackt unter der Dusche und drehte fanatisch an den Hähnen. Er drehte mit einer Geschwindigkeit, die nur Vampire aufbringen können. Auf und zu, immer wieder, und dabei gab er kehlige Laute von sich. Aus dem Duschkopf kamen nur noch einzelne Tropfen.

Hastig legte ich die Kleidung auf dem Toilettendeckel ab und schloss die Tür.

»Es ist kein Wasser mehr da. Der Tank ist leer.«

Rote Striemen zogen sich über Brandons Haut. Seine Hände krampften sich um die Hähne, bis die Knöchel weiß hervortraten.

Ich griff nach einem Handtuch und hielt es ihm hin. Das Bad war winzig, ich brauchte nicht einmal näher zu treten. Brandon neigte sich von mir weg, schlug den Kopf gegen die Wand und riss an den Armaturen.

Jetzt entdeckte ich auch die blutigen Kratzer am Hals unter dem Eisenring, weitere Striemen zogen sich über das Brandmal auf seiner Schulter.

Er schlug seinen Kopf immer heftiger gegen die Duschwand.

»Brandon, hör auf!«, befahl ich und nutzte die Macht meiner Stimme. Eine Warnung. Er verharrte augenblicklich.

»So ist's gut. Die Sonne geht gleich auf, du musst dich schlafen legen.«

Ich stand so nah bei ihm, dass ich ihn beinahe berühren konnte, und genau das schien Brandon auch zu merken.

»Nicht anfassen«, sagte er leise. Seine Augen glühten dunkel.

Ich ließ mich von seinen gefletschten Zähnen und dem Grollen, das aus seiner Kehle aufstieg, nicht beeindrucken und legte ihm das Handtuch um die Schultern. Sobald ihn der Stoff berührte, schrie Brandon wie unter schlimmster Pein und drängte sich von mir fort in die hinterste Ecke.

Entschlossen rieb ich seinen Rücken und die Schultern trocken. Gleichzeitig nutzte ich unsere Verbindung und linderte seine Furcht. Nach und nach kehrte Brandon in die Realität zurück. Er hörte auf zu schreien, wurde wieder er selbst.

»Die Sonne geht gleich auf«, erklärte ich noch einmal, und diesmal nickte er zögernd.

Er nahm das Handtuch und trocknete sich selbst weiter ab. Ich nahm ein zweites Tuch vom Haken und drückte das Wasser aus seinem Haar, damit wir schneller fertig wurden, dann reichte ich ihm T-Shirt und Shorts. Als er angezogen war, sackten ihm kurz die Beine weg. Ich fing ihn auf.

»Es geht jetzt wieder«, sagte er mit tonloser Stimme.

»Gut, dann komm.«

Ich öffnete die Tür und machte Platz. Brandon ging mit sicheren Schritten durch den Wohnwagen, blieb neben Christinas Sarg stehen und sah hinein.

Er schloss den Deckel und strich mit der Hand über das glatte Holz.

Schweigend räumten Brandon und ich Kissen und Auflage von der Sitzecke, unter der sein Sarg verborgen war.

Beim vertrauten Anblick des dunklen Holzes verharrte er einen Augenblick, dann seufzte er und hob den Deckel an.

»So viele Nächte in der Erde.«

Er stieg hinein und schmiegte sich in die Kissen.

Ich kniete mich neben ihn. »Kann ich noch etwas für dich tun, Brandon?«

»Ja«, beantwortete er meine Frage, doch seine Lippen bewegten sich nicht.

»Was ist es?«, fragte ich und drehte mich nach Amber um, die in irgendeinem Schrank kramte und sich Mühe gab, möglichst unauffällig zu wirken.

»Vielleicht kann die Gabe eines Freundes die bösen Geister auf Abstand halten.« Er blickte mich nicht an, während er die

Bitte formulierte und allein das verriet mir, wie schwer es ihm fiel. Ohne Zögern schob ich meinen linken Ärmel hoch und bot ihm mein Handgelenk. »*Ich habe geschworen, dass ich für dich da bin.*«

»*Die Schwüre sind fast fort gewaschen. Wir haben es beide gefühlt. Du hast mich nicht haben wollen, als du mich aus Curtis' Haus gestohlen hast, und ich verstehe, wenn du mich jetzt nicht willst, nun da du frei von mir bist und ich ein Mann ohne Ehre.*«

Ich schüttelte den Kopf. »*So ein Unsinn. Natürlich erneuern wir die Eide, und jetzt nimm, die Zeit rennt uns davon.*«

»*Du weißt nicht, was ich alles getan habe, sonst würdest du das nicht sagen*«, erwiderte Brandon, dann nahm er meine Hand und zog meinen Arm zum Mund.

Brandon schluckte, drei Mal, vier Mal, dann hatte er keine Zeit mehr weiter zu trinken.

Sein Herz blieb stehen und ich sah seinen Körper sterben, ganz langsam, bis er zuletzt die Augen schloss und der Atem in einem leisen Seufzer aus seiner Lunge wich.

»Diesmal habe ich es auch gefühlt«, meinte Amber, die leise hinter mich getreten war. Ich schloss den Deckel und versenkte den Sarg unter der Bank. Amber goss sich Kaffee in eine große Tasse. »Kannst du denn schlafen, wenn du jetzt noch Kaffee trinkst?«, fragte ich verwundert.

»Ich werde so oder so nicht schlafen können, solange Steven noch bei diesem Monster ist«, erwiderte sie. In den letzten Worten schwang Wut mit.

»Steven ist bei Coe sicher, ob du es glaubst oder nicht. Der Meister hat einen Eid nach dem Codex geleistet, und solange der Junge keinen Blödsinn macht, ist alles perfekt in Ordnung, bis wir Coe zur Verantwortung ziehen können.«

»Und wenn er ihm das Gleiche antut?«, schrie sie verzweifelt. »Wenn er ihn vergewaltigt wie Brandon, kannst du das verantworten?!«

Sie hätte beinahe den Kaffee verschüttet. Ich habe sie noch nie so voller Zorn erlebt.

»Coe kann es nicht tun, der Codex verhindert es«, erklärte ich und zwang mich ruhig zu bleiben.

»Du und dein verdammter Codex, Julius! Dir ist doch klar, dass sich dieses Schwein nicht an Regeln hält, das waren deine eigenen Worte.«

»Beruhige dich bitte.«

»Nein, verdammt, das werde ich nicht. Hast du nicht gemerkt, wie Coe Steven angesehen hat?«

»Amber, ich ...«

Sie schüttelte den Kopf. »Du gehst über die Leichen deiner Freunde!«

Ich sprang auf. »Du weißt nicht, was du sagst, Amber, du weißt gar nichts! Die einzige Moral, die du duldest, ist deine eigene! Du versuchst nicht mal, uns zu verstehen. Ich bin kein Mensch, Brandon ist keiner und Steven, verdammt noch mal, auch nicht!«, brüllte ich.

Amber umklammerte ihre Kaffeetasse mit beiden Händen und stierte wütend zurück. »Und ich danke Gott, dass ich nicht so kalt bin wie du. Denn ich habe etwas, was du längst verloren hast: gesunden Menschenverstand und ein Herz, und beides sagt mir, dass es einfach nicht richtig ist, den einen zu retten und den anderen dafür in die Hölle zu schicken!«

Ich wartete mit meiner Antwort, wartete, damit ich nicht wieder schrie. Mein Zorn entlud sich in hektischen Schritten. »Solange du keine andere Hautfarbe hast als er«, sagte ich schließlich leise, »ist die Behandlung bei Coe genauso gut oder schlecht wie bei anderen Meistern!«

»Das behauptest du!«

»Ja, das behaupte ich. Coe hat immer nur Brandon und den schwarzen Vampir missbraucht.«

Amber suchte nach einer passenden Erwiderung, fand sie aber nicht. Unsere Auseinandersetzung war zu Ende, weil keiner von uns mehr weiterwusste.

Ich zog mir die Schuhe aus, legte mich in den Sarg und zog den Deckel zu, dann rief ich Curtis.

Es war anstrengend, ausgerechnet dann geistigen Kontakt aufzunehmen, wenn mein Körper kurz davorstand zu sterben, aber mein Meister musste die Neuigkeiten erfahren.

Zuerst kam der Geruch. Curtis musste bereits in seiner Kammer tief unter der Erde sein. Es roch nach kalter Asche. Das Kaminfeuer in dem Raum war schon erloschen.

»*Julius?*«, fragte er erstaunt. Er hatte auf seinem Sofa gesessen und gelesen. Jetzt legte er das Buch zur Seite.

»*Wir haben Brandon wieder*«, erzählte ich.

»*Was ist geschehen?*«

Normalerweise bevorzugten es Curtis und ich, in Worten miteinander zu sprechen, aber jetzt schickte ich ihm Gedankenbilder. Ich hatte ihn bereits auf der Fahrt zu Coe davon informiert, was ich in der Tankstelle vorgefunden hatte. Nun zeigte ich ihm in schneller Reihenfolge Stevens Eid und Bilder von Brandon, wie ich ihn in der letzten Stunde erlebt hatte.

Curtis' Zorn wallte auf und verschwand gleich darauf wieder.

»*Was soll ich machen?*«, fragte ich verzweifelt. »*Ich weiß nicht, wie ich ihm helfen soll. Können wir ihm nicht die Erinnerung nehmen? Gibt es einen Meister, der ihn das alles vergessen lassen kann?*«

»*Brandon ist kein Mensch mehr und auch kein junger Vampir. Er ist nicht so leicht zu manipulieren. Wir haben unsere Fähigkeiten geschenkt bekommen, um unsere Opfer vergessen zu lassen, nicht unsere Artgenossen, Julius. Fürst Andrassy ist der Einzige, dem ich dieses Meisterstück zutrauen würde, aber dazu *müsste er in Brandons Seele schauen und würde alles, aber auch alles erfahren.«*

»Nein, das geht nicht«, sagte ich schnell. Ich war mir sicher, dass Brandon das nicht wollen würde, um keinen Preis der Welt.

»Da ist etwas, das du wissen solltest, Julius.«

Curtis riss mich aus den Gedanken. Soeben hatte mein Herzschlag ausgesetzt und das Band zu meinem Körper war durchtrennt. *»Ja, was? Ich höre.«*

»Kangra hat seine Jägerin per Helikopter zu der überfallenen Tankstelle geschickt. Er meint, die Beweislast sei erdrückend. Ein Todesurteil ist sicher. Ich bitte dich, in der Nähe zu bleiben, bis Steven wieder frei ist.«

»Natürlich.«

Wärme ergoss sich durch die Bindung. Es war Curtis' Art, sich zu verabschieden. Mit dem wohligen Gefühl von Geborgenheit sank meine Seele in Schlaf.

KAPITEL 26

Amber ließ sich auf den Stuhl fallen, starrte auf die offene Bodenluke und nippte an ihrem viel zu starken Kaffee. Julius hatte recht. Sie würde nicht schlafen können, aber das hatte sie auch gar nicht vor.

Die Bilder, die er mit ihr geteilt hatte, verfolgten sie. Die Angst. Die absolute Hilflosigkeit und Brandons Gewissheit, dass es nichts gab, was er tun oder sagen konnte, um Coe zu besänftigen. Und der Vampir empfand die Schande schlimmer als die Gewalt, die ihm angetan worden war. Ob sie die Augen schloss oder krampfhaft geöffnet hielt, immer wieder tauchte Coes sadistisches Grinsen auf, der Hunger, mit dem er Brandon verfolgte, die Freude, die er empfand, wenn der Indianer litt. Durch Brandons Erinnerungen sah sie den Diener Conway vor sich, der ihre Hände festhielt, die ja nicht ihre waren, und empfand die schreckliche Angst vor dem Vampir, der irgendwo hinter ihr stand, die Brandon empfunden hatte.

Amber presste die Hände auf die geschlossenen Augen und die Bilder stoben in einem Funkenregen auseinander. Hass lag als bitterer Geschmack auf ihrer Zunge und ließ sich nicht hinunterwürgen. Das Gefühl war wie Gift durch die Siegel geflossen. Es brannte. Es hatte langsam begonnen, draußen auf dem Parkplatz, und breitete sich aus wie ein Schwelbrand.

Irgendwo in ihrem Herzen wusste Amber, dass dieses Gefühl, das an Wahnsinn grenzte, nicht ihres war, doch dann hatte der Hass auch diesen Gedanken zu Asche verbrannt. Rache!, schrie die Stimme in ihr, Rache für die Schande, die ihr angetan worden war.

Ambers Entscheidung war gefallen.

Steven würde nicht bei Coe bleiben müssen, keine einzige Nacht, und der Meistervampir würde auch keinen weiteren Abend erleben.

Nathaniel Coe musste sterben.

Wenn der Rat die Verurteilung des alten Vampirs beschloss, war er vogelfrei. Jeder würde ihn töten dürfen und ungestraft davonkommen, auch Amber. Und von ihr durfte Coe keinen schnellen, sauberen Tod erwarten! Keinen Pflock durchs Herz, wie Julius es sich vorstellte. Nichts dergleichen. Coe fürchtete zwei Dinge, Kreuze und Feuer, und beides würde er von ihr bekommen. Woher sie dieses Wissen hatte, war ihr nicht klar. Sie versuchte krampfhaft, sich zu entsinnen, an ein Gespräch mit Julius, an eine geteilte Erinnerung, doch da war nichts. Ehe sie weitergrübeln konnte, wuchs der fremde Hass in ihr um ein weiteres Quäntchen und brannte jegliche Skrupel davon.

Getrieben von dem teuflischen Feuer, das von ihr Besitz ergriffen hatte, fuhr Amber durch das erwachende Örtchen Page und hielt Ausschau nach Kirchen. Zuerst hatte sie nach kleinen mexikanischen Läden gesucht, von denen es in L.A. Hunderte, wenn nicht sogar Tausende gab. In Silverlake, ihrem Heimatviertel, lag einer neben dem anderen und jeder hatte Dutzende Silber- und Holzkreuze zur Auswahl. In Page gab es jedoch allenfalls Touristenläden und Wassersportanbieter.

Schließlich hielt sie an einem kleinen Pfandgeschäft und fand, was sie suchte. Der alte Mann, der den Laden betrieb und anscheinend gerade erst geöffnet hatte, reagierte erstaunt, als sie nicht nur eines, sondern gleich alle sechs der angebotenen Kreuze kaufen wollte, und machte ihr einen guten Preis.

Ambers anfängliche Aufregung war kühler Berechnung gewichen. Julius hatte ihr einmal von dem Gefühl erzählt, das er mit dem Töten verband.

Er hatte es den stillen Raum genannt. Einen Ort tief in ihm, den angeblich jeder besaß und dessen Tür sich nur in Extremsituationen auftat. Die meisten Menschen betraten ihren wohl niemals. Ambers eigener stiller Raum war nun mit Gewalt geöffnet worden, und jetzt gab es für sie kein Zurück mehr.

Ambers nächster Weg führte zu einem Trailerparkplatz, der direkt am Ufer des Lake Powell gelegen war. Sie hatte ihn schon auf der Rückfahrt von Coes Villa erspäht. Die Straße, die sich in weiten Kurven einen Berg hinunterwand, hatte guten Ausblick auf den spiegelglatten Stausee geboten. Von dort oben hatte er falsch und künstlich ausgesehen. Ein See mitten in der Wüste, ein blaues Tuch, verloren zwischen Felsen und Sand, ohne ein einziges bisschen Grün.

Amber kaufte am Eingang des kleinen Parks ein Ticket und steuerte das Gespann dann fast bis an die Wasserlinie. Ein weiter weißer Sandstrand zog sich am Ufer entlang. Der Dodge kämpfte sich durch eine kleine Verwehung, dann ging es einfacher vorwärts.

Sie wählte einen Platz, der nicht allzu weit von zwei anderen Wohnmobilen entfernt war, und koppelte den Airstream mit den schlafenden Vampiren ab.

Hier waren sie verhältnismäßig sicher.

Amber hatte noch immer keinen genauen Plan, wie sie vorgehen wollte. Vor allem Conway konnte ihr gefährlich werden. Mit Sicherheit teilte er viele Fähigkeiten seines Meisters. In einem fairen Kampf war ihr Scheitern vorprogrammiert. Sie musste ihn also überraschen, nur wie?

Während Amber überlegte, packte sie einen kleinen Rucksack. Zum ersten Mal war sie froh darüber, dass Julius nie ohne seine Waffen reiste. Waffen.

Bei Vampiren fielen darunter auch Petroleum und Silberkreuze.

Amber befestigte ein langes Messer mit Lederriemen an ihrem linken Arm und ein weiteres an ihrem Unterschenkel. Eine schwarze Jeans und eine leichte Jacke würden später beides zuverlässig verdecken.

Amber wunderte sich selbst, wie kaltblütig sie Coes Ende plante, aber die Bilder aus Brandons Erinnerungen hatten etwas in ihr zerstört, etwas, das sie bislang von den Vampiren unterschieden hatte. Wurde sie jetzt ebenso kalt und blutgierig? Nein. Amber hatte Steven nicht diesem Monster zum Fraß vorgeworfen, das waren Julius und Curtis gewesen. Julius, der sonst so schnell mit der Waffe zur Hand war, hatte einen Freund geopfert und nicht einmal versucht, Brandon auf andere Weise zu helfen. Würde er auch Amber als Pfand einsetzen, wenn hoch genug gespielt wurde? Sie wollte nicht lange genug bei den Vampiren bleiben, um das herauszufinden.

Im Gegensatz zu einer Beziehung mit einem sterblichen Mann war sie sich Julius' Liebe sicher gewesen. Die Siegel machten jeden Zweifel überflüssig. Aber nun würde es keine geteilte Ewigkeit mit ihm geben.

Schlimm war nur, dass Amber Julius liebte, und diese Liebe sich nicht darum zu kümmern schien, ob er ein Vampir war oder gar seine Freunde verriet. Sie liebte ihn und allein der Gedanke an eine Trennung war unerträglich. Aber erst einmal gab es etwas anderes zu erledigen. Steven musste frei kommen, und Amber würde tun, wozu Julius offensichtlich zu feige war.

Entschlossen packte sie alles zusammen, griff nach dem Rucksack und stand auf.

Wenn sie sich so umblickte, verriet nichts, dass in diesem Wohnwagen drei Särge versteckt waren. Amber war unwohl bei dem Gedanken, die Vampire in der brütenden Hitze und ohne jemanden, der über sie wachte, zurückzulassen.

Noch einmal kontrollierte sie alle Fenster. Die Luken waren geschlossen, aber die Scheiben standen offen, damit es nicht allzu heiß wurde. Plötzlich machte sich in Amber der Gedanke breit, dass sie den Airstream und auch Julius vielleicht zum letzten Mal sah. Mit klopfendem Herzen sank sie in die Knie und öffnete sein Versteck. Julius' Locken ringelten sich in alle Richtungen auf dem blutroten Kissen.

Sie strich ihm über die Wange. Die Haut war kalt und fest, und die Haare irgendwo zwischen kratzig und weich. Die Augenlider schimmerten bläulich und ließen die Iris erahnen. Julius' Lippen standen ein Stückchen auseinander. Die Reißzähne schimmerten wie Perlmutt.

Sollte sie? Kurzentschlossen drückte sie die Kuppe ihres Zeigefingers gegen eine Spitze. Der Stich brannte. Ein einzelner Tropfen quoll hervor, glänzend rot wie Rubin. Amber ließ ihn auf Julius' geöffnete Lippen fallen. Ihr letztes Geschenk. Eine süße Erinnerung an sie, falls sie nicht mehr wiederkommen sollte.

Wenige Minuten später steuerte Amber den Geländewagen über die Sanddüne zurück auf die Piste. Die Sonne stand hoch und brennend am Himmel.

Im Wagen war es brütend heiß. Amber hatte alle Fenster geschlossen und die Klimaanlage auf Höchstleistung geschaltet. Ein klebriger Schweißfilm bildete sich auf ihrer Haut und schmiegte den Stoff des T-Shirts an ihren Körper.

Der Wagen schaukelte durch die gefährlich tiefen Schlaglöcher, und Amber musste das Tempo drosseln, dann ratterten die Reifen auch schon über ein Viehgatter. Im Rückspiegel schrumpfte das Wärterhäuschen des Parkeingangs zu einem dunkelgrünen Flecken.

Amber erreichte die Hauptstraße und setzte den Blinker. Spiegelseen aus Licht flirrten auf dem Asphalt. Wenn sie jetzt fuhr, gab es kein Zurück. Dies war der Punkt, an dem sie sich selbst versprochen hatte, noch ein letztes Mal nachzudenken.

Amber lauschte dem Motor, der wie ein lebendiges Wesen brummte, und dem leisen Ticken des Blinkers. Sie war keine Mörderin. Schwach begehrte ihr Gewissen auf. Diese Kaltblütigkeit …

Wie eine Feuerwand wallte der Hass wieder in ihr auf und Coes Gesicht erschien erneut. Das Feuer tilgte ihre Bedenken. Er musste sterben, brennen!

Entschlossen trat sie aufs Gas.

Eine Bremse kreischte, und Ambers Körper reagierte

schneller als ihr Verstand. Ein Kleinwagen, der wie aus dem Nichts aufgetaucht war, schlingerte an ihr vorbei, und sie hörte den Fahrer noch hupen, nachdem er schon lange außer Sichtweite war.

Amber hielt das Lenkrad mit beiden Händen umklammert. Der Motor war aus, abgewürgt. Das hätte fast ihr Ende sein können. Amber rang ein paar Mal nach Luft. Adrenalin rauschte als heiße Flut durch ihren Körper und ließ sie zitternd und atemlos zurück.

»Na, das fängt ja gut an«, sagte sie leise und versuchte die Gänsehaut abzuschütteln, die unaufhaltsam über ihre Arme kroch. Sie ließ den Motor an und sah konzentriert nach links, bevor sie abbog.

Die wenigen Fahrminuten, die die Abzweigung entfernt war, empfand Amber wie eine kleine Ewigkeit. Fast glaubte sie, die Piste, die zu Coes Villa führte, verpasst zu haben, da tauchte sie urplötzlich hinter einem Sandsteinfelsen auf. Ihr Herzschlag stieg mit jeder Kurve, und als sich die Villa dann endlich wie ein blendend helles Traumgebilde aus dem Rotbraun der Wüste schälte, stockte ihr fast der Atem. Sie parkte hinter einem großen Felsen, der den Wagen notdürftig vor neugierigen Blicken schützte, schnappte den Rucksack und stieg aus.

Mit schweren Schritten ging Amber zum Tor. Die Gitterstäbe standen in weitem Abstand zueinander und waren eher Zierde als wirklicher Schutz. Offensichtlich fühlte sich Coe sicher, aber das war bei seinem Ruf auch kein Wunder.

Amber zog den schweren Rucksack von einer Schulter und schob sich zwischen den Gitterstäben hindurch. Die mitgenommene Eisenkette machte ihr Gepäck unangenehm schwer. Sekunden nachdem sie auf der anderen Seite einen Fuß auf den Boden gesetzt hatte, schrillte im Haus Alarm.

Mit einem saftigen Fluch auf den Lippen überquerte sie

den Vorplatz und eilte die Stufen hinauf. Vor einer großen weißen Holztür blieb sie stehen und drückte die Schelle.

Eine altmodischer Klingelton schrillte durchs Haus, dann passierte eine ganze Weile lang nichts.

KAPITEL 27

Ihr Puls dröhnte in ihren Ohren, unendlich laut und schnell. Amber fühlte ihn in ihrem Bauch, erahnte sein Klopfen bis hinab in die Fingerspitzen. Leise Schritte näherten sich.

Eine kleine Luke in der Tür wurde geöffnet, und sie wusste sofort, zu wem das Paar blassgrüner Augen gehörte. Conway, der Diener des Meistervampirs.

»Miss Connan?«, fragte er ungläubig und gähnte, offensichtlich in seiner Ruhe gestört. Er verschwand aus dem Sichtfeld, dann stoppte der nervtötende Alarm. Die einsetzende Stille war gespenstisch. Kein Vogel war zu hören und sogar die Grillen hatten ihren Gesang unterbrochen. Die Natur schien gemeinsam mit Amber den Atem anzuhalten.

Ein schwerer Riegel wurde zur Seite geschoben, dann erklang das Geräusch eines gut geölten Schlosses und Conway öffnete die Tür.

»Miss Connan, womit hab ich diese Ehre verdient?«, brummte er, und Amber glaubte zu sehen, wie er sich seine Pistole hinten in den Hosenbund schob.

Sie rang sich ein Lächeln ab. »Ich fürchte, ich habe gestern Nacht meinen Ring hier verloren«, sagte sie und war selbst erstaunt, wie ruhig ihre Stimme klang.

»Sie haben Nerven«, maulte Conway. Ohne seinen Herrn

wirkte er ein wenig ratlos. Da Coe und Julius noch vor wenigen Stunden ein Geschäft abgeschlossen hatten, schien es ihm nicht ratsam, Amber zu bedrohen oder abzuweisen.

»Bitte, es war ein Erbstück.«

»Und jetzt soll ich Sie hereinlassen und suchen helfen, oder was?«

Amber schluckte ihren aufwallenden Zorn hinunter und versuchte es mit einem mädchenhaften Unschuldsblick. »Bitte.«

Conway öffnete die Tür ein Stück weiter und stand sich dabei selbst im Weg. Zwar hielt er den Türknauf mit der Linken, aber um mit der Rechten seine Waffe zu ziehen und zu schießen, war der Spalt noch immer zu schmal.

Amber drehte sich um, als hätte sie jemanden hinter sich gehört. Conway ließ sich ablenken und folgte ihrem Blick. Das war ihre Chance. Der brennende Hass flammte wieder auf, ergriff wie ein Dämon von ihr Besitz, und Amber folgte seiner Stimme.

In einer fließenden Bewegung riss sie das Messer aus der Schiene an ihrem Unterarm und rammte es dem überraschten Mann mit beiden Händen in den Bauch. Conway starrte sie fassungslos an.

Ambers Gefühle waren wie ausgeschaltet. Konzentriert stieß sie die Klinge bis zum Heft in den Körper. Die Wucht ließ Conway nach hinten taumeln. Er zog Amber mit sich.

Die Tür schlug auf, und die Hand des Dieners kratzte auf der Suche nach Halt über das Holz, während er versuchte, der Angreiferin den Eintritt zu verwehren.

Statt die Tür aufzudrücken, legte Amber jedoch ihre ganze Kraft in das Messer. Sie winkelte die Klinge an und riss sie höher. Conway grunzte und verlor den Halt an der Tür. Amber hörte nicht auf die Schmerzenslaute. Der warme Körper des Mannes drückte gegen ihren Fingerknöchel, und das Blut lief als pulsierende, glitschige Flüssigkeit über ihre Hände.

Dann erwachte Conway aus seiner Wehrlosigkeit. Er griff nach seiner Waffe und ließ sich fallen.

Amber duckte sich hinter die Tür. Der erste Schuss krachte, und die Kugel bohrte sich ins Holz. Splitter flogen umher.

Amber langte unter den Rucksack und zog Julius' Waffe. Die Glock lag schwer in ihrer Hand.

»Benjamin!«, schrie Conway plötzlich. Sein Schrei klang, als ob er an irgendetwas zu ersticken drohte. Sie musste ihn töten, bevor dieser Benjamin auftauchte!

Amber trat aus der Deckung und feuerte. Ein Mal, zwei Mal. Sie hatte nicht gut gezielt, doch die Kugeln bohrten sich aus nächster Nähe in Conways Körper, und die Wucht presste seine Schultern in den Boden. Wieder schrie der Diener auf. Er feuerte weitere Kugeln in den Türrahmen, dorthin, wo Amber noch vor einem Augenblick gestanden hatte. Conway zuckte und spuckte Blut, seine Beine traten Luft.

Warum starb er nicht endlich? Dann erinnerte sich Amber an Julius' Worte. Ein Diener lebte so lange wie sein Herr.

Amber atmete tief ein, bis ihre Lungen zu bersten drohten, und stieß die Tür auf. Mit einem Satz war sie drinnen, trat die Pistole aus Conways Hand und entleerte ihr Magazin in den Kopf des Dieners. Sie sah, wie eines der grünen Augen verlosch, wie seine Schläfe aufplatzte und eine Kugel den Kiefer zertrümmerte.

Die Bilder aus Brandons Erinnerungen überlappten sich mit der Gegenwart wie ein unvollständiges Spiegelbild. Conways Gesicht, das lachte, Conways Mund, der Obszönitäten ausspie und Conways Gesicht, das sich in eine blutige Masse verwandelte.

Das Magazin klickte, die Waffe war leer, doch Ambers

Finger drückten immer weiter auf den Abzug. Sie war wie in einem Rausch.

Schließlich kam sie zur Besinnung. Conways geschundener Körper und die plötzliche Erkenntnis, dass sie dieses Blutbad angerichtet hatte, ließ sie würgen. Das schrecklich flaue Gefühl in ihrem Magen mischte sich mit dem Todesgeruch zu einem widerlichen Cocktail.

Amber brach in die Knie. Ihr Magen krampfte. Sie ließ die Pistole fallen und presste beide Hände auf den Unterleib.

In ihrem Kopf explodierten stumme Schreie. Sie wusste nicht, ob sie wirklich schrie, denn noch schmerzten ihre Ohren von der Lautstärke der Schüsse. Ein hohes Piepen durchbrach die Taubheit. Der Brechreiz schüttelte sie. Jedes Mal, wenn sie sich vorbeugte und dem zerfetzten Körper näher kam, stieg neue Übelkeit in ihr auf.

Sie schwankte, schloss die Augen und versuchte sich zu sammeln. Der Geruch blieb, aber sie gewann langsam die Fassung zurück.

Als Amber schließlich mit weichen Knien aufstand, blickte sie in das Gesicht von Darrens Diener. Sie riss die Pistole hoch und drückte den Abzug. Klick und nichts.

Der Mann zuckte nicht einmal. Er musste schon eine ganze Weile unbemerkt dort gestanden haben, lange genug, um zu wissen, dass ihre Munition aufgebraucht war.

Amber ließ ihn nicht aus den Augen, fischte einen Klipp aus der Hosentasche, tauschte ihn aus und lud durch.

Der Diener hob langsam die Hände und faltete sie über dem Kopf zusammen. Amber hatte die Waffe auf ihn gerichtet und hielt sie mit beiden Händen. Zu ihrem eigenen Erstaunen zitterte sie nicht, sondern starrte den Fremden über den Lauf der Pistole an. Ihre Beine waren noch immer zittrig, und ihre Angst saß als eisiges, lauerndes Tier in ihrem Inneren. Sie war sich nicht ganz sicher, ob sie aufstehen konnte.

»Wollen Sie mich auch erschießen, Miss Connan?«, fragte der Mann mit einer angenehmen Tenorstimme.

Amber bemerkte frische Verbände, die seine Unterarme wie Schweißbänder zierten.

»Haben Sie denn gar keine Angst?«, gab sie zurück. Ihr fiel auf, dass sie den Mann nie zuvor hatte sprechen hören. Er war derjenige gewesen, der mit Conway Brandon ausgegraben hatte, der Dinge holte, wenn Coe rief, und der den Vampiren als Vorspeise diente. Dieser Mann war der Diener des schwarzen Vampirs Darren und war es doch wieder nicht, denn Coe hatte absolute Macht über beide.

»Es gibt Schlimmeres als den Tod durch eine Kugel«, sagte er.

»Sind Sie Benjamin?«, fragte sie und bemühte sich, nicht auf den Boden zu Conway zu blicken.

Der Schwarze nickte. »Der bin ich. Kann ich die Hände runternehmen?«

»Nein!«, rief Amber. »Nein. Wer ist noch alles hier?«, setzte sie dann ruhiger hinzu.

»Ich bin die einzige lebende Seele. Melanie, die Dienerin der Herrin, ist einkaufen gefahren und hat unseren Wächter mitgenommen. Sie haben sich einen guten Zeitpunkt ausgesucht, was auch immer Sie vorhaben«, antwortete er vorsichtig.

Amber fiel ein Stein vom Herzen.

»Warum stehen Sie einfach dort? Sollten Sie mich nicht angreifen und versuchen, mich aufzuhalten?«

»Warum? Ich fürchte Coe, aber Darren hat keinen Eid geleistet und damit gilt auch für mich kein Treuegelöbnis. Im Moment ruht der Meister. Sein Diener ist so gut wie tot und der Tag ist noch jung. Ich halte Sie nicht auf, ganz im Gegenteil.«

»Umdrehen und die Hände hinter dem Rücken verschränken«, wies Amber ihn an. Ihr war Benjamins Verhalten unheimlich. Was, wenn alles nur ein Trick war, um sie in Sicherheit zu wiegen? Der Diener folgte lächelnd ihrem Befehl.

Amber zog Handschellen aus der Hosentasche. Dazu musste sie die Pistole in die andere Hand wechseln. Es wäre für Benjamin ein Leichtes gewesen, sie jetzt zu entwaffnen, aber er wartete mit engelsgleicher Geduld ab, bis sie ihm die Handschellen angelegt und ihn nach Waffen abgesucht hatte. Sie fand ein Messer und eine Handfeuerwaffe.

»Ist das alles?«

»Ja, Sie waren sehr gründlich.«

Amber verschloss die Eingangstür und überlegte, was sie jetzt mit ihrem Gefangenen anstellen sollte. Er war zwar gefesselt, aber er konnte noch immer herumlaufen und mit einigem Umstand wahrscheinlich auch nach Hilfe rufen. Es wäre sicherlich das Einfachste gewesen, ihn bewusstlos zu schlagen, aber einem Mann, der ihr nichts getan und der sein Leben lang unter Coe gelitten hatte, die Pistole über den Kopf zu ziehen, brachte sie nicht über sich.

Plötzlich durchlief ein Zittern seinen Körper. Amber fühlte Magie, kalte, böse Magie, und sprang ein Stück zurück.

»Was ist das?«, schrie sie und war sich schlagartig nicht mehr sicher, ob sie Benjamin nicht doch einfach erschießen sollte. Der Diener fiel ächzend auf die Knie und zerrte wie ein Wahnsinniger an den Handschellen.

»Meister Coe, er ist wach«, presste er zwischen zusammengebissenen Zähnen hervor. »Wenn Sie etwas tun wollen, tun Sie es schnell.«

Dann hatte Coe die vollständige Kontrolle übernommen. Benjamins Körper gab den Widerstand auf und erhob sich in einer einzigen fließenden Bewegung. Der Blick, mit dem er

Amber ansah, war nicht mehr der gleiche, er war brennend und tödlich.

»Nicht bewegen!« Ihre Stimme stolperte schon über diese beiden Worte. Eine fremde Angst gesellte sich zu ihrer eigenen. Brandons Erinnerungen drängten sich auf, doch sie trieb sie energisch zurück.

»Ich kann deine Angst riechen, Mädchen!«, zischte Benjamin mit Coes Stimme und kam auf sie zu.

Amber wich zurück und hielt die Waffe mit beiden Händen auf den Diener gerichtet. »Keinen Schritt weiter!«

Benjamin stürzte sich auf sie. Amber schoss. Die Kugel traf ihn in die Schulter und nahm die Wucht aus seinem Angriff, doch er stürmte weiter vor. Seine Stirn schlug mit einem gewaltigen Krachen gegen Ambers Schläfe, und sie fielen gemeinsam zu Boden. Amber verlor die Waffe, vor ihren Augen tanzten helle Lichtpunkte. Benjamin lag auf ihr und klemmte ihre Beine zwischen seinen fest. Hätte er ihr noch einen Schlag mit dem Kopf verpasst, wäre es vermutlich aus gewesen, doch was da kämpfte, war kein Mensch mehr, sondern ein Vampir.

Benjamin riss den Kopf zurück, dann bohrte er seine Zähne in Ambers Schulter. Sie schrie und schlug mit beiden Händen nach ihm. Der Diener riss und zerrte an ihrem Fleisch, doch seine Zähne waren die eines geschwächten Menschen, und das war Ambers Glück. Sie konnte noch immer nichts sehen, also tastete sie mit den Händen nach Benjamins Augen. Als sie die zuckenden Lider spürte, begann sie zu drücken. Benjamin riss den Kopf zur Seite und schrie.

Ambers Sicht war zurückgekehrt. Entschlossen rammte sie dem Mann die Faust ins Gesicht. Die Nase knackte unter ihrem kraftvollen Schlag. Blitzschnell wand sie sich unter ihm hervor, kam auf die Beine und griff nach einer Messingstatue, die auf einer kleinen Anrichte stand. In dem Bewusstsein, dass Vampirdiener weit mehr überleben konnten als normale Menschen, schlug sie Benjamin das kleine Metallpferd mit aller Kraft über den Kopf. Benjamin sackte leblos zusammen.

Amber ließ die Statue fallen und lehnte sich schwer atmend an die Wand. Sie hatte es geschafft! Sie hatte es tatsächlich geschafft! Der Weg zu Coe war endgültig frei.

Das Haus schien mit einem Mal still und leer und riesengroß.

Der Biss in Ambers Schulter brannte, und ihr Kopf pochte dumpf. Sie vermied wieder den Blick auf Conway und tastete vorsichtig nach Benjamins Puls.

»Oh Gott, danke«, sagte sie leise, als sie unter ihrem Finger ein schwaches Klopfen wahrnahm.

Amber sammelte die verlorenen Waffen ein und verriegelte die Haustür, das verschaffte ihr ein wenig Zeit, falls Melanie früher zurückkam. Jetzt musste sie nur noch Coe finden. Die wütende Magie des Meistervampirs schwebte wie ein eisiger Wind durch die Räume und ließ ihr die Haare zu Berge stehen. Coe versuchte ihren Geist zu beeinflussen, doch Julius' Siegel und das Blut, das sie getauscht hatten, verlieh ihr eine gewisse Immunität.

Amber lief los, dann kehrte sie nach einigen Schritten zurück. Ein Schlüssel, es musste einen Schlüssel zu den Schlafkammern geben, und derjenige, der ihn verwahrte, konnte kein anderer als Conway sein.

Amber kniete sich neben die Leiche. Vorsichtig tastete sie die Taschen des Mannes ab und fand schließlich einen Schlüsselbund. Gleich mehrere sahen aus, als gehörten sie zu Sicherheitstüren. Einer davon musste es sein.

Amber steckte den Schlüsselbund in ihre Hosentasche und erhob sich. Jetzt galt es nur noch, die Schlafkammern zu finden, dann würde Coe sein verdammtes Ende bekommen. Der brennende Hass in Ambers Brust flammte zu neuem Leben und brüllte wie ein zorniges Raubtier, bis er all ihre Menschlichkeit übertönte.

KAPITEL 28

Ich kehrte vor der Zeit in meinen Körper zurück. Es drohte Gefahr! In meinem Mund lag der Geschmack von Ambers Blut.

Die Sonne ergoss ihr Licht wie flüssiges Feuer über den Wohnwagen. Es war heiß, dunkel und stickig und es war helllichter Tag. Meine Dienerin war fort und die Siegel fest geschlossen, aber was ich von ihr empfing, machte mir noch mehr Sorgen. Ich spürte Coes Magie scharf wie Schwerter und der Meistervampir wollte nur eines: töten!

Hatten sie Amber weggeholt? Wo waren wir? Ich konzentrierte mich, unterdrückte meine wachsende Unruhe und hörte plötzlich das Rauschen von Wasser. Kleine Wellen, die über Sand rollten. Die warme leuchtende Energie von Menschen strich umher. Das war auf keinen Fall der Hof vor Coes Villa. Amber hatte den Airstream irgendwo abgestellt und war ohne uns fortgefahren. Ja, so musste es sein.

Coes tödliche Energie drang stärker durch die Siegel. Sie musste ihm nahe sein. Dann empfing ich eine andere Regung: Angst.

Amber blieb vor einem Bücherregal stehen. Sie war Coes Magie wie einer Fährte gefolgt, bis hierher. Das konnte doch keine Sackgasse sein. Sie tastete nach einem verborgenen Eingang, einem geheimen Hebel, wie es sie in Filmen immer gab. Üblicherweise lehnte sich einer der Protagonisten dann versehentlich dagegen und die Tür öffnete sich, aber hier fanden sich Geheimtüren nicht von allein.

Amber versuchte das Regal umzukippen, erfolglos. Dann riss sie ein Buch nach dem anderen aus den Fächern, und als auch das nicht half, fegte sie die Bände mit den Armen hinaus. Schließlich entdeckte sie ein gut verborgenes Schloss in Höhe des unteren Regalbretts.

Coes Magie rauschte ihr wie ein eisiger Wind ins Gesicht und durch das hohe Piepen in ihren Ohren, das noch immer von den lauten Schüssen herrührte, meinte sie seine Stimme zu hören. Er schrie wütend.

»Du kannst mich nicht aufhalten, du mieses Schwein«, sagte sie gepresst und versuchte weiter, die Tür zu öffnen. Der dritte Schlüssel passte. Das Regal schwang mit einem leisen Seufzen auf. Amber schaltete das Licht ein und lief eine lange Treppe hinunter, die in einen weiß gestrichenen Flur mit drei Türen führte. Schon hinter der ersten, die sie öffnete, lag eine Schlafkammer.

Stevens Sarg war dort auf einem kleinen Podest aufgebaut worden, in einem schlichten hell eingerichteten Raum. Ein Kleiderschrank und ein Schreibtisch standen an der Wand. Die Möbel rochen neu, nach Holz und Leim. Der Anblick erleichterte Amber. Anscheinend hatte Julius recht gehabt. Coe maß mit zweierlei Maß.

Die zweite Kammer war nicht mehr als eine Höhle. Amber fand sich auf nackter Erde wieder, die Wände waren unverputzt. Schwere Ketten waren in die Wand eingelassen worden, beide waren lose. Hier schlief mit Sicherheit Darren. Holzkisten und Pappkartons ersetzten die Möbel, und es gab kein elektrisches Licht, nur Kerzen.

Am Ende des Gangs befand sich eine weitere Tür. Sie war schwerer als die erste und wenngleich sie aussah wie eine normale Holztür, so wusste Amber sofort, was sie vor sich hatte. Die Kammer des Meistervampirs, verschlossen mit einer eisenverstärkten Tür.

Coes Stimme brüllte in ihrem Kopf. Er schrie Verwünschungen und versuchte Kontrolle über ihren Körper zu gewinnen, aber Julius' Blut in ihren Adern stieß ihn immer wieder zurück. Als normaler Mensch hätte Amber keinerlei Chance gehabt, ihm zu widerstehen, aber sie war kein normaler Mensch mehr. Das wurde ihr gerade noch mal nur allzu bewusst.

Es war nur noch ein Schlüssel vom Bund mit doppeltem Bart übrig und er passte. Die Tür war schwergängig und aus massivem Stahl. Sie sollte die Vampire vor Feuer schützen, doch was geschah, wenn das Feuer in der Kammer ausbrach oder gar im Sarg? Amber trat ein und stand in einem künstlichen Tonnengewölbe mit zwei Räumen. Einer gehörte Judith und einer ihrem Ehemann und Meister.

Die Kammer der Vampirin war in einem hellem Gelb gehalten, der Sarg elfenbeinfarben mit goldenen Griffen.

Amber beachtete die erste Kammer nicht weiter. Die Magie des wütenden Vampirs begann ihr weh zu tun. Wie eine unsichtbare Hand drückte er ihr die Luft ab. Sie kämpfte sich zu dem wenige Schritte entfernten Sarg vor. Jede Bewegung kostete Kraft. Ihr Herz schlug wie gegen Mauern, ihr Brustkorb schien auf einmal viel zu eng.

Coes Sarg sah genauso aus wie der von Judith. Er war ebenfalls auf einem kleinen Podest aufgebaut. Zwei Stufen erleichterten den Einstieg.

Als Amber den hellen Lack berührte, fühlte sie ein schwaches elektrisches Knistern, aber als sie versuchte, den Deckel hochzuheben, war es, als fasste sie nach rotglühenden Kohlen. Sie schrie auf. Der heftige Schmerz ließ sie endgültig die Kontrolle über die Siegel verlieren.

Julius war im nächsten Augenblick da.

»*Was machst du?*«, schrillte seine Stimme durch ihren Kopf.

Sie wollte ihm sagen, dass er verschwinden sollte, doch seitdem die Verbindung stand, wich das Brennen aus ihrem Körper, der Druck löste sich und sie konnte Coes Stimme nicht mehr hören.

»*Was ich mache? Ich bringe es zu Ende!*« Amber stieß mit beiden Händen den Sarg auf. Der Deckel schlug zurück, bis er von elastischen Bändern aufgehalten wurde, und dann lag er vor ihr. Nathaniel Coe.

Ich sah durch Ambers Augen, und in diesem Moment verstand ich endlich, was da vorging. Sie war in Coes Villa eingedrungen, war irgendwie an den Wachen vorbeigekommen und stand jetzt in der Kammer des Meisters. Ich spürte ihre wilde Entschlossenheit zu töten. Der Wunsch nach Rache überlagerte alles andere. War das meine Amber?

Coe setzte sich verzweifelt zur Wehr, sosehr es für einen Vampir in der Starre des Tages möglich war.

Amber spähte gebannt in den Sarg und ich mit ihr. Coe trug einen seidenen, dunkelgrünen Hausanzug. Seine Fingerspitzen zuckten. Die Augen des Vampirs waren weit aufgerissen, wasserblau, und sie sogen Ambers Geist in die Tiefe.

»*Du musst dich ganz öffnen! Und schau ihm nicht in die Augen!*«

»Du kannst mich nicht aufhalten, Julius!«

»*Ich will dich nicht aufhalten! Ich will dir helfen!*«

Amber zitterte am ganzen Leib und kämpfte gegen den Sog von Coes Blick.

»Ruf deine Dienerin zurück, Lawhead, oder ich zerquetsche ihr Herz«, hörte ich den Meistervampir schreien.

Amber vernahm ihn nicht. Seine Stimme drang durch die offenen Siegel direkt hinab zu mir.

Er wandte all seine Kraft auf und legte sie wie ein unsichtbares Seil um das Herz meiner Geliebten. Amber rang nach Atem. Plötzlich hielt sie eine Pistole in der Hand, meine Glock, und sie richtete sie gegen sich selbst.

»Du musst seine Augen verdecken, verdeck seine Augen!«

Jetzt endlich wehrte sich Amber nicht mehr gegen meinen Einfluss und öffnete die Siegel zur Gänze. Ich ließ meine Magie in sie fließen wie kaltes Wasser, und drängte langsam Coes Einfluss zurück.

Ambers Körper durchlief ein Schaudern. Sie wandte sich ab, dann sicherte sie die Pistole und steckte sie in ihren Hosenbund. Die Magie des Meisters konnte ihr nichts mehr anhaben. Ich lenkte sie durch die Siegel direkt auf mich und starrte durch Ambers Augen. Sie hatte einen Rucksack auf den Boden gestellt und öffnete ihn.

»Bedecke sein Gesicht und dann nimm den Pflock, ich werde dir erklären, wo du ihn ansetzen musst.«

»Ich habe keinen Pflock«, antwortete sie kalt, und etwas in ihrer Stimme machte mir Angst. Jetzt bemerkte ich die Kruzifixe in ihrer Hand.

»Nein, du weißt nicht, was du tust!«, schrie ich, doch ich fand kein Gehör.

»Keinen einfachen Tod für Coe. Du hast selbst gesagt, dass ein Pflock schnell und fast schmerzlos tötet.«

Amber legte das größte Kreuz auf Coes Gesicht. Ich vernahm seine Schreie. Amber verteilte sämtliche Kreuze auf Coes Körper und jedes einzelne steigerte die Schmerzensschreie.

»Er wird anfangen zu brennen, Amber!«

»Das hast du mir erzählt. Erinnerst du dich nicht mehr? Du warst mein Lehrer.«

Was hatte ich in der Zeit meiner Gefangenschaft nicht alles von mir gegeben, aber ich wollte, dass sie unsere Art besser verstand, nicht das! Natürlich gönnte ich Coe diesen Tod, er hatte ihn ohne Zweifel verdient, aber was war mit Amber geschehen? Was brachte sie zu dieser Grausamkeit? Woher rührte der Hass, den ich in ihr brennen fühlte?

Ich kam nicht dazu, weiter darüber nachzudenken. Coes Magie schwand unter der Macht der Kreuze wie Nebel in der Morgensonne.

Unter dem Kruzifix auf seiner Stirn bildeten sich dünne Rauchfäden, die Haut schlug Blasen.

Amber starrte den Vampir an, dessen Mund sich langsam öffnete und die Fänge entblößte.

»*Vorsicht*«, warnte ich. Coe war schon einmal aus einer scheinbar aussichtslosen Situation entkommen. Amber erwachte aus ihrer Trance. Sie griff wieder in ihren Rucksack und zog eine Flasche hervor. Was ich erst für Weihwasser gehalten hatte, entpuppte sich als Lampenöl.

Ich schwieg fassungslos, während Amber erst eine Flasche und dann eine zweite über dem Vampir leerte. Coes Hände zitterten in Krämpfen. Er wusste genau, was geschehen würde. Meine Dienerin starrte kurz auf den Todgeweihten, dann schloss sie den Sarg und zog eine Kette durch die Tragegriffe auf beiden Seiten, die sie miteinander verknotete. Von Abscheu ergriffen, fragte ich mich, warum ich Amber eigentlich vor Coes Schmerzensschreien verschonte, und zog mich zurück.

Die Schreie gellten durch ihren Kopf. Sie stolperte zurück und starrte auf den Sarg, aus dem sich erste Rauchfahnen kräuselten.

Ambers Geist war erfüllt von Brandons Alpträumen. Den

Erinnerungen, die ich noch vor wenigen Stunden mit ihr geteilt hatte. Und noch etwas war da. Brandons Hass!

Mit einem leisen Zischen entfachten die ersten Flammen und krochen aus dem Sarg. Coes Schreie verebbten. Der Sarg erzitterte. Coe war also tatsächlich in der Lage, sich in höchster Not zu bewegen. Aber dieses Mal gab es Ketten und damit keinen Ausweg. Sobald Coe das verstand, setzten die Schreie wieder ein.

Als erwachte sie aus einem Alptraum, schien Amber schlagartig bewusst zu werden, was gerade geschah. Brandons Erinnerungen waren fort. Die Flamme des Hasses verloschen.

Ich fühlte ihren Schock, die Erkenntnis, dass sie die Schuld an Coes Qualen trug. Sie stolperte zurück, riss die Pistole hoch und feuerte auf den Sarg. Der Lärm der Schüsse übertönte für einen Augenblick Coes Schreie, doch auch sein Sarg war eisenverstärkt, und die Kugeln erreichten ihn nicht. Er schrie weiter und Amber wechselte mit zitternden Händen das Magazin.

»Oh Gott«, wimmerte sie, »das habe ich nicht gewollt.«

Schritte erklangen.

»Amber, Vorsicht, da kommt jemand!« Sie schnellte herum und hob in einer fließenden Bewegung die Waffe. Über den Lauf der Glock blickten wir gemeinsam in das blutüberströmte Gesicht von Darrens Diener Benjamin. Der Mann lächelte. Er sah den Sarg des Meisters brennen und sein Grinsen wuchs über das ganze Gesicht.

»Endlich«, seufzte er und trat noch einen Schritt näher. Amber ließ die Pistole sinken. Ich fühlte den Funken, der in Coe wohnte, erlöschen. Seine Schreie brachen ab. Es war vorbei.

Der Sarg brannte mittlerweile lichterloh, und der elfenbeinfarbene Lack verkochte zu schwarzen Blasen. Rauch stieg auf, sammelte sich unter dem Gewölbe und sank als wattige Decke hinab.

»Danke«, sagte Benjamin, »mein Herr und ich sind dir sehr dankbar.«

Amber starrte ihn überrascht an. »Dein Herr, meinst du Darren, den Vampir?«

»Ja, er ist sicher vor dem Feuer, er schläft in der Erde.«

»Wenn das Feuer auf das Haus übergreift, ist Steven in Gefahr. Du musst mir helfen, seinen Sarg hinauszutragen.«

»Was ist mit der Herrin?«

»Mach mit ihr, was du willst, mir ist es egal.« Amber sah noch einmal zurück, dann verließ sie den Raum, gefolgt von Benjamin. Sie schloss ihm die Handschellen auf und gemeinsam trugen sie Steven in seinem Sarg hinauf.

Seit Coes Tod schwieg ich und beobachtete nur noch. Ich entdeckte Conways Leiche erst, als Amber und Benjamin den Sarg über ihn hinweghoben. In seiner Brust stak ein Messer, das Gesicht war nicht mehr. Als Amber den Sarg auf der Ladefläche des Dodge verstaut und mit einer Plane abgedeckt hatte, trieb der Qualm bereits aus der Vordertür der Villa.

Amber hatte gerade die Hauptstraße erreicht, als ihr Melanie entgegenkam. Die Dienerin fuhr so schnell sie konnte und erkannte Amber nicht einmal. Offensichtlich rief Judith in ihrer Not nach ihr.

Ich fragte mich kurz, warum die Dienerin nicht eher eingetroffen war, doch das war jetzt gleich.

Als ich am Abend in meinen Körper zurückkehrte, erwachte ich mit dem leisen Geräusch plätschernder Wellen. Sobald mein Körper vollends erwacht war, kletterte ich aus meinem Sarg und öffnete die Tür des Airstream. Der Wohnwagen warf einen langen Schatten. Ich setzte mich in dessen

Schutz auf die Treppe. Vor mir breitete sich der Lake Powell aus.

Ich genoss die Stille. Die Dämmerung ließ das Wasser in Blau und Rosa schimmern, die rotbraunen Felsen wirkten in diesem besonderen Licht gräulich, ihre Schatten fast schwarz.

Noch immer etwas matt, nahm ich mein Handy und wählte die Nummer des Lafayette. Robert meldete sich und stellte mich zu meinem Meister durch.

Ich berichtete Curtis von Ambers rätselhaftem Alleingang und Coes grauenhaften Tod. Er konnte mich beruhigen. Der Meister war am frühen Morgen tatsächlich zum Tode verurteilt worden und seine Camarilla mit ihm. Der Clan war zum Freiwild geworden, jeder Meister der Umgebung durfte Coes Vampire unter seine Herrschaft zwingen oder töten. Claudine Galow, die Jägerin, war mit den Hinrichtungsurkunden ausgestattet und schon unterwegs.

Der Rat von Phoenix würde nicht besonders erfreut sein, dass die Hinrichtung des Meisters nicht Claudine Galow zufiel. Denn Amber hatte uns mit ihrer Vendetta ein ansehnliches Kopfgeld verdient.

Curtis war erleichtert, Steven zurückzuhaben, und bat mich ihm auszurichten, dass er ihn anrufen sollte, dann legte er auf.

Im Wohnwagen wurde ein Sarg geöffnet. Es war Brandon. Ich hörte seine nackten Füße über den Boden tappen, dann setzte er sich neben mich. Er trug das Armband, das ich im Reservat für ihn gekauft hatte, und strich mit den Fingern über die Türkise. Sie waren von schwarzen Linien durchzogen, sahen aus wie vernarbt.

»Von dir?«, fragte er. »Es lag im Sarg, als ich aufgewacht bin.«

Ich nickte.

»Danke. Es gefällt mir sehr, auch wenn ich es im Moment nicht recht zeigen kann.«

»Wie geht es dir?«, fragte ich unbeholfen. Er zuckte mit den Schultern und starrte in eine andere Richtung.

»Coe ist tot. Amber hat es getan.«

Brandon blickte mich überrascht an. »Wie?«, fragte er nur.

»Willst du es sehen?«

»Bitte.« Er senkte seine Schilde.

Ich schickte ihm Bilder von den Kreuzen, von dem brennenden Sarg, Coes Schreien und Conways verstümmelter Leiche. Ein merkwürdiges Leuchten trat in seine Augen.

»Das ist der Tod, den ich mir für ihn immer gewünscht habe, woher wusste Amber das? Hast du es in meinen Gedanken gelesen?«, fragte er.

Plötzlich hatte ich einen schrecklichen Verdacht. Ich verstand nicht genau, wie, aber auf irgendeine Weise musste ich Brandons Rachephantasien auf Amber übertragen haben. Deshalb hatte sie sich auch so merkwürdig verhalten, sie war wirklich nicht sie selbst gewesen.

»Ich habe deine Wünsche nicht gelesen, zumindest nicht bewusst, Brandon.«

»Dann hat mich irgendein Gott erhört«, sagte er.

Ich rührte nicht daran. Mit einem Mal erinnerte ich mich wieder an eine Szene, in der Conway Brandon kurz nach dessen Verwandlung ein Messer in den Unterleib stieß, um ihn von seinem Opfer abzubringen. Amber hätte den Diener auch erschießen können, doch sie wählte ein Messer für den ersten Streich, warum? Brandon wusste, dass Coes größte Angst Feuer und Kruzifixen galt, Amber nicht. Oder doch? Ich raufte mir die Haare und atmete tief durch. Was geschehen war, ließ sich ohnehin nicht rückgängig machen, ermahnte ich mich.

Brandon starrte in Gedanken versunken an mir vorbei

und drehte langsam sein neues Armband. Ich wollte nicht länger neben ihm sitzen, stand auf und kletterte auf die Ladefläche des Dodge. Dort lag Amber zusammengekauert auf dem bloßen Metall und hatte sich ein Stück der Plane, mit der der Sarg abgedeckt war, über die Beine gezogen.

Ich roch das Salz getrockneter Tränen. Auf ihrem zerrissenen Shirt klebte Blut, ihr eigenes und das von Conway. Es war zu dunklen Flecken geronnen. Vorsichtig rutschte ich näher und strich ihr die verschwitzten Strähnen aus der Stirn.

Ich konnte noch immer nicht ganz glauben, was sie getan hatte, vor allem jetzt nicht, da ich mir sicher war, dass sie Brandons dunkelste Wünsche erfüllt hatte. Vorsichtig ließ ich meine Hände über ihre gebräunten Arme gleiten und kreuzte ihre Finger mit meinen.

Ambers Augen zuckten unter den Lidern. Sie wurde wach.

»Bist du das, Julius?«, fragte sie leise.

»Ja, ich bin bei dir.«

Eine Träne bahnte sich den Weg durch ihre Wimpern und tropfte auf meine Hand. Zitternd krümmte sie ihren Körper noch weiter zusammen.

»Halt mich fest.«

Ich zog sie in meine Arme, bettete ihren Kopf über meinem Herzen und drückte meine Wange auf ihr Haar. An den Sarg gelehnt, wiegte ich sie langsam vor und zurück.

Sie weinte stumm. Jetzt hatte sie noch einen Alptraum, noch einen Geist, der sie in ihrem Schlaf verfolgen würde. Früher hatte ich auch viele Alpträume gehabt, von Menschen, die ich getötet hatte, von Vampiren, die mich um Gnade anflehten, bevor ich sie hinrichtete. Sie waren alle fort, alle waren sie einer stumpfen Leere gewichen, die vielleicht noch schlimmer war, als sich an die Gesichter meiner Opfer zu erinnern.

»Was hast du nur getan, Liebes, was hast du dir nur angetan?«, flüsterte ich in ihr Haar und trauerte in diesem Moment nicht nur mit ihr, sondern auch um meinen eigenen Verlust.

Ich gab ihr Kraft, vertrieb den kühlen Abendwind mit warmer Magie.

Amber vergrub den Kopf an meiner Brust, als wollte sie nie wieder die Augen öffnen. Ihre Hände krallten sich in den Stoff meines Shirts.

Ich wusste nur zu gut, wie sich das anfühlte, der erste Mord.

Der erste Tote, der nicht im Kampf starb oder weil man sein Leben oder das seiner Freunde verteidigte, sondern weil man es geplant hatte. Ich hätte mir gewünscht, dass sie diese Erfahrung niemals machen müsste. Jetzt war es geschehen, und etwas in ihr war kaputtgegangen, wie damals etwas in mir kaputtgegangen war. Amber weinte, nicht um Coe oder Conway, sie weinte um sich selbst, um ihre verlorene Unschuld. Ihr Körper wurde von Schluchzern geschüttelt, und ihre Trauer hatte etwas Gewalttätiges an sich, so sehr zuckte und bebte sie.

Ich legte zwei Finger unter ihr Kinn und hob es gegen ihren schwachen Protest.

Vor uns lag der See. Die Sonne war untergegangen, aber ihr Licht färbte noch immer die Wolken. Die eine Seite des Himmels war bereits nachtblau und die ersten Sterne zeigten sich, die andere glühte dunkel, als brenne ein Feuer in der Ferne. Brandon stand einsam am Ufer. Der Wind hob sein langes Haar und spielte damit. Als hätte er unsere Blicke gefühlt, drehte er sich um und kam langsam auf uns zu, bis er schließlich eine Hand auf den Dodge stützte und zu uns aufblickte.

Amber richtete sich auf und starrte in Brandons dunkle, leere Augen.

»Danke«, sagte er und ging wieder davon. Seine nackten Füße machten auf dem Sand keine Geräusche.

In diesem Augenblick wusste ich, ich würde Amber niemals davon erzählen, dass sie Brandons Rache ausgeführt und ich womöglich als Medium dafür gedient hatte. Amber rutschte von mir weg und streifte meine Hände von ihren Armen.

»Ich hoffe, Steven ist nichts passiert«, sagte sie leise und ließ sich von der Ladefläche in den Sand gleiten. »Das würde ich dir nie verzeihen.«

Hektisch schlug ich die Plane zur Seite, öffnete den Sarg und war erleichtert. Der junge Vampir sah aus wie eh und je. Ich setzte mich auf die Kante seines Sargs. Als er erwachte, war er einen Moment orientierungslos. Panik färbte seinen Geruch, dann beruhigte er sich.

»Es geht ihm gut!«, rief ich Amber zu, dann wandte ich mich an den jungen Mann. »Du bist wieder zurück bei uns. Coe ist tot. Du musst nicht bei ihm bleiben.« Ich berührte Stevens Arm. Er schlug meine Hand fort und setzte sich auf. »Ich will nach Hause, sofort.«

»Steven!«, sagte ich mahnend, ließ seinen mangelnden Respekt aber ungestraft.

»Es ist mir scheißegal wie, aber ich bleibe keinen Moment länger hier!«

KAPITEL 29

Eine Dreiviertelstunde später hatte Julius für Steven einen Mietwagen organisiert, da der junge Vampir partout nicht mit dem Rest der Gruppe zurückreisen wollte.

Mit beiden Wagen war die Fahrt dann zu einem abgelegenen Parkplatz gegangen, um dort den Sarg umzuladen.

Amber schwieg die ganze Zeit über. Die Stimmung war unerträglich. Brandon kauerte teilnahmslos auf der Rückbank. Christina saß verzweifelt neben ihm und war ratlos, was sie tun sollte. Julius hatte kurz mit Curtis telefoniert, dann mit Steven besprochen, auf welcher Route er heimfahren sollte.

Amber fühlte sich einfach nur elend. Wenn sie Brandon ansah, musste sie unweigerlich daran denken, was er erlitten hatte, und im nächsten Moment hörte sie wieder Coes Schreie und hatte den schrecklichen Brandgeruch in der Nase. Ein Teufelskreis!

Während Julius mit Steven den Sarg umlud, raffte sie in aller Eile und ohne dass ihr Geliebter es mitbekam, im Wohnwagen ihre Kleidung zusammen und trug ihre Reisetasche hinaus.

Dann stand er plötzlich vor ihr. Julius schien nicht sofort zu begreifen. Sein Blick wanderte von ihrem Gesicht zu der Tasche in ihrer Hand und er schüttelte den Kopf. »Nein, bitte.«

»Es ist besser für uns beide, wenn ich mit Steven fahre.«

»Ich konnte nicht anders handeln, Amber.«

Sie glaubte ihm noch immer kein bisschen.

»Amber, benutz die Siegel, du kannst fühlen, dass es stimmt.«

»Nein, diesmal kommst du damit nicht durch, Julius.«

Der Vampir sah sich nach den anderen Unsterblichen um und Amber folgte unweigerlich seinem Blick. Brandon starrte in ihre Richtung und schien sie dennoch nicht wahrzunehmen.

»Was willst du tun in L.A.?«

Sie zuckte mit den Schultern. »Arbeiten gehen. Was weiß ich.«

Er musterte sie. »Glaubst du, du kannst einfach so weitermachen?«

Amber schluckte. Nein, wohl nicht. Die Erinnerungen hatten sich in ihre Seele gebrannt, wie mit Säure zerfressen.

Sie schüttelte den Kopf. »Ich weiß es nicht.«

»Bleib bei uns. Du solltest jetzt nicht allein sein. Wenn du nicht mit mir reden willst, okay, ich lass dich in Ruhe. Chris und du, ihr versteht euch doch gut. Sprich mit ihr, friss es nicht in dich hinein. Es macht dich kaputt.«

Amber starrte zu Boden und nickte langsam.

Als Julius ihr die Tasche aus der Hand nahm, hinderte sie ihn nicht. Tief in ihrem Inneren wusste sie, dass er recht hatte. Sie blieb einfach an Ort und Stelle stehen. Julius trug ihr Gepäck zurück in den Airstream. Er blickte sich weder nach ihr um, noch versuchte er, mit ihr zu sprechen, als er zurückkam.

Stevens Abschied war voller unterdrückter Emotionen. Sobald er mit dem Mietwagen davongerast war, stieg Amber zu Christina auf die Rückbank des Dodge. Die junge Vampirin drückte kurz ihre Hand und zuckte dann von allein zurück. Ambers Haut war warm.

»Finden wir schnell einen Ort zum Trinken!«, sagte Julius und sah seinen Schützling mahnend an, dann brachen auch sie endgültig auf.

Wir fuhren geradewegs nach Süden. Brandon war fest entschlossen, Takoda Red Deer zu treffen, und ich wollte ihm diesen Wunsch erfüllten.

Ich hoffte, dass ich den Weg zu dem alten Indianer wiederfand. Ich hatte mir damals keine Mühe gemacht, mir irgendwelche Landmarken einzuprägen.

Daher rief ich mir noch einmal die Begegnung mit Takoda

Red Deer in Erinnerung und dann fiel mir wieder ein, dass er erwähnte, wie viele Meilen sein Haus von der nächsten Ortschaft entfernt war. Erleichtert steuerte ich den Wagen weiter durch die Wüste. Als wir The Gap erreichten, setzte ich die Kilometeranzeige auf null. Jetzt war es nicht mehr weit.

Brandon saß seit unserer Abfahrt schweigend neben mir auf dem Beifahrersitz. Er war reglos wie eine Puppe. Wenn er nicht ab und zu blinzelte, hätte man ihn für tot halten können. Tiefe Falten zeichneten sein zuvor makelloses Gesicht. In den wenigen Tagen bei Coe war er um Jahre gealtert. Jetzt hob der Indianer seine Hand und rieb mit den Fingern über die gerötete Haut unter dem eisernen Halsring. Die Berührung rief frische Erinnerungen wach. Man merkte es Brandon nicht an, aber ich hörte sein Herz schneller schlagen und ich roch seine Angst. Auch Christina roch sie und sah beunruhigt auf.

Ich wollte sie warnen, doch da beugte sie sich bereits vor und berührte ihren Geliebten an der Schulter.

Brandon erschrak und schlug ihre Hand fort, dann sackte er im Sitz zusammen und verschränkte seine Arme vor der Brust. Frischer Angstgeruch schwappte aus seiner Haut wie Wasser aus einem übervollen Glas.

Er atmete tief durch, fasste nach dem Talisman und wurde augenblicklich ruhiger. Ich hoffte für uns alle, dass der alte Medizinmann noch viel mehr bewirken konnte, als es sein kleines Zauberbeutelchen jetzt schon tat.

Der Rückspiegel zeigte mir Christina, die stumm mit ihrem Geliebten litt. Sie verkrampfte ihre Hände, als müsste sie sich zwingen, Brandon nicht noch einmal zu berühren.

Kurz begegneten sich unsere Blicke im Spiegel.

Amber war eingeschlafen. Sie hatte eine Beruhigungstablette geschluckt und war wohl die Einzige von uns, die gerade keine schweren Gedanken wälzte. Brandon hatte abgelehnt, eine der Pillen zu nehmen. Ich war mir ohnehin nicht sicher, ob sie etwas genutzt hätten. Nur wenige Medikamente zeigten in unseren Körpern überhaupt eine Wirkung.

»Die Hügel kommen mit bekannt vor«, sagte ich nach einer Weile. »Halte nach einer Lücke im Viehzaun Ausschau, Brandon. Die Hütte steht auf der linken Seite. Wir sollten die Leute spüren können.«

Er richtete sich in seinem Sitz auf und betrachtete die Straße mit neu erwachtem Interesse. »Zwei?«, fragte er leise und ich nickte.

Er streckte seine Energie aus. Ich fühlte sie wie schwache elektrische Strömung über meine Haut kriechen.

Eine Meile später wies Brandon nach links.

»Da vorne. Ist es das?«

Er zeigte auf eine Lücke im Zaun, ein Viehgitter, dazu ein Schotterweg. Einer von vielen. Die Scheinwerfer eines entgegenkommenden Autos erhellten in diesem Moment einen vielarmigen Joshua Tree. Es war eines der größten Exemplare, die ich je gesehen hatte, und ich erkannte die markante Pflanze sofort wieder.

»Ja, das ist es«, sagte ich erleichtert.

Ich trat auf die Bremse und lenkte den Dodge samt Anhänger über die breite Sandfläche, welche die beiden Fahrspuren voneinander trennte. Wir fuhren in die Einfahrt, die Reifen brummten laut über das Viehgitter, und dann kamen uns auch schon die beiden Hunde entgegengestürmt.

Wie einige Nächte zuvor, kämpften wir uns die holperige Piste hinauf.

Jemand bemerkte uns, und in der Hütte wurden weitere Lichter angezündet. Als wir den Vorplatz erreichten, erkannten mich die Hunde wieder und verkrochen sich in ihrem rostigen Auto.

Ich war in schlechter Erinnerung geblieben.

Takoda Red Deer erwartete uns bereits. Er stand vor der geöffneten Tür der Hütte und hielt sein Gewehr im Arm. Wie bei unserer letzten Begegnung, so trug er auch heute ausgewaschene Jeans und ein kariertes Hemd, Blau mit Rot. Die graumelierten Haare fielen offen über die Schultern. Er lächelte. Eine Reihe weißer Zähne blitzte aus seinem sonnenverbrannten Gesicht hervor.

Ich zog den Schlüssel und stieg aus. Christina und Amber, die inzwischen wach geworden war, verließen den Wagen ebenfalls, doch Brandon blieb wie angewurzelt sitzen.

Ich ging um die Motorhaube herum und öffnete die Beifahrertür.

»Kommst du?«

Brandon schwieg. Seine Augen huschten zu Red Deer, dann starrte er wieder geradeaus.

Ich berührte ihn an der Schulter. Er zuckte weg.

»Du wolltest doch mit ihm sprechen.«

Brandon schüttelte den Kopf. »Ich kann seine Medizin fühlen. Er ist ein mächtiger Mann«, flüsterte er.

»Du brauchst keine Angst vor ihm zu haben.«

In diesem Moment trat der alte Indianer an meine Seite.

Er streckte dem Vampir seine Rechte hin. »Takoda Red Deer.«

Brandon starrte auf die faltige Hand, als sähe er etwas Furchteinflößendes in ihr. Der Alte ließ sich nicht so leicht abweisen, ergriff einfach Brandons Rechte und schüttelte sie.

»Brandon Flying Crow«, stellte ich ihn vor, während Brandon immer weiter zu schrumpfen schien.

»*Lila tanyan wacin yanke,* Brandon. Steig aus mein Freund, hier passiert dir nichts«, sagte Red Deer ruhig.

Brandon schüttelte den Kopf.

Red Deer legte mir die Hand auf die Schulter. »Schön, dass Sie gekommen sind.« Er lächelte breit. »Flying Crow soll nachkommen, wenn er so weit ist. Cloud hat einen Kuchen gebacken. Zumindest Ihre menschliche Begleiterin wird sich freuen, für Sie …«

»Wir sind versorgt«, unterbrach ich ihn. »Nennen Sie mich Julius, bitte.«

»Takoda.« Er reichte mir die Hand.

Wir ließen Brandon einfach im Auto zurück. Amber und Christina warteten an der Tür auf uns. Der alte Mann begrüßte beide und öffnete die Haustür. Warmer Kuchenduft trieb uns entgegen. Apfel und Zimt.

Drinnen wurden wir von Cloud herzlich begrüßt. Ihr Mondgesicht strahlte. Takoda stellte uns vor, und seine Tochter drückte Amber und Christina ans Herz wie alte Freundinnen. Das kleine Wohnzimmer war nicht wiederzuerkennen. Es war aufgeräumt und auf einem kleinen Tisch stand mitten in der Nacht Kaffeegeschirr.

»Woher wussten Sie, dass wir kommen würden?«, fragte Amber erstaunt.

»Mein Vater weiß solche Dinge einfach«, sagte Cloud und rieb fröhlich ihre dicken Finger aneinander. »Setzt euch, bitte.«

Christina entdeckte den Kaffeetisch und zog die Stirn kraus. Es war für sechs gedeckt. »Ich … wir …«, begann sie unsicher und blickte sich hilfesuchend nach mir um.

Cloud verschwand kurz in der Küche, kam mit dem Kuchen zum Tisch und schien ganz mit sich zufrieden.

»Keine Sorge, Vater hat mir erzählt, was ihr seid. Aber ich dachte, es sei unhöflich, direkt nur für drei zu decken. So sieht es doch auch schöner aus.«

Ich hob die Hände zu einer Geste der Hilflosigkeit, lächelte und setzte mich.

»Auf jeden Fall sind wir sehr dankbar für eure Gastfreundschaft.«

»Gerne«, erwiderte Cloud, »wir bekommen selten Besuch von so weit her.«

Sie zupfte ein paar Blumen in der Vase zurecht und benahm sich in allem so, als sei es das Selbstverständlichste auf der Welt, um zwei Uhr nachts Vampire zum Kaffee einzuladen.

Wir setzten uns.

Während Cloud Kuchenstücke verteilte und Kaffee in drei Tassen goss, beobachtete mich Red Deer.

»Es ist dir also gelungen, ihn zu befreien, wie ich erwartet habe«, sagte er dann.

»Ja, aber ich fürchte, für seine Seele sind wir zu spät gekommen.«

Der Alte nickte verständnisvoll, und Amber stieß mich mit dem Knie an. *»Wie viel weiß er?«*, fragte sie still.

»Keine Ahnung«, gab ich in Gedanken zurück. »Wie viel wissen Sie … weißt du von dieser Geschichte, Takoda?«

»So viel, wie du mich hast sehen lassen«, meinte er und schob sich ein Stück Kuchen in den Mund. Er schloss genießerisch die Augen. »Perfekt, meine Tochter, wie immer.«

Auch von Amber ertönte ein Lob für Cloud.

Christina fühlte sich hingegen sichtlich unwohl. Man konnte ihr anmerken, wie gerne sie Kuchen gegessen und Kaffee getrunken hätte. Zudem saß sie zum ersten Mal mit einem Menschen zusammen, von dessen Blut sie getrunken hatte. Hin und wieder ertappte ich sie dabei, wie ihr begehrlicher Blick auf Clouds Handgelenken oder gar auf deren Kehle ruhte.

»Warum wolltest du, dass wir wiederkommen?«, fragte ich. »Ihr habt durch uns Leid erfahren. Ich verstehe nicht, warum ihr so freundlich zu uns seid.«

Der alte Indianer musterte mich. Das Lächeln verschwand von seinem Gesicht.

»Ich habe sogar lange auf eure Ankunft gewartet. Meine Träume waren nicht sehr genau, und ich habe sie in all den Jahren nicht verstanden, aber jetzt verstehe ich.«

In diesem Moment wurde die Klinke heruntergedrückt. Die Tür öffnete sich langsam. Brandon kam herein, schaute sich vorsichtig um und trat dann zu uns an den Tisch. Schweigend setzte er sich auf den freien Platz.

Ich stand auf, schloss die Tür, die er offen gelassen hatte, und setzte mich wieder. »Erzähl ruhig weiter«, bat ich. »Die Träume, die du hattest, was ist damit?«

Red Deer musterte Brandon, der mit gesenktem Kopf und im Schoß gefalteten Händen dasaß. Seine Haare waren nach vorne gerutscht und verbargen zum Teil sein Gesicht.

»Wakan Tanka, der Große Geist, schickte mir die ersten Träume, als ich für ihn tanzte, vor drei Jahren, zu Mittsommer. Es war mein letzter Sonnentanz. Vier hatte ich nach dem Tod meiner Frau gelobt und das war der vierte.«

Ich spürte, wie Brandon neugierig wurde. Red Deers Worte lockten ihn aus dem Abgrund, in dem seine Seele hauste.

»Die Träume sprachen von einem Geist in menschlichem Körper, einem, der die Sonne fürchtet, und der tot ist und doch neu geboren wird. Ich habe diese Vision nicht verstanden. Ich habe weise Männer und Frauen der Lakota und Navajo befragt, aber keiner konnte die Zeichen deuten. Und dann kamst du und mir wurde vieles klarer.«

»Und deshalb sind wir hier?«, fragte ich ungläubig. »Wegen etwas, das du beim Tanzen geträumt hast?«

»Der Sonnentanz ist nicht irgendein Tanz, Julius!«, stieß Brandon plötzlich hervor. »Es ist eine heilige Zeremonie, das höchste Opfer, das ein Mensch dem Großen Geist darbringen kann.«

Red Deer lächelte. »Euer Freund hat recht. Die Stämme der Plains führen den Tanz seit Urzeiten auf. Es ist ein Ritual der Erneuerung, der Wiedergeburt. Die Tänzer durchleiden große Entbehrungen.«

Ich erinnerte mich, irgendwo einmal etwas von einem blutigen Martyrium gehört zu haben, bei dem sich Männer die Haut durchbohrten. Jeglicher religiöse Wahn war mir fremd und diese Zeremonie zählte ich auf jeden Fall dazu.

»Großvater, warum hast du an den Tänzen teilgenommen?«, fragte Brandon und streifte sein Haar aus dem Gesicht. Die familiäre Anrede überraschte mich im ersten Moment, dann fiel mir ein, dass es eine Art Ehrbezeugung gegenüber älteren Stammesmitgliedern war.

Red Deer tauschte einen bitteren Blick mit seiner Tochter. »Meine Frau ist bei einem Autounfall gestorben. Es war meine Schuld. Ich hatte zu viel Alkohol getrunken. In den Jahren danach habe ich noch mehr getrunken und wäre wohl daran gestorben. Ich kam nicht darüber hinweg. Der Große Geist hat mir einen anderen Weg gezeigt. Ich habe getanzt und bin ein neuer Mensch geworden«, sagte er feierlich und faltete seine alten, knotigen Finger.

Cloud tätschelte ihrem Vater die Hände und stand auf, um abzuräumen.

Amber half ihr.

Brandon schien in seine eigene Stille zu versinken, doch dann fand er seine Sprache wieder. »Leider kann ich nicht tanzen. Die Sonne würde mich töten.«

Red Deer stand auf und legte ihm eine Hand auf die Schulter. »Ich denke, ich habe eine Säge, mit der wir dich von diesem schrecklichen Eisenring befreien können. Ich werde sie suchen.«

»Danke«, erwiderte Brandon leise.

»Das wäre großartig«, setzte ich hinzu und sah dem alten Indianer nach, der die Hütte durch die Vordertür verließ. Brandon war wieder in Gedanken versunken, bis Red Deer zurückkehrte. Der Alte hatte das richtige Werkzeug und brachte sogar noch ein zweites Sägeblatt mit.

Wir fanden heraus, dass es am besten war, wenn Brandon sich weit vorbeugte und Kopf und Hals auf den Tisch stützte. Auf diese Weise drückte die Platte den Eisenring hoch, und es bestand weniger Gefahr, ihn zu verletzen.

Red Deer zündete sich eine Zigarette an und pustete den Tabakqualm unter leisem Murmeln in vier Richtungen. Dann blies er sich den grauen Dunst in die Hände und verteilte ihn über Brandon.

Brandon atmete den heiligen Rauch tief ein und schloss die Augen. Takoda Red Deers Medizin war stark, und als seine heilenden Hände ihn berührten, flammte der Terror nicht zu neuem Leben auf. Brandons Seele war still, endlich still.

Er stützte die Stirn auf den Tisch und die beinahe schmerzhafte Anspannung, die seinen Körper seit dem Erwachen fest im Griff gehabt hatte, schwand.

Red Deer setzte die Säge an und sagte einige Worte in seiner Muttersprache. Brandon verstand nur wenig Lakota Sioux. Die paar Sätze, die er in der Uni aufgeschnappt hatte, reichten nicht, doch in dem Gebet lag Kraft, das fühlte er auch so. Der Eisenring vibrierte. Red Deer sägte und hatte einen Rhythmus gefunden.

Doch auch wenn der Ring bald verschwunden war, Brandon würde doch nicht frei sein. Ihm blieben Tage, vielleicht eine Woche, bis man ihn finden und hinrichten würde. Er hatte eine junge Frau getötet. Der Mord in der Tankstelle ließ sich nicht ungeschehen machen. Er war auf dem Überwachungsvideo zu sehen, Brandon hatte sich absichtlich so gedreht, dass die Kamera genau in seine Richtung zeigte. Kurz beschlich ihn die Hoffnung, in dem altmodischen Aufnahmegerät wäre gar kein Film eingelegt gewesen. Er hatte es damals gar nicht weiter kontrolliert, sondern einfach eine andere Kassette aus dem Regal genommen und vor Coes Augen angezündet.

Nein, er würde sterben und es war besser so. Mit dieser Schande wollte er nicht weiter existieren, nicht noch einmal Jahrzehnte immer wieder durchleben, wie Coe ihn missbrauchte. Dennoch war er dem Schicksal dankbar für die wenigen Tage in Freiheit, die ihm noch gegeben waren. Er würde Zeit haben, Abschied zu nehmen von seinen Freunden und seiner großen Liebe Christina, und vielleicht würde der Medizinmann ihm sogar helfen, seinen Körper zu reinigen und seine Seele auf das Jenseits vorzubereiten.

Red Deer hörte auf zu sägen und Julius übernahm das Werkzeug von ihm.

»Ich geh schlafen«, sagte Amber in die Stille hinein und verließ das Haus. Cloud war schon vor einer Weile verschwunden.

Brandon öffnete die Augen. Halb verdeckt durch seine Haare erkannte er Christina, die mit verkrampften Händen am Tisch saß.

Als sie seinen Blick bemerkte, formte ihr Mund stumm: »Ich liebe dich.«

Brandon schloss einmal kurz die Augen. *Ich dich auch.* Von einem Moment auf den anderen strahlte sie. Eine Träne rollte über Christinas Wange, während sie ein Stückchen näher rutschte. Unsicher streckte sie eine Hand nach ihm aus und Brandon nahm all seine Kraft zusammen, um diese Berührung zu ertragen.

Ihre Finger sanken ganz vorsichtig auf sein Haupt. So sanft, dass nichts in ihm an Coe oder dessen Diener erinnert wurde.

Christina legte den Kopf auf den Tisch, bis sie auf Augenhöhe war, und strich ihm langsam durchs Haar, eine gleichmäßige freundliche Berührung, und dabei lächelte sie.

Wir brauchten fast eine halbe Stunde und beide Sägeblätter, dann endlich war das verbleibende Stück Metall so dünn, dass ich das Werkzeug zur Seite legen konnte.

Ich griff mit beiden Händen zu und zog. Nach mehreren Versuchen brach der Eisenring endlich entzwei, und Brandon war frei. Doch er blieb einfach mit dem Kopf auf dem Tisch liegen.

»Er ist weg, Bran«, sagte Christina leise und strich ihm über die bläuliche Narbe, die mit der Zeit und einigen Blutmahlzeiten verschwinden würde. Red Deer hob die Eisenteile auf, trat zur Tür und warf das Zeichen der Knechtschaft hinaus.

Brandon, rieb sich vorsichtig den Hals, hob den Kopf und sah mich an. »Er wird niemals ganz verschwinden. Niemals!«

»Die Zeit wird deine Wunden heilen«, entgegnete ich.

»So viel Zeit ertrage ich nicht«, flüsterte er.

Red Deer hatte unser Gespräch mit angehört. »Vielleicht hilft es dir, deine Seele in der Schwitzhütte zu reinigen, Brandon. Wir können jetzt gleich dorthin gehen. Der Dampf und die Wärme werden dich reinwaschen.«

Das schien den Ausschlag zu geben.

»Ich war noch nie in einer Schwitzhütte und ich kenne die Gebete nicht«, erwiderte Brandon.

»Keine Sorge, ich werde sie dich lehren«, erwiderte Red Deer und lächelte seltsam zufrieden, was mich vermuten ließ, dass sich gerade ein weiterer Teil seiner Vision erfüllte.

KAPITEL 30

Kurz darauf waren wir auf dem Weg in die nahen Hügel. Warum ich mitkommen durfte, war mir nicht ganz klar. Der alte Indianer hatte sich auf meine Nachfrage nur sehr unzureichend ausgedrückt. Jetzt trug ich einen Stapel Holz unter dem Arm und folgte Takoda einen Hang hinauf. Der Alte schleppte einen blauen wassergefüllten Plastikeimer und leuchtete uns mit einer Taschenlampe den Weg.

Brandon lief in einigem Abstand hinter uns, blieb immer wieder stehen und starrte in die Nacht.

Red Deer hatte ihn gebeten, Salbei zu pflücken, doch bislang hielt er nur einen kleinen Zweig in der Hand, obwohl die Wüste voll davon war und uns die Büsche bis an die Brust reichten. Die Hunde huschten durch das Unterholz.

Der dünne Pfad machte eine Biegung und dann standen wir vor einer kleinen Hütte. Der Bau bestand aus gekrümmten Ästen und darüber gespannten Stoffbahnen sowie einem eckigen Türrahmen.

Red Deer stellte den Wassereimer neben die Tür und machte sich daran, ein Feuer zu entzünden, das schon bald den kleinen Platz beleuchtete. Die Hütte wurde auf drei Seiten von Felsen eingerahmt, die von einigen mageren Kakteen und Gräsern bewachsen waren; die vierte, offene Seite zeigte nach Osten.

»Du wirst das Feuer in Gang halten«, erklärte Red Deer, »und wenn ich rufe, bringst du uns frische, heiße Steine hinein.«

Jetzt bemerkte auch ich die großen runden Kiesel aus Vulkangestein, die offensichtlich nicht zufällig im Feuer lagen.

»Und was machst du in der Zeit?«

»Ich werde mit Flying Crow beten und ihm helfen, die Stimme des Großen Geistes zu hören. Wenn du möchtest, kannst du mit in die Schwitzhütte kommen, bis die ersten Steine ihre Hitze verloren haben. Vielleicht ist es sogar besser so und dein Freund fasst leichter Vertrauen.«

Der Indianer sah sich suchend um, doch von Brandon fehlte bislang jede Spur.

»Soll ich ihn holen? Oder rufen?«

»Ja, das wäre gut.«

Ich konzentrierte mich auf den Punkt über meinem Herzen, wo die Eide lagen, fand den schwächsten und folgte diesem Pfad zu Brandon. Seine Alpträume hatten ihn eingeholt. Ich erhaschte einzelne Bilder. Coe, Conway, der dunkle Kellerraum und Schmerz.

Ich hetzte den Pfad hinunter. Als ich um eine Kurve bog, hob Brandon gerade Salbeizweige auf, die ihm heruntergefallen waren. Ich wurde langsamer. Brandon sah mir mit versteinerter Miene entgegen. »Es ist nichts, Julius. Ich komme.«

»Red Deer hat schon Feuer gemacht.«

»Es tut mir leid«, sagte Brandon und seine Stimme war fast nicht zu hören. »Ich bin in Gedanken gewesen.«

Ich bückte mich nach den Salbeizweigen, die er fallen gelassen hatte, hob sie auf und gab sie ihm. Brandon starrte auf die Äste mit den kleinen, pelzigen Blättern und drehte sie in der Hand.

Ich half, Zweige von den Büschen zu brechen. Als wir

beide je einen Arm voll gepflückt hatten, machten wir uns endlich auf den Weg.

Red Deer erwartete uns neben dem Feuer. »Das ist genug Salbei«, sagte er nur und wir legten das Kraut neben der Tür der Schwitzhütte ab.

»Was muss ich tun?«, fragte Brandon gefasst.

»Leg deine Kleidung ab.«

Mit den Händen am geöffneten Gürtel, drehte sich Brandon wieder zu uns. Fast erwartete ich, dass er sich weigern würde. Ein Schauder durchlief seinen Körper, er holte tief Luft, dann zog er sich hastig aus.

Red Deer entzündete ein Bündel Salbei am Feuer und trat zu Brandon. Ein Adlerflügel diente ihm als Fächer, um den Qualm in die richtige Richtung zu wedeln. »Reibe deine Haut damit ab, es wird dich reinigen.«

Brandon schöpfte den Rauch mit hohlen Händen und verteilte ihn auf seiner Haut.

Ich setzte mich an das Feuer und beobachtete die beiden Männer aus einiger Distanz bei ihren Vorbereitungen. Der alte Indianer stimmte eine leise Melodie an. Ich konnte fühlen, wie die Erde ihre Aufmerksamkeit auf den Sprecher richtete. Seine Worte besaßen Kraft. Red Deer wuchs vor meinem inneren Auge und aus dem kleinen, alten Mann wurde eine Lichtgestalt, ein magisches Wesen. Der Zufall hatte mich ausgerechnet zu einem echten Medizinmann geführt. Oder war es gar kein Zufall? War es Bestimmung, wie der Alte behauptete?

Ich rutschte näher ans Feuer. Die sternenklare Nacht war kalt. Brandon schien nicht zu frieren. Zögernd betete er mit Red Deer, und die Worte taumelten nur so aus seinem Mund. Er ließ es zu, dass der Alte ihm den Rücken mit einem Bündel Kräuter rieb, und dabei wurden seine Worte immer flüssiger, wurden melodischer, kraftvoller.

Brandon betete und es war kein reines Nachahmen mehr, er betete in der Sprache seines Volkes und die Worte kamen aus tiefstem Herzen.

Red Deer schien zufrieden. Er streifte eilig seine eigene Kleidung ab und reinigte auch sich mit dem ätherisch duftenden Kraut, dann bedeutete er Brandon, in die Schwitzhütte zu gehen.

Es war keine Rede mehr davon, dass ich ihnen folgen und an dem Ritual teilnehmen sollte, aber ich wollte es auch nicht. Red Deer kam zu mir an das Feuer und griff nach einer Geweihschaufel, die bislang von mir unbemerkt in Sand gelegen hatte. Mit einem Stock schob er einige Steine aus dem Feuer und bugsierte sie auf den geschwärzten Knochen, dann folgte er Brandon in die Schwitzhütte.

Augenblicke später zischte Wasser, das auf glühende Steine traf, und dann begannen die Gebete aufs Neue. Der melodische Singsang, in den sich bald auch Brandons Stimme mischte, schwoll an und ab. Das war der Puls dieses Landes, seine Seele.

So hatte diese Welt geklungen, bevor Columbus einen Fuß auf einen abgelegenen Strand setzte und damit den Grundstein für einen beispiellosen Völkermord gelegt hatte. Scham stieg in mir auf. Ich schämte mich für meine Vorfahren und die Arroganz der Weißen. Kurz fragte ich mich, warum ich mich schämte, ich, der damit nichts zu tun hatte. Ich wusste es. Die Schuld der anderen weckte Erinnerungen an all die Menschen, die ich in meinem Blutdurst getötet hatte und die wie eine schweigende, mahnende Menge auf mich warteten.

So viele Tote. Würde ich dafür bezahlen müssen? Brandon saß dort drinnen, schwitzte und betete.

Ich betete nicht, ich betete niemals. Ich war ohne Gott groß geworden. Würde ich dennoch von einem gerichtet werden? Ich hoffte nicht. So viele Leben, die ich vernichtet hatte. Es ging mir nicht aus dem Kopf. Wenn es einen Gott gab, einen Großen Geist, dann, so tröstete ich mich, hat er auch bestimmt, dass es uns Vampire gab und dass wir jagten. Ich würde mich genauso wenig verantworten müssen wie Wölfe, Löwen oder all die anderen Raubtiere dieser Welt.

Beten? Zu wem sollte ich beten? Brandon schien sein Glaube nicht einzuschränken. Mein Meister Curtis war in seinem sterblichen Leben ein christlicher Ritter gewesen, jetzt konnte ihn Weihwasser zur Unkenntlichkeit verbrennen. Christina hatte seit ihrer Verwandlung keine Kirche mehr betreten, der Anblick von Kreuzen schmerzte sie.

Wenngleich ihre Religion Vampiren feindlich gesonnen war, hatten weder Christina noch Curtis ihren Glauben verloren.

Es gab eine Leere in mir, die wahrscheinlich nur ein Gott füllen konnte. Eine Zeitlang hatte Curtis dieser Punkt in meinem Herzen gehört, jetzt nicht mehr. Ich legte den Kopf in den Nacken.

Über mir funkelte die Milchstraße. Abermillionen Welten warteten dort oben, bereit, entdeckt zu werden. Aber vielleicht sollten die Christoph Columbus' dieser Erde ihre Häfen nicht verlassen, und fremde Strände fremd sein lassen.

Andere Götter waren mitunter nicht so gnädig wie die irdischen.

In der Schwitzhütte waren leise Gespräche an die Stelle der Gebete getreten. Hin und wieder stockte Brandons Redefluss. Er suchte nach Worten. Er hatte selten Gelegenheit, die Sprache seiner Ahnen zu benutzen.

Das Feuer war heruntergebrannt.

Ich legte Holz nach und beobachtete, wie die Kohlen zu

neuem Leben erwachten und ihre gierigen gelben Hände nach oben reckten. Eine kleine Spinne lief auf dem Scheit hin und her und verglühte in einem einzigen Augenblick. So schnell war ein Leben ausgelöscht. Ein kurzes Aufleuchten und dann nichts mehr.

Der Anblick dieses kleinen Todes ließ mich seltsam berührt zurück.

In diesem Moment bedauerte ich die Spinne mehr als einen Menschen oder Vampir, der irgendwo starb. Warum war das so?

Ich starrte in die Flammen, die die Rinde vom Holz schälten und Funkensterne zum Himmel schickten, und klärte meine Sinne.

Es war schön, einfach hier zu sitzen und nachdenken zu können. Wie sehr hatte ich die Einsamkeit vermisst. Seit meiner Befreiung aus dem Sarg hatte ich keinen Moment mehr für mich gehabt, keinen Augenblick allein.

Ich lauschte der Nacht. Grillen zirpten, hier und da huschten Tiere auf versteckten Pfaden. Schon vor einer ganzen Weile hatte ich eine kleine Wüsteneule bemerkt, die auf ihren viel zu langen Beinen umherrannte und nach Insekten schnappte, die der Feuerschein angezogen hatte.

Red Deers Hunde schlichen in der Nähe herum. Ich fühlte ihre Lebensenergie wie flackernde Lichter. Sie fürchteten mich. Sie fürchteten alle Vampire, denn wir waren größere und gemeinere Raubtiere als sie.

Heute Nacht wollte ich nicht gefürchtet werden, und die Tiere spürten es. Einer nach dem anderen verließen sie ihr Versteck und kamen zu mir an das Feuer.

Amber lag wach. Ihr Verstand sprang zurück zu dem Moment, als ihr Conway die Tür geöffnet hatte. Dann lief immer der gleiche Film ab, verstärkt durch splitterhafte Bruchstücke von Brandons Folter.

»Oh Gott!« Sie presste die Finger auf ihre Schläfen.

Wenn sie es doch nur nicht getan hätte! Was hatte sie nur dazu gebracht? Das konnte doch nicht wirklich sie gewesen sein!

Sie wälzte sich von einer Seite auf die andere, dann gab sie auf. Keine Chance, sie würde nicht einschlafen. Dann konnte sie genauso gut aufstehen. Amber wickelte sich die Decke um die Schultern und lief zur Tür.

Als sie diese öffnete, blickte sie in Christinas verstörtes Gesicht. Sie hatte auf den Stufen gesessen.

»Kannst du nicht schlafen?«, fragte Christina und rutschte ein Stück zur Seite.

Amber schüttelte den Kopf. »Nein. Und du?«

Christina atmete tief durch. »Ich warte.«

Amber setzte sich neben ihre Freundin und legte ihr einen Arm um die Schulter. Die junge Vampirin fühlte sich an, als sei sie aus Stein gemeißelt. Jede Faser in ihrem Körper war angespannt. Ihre Kiefermuskeln traten deutlich hervor, und Amber glaubte, ihre Zähne unter der Gewalt, mit der sie sie aufeinanderpresste, knirschen zu hören.

»Ich würde ihm so gerne beistehen, aber ich kann nicht! Er war immer für mich da, immer. Und jetzt hocke ich hier und fühle mich so verdammt nutzlos!« Sie seufzte und rieb sich über das Gesicht. »Wenn ich doch wenigstens noch seine Dienerin wäre, dann könnte ich ihm durch die Siegel helfen, aber so … Er schottet sich völlig ab.«

»Ich bin sicher, dass ihm deine Nähe guttut, Chris.«

»Klar, und deshalb muss ich hierbleiben, während Julius und dieser Red Deer bei ihm sind.« Christina berichtete kurz von der Schwitzhüttenzeremonie und dass der Alte ihr gesagt hatte, sie dürfe nicht einmal in die Nähe kommen. Zornig ballte sie ihre Hände zu Fäusten und sprang auf.

»Chris, wo willst du hin?«

»Ich weiß nicht, einfach laufen. Begleitest du mich?«

Amber musterte ihre Freundin. »Nein, ich leg mich hin und versuche noch mal zu schlafen.«

»Viel Glück.«

Amber sah Christina nach, die mit verschränkten Armen und gekrümmten Rücken davonging, bis sie in der Ferne hinter einer Erhebung verschwand.

Brandon hatte mit Red Deer gebetet und gesungen, bis seine Seele leichter geworden war und Coes Schatten nicht mehr in jedem Winkel lauerte. Die Hitze in der Schwitzhütte war wie reinigendes Feuer. Sie brannte den alten Meister mit dem Element aus seinem Leib, das er in seiner Existenz am meisten gefürchtet hatte und das ihm am Ende zum Verhängnis geworden war.

Als Takoda nun die kleine Handtrommel zur Seite legte und ihn aus seinen weisen Augen betrachtete, empfand Brandon keine Scheu mehr, über das Erlittene zu sprechen.

»Es gibt noch etwas, das deine Seele bedrückt«, sagte Red Deer, nachdem Brandon geendet hatte. Da berichtete er dem Alten von dem Mord, den er in der Tankstelle begangen hatte, und auch warum er es getan hatte. »Ich wollte sterben, ich weiß, es ist Sünde.«

»Nichts ist Sünde, junger Freund«, erwiderte Red Deer ruhig. »Auf dieser Erde sind wir nur eine kurze Weile, womöglich war es ihr Schicksal.«

»Mir ist nicht mehr viel Zeit gegeben. Die Jägerin wird

kommen und mich für mein Vergehen richten. Ich bin hier, weil ich hoffte, dass du mir helfen wirst, meine Seele auf die Reise vorzubereiten.«

»Das kann ich tun«, erwiderte Red Deer und nickte langsam. »Aber ich sehe deinen Tod nicht vor mir.«

Brandon starrte ihn überrascht an und wischte sich den brennenden Schweiß aus den Augen. »Sie wird mich nicht hinrichten?«

Der alte Schamane zuckte mit den Schultern. »Die Visionen zeigen nur Ausschnitte, wie Bruchstücke eines Spiegels, die immer neu zusammengelegt werden können. Vielleicht kommt diese Jägerin, vielleicht kommt sie nicht, vielleicht werde ich morgen vom Blitz erschlagen. Träume schicken nicht immer Antworten, viel häufiger sind es Fragen oder Bilder, die wir nicht verstehen.«

»Ich sollte Julius erzählen, was ich getan …«

Red Deer nahm die Trommel wieder auf, schloss die Augen und sang. Brandon starrte ihn einen Augenblick an, dann zog ihn die Melodie mit sich und die fremden Worte tropften aus seinem Mund. Red Deers Medizin war stark. Sie zog ihn fort von Schuld und Scham und Coes ewigem Schatten.

Als mich Red Deer rief, hatten sich der gelbe und der schwarze Hund längst neben mir zusammengerollt. Ich fischte ein paar Steine aus der Kohle und trug sie zur Hütte.

Der nach Osten ausgerichtete Eingang war von einem Ziegenfell verhangen. Ich schob es zur Seite und kroch hinein. Der Dampf war schwer und kochend heiß, und ich hatte augenblicklich das Gefühl, zu ersticken. Scharfer Kräutergeruch stieg von der Haut der beiden Männer auf und mischte sich mit ihrem Schweiß. Im Sternenlicht, das durch die Tür hineinfiel, erkannte ich ernste Gesichter. Brandon wirkte ruhig und gefasst.

Red Deer bedeutete mir, mich rechts herum zu bewegen, anstatt auf kürzestem Weg zu der kleinen Senke, die in der Mitte der Hütte lag und die Steine beherbergte. Ich reichte ihm die Geweihschaufel mit den heißen Lavabrocken, und er gab mir dafür die erkalteten, damit ich sie wieder ins Feuer legen konnte.

Zwischen uns fiel kein einziges Wort.

Das spärliche Licht reichte, um alles in mich aufzunehmen. Die Hütte bestand aus zusammengebundenen Weidenästen, die mit Stoff und Leder abgedeckt waren. Hier und da baumelten Tabakblätter an roten Bändern herab. Die Äste, die das Dach trugen, wiesen in die vier Himmelsrichtungen, in den Winkeln hingen bunte Bänder, die diese kennzeichneten.

Red Deer stieß mich an. Ich sollte gehen. Und Brandon? Der blickte an mir vorbei auf die Brust des alten Schamanen, und dann bemerkte ich, was ihn so faszinierte. Die Hitze in der Schwitzhütte hatte ein Narbengeflecht zum Erröten gebracht. Es sah aus, als sei die Haut von Klauen zerfetzt worden. Das waren sicher Sonnentanznarben.

Red Deer fasste mich energisch am Arm und wies zur Tür.

Ich verließ die Hütte und wurde sofort von der trockenen Kälte der Nacht umfangen. Mit wenigen Schritten trat ich wieder in die Wärme des Feuers und setzte mich neben die Hunde, die nicht einmal aufblickten. Mit einem lauten Zischen begrüßte das Feuer die Steine. Ich schob sie tief in die Kohlen und lehnte mich zurück. Verärgerung darüber, hinausgeschickt worden zu sein, wollte nicht aufkommen.

Ich hatte einen Blick in eine andere Welt geworfen, doch es war nicht meine Welt. Ich bezweifelte, ob es Brandons Welt war, aber mir war alles recht, was ihm half, das Geschehene zu überwinden.

KAPITEL 31

Coe schrie und schrie. Sie feuerte auf den Sarg, leerte ein Magazin nach dem nächsten, doch die Schmerzensschreie nahmen kein Ende. Amber fuhr hoch. Ihr Puls hämmerte wie wahnsinnig. Aber es war nicht der Alptraum, der sie aus dem Schlaf gerissen hatte, da war noch etwas. Etwas, das ihr Blut zum Kochen brachte und Adrenalin durch ihre Venen pumpte. Vielleicht ein Geräusch?

Was auch immer sie gehört hatte, es war fort. Amber setzte sich auf.

Im Airstream war es stockfinster. Durch die Bullaugenfenster waren Sterne zu erkennen. Der Himmel war blauschwarz, die Dämmerung noch weit weg. Sie konnte nicht lange geschlafen haben.

»Christina?«

Keine Antwort. Die junge Unsterbliche war noch immer auf ihrer einsamen Wanderung durch die Wüste.

Knistern, Rascheln.

Amber zuckte zusammen. Die Schritte waren so leise, dass sie zu einem Vampir gehören mussten, doch selbst denen gelang es nicht, völlig geräuschlos über Kies zu laufen. Ihre Sinne schrillten Alarm.

Das da draußen war keiner ihrer Freunde. Weder Julius, Brandon oder Christina. Was da draußen lauerte, war gekommen, um sie zu töten.

Kalter Schweiß bildete einen dünnen Film auf ihrer Haut, während sie fieberhaft überlegte, wie sie, ohne ein Geräusch zu machen, an Julius' Waffen gelangen sollte.

Und zu allem Unglück war der Wohnwagen nicht mal abgeschlossen.

Sie riss die Siegel auf, schrie um Hilfe und schlug sie

gleich darauf wieder zu. Dann war sie auf den Beinen. Unter dem Esstisch war ein Messer versteckt, sie riss es aus der Halterung und eilte weiter zur Tür, doch gerade als Amber diese von innen verriegeln wollte, wurde sie aufgerissen.

Im nächsten Augenblick wurde Amber an den Beinen gepackt und einfach hinausgezerrt. Im Fallen stach sie zu, dann krachte sie mit dem Rücken auf die Treppe.

Der Schmerz presste alle Luft aus Ambers Lunge.

Judith fauchte wütend und starrte auf ihren blutenden Arm. »Mörderin!«

Amber umklammerte das Messer mit beiden Händen und starrte Coes Witwe ungläubig an. Diese ließ keine weitere Sekunde verstreichen und stürzte sich auf sie, doch Amber war schneller. Sie rollte sich unter den Wohnwagen und trat ihrer Verfolgerin ins Gesicht. Judiths Kopf ruckte zurück. Ihre dünnen Arme angelten nach Ambers Bein.

»Soll ich schießen?«, rief jemand.

»Nein!«

Amber gab den Versuch, sich festzuhalten, auf und krümmte sich in die Richtung, aus der die zweite Frauenstimme gekommen war. Melanie, Judiths Dienerin, kniete auf der anderen Seite des Wohnwagens und hielt eine Pistole mit Schalldämpfer auf sie gerichtet.

Amber unterdrückte einen Fluch. Es sah mehr als schlecht für sie aus.

Sie trat nach den Händen, doch Judiths Griff um ihr Bein wurde sicherer, und sie begann Amber hervorzuziehen. Amber konzentrierte sich auf das Messer in ihrer Hand. Sie würde nur eine Chance haben und die wollte sie nutzen.

Judith nahm beide Hände und riss mit aller Kraft an ihr.

Im gleichen Augenblick stach Amber zu. Judith schrie. Was der schreckliche Beweis dafür war, dass Amber nicht das Herz erwischt hatte.

Ein Faustschlag schleuderte Ambers Kopf zur Seite und dann sah sie sie. Christina!

Ihre Freundin rannte ohne jegliche Deckung auf sie zu.

»Amber, nein!«

Melanie schien alle Zeit der Welt zu haben, um ihre Waffe zu heben und sorgfältig zu zielen. Als der Schuss aus der schalldämpferbestückten Pistole huschte, war Christina nur noch wenige Schritte entfernt. Ihre Schulter wurde wie durch einen unsichtbaren Faustschlag zurückgerissen und sie fiel der Länge nach hin.

Amber starrte ungläubig zum Körper ihrer Freundin, der sich nicht mehr regte. War sie tot? Einfach so?

»Und jetzt zu dir«, zischte ihr Judith aus nächster Nähe ins Gesicht.

Der Blick der blonden, zierlichen Vampirin war wässrig, als hielte sie Tränen zurück. »Ich habe Nathaniel geliebt«, schrie sie Amber ins Gesicht. »Du wirst noch bereuen, was du ihm angetan hast!«

Das tat Amber jetzt schon, aber nicht aus dem Grund, den Judith womöglich noch hinzufügen würde. »Dieses perverse Schwein hatte nichts anderes verdient«, sagte sie kalt.

»Judith.«

Die Vampirin hörte nicht auf den leisen Ruf ihrer Dienerin und starrte Amber hasserfüllt an.

»Judith!«, erklang wieder Melanies mahnende Stimme.

»Was?«, fauchte sie.

»Da ist jemand im Haus.«

Amber schrie.

Ob der Ruf durch die Siegel gedrungen war oder ob ich ihn wirklich gehört hatte, konnte ich nicht sagen. Ich sprang auf und lief den Pfad hinunter, ohne noch einmal zurückzusehen. Plötzlich zuckte ein scharfer Schmerz durch meine Schulter. Ich riss den Arm hoch. Aber da war kein Blut, es war auch nicht mein Schmerz. Jemand hatte Christina angeschossen!

Meine Füße hämmerten durch den Sand, ich nahm Abkürzungen, schlug mich durch die Büsche, rutschte den Steilhang hinunter, den wir in Serpentinen hinaufgestiegen waren, aber wie schnell ich auch lief, ich war zu spät.

Als endlich das Haus von Red Deer vor mir auftauchte, kam ich schlitternd zum Halten und versteckte mich hinter einem der ausgeschlachteten Fahrzeuge, dann sah ich sie. Christina lag auf dem Vorplatz. Sie regte sich nicht, doch ich fühlte nun deutlich, dass die Kugel das Herz verfehlt hatte.

Chris war also außer Gefahr, aber wo waren die Angreifer? Ich konnte niemanden ausmachen. Die Tür zur Hütte stand offen, und es brannte Licht, auch der Airstream war geöffnet.

»Es ist Judith«, vernahm ich Christinas Gedanken. *»Sie haben Amber und Cloud. Im Haus.«*

»Wer noch, Chris?«

»Ihre Dienerin.«

Ich lief zum Haus. In diesem Moment erklang ein spitzer Schrei, Geschirr zerbrach. Ich schlüpfte durch die Siegel in Ambers Körper und entdeckte Judith. Sie stellte Cloud nach. Die Indianerin trug nichts als ein Nachthemd am Leib und hielt ein großes Küchenmesser in der Hand.

Judith spielte mit ihr. Sie hätte ihr Opfer jederzeit anspringen und töten können. Stattdessen fauchte sie wie eine Wildkatze und schlug mit der Hand nach dem Messer. Die Klinge schnitt ihr ins Fleisch und Judith lachte nur und leckte sich die blutenden Finger. Sie wollte Cloud einen Alptraum bereiten, bevor sie sie tötete, und dem Gesicht der Indianerin nach zu schließen, war sie bereits mittendrin.

»Judith will Coe rächen!«, flüsterte Amber in meinem Kopf.

Jetzt spürte ich auch den Lauf der Waffe, der gegen ihre Schläfe gepresst wurde. Das war schlecht. Wie sollte ich schnell genug im Haus sein, um zu verhindern, dass die Dienerin die Waffe abfeuerte? Wie Judith gleichzeitig davon abhalten, Amber anzugreifen?

Ich konnte nur auf meine Chance warten und die kam schneller als gedacht. Cloud gab es auf, Judith mit dem Messer abzuwehren, und flüchtete mit einem Aufschrei ins Wohnzimmer. Sie wollte aus der Haustür fliehen, aber natürlich war sie viel zu langsam. Judith war längst an der Tür, als die dicke Cloud diese erreichte. Die Dienerin stand noch immer mit Amber in der Küche.

Jetzt! Wenige Schritte zum Haus, ein Sprung, und ich brach durch das Fenster. Glas explodierte in einem Scherbenregen. Ich prallte mit Melanie zusammen und riss Amber mit. Wir stürzten zu Boden. Meine Rechte um Melanies Hand gepresst, schlug ich den Knöchel der Frau mehrfach auf den Steinboden. Ihr Griff um die Pistole löste sich, die Waffe rutschte unter den Herd. Dann war Judith auch schon bei uns. Sie kreischte wie ein ganzes Rudel Dämonen und riss mich an der Kleidung von ihrer Dienerin herunter.

Mit einem Satz war ich auf den Beinen und blieb geduckt stehen. Judiths Angriff folgte sofort. Faustschläge und Bisse. Sie raste wie eine Furie und ihre Schreie waren ohrenbetäubend.

Faustschlag um Faustschlag, Tritt um Tritt trieb ich sie aus der Küche und hinein ins Wohnzimmer. Fort von Amber.

Aber Judith ließ sich weder durch meine Schläge einschüchtern, noch konnte ich sie festhalten. Trotz ihres langen Kleides war sie beweglich und glitschig wie ein Fisch.

Mein Gesicht und meine Arme brannten bald von den

Kratzern ihrer spitzen Fingernägel. Sie wirbelte wie ein Derwisch um mich herum. Schließlich rief ich meine Magie herauf und schleuderte sie ihr entgegen. Ihre Schilde waren schwach, zerbrachen mit einem hellen, gläsernen Klirren. Ich traf ihr Herz.

Judith kreischte und presste eine Hand auf die Brust. Mein nächster Tritt riss sie von den Beinen. In einer Wolke aus Rüschen knallte sie auf den Boden.

Plötzlich nahm ich eine Bewegung aus der Küche wahr. Amber lag noch immer neben der Tür und war ohnmächtig, aber Melanie angelte nach einem Messer!

»Nein!« Ich rannte zurück.

Judith war fast genauso schnell wieder auf den Beinen und sprang mir auf den Rücken. Sie umklammerte mich mit Armen und Beinen und versuchte, mir in den Hals zu beißen. Ich riss den Kopf nach hinten, krachte mit ihrem Schädel zusammen und hörte ihre Nase brechen. Sie schrie, frischer Blutduft tränkte die Luft, aber sie ließ nicht los.

Mit Judith auf meinem Rücken lief ich die letzten Schritte. Die Dienerin beugte sich gerade über Amber, als ich sie mit einem gezielten Tritt gegen den Kopf wieder ins Reich der Träume schickte. Das Messer fiel ihr aus der Hand und ich konnte es für den Augenblick nicht ausmachen.

Judith biss mir in die Schulter. Ihre Zähne kratzten über mein Schlüsselbein und gruben tiefer. Taumelnd kehrte ich zurück ins Wohnzimmer und schlug meine bissige Last gegen die Wand. Bilder gingen klirrend zu Bruch, aber Judith blieb.

Kurz registrierte ich Cloud, die wie versteinert neben der Tür stand und uns anstarrte. Judith riss an meiner Schulter, ließ los und versuchte erneut mir in die Kehle zu beißen. Ich verpasste ihr einen weiteren Kopfstoß und als Antwort biss sie mir wieder in die Schulter.

Irgendwie musste ich sie verdammt noch mal loswerden!

Sie klammerte ihre Beine wie Schraubstöcke um meine Rippen, und ich ermahnte meinen Körper, dass er eigentlich keine Luft zum Atmen brauchte. Wieder rammte ich Judith mit voller Wucht gegen den Türrahmen, aber ihr Griff lockerte sich kein bisschen. Ich fasste ihr linkes Bein mit beiden Händen und zog. Jetzt schrie auch Judith. Sie lockerte den Halt ihrer Arme und schlug nach meinem Gesicht, benutzte ihre spitzen Nägel wie Krallen. Ich kniff die Augen zusammen und verstärkte meinen Griff an ihrem Bein. Meine Finger drangen in ihre Haut, Muskeln rissen und mit dem krachenden Geräusch von splitterndem Holz brach ihr Bein.

Die Vampirin zuckte unter dem Schmerz und brüllte ihre Pein in mein Fleisch, aber sie ließ nicht los. Judith wusste, dass sie endgültig verlor, sobald ich sie von meinem Rücken herunter hatte.

Ich biss in ihre Hand. Der Geschmack ihres Blutes und der Geruch ihrer Angst steigerte meine Raserei. Ich trank ihr Leben und widmete mich zugleich ihrem anderen Bein. Jetzt wusste ich, der Sieg war nah.

Der Unterschenkel des linken stand in einem grotesken Winkel ab und der rechte folgte mit einem morschen Knacken. Endlich ließ Judith meine Schulter los und hörte nicht mehr auf zu schreien.

Ich riss sie von meiner Schulter und schleuderte sie in die Mitte des Zimmers.

Die Vampirin blieb auf dem Rücken liegen und reckte ihre Linke nach den zerstörten Beinen, die gnädig unter einem Wust von gelben Rüschen verborgen waren. Ich lehnte mich an die Wand und schöpfte Atem. Meine Schulter schmerzte höllisch und das austretende Blut nässte meinen Pullover wie Wasser. Judith funkelte mich wütend an.

Ich musste es zu Ende bringen. Sie wusste es und ich wusste es. Kurz erwog ich, in den Wohnwagen zu laufen, um mein Schwert zu holen, aber das Risiko, sie allein zu lassen, war mir zu groß.

Ich wankte zur Küche. Amber lag noch immer am Boden. Judiths Dienerin war ebenfalls nicht bei Bewusstsein. Sie lag verrenkt vor dem Herd. Mein Tritt hatte gesessen.

Auf der Suche nach einer geeigneten Waffe zog ich Schubladen auf und stieß sie wieder zu. Kein Messer war groß oder scharf genug für das, was ich tun musste. Schließlich blieb mein Blick an den hölzernen Kochlöffeln hängen. Ich zerbrach mehrere. Der Dritte splitterte mit einer scharfen Spitze, und ich besaß, was ich brauchte.

Zurück im Wohnzimmer hatte meine Schulter aufgehört zu schmerzen und füllte sich mit Hitze. Das war gut. Mein Körper heilte bereits.

Judith hatte sich kaum von der Stelle bewegt. Sie versuchte verzweifelt, sich mit einer Hand zur Tür zu ziehen. Anscheinend hatte ich ihr den anderen Arm ausgekugelt, als ich sie von meinem Rücken riss. Als sie mich jetzt mit dem abgebrochenen Stück Holz in der Hand sah, schüttelte sie den Kopf. »Nein! Nein, bitte!«

Cloud wich von der Tür weg und presste sich weiter links an die Wand. In den Augen der Indianerin stand blankes Entsetzen.

Ich schenkte ihr keine weitere Beachtung, nahm einen schweren, gläsernen Aschenbecher vom Couchtisch und ging damit zu Judith. Mit dem Fuß drehte ich sie zurück auf den Rücken und setzte mich rittlings auf sie. Meine Beine pressten den Widerstand aus ihrem Leib. Sie bäumte sich noch einmal auf, dann lag sie still.

»Judith Coe, du bist nach den Gesetzen des Rates von Phoenix zum Tode verurteilt.«

Die Stille des Tötens hielt Einzug. Jetzt kannte ich weder Mitleid noch Zorn.

Judith schlug mit ihrem gesunden Arm nach mir. Ich drückte ihn einfach hinunter und klemmte ihn mit dem Knie fest.

Die Todgeweihte trug eine Fischbein-Korsage, wie bei unseren ersten Begegnungen. Ich setzte meinen improvisierten Pflock daran vorbei in einem schiefen Winkel an. Ihr Oberkörper hob und senkte sich gegen die Spitze. Das Kleid war bei unserem Kampf zerrissen, eine Brust aus dem Dekolleté gerutscht. Judiths Augen waren von einem derart hellen Blau, dass sie fast blind wirkten. Todesangst hatte alle Farbe schwinden lassen.

»Nicht, bitte«, sagte sie leise, riss den Kopf zur Seite und bot mir ihre Kehle, aber ich konnte sie nicht begnadigen. Die Eindrücke aus der Tankstelle waren allgegenwärtig und für Mord gab es kein Pardon.

Mit zwei schnellen Schlägen senkte ich das Holz in ihr Herz. Ihr Körper zitterte wie unter Strom. Es dauerte ewig, und Judith starrte mich die ganze Zeit über an. Ihr Mund öffnete und schloss sich ohne einen Schrei.

Mein Körper badete in dem entweichenden Leben. Ich fühlte sogar dann einen kleinen Rausch, wenn ich nicht das Blut der Sterbenden trank, stellte ich mit Erstaunen fest. Das war neu.

Außer bei der Hinrichtung Eliza Laszras hatte ich nicht mehr getötet, seitdem ich Meister geworden war, und in Phoenix war ich womöglich zu sehr mit meinen Sorgen um Amber beschäftigt gewesen, um es zu spüren.

War das Teil meiner neuen Fähigkeiten?

Der Rausch ließ mich mit einem warmen Gefühl und betäubten Sinnen zurück. Schließlich bemerkte ich Cloud, die mich noch immer wie versteinert beobachtete. Ich schluckte das letzte Wohlgefühl hinunter und schämte mich, weil sie Zeuge dessen geworden war. »Bist du verletzt?«

Cloud schüttelte den Kopf und trat langsam von der Wand weg.

Sie hinkte ein wenig, aber Blut war nicht zu erkennen. Plötzlich weiteten sich ihre Augen erschrocken. »Vorsicht!«

Ich schnellte herum und konnte mich nicht mehr rechtzeitig unter dem Messer hinwegducken. Es bohrte sich in meine Rippen. Der unerwartete Schmerz riss mich zur Seite. Judiths Dienerin rannte vorbei und flüchtete zur Tür hinaus.

Einen Fluch auf den Lippen, sprang ich auf und stürzte hinterher. Sie kam nicht weit. Schon im Hof holte ich Melanie ein, schleuderte sie zu Boden und drehte sie auf den Rücken. Sie schlug nach mir.

»Mörder, Mörder!«, schrie Melanie und weinte.

Judith und sie waren lange verbunden gewesen und die gebrochenen Siegel in ihr wie offene Wunden. Sie verlor ihre Kraft, die Magie floss einfach davon.

Ich wehrte ihre Schläge ab und wurde mit seltsamer Genugtuung gewahr, wie sie an Kampfeswillen verlor. »Du gehst mit deiner Herrin.« Das Todesurteil galt auch für sie.

Wann der Verlust der Vampirin sie schlussendlich umbringen würde, sollte sie nicht herausfinden. Ich drückte ihre Handgelenke in den Staub und starrte auf sie hinab. Bilder aus Brandons Erinnerungen überwältigten mich. Sein Schmerz und immer wieder ihr Gesicht.

»Töte mich, töte mich doch!«, brüllte sie.

Ich wollte, dass sie Angst hatte, und senkte meinen Kopf langsam. Zentimeter für Zentimeter. Melanies Kopf ruckte von einer Seite zur anderen. Ich packte den hohen Kragen ihrer altmodischen Seidenbluse mit den Zähnen und riss ihn auseinander. Sie schluckte panisch. Bitterer, köstlicher Angstgeruch stieg aus ihrer Haut. Als Melanie für den nächsten

Schrei Luft holte, biss ich zu, bohrte meine Zähne in die Ader und trennte sie durch. Melanie stellte ihre Gegenwehr ein.

Das Blut pulsierte aus der großen Wunde und versickerte im Boden. Ich trank einige Schluck.

Als Schritte im Sand knirschten, löste ich mich von Melanies Kehle und sah auf.

Brandon erreichte nackt und verschwitzt den Vorplatz. Takoda Red Deer kam gleich hinter ihm den Pfad hinuntergelaufen und blieb bei meinem Anblick entsetzt stehen.

Mein Gesicht war blutverschmiert. Blut tropfte von meinem Kinn und lief meinen Hals hinunter. Unter mir zuckte Melanie im Todeskampf und stöhnte leise.

»Was ist hier geschehen?«, fragte er atemlos.

»Sie sind angegriffen worden«, antwortete Brandon für mich, dann entdeckte er Christina und war im nächsten Augenblick bei ihr.

»Cloud!«

Als der alte Schamane den Namen seiner Tochter schrie, wankte sie aus dem Haus. »Papa, ich bin okay. Julius hat uns gerettet.«

Red Deer war sofort bei ihr und drückte sie an sich.

Brandon hob Christina hoch und trug sie zu mir. »Vergeude das Blut bitte nicht«, sagte er leise. In Melanie war noch immer Leben. Ich überließ ihm die Sterbende und er half Chris zu ihrer Kehle.

Unter dem entsetzten Blick von Cloud und Red Deer stand ich auf und zog mir langsam die Klinge aus den Rippen.

»Alle werden wieder gesund«, keuchte ich und fühlte bereits, wie auch Amber wieder zu sich kam.

»Vielen Dank, ohne dich wären wir nicht mehr am Leben«, sagte Cloud leise.

Unsicher wischte ich mir mit dem Ärmel Blut von Kinn

und Hals. »Dank mir nicht. Hätten wir euch nicht besucht, wäre auch der Tod nicht zu eurem Heim gekommen.«

Red Deer ging an mir vorbei ins Haus. Ich folgte ihm und fand meine Freundin noch immer in der Küche liegend. Cloud wickelte ein paar Eiswürfel in ein Handtuch und drückte sie auf die wachsende Beule an Ambers Kopf.

Ich ging ins Bad.

Als ich in den Spiegel blickte, erkannte ich mich kaum noch wieder. Mein Gesicht war völlig zerkratzt. Aus vielen Schnitten sickerte Blut. Mund, Kinn und Wangen glänzten in verschiedenen Schattierungen von Rot.

Meine Schulter war verletzt, und Fäden vom Stoff meines Pullovers klebten wie dünne Würmer in der Wunde. Ich zog ihn aus, wusch mich und zupfte die Stoffreste aus dem Fleisch. Um nicht eines der Handtücher zu ruinieren, trocknete ich mich mit meinem zerstörten Pulli ab und kehrte mit nacktem Oberkörper und tropfnassem Haar in das Wohnzimmer zurück. Im Badezimmerschrank hatte ich Verbandszeug gefunden und mich notdürftig selbst verarztet. Unter der Gaze brannte meine Haut.

KAPITEL 32

Brandon sah zu, wie Christina mit geschlossenen Augen trank. Sie war am Rande der Besinnungslosigkeit und hörte wohl nicht, wie Melanie leise wimmerte. So war es auch besser. Brandon vermied es krampfhaft, die sterbende Dienerin anzusehen. Selbst wenn er es getan hätte, ihr Anblick hätte wohl in diesem Moment nichts in ihm ausgelöst. Keine Erinnerung, keinen Hass. Sein Geist war dank Red

Deers Medizin so klar wie seit dem Beginn seiner Gefangenschaft nicht mehr.

Für einen Moment hatte er geglaubt, Christina zu verlieren. Die Vorstellung war unerträglich. Er strich ihr durchs Haar, die weichen schweren Locken so unendlich vertraut, und ließ seine Finger über ihren Puls gleiten, der jetzt endlich wieder gleichmäßig war.

Melanie krampfte, keuchte. Nur noch Sekunden und sie würde endgültig dem Tod gehören.

Hastig zog Brandon seine Geliebte von der zuckenden Kehle fort. Christina durfte den Rausch des letzten Herzschlags noch nicht erfahren, nicht in ihrem Alter. Vorsichtig barg er Christina an seiner Brust. Sie stöhnte, als Druck auf ihre Verletzung ausgeübt wurde, und hob ein wenig die Lider. Als er sie schließlich hochhob und zum Wohnwagen trug, verzog sich Christinas blutverschmierter Mund zu einem seligen Lächeln. »Hey«, hauchte sie und streckte eine Hand nach seiner Wange, »geht es dir besser?«

»Mir? Du bist diejenige, die angeschossen wurde, nicht ich«, erwiderte Brandon nüchtern und setzte sie im Wohnwagen auf einem Stuhl ab. »Kannst du dich aufrecht halten?«

Sie nickte tapfer und hielt sich mit beiden Händen am Tisch fest. Hastig holte er den Verbandskasten hervor und zog sich eine Hose über.

Christina schwankte ein wenig, ihre Finger waren weiß von der Anstrengung sich festzuhalten, aber sie schaffte es. Ihr Blick war starr auf die Tischplatte gerichtet, als gäbe sie ihr zusätzliche Sicherheit.

Vorsichtig zog Brandon ihre Bluse zur Seite und pellte den blutfeuchten Stoff von ihrer Haut. Christina stöhnte unterdrückt, als er die Wunde betastete und fester zudrückte, um zu überprüfen, ob Knochen gebrochen waren.

»Schon fast vorbei«, sagte er schnell. »Du hast Glück gehabt. Es ist nur eine Fleischwunde, die Kugel ist raus.«

»Nur?«, protestierte sie, während er die Wunde mit geübten Handgriffen reinigte und verband.

Allmählich kehrten andere Gedanken zu Brandon zurück und nicht nur zu ihm. Er fühlte Christinas forschenden Blick auf sich ruhen. Sie wollte es wissen. Aber sie durfte nicht. Sie am allerwenigsten.

Christina war rein, er wollte sie nicht mit seiner Schande beschmutzen. Als er sich abwandte, legte sie plötzlich ihre Hand auf seine Wange. Die Berührung, mit der Christina ihn drängte sie anzusehen, brannte auf seiner Haut, wie ihre Augen. Sie kannte ihn, kannte ihn viel zu gut. In ihrer Nähe fühlte er sich schutzlos. Zerbrechlich, durchsichtig. Er wollte weg von ihr, doch das würde sie nicht verstehen. »Chris, bitte, lass mich.«

Sie hörte nicht. Stattdessen neigte sie sich zu ihm und drückte ganz sacht ihren weichen Mund auf seinen. Leicht wie ein schöner Traum. Brandons Körper reagierte, überwand die Mauern in seinem Kopf und erwiderte den Kuss genauso vorsichtig.

Erinnerungen stiegen auf und diesmal waren es gute. An die Nacht in Cameron, als sie sich unter freiem Himmel geliebt hatten und er ihr von den Sternen erzählte. Ihre Hand glitt von seiner Wange, die Kehle entlang über die Schulter. Es war, als hinterließen ihre Finger Spuren auf seiner Haut. Wunderbar brennende Linien, die ihm seine Lebendigkeit zurückgaben. Er schloss die Augen. Wollte sich fallen lassen, den Linien folgen. Ihre Finger tasteten über seine Schulter, sein Schlüsselbein entlang, griffen fester in die Muskeln seines Oberarms und fuhren den Rücken hinauf. Dann erstarrten sie plötzlich.

Brandon zuckte wie unter einem Stromschlag zurück und

fletschte drohend die Zähne. Gleich darauf erstarrte sein Gesicht zu einer Maske.

»Was ist das?«, fragte sie mit bebender Stimme.

Er schüttelte den Kopf. Sah plötzlich Coe vor sich mit dem Brandeisen in der Hand, dachte an Feuer, Scham und höllische Pein. Wie Conway ihn festhielt und der Meister ihm mit diabolischer Freude Pulver in das rohe Fleisch rieb.

Brandon presste die Fäuste auf die Augen.

Die vorsichtige Berührung an seinen Gelenken nahm er zuerst gar nicht wahr.

»Brandon, Bran! Hör auf, du tust dir weh!«

Christina zerrte seine Hände vom Gesicht fort. Seine Augen schmerzten, so sehr hatte er dagegengedrückt. Weiße Funkensterne sprühten durch seine verschwommene Sicht.

Er wand sich aus ihrer Berührung und wich zurück.

Ihr Blick war wund. Sie weinte. »Was ist das? Was hat er mit dir gemacht?«

Er schüttelte den Kopf, hob abwehrend die Hände, doch so leicht ließ sie sich nicht aufhalten. Christinas Sturkopf, für den er sie eigentlich so liebte, setzte sich durch.

»Früher oder später werde ich es eh erfahren, du kannst dich nicht ewig vor mir verstecken.«

Leider hatte sie recht. Brandon atmete tief ein und wieder aus und zwang sich zur Ruhe. Er konnte ihr nicht einfach den Rücken zudrehen und ihr das Brandzeichen zeigen, aber seine Beherrschung reichte, um still auszuharren, während sie um ihn herumtrat.

»Oh Gott! Sind das Buchstaben?« Entsetzt drückte sie eine Hand vor den Mund. Als sie das Mal berühren wollte, fuhr er herum. Beinahe hätte er die Kontrolle verloren und nach ihr geschlagen.

»Ja, es sind Buchstaben«, fauchte er. »Jetzt hast du es gesehen, das reicht!«

»Aber …« Sie näherte sich wieder, wollte ihn womöglich trösten, in den Arm nehmen.

»Nein!« Er schnitt ihr mit einer raschen Handbewegung das Wort ab. Magie flammte auf und unterstrich seinen Befehl. »Leg dich in deinen Sarg, Christina!«, bellte er.

Ihr Körper gehorchte wie von allein. So schnell sie konnte, räumte sie die Bank frei und klappte das Versteck auf. Der Blick, mit dem sie ihn bedachte, war bitter. Nie zuvor hatte er die Überlegenheit, die ihm sein Alter verlieh, ausgenutzt.

Brandon stand mit verschränkten Armen da. Er traute sich nicht ihr zu helfen, aus Furcht, eine weitere unbedachte Berührung könne die Aggression zutage fördern, die seit neustem sein ständiger Begleiter war.

Sobald Christina sich in ihren Sarg gelegt hatte, verließ er ohne ein Abschiedswort den Wohnwagen.

Ich saß mit Amber in den Armen auf dem Sofa und schenkte dem Körper von Judith, der mit verrenkten Gliedern auf dem Boden lag, keine Beachtung. Aber Red Deer tat es. Er kniete sich neben sie und betastete mit zitternden Fingern ihren Oberkörper, aus dem der abgebrochene Holzstiel herausragte.

»Du wirst keinen Herzschlag finden. Sie ist toter, als sie es vorher schon war«, sagte ich kalt.

Red Deer hörte mir nicht zu. Er sah nur eine zarte, blasse Frau von ungeheurer Schönheit vor sich liegen. Ihr blondes Haar wirkte auf den dunklen Webteppichen wie sattes Gold. Aus dem linken Bein ragte der Knochen spitz hervor und wirkte im Licht noch weißer als die blasse Haut der Vampirin.

Der alte Mann konnte wohl nicht anders. Er war ein Heiler, und der Körper, der vor ihm lag, war mehr als einen Tod gestorben. Die gebrochenen Glieder schockierten ihn.

»Papa, lass sie. Du kannst nichts mehr tun«, meinte Cloud leise und berührte ihren Vater an der Schulter. »Sie wollte uns umbringen, es ist gut, wenn sie tot ist.«

»Aber das ist … es ist …«, stotterte er.

»Sie sind Dämonen, Vater.«

Red Deer sah mich mit geröteten Augen an. Ich verstand nicht, warum er um sie trauerte. Vielleicht konnte er nicht begreifen, dass auch in Frauen Böses wohnte, oder Judiths zerschlagener Körper erinnerte ihn an den Autounfall, bei dem er seine Frau verloren hatte.

Als er die Hand nach dem Holzstiel streckte, war ich mit einem Schlag hellwach. »Stecken lassen! Nicht anfassen!«, sagte ich harsch.

Red Deer schrak vor meinen lauten Worten zurück.

In diesem Moment betrat Brandon die kleine Hütte.

»Wie geht es Chris?«, fragte ich.

»Sie ist okay. Ich habe sie verbunden und in ihren Sarg gelegt. Was soll ich jetzt tun, Meister?«

Für einen Augenblick war ich viel zu überrascht, um zu wissen, was ich sagen sollte. Brandons Wandlung war schockierend schnell vonstatten gegangen. Auf den zweiten Blick bemerkte ich, wie er krampfhaft vermied, Judith anzusehen. Es war alles andere als wieder gut.

»Was schlägst du vor, Bran?«, fragte ich und wand mich vorsichtig unter der schlafenden Amber hervor.

»Wir haben Benzin und es gibt relativ viel Holz. Der Boden ist noch feucht vom letzten Regen, so dass die Vegetation nicht so schnell Feuer fängt.«

Ich nickte. »Verbrennen wir sie.«

Takoda Red Deer starrte uns erschrocken an, dann nickte auch er. »Die Polizei rufen können wir nicht.«

»Sind sie tot?«, fragte Amber schwach vom Sofa her und richtete sich stöhnend auf.

»Dein Freund hat uns allen das Leben gerettet«, antwortete Cloud für mich und hockte sich neben sie.

Ich hätte es anders ausgedrückt.

Ich ging zu Judith, fasste zu und schleifte die Leiche zur Tür. Draußen hatte Brandon bereits einen Kanister mit Benzin neben Melanies Leiche gestellt.

Rasch bedienten wir uns an Red Deers Holzvorrat, den er an der Hauswand gestapelt hatte, und trugen einige Armvoll in die Mitte des Vorplatzes. Cloud und ihr Vater standen Seite an Seite neben der Tür und beobachteten uns. Als genug Holz beisammen war, legten wir erst Judith darauf und dann ihre Dienerin. Aus irgendeinem Grund brannten Vampire erschreckend gut und Judiths Leiche würde dazu beitragen, dass auch ihre Dienerin zu reiner Asche zerfiel. Als es so weit war, übergoss ich den Scheiterhaufen mit Benzin und reichte Brandon das Feuerzeug.

In diesem Moment erschien auch Amber in der Tür.

Brandon bückte sich nach einem dünnen Zweig, entzündete ihn mit dem Feuerzeug und warf ihn auf den Rüschensaum von Judiths Kleid.

Die Stichflamme war blendend hell. Das Feuer erwachte wie ein fauchender Drache zum Leben. Ich trat einige Schritte zurück und zog Brandon mit mir. Er folgte mir nur widerwillig.

Die Flammen fraßen sich in Sekundenschnelle durch Haare und Kleidung. Brandon starrte mit einer seltsamen Zufriedenheit ins Feuer. »Ich hatte gehofft, ich würde mitbekommen, wie sie stirbt«, sagte er irgendwann mit rauer Stimme. »Aber das ist fast noch besser.«

»Jetzt ist keiner deiner Peiniger mehr am Leben. Aber für dich geht es weiter.«

Er sah mich an, als hätte ich ihn bei erneuten Selbstmordgedanken ertappt.

»Ich weiß nicht, ob ich es kann.«

»Du kannst. Du hast es schon einmal geschafft.«

»Aber damals war ich jung, Julius!«

Ich drehte mich um. Amber hatte sich mittlerweile mit Cloud auf die Stufen gesetzt. Sie unterhielten sich leise, während Red Deer fast unverändert dastand. Er hatte sich an die Hauswand gelehnt. Sein markantes Gesicht wirkte wie eine hölzerne Maske und die Flammen spiegelten sich als helle, flackernde Punkte in seinen Augen. Er war undurchschaubar.

»Kann er dir helfen, zu dir zurückzufinden, Brandon? Was meinst du?«

Der Vampir folgte meinem Blick. »Wenn es jemand kann, dann er. Er hat es selbst geschafft. Durch den Sonnentanz. Takoda denkt, dass er am Tod seiner Frau die Schuld trägt, dennoch hat er den Alkohol überwunden und ist jetzt wieder ein stolzer Mann.«

»Ist der Sonnentanz wirklich das, was ich glaube?«, fragte ich. »Wo sich ein paar Verrückte die Brust durchstechen und sich daran aufhängen?«

Kurz und scharf fühlte ich Brandons Zorn aufwallen, dann verbarg er seine Gefühle wieder vor mir und duckte sich, als erwarte er Bestrafung. »Verzeih, Meister.«

Ich roch Angst. »Du kannst offen mit mir sprechen, Brandon, das weißt du.«

Er fuhr sich nervös durchs Haar. »Ich finde, du solltest nicht so abfällig über den Glauben anderer urteilen. Es ist ein heiliges Ritual.«

»Entschuldige«, meinte ich knapp. »Aber in meinen Augen ist das nur unnütze Selbstquälerei, und ich verstehe nicht, wie dir dieser Sonnentanz helfen sollte.«

»Es ist eine Mischung aus Gebet, Meditation und Selbstopfer. Jeder kann um etwas anderes bitten. Heilung für ein Familienmitglied, Kraft für die Erde oder den Stamm, andere werden neu geboren und können alles hinter sich lassen. Das will ich auch.« Er räusperte sich. »Takoda ist ein weiser Mann. Er ist Lakota. In seinem Stamm hat das Ritual eine lange Tradition.«

Ich schüttelte ungläubig den Kopf. »Aber ... hast du nicht selbst gesagt, dass du nicht tanzen kannst, weil die Sonne dich verbrennen würde?«

»Flying Crow kann nachts tanzen!«

Ich fuhr herum. Red Deer stand direkt neben mir. Wie viel von dem Gespräch hatte er mit angehört?

»Wakan Tanka, der Große Geist, hat es mir in meinen Träumen gezeigt. Flying Crow ist ein Lebewesen der Nacht, er kann nachts tanzen. Der Mond wird die Sonne ersetzen. Der Große Geist ist in allem.«

»Hast du denn immer noch nicht genug gelitten, Brandon?«, fragte ich aufgebracht.

Brandon sank vor mir auf die Knie und küsste meinen Puls.

»Steh auf.«

»Du kannst nicht für ihn entscheiden!«, mischte sich der Medizinmann ein.

»Doch, das kann ich«, fauchte ich. Dann atmete ich einmal tief durch und sah hinab zu Brandon. Er wollte einen Schmerz durch einen anderen tilgen, so war es doch, oder? Womöglich ließe sich Feuer tatsächlich mit Feuer bekämpfen. Und glomm dort nicht schon ein Fünkchen Hoffnung in seinen trauerschwarzen Augen?

Red Deer berührte mich am Arm. Diesmal fühlte ich seine Magie wie ein kaltes Rauschen. »Du weißt um die Kraft des Großen Geistes, Julius Lawhead«, sagte er ruhig. »Dann kannst du auch erkennen, dass der Mann, der vor dir kniet, etwas von dir erbittet, was längst entschieden ist. Flying Crow wird tanzen.«

»Steh endlich auf, Brandon.«

Er kam langsam auf die Beine. »Ist das ein Ja?«, fragte er vorsichtig.

»Sicher, natürlich. Es ist deine Entscheidung.«

Ich hatte mir einmal vorgenommen, ein anderer Meister zu sein als Curtis und viele der alten Vampire, die ich erlebt hatte. Meine Eidgebundenen sollen ihr Leben selber leben können.

»Wenn er an diesem Tanz teilnimmt, was passiert dann mit ihm und wann?«, wandte ich mich an den Alten.

»Ich spreche mit einigen weisen Männern und Frauen, aber eigentlich müssen wir nur den Baum holen. Ich weiß seit Jahren, wo unser Zentrum des Universums wächst und wartet. Wir fällen ihn gemeinsam und tragen ihn zum Tanzplatz, dann reinigen wir uns, beten und der Tanz kann beginnen.«

»Was genau hast du mit ihm vor?«

Brandon berührte mich am Arm. »Ich werde sicher sein. Wenn du mich tanzen lässt, verstößt das nicht gegen den Eid. Ich muss gehen, die Sonne …« Brandons Herzschlag beschleunigte sich alarmiert. Er hatte lange gewartet, fast schon zu lange.

»Geh, beeile dich. Ich spreche mit Red Deer.«

Brandon sah den alten Mann dankbar an. »*Hau hinhani kin wacin yakin kte*«, verabschiedete er sich mit vorsichtig gewählten Worten.

»*Ohan, toksa ake*«, erwiderte Red Deer ungleich flüssiger.

Brandon floh in den Wohnwagen. Sobald sich die Tür hinter ihm geschlossen hatte, bat ich den Alten, mit mir in den Schatten zu treten, damit mich das Licht der Dämmerung nicht erreichte, und er erklärte mir, was bei dem Ritual mit Brandon geschehen würde. Dann war es auch für mich Zeit zu ruhen.

Ich betrat die wohltuende Dunkelheit des Wohnwagens und schloss die Tür ab. Amber war schon eine Weile vorher hineingegangen. Sie hatte ein Lämpchen brennen lassen und beobachtete mich mit schläfrigem Blick.

Ich ging zu ihr. Als ich mich hinunterbeugte, entfuhr mir ein leises Stöhnen.

Amber war sofort hellwach. »Bist du verletzt? Warum hast du nichts gesagt?«

»Nur ein Stich, nicht so wild. Heute Abend ist alles vergessen«, wiegelte ich ab. »Wir werden ein paar Tage hierbleiben müssen. Brandon meint, dass ihm ein indianisches Ritual helfen kann, sein Leid zu lindern. Ist das okay für dich oder willst du versuchen, mit einem Bus nach L.A. zu gelangen?«

»Nein, ich bleibe bei euch«, erwiderte sie und sah mich vorsichtig an. »Wir haben uns ja nicht gestritten, Julius. Es ist nur nicht leicht, so nah beieinander zu leben, wenn man eigentlich … «, sie stockte.

»Kannst du uns einen Gefallen tun und den Trailer vor Sonnenuntergang irgendwohin fahren, wo wir jagen können?«

»Sicher.«

KAPITEL 33

Der Tag verging schleppend. Amber saß im Schatten eines Lakens, das zwischen dem Haus der Red Deers und einen knorrigen Baum gespannt worden war, und hoffte, die eingenommenen Schmerztabletten würden endlich wirken und das hämmernde Pochen in ihrem Kopf zum Schweigen bringen. Wie ihr Gesicht aussah, wollte sie lieber nicht wissen. Judiths Schlag hatte sie schlimm erwischt, Judith, die Coe in den Tod gefolgt war.

Der Scheiterhaufen, der die ganze Nacht hindurch gebrannt hatte, war fort. Nicht mehr als ein schwarzes Oval aus Asche war geblieben, das vom Wind und zahlreichen Füßen zerstreut wurde. Amber konnte nicht aufhören sich zu wundern, wo in diesem einsamen Landstrich auf einmal all die Menschen herkamen. Die Auffahrt und der Platz vor Red Deers Haus waren vollständig zugeparkt. Klapprige Fahrzeuge, staubig und verbeult, standen dicht an dicht. Es war unwirklich. Überall waren Kinder, zahllose Hunde tobten umher und füllten die Wüste mit Fröhlichkeit.

Mindestens zwei Dutzend Erwachsene berieten mit Red Deer über das Ritual, mit dem sie Brandons Seele heilen wollten. Seine Tochter Cloud war nicht minder beschäftigt. Umgeben von Frauen jedes Alters plante sie, wie viel Essen und Unterkünfte für die Teilnehmer nötig waren. Amber hatte sich eine Weile dazugesetzt, doch sie konnte kaum helfen und meist wurden die Diskussionen in Na Diné, der Sprache der Navajo, geführt.

Stunden vergingen und die Versammlung löste sich nach und nach auf. Amber half Cloud die Unmengen schmutzigen Geschirrs wegzuspülen, die die Gäste hinterlassen hatten. Als sie die letzte einer schier endlosen Reihe von Schüsseln abtrocknete, trat Red Deer zu ihr. Er lächelte zufrieden.

»Wird der Tanz stattfinden können?«, fragte Amber.

»Ja, und wir haben viele Helfer. Es wird gut.«

»Brandon freut das sicher.«

»Amber? Würdest du mir wohl die Silbermesser zeigen, die Julius besitzt? Er sagt, du wüsstest, wo sie aufbewahrt werden.«

Amber überlegte kurz, was sie tun sollte. Julius schien dem Alten zu vertrauen. Er hatte ihr zwar nicht erzählt, dass der Indianer danach fragen würde, aber offensichtlich hatten sie miteinander über Julius' Waffen gesprochen. Dann schien es in Ordnung.

Amber trocknete sich die Finger ab und hängte das Handtuch zum Trocknen über einen Busch.

»Ich bringe die Waffen raus, einen Moment.«

Als Amber den Airstream wieder verließ, saßen Red Deer und seine Tochter im Schatten des mageren Baumes neben dem Haus und warteten.

Amber hob den schweren Koffer auf einen Tisch und klappte ihn auf. Bevor sie Julius kannte, hatte sie nie derartige Waffen gesehen. Es waren zwölf Klingen, die in der Größe zwischen kleinen Messern und richtigen Schwertern variierten. Für Amber sahen sie aus wie eine Mischung aus Samuraischwertern und Waffen, die in ihrer Phantasie Elfen tragen würden. Das lag vor allem an den Rankenmustern auf den Klingen. Julius hatte sie in den zwanziger Jahren in Frankreich anfertigen lassen, und die Zeit des Jugendstil hatte ihre Spuren als schwarze Linien in das Metall geätzt.

»So etwas habe ich noch nicht gesehen«, staunte Red Deer.

»Julius' Arbeitsgeräte«, erwiderte Amber bitter.

Jetzt, im Sonnenlicht, glänzten die Klingen jungfräulich und neu, als hätten sie niemals Blut gekostet, doch das war eine Lüge. Red Deer wog drei kleine Messer in der Hand und entschied sich schließlich für das mit der schmalsten Klinge.

»Dieses werde ich mir ausborgen.«

Als er das sagte, verstand Amber erst, was das alles sollte. Es gab nur einen Grund, weshalb der Indianer ausgerechnet einen Silberdolch brauchte. Er wollte einen Vampir verletzen und zwar so, dass er nicht schnell heilen würde.

»Was hast du damit vor?«

»Ich fasse es nicht!«, schrie Amber und krallte ihre Hände um das Lenkrad. Sie steuerte das Gespann mit siebzig Meilen pro Stunde die Straße hinunter nach Cameron. Der Himmel war glühend rot in der Dämmerung. Sie war spät dran. Julius war bereits wach. »Da überlebt er diese ganze Quälerei und dann fällt ihm nichts Besseres ein, als sich ein paar Haken durch die Brust zu ziehen und sich an einem Baum aufzuhängen? Man sollte fast meinen, die Vergewaltigung hätte ihm nicht gereicht!«

»Amber!«

»Das ist doch totaler Schwachsinn! Verbiete es ihm, du kannst es doch!«

»Ich könnte es. Aber solche Worte ausgerechnet aus deinem Mund zu hören erstaunt mich.«

»Das hier ist etwas völlig anderes. Brandon muss vor sich selbst geschützt werden. Bringen wir ihn in L.A. zu einem Psychiater, der wird ihm helfen können.«

»Vielleicht hat er selber die richtige Therapie gefunden. Du hättest ihn heute Morgen sehen sollen!«

»Was war denn?«, fragte sie und spürte, wie ihr Zorn langsam an Kraft verlor.

»Er war wieder voller Hoffnung. Nur weil wir es nicht nachvollziehen können, sollten wir es nicht ablehnen.«

Amber drosselte das Tempo. Der Ortseingang war nicht mehr weit. Die Reifen ratterten bereits über die alte Hängebrücke. »Du kennst ihn besser als ich, Julius. Ihr müsst wissen, was ihr tut.«

Doch der Vampir hatte ihre Verbindung bereits unterbrochen.

Schließlich parkte Amber vor einer kleinen Mall. Der geeignete Jagdplatz für ihre Freunde war gefunden.

Eine halbe Stunde später warteten die drei Vampire gesättigt neben dem Wohnwagen. Christina lief Amber entgegen und half ihr, den völlig überladenen Einkaufswagen zu schieben. Die junge Unsterbliche presste ihre Lippen wütend zu einem schmalen Strich zusammen.

»Was ist? Haben dir die Herren eröffnet, was sie vorhaben?«, erriet Amber.

Christina schnappte nach Luft. »Also ich respektiere Brandons Kultur wirklich, das habe ich immer, aber ich, ich …«

»Sag nichts, damit sind wir schon zu zweit.«

Als sie am Wohnwagen ankamen, schüttelte Julius verständnislos den Kopf.

»Für wen ist das alles? Wir bleiben keine Wochen, nur ein paar Tage.«

»Das meiste ist für Cloud. Ich glaube, das wird keine Aktion im kleinen Kreis, nicht wenn es nach den Red Deers geht.«

»Das ist schön«, sagte Brandon.

Amber hielt in ihrer Bewegung inne und starrte ihn an.

Der Indianer griff ein paar Tüten aus dem Wagen und lud sie kommentarlos in den Airstream. Die anderen tauschten kurz erstaunte Blicke, dann packten alle mit an.

Auf dem Rückweg reisten alle vorne im Dodge, Julius fuhr. Brandon und Christina saßen auf der Rückbank und unterhielten sich leise. Amber beobachtete durch den Rückspiegel, wie Christina behutsam Brandons Arm berührte. Er zuckte kurz weg, doch dann nahm er ihre Hand vorsichtig in seine. Er machte tatsächlich Fortschritte.

Amber hätte zu gerne gewusst, worüber sie redeten, doch Julius hatte das Radio angeschaltet und es so laut gedreht, dass sie nichts verstehen konnte.

»Was ist passiert, während wir geschlafen haben?«, fragte er und starrte weiter auf die Straße. Er hatte sie kein einziges Mal angesehen, seitdem er erwacht war.

»Als ich wach wurde, war die Hölle los, alles voller Leute, mit denen Red Deer den Tanz geplant hat. Ich musste Hirscheintopf essen, dann habe ich dem Alten eine Vampir-Besichtigungs-Tour durch den Wohnwagen gegeben, und er hat sich eins von deinen Messern genommen.«

Julius lachte über ihren schnell heruntergerasselten Bericht, dann wurde er wieder ernst. »Was ist mit der Asche von Judith und Melanie passiert?«

»Als ich aufstand, war sie nicht mehr da, ich glaube, Red Deer hat sie verstreut.«

»Das ist gut. Keine Spuren mehr.« Julius drehte den Kopf und blickte Amber forschend an. »Ich hoffe, es kommen nicht noch mehr, um Coe zu rächen.«

»Ich möchte nicht über ihn sprechen, Julius«, erwiderte Amber und schob ihre verkrampfte Hand unter den Oberschenkel.

»Wir begeben uns wegen dieses Sonnentanzes in die Wildnis und haben nur dich und ein paar Indianer zum Schutz. Ich bin mir zwar sicher, du würdest trotz unserer … Meinungsverschiedenheit alles tun, um Böses abzuwehren, aber du musst meine Sorgen verstehen.«

Amber schüttelte den Kopf. »Nein, ich denke nicht, dass noch mehr von Coes altem Clan kommen werden, um ihren Meister zu rächen, und wenn, dann haben sie es ohnehin auf mich abgesehen.«

KAPITEL 34

Plötzlich tauchten Brandon und die anderen Indianer hinter der Kuppe auf. Die alten Männer schritten voran. Takoda Red Deer trug jetzt zeremonielle Kleidung an Stelle von Jeans und Karohemd und schlug eine Trommel, zu deren Rhythmus die anderen monoton sangen.

Wir waren sofort nach unserer Rückkehr von der Jagd in Cameron aufgebrochen. Gemeinsam mit einigen anderen Männern fuhren wir zuerst eine unwegsame Strecke mit dem Jeep.

Unter Red Deers Anweisung hatte Brandon, gemeinsam mit einem jungen Lakota namens John, eine schlanke Birke gefällt und unter Gebeten ein Plateau hinaufgetragen. Für mich und einige andere standen Pferde bereit. Wir ritten voraus und erreichten den heiligen Platz der Indianer eine halbe Stunde vor ihnen.

Ich verfolgte, wie Brandon und John den Baum in eine vorbereitete Grube einsetzten und mit Erde und Steinen befestigten. Dann wurden sie von Red Deer und zwei weiteren Medizinmännern zur Reinigung fortgeführt. Eine Gruppe von Männern, die schon mehrere Tänze absolviert hatte, schmückte unterdessen den Baum mit bunten Bändern und Zweigen, in Form eines Nests.

Die Gruppe der Tänzer und heiligen Männer war jetzt so

nahe, dass ich ihre Gesichter trotz der Dunkelheit gut erkennen konnte. Brandon und John waren barfuß und bis auf einen knappen Schurz unbekleidet. Sie sangen aus voller Kehle und für mich wirkte es, als befänden sie sich bereits in Trance. Ihre Gesichter waren seltsam friedlich, leer und erhaben.

Brandon lief an mir vorbei. Seine Augen waren halb geschlossen, sein Gang zum ersten Mal seit seiner Befreiung wieder aufrecht.

Red Deer nickte mir zu. Er hatte mir erlaubt, dem Ritual beizuwohnen, und so stand ich auf und folgte ihnen gemessenen Schrittes zum Tanzplatz. Der auserwählte Ort war ein Plateau, das von einer Seite von Wacholdersträuchern und knorrigen Kiefern gesäumt wurde, auf den restlichen drei Seiten fiel der Felsen einige Hundert Meter steil ab. Die Erde hier war rot und fein. Der Regen, der vor nicht allzu langer Zeit gefallen war, ließ überall winzige Pflänzchen sprießen.

Zentrum der Zeremonie war die biegsame junge Birke, die sich im oberen Drittel in zwei Spitzen teilte. Bis auf diese beiden Äste waren alle anderen entfernt worden. Der Boden um den Stamm war von den Füßen unzähliger Tänzer eingeebnet, an seinem Fuß lagen vier Büffelschädel. Im Kreis um den Baum standen einige Holzkonstruktionen aus zusammengebundenen Balken. Die vier Himmelsrichtungen waren auch hier mit Kräuterbündeln und bunten Bändern gekennzeichnet.

Schweigend setzte ich mich vor einen der Pfähle auf einen Webteppich.

Erst jetzt fiel mir die rechteckige Grube auf, die neben dem Tanzbaum ausgehoben worden war. Sie würden Brandon nicht fortlassen, um mit uns im sicheren Hogan, einem fensterlosen Lehmbau, den Tag über zu ruhen. Er musste wirklich hierbleiben, in praller Sonne.

Mein Vampir war inzwischen mit John zum Beten niedergekniet. Sie öffneten die Handflächen zum Himmel und sprachen Worte in einer melodischen Sprache. Es war ein urtümlicher, schöner Anblick. Dann fiel mein Blick auf das Brandmal auf Brandons Schulter. Coes Zeichen, ein verschlungenes N und ein C, trieb einen bitteren Geschmack in meinen Mund. Ich schluckte, aber der Anblick der betenden Männer hatte seinen sakralen Zauber verloren.

In den nächsten Tagen würde die Narbe, die der eiserne Halsring hinterlassen hatte, verblassen und bald Vergangenheit sein. Das Brandzeichen auf der Schulter jedoch war eine Erinnerung an Coe, die bleiben würde.

Das Gebet war zu Ende, und ich hatte nicht einmal mitbekommen, wie Brandon aufstand. Jetzt redete er mit einem der weisen Männer, der ihm einen kleinen Gegenstand reichte, dann kam er zu mir und hockte sich neben mich.

Er wippte auf den Hacken und strich sich in einer nervösen Geste das Haar aus dem Gesicht. »Versprich mir, dass du nicht versuchen wirst, mir Kraft zu geben. Ganz gleich, wie schlecht es mir geht, es ist Teil der Zeremonie. John und die anderen Tänzer werden vier Tage fasten, und das will ich auch.«

»Das kann ich leicht versprechen Brandon. Ich hoffe nur, du findest, was du suchst.«

»Das hoffe ich auch.«

Ich wies auf Brandons geschlossene Hand. Er öffnete sie und zeigte mir einen dünnen, langen Knochen, an dem ein Band befestigt war. »Es ist eine Flöte«, erklärte er. »Running Elk hat sie mir geliehen, damit ich beim Tanz darauf blasen kann. Sie ist aus dem Flügelknochen eines Adlers.« Er hängte sich die Flöte um den Hals und strich mit den Fingern die daran befestigte Feder glatt.

Red Deer kam zu uns und sprach mit Brandon. Es klang ernst.

»Er wird mich jetzt zum Tanz vorbereiten, Julius. Du kannst darüber wachen, dass ich diese erste Prüfung ehrenvoll bestehe.«

Ich erhob mich und ging mit Brandon zu den Schamanen. Takoda Red Deer trug nun eine Federhaube, die weit über den Rücken reichte. Er führte Brandon zum Baum im Zentrum des Tanzplatzes. In der Zwischenzeit hatte jemand dünne Schnüre an der biegsamen Spitze befestigt. Sie hingen an dem Stamm herab und bestanden bei näherem Hinsehen aus roher Tierhaut, an der hier und da sogar noch Fell klebte. Die Trommeln und Schreie setzten wieder ein und jagten mir diesmal einen kalten Schauer über den Rücken.

Brandon kniete sich vor den Baum auf ein ausgebreitetes Büffelfell. Er richtete seinen Blick über die Klippe in die Ferne und seine Augen wurden leer und schwarz. Die heiligen Männer begannen einen langsamen Tanz, während ich verloren neben Brandon stand und darauf wartete, dass Red Deer mir sagte, welche Aufgabe mir bei dieser Sache zufiel.

Der alte Mann entzündete etwas Süßgras und verteilte den Rauch.

Brandon war bereits in tiefer Meditation versunken und antwortete den Worten des Medizinmanns einsilbig.

Red Deer sah zu den Männern hinüber, die ihre Trommel plötzlich in einem anderen Rhythmus schlugen und schneller um uns herumtanzten. Der Boden vibrierte unter den Füßen der Tänzer, und dann fühlte ich Magie. Sie floss aus dem Boden, aus der Luft, aus dem Baum hinter mir und nicht zuletzt aus den alten Männern. Es war eine Kraft, die mir fremd war. Eine Energie, die ich nicht verstand. Ich erschrak, als Red Deer meine Hände nahm und sie auf Brandons Schultern legte, doch sobald ich seine Haut berührte, war auch ich Teil dieser Magie.

Der junge Krieger John trat mit zwei brennenden Fackeln heran. Seine Miene war feierlich. Brandon spannte seinen Körper, sobald ihn das zuckende Licht des Feuers berührte. Ich drückte mein Knie in seinen Rücken, um ihm Halt zu geben, und verstärkte meinen Griff.

John ging hinter Red Deer in Position und hielt die Fackeln so, dass sie das beste Licht spendeten. Die Gesänge wurden noch einmal schneller, und dann hielt der alte Indianer plötzlich ein Messer in der Hand, mein Messer!

Brandon begann leise etwas aufzusagen. Die Magie wuchs in ihm und strömte in meine Hände und durch mich hindurch in den Boden. Es war so weit.

Ich konnte meinen Blick nicht abwenden, als der Medizinmann mit der Linken ein großes Stück Haut auf Brandons Brust griff, sie vom Körper zog und dann das Messer ansetzte. Er stieß es langsam hinein.

Im Kampf um seine Fassung drückte Brandon den Rücken gegen meine Hände und mein Bein. Seine Arme zitterten, die Hände ballten sich zu Fäusten, dann trat die Klinge auf der anderen Seite wieder aus. Solange das Messer in seinem Körper steckte, presste er seine Kiefer zusammen und unterbrach sein leises Gebet, doch es kam kein einziger Schmerzenslaut über seine Lippen.

Red Deer zog das Messer heraus und wiederholte die Prozedur auf der anderen Seite.

Diesmal warf Brandon den Kopf nach hinten und bleckte die Zähne, doch mein Freund ertrug den Schmerz wieder ohne einen Laut.

Sobald die Klinge nicht mehr in seinem Fleisch steckte, ließ er sich ermattet gegen mich fallen. Sein Atem ging jetzt schnell, und das Blut lief in vier dunklen Linien aus seiner Brust und über den muskulösen Bauch.

Plötzlich waren Red Deers Worte in meinem Kopf. *»Die*

Tiere, die Pflanzen, die Natur, alles gehört dem Schöpfer. Das Einzige, was dem Menschen gehört, worauf er wirklich einen Anspruch hat, ist sein eigener Körper. Ein Mann kann nur opfern, was ihm gehört. Sein Fleisch, sein Leid, sein Leben, seine Hingabe.«

Brandons Blut floss. Die Magie wurde stärker, wuchs weiter. Sie kam von überall her, angelockt von der Lebensenergie und den Gesängen der heiligen Männer. Ich wusste, wenn ich die Augen schloss, würde ich sie erkennen können. Dann würde sie uns umgeben wie ein Ring aus Licht, der kreiste und seine Arme streckte, nach oben und nach unten und in alle vier Himmelsrichtungen.

Red Deer fragte Brandon etwas und dieser antwortete einsilbig. Er wischte meinem Freund die Brust mit einem weichen Tuch sauber, bis die vier Ein- und Austrittsstellen gut sichtbar waren. Der Gesang schwoll an. Die Trommel dröhnte durch meinen Körper. Red Deer steckte ein flaches, glattes Holzstück in den Schnitt in Brandons Haut und schob es weiter, bis es auf der anderen Seite wieder austrat. Brandon zitterte. Das zweite Holzstück folgte und dann war es plötzlich vorbei.

Die Alten tanzten langsamer, die Magie wurde schwächer und verharrte abwartend. Red Deer blickte mich zufrieden an. Jetzt öffnete auch Brandon seine Augen, sah an sich herab und konnte stolz sein. Die Holzstücke saßen stramm unter der Haut und hatten den Blutfluss durch den Druck fast zum Erliegen gebracht.

Nur noch ein Musiker schlug die Trommel und sang in langen auf- und absteigenden Melodien, die anderen hatten sich im Halbkreis hingesetzt. Manche rauchten, andere unterhielten sich. Es schien mir wie das letzte Luftholen vor dem Sturm, vor der großen Anstrengung.

»Verbinde mich mit dem Sonnenbaum«, bat Brandon

leise. Seine Stimme klang tief, als enthielte sie ein Echo aus einer anderen Welt.

Ich griff nach einer der langen Schnüre aus Tierhaut, die vom Baum hinabhingen, und kniete mich vor ihm auf das Büffelfell. Die Schnüre waren am Ende aufgespalten, damit sie auf beiden Seiten der Holzstücke festgemacht werden konnten.

Ich wand die Sehne durch die vorbereitete Einkerbung und machte mehrere Knoten, das Gleiche wiederholte ich auf der anderen Seite, dann langte ich nach der zweiten Schnur, die von dem Baum herunterhing.

»Danke, dass du bei mir bleibst, Julius«, sagte Brandon mit rauer Stimme. »John hat Familie, ich bin …«

Ich hielt inne. »Wir sind deine Familie. Christina und Amber und ich. Wir sind eine Camarilla, wir gehören zusammen.«

»Ich weiß das.« Er sah auf seine Brust, unter deren Haut sich das Holz deutlich abzeichnete. »Wenn ich das Ritual bestehe, will ich diese Narben behalten.«

Am Ende des Sonnentanzes rissen sich die Tänzer die Hölzer aus der Brust. Viele wurden danach ohnmächtig. Vier Tage Schmerz und Entbehrungen waren einfach zu viel. Ich würde Brandons Wunden versorgen und zwar so, dass sie nicht wie üblich spurlos verheilten. »Ich habe Silberoxid im Wagen, Amber wird es mitbringen«, sagte ich daher und befestigte den letzten Knoten.

Wir erhoben uns gemeinsam. Ich zog mich endgültig hinter die unsichtbare Linie zurück, die den Tanzplatz begrenzte, und setzte mich.

Ein alter Mann trat zu Brandon, überprüfte die Knoten und reichte ihm Lederbänder mit Federn, Knochen und Schellen, die er an dessen Beinen und Armen befestigte. Zum Schluss setzten sie Brandon einen Kranz aus weißem Salbei auf den Kopf.

John, der junge Lakota, gab mir eine kleine Trommel. Ratlos drehte ich das Instrument in der Hand und legte es unauffällig neben mich in den Sand. Währenddessen hatten Red Deer und John die Hände gehoben und begonnen, mit Brandon und den anderen zu beten. Ich fühlte die Energie wieder wachsen, als lauschten Himmel und Erde diesen kehligen, fremden Lauten, dann begann der Tanz.

Der Medizinmann trat zurück, und die Trommel gab einen feierlichen Rhythmus vor.

Brandons Schritte wirkten zuerst steif und ungelenk. Die Schellen machten jeden Tritt, der fehlging, hörbar, und ich stellte mir vor, wie schwierig es sein musste, vor fremden Menschen zu tanzen, die man sehr hoch schätzte und die einen kritisch musterten.

Mit der Zeit verlor sich Brandon in der Musik, tanzte bald ganz im Rhythmus, geriet in Trance. In bestimmten Intervallen blies er in die Adlerknochenflöte und warf seinen Kopf nach hinten.

Dann begann er den Baum zu umkreisen. Die Trommel schlug schneller und schneller und trieb mein Herz an.

Plötzlich war mein ganzer Körper angespannt. Ich wehrte mich kurz gegen den fremden Einfluss, dann erlag ich ihm. Mein Herz schlug mit der Trommel, und ich konnte meine Augen nicht von dem Tänzer wenden.

Brandon bewegte sich das erste Mal aus dem Kreis. Die Schnüre an seiner Brust spannten sich, und er zog, bis sich die Spitzen des Baums neigten. Die Männer kommentierten seine Tapferkeit mit hohen Schreien.

Gegen mein anfängliches Widerstreben wuchs meine Bewunderung für Brandons tapferen Akt. So wie man Feuer mit Feuer bekämpfte, ertränkte er einen Schmerz mit einem anderen, setzte Stolz an die Stelle von Scham. Auch in mir fand eine Veränderung statt. Ich hasste es, wenn andere mir Mitleid entgegenbrachten, und doch hatte ich Brandon in den letzten Tagen damit überhäuft. Jetzt freute ich mich, einen derart tapferen Mann in meiner Camarilla und zum Freund zu haben. Und als er sich das nächste Mal gegen die Schnüre lehnte, stimmte ich in die Anfeuerungsrufe ein.

KAPITEL 35

Christina stand auf der Ladefläche eines kleinen Transporters. Die Hände fest um das rostige Sicherheitsgitter geschlossen, ließ sie den kalten Nachtwind mit ihrem Haar spielen. Amber, die hinter ihr auf der Ladefläche hockte, war die ganze Zeit über schweigsam gewesen und hatte vor sich hin gestarrt oder gedöst. Es war noch einige Stunden bis zum Morgengrauen, und sie fuhren über eine holperige Piste mitten durch die Wüste. Cloud und zwei alte Indianerinnen saßen in der Fahrerkabine. Wenn sie sich anstrengten, konnten sie sie reden hören.

Die Ladefläche war gefüllt mit Zelten, Essen und ausreichend Wasser für mehrere Tage. Ihr Ziel, eine Gruppe von Tafelbergen, zeichnete sich schon seit einer ganzen Weile als dunkle Wand vor ihnen ab.

»Hast du den Coyoten gesehen?«, rief Christina Amber zu. Amber hob träge den Kopf. Die Vampirin streckte ihr eine Hand entgegen. »Komm, steh auf, es ist doch langweilig, die ganze Zeit da rumzuhocken.«

Amber ließ sich aufhelfen und stellte sich neben ihre Freundin. Der Wagen schwankte heftig.

Christina lächelte und legte ihr einen Arm um die Schulter. »Was ist denn los mit dir? Gleich sehen wir die Jungs wieder, freust du dich denn nicht?«

»Ja und nein«, antwortete Amber ehrlich. Sie musste sich nah zu Christina beugen, damit sie diese auch gegen das Rauschen des Fahrtwindes verstand.

»Ach Amber, meinst du, du kannst nicht noch mal über deine Entscheidung nachdenken? Julius konnte nicht anders handeln, und außerdem hat Curtis es befohlen.«

»Damals, als Daniel Gordon mich in seiner Gewalt hatte, da konnte Julius doch auch noch selber entscheiden. Da ist er losgezogen, um mich zu retten, und das, obwohl Curtis strikt dagegen war, und jetzt heißt es plötzlich nur noch ja und amen!«

»Überleg doch mal, Amber. Hättest du wirklich gewollt, dass Julius Coe herausfordert? Das wäre blanker Selbstmord gewesen. Er war dem Alten nicht gewachsen.«

Amber funkelte Christina zornig an. »Dann hätte er nicht jemanden zu diesem Monster schicken sollen, der viel schwächer ist als er.«

Christina öffnete den Mund, um etwas zu erwidern, doch Amber schüttelte den Kopf. »Lass uns das Thema wechseln, Chris. Ich weiß, du darfst nichts gegen deinen Meister sagen.«

»Das stimmt doch gar nicht, Julius hat …«

»Hör auf, Chris!«

»Bist du dir sicher, dass du die Sache mit Steven nicht nur vorschiebst? Vielleicht willst du dich ja aus irgendeinem anderen Grund trennen?« Christina ließ nicht locker.

Amber tat, als hätte sie die Worte überhört, und biss die Zähne aufeinander. Die Unsterbliche hatte einen wunden Punkt getroffen. Amber konnte sich diese Frage selbst nicht beantworten. Es war einfach alles viel zu schnell gegangen. Julius hatte ihr nie eine Wahl gelassen. Sie hatte geglaubt, in der Zeit, die er im Sarg eingesperrt war, genügend nachgedacht zu haben, aber vielleicht stimmte das nicht. Julius war in jenen zehn Wochen präsenter gewesen als je zuvor. Die Sorge um ihn hatte fast jeden anderen Gedanken gefressen, und überdies hatte er wie ein kleiner Teufel in ihrem Kopf gehockt und jeden ihrer Schritte beobachtet.

Alles drehte sich um ihn, und Amber war noch nicht einmal klar, ob sie ihn wirklich liebte oder ob ihre Gefühle durch die Siegel hervorgerufen wurden.

Sie hatte Julius' Blut getrunken. Vielleicht sehnte sich der Teil von ihm, der jetzt in ihren Adern floss, mit aller Kraft nach seinem Körper zurück.

»Ist schon gut, Amber, ich bohre nicht mehr«, meinte Christina. »Ihr passt nur so gut zusammen, und ich bin auch ein bisschen egoistisch. Ich will dich als Freundin nicht verlieren.«

Brandon tanzte und blickte hinauf zu den Sternen.

Für uns alle und nicht zuletzt für mich selbst hoffte ich, dass er aus dieser Erfahrung gestärkt hervorgehen würde. Er hatte sich verloren. Jetzt würde er tanzen, bis seine verlorene Seele starb und in der Trance und im Schmerz neu geboren wurde.

Ich starrte vor mich hin, starrte auf Brandons nackte, staubbedeckte Füße, die die Erde stampften und sein tropfendes Blut mit dem Sand vermischten.

Seit dem Beginn des Tanzes waren Stunden vergangen. Ein Teil der Musiker hatte sich zur Ruhe begeben, andere waren dazugekommen, nur Brandon hatte die ganze Zeit ausgehalten, getanzt und seinen Körper auf die Probe gestellt.

Sein Haar hing in nassen Strähnen hinunter. Von seinem

Salbeikranz hatten sich Blätter gelöst und waren auf seiner schweißbedeckten Haut kleben geblieben.

Jemand berührte mich an der Schulter. Er tat es mehrfach, bis ich endlich aufsah und Red Deer entdeckte. Er wurde von einem jungen Mann begleitet und bedeutete mir, ihm zu folgen. Wir gingen nicht weit. Hinter einem Unterstand blieben wir stehen und der Alte machte eine einladende Geste.

»Ich habe versprochen, es würde für euch genug Nahrung geben, Julius. Bitte.«

Ich sah ihn verständnislos an, dann dämmerte es mir. Der junge Mann namens Frank Strikes Twice wusste nicht nur, wer wir waren, sondern wollte auch noch, dass ich, ohne ihn zu betäuben, von ihm trank. Als Mutprobe.

Und so trank ich zum Rhythmus der Trommeln. Trank, während ich Brandon tanzen sah und die Magie des Ortes fühlte. Es war ein Fest. Franks Beine sackten kurz weg, als das Adrenalin einsetzte, und ich hielt ihn, bis er wieder von allein stehen konnte.

»Vielen Dank für deine Gabe«, sagte ich und wischte mir den Mund ab.

Der Junge empfing von Red Deer ein anerkennendes Nicken, dann kehrten wir zum Tanzplatz zurück und setzten uns.

Red Deer stieß mich an und beugte sich zu mir. »Ich habe gefühlt, wie du Frank Strikes Twices Leben gerufen hast. Als die Kraft deinem Ruf nicht mehr freiwillig gefolgt ist, hast du nichts erzwungen. Ich weiß, du hättest es gekonnt, aber ich verstehe nicht, warum die alten Legenden davon sprechen, die Kinder Jumlins wären böse Geister und brächten den Menschen den Tod. Natürlich habe ich miterlebt, was mit den zwei Frauen geschehen ist, doch das war ein Krieg unter euresgleichen.«

Ich spürte, der alte Mann würde mich nicht verurteilen, wenn ich die Wahrheit aussprach. »Vor vielen Jahren, als eure Legenden entstanden, haben wir noch bis zum letzten Herzschlag getrunken. Wir haben getötet, jede Nacht, aber diese Zeiten sind vorbei.«

»Hast du es auch getan?«

»Ja, lange.«

»Und Flying Crow?«

»Er nicht, er ist nach dieser Zeit geboren worden.«

Der alte Indianer nickte langsam, dann griff er nach einer perlenbesetzten Tasche. Er hatte sie den ganzen Abend immer bei sich getragen. Jetzt reichte er mir daraus eine kleine tönerne Pfeife, in der Form eines liegenden Bären. Sie war bereits gestopft.

»Rauchen wir«, sagte er schlicht und zog eine zweite Pfeife hervor. Unter dem Tabak witterte ich den würzigen Geruch von etwas, das ich nicht kannte.

Red Deer hielt ein Stöckchen in das Feuer, das den Tanzplatz erhellte, und entzündete unsere Pfeifen.

Ich weiß nicht, was wir in jener ersten Nacht rauchten, aber es brachte mich dazu, nach einer Trommel zu verlangen und sie bis zum Sonnenaufgang zu schlagen. Ich sang Lieder, deren Worte ich nicht verstand, aber sie wiederholten sich, und so lernte ich die Verse.

Als sich der Morgen schließlich als feine Linie am Horizont abzeichnete, wurden die Trommeln langsamer und verstummen schließlich ganz. Brandon taumelte noch ein Stück, dann blieb er stehen und schwankte wie ein gerade erwachter Schlafwandler. Er hatte die ganze Nacht durch getanzt.

Die Musiker nutzten die Zeit, bevor die anderen Tänzer kamen, und standen auf, um sich die Beine zu vertreten.

Ich ging zu meinem Freund und fasste ihn an den Schultern. Brandon war benommen und starrte durch mich hindurch.

»Die Sonne geht auf, du musst dich zur Ruhe legen«, sprach ich und rief ihn zugleich mit dem Eid, der uns verband. Nach und nach wurde sein Blick klarer.

Frank, der junge Mann, von dem ich getrunken hatte, kam und brachte uns einige Decken, während Red Deer die Sehnen, die Brandon an den Baum fesselten, mit einem kleinen Messer durchtrennte. Ich führte Brandon zu dem Grab, das sie für ihn geschaufelt hatten.

Red Deer reichte mir die durchtrennten Lederschnüre und ich hielt sie, während Brandon in sein Grab stieg, dann legte ich die Sehnen auf seinem Bauch zusammen und er faltete seine Hände darüber.

»Diesmal wirst du keine Erde im Gesicht haben«, versprach ich.

Brandon schwieg entrückt. Ich saß bei ihm, bis er die Augen schloss, dann nahm ich ihm den Salbeikranz von der Stirn und bedeckte sein Gesicht mit einem Stofftaschentuch.

Frank half mir, die Decken über dem Körper zusammenzuschlagen, mit denen er die Grube zuvor ausgelegt hatte, danach schaufelten wir gemeinsam Erde hinein, bis das Grab eingeebnet war.

Die vielen Zuschauer machten mich nervös. Was, wenn einer der Männer neugierig wurde und ihn wieder ausgrub, was wenn …?

Red Deer trat zu mir. Es war, als hätte er meine Gedanken gelesen. »Ihm wird nichts passieren. Es ist immer jemand hier. Wir werden jetzt tanzen, die ganze Zeit bis zum Sonnenuntergang.«

»Ich bin mit der Dunkelheit zurück«, sagte ich und kehrte dem Tanzplatz schweren Herzens den Rücken.

Das Plateau war nicht mehr so verlassen und still wie am Abend bei unserer Ankunft. In der Zwischenzeit waren Frauen, Männer und auch Kinder eingetroffen und alle waren fleißig damit beschäftigt, Zelte aufzubauen und Essen vorzubereiten. Die Hälfte von ihnen kam von weiter her, es waren Verwandte von Red Deer, Lakota wie er und der junge John. Auch Amber musste unter ihnen sein. Ich rief meine Dienerin wortlos und fand sie, als sie Getränke aus einem Fahrzeug auslud. Sie schleppte Cola und Wasser zu einer Stelle, wo anscheinend für alle gekocht werden sollte. Ein halbes Dutzend Frauen heizten die Kohle an, andere kneteten Teig oder schnitten Fleisch.

Viele Menschen blickten mir irritiert hinterher. Meine Haut hatte seit über zweihundert Jahren keine Sonne mehr gesehen und schrie geradezu in die Welt, dass ich hier nichts zu suchen hatte und bei diesem höchsten Fest mehr als fehl am Platz war.

Ich lief mit gesenktem Haupt weiter und verbarg mein Gesicht vor dem erwachenden Tageslicht.

Schließlich fand ich meine Dienerin. Das Getuschel der Indianer hatte sie auf mich aufmerksam gemacht. Sie stellte ihre Last ab und lief zu mir.

»Alles in Ordnung?«, fragte Amber direkt.

»Ja, Brandon ruht sicher in der Erde.«

»Mit dir, meine ich.«

»Niemand will mich hierhaben, Amber.«

Sie begleitete mich zum nahen Pinienwäldchen.

»Die Leute fühlen, dass du anders bist, Julius. Die meisten haben irgendwelche Geschichten davon gehört, dass in der Nacht ein Geist tanzen wird. Und jetzt glauben sie, du seist dieser Geist.«

»Und wie geht es dir?«, fragte ich.

»Alle sind sehr lieb zu mir und zu Chris. Es ist schön, mal etwas Ruhe zu finden, an so einfache Dinge zu denken wie etwas zu essen und einen Platz zum Schlafen. Die vielen Kinder tun mir gut. So denke ich nicht ständig an Coe.«

Der Hogan schälte sich wie ein kleiner Hügel aus der bewaldeten Landschaft. Das halbkugelige Gebäude war ganz aus Lehm und im Unterschied zu anderen Bauten seiner Art hatte dieser keinen Rauchabzug mehr. Die Tür war in einem Holzrahmen eingelassen und wies nach Osten, zum Licht. Amber blieb mit mir davor stehen. Ich nahm sie vorsichtig in den Arm, geküsst hatte ich sie nicht mehr, seit sie sich entschieden hatte, mich zu verlassen.

Es fühlte sich alles so unwirklich an, und ich konnte es noch immer nicht glauben.

»Weißt du? Du machst auch nicht immer alles richtig, Amber«, sagte ich leise, dann wandte ich mich ab, ohne sie noch einmal anzusehen, ging in die Lehmhütte und schloss die Tür. Mit einem schweren Balken verriegelte ich sie vollständig.

Auf dem Boden stand eine brennende Kerze.

Es gab zwei Gräber, die halb in den Boden eingetieft waren, der Rest war als kleine Umfriedung aus Lehm aufgemauert worden. Teile des Bauwerks war so frisch, dass der Lehm noch dunkel vor Feuchtigkeit war. Eine der Konstruktionen war mit einer Holzplatte und einem Teppich abgedeckt, darin schlief Christina.

Ich stieg in das mit Decken ausgekleidete Lehmgrab.

Aus der Ferne trug der Wind den Klang der Trommeln herüber. Der Sonnentanz begann aufs Neue, und mit dem Lied schickte ich meine Seele auf die Reise.

Amber lehnte sich mit dem Rücken gegen den Hogan, in dem es schon vor einer Weile totenstill geworden war. Sie drückte ihren Rücken und beide Hände gegen die Wand und atmete tief durch. Irgendwie musste es weitergehen und irgendwie musste sie die nächsten Tage überstehen.

Julius hatte recht gehabt mit den letzten Worten, sie mache auch nicht immer alles richtig, natürlich nicht. Sie wusste, worauf er anspielte, auf Coes Tod. Aber nur weil sie falsch gehandelt hatte, wurde Julius' Verhalten dadurch nicht richtiger. Von ihrer Position aus konnte Amber gerade noch den dünnen, biegsamen Stamm erkennen, der die Mitte des Universums symbolisierte. Er zeichnete sich wie eine übergroße Nadel mit zwei Spitzen gegen das Licht der aufgehenden Sonne ab. Hin und wieder neigte er sich und dann wurden die Trommeln schneller, und die Frauen und Männer stießen anfeuernde Rufe aus, die aus der Ferne wie *Aaaiieee* klangen.

Als die Trommeln wieder zu schlagen begonnen hatten, waren die meisten Frauen und mit ihnen auch die Kinder zum Tanzplatz auf dem Plateau geeilt. In dem Wäldchen war es still geworden. Amber seufzte, stieß sich von der Wand des Hogan ab und ging fort.

KAPITEL 36

Am Abend traf ich Amber vor der Lehmhütte. Sie stand im letzten Licht und ihr Haar glänzte wie Gold.

»Sie machen den armen John gerade los«, sagte sie, sobald ich die Tür öffnete.

Ich hätte sie gerne in den Arm genommen, oder mit einem Kuss begrüßt. Stattdessen schob ich meine Hände in die Hosentaschen.

»Hast du dir den Tanz also doch angesehen?«

»Nur ein wenig. Es ist beeindruckend, aber mir läuft es kalt den Rücken runter.«

»Begleitest du mich zu Brandon?«

Amber nickte. Sie verschränkte die Arme, während sie neben mir herging. Vielleicht tat sie es aus dem gleichen Grund, weshalb ich meine Hände in die Hosentaschen gesteckt hatte. Mein Körper sehnte sich nach ihr.

»Schade, dass die Leonhardt an L.A. gebunden sind, es wäre schön, häufiger zu reisen«, sagte ich, um die Stille aufzuhalten, die sich gerade wie eine trennende Mauer zwischen uns schieben wollte. »Ich glaube, ich werde den Geruch und die Nachtgeräusche sehr vermissen, wenn wir wieder zurück sind.«

»Kannst du denn nicht einfach häufiger fort?«

»Nicht ohne triftigen Grund. Du weißt um die ganzen Dokumente, die dafür nötig sind.«

»Ja, und es ist Blödsinn, wie so vieles in eurer verknöcherten Welt.«

»Mag sein. Andererseits will auch ich keine Wildfremden in meinem Revier. Ich hätte keine ruhige Minute mehr.«

Wir erreichten den Tanzplatz. Er hatte sich verändert, seitdem ich zuletzt dort gewesen war. Die Pfähle, die in bestimmten Abständen um den Sonnenbaum aufragten und deren Sinn mir nicht ganz klargeworden war, hatten sich in Unterstände verwandelt. Stoff und Plastikplanen boten Schutz vor dem brennenden Licht der Sonne.

Unter einem besonderen Schutzdach, das im Gegensatz zu den anderen aus duftenden Pinienzweigen bestand, lag John, der den Tag über getanzt hatte.

Red Deer war bei ihm. Der junge Indianer fieberte. Die

Wunden in seinem Oberkörper waren unter dem Blut gerötet, sie glühten. Seine Augen waren offen, aber er schien nicht bei Bewusstsein. Ich roch die Entzündung in seinem Fleisch. Mein Blut konnte sie vertreiben. »Wenn er ernsthaft krank wird, kann ich helfen«, bot ich an.

Der Alte hob den Kopf. »Sein Zustand ist normal. Aber danke.«

Red Deer gestikulierte in Richtung einiger junger Männer, die unter einem anderen Schutzdach saßen und gerade eine hölzerne Flöte begutachteten, die offensichtlich einer von ihnen geschnitzt hatte.

Sie standen auf und kamen zu uns. Ich erkannte Frank Strikes Twice sofort. Die Bissverletzung prangte auffällig an seiner Kehle.

»Sollen wir ihn ausgraben, Mr Lawhead?«, fragte er.

»Ja, aber seid vorsichtig mit der Schaufel. Wir sind nicht aus Stein.«

»Alles klar«, lachte Frank und führte seine Freunde fort.

Die Indianer hatten Brandons Grab mit vier Steinen gekennzeichnet. Sie arbeiteten schnell. Nachdem sie die ersten dreißig Zentimeter mit dem Spaten abgetragen hatten, benutzten sie die Hände und kleine Plastikschüsseln. Ich trat hinzu und entfernte zuletzt die Decke und zog das Taschentuch von seinem Gesicht. Die jungen Männer hockten aufmerksam am Rand des Grabes. Sie wollten sehen, wie der Tote zu neuem Leben erwachte. Jemand brachte Fackeln und eine Gaslampe.

Ein Junge beugte sich vor und studierte Brandons regloses Gesicht. »Er ist tatsächlich wie wir, er ist Diné«, flüsterte er erstaunt und setzte damit eine Diskussion in Gange, die nicht mehr auf Englisch, sondern in einer Sprache der Indianer geführt wurde.

»Wie geht es ihm?«, fragte Amber leise. Sie hatte sich neben mich gekniet und zupfte dem Vampir unsicher einige Salbeiblätter aus den Haaren.

»Den Umständen entsprechend gut.«

Der Donner des ersten Herzschlags kam und ging, dann öffnete Brandon die Augen und bewegte vorsichtig die Finger.

Die jungen Männer begannen aufgeregt zu tuscheln.

»Guten Abend«, begrüßte ich ihn telepathisch. *»Du hast sicher in der Erde geruht, die zweite Nacht des Tanzes erwartet dich.«*

Brandon schaute mich verwirrt an. Als das Gefühl in seinen erwachenden Körper zurückkehrte, zuckten seine Hände zur Brust. Ich packte blitzschnell zu und hielt sie fest.

»Aii!«, machte er überrascht.

»Der Sonnentanz, Bran. Es sind die Holzstücke in deiner Haut«, erklärte ich geduldig und ließ ihn dann los. Brandon richtete sich mit gebleckten Zähnen auf. Als er die Hölzer und die Sehnen entdeckte, lächelte er zufrieden. »Ich muss beten, Meister.«

Im nächsten Moment kletterte er schon aus dem Grab.

Er ging einige Schritte, kniete sich dann mit dem Gesicht Richtung Sonnenuntergang und hob die Hände zum Gebet.

Takoda Red Deer war sofort bei ihm.

Nach und nach trafen Musiker und Zuschauer ein. Ich erkannte einen alten Trommelspieler vom Vorabend wieder. Er trug eine Dose Bier in der einen Hand und ein fettiges Stück Fleisch mit Brot in der anderen.

»Was geschieht jetzt?«, fragte Amber.

»Sobald Brandon bereit ist, wird er mit dem Baum verbunden und es geht los. Ich bleibe bei ihm. Kannst du Chris herbringen?«

»Sicher.«

Christina hatte sich bei Amber untergehakt und schien ihren Hunger im Griff zu haben. Weder die Menschen bei den Lagerfeuern noch die umhertollenden Kinder weckten den Blutdurst.

Rasch näherten sie sich dem Tanzplatz, und Amber begann nach Julius Ausschau zu halten. Die Trommeln dröhnten, und die zwei Spitzen des Sonnentanzbaumes wippten verräterisch. Das Ritual hatte begonnen, doch noch verdeckten Zuschauer den Blick auf die Tänzer.

Christina blieb plötzlich stehen und reckte den Kopf in den auffrischenden Wind, der über die Kuppe strich. Ihre Augen wurden mit einem Schlag pechschwarz. Oh Gott, das war gar nicht gut. Ambers Griff wurde unwillkürlich fester. »Chris, was ist los?«

Die Vampirin fauchte gefährlich, bleckte die Zähne und dann stieg ein Knurren aus ihrer Kehle, von dem Amber sich beim besten Willen nicht vorstellen konnte, wo es herkam. Energisch fasste sie ihre Freundin an den Schultern. »Hey, dreh jetzt nicht durch! Beruhige dich. Sieh mich an, Chris!«

»Sie tun Brandon weh!«, entgegnete die Vampirin und starrte den nächstbesten Indianer wütend an.

Amber legte eine Hand an Christinas Wange und drehte deren Kopf zu sich herum. »Bleib ruhig, Chris!«

Die Vampirin schien gar nicht zuzuhören. Der Geruch von Brandons Martyrium hatte sich unter ihren Hunger gemischt und schien sie an den Rand des Wahnsinns zu treiben.

Am nahen Tanzplatz wurden unterdessen die Trommeln schneller. Amber wusste, was gleich geschehen würde. Der helle Ton einer Adlerknochenpfeife schallte über das Plateau und es dauerte nur Sekundenbruchteile, bis der Wind die Botschaft zu ihnen trug. »Er blutet!«

Christina begann sich ernsthaft gegen Ambers Griff zu

wehren. Sie bleckte erneut die Zähne. »Lass mich los! Ich muss zu ihm, ich muss!«

Die ersten Indianer wurden aufmerksam und lenkten damit den Zorn der jungen Vampirin erst recht auf sich.

Für einen Augenblick glaubte Amber die Kontrolle zu verlieren. Christina würde im nächsten Moment ein Blutbad anrichten. Dann rief sie sich wieder in Erinnerung, dass sie durch die Verbindung mit Julius Macht über die Unsterbliche hatte. Sie bediente sich der Bindung nur ungern, doch in diesem Moment war ihr jedes Mittel recht. Sie hielt Christina mit aller Kraft fest, konzentrierte sich zugleich auf die Siegel und zog ein klein wenig von Julius' Magie hindurch.

»Du wirst gar nichts tun, Chris«, sagte sie mit fester Stimme.

Christinas Gegenwehr erstarb und wurde gleich darauf durch ein heftiges Zittern ersetzt. Ihre dunkel verfärbten Augen waren auf Amber gerichtet. »Ich möchte sie alle umbringen«, hauchte sie, doch die Aggression, die Christina noch vor einer Sekunde im Griff gehabt hatte, war fort.

Amber stieß erleichtert den Atem aus. Sie hatte es geschafft. »Niemand tut deinem Freund weh, Chris. Er macht es selbst. Julius meint, der Tanz hilft ihm.«

»Lass uns hingehen«, erwiderte Christina nach kurzem Überlegen und legte Amber einen Arm um die Hüfte.

»Glaubst du, du hältst es aus?«

Christina nickte energisch. »Wenn er so tapfer ist zu tanzen, sollte ich zumindest den Mut aufbringen, ihm dabei zuzusehen, oder nicht?«

Die beiden Frauen mischten sich unter die Zuschauer. Christina blieb ruhig, doch Amber traute dem Frieden nicht. Brandon tanzte mit weit aufgerissenen Augen und starrte, den Kopf weit in den Nacken gelegt, zum Vollmond hinauf.

Außer ihm bewegten sich noch zwei Männer auf dem Tanzplatz. Beide hatten sich an Armen und Rücken Adlerfedern in die Haut gesteckt. Eine ältere Frau blutete aus klaffenden Schnitten in ihren Armen. Brandon war der Einzige, der mit der Birke, die das Zentrum der Welt symbolisierte, verbunden war. Über seine Brust rannen zwei frische, rote Rinnsale und schon kündigten die Trommeln an, dass er seine Tapferkeit bald wieder auf die Probe stellen würde.

Christina sah ihn unentwegt an. Tränen traten in ihre Augen. Als ihr Freund sich dann mit rhythmischen Schritten aus dem Kreis hinausbewegte und gegen die Hölzer in seiner Brust stemmte, stöhnte sie entsetzt auf. Die Energie, die gleich darauf aus ihren Poren strömte, ließ Amber die Haare zu Berge stehen. Rasch verstärkte sie ihren Griff und war umso erleichterter, als endlich Julius auftauchte. Er war in Begleitung eines jungen Mannes, der in einigem Abstand abwartend stehen blieb.

»Christina!«

Sie fauchte ihren Schöpfer an, neigte dann beschämt den Kopf und warf sich in Julius' Arme. »Ich ertrag das nicht«, jammerte sie, fest an seine Brust gedrückt.

In Amber regte sich Eifersucht. Sie scheuchte sie zurück. Sie hatte kein Recht mehr auf dieses Gefühl.

Julius wirkte gehetzt. Mit fahrigen Bewegungen strich er Christina über den Kopf. »Das Ritual hilft ihm, schau ihn nur an.«

Christina nickte und wischte sich trotzig die Augen. Als Julius sie ein Stück zur Seite führte, folgte Amber ihnen.

»Du musst durstig sein«, sagte er.

Christina schüttelte den Kopf. »Nein, nein, bin ich nicht.«

Der junge Mann trat zu ihnen. »Das ist Yiska«, stellte Julius ihn vor.

Amber musterte den Fremden. Er war groß und schlank.

Seine langen, braunen Haare reichten bis weit über die Hüfte. Um seinen Hals baumelten weiße Kopfhörer, die zu einem iPod gehörten, im Haar hing eine Adlerfeder. Er war einer derjenigen gewesen, die geholfen hatten, Brandon aus der Erde zu befreien.

Als Christina ihm zögernd die Hand gab und ihren Namen nannte, breitete sich auf seinem Gesicht ein strahlendes Lächeln aus.

»Du bist wunderschön«, sagte er errötend. »Ich gebe meine Lebenskraft gerne.«

Brandons Pfad war gesäumt von Blutstropfen. Die Magie, die in den Gesängen und in der Erde flackerte, sog die Zeichen seiner Hingabe gierig auf und verlangte nach mehr. Mehr Gebet, mehr Leid und mehr Leben – und Brandon gab ihr alles.

Die Trommeln schlugen längst im Takt der Herzen der Zuschauer, oder vielmehr, die Herzen hatten sich den Trommeln angepasst. Gemeinsam wurden wir schneller, rasten, tobten, und dann spannten sich die Sehnen wieder und der Baum neigte seinen Kopf vor Brandons Tapferkeit.

Irgendwann drehte sich Christina einfach vom Tanzplatz weg. »Ich kann nicht mehr.«

Amber bot an sie zu begleiten. »Sie haben Pferde hier«, hörte ich meine Dienerin noch sagen. »Lass uns dahin gehen.«

Nachdem die Frauen verschwunden waren, verlief die Nacht wie die vorherige. Ich schloss mich den Indianern an, saß mit ihnen im Kreis, rauchte mit Red Deer und schlug die Trommel.

Ein Mann, der erst vor wenigen Stunden aus Cameron angekommen war, brachte eine beunruhigende Nachricht mit. Zwei weiße Frauen hatten sich im Ort nach uns erkundigt. Ich fragte nach, doch er konnte nicht mit weiteren Details aufwarten. Er selbst war ihnen nicht begegnet. Ich horchte ihn aus. Wenn das Ereignis schon ein wenig zurücklag, hätten es Judith und Melanie sein können. Doch der Mann wusste nicht, wann die Fremden da gewesen waren. Womöglich sannen doch noch weitere Clanmitglieder Coes auf Rache.

Red Deer versprach für Wachen zu sorgen und mir zu berichten, sobald sie Ungewöhnliches entdeckten. Aber meine Unruhe blieb.

Ich machte einen kurzen Rundgang um das Lager und spürte außer Chris und Brandon keinen weiteren Unsterblichen. Nachdem auch ich meinen Durst gestillt hatte, kehrte ich zum Tanzplatz zurück.

Mit Hilfe der frischen Lebensenergie erblickte ich den Kreis aus Licht, die Pfade der Himmelsrichtungen und die Achse – das Zentrum der Welt –, die in dieser Nacht scheinbar mitten durch den Sonnenbaum verlief. Brandon war damit verbunden und all die Energie kam, floss hin und her, nahm und gab, und ich sah, wie aus dem gebrochenen Geist, der Brandon war, langsam wieder ein Ganzes wurde.

Amber und Christina waren schweigend durch das Wäldchen gelaufen, bis sie eine Lichtung erreichten, auf der Pferde grasten. Als die Tiere die Frauen bemerkten, hoben sie den Kopf und blähten erschrocken die Nüstern. Ein Pferd schnaubte laut, dann stoben alle davon, bis sie das Ende der Umzäunung erreichten.

»Sie haben Angst vor mir«, meinte Christina traurig.

Amber setzte sich mit ihr auf einen flachen Stein und strich der Freundin über den Rücken. Christina hatte den Sonnentanz mit keinem Wort mehr erwähnt, also rührte sie auch nicht daran.

»Ich kann immer noch nicht ganz glauben, dass du es allein mit Coe aufgenommen und ihn getötet hast«, sagte Christina plötzlich.

»Chris, bitte.« Amber wollte nicht über den Vorfall reden, sie hatte sich selbst nicht wiedererkannt. Noch immer quälte sie ein Schatten des brennenden Hasses, der von ihr Besitz ergriffen hatte. Die Vampirin überhörte ihren Einwand.

»Erinnerst du dich noch, als Julius dir gerade das erste Siegel geschenkt hatte? Du wolltest noch nicht einmal eine Pistole anfassen, geschweige denn, benutzen.«

»Ich war nicht ich selbst. Ich verstehe es ja auch nicht. Aber nachdem wir von Coe wiederkamen, hat Julius mir einen Teil von Brandons Erinnerungen gezeigt. Es war so furchtbar, Chris. Von dem Moment an hat irgendwas in mir ausgesetzt. Ich sah immer nur diese Bilder vor mir und dann bin ich einfach dorthin gefahren. Ich wollte Steven retten und ich wollte diese Monster nicht mehr in meinem Kopf haben und all dieses Leid, diese schrecklichen …« Amber konnte nicht mehr weitersprechen.

Christina runzelte die Stirn. »Dann weißt du, was Coe Brandon angetan hat?«, fragte sie vorsichtig.

Amber nickte. Die Bilder von Brandons Vergewaltigung tauchten wieder auf, vermischt mit Coes Schreien, als er in seinem Sarg verbrannte. Sie presste ihre Hände an die Schläfen, aber die Erinnerungen waren in ihrem Kopf und ließen sich nicht löschen.

Christina schüttelte sie an der Schulter, doch erst nach einer Weile wagte es Amber, aufzusehen. Die Vampirin starrte sie mit großen Augen an. »Sag mir, was er ihm angetan hat, Amber, bitte. Brandon spricht nicht mit mir!«

Amber schüttelte langsam den Kopf. »Ich kann nicht, Chris.«

KAPITEL 37

Bald sollte das Ritual an seinen feierlichen Höhepunkt gelangen. Es war die letzte Nacht. Brandon tanzte immer häufiger gegen die Pflöcke in seiner Brust an, und das Blut, das in den letzten Tagen fast versiegt war, begann erneut zu fließen.

Die Zuschauer und auch die Musiker waren wieder mehr geworden in dieser vierten und wichtigsten Nacht. Die alten Indianer mobilisierten ihre letzten Kräfte und schlugen härter und schneller auf ihre Trommeln ein. Der monotone Gesang enthielt mit einem Mal andere Verse.

Brandon verdrehte die Augen und tanzte immer schneller. Ich fühlte sein Herz rasen, es hämmerte im Rhythmus der Trommeln, während das Blut des Vampirs Bögen und Zacken in den Sand zeichnete und die Kraft, die im Boden wohnte, mit seinem Leben fütterte.

Brandon schrie und stieß mit aller Gewalt rückwärts. Der Sonnenbaum bog sich, aber die Schnüre hielten. Neues Blut schoss aus der gemarterten Haut. Der Tänzer stolperte zurück, wieder näher an den Baum, aber diesmal gab es kein Verschnaufen, kein Abschwächen des Tempos. Es ging schneller, immer schneller. Wieder näherten sich die Trommeln ihrem Höhepunkt, die Indianer steigerten ihre Gesänge und dieses Mal schrie ich mit.

Ich wollte, dass es aufhörte, dass es endlich endete!

Brandon legte den Kopf in den Nacken, blies in die Adlerknochenpfeife und warf sich rückwärts, bis sich der Baum erneut unter seinem Gewicht bog. Ich krampfte die Hände zu Fäusten.

Es musste doch ein Ende geben! Brandon hing fast in der Waagerechten. Der Baum bog sich, die Haut spannte, und es schien wieder nichts zu passieren, dann schnellte endlich ein Seil zurück. Blut spritzte. Brandons linke Schulter sackte zu Boden. Er schrie den Schmerz hinaus, und einen Wimpernschlag später riss auch das andere Holz aus dem Fleisch. Sein Körper schlug mit einem dumpfen Ton auf den Boden, und es herrschte Stille.

Als hätte jemand die Zeit angehalten. Die Trommeln schlugen nicht mehr und die Sänger schwiegen. Einige der Zuschauer weinten. Brandon lag im Sand. Sein blutüberströmter Oberkörper hob und senkte sich unter heftigem Atem. Der Sonnenpfahl schwang träge hin und her. Die Schnüre mit den blutigen Pflöcken krochen wie sterbende Schlangen über den Boden.

Ich sprang auf, lief die wenigen Schritte zu meinem Freund und fiel neben ihm auf die Knie.

Brandon starrte mit glasigem Blick in den Nachthimmel. Er hatte sich mit seinen Reißzähnen die Lippen aufgebissen. Es war Blutgeruch in seinem Atem und in seinen schwarzen Augen spiegelte sich der Vollmond.

Ob er seine Umgebung überhaupt wahrnahm? Vielleicht war Brandon noch immer in seiner Traumwelt gefangen. Sollte ich ihn in diese, unsere Welt zurückrufen? Ich hob meine Hand und ließ sie über ihm schweben.

Die dünne Luftschicht, die uns trennte, knisterte vor Magie. Vielleicht war es noch zu früh. Als ich meine Hand sinken ließ, lächelte er plötzlich.

»Ich habe gar nicht für die Sonne getanzt, sondern für den Mond«, hauchte er. »Der Große Geist ist im Mond, er ist überall. Der Mond ist unsere Sonne, Julius. Die Sonne der Toten!«

Ich wusste nicht, was er mir damit sagen wollte. Ich schob einen Arm unter seine Schultern und den anderen unter seine Knie. Brandon blinzelte und lächelte und war noch immer in seinem Rausch gefangen. Magie und Adrenalin. Ich drückte die Knie durch und trug den großen Mann davon.

Red Deer leuchtete uns mit einer kleinen Gaslampe.

Wir verließen den Tanzplatz in Richtung Lehmhütte. Der Saum des Kiefernwäldchens lag wie ein Band aus Finsternis vor uns.

Brandon hatte das Bewusstsein verloren.

»Er ist ein tapferer Mann, stark wie ein Krieger aus der Zeit unserer Vorväter«, meinte Red Deer leise.

»Ja, das ist er.«

Der Schamane stellte seine Lampe neben einem Lager aus Decken und Kräutern ab, das man für Brandon vorbereitet hatte. Ich ging vorsichtig in die Knie und legte ihn darauf. Unter dem Gewicht seines Körpers brachen die Zweige, und der intensive Salbeiduft wurde noch stärker. Er irritierte mich und überlagerte den Blutgeruch, der von Brandons Oberkörper aufstieg.

Ich wusch Blut, Staub und Schweiß von Brandons Brust und drückte die Wundränder der zerrissenen Haut aneinander. Wie ich ihm versprochen hatte, betupfte ich die Kanten mit ein wenig Silberoxid. Er würde seine Narben zum Andenken bekommen. Brandons Herz war vor Erschöpfung stehen geblieben. Ich legte ihm die Hände auf Brust und Stirn. Meine Magie schwoll an wie ein Bach nach starkem Regen. Mit einem heftigen Ruck tat sein Herz den ersten

Schlag. Sekunden später öffnete er die Augen. »Ich habe geträumt.« Er reckte seine Hand nach dem Indianer.

»Takoda«, rief ich. Er kam sofort. Ich überließ ihm den Platz an Brandons Seite und stand auf.

»Ich habe geträumt«, sagte Brandon noch einmal und sah den Alten glücklich an.

»Dann erzähl mir, was dir der Große Geist für einen Traum geschickt hat, mein Sohn«, forderte Red Deer ihn auf und beugte sich ganz nah zu Brandon.

»Es war Nacht, der Mond versank tief im Westen, und als er den Horizont berührte, stand er plötzlich in Flammen. Die Sterne waren in Aufruhr. *Náhokoos Bika 'ii*, der Mann des Nordens, nahm seinen Speer ...« Wind kam auf, rauschte pfeifend durch die Wipfel der Pinien und überdeckte Brandons geflüsterte Worte, dann flaute er wieder ab. »... ich spürte die Klauen der Eule in der Brust, aber sie konnte mich nicht halten. Ich fiel und drehte mich, aber unter mir war nur Nacht.« Brandon ließ den Blick schweifen und plötzlich bemerkte ich wieder die Angst und die Scham in seinen Augen. Sie versuchten sich einen Weg nach oben zu erkämpfen. Was gerade noch so heil erschien, drohte erneut zu zerbrechen.

Ich wollte Red Deer anflehen etwas zu tun, aber er musterte Brandon nur, dann endlich nickte er. »Das ist ein starker Traum. Er hat dir einen neuen Namen geschenkt. *So'Lani*, viele Sterne. Die Eule mit den langen Klauen steht dort, es ist der Mann, den du Meister nennst. Vielleicht kann er deinen einsamen Sturz in die Dunkelheit aufhalten.«

Ich setzte mich wieder zu Brandon. »Du wirst nicht fallen, mein Freund, nicht wenn ich es verhindern kann.«

Brandon versuchte sich aufzusetzen, sackte aber wieder in sein Bett aus Salbei zurück. »Ich möchte meinen Schwur erneuern, Julius. Nimmst du mich auf?«

»Ja, ja, natürlich«, antwortete ich und schüttelte ungläubig den Kopf. »Für mich warst du nie fort. Bist du hungrig, Brandon?«

Ich neigte meinen Kopf und bot ihm meine Kehle. »Trink und wachse an meiner Kraft«, forderte ich, schloss die Augen und ließ meine Schilde fallen. Brandons Magie leuchtete auf und streifte mein Innerstes. Sie war schwach und sosehr ich willens war, mich von ihm betäuben zu lassen, seine Kraft reichte nicht. Als ich merkte, wie er zu zögern begann, umfasste ich seinen Kopf und zog ihn näher. Brandon kämpfte kurz gegen mich an, dann war der Widerstand fort. Seine Muskeln spannten sich für den Biss. Er stieß seine Zähne in mein Fleisch und trieb sie tief hinein. Brandons Hunger war groß, und mein Körper spürte sofort, dass er gefährlich werden konnte.

Kurzerhand streifte ich sein Haar zur Seite, streckte seinen Hals und biss ebenfalls zu. Seine Haut war salzig und bitter. Er zuckte erschrocken, doch meine Zähne saßen bereits tief und hielten ihn. Wir tranken mit geschlossenen Augen und versanken in einem Kreislauf aus Licht. Es war ein Gefühl, wie ich es nur ein einziges Mal mit Curtis erlebt hatte.

Wir tranken, bis sich die Wunden geschlossen hatten. Als ich mich zurücklehnte, kam unversehrte Haut zum Vorschein. Hier und da klebte ein rubinroter Tropfen, aber die Wunde war fort.

Als hätte jemand eine Tür geöffnet, strömten wieder die Geräusche der Nacht auf uns ein. Die Verbindung, die durch die Eide geschaffen worden war, kehrte langsam wieder zurück. Das Blut hatte sie gerufen. Brandon war wieder Teil meiner Camarilla, jetzt war er es wirklich.

»Danke, Meister«, flüsterte er, ergriff meine Hand und küsste meinen Puls. Ich stand auf. Brandon starrte zu mir hinauf. »Takoda hat mir geholfen, neu geboren zu werden. Im Tanz habe ich erfahren, wer ich wirklich bin. Bitte, Julius!«

Ich nickte. »Dann soll es geschehen.«

»Bei meiner Ehre gelobe ich, Brandon So'Lani Flying Crow, Treue und Gefolgschaft gegenüber meinem Meister und Quelle des Blutes Julius Lawhead, seiner Camarilla und all jenen, die ihm in Wort und Blut verbunden sind.«

Die Magie flammte auf, um Zeuge des Schwurs zu sein und den Eid zu festigen. Sie rauschte im Wind, floss in Erde und Himmel und erfüllte uns bald zur Gänze.

Ich starrte in die dunkelblaue Nacht und die schwarzen Schatten der Bäume. In der Luft hing der Duft von Salbei, Wacholder und Rauch.

Dieser Ort war ungleich festlicher als die dreckige Seitenstraße, in der Brandon mir den ersten Eid geleistet hatte.

Ich sagte meinen Teil des Schwurs auf, dann erhob Brandon sich, und wir vollendeten das Ritual mit dem Kuss auf Stirn und Kehle.

Erst jetzt bemerkte ich, dass Takoda Red Deer noch immer bei uns war. Er schwieg und lächelte zufrieden. Christina und Amber hatten auch aus der Ferne ein Echo von Bluttausch und Ritual gespürt und den Weg zu uns gefunden. Abwartend standen sie im Schatten des Hogans. Brandon ging zu Christina, schloss sie in die Arme und ging zu meiner Überraschung einfach mit ihr davon. Red Deer trat zu mir. »Der Große Geist hat so viel von seiner Seele geheilt, wie möglich war, den Rest kann nur die Zeit bringen, aber davon habt ihr ja genug.«

KAPITEL 38

Der alte Medizinmann drehte sich um, hob seinen Kopfschmuck vom Boden auf und ging davon. Die Federn folgten ihm wie ein seltsamer Schweif. Seine schlanke Gestalt verschwamm mit der Finsternis, und er war fort.

Ich war dem Schicksal wirklich dankbar, dass es uns zu seiner Hütte geführt hatte.

»Was wäre nur mit Brandon geschehen, wenn wir ihn nicht zu Red Deer gebracht hätten?«, fragte Amber auf einmal. Hatte sie meine Gedanken gelesen, oder war ihre Frage ein Zufall? Mittlerweile begann ich an der Existenz von Zufällen zu zweifeln.

»Ich glaube, er hätte sich früher oder später umgebracht, Amber«, antwortete ich wahrheitsgemäß.

»Das denke ich auch.«

Mit einem Mal wurde mir überdeutlich, dass ich mit Amber allein war. Wir standen nah beieinander. Ich konnte ihre Wärme spüren. Sie trug einen schwarzen Pullover und darüber eine Wolljacke, die ihr fast bis zu den Knien reichte. Der kalte Nachtwind spielte mit ihren Locken, kämmte sie mit unsichtbaren Händen. Die Wintersonne hatte Sommersprossen auf ihre Wangen getupft, und meine Hände schmerzten von dem Wunsch, sie zu berühren.

»Was ist?«, hauchte Amber.

Ich wollte mich vorbeugen, um die Distanz zwischen uns endgültig zu schließen, damit wir uns küssen konnten.

Amber leckte sich die Lippen. Unbewusst, aber dennoch fast zu viel. Sie senkte beschämt den Blick. Heißes Verlangen strömte durch meinen Körper. Ich öffnete die Siegel nur einen Spalt und ließ sie wissen, was ich wollte. Ich roch ihr Begehren und sie erschauerte unter meinem.

»Gehen wir zur Klippe?«, fragte ich vorsichtig und hielt ihr die Hand hin. Sie starrte auf meine ausgestreckten Finger, als hätte ich etwas Verbotenes gesagt, und ich fühlte, wie sie plötzlich wieder auf Distanz ging.

»Vergessen wir heute Nacht, dass du an uns zweifelst, Amber«, flehte ich. »Vergessen wir für ein paar Stunden alles. Morgen ist es früh genug für Sorgen und Streit.« In meine Lust mischte sich der Schmerz des Abschieds.

»Ich kann nicht«, entgegnete sie.

Ich war nicht so schnell bereit aufzugeben und bot ihr weiterhin meine Hand. Wenn ich sie jetzt einfach berührte, wäre alles vorbei, das wusste ich, und so übte ich mich in Geduld, bis sie schließlich ihre Hand in meine legte.

Diese eine Berührung schloss die Lücke, die so schmerzhaft zwischen uns geklafft hatte, und wir wurden beide ruhiger. Wir kreuzten unsere Finger, wie wir es oft getan hatten, und ihr Daumen rieb über meine Handfläche.

Ein sorgloser Spaziergang, wie lange war das her? Monate. Keiner von uns sprach. Wir liefen schweigend durch den feinen Sand, bis die Klippe dunkel vor uns thronte.

Es war still.

Ich setzte mich mit Amber auf den Boden, und wir lehnten uns gegen einen großen Stein. Nur wenige Schritte entfernt fiel das Plateau steil ab. Die Sterne funkelten und ließen Berge, Pflanzen und die Ebene tief unten blau schimmern. Die Wüste war wunderschön.

Amber zog ihre Strickjacke enger um die Schultern. Ich griff nach einer ihrer Strähnen und drehte sie zwischen den Fingern.

»Seit dem Tag, an dem Curtis mich in den Sarg gesperrt hat, denke ich daran, wie es sein würde, wieder mit dir das Bett zu teilen.«

Amber drehte den Kopf zu mir und berührte meine Wange.

»Ich vermisse dich. Ich vermisse dich so sehr«, sagte ich leise und beugte mich zu ihr, um sie zu küssen, doch sie wich mir aus.

»Auch wenn wir das jetzt tun, wird sich an meiner Entscheidung nichts ändern. Ich möchte, dass du das weißt.«

»Das weiß ich«, antwortete ich. »Vergiss es heute Nacht, vergiss es einfach.«

Dann war der Damm gebrochen. Amber zog mich in ihre Arme. Wir küssten uns hungrig. Erkundeten den Mund des anderen wie unbekanntes Land.

Sie grub ihre Hände in mein Haar, während ich ihre Lippen mit meinen fasste, vorsichtig daran zupfte und meine Zunge dann wieder fordernd in ihren Mund drängte.

Die Küsse waren bald nicht mehr genug. Amber ließ ihre Hände unter meinen Pullover gleiten, über meinen Rücken, meinen Bauch. Sie kniff in meine Brustwarzen, bis ich irgendwo zwischen Lust und Schmerz gefangen war. Meine Kleidung fiel zuerst. Amber stieß meine Hände fort, und so überließ ich mich ihr. Ich lag nackt in der eisigen Nacht und fror nicht. Sie saß bald auf mir, küsste meine Kehle, meine Brust und legte einen brennenden Pfad kleiner Bissen meinen Bauch hinunter. Als ihre Zähne meine Leiste fassten, schrie ich leise auf und ein wohliger Schauer durchlief meinen Körper. Ihre warmen Hände befriedigten mich und sie rieb ihre Brüste an mir, bis ich glaubte, die Wonne nicht mehr ertragen zu können, dann hielt sie inne. Mein Atem ging schwer, während ich Amber ein Bett aus unserer Kleidung bereitete und dann ihren Körper betrachtete.

Ich ließ mir Zeit. Liebkoste ihre seidene Haut mit Händen und Lippen, quälte uns beide, bis das Verlangen unerträglich wurde. »Komm, Julius«, Amber empfing mich mit weit gespreizten Beinen. Ich erkämpfte mir meinen Weg hinein, und die Laute unserer Lust verließen unsere Lippen zur gleichen Zeit. Als sie mich zur Gänze umschloss, barg sie mein Gesicht in ihren Händen und sah mich an. »Kein Blut diesmal. Ich will dich, Julius, nur dich, wie normale Menschen, und du bekommst nur mich.«

»Und die Siegel?«, flüsterte ich.

Amber überlegte, dann lächelte sie. »Die schon«, antwortete sie und küsste mich.

Ich stützte meine Hände in den Sand und beobachtete sie, während ich mich langsam aus ihr zurückzog und sie sich unter mir wand und zuckte. Dann stieß ich zu, hart und fest, und sie schrie. Amber warf den Kopf hin und her, focht einen aussichtslosen Kampf gegen die Lust. Ein erstes Stöhnen überwand ihre Lippen und entlockte mir ein Lächeln. Ich fasste ihre Hüften, drang tiefer ein und erbeutete den ersten Schrei. Ambers Barrieren waren gefallen. Sie kämpfte nicht mehr, gab sich ganz hin. Ich steigerte das Tempo. Sie drängte sich gegen mich, nahm meinen Rhythmus auf, bis die Nacht erfüllt war von dem satten Geräusch unserer Vereinigung. Amber bohrte ihre Nägel in meine Arme und dann öffnete ich die Siegel weit. Ihre Lust raste zu meiner, sie verbanden sich zu einem einzigen heißen Wirbel im Rhythmus unserer Herzen, unserer Körper. Ich riss den Mund auf, schrie wortlos, tonlos.

Amber war weniger still als ich. Sie bäumte sich auf, während der Höhepunkt wie eine riesige Welle heranrollte. Amber kam, aber ich kämpfte gegen meinen an, verharrte, atmete in ihr Haar und starrte mit aufgerissenen Augen in die Nacht. Amber umklammerte mich mit den Armen und drückte mich an sich, als wollte sie mich nie wieder loslassen.

Die Nachtluft kühlte unsere verschwitzten Leiber.

Ich lauschte auf Amber, wartete, bis sie wieder so weit war, und ließ sie entscheiden, in welcher Stellung wir unser

Spiel fortsetzen sollten. Sie kam ein zweites Mal, als sie bäuchlings unter mir im Sand lag. Ich presste ihre Hüften mit den Händen hinunter und stieß langsam und tief in sie hinein. Ambers Atem ging schneller, aber ihre Schreie wurden leiser und leiser, bis sie die Luft anhielt und der Höhepunkt als leiser Schauder über ihren Körper strich. Begierig zog ich sie auf die Knie, zerrte ihren Kopf an den Haaren zur Seite und biss ihr in den Nacken, so vorsichtig, wie ich konnte, ohne Blut, ohne ein einziges Tröpfchen. Ambers Rhythmus war nicht mehr der meine. Sie ertrank im Rausch ihres Höhepunkts, während ich mir meinen Stoß um Stoß erkämpfte und ihn doch ewig hinauszögern wollte. Ich hielt Ambers Kehle, presste ihren Rücken gegen meine Brust und biss noch einmal vorsichtig zu. Sie zuckte, zitterte unter mir und ich kam mit einem überraschten Schrei.

Amber bewegte sich weiter, bis ich sie festhielt und mein Gesicht atemlos in ihr verschwitztes Haar drückte. Die abklingende Lust war halb Genuss, halb Schmerz. Ich umfasste ihre Mitte, setzte mich ganz vorsichtig hin, und dann saß sie auf mir, meine Männlichkeit noch in ihrem Schoß. Ich lehnte meinen Rücken gegen den Stein und wir sahen gemeinsam hinab in das Tal und schwiegen.

Das goldene Leuchten, der Höhepunkt meiner Lust, war noch allgegenwärtig. Amber schmiegte sich fester an mich, ich langte nach ihrer Strickjacke und deckte uns beide damit zu.

Könnte es nur ewig so bleiben. Aber wie das Wissen um den Tod das Leben erst lebenswert macht, so war auch dieser Moment dazu bestimmt, zu Ende zu gehen.

»Es war wunderschön«, flüsterte sie und hauchte einen Kuss auf meine Wange.

Wir blieben noch eine Weile, doch dann wurde es endgültig Zeit. Die Dämmerung kam über die Berge gekrochen und griff mit langen Fingern zu mir hinüber. Das Tal lag noch unter dem Mantel der Nacht, aber das Plateau, auf dem wir uns aufhielten, erhob sich viele Meter höher. Ich kniff die Augen zusammen und schlüpfte eilig in meine Kleidung. Es wurde sehr schnell hell, zum Fürchten schnell. Amber kämpfte eine gefühlte Ewigkeit mit ihren Schuhen. Ich wartete ungeduldig und drehte dem Licht den Rücken zu.

»Nimm sie doch einfach in die Hand!«

Das Licht war zwar nicht mehr als ein schwacher Schimmer, aber es brannte. In L.A. hätte ich mich einfach im Schatten der Häuser bewegt und es noch eine gute Weile draußen ausgehalten. Doch hier gab es keinen Schatten.

»Geh doch schon vor«, sagte Amber.

Ich hob sie kurzerhand hoch. Amber schrie auf und hatte gerade noch Zeit, um nach ihrem Schuh zu greifen, dann lief ich los. Nein, ich lief nicht, ich rannte. Und Amber lachte und schrie vor Vergnügen.

»Du bist verrückt! Pass auf, wo du hintrittst«, quietschte sie und klammerte sich mit beiden Armen an meinen Hals. Ihre Schuhe schlugen gegen meinen Rücken. Wie der Teufel fegte ich an dem Sonnentanzbaum vorbei. Einige der alten Männer hatten im Freien am Feuer geschlafen, aber spätestens jetzt waren sie alle wach.

Ich raste auf das Wäldchen zu, vorbei an weiteren Schläfern, dann hatten wir es endlich geschafft. Ich stieß die Tür des Hogan mit dem Fuß auf und setzte Amber drinnen ab. Ein gefährliches Fauchen tönte uns entgegen. Ich schloss eilends die Tür.

»Entschuldige«, sagte ich leise. Amber kicherte noch immer und machte einige Schritte weiter hinein. Im Licht der Kerzen, die auf einem kleinen Sims brannten, erkannte sie Brandon und Christina. Sie lagen zu zweit in einem der schmalen Lehmgräber. Der Indianer war noch wach. Er war es auch, der gefaucht hatte. Jetzt richtete er sich auf und musterte uns.

»Hast du Amber gerade über die Schwelle getragen?«, fragte er und seine Mundwinkel zuckten nach oben. Meine Dienerin hob abwehrend die Hände.

»Das sah nur so aus«, meinte sie. Unsere Phase unbedachter Leichtigkeit war mit einem Schlag vorbei. Unangenehme Stille trat an ihre Stelle.

»Habe ich etwas Falsches gesagt?« Brandon war irritiert.

Ich schüttelte den Kopf. Kein Wort mehr.

»Ich gehe jetzt besser.« Amber lief an mir vorbei, ohne mich noch einmal anzusehen, und huschte aus der Tür. Kein Abschied. Traurig legte ich den Riegel vor und sicherte unsere kleine Festung für den Tag. Brandon beobachtete mich mit seinem ruhigen Blick.

»Ist etwas passiert?«

Ich seufzte und setzte mich auf die Lehmkante seines Grabes. »Amber weiß nicht, ob sie bei mir bleibt.« Das war milde ausgedrückt. Ich entschied mich für die ganze Wahrheit, schluckte. »Sie trennt sich von mir.«

»Was? Warum das denn?«, fragte er geschockt.

»Wegen Steven.«

»Wegen Steven? Aber Steven ist schwul, oder nicht?«

So absurd es war, ich musste lachen. »Nicht deshalb. Weil ich ihn bei Coe gegen dich eintauschen wollte. Sie sagt, mit jemandem, der einem anderen so etwas antut, kann sie nicht zusammen sein.«

»Das tut mir leid.«

Wir schwiegen eine Weile, dann blickte er wieder zu mir auf. »Aber sie liebt dich. Ich meine, das sieht man doch. Und sie begehrt dich.«

»Sie findet, das spiele keine Rolle. Es sei eine Frage der Prinzipien.«

»Entschuldige«, sagte Brandon plötzlich.

»Du brauchst dich nicht zu entschuldigen, Curtis und ich haben diese Entscheidung getroffen.«

»Die Sonne«, antwortete er wortlos, und jetzt verstand ich. Mit letzter Kraft rutschte Brandon näher an seine ruhende Freundin, dann krümmten sich seine Finger, und die Luft wich mit einem Seufzer aus seiner Lunge. Ich fühlte, wie sein Herz stehen blieb und die Seele auf Wanderschaft ging.

»Großartig, jetzt will ich dir meine Sorgen erzählen und du stirbst«, lachte ich bitter.

Ich war wieder allein.

Nach einer Weile stand ich auf und deckte das Grab mit der Holzplatte ab, dann blies ich die Kerzen aus und legte mich in mein eigenes Gefängnis.

KAPITEL 39

Ein Schrei gellte, dann verstummten die Trommeln.

Ich riss die Augen auf und alles war schwarz. Dann erinnerte ich mich wieder.

Der Schrei gehörte zu einem der Tänzer, der Sonnentanz war endgültig zu Ende. Heute würden wir nach Hause fahren. Merkwürdigerweise vermisste ich L.A., diesen Moloch von einer Großstadt. Vielleicht hatte ich zu lange dort gelebt. Vielleicht lag es auch daran, dass ich die Stadt nur verließ, wenn Curtis mich zu einer der verhassten Ratssitzungen mitnahm oder ich mit anderen Clans verhandeln sollte.

Die indianischen Gesänge setzten wieder ein.

Es war Zeit aufzustehen. Ich schob die Holzplatte fort und kletterte aus der Kammer. Meine Haut und mein Haar rochen nach Lehm und Heu. Es war kalt, das verriet mir der Geschmack der Luft, aber noch spürte ich die Kälte nicht allzu sehr, weil mein Körper über den Tag ebenfalls abgekühlt war. Im Winkel neben der Tür stand ein Wasserkanister. Ich wusch mich und putzte mir die Zähne, um den muffigen Geschmack von altem Blut zu vertreiben.

Ein dünner Streifen Licht fiel unter der Tür hindurch. Er wurde mit jeder Minute blasser und es würde nicht mehr lange dauern, bis ich mich hinauswagen konnte. Ich nutzte die Zeit, um zu packen. Schließlich hob ich die Holzplatte von der Lehmkammer, in der Brandon und Christina schliefen.

Die Seele des Indianers kehrte zurück.

»Guten Abend«, begrüßte ich ihn.

»*Guten Abend, Julius*«, antwortete er noch wortlos.

»Fühlst du dich stark genug, um Christina bei der Jagd zu helfen?«

»Ja. Es wird gehen.«

Brandon tastete mit der Hand über den Verband und verzog das Gesicht. Als er sich aufrichtete, blieb der gequälte Gesichtsausdruck. »Du hast wirklich Silberoxid reingetan, oder?«

»Ja, natürlich. Du hast mich darum gebeten, Brandon. Die Wunden heilen jetzt langsam wie bei einem Menschen.«

Er verzog den Mund zu einem schiefen Grinsen und ließ sich in den Sarg zurücksinken. »Ich verdammter Idiot.«

Wir lachten. Es tat so gut, mit Brandon zu lachen. Dann wurde er schlagartig ernst und richtete sich auf. »Ich habe über Amber nachgedacht, Julius«, meinte er vorsichtig, und die Fröhlichkeit verschwand aus meinem Herzen.

»Wenn du willst, sag ich nichts.«

Ich seufzte und lehnte mich gegen die verriegelte Tür. »Nein, raus damit!«

Er räusperte sich und strich vorsichtig mit der Hand über den Verband.

»Ich glaube nicht, dass es nur die Sache mit Steven ist, die euch entzweit.

Womöglich hat sie jetzt erst wirklich begriffen, was es bedeutet, mit unsereins zu leben. Steven ist der Grund, den sie sich selbst ausgesucht hat. Amber ist womöglich noch nicht bereit, ihr altes Leben aufzugeben. Nach Coes Hinrichtung hat sie vielleicht auch Angst davor, was aus ihr selbst werden könnte.«

Ich nickte und schwieg. Brandon hatte vermutlich recht.

»Christina hat erst nach über einem Jahr erfahren, was ich bin, und es hat weitere drei gedauert, bis wir das erste Siegel geteilt haben. Bei euch ging das alles viel zu schnell.«

»Ich weiß noch, wie du Christina zum ersten Mal mit ins Lafayette gebracht hast. Sie war so schüchtern und stur.« Ich lächelte bei dem Gedanken. Damals war ich zufällig zugegen gewesen. Brandon musste Curtis um Erlaubnis bitten, bevor er Chris durch das Siegel in den Clan aufnahm. Christina hatte Angst vor uns, aber sie war stolz und bemüht, sich nichts anmerken zu lassen. Natürlich rochen wir alle, wie es wirklich um ihre Gefühle stand.

»Drei Wochen nachdem wir das fünfte Siegel teilten, hat sie mich verlassen.«

»Das wusste ich nicht«, sagte ich überrascht.

Brandon saß auf der Kante seines Lehmgrabes und strich Christina liebevoll durchs Haar. »Der Clan, die Hierarchien und die Endgültigkeit ihrer Entscheidung waren einfach zu viel. Sie ist weglaufen.«

»Aber sie ist wiedergekommen.«

»Ja, das ist sie, und danach hat sie nie wieder gezweifelt.«

»Du meinst also, ich soll nicht mit Amber reden und versuchen sie umzustimmen?«, fragte ich nachdenklich.

Brandon musterte mich. »Ich würde nicht mehr daran rühren. Sie liebt dich, das weißt du. Gib ihr keinen Grund, es nicht mehr zu tun. Sie muss ihren eigenen Weg finden.«

Ich hoffte, Brandon hatte das Richtige vorgeschlagen, und sprach nicht mehr mit Amber.

Wir nahmen Takoda Red Deers Angebot, den Rückweg zu Pferd zurückzulegen, dankend an.

Wir waren zu sechst. Zwei der jungen Männer begleiteten uns und ritten voran durch die Dunkelheit. Einer von ihnen war Yiska, der Christina am ersten Abend von seinem Blut gegeben hatte. Er sang etwas oder spielte auf seiner Flöte, und ich ließ mich mit der Melodie treiben. Die Nacht war erstaunlich hell, sogar für eine Wüstennacht. Der Mond schien so stark, dass es meine empfindlichen Augen beinahe schmerzte, wenn ich direkt hinaufsah.

In zwei Stunden würden wir Red Deers Hütte erreichen und am frühen Morgen Phoenix. Dort sollte Ann zu uns stoßen, die als Friedgeisel bei Kangra geblieben war, und Amber konnte, vorausgesetzt, sie war nicht zu müde, den Airstream zurück nach L.A. steuern.

Ein kühler Wind kam auf, doch die knorrigen Äste der Steineichen bewegten sich nicht, nicht einmal das Gras regte sich.

Yiskas Gesang brach ab, als in der Ferne ein Pferd wieherte. Unsere Tiere gaben Antwort.

»Dort ist jemand«, klang es von vorne. »Zwei Reiter.«

Ich ließ mein Pferd antraben und schloss auf. Noch ehe ich Yiska erreicht hatte, fühlte ich die Magie. Es waren Vampire! Zumindest einer von beiden. Im hellen Mondlicht waren sie gut zu erkennen und sie gaben sich keinerlei Mühe, sich zu verstecken. Wollten sie uns so offen angreifen?

»Einer oder beide sind wie wir«, sagte ich leise.

»Was könnten sie wollen?«, fragte Yiska.

»Keine Ahnung, finden wir es heraus. Falls es zu einem Kampf kommt, reitet davon, so schnell es geht. Vampire sind keine Gegner für Menschen und seien es noch so tapfere, verstanden?«

Die beiden jungen Männer zögerten, dann nickten sie.

In diesem Moment hob einer der fremden Reiter grüßend die Hand. Er war blond und eine Frau. In meinem Bauch machte sich ein ungutes Gefühl breit. Ich kannte sie, nur woher? Ich hob ebenfalls die Hand zum Gruß und setzte mich an die Spitze unserer kleinen Gruppe.

Wir hatten noch ein kurzes, steiles Stück Weg vor uns. Mein Pferd setzte die Hinterbeine auf und rutschte durch das feine Geröll vorwärts. Ich konzentrierte mich ganz auf die Unsterbliche. Mittlerweile war ich mir sicher, dass ihre Begleiterin kein junger Vampir, sondern ihre Dienerin war. Die beiden warteten in der Ebene auf uns und ganz offensichtlich fühlten sie sich sicher. So benahm sich niemand, der es auf einen Kampf abgesehen hatte. Ich wartete, bis alle sechs Pferde festen Grund erreicht hatten, erst dann trabte ich auf die Fremden zu. Dann wusste ich, wen ich vor mir hatte, und meine Neugier wich kalter Angst.

»Claudine Galow«, rief die Fremde ihren Namen, »Jägerin des Hohen Rates von Phoenix.«

»Julius Lawhead, Clan Leonhardt«, entgegnete ich und zog die Zügel an. Mein Pferd stand und schlug unruhig mit dem Schweif.

Die anderen hielten ebenfalls. Brandon schloss zu mir auf. Amber hielt ihr Pferd ein wenig hinter mir zur Rechten an.

»Wir haben lange nach Ihnen gesucht, Meister Lawhead.«

»Weshalb? Wir reisen mit Genehmigung des Rates.« Die Situation wurde mir immer unheimlicher. War die Jägerin wegen Amber gekommen, weil sie Coe getötet hatte? Das konnte nicht sein. Der Meister war verurteilt worden.

Plötzlich trieb Brandon sein Pferd an und ritt an mir vorbei. »Sie ist wegen mir hier, Julius.«

»Brandon, halt!« Doch er war bereits bei der Jägerin, stieg ab und kniete vor ihr nieder. Sein Pferd trottete davon und begann zu grasen.

Die Jägerin zog ein Schwert und sprang aus dem Sattel. Das ging alles zu schnell, viel zu schnell. »Halt, warten Sie!«, schrie ich.

Claudine Galow senkte ihr Schwert. Ihre Dienerin, die sich bislang kaum gerührt hatte, hob eine Pistole, die sie zuvor unter ihrem Oberschenkel verborgen hatte, und richtete sie auf Amber.

Oh, die beiden verstanden ihr Handwerk.

»Julius, was ist hier los?«, fragte Amber schockiert.

»Ein Missverständnis.«

»Kein Missverständnis«, antwortete die Jägerin. »Brandon Flying Crow ist in Abwesenheit zum Tode verurteilt worden. Die Beweise sind eindeutig, Mr Lawhead. Coes Clan ist zerschlagen, alle Vampire von seiner Camarilla sind tot, bis auf ihn.«

Ich stieg vorsichtig vom Pferd. »Brandon gehört zu mir, der Rat weiß, dass ich Anspruch auf ihn erhebe.«

»Es ist unerheblich, zu wem er gehört. Er hat einen Menschen getötet.«

Die Jägerin hatte mich näher treten lassen. Jetzt standen wir uns direkt gegenüber. Brandon kniete mit gesenktem Kopf im Gras und rührte sich nicht.

»Ist das wahr, Brandon?«

»Ja, Meister, und ich bin bereit, meine Strafe zu empfangen.«

»Zeigen Sie mir die Papiere«, forderte ich mit wachsender

Verzweiflung. Wie sollte ich ihn jetzt noch retten? »Ich will die Urkunde lesen, bitte.«

Claudine blickte mir in die Augen und nickte. »Es sieht nicht so aus, als bestünde Gefahr zur Flucht. Sie waren es doch, der den Fall Eliza Laszra für mich übernommen hat?«

»Ja.« Aber was interessierte mich die Hinrichtung in Phoenix?

»Ich habe Ihnen noch nicht danken können. Ich achte Sie als Jäger, Mr Lawhead, Ihr Ruf ist einwandfrei. Ich denke, dass Ihr Sinn für Gerechtigkeit über persönliche Sympathien erhaben ist.« Mit diesen Worten hängte sie das Schwert an den Sattel, drehte mir den Rücken zu und zog ein Dokument aus der Tasche.

Es war eine Hinrichtungsurkunde, und der Name, der darauf stand, ließ keinen Zweifel zu. Für den Mord an einer jungen Frau, hieß es dort, in der Nacht geschehen, als Coe die Tankstelle überfallen hatte. Ich war davon ausgegangen, dass Coe immer noch den letzten Herzschlag der Opfer für sich forderte, wie er es früher getan hatte. Damit wäre Brandon zwar dem Vorwurf der quälerischen Jagd schuldig gewesen, aber solche Fälle kamen für gewöhnlich nicht vor Gericht, sondern wurden durch den eigenen Meister bestraft.

»Sie haben uns auf diese Spur gebracht und die entscheidenden Hinweise geliefert, Mr Lawhead.«

Ich schüttelte den Kopf. »Nein, das war nicht ich, das hat Brandon selbst getan.«

»Dann war er sich anscheinend von vornherein seiner Schuld bewusst. Wir haben einen Film gefunden. Es gab eine Videokamera, die den Überfall aufgezeichnet hat. Der Mord ist deutlich zu erkennen.«

Und als wäre es noch nicht schrecklich genug, hielt sie plötzlich einen BlackBerry in der Hand und zeigte mir auf dem kleinen Bildschirm, was in dem Laden der Tankstelle geschehen war:

Die Vampire stürmten gleichzeitig durch Vorder- und Hintertür hinein. Coe, ich vermutete zumindest, dass er es war, griff ein kleines Kind und warf es durch den halben Raum. Von da an herrschte auf dem Bildschirm ein einziges Chaos. Brandon war durch seine langen, dunklen Haare gut zu erkennen. Erst schien er wie betäubt herumzustehen, während die Menschen an ihm vorbeiliefen, doch dann ging eine Veränderung mit ihm vor. Er fasste nach einem jungen Mädchen und biss es. Mehr musste ich nicht sehen. Ich konnte mir denken, wie der Film endete. Ich hatte das Ergebnis dieses Massakers noch deutlich vor Augen.

Claudine Galow steckte den BlackBerry weg und schenkte mir ein trauriges Lächeln. »Also, Mr Lawhead, ich bin mit vollem Recht hier.«

Ich nickte langsam und blickte zu Brandon. Seine breiten Schultern waren reglos, ich roch keine Angst. Er war schuldig. Er wusste es und er war bereit dafür zu sterben.

»Möchten Sie es selbst durchführen?«, fragte die Jägerin und löste das Schwert vom Sattel.

Ich war wie gelähmt.

Ich horchte in mich hinein und fand die Magie schweigend. Der Eid, der uns verband, besagte nicht nur, dass Brandon unter meinem Schutz stand. Er verpflichtete mich auch, meinen Vampir zu strafen, wenn er gegen die Regeln des Codex verstieß. Mit dem Mord hatte Brandon die Entdeckung unserer Art riskiert. Der Tod eines Menschen wog in Zeiten genetischer Fingerabdrücke und anderer Hightech-Verfahren fast schwerer als der Mord an einem Artgenossen.

Die Jägerin hielt mir das Schwert hin und wartete.

»Tu du es, Julius«, sagte Brandon plötzlich. »Ich habe

meine Seele gereinigt und bin bereit zu gehen, erweise du mir die Ehre.«

Ich wandte mich zu Amber. *»Versuch nicht, mit mir Kontakt aufzunehmen, sie würde es merken. Hör einfach zu. Ich soll ihn hinrichten«*, erklärte ich still und verbarg meine Gedanken, so gut es ging.

Amber gehorchte. Sie strich ihrem Pferd beruhigend über die Flanke und ließ die dunkelhaarige Dienerin der Jägerin nicht aus den Augen. Offensichtlich hielt diese noch immer die Pistole in der Hand, aber ich konnte die Waffe von meiner Position nicht mehr erkennen.

»Wenn sie die Waffe auf dich richtet, tu nichts, falls sie gesenkt ist, mach weiter.«

Amber streichelte das Pferd weiter und tätschelte es jetzt auf der Halsseite, die in meine Richtung zeigte. Die Pistole war also nicht mehr auf sie gerichtet. Ich fühlte ihr Herz rasen, sie hatte Angst, aber vor allem war sie wütend.

»Sobald ich mit dem Schwert aushole, lässt du dich vom Pferd fallen und bleibst liegen, ganz gleich, was passiert.«

Ich spürte, dass sie mich verstanden hatte. Ihr Puls verlangsamte sich. Merkwürdigerweise schien sie der Gedanke an einen Kampf zu beruhigen. Ich wandte mich wieder Claudine Galow zu und nahm das Schwert aus ihren Händen entgegen.

»Ich danke Ihnen. Kann ich noch einmal mit meinem Vampir sprechen, bevor ich das Urteil vollstrecke?«, fragte ich.

Die Jägerin machte eine einladende Handbewegung. »Aber nur kurz. Machen Sie es sich nicht noch schwerer.«

Ich trat zu Brandon, hockte mich vor ihm ins hohe Gras und balancierte die Henkerswaffe auf den Knien. Wie schnell sich doch alles ändern konnte.

Seit meinem Aufbruch aus L.A. hatte ich nichts anderes im Sinn gehabt, als Brandon zu befreien und sein Leben zu retten, jetzt sollte ich alles mit einem Schwertstreich beenden. »Sieh mich an, Brandon«, bat ich.

Sein Blick war ruhig. Kein Zweifel lag darin.

»Warum hast du es getan?«

»Weil Coe es wollte«, antwortete er mit belegter Stimme und drehte den Kopf weg. »Ich konnte nicht mehr gegen ihn ankämpfen, und ich wollte auch nicht mehr.«

Ich überlegte, wann der Mord geschehen war. Es musste die Nacht gewesen sein, in der Coe ihn zum ersten Mal wieder vergewaltigt hatte.

»Er hätte mich nie gehen lassen, Julius. Ich habe das Mädchen umgebracht, weil es sein Befehl war und weil ich wusste, die Jägerin würde dann kommen und mich erlösen, deshalb habe ich dir auch gesagt, wo du die Leichen findest, und das Videoband nicht zerstört. Ich war mir sicher, du würdest den Rat benachrichtigen.«

»Dann hast du nie geglaubt, dass wir dich retten würden?«, fragte ich entsetzt. »Dann hast du gemordet, damit dich jemand hinrichtet und du nicht mit Coe leben musst?«

»Ja«, würgte Brandon hervor. »Ja, das habe ich. Töte mich und verzeih mir, wenn du kannst.«

Ich stand auf und drehte mich nach Claudine um. Sie hatte unser Gespräch mit angehört, aber sie verzog keine Miene. Brandon streifte sein Haar nach vorne und entblößte seinen Nacken für die Klinge. Ich zog das Schwert und ließ die Scheide fallen, dann nahm ich neben Brandon Aufstellung.

Ich wusste noch immer nicht genau, wie ich es anstellen sollte. Etwas musste geschehen, und zwar bald!

Ich fühlte Claudines Blick auf mir ruhen, nein, ich fühlte die Blicke aller Anwesenden auf mir ruhen. Die Jägerin machte einen Schritt nach vorne, und ich riss das Schwert hoch. In diesem Augenblick schrie Christina.

Seit die Jägerin aufgetaucht war, hatte ich keinen einzigen

Gedanken an sie verschwendet. Jetzt sprang sie mit einem Satz vom Pferd und rannte auf uns zu.

Für einen Moment waren alle abgelenkt. Claudine stürzte an mir vorbei, um Chris aufzuhalten. Hätte ich Brandon wirklich enthaupten wollen, wäre jetzt der perfekte Zeitpunkt gewesen.

Ich hörte die beiden Frauen zusammenprallen, holte aus und schleuderte das Schwert so weit von mir, wie ich konnte. Es verschwand wie ein blitzender Stern in der Dunkelheit.

»Weg!«, schrie ich. »Aufs Pferd, Brandon!« Ich nutzte die ganze Macht meiner Stimme, und er konnte nicht anders, als mir zu gehorchen.

Im gleichen Moment rannte ich bereits auf Claudines Dienerin zu. Sie saß noch immer hoch zu Ross. Die Frau hob die Waffe und ziele auf Amber, die sich sofort vom Pferd gleiten ließ. Im selben Moment rammte ich das Reittier der Dienerin mit voller Wucht. Schulter gegen Schulter. Das Pferd schrie erschrocken auf und taumelte. Ein Schuss löste sich, und die Wucht meines Angriffs riss uns alle drei zu Boden. Ich lag auf dem Pferd, Claudines Dienerin halb darunter. Ich riss der schreienden Frau die Pistole aus der Hand, versetzte ihr einen Schlag mit dem Knauf und warf die Waffe weit weg. Das Pferd kämpfte unter mir, um wieder hochzukommen.

Hufschläge donnerten in der Dunkelheit und wurden leiser.

Brandon preschte davon, aber auch Claudine war aufgesessen. Die beiden jungen Indianer versuchten sie aufzuhalten, doch die Jägerin ritt die Männer einfach nieder.

Ich ließ das Pferd aufstehen, sprang in den Sattel und trieb es in einen halsbrecherischen Galopp. Claudine durfte Brandon nicht bekommen, auf keinen Fall!

Amber lag noch immer im Gras. Der Schuss hatte sie nur gestreift, doch ihr Pferd war getroffen.

Die drei Reiter waren bereits von der Nacht verschluckt worden. Hufschlag verhallte in der Ferne.

»Chris?«

Amber richtete sich auf und sah die beiden jungen Indianer bei der Vampirin knien. Etwas stimmte dort ganz und gar nicht. Sie presste eine Hand auf ihren blutenden Oberschenkel und stand auf. Der Streifschuss brannte wie Feuer.

»Was ist mit ihr?«, schrie Amber und humpelte durch das hohe Gras.

Yiska drückte eine Hand auf Christinas Brustkorb. »Sie hat keinen Puls und sie atmet nicht. Ist sie tot? Was sollen wir machen?«

Amber ließ sich neben die Vampirin fallen und schob die Hand des Indianers fort. Christinas Herz schlug tatsächlich nicht mehr, und sie war eisig kalt. So schnell konnte doch niemand auskühlen, der gerade noch täuschend lebendig gewesen war, oder?

Aber da war noch etwas Leben. Das Fünkchen, das Vampire auch während des Tages im Körper hatten, leuchtete auch jetzt wie eine winzige Flamme. Julius hätte genau gewusst, was jetzt zu tun war, aber Julius war nicht da. »Ich glaube, man hat ihr die ganze Lebensenergie geraubt. Wir könnten es mit Blut versuchen.«

Die beiden Indianer beratschlagten sich kurz in ihrer Sprache, dann zog der, dessen Namen Amber nicht kannte, ein Messer. »Ich mache es, Yiska hat schon Blut gegeben.«

»Gut, nimm eine Stelle, die wir leicht abbinden können«, sagte Amber schnell und drehte sich um. Ihr Pferd stand mit hängendem Kopf da, Blut tropfte aus den Nüstern. Wie in Zeitlupe knickten die Beine weg und es fiel auf die Seite.

Was war mit der Dienerin der Jägerin geschehen? Es war

alles so schnell gegangen. Amber hatte bereits am Boden gelegen, als ihr klarwurde, dass Julius offenbar die Reiterin angegriffen und auch das Pferd umgestoßen hatte.

Da der Vampir auf dem Tier davongeprescht war, musste die Dienerin noch da sein. Amber schaute sich um. Dort, wo der Kampf stattgefunden hatte, lag jemand im Gras und rührte sich nicht.

»Yiska, kannst du nachsehen, was mit der Frau ist? Wenn sie noch lebt, such sie nach Waffen ab, fessel sie und bring sie her.«

Der Indianer, der seinem Freund bis dahin geholfen hatte, Christina Blut einzuflößen, nickte kurz und stand auf.

»Sie lebt!«, rief er kurz darauf und Amber war schrecklich erleichtert. Was wäre passiert, wenn Julius sie umgebracht hätte? Wahrscheinlich war so etwas auch ein Grund für ein Todesurteil.

KAPITEL 40

Die Hufe donnerten im ewig gleichen Rhythmus. Mein Pferd galoppierte mit langgestrecktem Hals. Es atmete schwer und sein Fell war schweißnass. Die halsbrecherische Verfolgungsjagd würde nicht mehr lange gutgehen. Das Tier war fast am Ende seiner Kräfte, und wir hatten die Jägerin noch immer nicht eingeholt. Ich konnte Claudine ausmachen, aber Brandon war irgendwo vor ihr in der Dunkelheit und hatte sich so tief über sein Pferd gebeugt, dass man Tier und Reiter nicht voneinander unterscheiden konnte. Die Jägerin hatte schon mehrfach geschossen. Wir rasten durch ein Dickicht aus Sträuchern, als sie es wieder versuchte. Der Schuss krachte und diesmal klang der Aufschlag dumpf. Claudine hatte getroffen. Brandons Pferd keuchte und brach zusammen. Äste splitterten unter seinem Gewicht.

Verzweifelt trieb ich mein Tier ein letztes Mal an und zog mein Messer. Es war die einzige Waffe, die ich dabeihatte. Claudine dicht auf den Fersen, galoppierte ich an Brandons Schecken vorbei, der sich in seinem Blut wälzte. Fußspuren führten von ihm fort, Hufspuren überdeckten sie.

»Claudine, nicht, bitte!«, schrie ich.

Brandon hatte keine Chance, nicht gegen eine berittene Jägerin. Das Dickicht war meterhoch. Wir befanden uns in einem ausgetrockneten Flussbett, ich konnte nichts erkennen, aber fühlen konnte ich sie.

Die Energie der Vampirin leuchtete hell wie eine Flamme. Sie bewegte sich nicht und Brandon rührte sich plötzlich auch nicht mehr. Sie hatte ihn gestellt!

Ich schlug meinem Pferd die Hacken in die Flanken und zwang es durch die Mimosenbüsche. Die Dornen waren rasiermesserscharf. Mit einem Sprung lösten wir uns aus dem Gestrüpp, und dann erblickte ich die Jägerin vor mir. Ihr Pferd tänzelte. Sie richtete ihre Pistole nach unten. Brandon lag keuchend im Sand. In seinem Rücken stak ein Messer.

Alles geschah im Bruchteil einer Sekunde. Der Kopf der Jägerin schnellte herum, als ich aus dem Dickicht gestürmt kam. Sie hatte nicht genug Zeit, um die Waffe zu heben. Ich nahm all meine Magie zusammen und schleuderte sie ihr entgegen. Sie schrie. Ich sah ihr erschrockenes Gesicht, als mein Pferd in vollem Lauf gegen ihres prallte, und wir alle zu Boden gingen.

Für einen kurzen Moment wurde mir schwarz vor Augen, doch dann waren da Sand, schlagende Hufe und eine wütend fluchende Claudine Galow. Ich sprang auf und war mit wenigen Sätzen aus ihrer Reichweite. Ihre Pistole konnte ich nirgends entdecken, aber mein Messer, das im Sand lag. Ich hob es auf und lief zu Brandon.

Die Chancen, sein Leben zu retten standen höher, je mehr Waffen ich hatte. Immer ein Auge auf Claudine, riss ich die Klinge aus seinem Rücken. Er zuckte und regte sich nicht mehr.

Ein Pferd sprang auf und verdeckte kurz meinen Blick auf die Jägerin. Als es fortgelaufen war, stand sie auf eigenen Beinen und hielt ein Kurzschwert in der Hand.

Wir begannen einander zu umkreisen.

»Was hast du vor?«, fragte sie atemlos. »Das hat doch alles keinen Sinn.«

»Du wirst Brandon nicht bekommen«, fauchte ich und rief meine Magie gegen sie herauf.

Sie beantwortete es mit einer Demonstration ihrer eigenen Kraft. Wir waren ebenbürtig. Ich zog meine Energie zurück und sie tat das Gleiche. Auf diesem Wege konnten wir einander nicht besiegen, jetzt zählte allein die Geschicklichkeit im Kampf. Messer waren schon immer meine Stärke gewesen, das Gefecht mit zweien meine Königsdisziplin, aber das galt nicht im ungleichen Wettstreit gegen ein Schwert.

»Ich kann dich dafür töten, dass du dich dem Willen des Rates widersetzt«, fauchte Claudine.

»Ich weiß. Worauf wartest du?«

Die Jägerin griff ohne Verzögerung an. Ihr Schwert sauste durch die Luft, ich parierte, lenkte die Klinge ab und stach mit dem anderen Messer zu. Claudine bog den Rücken durch und wich aus. Sie war gelenkig wie eine Katze.

Den nächsten Schlag führte sie von unten, und er streifte mich am Bein, ehe ich parieren konnte. Der Schmerz war kurz und scharf und lenkte mich für einen Augenblick ab, den Claudine zu nutzen suchte. Sie trat nach mir und rechnete mit meinem Ausweichen, aber ich blieb stehen. Der Aufprall brachte sie aus dem Gleichgewicht.

Ich fauchte wütend und ging zum Angriff über. Mit Mühe wehrte sie die Hiebe beider Messer ab, und als sie mit dem Rücken gegen einen Busch stieß, blutete sie bereits aus mehreren leichten Schnitten.

Der Geruch vergossener Lebensenergie rief meinen Hunger herauf und mit ihm das Monster, das in mir lauerte. Ich wusste, ich wurde leichtsinniger, wenn mich das Ungeheuer regierte, und so kämpfte ich es hinunter. Claudine tauchte unter einem Hieb hinweg und brachte sich in eine größere Distanz zu mir. Ihre höhere Reichweite hielt mich auf sicheren Abstand. Claudine trieb mich mit einigen schnellen Schlägen zurück und immer näher an Brandon heran. Sie war gut, sie war wirklich gut! Ihre Augen waren leuchtend hellblau, blau, wie es auch Judiths gewesen waren, als ich sie tötete. Claudine durfte ich nicht das Leben nehmen, das wäre nicht nur Brandons, sondern auch mein sicheres Ende. Ich musste sie überwältigen und entwaffnen, nur wie?

Die Jägerin ihrerseits wollte mich töten. Niemand stellte sich zwischen sie und ihre Beute, schien sie zu denken. An ihrer Stelle hätte ich nicht anders reagiert. Kein Betteln, kein Flehen und kein Widerstand konnten mich aufhalten, wenn ich erst einmal auf der Jagd war und mein Ziel so nah vor mir hatte.

Ich wich einem Schwerthieb aus, der direkt auf meine Kehle zielte, drehte mich um meine eigene Achse und rammte Claudine das Messer in den Rücken. Ich zielte tief. Lunge, Unterleib, auf keinen Fall das Herz. Die Jägerin verlor keinen Laut. Sie drehte sich und riss mir in der Bewegung das Messer aus der Hand. Jetzt hatte ich nur noch eins. Claudine grinste triumphierend und drang mit vermehrter

Kraft auf mich ein. Ich wich aus, duckte mich, tauchte unter Schlägen hinweg. Ich hatte nur noch ein Messer, eine Chance!

Wie ein Löwe suchte ich nach der Schwachstelle meiner Beute. Rechtsbewegungen schienen Claudine weh zu tun. Ich zwang sie, genau diese auszuführen, und wagte mich gefährlich vor, um sie zu provozieren. Als sie merkte, dass ich den Kampf zu kontrollieren begann, wurde sie noch wütender.

Claudine griff das Schwert mit beiden Händen und attackierte mich mit kurzen, heftigen Hieben, die einhändig und dazu mit einem Messer kaum zu parieren waren. Mein Arm wies mehrere Schnitte auf und wurde langsam taub. Ich verlor an Grund. Triumphierend fletschte Claudine die Zähne. In diesem Moment verstand ich, dass sie mein Blut trinken wollte, sie freute sich bereits darauf. Trinken bis zum letzten Herzschlag, die besondere Belohnung des Jägers, auch sie tat es!

»Vergiss es«, zischte ich und sprang wieder einen Schritt zurück.

Hinter mir ragten die dornigen Äste der Mimosen auf. Ich ahnte die Lücke und stolperte weiter rückwärts. Wenn es mir gelänge, die Jägerin in die Sträucher zu locken, konnte sie ihr Schwert nicht mehr gut einsetzen und die Karten wären neu gemischt. Dornen bohrten sich in meine Haut.

Claudine fluchte und folgte mir in das Dickicht, doch dann geschah, womit ich nicht gerechnet hatte. In einer blitzschnellen Bewegung zog die Jägerin die Hand zurück und schnellte wieder vor. Die Wucht stieß mich rückwärts.

Sie hatte das Schwert geworfen!

Noch im Fallen schleuderte ich mein Messer. Der Schmerz kam verspätet und traf mich erst, als ich der Länge nach in den Sand krachte. Das Schwert stak in meinem Unterleib. Es war Zentrum eines irrsinnigen Feuerkarussells, das seine Runden weiter und weiter drehte.

Ich fasste die Silberklinge mit der Linken und zerrte sie aus meinem Bauch. Die Schneide brannte eine Schneise der Zerstörung durch meine Handfläche, Blut machte sie glitschig.

Es gelang mir gerade noch, das Schwert von mir zu werfen, da stürzte sich die Jägerin auch schon mit Händen und Zähnen auf mich. Ich rammte ihr meine Faust unter die Rippen und versuchte, mit dem anderen Arm ihr Gesicht von meiner Kehle fernzuhalten.

Wir wälzten uns durch das dornige Unterholz. Erneut stieß ich ihren Kopf zur Seite, weg, nur weg von meiner Kehle! Claudine warf mir eine Handvoll Sand ins Gesicht, und ich war plötzlich blind. Im nächsten Augenblick fegte ein Faustschlag meinen Kopf zur Seite, Knochen knackten, und ich sank in ein schwarzes Bett aus Watte. Vorbei, es war vorbei! Die Jägerin hielt kurz inne, während mein Geist irgendwo zwischen Bewusstsein und Ohnmacht schwebte, dann fühlte ich, wie sie ihren Körper anspannte, jede Faser bereit zum entscheidenden Biss. Als ich Claudines Zähne an meiner Kehle spürte, war ich plötzlich wieder da.

Ich sah nichts, aber ich fühlte ihren Pferdeschwanz. Wütend riss ich ihren Kopf an den Haaren zurück und schlug ihr ins Gesicht. Ihr Kopf ruckte unter dem Aufprall, und dann konnte ich nicht mehr aufhören. Ich schlug und schlug, blind, wie ich war, rasend vor Überlebenswillen. Ihr Körper wurde schlaff, aber ich hielt sie mit ausgestrecktem Arm an der Kehle gepackt und schlug weiter, bis meine Faust gefühllos war. Meine Augen tränten wie verrückt, wuschen endlich den Sand fort.

Ich stieß die leblose Jägerin von mir und rollte mich mit der gleichen Bewegung auf sie. Mein Körper protestierte, aber es war keine Zeit auszuruhen, noch nicht. Blut rann ungehindert aus meinem Unterleib und klebte die Kleidung als zweite Haut an den Körper. Ich presste Claudine mit meinem eigenen Gewicht zu Boden und hielt ihre Hände fest. Ihr Gesicht war eine einzige Wunde, aber ihre Magie war bereits am Werk und heilte sie. Ich hätte es jetzt tun können, aber ich wartete.

Sobald Claudine ihre Augen aufschlug, wusste sie, was kam, dennoch schrie sie wütend, als ich meine Zähne in ihre Kehle bohrte und zu trinken begann.

Ihr Blut floss schnell und schmeckte nach Zorn und Schmerz. Claudine kämpfte unter mir, doch ihre Zähne schnappten ins Leere.

Ich genoss meinen Triumph, genoss das Blut. Ich trank gewaltsam.

»Hör auf!«, schrie sie wütend. Meine Zähne hoben und senkten sich in ihre Kehle, ich trank weiter. Claudines Angst wuchs. Zu gerne hätte ich ihr Leben bis zum letzten Herzschlag getrunken, und ich ließ sie spüren, was ich ersehnte.

»Bitte aufhören«, entwich es ihrem Mund und es klang schon weit weniger selbstsicher. Ich trank vorsichtiger, bereitete keine Schmerzen mehr, aber ihre Lebensenergie verließ unvermindert schnell ihren Körper.

»Bitte, Lawhead. Du hast mich besiegt«, sagte sie leise und gab den Widerstand auf. Ich hob den Kopf und leckte mir die Lippen. »Du akzeptierst meine Überlegenheit, Jägerin?«

»Ja, du hast mich in einem fairen Kampf besiegt, nenn deine Bedingungen.«

Ich überlegte kurz. »Frieden für mich und die Meinen, das gilt besonders für Brandon. Ich will, dass wir gemeinsam nach Phoenix fahren, damit ich dort vor dem Rat für das Leben meines Vampirs bitten kann.«

»Angenommen. Der Frieden soll dauern, bis du vorgesprochen hast«, keuchte Claudine und ihre Augenfarbe kehrte langsam zu ihrem normalen Blau zurück.

»Du reist mit uns, deine Dienerin fährt getrennt von dir, der Friedensschluss gilt auch für sie.«

»Beth wird tun, was ich sage.«

Ich rollte mich von Claudine herunter, blieb neben ihr im Sand liegen und war schrecklich erleichtert. Ich lebte und hatte einen Aufschub für Brandon erreicht. »Du bist eine gute Jägerin, Claudine Galow«, meinte ich anerkennend.

Sie lachte bitter. »Du bist der Erste, der es gewagt hat, gegen mich zu kämpfen, und es nicht mit dem Leben bezahlt hat.«

»Ich verstehe das als Kompliment.«

»Das ist es.«

»Danke.«

Wir starrten einen Moment lang in den Sternenhimmel, während das Adrenalin verklang und die Schmerzen zunahmen. Vorsichtig setzte ich mich auf und bereute es sofort wieder, aber ich musste wissen, warum Brandon so reglos dagelegen hatte.

»Was ist mit meinem Vampir geschehen, Claudine?«

»Die Klinge hat leider sein Herz verfehlt, aber ich habe ihm seine Kraft genommen«, antwortete die Jägerin und setzte sich ebenfalls auf. Sie presste eine Hand auf die Schulter.

Ich kam schwankend auf die Beine. Wir befanden uns in einer Lichtung zwischen Mimosenbüschen. Wo wir durchgedrungen waren, hatten sich die Zweige bereits wieder aufgerichtet. Ich schwankte zu Claudines blutigem Kurzschwert, hob es auf und hackte damit einen Weg durchs Dickicht.

»Das ist keine Machete«, schimpfte die Jägerin.

Ich war mir nicht sicher, wie ernst sie ihre Worte meinte, aber als der Weg erst einmal gebahnt war, folgte sie mir hindurch. Brandon hatte sich ein Stück von der Stelle bewegt. Er kauerte auf dem Boden und starrte Claudine unverwandt an. Er war dem Tod buchstäblich von der Schippe gesprungen und konnte es noch immer nicht recht fassen. Ich war wütend auf den Indianer, wütend, weil er mir die Wahrheit verschwiegen hatte. So waren wir der Jägerin offen entgegengeritten.

»Kannst du reiten?«, fragte ich daher nur. Er nickte und ließ sich von mir aufs Pferd helfen. Die Tiere hatten sich ohne Schwierigkeiten einfangen lassen. Ich stieg mit Claudine auf das andere.

Wir brauchten lange für den Rückweg. Als wir endlich die Ebene erreichten, waren die Pferde nass von ihrem eigenen Schweiß und unserem Blut. Ich musste Claudine halten, damit sie nicht vom Pferd fiel. Schon von weitem erkannte ich den Airstream.

»Wir sind gleich da«, sagte ich. Die Jägerin sah sich vorsichtig nach mir um. Sie lächelte unter all den Blutergüssen.

»Schade, dass unser Ausflug schon zu Ende ist. Ein Mann wie du könnte mir gefallen«, scherzte sie.

Ich lachte und bereute es sofort. Mein Unterleib brannte wie Feuer. »Du hast mich aufgeschlitzt, darauf steh ich nicht!«

Amber rannte auf uns zu. »Was ist passiert? Warum hast du mich nicht wissen lassen, dass es dir gut geht?«

»Es geht mir nicht gut, es geht mir gar nicht gut.« Tatsächlich war ich mir nicht mal sicher, ob ich noch allein stehen konnte.

Yiska lief an uns vorbei zu Brandon, dessen Pferd unserem einfach hinterhergetrottet war. Amber verlor kein weiteres Wort.

»Wer hat den Wohnwagen hergebracht?«, fragte ich.

»Yiskas Freund, ich hatte keine Ahnung, ob und wann ihr zurückkommen würdet.«

Ich war erleichtert. Im Airstream befand sich alles, was wir brauchten, um unsere Wunden zu versorgen, und das würde die ganze Zeit bis zur Dämmerung in Anspruch nehmen.

»Du bekommst einen Sarg, Claudine, du bist mein Gast.«

»Gast oder Gefangene?«, fragte sie nüchtern.

»Beides, aber wir haben ohnehin dasselbe Reiseziel.«

Wenig später waren wir alle in der Enge des Wohnwagens zusammengepfercht. Kaum jemand sprach. Ich hatte Amber eine kurze Zusammenfassung des Geschehenen gegeben und erzählt, was noch passieren würde.

Unsere indianischen Begleiter waren unterwegs. Sie wollten den Schecken, den Brandon geritten hatte, suchen. Vielleicht lebte das Tier noch.

Brandon saß auf einem Stuhl und starrte vor sich hin.

»Los, mach dich nützlich und hilf Claudine«, befahl ich.

Brandon zuckte zusammen, als sei er gerade aus einem schlechten Traum erwacht, und kam schwankend auf die Beine.

»Das ist nicht dein Ernst, oder?«, fragte die Jägerin. Ihr Blick sprach Bände. Der Verurteilte war der Letzte, den sie an ihre Wunden lassen würde.

Brandon schien das egal zu sein. Er befolgte einfach meinen Befehl, nahm sich Nähzeug, Sprühpflaster und etwas zum Reinigen der Wunden und ging damit zu Claudine.

»Wenn du glaubst, dass ich sentimental werde und sein Leben schone, nur weil er mich wieder zusammengeflickt hat, hast du dich geirrt.«

Ich seufzte. »Mit Sicherheit nicht, Claudine.« Auf dem Sofa liegend, war ich in einer schlechten Position für einen Streit. »Aber die Sonne geht bald auf. Meine Dienerin versorgt mich, deine ist ohnmächtig und mir sind die Hände gebunden.«

Claudine schnaubte verächtlich und zog dann mit grimmigem Gesicht ihre Bluse aus. Jede ihrer Bewegungen sprach von Schmerzen. Zornig warf sie das Kleidungsstück fort und sah zu Brandon auf, der abwartend neben ihr stand.

»Wenn ich sterbe, dann nicht durch deine Hand«, sagte Brandon ruhig, zog sich einen Stuhl heran und setzte sich so, dass er ihre Rückenverletzung gut erreichen konnte.

»Mein Meister wird es tun. Das ist doch richtig, Julius, oder? Du tötest mich, wenn es so weit ist.«

»Davon will ich nichts hören. Kümmere dich um ihre Wunden, Brandon.«

Als die Sonne aufging, waren alle versorgt, und wir warteten schweigend, bis es endlich Zeit wurde, in die Särge zu kriechen. Claudine kümmerte sich um ihre Dienerin, aber Beth war nicht wachzukriegen.

»Es liegt nicht nur an dem Schlag auf den Kopf, oder? Du hast ihre Energie genommen, deshalb kommt sie nicht zu sich.«

Claudines Schweigen bestätigte meine Vermutung.

Nach einer Weile meinte sie: »Ich weiß, wir haben vereinbart, dass Beth getrennt von mir reist, jetzt bitte ich dich, lass sie mit uns fahren. Sie ist zu schwach, ich will sie nicht zurücklassen.«

»Wird sie sich an das halten, was wir abgemacht haben?«

»Ja, natürlich.«

Es lag Unsicherheit in ihrem Blick, aber ich verstand ihre Sorge und so willigte ich ein. »Aber sie wird gefesselt, bis du mit ihr gesprochen hast.«

Claudine sah mich entrüstet an, dann wurde ihre Miene sanfter. »Einverstanden. Wahrscheinlich ist das besser so.«

Ich trat zu dem kleinen Sekretär, der zur Einrichtung des Wohnwagens gehörte, und brachte der Jägerin Stift und

Papier. »Vielleicht willst du ihr eine Nachricht hinterlassen, damit sie nicht erschrickt, wenn sie aufwacht.«

»Danke.« Claudine nahm den Block entgegen und begann in einer altmodischen, bogenreichen Schrift zu schreiben.

Brandon kroch zu Christina in den Sarg. Ihre Seele war bereits entschwunden, ohne dass sie noch einmal wach geworden war. Claudine hatte auch ihr alle Kraft genommen. Ich fragte mich, wie sie das machte. Es war wohl eine besondere Gabe. Vielleicht würde ich sie irgendwann einmal fragen, jetzt führten mich meine Schritte zu dem offenen Sarg.

Ich sah auf meine beiden Vampire hinab und sofort kochte wieder Zorn in mir hoch. Ich war so unglaublich wütend auf Brandon.

»Verzeihst du mir, Julius?« Sein Ton war kleinlaut.

»Frag mich später noch einmal. Viel später!«, fauchte ich und schlug erst den Deckel und dann das Versteck zu. Dann öffnete ich Brandons leeren Sarg und entfernte daraus alle privaten Dinge. Zuletzt fand ich unter dem Kopfkissen eine Haarlocke von Christina, die ich zu den anderen Sachen legte.

Claudine beobachtete von ihrem Platz am Tisch aus, wie ich Brandons Habseligkeiten in einer Schublade verstaute.

»Was soll in Phoenix passieren, was erwartest du?«, fragte sie.

»Ich habe keine Ahnung«, antwortete ich ehrlich und seufzte. Sogar wenn ich Luft holte, brannte mein Unterleib wie Feuer.

»Jeder Meister und jeder Vampir, der versucht hat, mich an der Vollstreckung eines Todesurteils zu hindern, ist daran gescheitert.«

»Ich bin auch Jäger, Claudine, seit fast vierundfünfzig Jahren.«

»Dann verstehe ich dich noch weniger. Er hat getötet und wurde erwischt, basta!«

»Dein Meister Kangra soll in Brandons Seele sehen.«

»Und dann wird das Urteil aufgehoben? So einfach stellst du dir das vor? Was sollte er dort finden?«

Über Claudines Schulter hinweg tauschte ich einen kurzen Blick mit Amber. Sie hatte sich in der kleinen Küche zu schaffen gemacht und kochte Kaffee. Ihre Miene gab mir Rätsel auf. Wollte sie denn nicht, dass Brandon lebte?

»Ich kann dir nicht sagen, was dein Herr dort findet. Du wirst es früh genug erfahren.«

Die Jägerin nickte.

Amber begann die kleinen Fenster zu schließen. Sie wusste genau, wann es zu hell für mich wurde. Claudine kämpfte sich zum Bad und schloss die Tür.

»Amber!«, rief ich leise. Sie eilte zu mir und öffnete die Bodenluke für mich, aber das war es nicht, was ich wollte. Ich fasste sie an den Händen. »Du hast heute großartige Arbeit geleistet, ich bin unglaublich froh, dass du hier warst.«

Sie nickte und strich mir flüchtig über die Wange.

»Ich traue der Dienerin nicht. Sei vorsichtig. Fessel sie, sobald Claudine schläft, versprich mir das«, bat ich sie. Wenn Beth nur halb so eigenständig war wie Amber, würde sie vielleicht versuchen, Brandon auf eigene Faust zu töten. »Schütze Brandon, bitte, ganz gleich, wie du über ihn denkst.«

»Ich lass die Dienerin nicht aus den Augen.«

»Danke.«

Ich drückte zum Abschied ihre Hände. Meine Beine wurden bereits taub, und da Claudine nur wenige Jahre älter war als ich, musste auch sie die Sonne spüren. Und richtig. Die kleine Badezimmertür wurde aufgestoßen und die Jägerin schleppte sich zu Brandons Sarg. Sie ließ sich ohne viel Eleganz hineinfallen und schloss den Deckel.

Ich legte mich in meinen. »Bis heute Abend, Amber.«

KAPITEL 41

Sobald Julius' Seele fort war, nahm Amber ihr Handy und wählte die Nummer, die ihr Curtis' Diener Robert für Notfälle gegeben hatte. Sie ahnte, dass Julius mit seiner unüberlegten Art großes Unheil heraufbeschworen hatte. Hoffentlich war es nicht so schlimm, wie ihr Bauchgefühl orakelte. Wenn jemand Rat wusste, dann Robert. Das Freizeichen ertönte, sie goss sich einen Kaffee ein und setzte sich an den kleinen Tisch.

Endlich nahm jemand ab. »Robert?«

Er war es. »Amber, du? Was ist passiert?«

»Ich glaube, Julius hat einen großen Fehler begangen!«, platzte es aus ihr heraus. Sie hörte, wie das Telefon weitergereicht wurde. Es knisterte in der Leitung, offensichtlich befand sich der Apparat tief unter der Erde im Lafayette, und Amber ahnte, mit wem sie gleich sprechen würde. Ihr Herz schlug sofort schneller.

»Amber? Hier ist Curtis, was ist los? Die Kurzfassung bitte, die Sonne geht gleich auf.«

»Eine Jägerin wollte Brandon hinrichten, Julius hat es verhindert. Sie haben gekämpft.«

Amber hörte, wie Curtis wütend nach Luft rang. »Lebt sie noch?«

»Ja, sie ist so was wie unsere Gefangene, ihre Dienerin auch. Julius will nach Phoenix und dort um Brandons Leben bitten.«

»Danke, Amber. Ihr werdet Phoenix unbehelligt erreichen, ich kümmere mich darum. Kann ich garantieren, dass die Jägerin lebend dort ankommt?«

»Ja, es geht ihr so weit ganz gut.«

»Danke, auf bald.« Die Leitung war tot. Was hatte Curtis

damit gemeint, er sorge dafür, dass sie Phoenix unbehelligt erreichen? In diesem Moment klingelte es wieder. Amber erschrak und hätte das Handy beinahe fallen gelassen. Es war Robert.

»Entschuldige, Amber, die Sonne.« Entweder war der Meistervampir beim Telefonieren gestorben oder plötzlich in seinen Sarg geflüchtet.

»Kein Problem, das kenne ich mittlerweile.«

»Ich wollte dir nur erklären … Falls du aufgehalten wirst und es sind Leute des Rates, verhalte dich ruhig. Wenn sie die Jägerin haben wollen, überlässt du sie ihnen. Bei Julius oder Brandon bleib hart, aber ruhig. Erzähl ihnen, dass Curtis Bescheid weiß und nichts geschehen wird, bevor die Clanherren persönlich miteinander gesprochen haben. Im Notfall rufst du mich an, und ich rede mit ihnen. Das Urteil über Brandon wird ausgesetzt. Wir kommen nach Phoenix.«

»Ihr kommt nach Phoenix?«, echote Amber ungläubig. »Du und Curtis?«

»Ja. Das ist ernst, Amber, das ist sehr ernst. Ich wünschte, du wärst nicht allein. Kann jemand mit dir fahren?«

»Ich könnte jemanden bitten.«

»Mach das. Wir bezahlen ihn später. Gib ihm eine Waffe mit normaler Munition, aber sag ihm trotzdem, er soll niemanden erschießen!«

»Ja, mache ich.«

»Dann bis bald. Wir müssen jetzt los. Viel Glück.«

»Danke, Robert.«

Amber legte auf. Der Wohnwagen wirkte mit einem Mal riesig, und sie fühlte sich klein und sehr einsam. Als sie aufstand, ächzte ihr Körper vor Müdigkeit. Der Gedanke, dass sie an diesem Tag wahrscheinlich keinen Schlaf bekommen würde, machte es nicht besser.

Sie musste Claudines Dienerin fesseln. Julius besaß

Handschellen mit einem hohen Silberanteil. Sie waren eigentlich für Vampire gedacht, aber das war jetzt egal.

Beth wurde auch jetzt nicht wach. Amber wickelte der Fremden zusätzlich die Kette, die einmal an Brandons Halsring befestigt gewesen war, um die Beine und verschloss sie mit einem zweiten Paar Handschellen. Als sie sich dann wieder an den Tisch setzte und an ihrem erkalteten Kaffee nippte, fühlte sie sich ein wenig sicherer. Immerhin war sie noch vor wenigen Stunden von ebendieser Frau mit einer Pistole bedroht worden.

Amber wurde das Bild nicht los, wie Julius das Pferd der Dienerin umgestoßen hatte, als sei es nichts. Sie war sich vorher nie bewusst gewesen, wie stark er in Wirklichkeit war. Im Umgang mit ihr war Julius immer sehr sanft, und er war schlank, drahtig sogar, nichts an seinem Körper verriet derlei Kraft.

Amber lehnte den Kopf auf die Tischplatte und behielt Beth dabei im Auge.

Plötzlich schrak sie hoch. Etwas hatte sie geweckt. Eigentlich hätte sie gar nicht schlafen dürfen, das waren sicher nicht nur ein paar Minuten gewesen. Panik schwappte in einer heißen Welle durch ihre Glieder. Sie rieb sich die Augen und sah sich um. Sofort trieb Erleichterung den Schrecken davon. Beth lag unverändert auf der Couch. Ihr Atem ging langsam und ruhig, wie in tiefstem Schlaf.

»Kann ich reinkommen? Ist da drinnen alles in Ordnung?«, rief eine sonore Männerstimme. Es war Yiska.

»Sicher«, entgegnete Amber müde.

Sie quälte sich hoch. Ihr Rücken und ihr Hintern schmerzten. Sie musste lange dort gesessen haben. Wie lange? Sie stolperte zur Tür und öffnete. Die Sonne schien blendend hell. Amber riss die Hand vor die Augen. Yiska war mit einem Schritt im Wohnwagen. »Soll ich die Tür zumachen?«

»Nein, lass offen, ich muss wach werden. Willst du Kaffee?«, fragte sie und füllte dem Indianer eine Tasse aus der Thermoskanne.

Er sog genießerisch den Duft ein. »Ist alles okay mit den Vampiren?«

»Sie schlafen.«

Yiskas Blick fiel auf Beths Handschellen. »Ist sie gefährlich?«

»Wenn sie wach wird, vielleicht. Sie weiß nicht, was mit der Jägerin passiert ist, und sie stehen sich sehr nahe.« Amber zögerte. »Yiska, willst du dir etwas dazuverdienen?«

Er hob neugierig die Brauen. »Ich bin immer knapp mit Geld, was soll ich tun?«

»Ich muss die Vampire nach Phoenix bringen. Mir wurde geraten, nicht alleine zu fahren. Was da vorhin passiert ist, hat einige Leute verärgert.«

»Du brauchst jemanden, der dir hilft, sie zu beschützen?«

»Ja. Yiska, bitte. Ich bin mir sicher, du wirst fürstlich entlohnt.«

»Wann brechen wir auf?«

»So bald wie möglich.«

»Okay.«

Amber starrte ihn überrascht an. »Einfach so? Du sagst einfach okay und das war's?«

»Ja.«

Sie schüttelte den Kopf. Aber mittlerweile wusste sie, dass Indianer selten viele Worte verloren.

»Da, sie wird wach.« Yiska wies auf Beth. Das grelle Licht, das durch die offene Tür hineinfiel, schien der Dienerin direkt ins Gesicht und ließ ihr braunes Haar rötlich glänzen. Sie kniff die Augen zusammen und drehte den Kopf weg.

Dann spürte sie die Fesseln, und ihr Halbschlaf war schlagartig vorbei. Sie schreckte hoch. »Claudine?«

Nach mehreren Versuchen schaffte sie es, sich aufrecht hinzusetzen, und blickte sich mit zusammengekniffenen Augen um. Amber trat einen Schritt näher.

»Beth? Du heißt doch Beth, oder? Der Jägerin geht es gut.«

Die Dienerin riss wütend an den Fesseln. »Was soll das? Wo ist Claudine, was habt ihr mit ihr gemacht?!«

»Sie schläft und sie hat dir einen Brief geschrieben, der alles erklärt«, antwortete Amber, ging zum Tisch und schob das Blatt Papier zu Beth herüber. Die Dienerin überflog die Zeilen und wurde etwas ruhiger. »Das ist ihre Schrift, aber woher soll ich wissen, dass sie nicht dazu gezwungen wurde?«

»Yiska, schließt du bitte die Tür?«, bat Amber. »Beth, deine Freundin schläft gleich neben dir in einem Sarg, möchtest du sie sehen?«

»Natürlich will ich sie sehen«, antwortete Beth kalt.

Sobald der Wohnwagen völlig verdunkelt war, öffnete Amber die Kammer mit dem Sarg und dann auch den Sarg selbst. Claudine lag mit über der Brust gefalteten Händen. Beth versuchte aufzustehen, aber mit den Fesseln konnte sie das Gleichgewicht nicht halten. Yiska stützte sie, bevor sie fiel, und sie ließ sich ohne Widerstand näher zum Sarg helfen. Der Navajo konnte seine eigene Neugier kaum verbergen. Claudine war gewiss der erste Vampir, den er in einem Sarg ruhen sah.

»Es geht ihr wirklich gut«, sagte Beth leise.

»Du kannst ja versuchen, mit ihr Kontakt aufzunehmen, damit du beruhigt bist«, schlug Amber vor.

»Nein, sie soll schlafen.«

Beths Widerstand war völlig erlahmt, und es tat Amber fast leid, die Frau so zusammengeschnürt zu haben, aber Julius' Anweisungen waren eindeutig gewesen. Sie sollte bis zur Ankunft in Phoenix gefesselt bleiben.

»Wo ist der Vampir, den wir gejagt haben?«, fragte die Dienerin plötzlich.

»Das kann ich dir nicht verraten, Beth. Du weißt, warum.«

Roberts Befürchtungen bestätigten sich nicht, und der Tag verlief ohne Zwischenfälle. Nachdem Yiska sich mit seinem Freund besprochen hatte, war er mit Amber aufgebrochen. Beth fuhr mit ihnen im Dodge und blieb erstaunlich freundlich.

Yiska saß die meiste Zeit über schweigend auf dem Beifahrersitz und schien tief in Gedanken versunken. Amber ahnte, dass er sie etwas fragen wollte, und wartete geduldig ab. Kurz bevor sie gegen Nachmittag die Stadtgrenze von Phoenix erreichten, räusperte er sich.

»Amber, denkst du, Julius oder einer seiner Freunde könnten mich gebrauchen? Ich würde gerne für sie arbeiten.«

»Was? Warum?« Amber glaubte ihren Ohren nicht zu trauen. »Warum willst du für Vampire arbeiten, wenn du nicht musst?«

»Im Reservat zu leben ist verdammt hart und rauszukommen fast noch schwieriger. Ich wollte immer schon nach L.A. Wenn ich einen Job dort hätte, wäre der erste Schritt gemacht.«

»Frag Julius. Der Clan beschäftigt Wachleute. Soweit ich weiß, stammen sie alle aus einem bestimmten Kreis von ungarischen Familien. Falls sie auch Außenstehende aufnehmen, klar, warum nicht?«

Yiska nickte ernst. Er schwieg die letzten Meilen, während Beth Amber den Weg zur Zuflucht ihres Meisters Dominik Kangra beschrieb.

Das Anwesen lag etwas außerhalb der Stadt, versteckt in

einem Tal. Ein italienischer Palast in der Wüste war kein alltäglicher Anblick. Die Marmorsäulen warfen gleißend helles Licht zurück.

Auf den ersten Blick schien alles verlassen. Doch die aufmerksamen Augen der Kameras an der Toreinfahrt richteten sich alsbald auf die Neuankömmlinge. Beth meldete sie an, und das Gitter summte zur Seite.

Sobald es sich wieder hinter ihnen geschlossen hatte, wurden sie von schwerbewaffneten Männern umringt.

Amber entfuhr ein Fluch.

»Scheiße, was machen wir jetzt«, stöhnte Yiska und umklammerte seine Pistole.

»Abwarten und tief durchatmen, der Wagen ist kugelsicher«, erwiderte Amber, bemüht, ihrem eigenen Vorschlag Folge zu leisten.

»Sofort aussteigen!«, kommandierte einer der Wachleute und presste die Mündung seiner halbautomatischen Waffe direkt auf das Glas neben Ambers Kopf. Bevor sie den Gedanken zu Ende führen konnte, ob die Scheiben auch einem Schuss aus dieser Nähe widerstehen würden, kam plötzlich Leben in ihre Geisel. Amber fuhr herum, doch da war es Beth schon gelungen, die Autotür zu öffnen, und sie ließ sich hinausfallen.

Als ich wach wurde, war mir sofort klar, dass etwas nicht stimmte. Das Gespann stand, Amber war fort und in der Luft hing der Geruch ihrer Furcht. Ich öffnete die Siegel. Vielleicht war alles nur ein Missverständnis. *»Amber? Was ist passiert? Wo bist du?«*

Sie reagierte sofort. *»Wir sind Gefangene, Yiska und ich, und sie haben Claudine und Beth geholt.«*

»Zeig mir, was geschehen ist.«

Amber hatte mittlerweile gelernt, in Erinnerungsbildern zu sprechen. Ich sah, wie sie Dominik Kangras Haus erreichten.

Man hatte sie eingelassen, doch dann war der Wagen plötzlich von Wachleuten umstellt gewesen. Sie nahmen Amber den Schlüssel des Wohnwagens ab und durchsuchten ihn, bis Beth ihnen zurief, wo Claudine untergebracht war. Als die Männer auch nach mir und Brandon suchen wollten, wäre es beinahe zum Eklat gekommen. Yiska geriet mit einem Bewaffneten aneinander und war schnell außer Gefecht gesetzt. Amber rief schließlich, dass sie sie an meiner Stelle mitnehmen sollten, und so geschah es dann auch.

»Seitdem sitzen wir hier.«

»Wie geht es euch?«

»Yiska hat ein paar Beulen, ansonsten geht es. Wir sind in einer Art Büro. Die Tür ist abgeschlossen und draußen steht eine Wache. Zum ersten Mal wünsche ich mir wirklich, Curtis wäre schon da.«

»Du hast mit dem Meister gesprochen?«

»Ja, und er war nicht glücklich, als er hörte, was gestern passiert ist. Er kommt her.«

Diese Nachricht erleichterte mich und rief zugleich eine unbestimmte Angst hervor. Ich hatte Curtis schließlich versprochen, mich an das geltende Gesetz zu halten. Und jetzt? Wie viel Verständnis würde er für die Situation aufbringen? Oder würde er erneut öffentlich gegen mich vorgehen? Kalter Schweiß trat auf meine Haut und die Seide meines kleinen Gefängnisses klebte an mir. Ich sah mich schon wieder in den Sarg mit den Ketten zurückkehren. Diesmal würde Curtis es nicht dabei belassen. Ich bezweifelte, dass ich meinen Meistertitel behielt. Er würde mir meine Vampire wegnehmen, Christina und auch Brandon, sofern er nicht hingerichtet wurde.

Energisch schüttelte ich die quälenden Gedanken ab. Ich würde kämpfen, solange es noch ging! Heute war körperliche Stärke nebensächlich, das war mein Glück. Mit meinem Bewusstsein war auch das Empfinden zurückgekehrt. Mein Unterleib war ein einziger dumpfer Schmerz. Ein Pochen und Brennen, als sei in meinem Körper ein zweites Wesen erwacht, eines, das meine Eingeweide fraß. Ich hob den Sargdeckel, und die Bodenluke öffnete sich automatisch. Schon diese kleine Bewegung steigerte die Schmerzen zu einem scharfen Reißen. Ich atmete ein paar Mal tief durch, biss die Zähne zusammen und zog mich hoch. Von draußen drangen die Stimmen von zwei Männern an mein Ohr.

»Er müsste eigentlich bald wach werden«, sagte der eine gerade. Natürlich wurde der Wohnwagen bewacht. Immerhin hatte ich die Jägerin des Rates angegriffen und festgesetzt. Claudine stammte von Kangras Blut und damit hatte ich indirekt auch den Meister bedroht. Ich hatte meinen einzigen Freund im Rat verloren!

Ich ging ins Bad, wusch und rasierte mich. Kaltes Wasser vertrieb den Schweiß und spülte die verworrenen Gedanken aus meinem Kopf. Als ich mich umgezogen hatte, öffnete Brandon gerade den Sarg. Er wich meinem Blick aus, und als ich beharrlich schwieg, verschwand auch er in dem kleinen Badezimmer. Ich setzte mich wieder auf das Sofa, schloss die Augen und suchte Kontakt zu meinem Meister.

Curtis war wütend, aber wie immer beherrscht. Durch die Bindung erhaschte ich ein Gefühl von Bewegung. Robert und er saßen in einem Auto. Sie waren also noch nicht in Phoenix. Mein Meister bemerkte mich, aber er begrüßte mich nicht.

»Was hätte ich denn tun sollen? Ich konnte ihn doch nicht einfach sterben lassen, nicht nach dem, was er alles durchgemacht hat!«

»Du hättest mit ihr reden können, Julius. Du hättest deinen Kopf benutzen und um Aufschub bitten können! Aber du musst immer kämpfen, bei dir muss immer erst Blut fließen, bevor du dein Gehirn einschaltest!«

»Aber …«

»Kein Aber! Du bist Meister, du musst langsam lernen, dich wie einer zu verhalten, statt wie ein tollwütiger Hund blindlings um dich zu beißen. Es gibt Regeln, Julius, es gibt Gesetze, verdammt! Sei froh, dass Dominik Kangra ein besonnener Mann ist, wer weiß, was Ann sonst bereits widerfahren wäre!«

Ann! Ich hatte sie völlig vergessen. Sie war die Friedgeisel, die für mich garantierte, sie, nicht ich würde ausbaden müssen, was ich verbrochen hatte! Ich musste sofort erfahren, wie es um sie bestellt war, und begann schon mich aus der Verbindung mit Curtis zu lösen, als dieser mich mit einem scharfen Impuls zurückrief. Mein Kopf schmerzte wie bei einer schlimmen Migräne-Attacke.

»Lass sie, Julius. Wenn du Kontakt zu ihr aufnimmst, könnte das falsch verstanden werden. Fühle dem Schwur nach und du wirst wissen, wie es ihr geht. Du hast recht gehabt, zwei Schwurgebundene sind schon mehr, als du bewältigen kannst. Du bist zu schwach und zu dumm für mehr.«

»Ja, Meister«, entgegnete ich zerknirscht. Ich hatte wieder einmal versagt. *»Ich wollte keine Camarilla«*, setzte ich nach, und Curtis' scharfer Zorn traf mich erneut unvorbereitet.

»Schluss damit! Du bist selbst für die Position verantwortlich, die du jetzt einnimmst. Erkläre mir jetzt, wie du Brandon retten willst, denn ich will ihn genauso wenig tot sehen wie du.«

»Ich, ich dachte, wir könnten versuchen, es in eine Geldstrafe umzuwandeln, weil er nicht selbständig gehandelt hat. Coe hat ihm befohlen zu töten.«

»Das hat bislang noch keinen Vampir vor dem Schwert gerettet. Unser Schlüssel ist der Missbrauch, wenn es überhaupt einen gibt.«

»Nein!«

»Wenn Brandon seine Erinnerungen teilt, könnten sie mildernd wirken. Es herrscht immer ein gewisser Spielraum für die Richter.«

»Die Indianerzeremonie hat ihn geheilt, wie ich es nie für möglich gehalten hätte, Curtis. Er glaubt, er sei ein völlig neuer Mensch. Die Dinge, die Coe ihm angetan hat, gehören zu seinem alten Leben, wenn er sie wieder heraufbeschwören soll, passiert ein Unglück!«

»Wenn du die Ereignisse nicht öffentlich machst, passiert auf jeden Fall ein Unglück. Du musst dich entscheiden, was du willst.«

»Ich will, dass er lebt.«

»Dann putz ihn heraus und erzähl ihm nichts. Wenn Brandon vor dem Gericht zusammenbricht, wird es umso wirkungsvoller sein, je stolzer er zu Beginn auftritt.«

Ich war entsetzt. *»Curtis, das ist doch kein Theaterstück!«*

»Du irrst dich. Es ist sehr wohl ein Theaterstück. Wenn das Publikum am Ende nicht weint, köpfen sie den Hauptdarsteller. Und jetzt tu, was ich sage!«

Mit einem Schlag katapultierte er mich aus seinem Bewusstsein, und ich starrte wie gebannt auf Brandon, der in diesem Moment aus dem Bad kam. Er sah mich demütig an.

»Wir reden später, wenn wir noch eine Chance dazu haben«, meinte ich. »Jetzt müssen wir erst einmal erreichen, dass du auch morgen früh noch in deinen Sarg klettern kannst.«

»Was verlangst du, das ich tun soll, Meister?«

KAPITEL 42

Eine halbe Stunde später hatte sich Brandon vollständig verwandelt. Sein glänzendes rabenschwarzes Haar fiel ihm fast bis zur Hüfte, er trug Blau, was ihm gut stand, und dazu seinen schönsten Türkisschmuck und eine Adlerfeder im Haar, die ihm einer der alten Männer nach dem Sonnentanz geschenkt hatte. Ich bat ihn, den Talisman, den er von Red Deer bekommen hatte, abzunehmen. Brandon weigerte sich, schob den schäbigen Lederbeutel unter sein Hemd, und ich gab mich damit zufrieden. Dass ich mit Curtis gesprochen hatte und der Clanführer herkam, um uns zu unterstützen, gab ihm neue Hoffnung. Mit diesem Gefühl im Herzen und dem entsprechenden Äußeren strahlte er genau den Stolz und die Selbstsicherheit aus, die Curtis für seinen Plan brauchte.

Doch es galt noch ein anderes Problem zu lösen. Christina wurde wach und wir konnten nicht jagen.

Ich klopfte an die Wohnwagentür, um mit unseren Bewachern zu sprechen. Die Tür wurde aufgeschlossen, und ich sah einem grimmig dreinblickenden Mexikaner entgegen. Die halbautomatische Waffe in seiner Hand ließ keinen Zweifel an seiner Entschlossenheit, mit allen Mitteln unsere Flucht zu verhindern.

Ich erklärte ihm das Problem, und Christina ging nach kurzem Widerstreben mit ihm. Die Männer nahmen sie in die Mitte, dann fiel die Tür mit einem Knall zu und wurde abgeschlossen.

»Ich konnte sie weder von dir noch von mir trinken lassen. Wir müssen heute Nacht beide Stärke zeigen und du weißt, wie groß Christinas Hunger ist.«

»Ja, Meister«, sagte Brandon nur.

Ich begann unruhig auf und ab zu laufen und abwechselnd durch die kleinen Bullaugenfenster zu spähen. Brandon beobachtete mich, während ich wie ein Tiger im Käfig die Wände entlangstrich. Ich ging ihm auf die Nerven, aber er wagte nicht, etwas zu sagen. Stattdessen senkte er jedes Mal den Kopf, wenn ich in seine Nähe kam. Ich blieb wieder stehen und starrte hinaus. Mittlerweile war die Nacht zur perfekten, dunklen Bühne für Kangras italienischen Palast geworden. Ein Angestellter lief umher und entzündete eine Reihe von Öllichtern. Versteckte Scheinwerfer beleuchteten antike Säulen, die wie Überreste einer Ruine aus dem üppigen Grün ragten. Ein Springbrunnen mit badenden Nymphen vervollständigte die mediterrane Idylle.

»Weißt du, ob Curtis schon da ist?«, fragte Brandon und riss mich aus meinen Gedanken.

»Nein, nein, er ist nicht da.«

Brandon trat geräuschlos neben mich und dann starrten wir gemeinsam in die Nacht.

»Da kommt jemand.«

Amber sah Yiska überrascht an.

»Woher weißt du das?«, flüsterte sie. »Ich kann nichts hören.«

»Fühlen, Amber. Der Holzboden verrät es mir.«

Die Tür wurde geöffnet, und die Vampirin Ann stand vor ihnen.

Erleichtert sprang Amber auf und lief auf die Unsterbliche zu. Es war schön, ein vertrautes Gesicht vor sich zu haben.

Ann lächelte kurz. »Amber, Meister Kangra wünscht mit dir zu sprechen.«

»Ich komme mit!«, sagte Yiska und sprang auf.

»Nein, Sie müssen hier warten, der Meister wünscht ein Gespräch unter vier Augen.«

Amber gefiel der Ton nicht, in dem die Vampirin über Kangra sprach. Es klang zu freundlich, ihre Stimme enthielt zu viel Wärme.

»Wem gilt deine Loyalität, Ann? Deinem Meister oder deinem Herrn auf Zeit?«, fragte sie scharf.

Mittlerweile wusste Amber ihre Position als Julius' Dienerin einzuschätzen. Die Vampire hatten sie in seiner Abwesenheit genauso zu respektieren, als sprächen sie mit ihm.

Ann befolgte die Etikette. Sie verbeugte sich leicht vor Amber und neigte ihren Kopf. »Meine Treue gilt meinem Meister, wie ich es geschworen habe. Ich bin hier, um für ihn zu bürgen. Ich garantiere, dass dir von Kangra keine Gefahr droht, das würde dem Eid, den ich geschworen habe, zuwiderlaufen.«

»Yiska, ich glaube ihr«, meinte Amber.

Ihr Bauchgefühl betrog sie selten, und sie kannte Ann. Die Unsterbliche verdankte Julius ihr Leben. Ann hatte die letzten Monate damit verbracht ihn anzuflehen, sie in seine Camarilla aufzunehmen, und Amber erinnerte sich noch genau an das Leuchten in Anns Augen, als ihr Wunsch endlich Wirklichkeit geworden war. Nein, wenn sie jemandem in Kangras Haus vertrauen konnte, dann war es Ann.

Yiska war sich weniger sicher. Er hatte in den letzten Stunden einfach zu viel Merkwürdiges erlebt. »Sie isolieren uns nach und nach voneinander, merkst du das nicht, Amber?«, flüsterte er.

»Ich gehe trotzdem. Wenn sie uns etwas antun wollen, können wir ohnehin nicht gegen sie bestehen.«

Sie schob die Hand des Indianers von ihrem Arm. »Ann, die Unversehrtheit gilt doch auch für ihn, oder?«

»Sicher, und du bist wirklich gleich zurück, komm.« Amber trat hinter der dunkelhaarigen Vampirin in den Flur. Yiska stand in der Mitte des Raums und sah ihr nach. Dann wurde die Tür geschlossen.

Ann geleitete Amber durch einen weiten, hohen Flur, der mit Säulen und Gemälden der italienischen Spätrenaissance geschmückt war.

»Das ist hier ja wie in einem Museum«, entfuhr es Amber.

»Pass auf, der Flur ist noch gar nichts.«

Amber wusste nicht, was sie von der Bewunderung in Anns Stimme halten sollte. Um nicht daran denken zu müssen, warum sie mit einem fremden Meistervampir sprechen sollte, sie und nicht Julius, fragte sie etwas. »Wie ist es dir hier ergangen, Ann?«

Die Vampirin lächelte breit und zeigte ihre spitzen Zähne. »Gut, sehr gut. Ich kann mich wirklich nicht beklagen.«

Das irritierte Amber, aber es war keine Zeit mehr weiterzufragen. Ann klopfte an einer großen zweiflügeligen Tür, die mit dunklem geometrischen Schnitzwerk verziert war.

»Sie soll eintreten, Ann«, tönte eine tiefe, angenehme Stimme.

Sofort erschien kalter Schweiß auf Ambers Stirn. Ihre Beine schienen keinen einzigen Schritt weiter machen zu wollen. Ann öffnete die Tür, und zu Ambers eigenem Erstaunen trugen sie ihre Füße, gegen den Widerstand in ihrem Kopf, hinein. Amber blieb vor dem Meister stehen und verneigte sich, wie er es sicherlich erwartete.

Kangras Blick war warm. Der Mann wirkte nicht im mindesten wie ein mächtiger Meistervampir, oder vielleicht war es auch das, was er sie glauben machen wollte.

Er hatte sein sterbliches Leben erst mit fast sechzig Jahren beendet, Lachfalten umkränzten seine Augen und auch jetzt umspielte ein Lächeln seinen Mund.

»Sie brauchen keine Angst vor mir zu haben«, sagte er

sanft, und Amber spürte einen warmen Wind auf ihrer Haut, der ihr die Haare zu Berge stehen ließ.

»Keine Magie«, erwiderte sie panisch und setzte schnell noch ein »Bitte« hinterher.

Der Wind verschwand. Kangra lächelte geheimnisvoll und wies mit einer Hand auf zwei Sofas, die vor einem prächtigen Gobelin standen.

Ann hatte recht gehabt, der Flur mit den Statuen war nichts gegen diese Pracht. »Sie haben es sehr schön hier, Mr Kangra«, bewunderte Amber.

»Danke. Aber nehmen Sie doch Platz. Möchten Sie etwas trinken?«

»Nein, danke.« Amber wollte diese Unterhaltung möglichst schnell hinter sich bringen. Eigentlich war sie durstig. Die Angst hatte ihren Mund trocken gemacht. Sie verschränkte die Arme vor ihrem Bauch und beobachtete Kangra, der sich in einer eleganten Bewegung auf dem anderen Sofa niederließ und sich dann vertrauensvoll vorbeugte.

»Claudine ist wie eine Tochter für mich, das sollen Sie wissen«, sagte er und faltete seine schlanken Hände über den Knien. »Sie ist verwundet, aber sie scheint keinen allzu großen Zorn gegen Ihren Herrn zu hegen, deshalb will ich es auch nicht.«

»Das ist gut«, erwiderte Amber und rang sich ein Lächeln ab. »Warum werden wir dann wie Gefangene behandelt?«

»Weil Sie Gefangene sind!« Kangra lachte ein tiefes, kehliges Lachen. »Bis der Rat über das Schicksal von Brandon Flying Crow und Ihrem Meister entscheidet, stehen Sie unter Arrest. Aber Sie haben dennoch Grund zur Freude. Claudine wird Mr Lawhead nicht verklagen. Sie hat den Kampf mit einem ebenbürtigen Jäger genossen. An dem Todesurteil für den Mörder hält sie fest, und ich gebe ihr darin recht.«

»Und warum haben Sie mich hergerufen?«

Kangra schmunzelte. »Man merkt, dass Sie noch nicht lange in unserer Welt leben. Sie reden noch nicht so um den heißen Brei wie die anderen. Ihre Direktheit gefällt mir. Sie sollen Ihre Antwort bekommen und zwar genauso direkt, wie Sie gefragt haben. Ich möchte von Ihnen mehr über meine Friedgeisel Ann Gilfillian erfahren.«

»Ann? Warum fragen Sie sie nicht selbst?«

»Es geht um Dinge, die ich Ann nicht fragen kann oder möchte. Aber Sie, Lawheads Dienerin, können mir Antworten geben.«

»Ich kenne Ann Gilfillian kaum.«

»Wie steht der junge Meister zu ihr?«

»Er hat ihr Leben im Kampf verschont. Danach hat sie darum gebeten, ihm die Treue zu schwören.«

»Von den drei Unsterblichen, die Lawhead die Seinen nennt, an welcher Stelle steht Ann?«

Amber fand den durchdringenden Blick, mit dem der alte Vampir sie ansah, zum Fürchten.

»Vergessen Sie nicht, dass ich eine Lüge sofort bemerken würde, ich kann sie riechen. Flying Crow genießt offenbar die Gunst seines Herrn, sonst wäre er nicht mehr am Leben, was ist mit der Neugeborenen?«

»Christina stammt aus Julius' Blut, sie ist die Erste, die er geschaffen hat. Ann, Ann ist neu, er kennt sie noch weniger als ich, aber er meint, sie sei ehrlich und aufrecht, und wenn Julius sie nicht gebunden hätte, dann wäre Meister Leonhardt bereit gewesen sie aufzunehmen.«

»Also ist Ann diejenige, die Mr Lawhead am wenigsten bedeutet?«

Es lief Amber kalt den Rücken runter. Ihr Herz hämmerte, als wollte es ihr aus der Brust springen. Was hatte sie da nur gesagt? Sie erschrak, als Kangra sich plötzlich vorbeugte und ihre Hand tätschelte, und musste ihren ganzen Willen aufbringen, um sie nicht unter seiner wegzuziehen.

»Keine Sorge, Sie haben nichts falsch gemacht«, beruhigte er sie. »Das ist die Antwort, die ich mir gewünscht habe. Mr Lawhead hat meine Stimme. Aber es wird drei Richter geben, und er muss mindestens noch einen auf seine Seite ziehen, sonst ist auch meine Stimme nichts wert und Flying Crows Leben verwirkt.«

Wir hatten zwei Meister und ihr Gefolge ankommen sehen. Es waren die Vampire, die ich am meisten fürchtete.

Vivien Le Roux, die Meisterin aus Paris, und Hermann Roth, der feiste, blonde Vampir, der bei meinem letzten Zusammentreffen mit dem Rat so erschreckend viel Sympathie für Coe aufgebracht hatte.

»Das sieht nicht gut aus, Brandon«, murmelte ich.

»Mach dir keine Vorwürfe, wenn es nicht gelingt. Ich hätte nie geglaubt, dass jemand so viel für mich riskieren würde. Vielleicht ist meine Zeit einfach gekommen.«

»Sag das nicht.«

»Schau, da kommt Curtis. Das ist er, oder?«

Ein grauer Geländewagen rollte langsam durch das Tor und hielt vor dem Treppenaufgang. Eine vertraute Gestalt stieg aus. Robert, Curtis' Diener. Er lief zur Beifahrerseite, um dem Vampir die Tür zu öffnen. In diesem Moment erschien Hausherr Dominik Kangra und ging meinem Meister mit geöffneten Armen entgegen. Die Männer umarmten sich wie alte Freunde.

»Woher kennen sie sich?«, fragte Brandon.

»Aus London. Ihre Meister waren befreundet und sie sind ungefähr zur gleichen Zeit von ihnen unabhängig geworden. Aber Kangra ist nach Italien gegangen und wir nach Frankreich. Ich kannte Kangra bis vor einigen Tagen nur vom Hörensagen.«

Brandon nickte. Gemeinsam beobachteten wir, wie die Clanherren langsam auf den Wohnwagen zuliefen. Sie hielten sich nah beieinander und unterhielten sich angeregt.

Ich fuhr mir schnell noch einmal durchs Haar und zupfte die Manschetten gerade. Brandon machte sich an einem Schrank zu schaffen.

»Was machst du, sie sind gleich hier!«

Er zog meinen Waffenkoffer hervor und stellte ihn auf den kleinen Esstisch. »Ich möchte wirklich, dass du es tust, Julius.«

»Komm her.« Er schlich mit gesenktem Kopf näher und ich legte ihm einen Arm um die Schulter.

»Ich habe Angst«, flüsterte er. »Gestern hatte ich keine, aber jetzt. Warum fürchte ich mich plötzlich, Julius?«

»Ich weiß es nicht, aber was auch passieren wird, du bist nicht allein.«

»Und wenn ich endgültig tot bin? Was geschieht bloß mit unseren Seelen? Ich habe nie darüber nachgedacht, erst jetzt, ich … «

»Scht. Noch ist nichts entschieden.«

Draußen erklangen Stimmen. Die Wachen wurden fortgeschickt. Es war so weit.

»Geh aufrecht, Brandon. Sei der stolze Krieger, der du bist. Ich will, dass die Richter weinen, wenn sie dich verurteilen. Du sollst nicht verleugnen, was du getan hast, aber du gehst weder gebeugt noch mitleidheischend. Die Alten mögen keine Schwäche.«

Er nickte und straffte seine Schultern. Dann wurde die Tür geöffnet, und wir traten heraus. Ich ging zuerst und verneigte mich vor den beiden Meistern, dann reichte ich ihnen die Hand.

Curtis' Blick hellte sich auf, als Brandon hinter mir die Stufen herunterkam. Er hatte ihn zuletzt durch meine Augen gesehen und das war direkt nach dem Sonnentanz gewesen, als er abgemagert und verwundet war. Der Indianer begrüßte zuerst Kangra, dann Curtis mit einer Verbeugung, die ein wenig tiefer ausfiel als meine.

Die Wachleute standen unschlüssig in der Nähe, dann trat der größere von ihnen zu uns. Ich bemerkte die Handschellen sofort.

»Das wird nicht nötig sein«, sagte Curtis.

Kangra winkte ab. Der verunsicherte Wachmann steckte die Handschellen weg, legte aber dafür gut sichtbar die Hand an seine Waffe.

»Mr Kangra. Darf ich erfahren …«

»Ihre junge Unsterbliche erwartet Sie drinnen, gemeinsam mit dem Rest Ihrer Camarilla, Mr Lawhead.«

Erleichtert, Christina in Sicherheit zu wissen, neigte ich den Kopf.

Curtis streifte beruhigend meinen Arm und versicherte danach auch Brandon seines Beistands durch eine flüchtige Berührung. »Kommt, gehen wir.«

Kangra führte unsere kleine Prozession an, die Wachen bildeten den Abschluss. Curtis ließ sich zurückfallen und lief mit Brandon und mir. Neben dem hochgewachsenen Indianer wirkte er regelrecht klein. »Ich bin froh, dich wiederzusehen, Brandon, wenngleich die Umstände weniger erfreulich sind«, sagte er und dann wandte er sich zu mir. »Claudine wird dich nicht anklagen, Julius. Die anderen Ratsmitglieder müssen also von eurem Kampf nichts erfahren.«

Mir fiel ein Stein vom Herzen. Die Jägerin hatte einiges gut bei mir. »Richten Sie Claudine bitte meinen Dank aus, Mr Kangra.«

Der Hausherr drehte sich nach mir um und lächelte.

»Claudine lässt Ihnen bestellen, sie will irgendwann eine Revanche.«

»Solange wir nicht wieder um ein Leben kämpfen müssen, ist sie jederzeit willkommen.«

Kangra lachte warm. Sein Lachen ließ mich hoffen.

Wir betraten die Villa. Im Foyer warteten Amber, Christina, Ann und der Indianer Yiska. Alle schienen wohlauf, wenngleich ein wenig verschreckt. Ich spürte den Schlag ihrer Herzen, und es war ein schnelles, wildes Durcheinander.

Kangra ließ uns allein, um sich mit den anderen Clanführern zu treffen.

Ich stellte Curtis Yiska vor. Der Indianer war völlig ahnungslos, wen er vor sich hatte, und schüttelte dem Meister einfach die Hand. Curtis war überrascht von so viel Arglosigkeit.

»Ich freue mich, dich kennenzulernen«, sagte mein Meister und sah mich fragend an.

»Er war uns in vielerlei Hinsicht sehr hilfreich«, erklärte ich rasch.

Robert trat zu uns. »Es ist besser, wenn Sie im Wohnwagen warten«, sagte er zu dem jungen Mann. »Und vielleicht wäre es gut, wenn Christina und Amber Sie begleiteten.«

»Nicht, Meister«, bat Chris schnell und schob ihre Hand in Brandons.

Amber schwieg. Ich nickte, die beiden würden bleiben. »Yiska, bitte«, befahl ich daher kurz und hielt ihm den Schlüssel hin. Er nahm ihn und verschwand ohne ein Wort des Protests.

Sobald er außer Hörweite war, nahm mich Curtis zur Seite.

»Kangra ist auf unserer Seite, Julius, den Preis dafür wirst du später erfahren, wenn wir erfolgreich sein sollten. Jetzt müssen wir entweder Vivien Le Roux oder Hermann Roth für uns gewinnen. Ich werde das Reden übernehmen. Du und Brandon, ihr antwortet nur, wenn ihr dazu aufgefordert werdet. Ich kenne die Ratsmitglieder und ihre Spielchen am besten. Mein Plan wird gelingen.«

KAPITEL 43

Eine Viertelstunde später wurden wir in das Verhandlungszimmer gerufen.

Die drei Meistervampire, die über Brandons Schicksal entscheiden sollten, saßen an einem Tisch. Als wir hereinkamen, waren sie in ein Gespräch vertieft. Curtis und Robert gingen voran, Brandon und ich folgten. Die Frauen blieben zurück und setzten sich. Ich hatte Amber und Christina eingeschärft, sich nicht einzumischen. Es konnte auf mich zurückfallen und am Ende sogar den Prozess gefährden, wenn die Meister glaubten, dass ich nicht in der Lage war, meine Camarilla zu kontrollieren. An der Wand waren ein paar Stühle für Zuschauer bereitgestellt worden. Einige Vampire aus Kangras Clan waren anwesend, ebenso die Diener der anderen Meister.

Wir verbeugten uns vor den Richtern.

Vivien Le Roux schenkte mir ein selbstgefälliges Lächeln.

Der feiste Vampir mit den hervorstehenden Augen musterte uns kalt. Brandon bekam seine volle Aufmerksamkeit.

»Verehrte Richter«, begann Curtis mit sonorer Stimme, »wir haben Sie heute Nacht hierher gebeten, um noch einmal über das Schicksal des Vampirs Brandon Flying Crow aus meinem Haus, dem Haus Leonhardt, zu entscheiden. Er hat einen Menschen getötet, daran besteht kein Zweifel, und er leugnet es nicht. Warum er dennoch verdient hat zu leben, werde ich hoffentlich im Verlauf dieses Abends darlegen können.«

»Was bietet sein Meister zur Buße an?«, fragte Vivien.

Ich wollte antworten, doch Curtis gab mir ein Zeichen zu schweigen. Er antwortete für mich. »Geld und ein Leben.«

Ich sah ihn überrascht an. Ein Leben? Ich sollte einen meiner Vampire hergeben? Ich wollte protestieren, dann traf mich Anns Blick, und ich schwieg. Sie lächelte. Es war klar, dass es sie treffen würde, aber sie schien merkwürdigerweise ohne Angst.

»Brandon, tritt bitte vor«, befahl Curtis.

Die Richter streckten ihre Magie aus und betrachteten den Vampir mit all ihren Sinnen. Brandon wehrte sich nicht, aber er hielt seine Schilde hoch und zwang sein Herz zur Ruhe.

Curtis lief im Kreis um ihn herum und musterte ihn, als träfe er meinen Schwurgebundenen zum ersten Mal. »Wir kennen alle das Video aus der Tankstelle, in der Nathaniel Coe und seine Camarilla ein Blutbad angerichtet haben. Der Meister ist mit äußerster Brutalität vorgegangen, Brandon Flying Crow war der Einzige, der seine Beute betäubt hat.« So weit hatte ich mir das Video gar nicht angesehen. Dann war die junge Frau also doch unter Brandons Bann gefallen.

»Tot ist tot«, sagte Vivien, »Coe und seine Vampire haben den Preis gezahlt, dieser hier muss es auch.«

»Brandon, warum hast du gemordet?« Curtis' Frage klang harmlos.

Mein Vampir blickte mich nervös an und leckte sich die Lippen. »Weil Coe es befohlen hat. Ich fürchtete ihn, ich musste gehorchen.«

»Aber du kanntest die Konsequenzen«, gab Kangra zu bedenken. »War die Angst vor deinem Meister größer als die vor dem Tod? Mr Leonhardt hat mich darüber informiert, Nathaniel Coe hätte dir nicht den Eid abgenommen, wie er im Codex steht.«

Ich fühlte Brandons Panik aufflammen. Er ahnte, wo dieses Gespräch hinführen konnte.

»Ja«, erwiderte er leise, »ja, ich fürchtete Coe mehr als den Tod. Und es gab keinen Eid. Den bekamen nur Weiße, Darren nicht, er war schwarz, und ich nicht, denn ich bin Navajo.«

Curtis schenkte mir einen warnenden Blick. Jetzt würde er es tun, jetzt würde er Brandon noch einmal zerstören. Ich presste die Zähne aufeinander, bis ich glaubte, sie würden brechen.

»Stimmt es, dass du das Mädchen umgebracht hast, weil du sterben wolltest? Du hast getötet und Julius Lawhead dem Rat von dem Verbrechen berichten lassen, damit du durch fremde Hand umkommst. Entspricht das der Wahrheit?«

Brandon sah sich nach mir um. Das war unser Geheimnis gewesen. Ich hatte es an Curtis verraten.

»Beantworte meine Frage, Flying Crow!«, sagte Curtis scharf.

»Ja, das ist wahr«, antwortete Brandon mit zitternder Stimme.

Ich trat vor den Richtertisch. »Darf ich um etwas bitten?«

Kangra faltete die Hände und lächelte mich an. »Sicher.«

»Wenn die Befragung fortgesetzt wird, möchte ich, dass alle, die nicht mit der Urteilsfindung betraut sind, den Raum verlassen.«

»Und warum sollte das nötig sein?«

»Bitte.«

Kangra überlegte kurz und kam dann meinem Wunsch nach.

»Lasst uns allein«, rief er und die Zuschauer verließen unter Murren den Raum. Amber hatte Christina am Arm gefasst und zog sie hinaus. Gut so. Ich war erleichtert.

»Das hat es ja noch nie gegeben!«, protestierte Vivien.

Brandon sah sich panisch um, wie ein in die Enge getriebenes Tier. *»Was geschieht hier, Julius, bitte …«*

Er wandte sich an mich, doch Curtis trat zwischen uns und versperrte ihm die Sicht. Es war grausam.

»Sag den Richtern, warum du sterben wolltest«, wiederholte mein Meister seine Frage.

»Nein! Julius, das darf er nicht verlangen!« Brandon streckte die Hand an Curtis vorbei nach mir aus, doch ich konnte nicht. Mein Gesicht war zu einer Maske erstarrt, und ich fühlte, wie ich kalt wurde, wie meine Aura Schicht um Schicht an Festigkeit gewann. Das war es, was Curtis von mir verlangte. Ich sollte meinem Freund die Hilfe versagen, damit er ihn zerstören konnte.

Ich drehte mich weg und starrte zu Boden.

»Was hat dir Nathaniel Coe angetan? Was kann schlimmer sein als der Tod?«, fragte mein Meister aufs Neue und diesmal nutzte er seine Macht. Seine Magie knackte Brandons Schilde wie Nussschalen.

Der Indianer verlor an Licht, an Leben, an Stolz und der gewünschte Effekt blieb nicht aus. Neugierig wie kleine Kinder beobachteten die Ratsmitglieder, wie Brandon in die Knie ging und die Hand nach mir ausstreckte.

»Jetzt geh zu ihm, Julius«, dirigierte Curtis.

Offensichtlich wurde auch ich jetzt Teil des dramatischen Stückes. Ich trat also vor Brandon und blickte in seine verzweifelten Augen. »Du musst es ihnen sagen«, bat ich leise, »du musst!«

»Wenn du wirklich sein Meister bist, dann befiehl es ihm einfach, oder bist du dafür zu schwach?«, tönte eine Frauenstimme.

Ich bemerkte Viviens höhnisches Gesicht und fauchte sie an.

Curtis legte mir eine Hand auf die Schulter. Wenn ich den Ratsmitgliedern drohte, machte ich die Situation nicht besser. Ich riss mich zusammen. »Denk an Christina, sie liebt dich, soll sie denn ohne dich sein? *Du bist mein Rückgrat, Bran, ich brauche dich in den Jahren, die da kommen. Du bist mein Freund!*«, setzte ich in Gedanken hinzu. *»Ich lasse nicht zu, dass sie dich mir stehlen, um keinen Preis.«* Das war die Wahrheit, spürte ich plötzlich. Ich brauchte ihn.

»Wenn es sein muss, werde ich die Bilder aus deinem Kopf brechen, Stück für Stück«, drohte Curtis. Seine Magie schnitt wie ein Messer durch meinen Kopf.

Brandon und ich zuckten zusammen, fast hätte ich das Gleichgewicht verloren.

»Wenn er nicht will, können wir auch einfach mit dem nächsten Punkt fortfahren, mit der Hinrichtung.«

Vivien, wie ich sie hasste! Am liebsten wäre ich über den Richtertisch gesprungen und hätte ihr die Kehle zerfetzt. Ich musste vorsichtig sein, nicht dass sie meine Gedanken las.

»Ja«, flüsterte Brandon kaum vernehmbar. »Ja, ich erzähle es ihnen.«

»Danke.« Ich war erleichtert.

»Ich tue es für dich, Julius, nicht weil Curtis mir droht.«

»Bilder. Schick ihnen Bilder. Zeig ihnen auch, was vorher geschehen ist. Ich achte darauf, dass sie nicht tiefer sehen.« Ich half ihm auf die Beine und hatte das Gefühl, Brandon sei geschrumpft, er wirkte geradezu gläsern, als könnte man die Knochen durch die Haut scheinen sehen.

»Ich bitte die Richter, einzeln zu ihm zu gehen und ihn zu lesen«, sagte Curtis zufrieden.

»Ich mache den Anfang.« Kangra stand auf, trat um den Tisch herum und kam zu uns.

Brandon zitterte und starrte zu Boden.

»Schau mich an«, bat der Meister.

Er wartete geduldig, bis Brandon seinen inneren Kampf gewann und den Weg frei machte, erst dann tauchte er ein.

Ich starrte den fremden Vampir an und versuchte an seinem Gesicht zu erkennen, ob ihn bewegte, was er erfuhr. Kangras Miene war maskenhaft, die Haut gräulich. Er schirmte sich selbst so stark ab, dass ich seine Gegenwart kaum noch spüren konnte. Die Energie, die er abstrahlte, war kalt und undurchdringlich wie glattpolierter Stein.

Brandon zuckte unter seinem Blick und seinem Mund entwichen hilflose Laute. Ich erhaschte einzelne Eindrücke. Coe, der das glühende Eisen um Brandons Hals bog, die Folter, die Vergewaltigungen.

Kangra trat erschüttert zurück und schüttelte den Kopf. »Es tut mir leid, Junge, es tut mir leid.« Er berührte Brandon an der Schulter und ging mit schweren Schritten zu seinem Sitzplatz zurück.

Dann kam Vivien, ein süffisantes Lächeln auf den Lippen. Ich fürchtete sie. Die Meisterin war klein, von zarter Gestalt, fast zerbrechlich, doch die Magie, die wie ein Löwe um sie herumstrich, strafte den ersten Eindruck Lügen. Ich würde sie ganz sicher nie wieder unterschätzen. Sie trug ein nachtblaues Kleid, und an einem Finger blitzte ein Ring mit einem riesigen Saphir. Vivien blickte mich kurz an, dann hob sie die Rechte und strich Brandon über die Brust.

»Nun gut, Flying Crow«, säuselte sie, als sich sein Blick auf sie richtete. »Einen hübschen Kerl hat sich unser Julius da ergaunert. Würdest du ihn mir geben, wenn ich dafür sein kostbares Leben rette, oder ende ich dann wie Coe, Julius?«

Vivien ließ ihre Hände über Brandons Brust wandern. Ihre Finger bewegten sich höher, tasteten über die Brandnarbe an seiner Kehle.

»Nein, du bekommst ihn nicht«, sagte ich ruhig.

»Vivien, würdest du bitte fortfahren?«

Das war das erste Mal, dass ich überhaupt etwas von Hermann Roth hörte.

Vivien zischte ihn an, aber Roths Worte hatten Gewicht. Ihre Finger stellten die Wanderung ein. Ganz plötzlich legte sie beide Hände an Brandons Wangen und bog seinen Kopf mit Gewalt herunter.

»Jetzt zeig mir dein kostbares Geheimnis!«, befahl sie. Sie brach Brandons Schilde mühelos und dann sah auch sie.

Er schleuderte ihr die Bilder förmlich entgegen, und ich war mir sicher, dass Brandon sie auch einen Teil seines Schmerzes spüren ließ.

Schließlich stolperte Vivien zurück und ging zu ihrem Platz, ohne ein einziges Wort zu verlieren. Sie wischte sich die Hände am Kleid ab, als hätte sie etwas Ekelhaftes berührt.

Nun kam Hermann Roth an die Reihe. Er riss Brandons Kopf herum, ohne ihn auch nur zu berühren. Seine Energie war scharf. Brandon brach in die Knie und Roth folgte ihm in einer fließenden Bewegung. Brandon schrie, wie er auch in den Erinnerungen geschrien hatte, und der Meister trank die Angst meines Vampirs, als sei sie Blut. Ich bekam Panik. Das durfte er nicht! Es war gegen die Regeln! Brandon warf ihm die Bilder wie Waffen entgegen, doch Roth verschlang sie hungrig und grub nach mehr. Er war unersättlich.

»Das muss sofort aufhören!«, schrie Curtis.

Ich nutzte die Schwüre, tauchte in Brandons Geist und versuchte den fremden Meistervampir zurückzudrängen. Natürlich war ich seiner Kraft nicht gewachsen, aber er wurde kurz abgelenkt. Roth fing sich schnell. Brandon schrie und ich schrie mit ihm, als tausend Messer durch meine Adern krochen und meinen Leib verwüsteten. Ich fühlte nur noch, wie ich sank, tiefer und tiefer. Ich stürzte in eine Schlucht und es gab kein Ende. Die Wände rasten an mir vorbei und sie rückten immer näher. Es wurde eng. Bis ich in der Dunkelheit spürte, dass sie meine Schultern streiften und mich zusammenpressten, aber ich fiel dennoch und niemand fing mich auf. Dann lag ich plötzlich in der Erde. Ein anderer Alptraum. Druck, Enge, Panik, Hunger!

In der Ferne tönten Stimmen, doch ich verstand sie nicht. Dann wich die Enge einem neuen Eindruck, und ich hatte das Gefühl, zu verbluten, zu schrumpfen und schließlich zu verdorren.

Tief in einem kleinen Winkel meines Verstandes wusste ich, dass Roth auch meine Alpträume las und sich daran satt trank, als sei es die köstliche Speise.

Curtis' Magie dröhnte in meinem Körper, kurz rang er mit Roth, und dann war der Schmerz endlich fort. Als ich die Augen öffnete, war die Welt verschwommen, und ich lag auf der Seite. Schritte entfernten sich, und dann kam die Stille alter Räume hereingeschwebt und legte sich wie eine angenehme Decke auf meinen Körper. Langsam machte sich mein Verstand ein Bild von der Situation. Die Richter und auch Curtis waren fortgegangen. Ich lag auf dem Boden. Ich wusste nicht, wie ich dorthin gekommen war, aber offensichtlich hatte ich den Kampf gegen Roth verloren. Irgendwo rang jemand nach Luft. In jedem Atemzug tanzte rasender Herzschlag und der bittere Geschmack von Angst. Das war Brandon, ich wusste, dass er es war, spürte ihn, roch ihn. Vorsichtig richtete ich mich auf.

Wo war er? Der Raum schien leer. Dann fand ich ihn.

Er hockte unter dem Richtertisch. Die Arme um die angezogenen Beine geschlungen, Gesicht hinter den Haaren verborgen, wippte er ruckartig vor und zurück. Als könnte ihm das Böse dieser Welt nichts anhaben, wenn er sich nur klein genug machte. Aber den eigenen Erinnerungen konnte niemand entfliehen. Sie fanden jedes noch so kleine Versteck. Ich kroch zu ihm.

All das, was ihm der Sonnentanz gegeben hatte, war mit einem Schlag fort, ausgewischt, ausgelöscht. Brandon war wieder zurück in seinem Alptraum, gefangen in einer Endlosschleife aus Terror und Schande. Hätten wir ihn lieber mit seiner zurückgewonnenen Ehre im Herzen sterben lassen sollen? Vielleicht. Es war sein Wunsch gewesen. Aber er hatte wieder nicht für sich entscheiden dürfen. Stattdessen hatten wir ihn noch einmal gefoltert.

»Brandon?«

Er hielte kurz in seiner monotonen Wippbewegung inne, dann nahm er sie wieder auf. Vor und zurück, vor und zurück.

Ich versuchte es mit seinem neuen Namen, den ihm Red Deer gegeben hatte. Brandon hob den Kopf, lehnte ihn auf seine Knie und sah mich an.

Ich war schrecklich erleichtert. Langsam klärte sich sein Blick und er verharrte.

»Ist es vorbei, Meister?«, fragte er unsicher.

»Ja, ja, es ist vorbei, sie sind fort.«

Wir hatten Hermann Roths Stimme verloren, nein, falsch, wir hätten sie niemals erringen können. Dieser Vampir nährte sich von Angst, wie Coe es getan hatte. Jetzt war ich mir sicher, dass er und Coe nicht nur Freunde gewesen waren, sondern auch aus der gleichen Blutlinie stammten.

Unsere ganze Hoffnung lag nun bei Vivien Le Roux. Kangras Stimme hatten wir, also war sie das Zünglein an der Waage. Oh, wie ihr diese Rolle gefallen musste. Sogar sie war von den Bildern geschockt gewesen. Aber reichte das, um sie ihre Abneigung gegen Curtis und mich vergessen zu lassen? Was wog mehr, Mitgefühl oder Hass? Bei Vivien war ich mir nicht sicher.

Endlich wurde die Tür aufgestoßen, und Amber und Christina zwängten sich durch einen schmalen Spalt hinein.

Christina rannte zu uns, hockte sich vor den Tisch und streckte eine Hand nach Brandon aus. Er starrte auf ihre schlanken Finger. Sie wartete geduldig, und nach einem Augenblick, der eine Ewigkeit währte, legte er seine Hand in ihre.

Ich richtete mich vorsichtig auf. Die Nachwirkungen von Roths Magie waren fast verschwunden.

»Was ist passiert? Wo sind die alle hin?«, fragte Amber.

»Die Richter haben sich zur Beratung zurückgezogen.«

»Und sie wissen jetzt, was Coe Brandon angetan hat«, setzte ich wortlos hinzu.

Ich hörte Schritte. »Sie kommen.«

KAPITEL 44

Wir nahmen Abstand vom Richtertisch. Panik krampfte durch meinen Körper. Was, wenn sie gegen uns entschieden? Was, wenn alles umsonst gewesen war?

Die Tür wurde geöffnet. Das Einzige, was ich wahrnahm, waren blonde Haare, und dann setzte etwas in mir aus. Christina schrie auf. Claudine Galow, die Jägerin, und das konnte nur eines bedeuten. Tod!

Curtis trug sein Statuengesicht zur Schau und schirmte seine Gefühle so vollständig ab, dass ich nicht den Hauch einer Chance hatte, sie zu lesen. Aus, alles aus!

Die drei Richter blieben stehen. Sie machten sich nicht einmal die Mühe, sich zu setzten.

Kangra räusperte sich und Christinas Schreie erstarben.

»Aufgrund der eindeutigen Beweislage können wir nicht anders, als das einmal gefällte Urteil aufrechtzuerhalten. Brandon Flying Crow ist des Todes und wird unverzüglich durch das Schwert gerichtet.«

Im mir wurde alles taub. Die Stimmen klangen plötzlich wie aus weiter Ferne. Alles umsonst! Über Claudines Rücken hing ihr Richtschwert.

»Ich möchte durch die Hand meines Meisters sterben«, erklärte Brandon mit fester Stimme. Kangra gewährte es ihm ohne Zögern.

Christina weinte haltlos, und ich merkte erst nach einer Weile, dass sie wieder und wieder meinen Namen sagte.

»Das kannst du nicht tun, Julius. Das kannst du nicht tun!«, wiederholte sie.

Brandon tröstete seine Freundin.

Vivien schien dieses Schauspiel zu gefallen. Sie hatte Brandons Schicksal zu verantworten, nur sie, und sie sonnte sich darin.

Ich hasste sie dafür.

Brandon hatte Christinas Gesicht in seine großen, schlanken Hände genommen und sah ihr fest in die Augen. »Ich wünsche mir, dass Julius es tut«, sagte er leise. »Aber du musst nach meinem Tod in seiner Camarilla weiterleben. Wenn du glaubst, du kannst ihm nicht verzeihen, dann beuge ich mich Claudines Schwert.«

Christina rang um Worte. »Ich kann nicht ohne dich sein, Bran, ich gehe in die Sonne.«

»Das wirst du nicht, hörst du? Du musst weiterleben, für mich.«

Christina schüttelte den Kopf und vergrub ihr Gesicht an seiner Brust.

»Chris«, bat Brandon leise. »Ich möchte durch die Hand

eines Freundes gehen. Kannst du deinem Meister verzeihen, wenn er es tut?«

Ich hörte Christinas Antwort nicht, aber offensichtlich hatte sie eine gegeben, denn Brandon hob den Blick und ich wusste, was er bedeutete. Ich würde es tun.

Tränen schnürten mir die Kehle zu. Amber hielt meine Hand und starrte zu Boden.

»Für die Vollstreckung bitte ich Sie in den Hof«, befahl Kangra knapp.

Wie Schlafwandler folgten wir den Richtern nach draußen. Immer ein Schritt vor den anderen. Niemand sprach. Christina weinte laut, Brandon schwieg.

Ich fürchtete mich, fürchtete in einen Abgrund zu fallen, der so tief war, dass ich nie wieder daraus hervorkommen würde.

Ich sollte Brandon töten. Nicht im Wahn wie damals Marie. Ruhig, nüchtern, im vollen Bewusstsein. Weil er mich darum gebeten hatte und weil ich ihn nicht hatte retten können. Der lange Flur war plötzlich erschreckend kurz, die Wände flossen nur so an uns vorbei, während sich der Boden unter unseren Füßen wie von allein zu bewegen schien.

Wie lange hatten wir noch? Ein paar Minuten, mehr nicht.

Brandon ging vor mir, den Kopf hoch erhoben. Christina klammerte sich an seinen Arm. Curtis war nirgends zu sehen oder zu fühlen.

Die zweiflügelige Haupttür öffnete sich wie ein Rachen vor uns. Wir traten hindurch ins Freie. Als Kies unter meinen Schuhen knirschte, merkte ich, dass wir angekommen waren.

Die Zuschauer waren zurück. All jene, die der Verhandlung zu Beginn beigewohnt hatten, und noch mehr. Sie blieben in einem sicheren Abstand stehen, raunten, murmelten, spekulierten, was hinter verschlossenen Türen besprochen worden war.

»Bringt Christina fort«, sagte Brandon plötzlich. Ich sah zu, wie zwei Vampire kamen, ihre Hände gewaltsam von ihrem Geliebten lösten und sie davonzerrten. Christina schrie markerschütternd. Sie trat um sich, biss, doch sie schleiften sie fort, wieder hinein in die Villa.

»Ich bin bereit, Julius.« Brandon sank in die Knie.

Das Geräusch, mit dem der Kies unter seinem Gewicht nachgab, war unendlich laut in meinen Ohren.

»Meister?«

Vor mir stand Ann. Sie hielt einen Koffer in den Händen, meinen schwarzen Lackkoffer mit den Klingen. Ann hob mir den Griff entgegen. Ich nahm den Koffer, stellte ihn auf den Boden und klappte ihn auf.

Brandon drehte den Kopf und sah mich an. Die Leere war wieder aus seinem Blick verschwunden. Sein Mund formte ein einziges Wort. »Danke.«

Ich griff nach meinem Richtschwert und stand hektisch auf. »Oh Gott!«, rief ich stumm.

Heiße Tränen füllten meine Augen. Ich legte den Kopf in den Nacken, starrte in den Himmel und versuchte zwischen den teilnahmslosen Sternen die Ruhe zu finden, die ich brauchte, um mein Schwert sicher zu führen. Um meinen Freund zu ermorden!

Noch sang sein Herz das schöne Lied vom Leben, erhaben und stark, wie es war. Ich würde es beenden. Jene Melodie zerspringen lassen, damit sie nie wieder erklang.

Claudine war mit einem Mal neben mir, auch sie hielt ihr Schwert in den Händen. »Ich achte darauf, dass du es diesmal zu Ende bringst«, beantwortete sie meinen fragenden Blick.

Die Richter standen nah bei uns, aber weit genug von mir entfernt, damit ich sie nicht angreifen konnte. Erst jetzt bemerkte ich die Wachen, die hier und da mit gezogenen Schusswaffen herumstanden. Diesmal war es endgültig, diesmal würde Brandon sterben, entweder durch meine Hand oder Claudines. Es gab kein Zurück mehr, es gab keine Rettung.

Ich trat zu Brandon. Er neigte den Kopf und hielt die Augen geschlossen. Das Schwert in der Rechten, schob ich mit der Linken sein Haar zur Seite und entblößte den Nacken.

Die Brandnarbe war da, als hätte jemand angezeichnet, wo ich schlagen sollte.

Ich fasste das Schwert mit beiden Händen und fühlte mein Herz bis in die Finger klopfen, es dröhnte in meinen Ohren und machte mich taub.

»Na los!«, sagte Vivien scharf. Ihre Stimme drang an meinem Herzschlag vorbei und dann hörte ich die Zuschauer wieder murmeln, hörte das Scharren der Füße und das Blut, das unendlich laut durch ihre Körper rauschte.

»Ruhe!«, schrie ich und meine Stimme überschlug sich beinahe. »Seid doch endlich ruhig.«

Alle verstummten. Niemand sprach mehr.

Ich hob das Schwert mit beiden Händen über den Kopf und blinzelte die Tränen fort. Dann war sie da, die Ruhe des Tötens. Ich fühlte das Schwert in meiner Hand, als hätte der Griff schlagartig an Festigkeit gewonnen. Kalter Schweiß stand auf meiner Stirn. Ich sah nur noch den Verurteilten vor mir. Es war Brandon, mein Freund, aber jetzt war er auch ein Nacken, den es zu durchtrennen galt. Ich sah die Härchen auf seinem Hals, die sich zu zwei kleinen Strudeln drehten, bevor sie sich in sein langes Haar ergossen und den Pulsschlag dicht unter der Haut, der das Blut bald in regelmäßigen Stößen aus seinem Körper pumpen würde.

Ich konnte den richtigen Zeitpunkt nicht finden und begann rückwärts zu zählen. Takt war Brandons Herzschlag und der ging schnell. Drei, zwei … Schlag!

Meine Hände rissen das Schwert hinunter. Ich zielte nicht auf den Hals, sondern irgendwo in die Erde, tief darunter. Eine Klinge blitzte auf. Nicht meine. Der Schlag traf mich völlig unerwartet. Metall zersprang mit einem lauten Reißen und meine Arme waren taub bis zu den Schultern. Die Wucht warf mich zurück.

Ich verstand nicht. Vivien applaudierte und lachte und applaudierte.

Andere Vampire fielen mit ein und mir war plötzlich schlecht. Ich krampfte die Hand um den schmerzenden Unterleib und starrte fassungslos in Brandons leeren, erstaunten Blick. Die Wachen hatten Christina losgelassen. Sie rannte auf uns zu und fiel neben Brandon auf die Knie.

Ich starrte Claudine an, die noch immer ihr zerbrochenes Schwert in der Hand hielt und sich den schmerzenden Arm massierte. »Wow, das war knapp«, sagte sie und lächelte gequält.

»Was soll das?«, fragte ich, noch immer fassungslos. »Was ist das für ein makabrer Scherz?«

»Vivien Le Roux hat für euch gestimmt, aber das war ihr Preis. Sie wollte sehen, ob du es wirklich tun würdest«, antwortete Claudine. »Zusätzlich verlierst du Ann Gilfillian und die Hälfte deines Besitzes.« Sie reichte mir die Hand. Das Gefühl kehrte langsam in meinen Arm zurück und damit auch der Schmerz.

»Herzlichen Glückwunsch, euch beiden, dein Vampir ist frei.«

EPILOG

Amber starrte konzentriert auf die Figur, die sich noch unter mehreren Schichten Verpackungsmaterial verbarg.

»Du kannst froh sein, dass der Kunde so kurzfristig geschäftlich verreisen musste«, sagte John Lapiccola, während er mit größter Vorsicht einen Fuß vor den anderen setzte. Amber lief direkt neben ihm, räumte alles aus dem Weg, was gefährlich werden konnte, öffnete Türen und scheuchte neugierige Kollegen aus dem Weg. Erst als das halb geöffnete Paket sicher auf ihrer Werkbank stand, wagte sie wieder zu atmen.

Ganz vorsichtig legte sie den kostbaren Inhalt frei. Die Skulptur war in einem desolaten Zustand. Ein Arm des Heiligen fehlte, der komplizierte Faltenwurf seines Gewandes endete in einem klaffenden Loch. Dennoch ließ der Anblick ihr Herz höher schlagen.

»Und? Was denkst du? Traust du es dir zu?«

Sie nickte, ohne John Lapiccola anzusehen, und ging in Gedanken schon die einzelnen Arbeitsschritte durch. Erst als sie hörte, dass er den Werkraum verlassen wollte, blickte sie auf. »John, warte.«

Mit wenigen Schritten überbrückte sie die Distanz, nahm ihren Boss in den Arm und drückte ihm einen Kuss auf die bärtige Wange. »Danke!«

Dann war sie allein. Vorsichtig hob sie die Figur aus ihrem

Bett und legte sie in eine Schaumstoffhalterung auf ihrer Werkbank. Ungläubig ließ sie den Zeigefinger über die brüchige Farbe und das stumpfe Blattgold wandern. »Bald bist du wieder wunderschön«, versprach sie leise.

Der Freude gelang es beinahe, den Schmerz zu übertönen, den die Trennung von Julius hinterlassen hatte und der dumpf wie der Schlag einer Turmuhr in ihr hallte. Wie gerne würde sie in diesem Moment ihr Glück mit ihm teilen. Es war früher Abend. Ein schneller Blick aus dem kleinen Fenster bestätigte ihre Ahnung. Dämmerung. Er erwachte, genau in diesem Moment. Ein Echo davon konnte sie noch immer fühlen, obwohl Julius die Siegel wie versprochen geschlossen hatte, fest verbarrikadiert, als stünde auf seiner Seite eine massive Mauer. Undurchdringlich. Unüberwindbar, selbst wenn sie es versuchen würde.

Ambers Hände hatten ihre Wanderung über die Skulptur eingestellt. Sie konnte sich nicht mehr darauf konzentrieren, Risse und morsche Stellen zu ertasten.

Morsch, zerbrochen, genau so sah es in ihr aus. Aber weder Kalkmasse, Schellack noch Farbe konnten ihr helfen.

Ihre Medizin hatte goldbraune Augen, lockiges Haar und roch wie das Versprechen auf Schnee an einem kalten Tag. Julius. Nur ein einziger Anruf, nur kurz seine Stimme hören und der Schmerz würde verschwinden, zumindest für eine Weile.

Amber, du bist töricht, schimpfte sie sich zornig. Sie konnte nicht zu Julius zurück. Niemals. Nicht, wenn sie nicht zur Mörderin werden wollte, nicht noch einmal. Coes Ende plagte sie jede Nacht. Schuldgefühle, begleitet von seinen Todesschreien. Ohne Julius hätte sie das nie getan.

Aber ohne ihn wäre sie wohl auch selbst nicht mehr am Leben. Wenn ihr Herz für sie entscheiden könnte, würde sie in diesem Moment bei ihm sein oder ihn anrufen. Amber schüttelte den Kopf, sah kurz auf ihr Telefon und steckte es wieder zurück in die Hosentasche. Es gab genug zu tun, sie sollte wirklich arbeiten.

Nach unserer Rückkehr nach L.A. war Brandon wieder in den Zustand verfallen, in dem er vor dem Sonnentanz gewesen war. Er sprach kaum, kapselte sich ab und duldete nicht einmal mehr Christina in seiner Nähe. Ich begann zu bereuen, ihn vor die Richter in Phoenix gezerrt zu haben, und Brandon machte keinen Hehl daraus, dass er wieder den Tod ersehnte. Ich suchte krampfhaft nach einer Lösung, und als sie mir eingefallen war, schreckte mich deren Radikalität.

Nachdem ich zwei Tage mit mir gehadert hatte, suchte ich seine Kammer kurz nach Mitternacht auf. Ich klopfte, und als er nicht reagierte, trat ich ein.

Brandon saß in einer Ecke, die mit Kissen und einem Bärenfell ausstaffiert war, und starrte auf die Wand, als sei dort ein Fenster in seine Vergangenheit.

»Was willst du?«, fragte er unfreundlich.

Ich ging zu ihm und breitete vor ihm aus, was ich mitgebracht hatte. Verbandszeug, zwei steril verpackte Skalpelle, Alkohol, ein Handtuch.

»Was soll das, was willst du damit?« Irritiert folgte er mir mit den Augen, während ich eine seiner Kerzen zu ihm trug und als Letztes ein Bündel weißen Salbei zutage förderte, den ich nach einigem Suchen in einem der vielen Esoterikläden Malibus gefunden hatte.

»Coe ist tot. Er hat kein Anrecht mehr auf dich. Ich will ihn aus deinem Körper schneiden, sein Zeichen und all die widerlichen Erinnerungen, die daran hängen. Wir verbrennen ihn, wie wir den Rest von ihm verbrannt haben.«

Brandon starrte mich skeptisch an, dann kehrte plötzlich ein wenig von dem Licht in seine Augen zurück, das der Sonnentanz kurz in ihnen geweckt hatte. Ich entzündete die Kerze und hielt den Salbei daran, bis er qualmte. Nach einer kleinen Ewigkeit nickte Brandon.

Geübt zog er den Dunst mit hohlen Händen zum Gesicht und rieb sich damit ein, dann entledigte er sich seines Pullovers und reinigte auch seinen bloßen Oberkörper mit dem heiligen Rauch. Solange Brandon betete und den Rauch in vier Himmelsrichtungen verteilte, befreite ich die Klingen aus ihrer Verpackung und zog eine Stehlampe näher.

»Soll ich dich betäuben?«, fragte ich, während der Indianer sich mit dem Rücken zum Licht hinsetzte und das alte Handtuch, welches das Blut auffangen sollte, um seine Mitte schlang.

»Nein, auf keinen Fall. Fang an.«

Der erste Schnitt fiel mir am schwersten. Brandon sog scharf die Luft ein und seine Rückenmuskeln traten hervor, als er sie unter dem Schmerz anspannte. Sobald ich ein Hautstück herausgetrennt hatte, legte ich es ihm in die Hand, die er erwartungsvoll hinhielt.

Ich vernichtete Coes letztes Zeichen, wie man ein Krebsgeschwür entfernt. Stück für Stück. Am Ende war Brandons Rücken blutüberströmt, doch er hatte kein einziges Mal geschrien oder auch nur gestöhnt. Er behielt die Hautfetzen mit dem Brandmal in der Hand, bis ich die Wunde versorgt hatte, dann verbrannten wir sie. Die Stängel des weißen Salbei und etwas Wachs, mehr brauchte es nicht.

Als Brandon schließlich mit mir den verqualmten Raum verließ und wir im Flur Christina begegneten, sah ich ihn zum ersten Mal seit langer Zeit wieder lächeln. Ich ließ die beiden im Untergeschoss zurück und eilte erleichtert die Stufen hinauf. Im Entree umfing mich warme Luft, die nach sonnengewärmtem Asphalt duftete. Die Eingangstür stand offen und lud zu einem Spaziergang ein. Als ich sie passierte, piepte mein Handy. In den Kammern unter dem Lafayette war der Empfang schlecht. Ich hatte einen Anruf verpasst. Wer konnte das sein? Ich lehnte mich gegen die Art-déco-Säulen, die den Eingang des alten Kinos zierten, und sah nach. Ungläubig starrte ich auf das Display. Amber.

DANKSAGUNG

Mein Dank gilt zuallererst meiner Familie. Meiner Mutter Ružena Pax, meiner Schwester Rafaela Pax und ihrer Familie und meinem Vater, der über seinen Tod hinaus eine große Inspiration ist. Ohne meine Agentin Nina Arrowsmith und ihr wunderbares Team hätte die Reihe um Julius wohl kein so gutes Zuhause gefunden, danke.

Ein großes Lob an meine unermüdlichen Testleserinnen und lieben Kolleginnen Jennifer Benkau, Andrea Gunschera und Gabriele Ketterl, ihr habt die kleinen und großen Macken gefunden, von denen auch so ein Herzensbuch nicht verschont bleibt, und mir das Gefühl gegeben, dass man auch alleine am Schreibtisch nicht einsam ist. Meinen Freunden Melanie Panz, Timo Sauer, Benjamin Poll, Michael Wiedemann, David Kery, danke.

Zuletzt die Vierbeiner. Siri und Maurice für schnurren, blinzeln, Ratschläge und die Erlaubnis halberfrorene Finger im Katzenfell zu wärmen. Gizmo, der mich auf Ausritten auch dann noch sicher durch Feld und Wald trägt, wenn ich im Geiste ganz woanders bin. Talutha – danke für den Geschwindigkeitsrausch auf deinem Rücken.

An meine Freunde in Los Angeles:

Brandon Lopez und meiner »anderen« Familie: Fred, Kathleen, Brianna, Tarren, Martha Victor, Ali. Danke für die vielen Jahre der Gastfreundschaft und dafür, dass ihr mir das Gefühl gebt, in L.A. nach Hause zu kommen.

Mein besonderer Dank bei der Arbeit an diesem Buch gilt den »Hollywood Injuns«. Es gibt wohl kaum freundlichere, herzenswärmere Menschen als euch: Tiger Moon und Rick Mora, danke.

Bei der Recherche geholfen haben die Schauspieler Jay Tavare und Tokala Clifford, sowie Harlan Eagle Bear. Mögliche Fehler in der Darstellung der Kultur der Diné (Navajo) und der Lakota liegen bei mir. So mancher wurde für die Geschichte und die Figuren ein wenig »zurecht gebogen«.

Abschließend wieder der Dank an die Stadt der Engel … es gibt noch so viel zu entdecken.